UN AMOUR
DE JEUNESSE

Lauréate de nombreux prix et distinctions littéraires, publiée dans le *New Yorker,* Ann Packer est l'auteur d'un recueil de nouvelles (*Mendocino and Other Stories*) très remarqué. Après le passage d'Ann Packer à la fameuse émission américaine «Good Morning America», *Un amour de jeunesse,* son premier roman, a connu un énorme succès aux États-Unis.

Ann Packer

UN AMOUR
DE JEUNESSE

ROMAN

*Traduit de l'anglais
par Michèle Albaret-Maatsch*

Éditions de l'Olivier

TEXTE INTÉGRAL

TITRE ORIGINAL
The Dive from Clausen's Pier
ÉDITEUR ORIGINAL
Alfred A. Knopf, 2002

© Ann Packer, 2002

ISBN 2-02-081348-3
(ISBN 2-87929-368-5, 1re publication)

© Éditions de l'Olivier/Le Seuil, 2004, pour l'édition en langue française
à l'exception du Canada
© Éditions Boréal, 2004, pour la langue française au Canada

À Jon

Mike m'a toujours taquinée pour ma mémoire, pour le fait que, des années après, je me rappelais encore ce qu'Unetelle ou Untel portait à telle occasion, quels bijoux, quelles chaussures. Il me demandait en riant le temps qu'il avait fait, qui avait bu une bière légère, qui une normale et, chaque fois ou presque, j'arrivais à lui répondre. C'était comme ça que je ressuscitais le passé : de la tenue des gens ou de la place des uns et des autres à table, je remontais à ce dont on avait discuté, à ce à quoi on ressemblait alors.

Tous les 30 mai, pour Memorial Day, on passait l'après-midi au lac Clausen, un lac artificiel situé à une centaine de kilomètres au nord de Madison. Il ne faisait qu'un kilomètre et demi de large environ, mais comme il était bordé de grands érables vénérables et qu'il se trouvait relativement éloigné de Madison, cette excursion prenait des allures d'événement.

Mike vint me chercher un peu après midi cette année-là, l'année où tout changea, et après avoir chargé mes affaires dans sa voiture et s'être engagé sur l'autoroute, il monta à 115, ce qui, à ses yeux, représentait la vitesse idéale si on mettait en facteur la consommation d'essence, le risque de tomber sur des flics et la sécurité. Quant à moi, focalisée sur la rupture qui nous menaçait depuis un moment et allait, me semblait-il, nous fondre dessus, je gardais les yeux rivés sur les exploitations agricoles et les granges gigantesques et impeccables qui défilaient de l'autre côté de ma vitre.

«Tu crois qu'il va faire très chaud?» me lança-t-il au bout d'un moment.

Je me contentai de hausser les épaules, sans le regarder.

Un peu plus tard, il ajouta :

«Je me demande qui arrivera le premier.»

Là, j'attrapai mon sac par terre et en sortis un baume pour les lèvres. On était dans une sale passe, on le savait l'un comme l'autre, pourtant je lui tendis le tube dès que j'eus terminé et il fit pareil pour ses lèvres, puis le revissa d'une main et me le rendit. Cela faisait huit ans et demi qu'on sortait ensemble et on se connaissait par cœur. À croire qu'on était mariés, alors qu'on ne l'était pas, juste fiancés.

Le parking n'était qu'à moitié plein et on dénicha une place à l'ombre. Je sortis un panier rempli de chips et de hamburgers de derrière mon siège pendant que Mike ouvrait le coffre. Il portait un short long en madras et un polo vert pin et, tout en observant ses mouvements, la vivacité et l'aisance avec lesquelles il soulevait la glacière remplie de bières, je songeai à sa force paisible qui m'électrisait tant avant et au fait que ce n'était plus le cas.

«Salut.»

Je levai les yeux et aperçus Rooster – il devait son surnom, Le Coq, autant à son baratin qu'à sa tignasse rousse – et Stu qui dévalaient la colline rocailleuse séparant le parking de la plage.

«Salut à vous», leur cria Mike.

Il me lança un coup d'œil inquiet et je feignis un sourire.

Une fois à l'ombre, Rooster ôta ses lunettes de soleil et s'essuya le front d'un revers de bras. Il s'était déjà fait avoir par le soleil et ses joues semées de taches de rousseur étaient rosées, son nez presque rouge.

«C'est parfait, affirma-t-il. Chaud, une petite brise et on a eu le ponton sans problème.

– Super», fit Mike.

Il me regarda par-dessus son épaule, puis se tourna et répéta :

«Super.

– Il reste des trucs ? » demanda Stu.

Mike se pencha vers le coffre de la voiture et lui balança un Frisbee.

« Ah, l'indispensable Frisbee auquel personne ne touchera !

– Je me suis dit que tu nous surprendrais peut-être cette année. »

Mike ferma la voiture à clé et on s'engagea sur le sentier de la colline. L'air était déjà lourd de poussière – le printemps avait été sec – et des touffes d'herbes rabougries me râpèrent les chevilles au passage. Arrivée en haut, je fis une pause pour regarder, en contrebas, Jamie qui nous faisait coucou du ponton, l'éblouissante nappe de bleu derrière elle.

Je descendis vers la plage. Assis côte à côte sur le ponton, Bill et Christine paraissaient réconciliés : leurs hanches et leurs cuisses se touchaient, la main de Bill était nonchalamment posée sur le genou de Christine. Tout en peinant dans le sable à la suite de Mike, j'éprouvai soudain une irrésistible envie d'être assise comme ça à côté de lui jusqu'au moment où je me rendis compte que c'était précisément ce que je ne voulais plus. Telle était l'humeur qui m'habitait : il fallait parfois que je fasse un effort pour me rappeler ses diktats.

Rooster avait déjà allumé le feu et, peu après, Jamie, Christine et moi déballions les hamburgers crus pour les disposer sur une assiette en carton. À mes côtés, Jamie me glissa en aparté :

« Qu'est-ce que t'as ? »

Je haussai les épaules.

« Rien. »

Elle me regarda avec attention.

« Rien, je t'assure. »

Après le repas, je pris une seconde bière dans la glacière et allai m'asseoir au bout du ponton. La canette glacée me faisait presque mal aux mains, mais je ne la lâchai pas tandis que mes pieds effleuraient la surface de l'eau dont le niveau, je le remarquai, était plus bas que d'habitude. En temps normal, est-ce qu'elle ne m'arrivait pas aux genoux ? C'est la réflexion que je me fis, mais je ne m'attardai pas sur la question, en tout cas, je ne fis aucun commentaire là-dessus, ça, je le sais.

Derrière moi, le poste de Rooster diffusait une des nombreuses K-7 qu'il avait compilées et tout le monde bavardait, j'entendais les inflexions de leurs voix, les petits blancs entre deux blagues. Jamie dit « Non, les thés glacés de Long Island » et l'instant après Mike me dominait de toute sa hauteur, projetant son ombre sur moi et sur l'eau. Il me poussa du bout de son gros orteil, puis annonça :

« Je vais nager.

– Mikey ! » brama Rooster.

Je sentais qu'ils me regardaient tous : Rooster, Stu, Bill, Christine – et même Jamie. Ils me regardaient en se disant « Allez, Carrie, arrête ces vacheries. »

Je me tournai et fixai ses jambes solides, velues, puis son visage sombre dans le contre-jour. Il s'était mis en maillot et, pendant qu'il restait là à attendre que je veuille bien dire quelque chose, Rooster vint se planter à côté de lui.

« On s'offre un petit pneu là, mon pote ? déclara Rooster en lui flanquant une claque pas méchante.

– Comme ça, on est deux, hein ? lui répondit Mike en souriant. Si on ouvrait un club d'amaigrissement, Les Spartiates au petit pneu ? Qu'est-ce t'en penses ? »

Ils éclatèrent tous de rire – les Spartiates étaient l'emblème de notre ancien lycée. Qu'on puisse encore blaguer là-dessus alors qu'on avait quitté l'université depuis un an me paraissait révélateur du mal qui nous rongeait tous, quel que fût ce syndrome qui nous poussait à répéter inlassablement les mêmes choses avec les mêmes gens.

« Je crois que j'attendrai que les vacances soient passées, riposta Rooster.

– C'est dans six mois, les vacances.

– Précisément. »

Là-dessus, Mike me regarda.

« Alors, qu'est-ce que t'en penses ? Je plonge ?

– Pourquoi tu te contentes pas de sauter ? »

Après, je me cramponnai à ça pour me prouver que j'avais essayé de le retenir, mais, en réalité, je n'avais cherché qu'à m'opposer.

« Plonge, décréta Rooster. Évidemment que tu plonges. »

Je jetai un coup d'œil à Jamie et elle me sourit.

« Hé, la belle », s'écria-t-elle avant de se précipiter sur moi, la main tendue très bas devant elle, paume offerte. Je tendis le bras et plaquai un moment ma main contre la sienne.

« Mayer, t'es une feignasse », déclara Stu.

Mike retira sa casquette de base-ball et me la tendit.

« Et tes lunettes de soleil ? » fis-je.

Il lâcha sa casquette sur le ponton.

« Elles arrivent, répliqua-t-il, en planeur à pétard. »

Il se tourna vers Rooster, Stu et Bill avec, sur la figure, une expression attachante d'amusement et de défi et, l'espace d'un moment très dense, pendant que je l'observais au milieu de ses amis, j'eus très envie de ressentir de nouveau ce que je ne ressentais plus et de me dire qu'il correspondait exactement à ce que je voulais.

« Vous êtes des dégonflés, les mecs, décréta-t-il. J'aurai une pensée pour vous en entrant dans cette eau fraîche et vivifiante. »

Une fois encore, tous redoublèrent de rire : on était le 30 mai, Memorial Day, l'eau était glaciale.

Puis quelque part sur le lac, un bateau à moteur démarra, on se tut un instant, le temps de regarder vers la rive opposée pour voir si on l'apercevait. Je me rappelle ce bruit très nettement, le bruit de ce bateau et aussi le froid mordant de la canette de bière entre mes mains. Si seulement j'avais fait quelque chose pour le retenir – si seulement j'avais sauté sur mes pieds pour lui dire que je l'épousais le jour même ou si j'avais fondu en larmes ou si je m'étais agrippée à sa jambe. Mais je n'ai rien fait, bien entendu. J'avais déjà tourné la tête quand, de l'autre rive, nous parvint le bruit du hors-bord qui accélérait. Et, là, Mike plongea.

PREMIÈRE PARTIE

RÉANIMATION

1

Quand quelqu'un subit un truc épouvantable, on dit souvent que c'est « insupportable ». Survivre à la mort d'un enfant, d'un conjoint ou endurer tout autre type de perte irrémédiable représente un événement insupportable, trop affreux à supporter, et la personne ou les gens à qui c'est arrivé revêtent dans notre esprit une sorte d'aura horrible, parce qu'ils supportent ça ou du moins qu'ils essaient : ils font ce qui est impossible à faire. Cette aura peut être aveuglante au départ – on ne voit qu'elle – et même si elle perd de son intensité avec les années, elle ne se dissipe jamais totalement, si bien que, tard une nuit d'errance dans les ruelles reculées de son imaginaire, il arrive qu'on se fige devant la vision soudaine, à quelques mètres de nous, d'une personne qui dispense encore une lueur discrète mais terrible.

C'était Mike que l'accident avait touché, pas moi, mais, pendant longtemps j'ai perçu quelque chose de cette aura, j'ai senti qu'elle m'enveloppait, de sorte que même lorsque j'allais faire la course la plus anodine, qu'il s'agisse d'un plein d'essence ou d'un tube de dentifrice, j'avais le sentiment que tout le monde autour de moi voyait que je traversais une crise.

Pourtant, je ne pleurais pas. Les premiers jours à l'hôpital baignèrent dans les larmes – les larmes des parents de Mike, de son frère, de sa sœur et de Rooster, peut-être surtout celles de Rooster – mais, moi, j'avais l'œil sec. Ma mère et Jamie me dirent que c'était parce que j'étais anes-

17

thésiée, et je suppose que c'était en partie vrai, anesthésiée et terrifiée : quand je le regardais, j'avais l'impression d'avoir remonté le temps, de l'avoir tout juste rencontré et de mourir d'impatience de connaître la suite. Mais il y avait plus : tout le monde me traitait avec tant d'égards et de sollicitude qu'il me semblait être fragile alors que je n'étais pas brisée. Mike l'était, pas moi. Il était distinct de moi, et ça me choquait.

Il était dans le coma. Par suite d'une vague de sécheresse et d'un remblaiement des berges, le niveau habituel du lac Clausen avait baissé d'un mètre. Si Mike se réveillait, ce serait pour apprendre qu'il s'était rompu le cou.

Mais il ne se réveillait pas. Les jours défilèrent, puis une semaine, dix jours passèrent, et il demeurait inconscient, en réanimation dans une minuscule chambre bourrée de machines, plus que je n'aurais jamais pu en imaginer. Il avait été mis en traction – le crâne rasé et maintenu par un étrier relié à des poids – et comme il fallait le placer régulièrement sur le ventre pour éviter la formation d'escarres, son lit était un appareil en deux parties où des trucs en forme de gigantesque planche à repasser le prenaient en sandwich et le retournaient. Les visites s'étalaient de trois heures de l'après-midi à huit heures du soir, dix minutes par heure, deux personnes à la fois, mais nous n'avions pas sitôt obtenu le droit de le voir que les infirmières nous priaient de sortir. C'était du moins ce que nous ressentions. On aurait juré que le corps inerte qu'il était devenu leur appartenait.

Près de la salle de surveillance, il y avait une petite salle d'attente, et c'est là en général qu'on passait le temps, à bavarder ou pas, à se regarder ou pas. On s'y rassemblait à cinq ou à dix ou même à vingt : un noyau dur réunissant membres de la famille et amis proches, plus des collègues de Mike venant dire bonjour après la fermeture de la banque, des voisins des Mayer, ma mère déboulant avec des sacs remplis de sandwiches. Nous disposions d'un panier de vieilles revues qu'on se proposait de temps à autre, histoire d'avoir quelque chose à faire. J'étais incapable de lire, mais quand l'unique exemplaire, fatigué, de *Vogue* me tombait sous la main, je le feuilletais et m'arrêtais immanquablement sur un article présentant une créatrice de mode londonienne. Je ne sais pas trop si j'ai jamais enregistré son nom, en revanche, je me souviens encore des vêtements : une veste ajustée en velours vert mousse ; une robe argent à manches longues évasées ; un grand chandail en mohair violet foncé, ample. Je meublais mes fins de soirée en faisant de la couture, un short en coton ou une robe d'été tous les deux ou trois jours, et, penchée sur ma machine à coudre, je ne cessais de revoir ces images exotiques qui me montraient Londres et m'évoquaient le monde et l'hôpital.

La limite des deux semaines arriva et en m'éveillant ce matin-là, il me revint à l'esprit une remarque d'un des médecins au tout début, selon laquelle, en cas de coma, le pronostic s'aggravait de semaine en semaine. («Il n'est pas réactif», répétaient-ils et, en entendant cette formule, je repensais à mon attitude sur la route du lac Clausen quand je n'avais pas réagi à ses questions.) Deux semaines ne représentaient jamais que treize jours plus un, cependant j'eus la sensation que nous avions franchi un cap qu'il n'aurait pas fallu franchir et ne pus m'extirper du lit. Cela étant, je ne travaillais pas ce jour-là.

Je restai couchée en chien de fusil. À force d'avoir servi, les draps, pleins de poussière, étaient à la fois doux et râpeux ; je ne les avais pas changés depuis l'accident. J'attrapai ma couette, en boule à mes pieds. Un été, alors que j'étais encore au lycée, j'avais confectionné moi-même ce patchwork de carrés de dix centimètres sans ordre particulier, sinon que j'étais restée dans des tons bleus et violets, ce qui donnait un joli résultat, et je l'avais signé en ajoutant, à l'un des coins, un bout d'une vieille chemise de Mike, blanche rayée de noir (j'avais lu quelque part que les créatrices de couettes «signaient» ainsi leur ouvrage). Repérant le carré en question, je tirai sur la couette pour l'avoir tout contre mon visage.

Il fallait qu'il se réveille. Il le fallait. Je ne supportais pas de penser à mon attitude vacharde au lac Clausen – à mon attitude vacharde tout le printemps. On aurait dit une abominable équation : ma vacherie plus sa peur de me perdre entraînaient *Mike dans le coma*. Je savais très bien que je l'avais poussé à plonger, pour m'impressionner. Je pressais très fort mes paupières et essayais de me rappeler à quel moment tout allait encore bien entre nous. En février ? En janvier ? À Noël ? Peut-être même pas à Noël : il m'avait offert deux perles toutes simples montées en boucles d'oreilles, très jolies et correspondant tout à fait à ce que j'avais désiré l'année d'avant, pourtant elles m'avaient paru mastoc et trop voyantes, et je m'étais sentie éteinte à l'intérieur – pas à cause des boucles d'oreilles mais à cause de la déception qu'elles m'avaient causée.

« Tu les aimes ? m'avait-il demandé d'un ton inquiet.

– Je les adore », lui avais-je répondu avec hypocrisie.

Et maintenant on était en juin. Je finis par me lever et me préparer du café, puis m'attaquai à la confection d'une veste en lin blanc cassé que j'avais décidé de me faire. Je commençai par repasser le tissu froissé puis m'occupai de placer les différents éléments du patron sur mon métrage. Je les épinglai, les découpai avec mes Fiskars, puis repris l'ensemble et, petit coup de ciseaux après petit coup de ciseaux, effectuai les entailles. Armée d'une craie tailleur, je reportai ensuite le patron sur mon tissu et, à la fin de la matinée, assise derrière ma Bernina, je préparai une bobine, ravie d'entendre ce ronronnement familier et d'avoir la certitude que j'allais passer des heures à ma machine, le pied sur la pédale.

Il y avait onze ans que je cousais, depuis mon premier cours de travaux manuels au collège quand j'avais réalisé une jupe cloche et que j'étais tombée amoureuse. Ce qui me plaisait, c'était l'inexorabilité du processus, la manière dont une longueur d'étoffe se transformait en une série de pièces découpées qui prenaient peu à peu forme de vêtement. J'adorais tout ce qui touchait au domaine de la couture, y compris les petits bouts de fil à ramasser, l'odeur du fer trop chaud, les épingles dispersées à la fin de la journée. J'adorais voir mes progrès, la manière dont, à chaque vêtement, je me rapprochais du résultat souhaité.

Lorsque le téléphone sonna à huit heures et demie, ce soir-là, j'avais marqué quelques pauses pour boire du jus d'airelles glacé, mais dans l'ensemble j'étais restée vissée à la Bernina et le timbre de la sonnerie m'arracha à mon ouvrage. Surprise de constater la pénombre qui m'entourait, je m'écartai de la table et allumai une lumière en cillant devant les morceaux de veste éparpillés un peu partout, les bouts de patron et les bords dentelés des coutures. J'étais affamée, j'avais le dos et les épaules noués et endoloris.

C'était Mme Mayer. Elle me demanda comment j'allais, m'annonça qu'il allait sûrement pleuvoir, puis s'éclaircit la voix pour me dire qu'elle aimerait bien que je passe la voir le lendemain.

Le soleil du matin, tombant à l'oblique sur le trottoir, projetait mon ombre en direction du lac Mendota. La carrosserie de ma voiture était déjà chaude ; j'ouvris la portière, baissai les vitres et allai à pied jusqu'au bout du pâté de maisons pour contempler, de l'autre côté de Gorham Street, l'eau encore quasiment incolore sous le ciel matinal.

Mike adorait le lac Mendota, la manière dont la ville épousait ses contours. Il aimait entraîner les gens dans une discussion sur les mérites comparés de Mendota et de Monona, l'autre grand lac de Madison : il dévidait une liste de raisons expliquant pourquoi Mendota l'emportait, comme s'il défendait une équipe de sportifs.

Mendota et Monona.

« On jurerait de vilains prénoms de jumeaux », m'avait déclaré un jour une fille de New York, déclaration que je n'avais jamais pu oublier.

J'avais éclaté de rire mais sa remarque m'avait un peu blessée : elle m'avait lancé cela avec une grande arrogance, en rejetant ses cheveux bruns par-dessus son épaule, en pointant le menton en avant. Je la connaissais à peine – elle suivait les cours de première année d'histoire américaine à l'université – mais en repensant à elle cinq années plus tard, je me rappelais encore qu'elle avait une veste qui m'avait fait envie, avec des boutons-pression ornés d'une perle, et pas de col comme une tenue en molleton, sauf qu'elle était en cuir mégi noir et satiné, doux comme tout.

Sur le trottoir d'en face, deux gars approchaient d'une démarche nonchalante. Ils portaient des lunettes de soleil avec de tout petits verres réfléchissants – bleus pour l'un et verts pour l'autre.

« Pas question, bordel », s'exclama l'un d'entre eux.

Je retournai à ma voiture. Elle sentait le vinyle cuit et le siège me brûla les cuisses. Normalement, je prenais toujours le même chemin pour aller chez les Mayer, un trajet de six à huit minutes, pépère, où je remontais Gorham jusqu'à l'université et, après, j'attrapais la colline ; mais ce jour-là j'évitai Gorham. Je traversai l'isthme pour, une fois à proximité du Monona, emprunter les rues qui lui étaient parallèles en ralentissant à l'occasion afin d'admirer certaines de mes maisons préférées : des demeures victoriennes s'enorgueillissant de couleurs qu'on ne rencontrait pas dans d'autres quartiers, fuchsia, bleu canard, violet foncé. Parvenue à un petit parc à la lisière du plan d'eau, je m'arrêtai et descendis à pied jusqu'au rivage où un nuage de moucherons voltigeait au-dessus de la rive herbeuse. Parfois, la simple vue des lacs – bleu argent quand le soleil était bas ou vastes et blancs de givre en hiver – me remontait le moral, mais, ce matin, ils me parurent ternes et banals.

Dans l'impossibilité de m'attarder davantage, je revins à ma voiture. À l'hôpital, j'avais senti que Mme Mayer m'épiait, qu'elle attendait que je craque ; quelques instants plus tard, quand la découpe familière de la maison de Mike se présenta à mes yeux, Mme Mayer, debout à la fenêtre du salon, le rideau tiré de côté, m'épiait encore, comme si elle avait entendu dire que j'allais arriver mais n'y croyait pas.

Je descendis. C'était une grande maison coloniale,

blanche et parfaitement symétrique avec des fenêtres à volets noirs et un aigle en fer sur la porte d'entrée noire. Je n'y étais pas revenue depuis l'accident mais le jardin me parut aussi soigné que d'habitude, la pelouse tellement bien tondue que je ne pus m'empêcher de repenser à Mike qui affirmait que, tous les matins, son père saluait chaque brin d'herbe par son nom. Je songeai à M. Mayer derrière sa tondeuse et aux senteurs d'herbe omniprésentes tandis qu'il essayait de ne pas se demander si son fils allait s'en sortir et, de panique, mon estomac se retourna.

Mme Mayer ouvrit la porte.

«Bonjour, me dit-elle en souriant. Je suis contente de te voir.»

Je m'efforçai de lui rendre son sourire. À l'hôpital, j'avais eu du mal à soutenir la vue de son visage ravagé, mais là c'était presque pire : elle était pâle et vidée, comme si elle n'avait plus de larmes.

«Allons dans la cuisine, veux-tu, ma chérie ?»

Je la suivis à travers les grandes et vieilles pièces, passai devant des canapés où Mike et moi nous étions vautrés, des tables où j'avais négligemment entassé mes livres de classe. D'une certaine façon, c'était aussi ma maison.

L'air conditionné soufflait avec force et, une fois dans la cuisine, Mme Mayer déclara qu'elle allait faire du thé. Je m'assis à la table en chêne pendant qu'elle remplissait la bouilloire et sortait des sachets de thé d'un bocal orné de cœurs.

«M. Mayer n'arrive pas à se sentir bien cet été, me confia-t-elle. J'essaie de préserver la fraîcheur à l'intérieur et pourtant, tous les soirs en rentrant, il se plaint d'étouffer. Tu ne trouves pas qu'il fait plus froid qu'à l'hôpital ?»

Elle se serra dans son tricot, un cardigan en laine bouclée qu'elle avait enfilé par-dessus une robe chemisier à fleurs avec une ceinture nouée sur le devant. C'était le genre de tenue sans style ni âge qu'elle affectionnait, le genre de détail qui, au départ, m'avait plu chez elle, parce qu'elle aimait ressembler à une maman.

«Il fait frisquet», déclarai-je.

La bouilloire siffla et Mme Mayer nous servit.

« Attends, je m'occupe de ton citron. »

Elle retourna chercher un citron dans le réfrigérateur, le coupa en quartiers qu'elle disposa sur une soucoupe, puis plaça le tout devant moi.

« Tu veux un petit pain au lait ? On nous a apporté tellement de choses à manger que je ne sais pas quoi en faire.

– Non, ça va. »

Après avoir tiré la chaise en face de moi, elle s'assit en se lissant les cheveux d'une main et je remarquai que sa permanente était détendue, qu'on lui voyait des racines grises. Elle souffla sur son thé, puis s'éclaircit la gorge.

« Tu y vas aujourd'hui ? »

Je pris ma tasse. J'envisageai de lui expliquer pour la veille – la limite des deux semaines, comment ce cap m'avait effrayée – mais je savais qu'il en allait de même pour elle et que ça ne l'avait pas empêchée d'y aller. Je bus une gorgée de mon thé au citron acide et agréable.

« C'est important pour lui d'avoir de la visite. »

Je croisai son regard, et détournai la tête. Pour lui, rien n'avait d'importance, et c'était ça le problème, la tragédie – ça et le fait que sa moelle épinière avait subi un choc qui risquait de le laisser paralysé à vie, tétraplégique. Mais cette façon de penser, de me dire que ma visite n'aurait aucun sens, me donnait l'impression d'être mesquine, mauvaise.

« Carrie ? »

Des rides soucieuses marquaient son visage encore jeune. *Bien* sûr que je vais y aller, faillis-je m'exclamer. J'eus envie de lui masser le front, les joues. Pourtant, quand je lui répondis, ma voix me parut distante, même à mes oreilles. Je dis :

« Il faut que j'aille travailler, mais j'irai après. »

Elle hocha la tête, puis s'empara de ma main gauche et effleura le minuscule diamant sur mon annulaire.

« Michael était tellement heureux le jour où il l'a acheté, on aurait cru que c'était quelque chose qu'il avait fait à l'école, tant il en était fier. Julie a lâché une remarque comme quoi il n'était pas gros ou va savoir et il s'est décomposé. Il a pris un air de chien battu et m'a dit : "Mam, tu crois qu'il va plaire à Carrie ?" »

Elle relâcha ma main.

« "Tu crois qu'il va plaire à Carrie ?" Il t'aime beaucoup, ma chérie. »

J'évitai son regard.

« Je sais. »

Nous finîmes notre thé en silence. Je lui dis ensuite que j'avais envie de monter à la chambre de Mike ; je gravis l'escalier, puis tournai dans le couloir en passant devant les photographies encadrées des trois enfants Mayer, photos de classe mélangées à des clichés moins guindés, deux ou trois de Mike en tenue de hockey, le casque sous le bras si bien qu'on voyait son grand sourire.

J'hésitai un moment avant de pousser sa porte. À l'intérieur, il flottait une odeur de renfermé, de pièce qui ne servait pas et, compte tenu de l'atmosphère climatisée de la maison, je me demandai si ses fenêtres avaient été ouvertes depuis l'accident. J'allai m'asseoir sur le lit et laissai courir mes doigts le long du jeté de lit bleu côtelé. Sur sa table de chevet, il y avait une photo de moi à la remise des diplômes au lycée. C'était une photo que je connaissais bien mais la fille dessus semblait n'avoir qu'un lien ténu avec la personne que j'étais devenue. Elle avait les cheveux relevés comme jamais plus je ne les relevais et bien plus d'eye-liner que je n'en avais mis depuis une éternité ; dans l'ensemble, pourtant, elle paraissait sûre d'elle, sûre qu'elle allait passer des années et des années sur la table de chevet de Mike et que cela la rendrait heureuse.

Mike n'avait jamais quitté le toit familial et sa chambre témoignait des différentes phases que je lui avais vu traverser : ses trophées voisinaient avec ses livres de classe et l'attaché-case qu'il avait acheté l'année précédente en entrant dans la vie active. Il occupait un poste de responsable des nouveaux comptes dans une banque proche du capitole et, tout en examinant les lieux, je repensai à ses déclarations des derniers temps, qu'il allait enfin déménager et que, vu qu'il gagnait bien sa vie, il allait se louer un appartement et apprendre à tenir son intérieur pour ne pas saborder notre mariage. Trois ou quatre fois, il l'avait répété, mais je n'avais jamais réagi. Cela me démolissait de penser à la manière dont Mike avait bataillé pour m'arracher un commentaire – juste *Bonne idée* ou *Non, tu ferais mieux de garder ton argent* – sans que je lui donne rien en retour. Pas même une date de mariage : cette question-là, je la repoussais aussi. *Plus tard*, ne cessais-je de me dire. *L'an prochain, l'année d'après*. Quand je n'essayais pas de ne pas y penser du tout.

Je reposai la photo sur la table de chevet, à l'endroit précis où elle trônait toujours. Puis j'approchai l'oreiller de Mike de mon visage et respirai son odeur, un mélange de savon Dial et de déodorant Right Guard associés à une odeur de chair et de vêtements, la sienne tout simplement.

Je travaillais à la bibliothèque de l'université où je bossais déjà pendant mes études ; quand j'avais décroché mon diplôme, on m'avait offert de passer à trente-cinq heures par semaine et j'avais accepté. Ce job ne me plaisait qu'à moitié, mais j'aimais bien être sur le campus : me balader jusqu'à l'Association des étudiants pendant les pauses, remonter State Street pour faire du lèche-vitrine. J'avais été affectée à la salle des livres rares où le seul employé de mon âge ou presque était un étudiant polonais de troisième cycle prénommé Viktor. Il tenait l'accueil quand j'arrivai et je vis tout de suite qu'il était de bonne humeur.

« Carrie, Carrie, viens ici. »

D'un geste impétueux, il me fit signe d'approcher. Même s'il était assis et moi debout, j'avais encore l'impression qu'il me dominait : c'était incontestablement l'homme le plus grand que j'avais jamais rencontré, un peu plus de deux mètres avec de larges épaules costaudes et un torse massif et carré. Quand je lui avais annoncé l'accident de Mike, il m'avait enlacée avec une force telle qu'il avait failli me couper le souffle.

Là, il me dit :

« Ce matin, je dis Ania il faut être plus sociable. Dans le département des études slaves, on fait des fêtes, mais elles sont trop slaves. Tu peux venir dîner quand ? »

Je jetai un coup d'œil alentour. La voix de Viktor ne tenait aucun compte du lieu et plusieurs lecteurs installés autour des grandes tables de travail nous dévisagèrent, apparemment curieux d'entendre ma réponse. Un dîner chez Viktor ! C'était une première et je me demandai dans quelle mesure cette invitation avait un lien avec l'hospitalisation de Mike et si, compte tenu de la situation, je devais m'y rendre. Je m'apprêtais à inventer un prétexte quand une porte au fond de la salle s'ouvrit sur la figure soignée et très comme il faut de Mlle Grafton, notre chef.

« Houp », fis-je à mi-voix.

Mais Viktor afficha un grand sourire et la salua d'un geste cordial à la suite de quoi elle retira sa tête et referma la porte.

« Elle m'adore, déclara-t-il d'un ton neutre, la voix à peine un peu moins tonnante. Je suis grand, fort, pas mal. Elle me voit et elle pense à la souffrance de sa vie asexuée, desséchée mais elle connaît un moment de bonheur parce que je lui rappelle un temps où c'était différent.

– Viktor !

– Tu crois que ce n'est pas vrai ?

– C'est ta modestie, c'est tout. »

Il passa la main sur sa mâchoire hérissée de poils.

« Je me rase tous les deux jours maintenant pour mon nouveau look. »

Il me prit la main et m'obligea à lui toucher le menton.

« Oui, je pense que ça te plaît. »

J'éclatai de rire. Mike adorait mes histoires sur Viktor, et je me fis la réflexion qu'il trouverait celle-ci très drôle, puis me rappelai que je ne pouvais pas la lui raconter. Je sentis comme une pesanteur m'envahir et détournai les yeux.

« Disons samedi en huit, reprit-il. Cuisine tex-mex. Ania cuisine fabuleusement bien, tu sais.

– Je ne sais pas, je…
– Pas de "Je ne sais pas", répliqua-t-il. Oui, oui !
– Ok, oui. »

Il sourit triomphalement et des rides prononcées creusèrent sa barbe de deux jours. Il avait vingt-huit ans mais en paraissait plus.

Décidée à me mettre au travail, je reculai mais il me rappela.

« Viktor, dis-je en me retournant, un peu agacée, Mlle Grafton va…
– Il faudrait que tu te détendes un peu, Carrie. »

Il leva les deux mains et hocha la tête lugubrement.

« On parle et on travaille, c'est pas un problème. »

Je roulai des yeux.

« De toute façon, je te passe un message et c'est tout. »

Il me remit un bout de papier que j'allai lire entre deux étagères de haute taille. Écrit en grosses capitales d'imprimerie, le mot disait : JAMIE. 10 : 30. PEUX DÉJEUNER N'IMPORTE QUAND ENTRE 12 ET 15 SI TU APPELLES AVANT 11 : 45. APPELLE, S'IL TE PLAÎT. SALUT. Je poussai un soupir et pliai le billet que je rangeai dans ma poche. Jamie travaillait dans un magasin de photocopies trois pâtés de maisons plus loin et on se retrouvait parfois pour déjeuner si nos horaires coïncidaient. Au cours des derniers mois, j'avais eu tendance à lui dire qu'ils ne coïncidaient pas, qu'on m'avait attribué une heure tardive ou rien du tout, mais depuis peu, depuis l'accident, elle insistait, laissait des messages dans le genre de celui-là, m'appelait au boulot juste pour dire : « Salut, tu vas bien ? » Je savais qu'elle s'inquiétait pour moi et lui en étais reconnaissante ou, disons plutôt, j'en étais touchée. Je consultai ma montre : 11 : 35. Je pouvais déjà appeler pour refuser, mais c'était tellement plus simple de ne pas broncher, de faire celle qui n'avait pas reçu le message à temps. Je tapotai ma poche où se devinait le relief discret du billet. Puis je me trouvai un chariot de bouquins à ranger. Depuis l'accident, j'échappais à beaucoup plus de trucs, ce qui m'effrayait.

L'hôpital ressemblait à une ville, avec des quartiers distincts et des zones commerciales, et même les couloirs faisaient penser à des rues qui n'en finissaient pas. En arrivant ce soir-là, je m'attardai quelques minutes dans l'un des halls afin de me préparer à monter. Tout près de moi, une famille d'agriculteurs bavardait, les hommes en chemisette de polyester mélangé arboraient des bras hâlés et un cou rouge brique et fripé. De l'autre côté du passage, près d'une fontaine à eau, une très vieille femme, un châle en crochet pardessus la chemise de nuit fournie par l'hôpital, paraissait livrée à elle-même dans son fauteuil roulant. Mike et moi avions traversé ce même hall deux ans auparavant à l'époque où son grand-père se mourait d'un cancer du poumon : son oncle Dick étant trop ébranlé pour aller déjeuner à l'extérieur, nous étions allés lui chercher des Whoppers, seule chose qui lui faisait envie. Nous avions fini par en dénicher dans une boutique de cadeaux juste à côté de l'entrée et, au retour, Mike les avait ouverts pour qu'on en mange un chacun. Assise là deux ans plus tard, c'est tout juste si je ne sentais pas le goût du malt sur ma langue, sa légère brûlure associée au côté sucré du chocolat artificiel.

Je me demandai : Est-ce que je vais le trouver changé après une journée sans l'avoir vu ? Me rendrai-je mieux compte de ce à quoi il ressemble vraiment, échoué sur ce lit inconnu ? J'espérais le trouver allongé sur le dos. Le voir sur le ventre, le visage tourné vers le sol et entouré de coussins, pour moi, c'était le plus dur.

Juste à ce moment-là, je lançai un coup d'œil vers la porte à tambour et aperçus Rooster qui entrait, encore en costume. Je sautai sur mes pieds. Comme Mme Mayer, il débordait d'espoir, et je savais qu'il aurait désapprouvé ma passivité et critiqué tout ce qui pouvait suggérer le pessimisme. Il consacrait beaucoup de son temps à l'hôpital comme si ces heures accumulées pouvaient contribuer à quelque chose de bien, à la guérison de Mike.

Il ne me remarqua pas alors que, moi, je le vis s'arrêter devant le reflet que lui renvoyait le miroir et ajuster sa cravate. Je ne pus réprimer un sourire : c'était toujours cocasse de le voir en costume, peut-être parce que lui-même prenait cette image tellement au sérieux.

« Les clients veulent que tu présentes mieux qu'eux, m'avait-il confié un jour. C'est psychologique. »

Il travaillait depuis un an comme vendeur chez un concessionnaire Honda à la ceinture de la ville. Dans sa bouche, les voitures étaient des unités maintenant, même devant ceux d'entre nous qui n'avaient pas oublié l'époque où il ne parlait que de caisses.

Je traversai le hall d'entrée et le rejoignis près de l'accueil. Après avoir échangé un bonjour, il me dévisagea drôlement et je me demandai s'il savait que je n'étais pas venue la veille, si Mme Mayer lui en avait soufflé mot.

On prit l'ascenseur jusqu'au service de réanimation où régnaient toujours un grand silence et une certaine pénombre. Dans la salle de surveillance, plusieurs infirmières bavardaient à mi-voix ou se penchaient sur des feuilles de température. Tout autour se déployaient les chambres des patients, cercle de box aux portes ouvertes et équipés de grandes baies vitrées de sorte que les infirmières, où qu'elles soient, pouvaient voir ce qui se passait à l'intérieur. J'entendais les bips réguliers des moniteurs cardiaques, le bruissement sourd des respirateurs artificiels. En face de la chambre de Mike, je notai qu'un box était vide et fis un effort pour me rappeler qui l'occupait deux jours plus tôt. Une vieille dame, pensai-je. Son état s'était-il stabilisé et avait-elle changé de service ? Ou bien était-elle décédée ?

Rooster s'arrêta pour échanger quelques mots avec l'une des infirmières et je m'arrêtai aussi. Blonde, belle dans un style nordique, glacé, elle devait avoir vingt-neuf ou trente ans. Impossible, en d'autres termes, ce qui correspondait parfaitement à ce qu'il aimait. Je restai derrière lui, en souriant un peu chaque fois qu'elle lançait un coup d'œil dans ma direction. Les infirmières nous connaissaient tous. Rooster était le meilleur ami. Moi, la fiancée. Elles avaient toutes demandé à regarder ma bague.

Mike était sur le dos et je me détendis un peu. Ce n'était pas plus difficile de le voir aujourd'hui que deux jours plus tôt, ce corps familier désormais pris en charge par des machines. Il était nu, à l'exception d'un petit bout de tissu recouvrant son sexe, et me parut livide, terreux.

« Salut, Mike, dit Rooster. C'est moi, mon vieux. Je suis là, avec Carrie. »

Là-dessus, il s'interrompit et m'incita, d'un regard et d'une mimique, à prendre le relais. Les infirmières et les médecins nous avaient conseillé de parler à Mike, mais ça me mettait mal à l'aise, j'avais l'impression de m'adresser à un magnétophone. Je gardai le silence.

« On est le 14 juin, enchaîna Rooster. Dix-neuf heures vingt. J'arrive directement du boulot pour te voir, mon vieux. »

Il tira un bout de papier de sa poche.

« Vendu aujourd'hui une Civic à un mec avec un nom super. OK. Ce mec est dentiste, d'accord ? Molère. Dr Richard Molère. Je me suis dit, "Celui-là, c'est pour la collection. Celui-là, faut pas que j'oublie de le signaler à Mikey." »

Depuis que je les connaissais, Mike et Rooster avaient leur théorie sur les patronymes. M. Speaker, journaliste pour je ne sais plus quelle station de radio. Tel chiropracteur dans l'annuaire, Dr Manip. En traversant Menominee après être aller camper un été, ils avaient remarqué une plaque sur un immeuble : Dr Vit, vétérinaire inséminateur. Une coïncidence ? Pas du tout, voilà comment ils réagissaient. Le nom qu'ils préféraient était celui du conseiller pédagogique de Rooster durant sa première année au collège technique de Madison, M. Tayton, dont Rooster était prêt à jurer qu'il portait un soutien-gorge.

Rooster plia sa feuille de papier et la rangea dans sa poche.

« On sait jamais », fit-il en haussant les épaules.

Je m'approchai de quelques pas. Lorsque je n'avais pas Rooster dans mon champ de vision, je pouvais imaginer que Mike et moi étions seuls. Je n'avais pas envie de parler à voix haute mais cela ne voulait pas dire que je ne pouvais pas communiquer avec lui. Je fixai son visage, le léger sillon sur son menton et ses lèvres minces et pâles. Je posai ma main sur la sienne et lui dis de ne pas s'inquiéter. *Je suis là*, lui murmurai-je. *Je suis là, je suis là*.

Devant les ascenseurs, nous tombâmes sur la famille de Mike qui revenait, comme tous les soirs, lui souhaiter une bonne nuit. Mme Mayer parut nettement soulagée de me voir et M. Mayer me regarda un tout petit peu plus longuement en hochant la tête, comme s'il remettait à plus tard une éventuelle réflexion sur le fait que j'étais là maintenant alors que j'avais été absente la veille.

Rooster déclara qu'il fallait qu'il s'en aille, mais je me sentis obligée de rester. Je retournai à la salle d'attente pendant qu'ils prenaient congé de Mike, deux par deux. Puis on se retrouva tous les cinq ensemble et, bien qu'il n'y eût plus aucune raison de s'attarder, personne ne chercha à lever le camp. Il était presque huit heures, une longue journée touchait à sa fin et de l'autre bout de la pièce nous parvenait une odeur de café brûlé. Je savais précisément ce que je verrais si j'allais jusque-là : des enveloppes d'édulcorant bleu et rose au milieu du café moulu renversé, un carton de lait en train de tourner, une cafetière sale.

«Tu as vu les médecins aujourd'hui?»

Je levai le nez et surpris le regard de Julie posé sur moi. Elle avait dix-neuf ans et rentrait tout juste de sa première année à l'université ; elle portait une jupe longue imprimée et des pendants d'oreilles en argent et sentait légèrement le patchouli. Je fis non de la tête.

«Je suis sérieuse, mam, enchaîna-t-elle. On ne peut pas attendre sans broncher qu'ils veuillent bien nous informer. Il faut qu'on participe activement.»

Mme Mayer m'adressa un sourire triste.

«Merde, brailla Julie qui se leva et sortit en courant de la salle d'attente.

– Oh, mon Dieu, gémit Mme Mayer.

– J'y vais», déclara M. Mayer sans bouger d'un iota.

Je lançai un coup d'œil vers John Junior. Il avait seize ans et un physique à vous fendre le cœur avec des cheveux bruns ondulés et des yeux gris – les cheveux et les yeux de Mike – et le corps que Mike avait six ans plus tôt, musclé mais encore mince. Il m'arrivait de rencontrer John et ses copains à l'Association où ils demandaient à des gens munis d'une carte d'identité s'ils voulaient bien aller au Rat leur acheter de la bière.

«Comment ça va, John?

– Bien.»

Il avait la voix rauque – j'eus l'impression qu'il retenait ses larmes.

«Et ton boulot, c'est comment?

– Ça va. Arrête-toi des fois, je t'en filerai une gratis.

– Oui, éventuellement.»

Le week-end d'avant l'accident, il avait été embauché chez un marchand de glaces de State Street. J'étais chez les Mayer quand il nous avait annoncé la nouvelle et, aussitôt, Mike lui avait lancé :

«Génial, rapporte-moi un demi-litre de *butter pecan* tous les soirs, sinon tu verras ton cul.»

Aussi sec, John avait rétorqué :

«Si tu t'avales un demi-litre de *butter pecan* tous les soirs, c'est toi qui verras ton cul.»

Mike avait adoré cette repartie, il l'avait répétée à tout le monde pendant plusieurs jours.

Je regardai M. Mayer : sa tête chauve et basanée, ses yeux noisette voilés derrière ses verres épais. Il avait laissé sa veste et sa cravate chez lui mais gardé sa chemise blanche bien repassée, son pantalon bleu marine et ses chaussures à lacets d'un noir brillant. Il était assis sur un canapé orange trop bas pour lui et quand je le vis s'agiter, remuer les genoux de gauche à droite tout en plaquant les bras contre son corps, j'eus soudain la certitude qu'il allait nous faire une déclaration.

Je sautai sur mes pieds. Depuis l'accident, on aurait cru entendre un pasteur, nous assenant tel jour un sermon sur l'espoir et la patience et le lendemain une conférence sur la moelle épinière et sa fonction. Je l'aimais bien mais me sentais incapable de l'écouter – ça me mettait les nerfs en pelote.

« Je crois que je ferais mieux d'y aller », déclarai-je.

Tous trois me dirent au revoir et je sentis leurs regards rivés sur moi pendant que je m'éloignais. Je me demandai combien de temps encore ils allaient rester là.

Devant les ascenseurs, je tombai sur Julie, les bras croisés sur la poitrine : elle avait les joues écarlates, les yeux noyés de larmes. Elle repoussa les cheveux qui lui tombaient sur la figure.

« Je ne veux rien entendre, d'accord, Carrie ?

– Je ne comptais pas te dire quoi que ce soit, rétorquai-je, interloquée.

– Ma mère est une idiote. Dire qu'il m'a fallu dix-neuf ans pour m'en rendre compte.

– Mieux vaut tard que jamais. »

Elle sourit à moitié mais hocha vivement la tête, comme si elle refusait de se laisser détourner de ses préoccupations.

« Tu sais ce qu'elle fabriquait quand je suis rentrée cet après-midi ? Elle repassait une nappe. Tu sais quand on en a utilisé une pour la dernière fois ? À Noël ! Tu sais quand on en utilisera une de nouveau ? À Thanksgiving !

– Il faut bien qu'elle fasse quelque chose.

– Dans ce cas-là, pourquoi elle ne fait pas quelque chose pour Mike ? » cria Julie.

Là-dessus, elle fondit en larmes.

« Parce qu'il n'y a rien à faire, sanglota-t-elle. Il n'y a rien à faire. »

Je la pris tendrement dans mes bras. Pourquoi ne pleurais-je pas ? Pourquoi en étais-je incapable ? Je me faisais l'effet d'être insensible. Je caressai ses cheveux et sentis ses omoplates, osseuses, anguleuses.

Elle cacha son visage derrière ses mains, puis s'essuya sur sa jupe et releva les yeux vers moi.

« Pourquoi ç'aurait pas pu être Rooster ? » murmura-t-elle d'un ton âpre.

Comme s'il avait fallu que ça tombe sur quelqu'un : j'avais eu la même pensée horrible.

« Je ne sais pas, lui répondis-je. Je ne sais vraiment pas. »

Juste à côté de la sortie, je remarquai Rooster qui bavardait avec l'infirmière blonde. Ses cheveux, lâchés à présent, lui faisaient une belle masse pâle et ondulée, et elle portait un sac en bandoulière. Quand il m'aperçut, il m'invita d'un geste à venir les rejoindre.

« Est-ce que je vous ai présentées ? s'écria-t-il. Carrie, voici Joan. Tu ne me croiras peut-être pas, mais elle est d'Oconomowoc. »

J'acquiesçai d'un air entendu : les parents de Rooster étaient tous deux originaires d'Oconomowoc et il y passait ses vacances.

« Tu sais qui est Carrie. »

Joan me sourit. Plus grande que je ne l'avais pensé, elle frisait le mètre quatre-vingts, avait une belle peau claire et des yeux bleu pâle extraordinaires.

« Je suis vraiment désolée pour Mike, me dit-elle.

– Merci.

– Mais il est beaucoup trop tôt pour perdre espoir.

– Tout à fait », renchérit Rooster.

Joan s'éloigna vers la sortie et je regardai Rooster la regarder ; il ne la quitta pas des yeux tant qu'elle n'eut pas disparu au milieu du parking.

« Chouette, lâcha-t-il alors.

– Chouette quoi ? »

J'avais l'habitude de ses commentaires. Chouettes jambes. Chouette cul.

« Juste chouette. »

Il posa la main sur mon épaule et, au bout d'un moment, nous nous dirigeâmes ensemble vers la sortie. Il faisait lourd et chaud dehors. Le ciel était d'un blanc éblouissant. Du parc de stationnement, la chaleur nous fondit dessus, dense et mêlée de gaz d'échappement.

« Allez viens, on va boire un pot. »

Je levai le nez et m'aperçus qu'il m'observait avec

attention, le visage cramoisi, ses cheveux roux trempés de sueur à la racine. Je détournai la tête.

« Ça ne me dit pas trop. »

Il s'arrêta, posa les mains sur ses hanches.

« Allez, Carrie, sois sympa pour une fois, OK ? Une seule bière, je te promets. On ira dans un endroit tranquille.

– Pour une fois ? Pourquoi pour une fois ? »

Mes yeux me brûlaient un peu, et je me fis la réflexion que ce serait incroyable si, au bout du compte, c'était une remarque de ce style qui réussissait à me faire craquer.

« Je ne voulais pas le dire dans ce sens-là.

– Dans quel sens alors ? »

Il esquissa une grimace. Une expression d'impatience passa sur son visage et il fixa la mer de voitures qui rôtissaient au soleil de la fin de journée. Au bout du compte, il capitula.

« Je ne pensais absolument pas ce que j'ai dit, d'accord ? »

Je soupirai. Par la simple force de sa volonté, Rooster finissait toujours par s'en tirer. Quant à moi, j'aurais pu continuer à résister mais à quoi bon ?

« Entendu, va pour une bière. »

Chacun prit sa voiture et on se retrouva devant la librairie de l'université. Pendant qu'on débattait d'un endroit où aller, on buta sur Stu qui nous convainquit d'opter pour la terrasse de l'Association. Rooster fit la queue pour la bière tandis que Stu et moi cherchions une table. Le lac Mendota formait une étendue argent, ondulée, pareille à une immense pièce de soie déployée mais pas encore défroissée. Je repensai à la déception que j'avais éprouvée le matin même devant les deux lacs et en conclus que c'était mon incapacité à aller voir Mike, la veille, qui avait terni leur beauté.

« Reviens avec nous, Carrie », dit Stu.

Rooster nous avait rapporté les bières. Je tendis la main vers ma chope et en bus une gorgée.

« Désolée.

– Comment vas-tu ? » poursuivit Stu en se penchant vers moi.

36

Je soulevai la main et l'agitai d'avant en arrière.

«Et les Mayer?

– Mal, intervint Rooster. Comme nous tous.»

Il me jeta un coup d'œil et j'eus un bref instant l'impression qu'il m'accusait de quelque chose.

«C'est John qui m'inquiète, repris-je. John et M. Mayer.»

Rooster fronça les sourcils.

«Je ne trouve pas que Julie soit tellement en forme, elle non plus. Et Mme Mayer a confié à ma mère qu'elle n'avait pas dormi plus d'une heure d'affilée depuis l'accident.

– Je voulais juste dire que John me paraît particulièrement vulnérable.

– John, c'est un dur, répliqua Rooster. Comme Mikey.»

Je repensai à Mike sur le ponton, obnubilé par son désir de plonger dans une eau qu'il savait glaciale.

«Un dur, répétai-je. Une sacrée qualité! On a vu le résultat.»

Choqués, Rooster et Stu écarquillèrent les yeux. Une brise légère montait du lac et, sur notre table, une serviette en papier se souleva, se retourna, puis retomba. J'éprouvai une sensation bizarre, mes pommettes me picotèrent légèrement. Retire ce que tu viens de dire, songeai-je, mais je ne pus m'y résoudre. Je fixai mes mains, consciente que Rooster m'enveloppait d'un regard furieux.

«J'en crois pas mes oreilles», s'écria-t-il en reposant sa chope avec fracas sur la table.

Il recula bruyamment sa chaise et se leva.

«Moi, je me barre, lança-t-il à Stu. Je n'ai pas besoin d'entendre des conneries comme ça en ce moment, à plus.»

Je relevai la tête juste à temps pour le voir s'éloigner et me fis la réflexion que, de dos, il avait une allure un peu triste, avec sa veste de costume un peu tendue sur ses épaules. Je me tournai vers Stu.

«Désolée. Je ne sais pas ce qui ne tourne pas rond chez moi.

– Tu ne sais pas?

– En fait, si.»

Je repris un peu de bière en regrettant de ne pas être chez moi à coudre plutôt qu'à traîner à la terrasse de l'Association. Il y avait un monde fou et je songeai à des soirées de ce genre, au début de l'automne ou à la fin du printemps quand les cours venaient de reprendre ou de se terminer. À des soirées avec Mike et à l'agitation qui nous tenaillait parce qu'on était là où on était et que rien de surprenant n'allait nous arriver. Parfois, Jamie nous tenait compagnie et je sentais sa tension tandis qu'elle regardait les types alentour en se disant, *Peut-être lui, peut-être lui*.

Stu contemplait le lac, les mains serrées sur sa bière. Il avait de petites mains, des mains presque enfantines sur la grosse chope à facettes.

«À quoi tu penses?» lui demandai-je.

Une lueur gênée éclaira ses yeux bleu-vert.

«Stu.»

Il eut un sourire embarrassé.

«En fait, je réfléchissais à ce terme de "dur". À l'autre fois quand Mike, Rooster et moi, on a traversé le lac gelé à pied jusqu'à Picnic Point.

– De quoi tu parles?

– Mike ne t'a jamais raconté?

– Raconté quoi?»

Il détourna la tête. À le voir ainsi, dans sa chemise en oxford, les cheveux impeccablement coupés, j'eus le cœur serré. Il venait de terminer une première année de droit éreintante.

«Stu, insistai-je.

– Tu veux du pop-corn?

– Stu.»

Il hocha la tête et poussa un soupir.

«Bon, on était en première année et…

– En première année du lycée?

– Bon sang, non… à l'université.»

Il grogna.

«Qui se souvient du lycée?»

Moi. Par moments, je me disais que mes souvenirs du lycée représentaient mon problème majeur. Ces premiers baisers tendres, ce sentiment bouleversant que j'allais apprendre à nommer désir. Mike éblouissant, avant que je ne dresse la liste de ce que j'adorais chez lui, au cas où j'oublierais.

Stu prit une gorgée de bière.

«C'était ma première année d'université, j'avais intégré Marquette. L'heure des vacances de Noël avait sonné et j'avais tellement envie de revoir mes potes que j'ai quitté Milwaukee peut-être cinq minutes après mon dernier exam, mais ça, naturellement, c'est top secret. En tout cas, je suis rentré, j'ai appelé Rooster qui a appelé Mike et tous les trois on a déboulé ici. Mike répétait des trucs du genre : "Moi, je passe ma vie ici, allons ailleurs", mais il neigeait, ça caillait, on n'avait vraiment nulle part où aller. Et je me disais : "C'est pour ça que je voulais rentrer ?" Puis Rooster a lâché : "Allons à pied jusqu'à Picnic Point." Il faisait moins dix, mais voilà qu'on s'est retrouvés tous les trois dehors comme si c'était la meilleure idée qu'on ait jamais eue. On est descendu jusqu'au lac, or l'automne avait été doux et la glace n'était pas très épaisse, mais Rooster s'est lancé quand même. J'ai dit à Mike : "Je croyais qu'il voulait dire qu'on allait faire le tour." Mike m'a rétorqué : "T'es un dur ou pas ?" Être dur, c'est une chose, mort c'en est une autre, pas vrai ? J'ai répondu : "Putain, non, les mecs, vous allez boire le bouillon." Mike m'a décoché un regard du style : "Espérons que non, mais si ça arrive, ça arrive", et il a suivi Rooster. Bon, je n'avais pas le choix ! J'y suis allé aussi. On a fait l'aller et retour sans desserrer les dents, et le lendemain, dans le Sawyer County, ce fameux gamin traversait la glace, tu t'en souviens ? Il est resté une demi-heure dans l'eau pendant que son copain courait chercher de l'aide et…

– Arrête, je m'en souviens, je m'en souviens.»

C'était un petit garçon, de huit ans peut-être : quand on avait fini par le sortir de là, il était trop tard ; il vivait encore mais il était mort dans l'ambulance qui l'amenait à l'hôpital. J'avais vu des photos de lui mais c'était le visage de son copain qui me revenait : il était passé à la télé un soir et je revoyais encore ses petits yeux pleins de peur où on lisait clairement qu'il se demandait s'il n'aurait pas dû essayer de sortir l'autre lui-même.

« Je croyais que Mike t'en avait parlé », ajouta Stu.

Je fis non de la tête, regardai le lac Mendota, les derniers voiliers en train de rentrer. La petite péninsule de Picnic Point se trouvait juste en face de nous. Quatre ou cinq fois par an, Mike et moi allions à bicyclette ou en voiture jusqu'au parking le plus proche du début du sentier, puis on finissait le trajet à pied. En hiver, on s'emmitouflait dans des doudounes et on chaussait de grosses Sorel ; en été, on allait y pique-niquer. C'était à Picnic Point qu'il avait glissé son doigt en moi pour la première fois, et, quelques semaines plus tard, dans la même clairière isolée, que nous avions perdu notre virginité ensemble, sur une serviette de plage que j'avais gardée. On avait seize ans. On estimait avoir suffisamment attendu.

Je me retournai vers Stu.

« T'aurais plongé ? Au lac Clausen ? S'il était venu te dire : "Allez, Stu, c'est super." T'aurais plongé ?

– Bien sûr, répondit Stu. Pourquoi pas ? »

2

J'ai rencontré Mike l'hiver de mes quatorze ans, quelques semaines avant Noël, et il est probable que si je ne l'avait pas rencontré, lui, j'aurais sûrement rencontré quelqu'un d'autre et mon histoire aurait pris un cours totalement différent. Celle de Mike aussi, bien sûr. Sans le lac Clausen. Sans le plongeon.

Coiffées toutes deux d'un chapeau en laine mousseuse pour nous protéger du froid, le sien rouge, le mien violet, Jamie et moi avions fait des courses de Noël cet après-midi-là. Comme j'avais déjà acheté et empaqueté l'écharpe en Challis que je destinais à ma mère et qu'il ne restait donc plus que Jamie sur ma liste, je me contentai de l'accompagner pendant qu'elle choisissait des choses pour sa famille tout en mentionnant avec une délicatesse éléphantesque des idées de cadeaux susceptibles de lui plaire. Des créoles plaquées or. Un pull angora bleu ciel. C'était ma meilleure amie, on avait le droit de se demander la lune.

En fin d'après-midi, on déboula dans la patinoire où notre établissement scolaire disputait un match de hockey et on s'installa sur les gradins. Le hockey des premières années de lycée ne nous passionnait pas vraiment, mais il y avait toujours la possibilité de tomber sur quelqu'un d'intéressant : cette possibilité sous-tendait tous nos faits et gestes et il n'est donc pas vraiment exagéré de dire que, bien au chaud dans mon pull islandais, j'avais l'impression d'attendre que ma vie démarre.

Et c'est là que je découvris Mike. Sur le banc en face de

nous, de l'autre côté de la patinoire, sans son casque : costaud, jeune et beau. Je poussai Jamie du coude.

« Le vingt-quatre, lui glissai-je. Près de la porte, à côté du numéro sept.

– Le sept est en maths avec moi. Au dernier rang, plutôt grande gueule. Le vingt-quatre est pas mal du tout. »

L'espace d'une minute, j'éprouvai un sentiment très bizarre – comme si une bulle insonorisée, transparente, m'avait subitement enveloppée et que le monde de l'autre côté, bien que toujours là, me fût devenu inaccessible. Puis tout redevint normal.

« Oh oui, renchéris-je. C'est vrai. »

Je n'ai aucun souvenir de ce match mais à peine fut-il terminé que je convainquis Jamie d'aller se planter dehors devant le vestiaire où se trouvait un tableau d'affichage surchargé d'annonces pittoresques auxquelles on pouvait faire semblant de s'intéresser. Finalement, du coin de l'œil, je vis sortir le gars du cours de maths et soufflai à Jamie de se débrouiller pour lui adresser la parole.

C'était Rooster. Mike le suivait.

Jamie et Rooster commentèrent le match pendant quelques minutes, puis on s'enfonça ensemble dans le crépuscule glacial de Madison et on finit par atterrir dans un petit resto de Regent Street connu pour son chocolat chaud. On s'installa dans un box, Jamie et moi d'un côté, Mike et Rooster de l'autre. Nos commandes arrivèrent, coiffées d'une montagne de chantilly.

Rooster menait la conversation. Jamie et moi, on était « Vous, les miss ». « Où est-ce que vous habitez, vous, les miss ? » nous demandait-il. « Vous, les miss, ça vous dirait d'aller un jour au ciné avec mon copain muet ici présent et ma pomme ? Vous formalisez pas, il est juste timide, comme on dit. »

Je jetai un coup d'œil vers Mike et notai qu'il rougissait de manière attendrissante.

Au lycée, la semaine suivante, on se retrouva tous les quatre au réfectoire pour déjeuner ensemble. À mon sens, les sandwiches de la mère de Mike en disaient long sur elle, sur lui, sur toute la famille Mayer : feston de laitue pour décorer à la perfection les tranches de pain, moutarde sur la viande et mayonnaise sur le fromage. Moi qui vivais seule avec ma mère, j'étais sous le charme. Je rêvais qu'il m'embrasse, mais rêvais encore plus de voir où il habitait, et tout arriva en même temps le soir de Noël, grâce à une branche de gui qu'il avait demandé à sa mère d'accrocher, me confia-t-il plus tard. Julie avait alors dix ans, John Junior sept : on aurait cru les jeunes frère et sœur empoisonnants et craquants d'un feuilleton télévisé. Rooster et Jamie, présents eux aussi, nous avaient aidé à décorer l'arbre de Noël ; ils feignaient encore de flirter par égard pour Mike et moi, pour la voie dans laquelle on s'engageait, et dans laquelle on avait peur de s'engager.

Le gui était accroché au-dessus du seuil de la cuisine. Je sentis l'odeur mentholée des bonbons que Mike venait de croquer.

« Je le savais, me dit-il quand nous nous séparâmes.

– Tu savais quoi ? »

Mais il refusa de s'expliquer.

Il y avait alors plus de dix ans que ma mère et moi vivions seules la vie calme et paisible d'une femme et d'une enfant abandonnées par un homme. Chez les Mayer, c'était l'extrême opposé et je tournai pratiquement le dos à tout ce qui jusque-là avait représenté mon univers. Durant mes années de lycée, il n'y a pas eu un jour où je ne sois pas rentrée de l'école avec Mike ; plusieurs fois par semaine, je restais dîner chez les Mayer et, le week-end, j'y retournais encore. L'été, lorsqu'ils louaient un chalet sur le lac Supérieur, je les accompagnais. Leur grande maison blanche fourmillait de gens, retentissait de bruits, il y avait des enfants, des amis, des chiens, des patins, des manteaux. De la musique sur les deux chaînes stéréo, une télé allumée, quelqu'un qui braillait : « Où sont mes chaussures ? » Mme Mayer achetait dix sacs d'épicerie par semaine. Elle me traitait avec tant de chaleur qu'on aurait cru que c'était elle qui m'avait choisie pour Mike, tel un de ces petits cadeaux qu'elle ne cessait de m'offrir : un pain de savon à la lavande, une photo de Mike à cinq ans, chaussé de bottes de cow-boy, un petit vase en céramique orné de tulipes peintes.

On passait aussi du temps chez moi mais, là, c'était différent, nous étions différents et, une fois en première, on se retrouva dans mon lit deux ou trois après-midi par semaine pendant que ma mère travaillait, ce qui limitait les risques. En plus, elle savait : avant que je ne parte pour le lycée, le matin, elle me disait très précisément à quelle heure elle comptait revenir, détaillait les courses qu'elle projetait au retour, puis une fois rentrée faisait toujours beaucoup de bruit pour gravir l'escalier au cas où nous n'aurions pas entendu sa voiture remonter l'allée. Parfois, quand on émergeait de ma chambre en évoquant hypocritement des devoirs scolaires, elle invitait Mike à dîner et je me sentais alors très partagée : s'il restait, cela signifiait plus de temps avec lui, ce dont j'avais toujours envie, mais ces dîners reflétaient le calme de notre foyer, sa quiétude, et, du fait qu'il était le seul homme présent, le mettaient mal à l'aise, j'en avais conscience.

Je garde trois souvenirs de mon père, exactement trois, chiffre approprié puisque c'est le nombre d'années où il a fait partie de ma vie. Dans le temps, j'essayais d'en trouver d'autres mais c'était un exercice futile qui me poussait à me « souvenir » de choses dont je n'avais pas été témoin, d'histoires que ma mère m'avait racontées, de scènes que j'avais enregistrées à partir de photos disparues depuis. J'avais huit ou neuf ans quand je déclarai à ma mère, d'un ton animé, me rappeler avoir mangé une glace aux cerises noires sur les épaules de mon père, à côté d'un poste de maître nageur, sur une plage immense. Elle fronça les sourcils et réfléchit, réfléchit et fronça les sourcils, puis une lueur de compréhension éclaira son visage et elle me dit que non, qu'il ne s'agissait pas de mon père, que cette scène avait eu lieu plus tard, alors que j'allais sur mes cinq ans : son cousin Brian nous avait invitées à passer une semaine dans sa famille sur la côte du New Jersey, et c'était sur les épaules de Brian que je m'étais retrouvée, même si j'avais raison pour la glace aux cerises, elle s'en souvenait.

La mémoire est bizarre – moitié cinéma, moitié rêve. On ne sait jamais si on se souvient de l'élément essentiel ou d'un truc totalement différent, d'un ornement. De mon père, voici ce qu'il me reste : tard une nuit, d'un couloir obscur, je vois un homme en peignoir de bain écossais qui hurle après ma mère, debout devant lui dans une longue chemise de nuit rose, les mains jointes à la hauteur de sa poitrine. Je les épie un bon moment, mais eux ne me voient pas, et malgré les hurlements de cet homme, ce souvenir baigne dans le silence. Ensuite, me voici derrière une fenêtre ourlée de givre tandis que le même homme armé d'un marteau enfonce des pieux dans le sol gelé, chaque coup résonnant à la face de l'univers enneigé au-delà de notre jardin, des hautes branches givrées des arbres noirs et de l'infini du ciel. «Comme ça, cette saleté de chienne restera dehors», décrétera-t-il plus tard ou peut-être avant – en tout cas pas à moi – alors que personne alentour ne peut l'entendre. Enfin, très tôt un matin, il remonte le store de ma chambre – un panneau brun-jaune qu'il relève en tirant sèchement sur un anneau gainé de fil – et fait entrer un flot de lumière blême. Habillé d'un costume, il vient me dire au revoir. Sur le lit, en dessous de mes pieds, il dépose en souvenir – «quelle idée mais quelle idée !» répétera inlassablement ma mère – un taille-crayon marqué d'un monogramme provenant de son bureau.

Et c'est tout, c'est tout ce dont je me souviens. Ce que je ne sais pas est presque incommensurable : son odeur, le timbre de sa voix, si oui ou non il m'a jamais prise dans ses bras. Tout un livre de détails, une encyclopédie au complet – volume que j'essayais inlassablement d'étoffer chez les Mayer.

Je n'ai plus le taille-crayon. Six ans après son départ, alors que j'étais au cours moyen, je l'ai emporté en classe un matin et, à la récréation, je suis sortie discrètement par le portail de derrière pour le jeter dans la benne de la cafétéria.

Mike ne se réveillait pas. Quinze, seize, dix-sept jours. Tard une nuit où je n'arrivais pas à fermer l'œil, je sortis de chez moi et traversai Gorham Street pour aller m'asseoir sur le gazon du parc James Madison, au bord du lac Mendota. L'été cherchait déjà à battre des records de chaleur et, bien qu'il fût minuit passé, je sentais encore l'air sur ma peau, sorte de truc désagréable qui pesait sur mes bras et mes jambes nus, s'insinuait dans mes cheveux et les alourdissait. La lune, presque pleine, s'était levée et se reflétait sur la surface de l'eau. Je repérai Picnic Point en face, masse sombre entre ciel et lac. Je repensai à l'histoire de Stu, à la manière dont ils avaient traversé le lac gelé, Mike, Rooster et lui, et me dis : « Heureusement que Mike ne m'en a pas parlé. »

J'enlevai mes chaussures et me baladai sur la pelouse dont les brins d'herbe humides me picotèrent. Un objet rond au pied d'un arbre attira mon attention et je m'arrêtai. Une balle de tennis. Je la ramassai. Elle était rugueuse, comme si un chien l'avait mâchonnée tellement longtemps qu'elle en avait perdu sa texture duveteuse. Une de ses coutures avait lâché et, quand je la lançai en l'air, elle retomba dans la paume de ma main avec un bruit creux, essoufflé.

Me revint alors le souvenir d'un été où Mike et moi avions joué au tennis presque tous les jours ; au mois d'août, notre jeu avait perdu de son côté compétitif, et nous notions nos points et nos sets plus pour la forme que parce que nous y attachions une importance réelle. Jouer devint une forme de conversation, une sorte d'échange physique. Je le lui avais fait remarquer un jour et il avait d'abord éclaté de rire :

« Oui, on se dit "Prends ça, prends ça !" »

Mais quelques jours plus tard, il était revenu sur le sujet et j'eus l'impression qu'il y avait réfléchi.

« Je vois ce que tu sous-entendais, avait-il déclaré. Tu as une sacrée finesse, toi. »

Et je m'étais rendu compte que ça l'intéressait vraiment de me comprendre.

N'ayant pas envie de m'appesantir là-dessus pour le moment, j'approchai du rivage et jetai la balle de tennis esquintée dans l'eau puis rentrai chez moi. Voyant que l'appartement du rez-de-chaussée était sombre et silencieux, je traversai le porche sur la pointe des pieds et montai le plus discrètement possible.

Mike se trouvait à quelques kilomètres de là, il dormait. D'après les médecins, il ne fallait pas penser en ces termes – il ne dormait pas –, mais je m'y autorisai quand même et l'imaginai allongé sur le dos, les yeux clos. J'écartai l'étrier enserrant son crâne, les tubes, le bruit du respirateur. Je me déshabillai et me glissai dans mon lit puis, une fois couchée, évoquai son visage endormi, son visage à côté de moi dans le sommeil, juste là sur l'autre oreiller.

J'attendis. Peut-être pouvais-je poser la main sur son torse, me nicher plus près – laisser l'obscurité m'emporter, moi aussi ? Ou bien embrasser son épaule, si c'était le matin ? Peut-être se réveillerait-il mais ferait-il semblant d'être encore endormi ? Puis, subitement alerte, il se mettrait à parler.

« Ça fait un paquet de temps que je réfléchis sérieusement à un truc et j'ai décidé qu'il fallait vraiment que je t'en parle.

– À quoi ? »

Il se tourne vers moi, me fixe de ses prunelles gris clair délicatement frangées de cils pâles.

« Ça fait un paquet de temps que je réfléchis sérieusement à des gaufres. »

On éclate de rire, la journée a commencé.

J'ouvris les paupières sur la pénombre de ma chambre et, là, toute seule dans mon lit, je me laissai aller à repenser, malgré moi, à ce fameux après-midi sur le court de tennis, quatre ou cinq ans plus tôt.

« Tu as une sacrée finesse, toi. » On avait fini de jouer – on en avait fini de notre échange physique de ce jour-là. Debout à côté de la barrière, on rangeait nos raquettes dans leurs étuis. Comme il faisait trente-cinq degrés, on avait déserté le court pour aller s'installer sur le gazon à l'ombre d'un arbre. Mike dévissa le bouchon d'une bouteille qu'il avait apportée, puis me la tendit. La glace avait fondu, mais l'eau était encore fraîche. Je bus longuement, puis lui rendis la bouteille. Un sourire aux lèvres, il commença par s'humecter le front avant de boire. Puis il revissa le bouchon, posa le tout et, du revers du bras, repoussa ses cheveux mouillés qui lui tombaient sur les yeux. Ensuite, il attrapa ma main et traça une ligne le long de mon index.

« Ça aussi, c'est un échange », dit-il.

Je levai la tête vers lui en souriant.

« Et ce serait quoi, comme mots ? »

Il hésita.

« Les trois classiques. Que je suis toujours en train de répéter – même si ce n'est pas à voix haute – parce que je les pense tout le temps. »

Il détourna les yeux une seconde et, quand il me regarda de nouveau, ses prunelles étaient légèrement embuées.

« Tout le temps », répéta-t-il.

Une sensation de plaisir presque physique me traversa et je lui pris la main et plaquai ma cuisse contre la sienne, étonnée de la différence de nos deux jambes, la mienne lisse et menue, la sienne velue, dure, puissante. Différentes et complémentaires.

Il dégagea sa main et m'attira tout contre lui.

« Je transpire encore comme un dingue, me confia-t-il après quelques minutes.

– Moi aussi. »

Il pouffa.

« Ma mère dirait : "Les chevaux suent, les hommes transpirent et les femmes brillent."

– Soit, je brille.

– Non, ne te bile pas, tu as le droit de transpirer. On refuse d'avoir… comment dit-on ?

– Deux poids deux mesures ?

– Pas question d'avoir deux poids deux mesures. Nous, on est un couple avec un poids une mesure.

– Ça paraît décidé.

– Ça l'est. »

Assis tout près l'un de l'autre, nos sueurs se mélangeaient.

« Le truc, reprit-il, c'est qu'en fait j'aime transpirer. C'est ça qui est formidable avec le hockey, tu peux transpirer autant que tu veux mais il fait tellement froid dans la patinoire que tu n'as jamais l'impression d'être répugnant. Pourtant, même quand il fait une chaleur étouffante, c'est très chouette de transpirer. Ton corps bosse en quelque sorte. »

Il me poussa du coude.

« Je parle pour moi, n'est-ce pas ? Je parie que tu aimerais prendre une douche fraîche à l'instant même, non ? »

C'était vrai, mais pas totalement : j'avais aussi envie de rester là avec lui.

« Je suis vissé là à parler du plaisir de transpirer et, toi, tu te dis : "Mince, je dois pouvoir endurer ça encore un peu si, pour lui, c'est tellement important." »

On échangea un sourire amusé, puis il dégagea son bras, se releva et me tendit la main.

« Pourquoi ? m'écriai-je. Ça ne me dérange pas de rester un peu plus. »

Il fit non de la tête.

« Allons-y.

– Vraiment ?

– Oui. Mieux vaut s'éclipser quand la fête bat son plein.

– Qui dit cela, le courrier du cœur ?

– Ma tante Peg.

– C'est du pareil au même », nous nous écriâmes d'une seule voix.

Sa tante Peg avait des conseils pour tout : un jour, à Pâques, elle m'avait entraînée à l'écart pour me dire qu'elle ne voulait pas se mêler de mes affaires mais craignait que je ne sache pas que mon amoureux devait mériter mon affection.

« Veille à ce qu'il ne reste pas les bras croisés, me chuchota-t-elle. Enfin, cela va sans dire ! »

Cela nous fit bien rire, Mike et moi et, pendant quelque

temps, il se croisa les bras chaque fois qu'il la vit, mais elle n'établit jamais la connexion.

Comme il m'aidait à me relever, je m'écriai :

«Mais la fête, c'est nous, non ?

– L'idée, c'est qu'on l'emporte partout avec nous, d'accord ?»

– D'accord.»

Main dans la main, on regagna nos bicyclettes, le cœur heureux. C'était ça que j'aimais, notre certitude, notre plan. C'était ce que j'avais toujours aimé, cette façon dont on avait, en un sens, trouvé et construit ce truc ensemble : une fête qui allait se prolonger indéfiniment. Même si ce n'était pas tant une fête qui allait se prolonger que quelque chose d'autre, quelque chose non pas dans le temps mais dans l'espace, une grande maison par exemple. J'avais déjà pensé à ça, que ce qu'on avait fait, c'était se bâtir une maison tellement grande qu'il nous restait encore des pièces à explorer, des pièces que nous pouvions découvrir et partager. Je voyais une énorme maison sur une falaise, belle sous n'importe quelle lumière. Et allongée dans ma chambre obscure tant d'années après – alors que Mike gisait non point endormi mais dans le coma à l'autre bout de la ville et qu'une machine régulait sa respiration et ses fonctions corporelles –, j'eus la sensation de me trouver en un lieu où cette vieille et grande maison, depuis si longtemps invisible, m'apparaissait de nouveau avec une grande netteté. Son amour. Mon amour. Les mots pour en parler. Le désir de le faire. Cela pouvait se débloquer de nouveau, tout pouvait se débloquer. Les larmes approchèrent, me fondirent dessus et je me crispai, vainement – elles arrivaient, plus proches de seconde en seconde : énormes, invincibles. J'allais être balayée. Pourtant, à l'instant précis où je m'apprêtais à subir le choc – je l'attendais même pour connaître le soulagement du débordement –, cette sensation reflua et la maison disparut aussi, et je me retrouvai dans mon lit, seule, quelque part entre angoisse et léthargie.

3

Le lendemain était un samedi et, après ma douche, j'allai à pied au marché. Des tas d'éventaires bordaient la grande place du capitole encombrée de camionnettes remplies de laitues, de haricots, de basilic, d'aubergines, de courgettes ainsi que de cagettes de miel de trèfle et de plants de soucis. Les mêmes fermiers revenaient d'un été à l'autre et je remarquai que des gamins qui traînaient encore à l'arrière-plan l'année d'avant rendaient maintenant la monnaie pendant que leurs parents déchargeaient des légumes ou soufflaient une minute à l'ombre d'un grand parasol en vinyle. Je passai devant un étal de truite fumée, devant un autre où il n'y avait que des brocolis vert foncé, puis enfin devant un stand où des barquettes de griottes s'entassaient sur une table pliante et m'arrêtai net.

Mike adorait les tartes aux griottes, mais c'était Rooster qui en était fou – le top de la tarte, proclamait-il. La saison des griottes ne durait guère mais, au moins une fois chaque été, le marché recevait un plein arrivage en provenance du Michigan et j'achetais alors de quoi faire deux tartes. Ce jour-là, un petit groupe d'entre nous sautait le dîner et se réunissait sur ma véranda pour déguster ce dessert aux cerises cuites auquel la glace à la vanille donnait un rose de bubble-gum.

«Sublime», soupirait Rooster dans un silence que seul troublait le bruit des fourchettes raclant les assiettes.

Puis l'été dernier :

« Fais-en trois, avait suggéré Rooster. Ou quatre. Tu pourrais pas en congeler une ? »

Mike et moi l'avions rencontré à Coffee Connection et il nous avait accompagnés au marché où il avait aussitôt repéré les griottes. J'avais promis de lui en faire une spécialement pour lui et acheté une énorme quantité de cerises, à raison de plusieurs barquettes d'une demi-livre, puis j'étais rentrée chez moi pendant que Mike et lui allaient aider le père de Mike à des travaux de peinture. À leur retour, quelques heures plus tard, je n'avais toujours pas fini de les dénoyauter – les mains cramoisies, je coupais en deux une cerise après l'autre et retirais le noyau du bout du doigt – et Rooster, Rooster en avait été horrifié. Il n'avait jamais soupçonné que le dénoyautage pouvait représenter une pareille somme de travail. Il était effaré que ça ait pu me prendre autant de temps.

« Je n'avais pas idée », ne cessait-il de répéter.

Et, ce soir-là, en s'empiffrant avec Mike, Jamie et moi, il s'interrompit à plusieurs reprises pour me remercier. J'en fus touchée, mais n'imaginai pas du tout ce qui allait suivre : un mois plus tard environ, il débarqua sans prévenir un soir, tout seul, et, un sourire penaud aux lèvres, me remit un petit sac en papier en me disant :

« J'ai trouvé un cadeau pour toi. Enfin, pour nous. Pour l'année prochaine. »

Le sac renfermait un ustensile en métal ressemblant un peu à un casse-noix : un dénoyauteur de cerises qu'il avait commandé par correspondance.

« C'est pas à moi qu'il faut dire merci, précisa-t-il. Mais à toi. »

À présent, l'année prochaine était là et déjà une demi-douzaine de personnes au moins faisaient la queue pour acheter des griottes. Je regardai les fruits, ronds, rouges et brillants au soleil et plusieurs questions m'effleurèrent : Rooster descendrait-il au marché et s'interrogerait-il sur mon éventuel passage ? Songerait-il au dénoyauteur de cerises inutile au fond de mon tiroir de cuisine ? Se demanderait-il si je m'en servirais jamais ? À l'hôpital la veille, on s'était montrés aussi gênés l'un que l'autre après l'incident sur la terrasse de l'Association avec Stu, et j'envisageai un instant de me joindre à la queue pour acheter de quoi faire une petite tarte, une seule.

Je me baladai encore un moment sur la place, choisis une laitue, puis retournai récupérer ma voiture devant chez moi et me rendis chez ma mère. Elle portait son uniforme du week-end : chemise en batiste, pantalon kaki et mocassins à lacets. Derrière elle, la maison paraissait obscure, le salon avec ses fenêtres donnant au nord, l'escalier étroit menant à l'étage.

« Ma chérie, s'écria-t-elle. Bonjour, je ne t'attendais pas.

– J'ai acheté des muffins à la boulangerie, lui dis-je en lui tendant un sac en papier. Mais si tu as déjà petit-déjeuné...

– Non, pas vraiment. »

Je savais que ce n'était pas vrai : retenues par une chaînette, ses lunettes de lecture pendaient autour de son cou, ce qui signifiait qu'elle avait déjà entamé sa paperasserie du week-end. Il y avait cinq ans que j'avais quitté la maison mais, après l'accident, j'y avais passé plusieurs nuits de sorte que je savais même ce qu'elle avait pris : des flocons de son de blé avec du lait écrémé et un café aux trois quarts décaféiné. Sur trente bons centimètres de hauteur, la resserre abritait une douzaine de boîtes de céréales identiques, plusieurs sachets de pâtes ainsi qu'une kyrielle de boîtes de thon. C'était une femme d'habitudes.

Elle recula d'un pas et m'invita à entrer. C'est aussi ta maison, disait-elle toujours, mais c'était plus fort que moi, il fallait que je frappe à la porte. Je la suivis à la cuisine. Je l'avais vue à l'hôpital quelques jours auparavant, mais elle était allée chez le coiffeur entre-temps et, de dos, ses cheveux plus courts me parurent un peu hérissés et plus gris que je ne l'aurais cru. Thérapeute auprès des services de santé de l'université, elle assumait une fonction très prenante et, le week-end, elle s'enfermait dans une petite pièce jouxtant sa chambre pour recopier ses notes prises à la va-vite en séance et rédiger les comptes rendus détaillés des cas qu'elle avait vus dans la semaine.

Je m'assis à la table de cuisine pendant qu'elle remplissait la cafetière d'eau froide, puis attrapait son mélange de café dans le congélateur.

«Mam, ce matin, il m'en faut un vrai.

– Soit, me répondit-elle en me lançant un sourire pardessus son épaule, mais si je suis comme une pile électrique toute la journée, tu l'auras sur la conscience.»

Une fois terminée la préparation du vrai café, elle s'installa en face de moi et je poussai les muffins vers elle.

«Ils ont l'air scandaleusement appétissants, remarquat-elle. Ils sont à quoi?

– À la carotte. Mais ne t'inquiète pas, j'ai choisi des allégés en beurre.

– En ce cas…»

J'en pris un et croquai le dessus croustillant que Mike adorait. Chez moi, on trouvait souvent un petit sac blanc contenant deux ou trois restes de muffins, juste les fonds dans leur emballage en papier plissé.

«Pas de nouveau?» demanda-t-elle.

Je fis non de la tête. Pas de nouveau, pas d'espoir, rien.

Elle me caressa la main; troublée, je détournai les yeux et mon regard se posa alors sur les rideaux au-dessus de l'évier en mousseline blanc cassé, fatigués.

«Il faut que je te dise un truc», déclarai-je.

Son front se creusa et elle me lança un coup d'œil interrogateur, persuadée, j'en étais sûre, que j'allais lui parler de Mike.

«Tu as besoin de nouveaux rideaux. Ici, dans la salle de bains du premier et dans ton bureau. Tu as vu tes rideaux depuis quelque temps? Ils sont miteux.»

Elle se détendit et un sourire apparut sur son visage, mais je vis bien qu'elle ne comprenait pas où je voulais en venir.

«Et?

– Et je me disais que je t'en ferais bien d'autres. Si tu n'es pas trop bousculée, on pourrait aller acheter du tissu maintenant.»

Elle but une gorgée de café, puis reposa sa tasse d'un geste résolu.

«C'est gentil, répondit-elle, mais tu ne crois pas que tu as déjà bien assez de soucis?»

Je n'avais pas envie de penser à ce genre de chose et détournai les yeux. Dans ma vision périphérique, je la vis prendre une autre gorgée.

«Ce serait bien, de nouveaux rideaux.

– C'est vrai?

– J'accepte.»

Une fois terminés les muffins et le café, nous prîmes les mesures des fenêtres, puis nous rendîmes dans l'un des grands magasins de textiles à l'autre bout de la ville. Je n'y étais plus retournée avec elle depuis mon permis de conduire et, en les voyant avec les yeux de quelqu'un d'autre, je mesurai mieux leurs côtés déplaisants: leurs lumières crues, leur immense superficie, l'odeur des coupes. Il y avait d'innombrables allées d'étoffes et d'innombrables coupons de coton, de rayonne, de laine et d'acétate pour doublure aux reflets brillants. Près de l'entrée, une série de tissus à la gloire du 4 Juillet trônaient en bonne place, exhibant plus d'une douzaine de combinaisons d'étoiles et de rayures. Je n'avais jamais compris les tissus saisonniers, le besoin de se confectionner, pour Halloween, un chemisier orné de *candy corn*, bonbons en forme de mini-épis de maïs, ou, pour la Saint-Patrick, un jeu de serviettes imprimées de lutins. Quand je me faisais un vêtement, je réfléchissais au facteur temps, histoire de savoir si le nombre d'heures que j'allais y consacrer se refléterait de manière exponentielle dans le nombre d'heures où je le porterais. Et au diable les tocades!

Nous nous dirigeâmes vers le mur du fond où les tissus d'ameublement se déployaient sur des rouleaux géants. Elle choisit sans tergiverser des rayures pour son bureau, un imprimé à petites fleurs pour la salle de bains de l'étage mais se montra plus hésitante pour la cuisine.

«Peut-être celui-ci avec les fruits? Il te plaît?

– Bien sûr.

– Je suis passée chez les Mayer hier soir», ajouta-t-elle sans plus de complications.

Mal à l'aise, accablée à l'idée qu'elle ait pu parler de

moi avec Mme Mayer, je lâchai le chintz fleuri que j'étais
en train de tâter.

« Ah oui ?

– Je leur ai apporté un ragoût en cocotte. »

Je souris.

« Tu leur as fait croire que tu l'avais fait toi-même ?

– Très drôle… pourtant, c'était le cas. »

La tête légèrement penchée, elle m'observait. Elle avait
l'air de se demander si elle allait me confier quelque
chose ou pas.

« Qu'est-ce qu'il y a ?

– Je crois qu'elle se tracasse à ton sujet. À l'idée que tu
le rayes de ta vie, même si elle n'a pas formulé les choses
comme ça. »

Je revis le visage blafard de Mme Mayer, la manière
dont elle m'avait observée attentivement l'autre matin
pendant qu'on prenait le thé, et tentai de me concentrer
sur les cotonnades. L'espace d'un instant, mes travaux de
couture m'apparurent comme une activité particulièrement dérisoire, un magma d'espoirs cristallisés sur des
rouleaux de tissu impeccables alors qu'au bout du compte
on ne se retrouvait jamais qu'avec une nouvelle housse de
couette ou un nouveau coussin pour le même vieux lit.

« Tu vas le faire ? » lança prudemment ma mère.

Je me demandai ce qu'elle pensait, si au fond elle ne l'es-
pérait pas. Pas que je le raye de ma vie peut-être, mais que
j'envisage une autre forme de rupture. À mon avis, elle
n'avait jamais totalement approuvé mon histoire avec Mike,
le fait que je me fixe de si bonne heure avec qui que ce soit.
Elle ne m'avait jamais rien dit, mais j'avais noté quelque
chose dans sa réticence sur la question, dans la gentillesse
dont elle faisait toujours montre avec lui, comme si elle attendait qu'il soit hors circuit. Je supposais que son désaccord
éventuel devait avoir un lien avec ses déboires conjugaux :
loin de vouloir m'interdire un bonheur qu'elle n'avait pas
connu, peut-être souhaitait-elle simplement me protéger des
graines que son propre échec pouvait avoir semées chez moi ?

Je ne lui avais pas parlé de la dégradation de ma relation

avec Mike avant l'accident. Je n'en avais parlé à personne.

« Non, répondis-je en la regardant. Pas du tout.

– C'est ce que je pensais. »

Elle tendit la main vers un imprimé à losanges bleus et blancs.

« Je lui ai conseillé de s'occuper de ses propres sentiments et de te laisser aux tiens.

– Mam !

– Oh, pas en ces termes, ma biquette. Ne t'inquiète pas, tu sais bien que je suis une maman modèle. »

C'était une blague entre nous car ma mère n'avait rien de la parfaite ménagère confectionnant pour Halloween de petits gâteaux au chocolat et glaçage à l'orange à emporter en classe. Ma mère, elle, m'envoyait à l'école avec une énorme conserve de Punch sans alcool.

« Alors, c'était quoi ton ragoût ?

– Poulet aux champignons. Tu sais, c'est agréable de cuisiner, j'avais oublié.

– Tu te recycles ? Genre femme active qui trouve encore le temps de tenir sa maison ?

– Oh, j'en doute. De toute façon, c'est toi qui vas t'occuper des rideaux, pas moi. »

Je haussai les épaules : j'avais terminé ma veste en lin au cours de la nuit et il me fallait un nouveau projet, ce n'était pas plus compliqué que ça.

« C'est vrai, mais ce n'est pas pour ma maison.

– Tu ne comptes pas revenir vivre avec moi un de ces jours ? Ne me fends pas le cœur.

– Je n'ai pas idée de ce que je vais faire. »

Elle prit un air subitement sérieux.

« Tu ne me dérangerais pas, ma chérie. Sincèrement.

– Je sais. »

La mine soucieuse, elle pencha la tête.

« Tu as prévu quelque chose pour cet après-midi ?

– Déjeuner avec Jamie. Puis l'hôpital. »

Elle acquiesça lentement. Elle hésita une seconde, puis me serra dans ses bras.

Jamie habitait encore à Miffland, le ghetto étudiant à deux pas du campus, et, quand je venais de chez ma mère, il me fallait franchir un croisement que je considérais comme le croisement de la poisse. À deux reprises déjà, ma Toyota était tombée en panne devant la cordonnerie Hank et, chaque fois, Mike était venu la redémarrer – la deuxième fois en costume car il avait commencé à travailler à la banque. Je n'étais pas passée par là depuis l'accident et me cramponnai à mon volant jusqu'à ce que le fameux carrefour fût loin derrière moi.

Miffland abritait une foule de grandes maisons en bois qui avaient vu défiler tant de locataires qu'elles en étaient décrépites et faisaient triste mine derrière leurs jardinets miteux où poussaient des lilas en broussailles. Dans ce quartier, les réputations avaient la vie dure et ainsi tel promeneur arrivant au croisement de Mifflin et de Broom pouvait s'exclamer : « Ça, c'est la baraque des camés ! » Il faut préciser que, si lesdits camés avaient quitté les lieux depuis belle lurette, six autres, véritables copies conformes, avaient repris le flambeau.

Je trouvai Jamie sur sa véranda affaissée, habillée d'un haut de bikini à fleurs et d'un jean coupé, les cheveux relevés en queue-de-cheval. Sur la véranda du premier étage de la maison voisine, célèbre pour sa façade jadis jaune vif et à présent ocre sale et tellement écaillée qu'on apercevait du bleu clair en dessous, cinq ou six mecs flemmardaient dans des fauteuils en aluminium installés devant deux baffles géants qui, posés sur le rebord d'une fenêtre de chambre, déversaient un rap gangsta beuglant : « Espèce espèce de salope ».

« Chouettes voisins, remarquai-je en m'asseyant à côté de Jamie. Quand est-ce que tu déménages ? »

Elle éclata de rire.

« Ils sont pas méchants. Ils viennent juste de quitter la résidence universitaire et vont entrer en deuxième année. Ils n'arrêtent pas de venir m'emprunter des trucs, des éponges, par exemple. À mon avis, il n'y a pas grand risque qu'ils s'en servent.

– Sans doute que non.»
Elle me regarda.
«Alors?»
Je haussai les épaules.
«Rien de nouveau.
– Toi, ça va?»
Je haussai encore une fois les épaules.
Elle attrapa son verre et but une longue gorgée.
«Tu as vu celui au T-shirt jaune?»
Je regardai les types: le propriétaire du T-shirt jaune nous observait.
«Oui.
– Il a l'air vachement cool.
– Cool? Tu veux pas plutôt dire beau mec?
– Et c'est quoi, une sucrerie? rétorqua-t-elle en souriant. Juste un peu plus futé que le mec de dix-neuf ans lambda, c'est tout ce que j'ai voulu dire.
– Menteuse.
– Oh, fiche-moi la paix. Va nous chercher à manger, tu veux? Et j'en reprendrai bien un autre.»
Elle me tendit son verre et je me dirigeai vers la porte d'entrée.

À l'intérieur, le salon obscur sentait le renfermé. Étendue sur le canapé en velours or défraîchi, la colocataire de Jamie, toujours en chemise de nuit, couvait le téléphone, l'écouteur plaqué contre l'oreille. Elle leva les yeux à mon passage mais ne me reconnut pas. Son fiancé faisait une école de commerce à Los Angeles et ils se parlaient tous les mercredis soir et les samedis matin. Le premier de chaque mois, il lui envoyait une douzaine de roses rouges par FTD.

Dans le réfrigérateur, je dénichai une barquette de salade de pommes de terre et un bol de thon que je posai sur un vieux plateau en bambou où j'ajoutai un paquet de crackers. Je remplis de nouveau le verre de Jamie de thé glacé et m'en servis un aussi.

«Ils font une fête ce soir, m'annonça-t-elle quand je la retrouvai dehors.

– Qui ça ?

– Les mecs d'à côté, m'expliqua-t-elle en désignant ses voisins d'un signe de tête. Ils viennent de m'inviter.»

Armée de sa fourchette, elle poussa un bout de thon sur un cracker.

«Qu'est-ce que t'en penses ? Ça te ferait peut-être du bien.»

Je souris.

«C'est pas que tu aies envie d'y aller.

– Carrie !»

Je la regardai. Il y avait dix-huit ans qu'on était amies – meilleures amies, avions-nous répété immanquablement jusqu'à ce qu'il n'y ait vraiment plus besoin de le préciser. Je savais qu'elle avait envie d'assister à cette fête mais seulement si je l'accompagnais.

«Comment s'appelle-t-il ? demandai-je.

– Drew, je crois.

– Tu crois !

– Ce que je crois, c'est que ça te ferait du bien de sortir.

– Tant que c'est pour moi, répliquai-je avec un sourire.

– Je ne plaisante pas.»

Elle déplaça son siège de façon à tourner le dos aux voisins.

«Assez blagué, d'accord ?»

Je haussai les épaules.

«D'accord.»

Je levai de nouveau la tête vers les gars d'à côté. Jambes écartées et une bière à la main, T-shirt jaune s'agitait de manière un peu trop ostentatoire au rythme de la musique. Et moi, j'avais l'impression de tout comprendre ou de tout deviner sur son compte.

«Il a dix-neuf ans, répéta-t-elle plus pour elle que pour moi, me sembla-t-il.

– On pourrait peut-être le caser avec Julie Mayer ? Elle a dix-neuf ans, elle aussi.

– Pas question. Julie veut sûrement un mec avec des bottes noires et une barbiche. Sensible mais d'humeur changeante. Un artiste ou peut-être un musicien ? Une belle gueule et de longs doigts fins.

– Qui n'en voudrait pas ? Il est où, ce mec ?

– Pas moi. Oh là là, quelle horreur ! Mais toi non plus, Carrie, non ? »

Je ne répondis pas.

« Non ? insista-t-elle.

– Ça paraît drôlement mieux qu'un légume. »

Je me cachai la figure de mes mains. Comment avais-je pu proférer un truc pareil ? Comment avais-je pu le penser ? Au bout d'un moment, Jamie m'effleura l'épaule.

« Tu n'as pas dit ça.

– Mais je l'ai dit », répliquai-je en relevant la tête.

Elle se détourna d'un mouvement brusque et j'éprouvai une bouffée de rage à son égard. J'eus envie de la pousser à bout, de l'obliger à me reprocher mes paroles, mais lorsqu'elle me fit face, c'était passé, elle affichait un visage parfaitement lisse.

« Carrie, reprit-elle gentiment, tu veux que j'aille à l'hôpital avec toi cet après-midi ? Je pourrais rester dans la salle d'attente si tu préfères le voir seule et, après, je serais là si tu as envie de parler. »

Je refusai d'un signe de tête.

« Je ne pense pas.

– Tu peux m'appeler à n'importe quelle heure, ajouta-t-elle en fronçant légèrement les sourcils. Au milieu de la nuit ou n'importe quand.

– Je sais. »

Les minutes s'écoulèrent en silence. Je réfléchissais à un prétexte pour m'éclipser quand elle reprit la parole :

« Ma coloc adorée était encore au téléphone ?

– Scotchée.

– Oh, chéri, fit-elle d'une voix sirupeuse. Des roses. Que c'est... que c'est original !

– Tu es jalouse et c'est tout.

– Pas du tout, Todd est barbant. J'espère qu'elle ne s'en apercevra jamais.

– C'est encore plus barbant de parler de lui. »

Elle haussa les épaules.

« D'ailleurs, pourquoi faut-il toujours qu'on parle de

mecs ? poursuivis-je. C'est ça qui est barbant. Écoute, nous, on a quelque chose dans le crâne, on devrait pouvoir discuter d'autres trucs. De politique, de bouquins, du temps ou de je ne sais quoi.

– Ou des hommes, lança-t-elle sur le mode de la plaisanterie, mais elle paraissait blessée.

– Les hommes sont juste des mecs avec une vilaine coupe de cheveux.»

On échangea un sourire et j'entrevis alors la possibilité de m'échapper. Je reposai mon verre sur le plateau.

«Il faut que j'y aille, déclarai-je. Merci pour le déjeuner.

– Tu viens ce soir ?»

Je poussai un soupir. Parfois, quand j'accompagnais Jamie à une fête ou juste dans un bar, j'avais l'impression d'être beaucoup trop âgée pour ce genre de sortie, un peu comme un chaperon qui aurait préféré rester au lit avec un bon livre.

«Je bosse jusqu'à dix heures, m'expliqua-t-elle. Retrouve-moi ici à dix heures et demie et on commencera par se taper un petit coup de tequila.

– Je ferai l'impasse sur la tequila, mais je viendrai.»

Je me levai, lui offris ma main ouverte et, au bout de quelques secondes, elle plaqua la sienne sur la mienne. Je me dirigeai vers ma voiture. J'étais garée dans le mauvais sens et, quand je vins faire demi-tour dans son allée, je constatai qu'elle avait déjà tourné son siège pour que le type au T-shirt jaune puisse la voir.

Il y avait foule à l'hôpital. Samedi après-midi, les gens grouillaient, grands groupes de tous âges massés à l'entrée de la boutique de cadeaux ou faisant la queue devant le fleuriste pour acheter des compositions florales hérissées d'œillets et de gypsophiles. Je passai devant la cafétéria et jetai un coup d'œil à l'intérieur. RÉTABLIS-TOI VITE proclamait un ballon gonflable attaché à une chaise en souffrance devant une table vide. Une méchante odeur de graillon provenait des cuisines. Dans l'un des halls, je m'assis sur un canapé en tweed où je m'incrustai près d'une demi-heure en me répétant que j'allais me lever d'une minute à l'autre. Je vis défiler cinq garçonnets au bras dans le plâtre avant de réussir à m'extirper de mon siège.

À l'étage de Mike, l'infirmière blonde prénommée Joan bavardait avec M. et Mme Mayer. Je sortais de l'ascenseur quand je les aperçus, debout au fond du couloir en face de l'extincteur dans sa vitrine. J'envisageai de m'engouffrer dans un couloir proche mais Mme Mayer me vit.

« Carrie, cria-t-elle, une nouvelle merveilleuse ! D'après Joan, Michael ne va pas tarder à se réveiller.

– En fait… » commença Joan.

Mais Mme Mayer l'ignora. Elle coinça sous son bras le pull qu'elle n'avait cessé de tordre comme une serviette mouillée, m'attrapa par le coude et m'entraîna vers la chambre de Mike.

« Joan a beaucoup travaillé en traumatologie crânienne, elle a vu des douzaines de blessés de ce type, des gens qui avaient exactement la même chose que Mike, et un beau jour ils se sont juste réveillés… euh, quasiment bien.

– Je ne sais pas, balbutiai-je. Son cou… »

Mais elle n'écoutait pas.

« Tout cela nous ramène à nous, Carrie, parce que les femmes sont plus fortes. Tu comprends ? Il faut des forces pour avoir de l'espoir. »

Elle se figea brusquement et me regarda droit dans les yeux.

« Renoncer à l'espoir, c'est facile, Carrie. Et tu sais à qui ça fait mal ? À Mike, voilà ! »

Elle agita un doigt dans ma direction.

« Ça fait du mal à Mike ! Tu ne me crois pas, mais c'est la vérité. »

M. Mayer intervint.

« Allez, Jan, dit-il en lui prenant la main, allez. »

Il me regarda et nous conclûmes une sorte de pacte tacite en vertu duquel une seule chose importait : apaiser Mme Mayer.

« Tout va bien, Carrie. Nous, on va passer chez Sears maintenant avant que ça ferme. On te laisse seule avec Mike. »

Mme Mayer me dévisagea pendant que M. Mayer lui ôtait le pull des mains pour le secouer et le lui remettre sur les épaules. Lorsqu'ils se furent éloignés, je me fis la réflexion que je n'avais jamais vu Mme Mayer aussi perturbée.

Joan me lança un drôle de regard, comme si elle cherchait à me présenter des excuses.

« Ma faute, bredouilla-t-elle. J'ai mentionné un petit garçon que nous avions ici l'an dernier…

– Ne vous tracassez pas », lui répondis-je.

Il faisait froid dans la chambre de Mike. La chambre était froide, ses mains étaient froides, ses pieds étaient froids. Comme, en hiver, lorsqu'il dormait chez moi : lorsqu'il revenait des toilettes en plein milieu de la nuit, il faisait attention à ne pas m'imposer ses pieds, ses genoux, ses mains glacés. Mais si, moi, je me levais, il me laissait le toucher, me réchauffait les pieds entre ses jambes. « Brrr », murmurait-il en m'attirant contre lui jusqu'à ce que je sente son corps sur toute la longueur du mien.

Je me plantai au bout de son lit. Entre le mur et la structure métallique, il y avait un espace d'une soixantaine de centimètres, suffisamment large pour un sac de couchage et, durant un moment, je m'imaginai m'y installant, avec juste une chemise de nuit et une brosse à dents, après avoir pitoyablement soudoyé les infirmières. Dire que nous n'avions même jamais réussi à vivre ensemble, jamais essayé même. Pourquoi avions-nous abandonné ce projet ? Pourquoi avais-je commencé à m'éloigner ?

Je le regardai. J'avais envie de voir tout ce qu'il y avait à voir, ses bras inertes le long de son corps, ses yeux clos. Un tube l'alimentait par le nez et un autre traversait un pansement sur sa gorge et lui permettait de respirer. Deux autres s'introduisaient dans ses avant-bras et, sous le drap qui lui couvrait le ventre, il était relié à un cathéter. Qui le remplissait et le vidait. Je remarquai aussi qu'il n'avait pas été rasé, sans doute depuis trois ou quatre jours, et que de surprenants reflets blonds éclairaient sa barbe naissante. Huit ans et demi et je ne m'étais jamais demandé à

quoi il pourrait ressembler avec une barbe, n'avais jamais
eu envie de lui voir une autre tête. Je n'avais jamais vraiment voulu qu'il soit différent. C'était moi et moi seule
qui n'allais pas, qui avais changé d'une certaine façon, qui
n'allais plus... pour lui. Pour nous.

4

Avec ses huit cents mètres de boutiques et de restaurants qui se déployaient de l'université au capitole, State Street formait le cœur de Madison. Interdit à tout véhicule sauf aux bus, c'était le boulevard de la cité, son centre – l'endroit où on allait se balader quand on se sentait en mal de distractions. Le mercredi, ayant terminé ma journée de travail à cinq heures de l'après-midi, j'allai flâner d'une devanture à l'autre, avide de vêtements, de CD, de chaussures, de livres, de choses que je désirais plus acheter que posséder. Les trottoirs grouillaient d'étudiants et de lycéens, de skateurs qui nous doublaient à toute vitesse. Je passai devant le guitariste qui jouait du mauvais James Taylor, puis devant celui qui jouait du mauvais Bob Dylan. Je me sentais déprimée, incapable de décider s'il fallait que j'appelle Jamie ou pas : au dernier moment le samedi soir, j'avais refusé de l'accompagner chez ses voisins et on s'était disputées au téléphone en échangeant de sourds ressentiments jusqu'à ce que, d'une voix inquiète, elle s'écrie : «Mais qu'est-ce que t'as ?», question qui, je le savais, ne concernait pas l'instant présent mais les mois qui venaient de s'écouler.

J'aurais pu être honnête avec elle. J'aurais pu lui dire : *Je ne sais pas. Quelque chose. Aide-moi.* Mais je ne l'avais pas fait. À la place, je lui avais demandé comment elle avait le toupet de me poser ce genre de question et on avait raccroché, furieuses. Que nous ne soyons toujours pas réconciliées après quatre jours constituait une première dans notre amitié et, rongée par la culpabilité, je ruminais des idées noires, certaine qu'il aurait fallu que je décroche mon téléphone et tout aussi certaine que je n'allais rien en faire. Je n'en avais pas envie : je n'avais pas envie de savoir si elle s'était quand même rendue à cette fête ; je n'avais pas envie de savoir ce qui s'était passé ou non avec Drew, j'étais persuadée que ce n'était que la répétition de ce qu'elle avait vécu il y a peu avec une demi-douzaine d'autres types.

Au bout d'un moment, j'arrivai devant Fabrications, le seul magasin de beaux textiles en ville. Il pratiquait des prix assortis à ses articles, mais je l'adorais, j'adorais me balader au milieu des cotons Liberty et me figer, émerveillée, devant le mur de soieries au fond. C'était une boutique paisible où l'on voyait rarement plus d'un ou deux clients à la fois. Je n'y avais jamais acheté qu'une pelote de laine.

Du trottoir, je contemplai la robe bleue en vitrine, d'une simplicité raffinée, sans manches, avec un décolleté carré et pincée à la taille. L'enveloppe du patron, un modèle *Vogue* que j'avais utilisé une fois, était piquée à l'une des épaules. Faute de pouvoir juger de la matière dont il s'agissait, j'entrai et passai la main par-dessus le rebord du présentoir : au toucher, ce tissu présentait une texture de papier de soie.

Je me tournai. La boutique était vide, il n'y avait même pas une vendeuse en vue, rien que des coupons de tissus somptueux. J'inspirai profondément. Chez House of Fabrics et Sewing Center, on sentait nettement les fibres artificielles des tissus coupés, mais, chez Fabrications, la seule odeur notable provenait d'un pot-pourri sur le comptoir à côté de la caisse, dont le contenu changeait avec les saisons. J'allai jeter un coup d'œil dans le récipient qui renfermait, ce jour-là, des noyaux de pêche séchés, des brins de romarin et d'odorantes écorces d'arbre.

Dans l'arrière-boutique, quelqu'un toussota et je m'orientai alors vers les colonnes de soies, présentées sur des bras mobiles. Je localisai l'étoffe bleue qui m'avait plu et consultai l'étiquette : trente dollars le mètre. À ce prix, je ne pouvais guère me confectionner qu'une écharpe.

Pourtant, je ne reculai pas. Les soieries, satins brillants et jacquards chatoyants, étaient ravissantes, proposées dans des couleurs plus claires que le coton, plus subtiles que la laine. Telles rayures gris pâle appelaient une robe-manteau à col cranté ; tel imprimé or, rouge et noir brillant un tailleur-pantalon fluide accompagné d'un petit haut noir. À quelle occasion mettre pareille tenue ? Je n'en avais pas idée, mais, à défaut, je me voyais bien rentrer chez moi avec un métrage que j'aurais le loisir de toucher, de travailler, d'avoir à ma disposition.

Je tournai les talons à contrecœur et sortis du magasin en me demandant avec anxiété ce que j'allais bien pouvoir faire à présent. Puis je repensai au frère de Mike qui vendait des glaces un peu plus loin dans la rue et, sans même savoir s'il était de service, je me dirigeai de ce côté-là.

Il était six heures du soir et pourtant l'endroit fourmillait de gens sabotant leur repas du soir ou s'offrant un dîner-goûter. Habillé d'une chemise à rayures bleues et blanches et coiffé d'un petit chapeau en papier, John, seul derrière le comptoir, sourit en me voyant entrer. Je me plaçai au bout de la queue et le regardai travailler, admirant le calme qu'il manifestait en dépit du vacarme car le carrelage noir et blanc amplifiait les voix des clients.

Quand mon tour finit par arriver, je lui lançai :

« La cohue du dîner ?

– Je suppose, répondit John en éclatant de rire. Personnellement, j'ai la nausée rien que de penser à une glace.

– Charmant ! »

Derrière moi, un couple en tenue bleu marine patientait, la femme arborant un petit foulard qui lui donnait un faux air d'hôtesse de l'air. Je leur cédai ma place et ils se commandèrent un milk-shake aux pépites de chocolat que John leur prépara à grand fracas dans un vaste récipient métallique. La boutique sentait bon la gaufrette et le sucre des cornets. Une fois servis, les clients payèrent et sortirent.

Nous étions seuls à présent, et John rougit légèrement.

«J'en ai gagné une gratuite? demandai-je alors.

– Bien sûr.

– Qu'est-ce que tu me recommandes?

– Celles aux boules de gomme marchent très fort.»

Il me montra le conteneur où les boules de gomme faisaient de larges bavures roses sur la glace. Et, à côté, il y avait un parfum appelé bleu de Hawaï, qui n'avait vraiment pas volé son nom.

«Attends que je me concentre sur la famille des bruns, dis-je. Et Toffee Crunch, c'est comment?»

Il plongea une minuscule cuillère en plastique dans la glace et me la présenta. Je goûtai.

«Vendue.

– Donnée, tu veux dire.

– Oui, c'est vrai.»

Il plaça la boule de glace sur un cornet qu'il me tendit par-dessus le comptoir. Je léchai ma glace, puis le regardai.

«Et à la maison, comment ça va?

– Ça peut aller, me répondit-il en rougissant.

– Tu vas à l'hôpital ce soir?»

Il esquissa une grimace.

«Je termine tard.»

Il replongea la cuillère dans l'eau.

«Et toi?»

Je fis non de la tête. Ce n'était pas quelque chose que j'avais décidé mais je compris brusquement que j'étais sincère : je n'allais pas y aller, je ne supportais pas d'y aller et ce constat me terrifia. Et si j'éprouvais la même chose le lendemain? Et encore après?

En face de moi, John attendait que je m'explique.

«C'est juste que je n'arrive pas à m'y résoudre, lui confiai-je. Tu comprends? Je sais que je devrais. Je le sais vraiment. Mais je n'y arrive pas, c'est tout.»

Je goûtai ma glace et, soudain, les larmes me montèrent aux yeux, puis ruisselèrent sur mes joues alors que le froid du Toffee Crunch dans ma bouche me faisait un mal de chien. John me passa une serviette par-dessus le comptoir tandis que je lui confiai mon cornet, puis m'essuyai la

figure et me mouchai. Elles étaient venues enfin, mes premières larmes depuis l'accident et je fus choquée du peu
de soulagement qu'elles m'avaient apporté : je ne ressentais qu'un très léger mieux.

La porte s'ouvrit et un groupe d'adolescents s'engouffra
dans la boutique : garçons en jeans immenses coupés en
dessous du genou ; filles arborant diverses tenues révélant
à qui mieux mieux une fantasia de bretelles de lingerie
noire ou bleu ciel.

« Et on mange pendant le service, lança à John un des
garçons que je reconnus comme l'un de ses amis.

– Ça va ? fit John de plus en plus cramoisi.

– Ohhhh, s'écria un autre jeune.

– La ferme. »

John me rendit mon cornet et se concentra sur le net-
toyage du comptoir.

Appuyées contre la vitrine des glaces, les filles discutaient ostensiblement entre elles mais ne se privaient pas
de m'étudier en détail. C'était déprimant de me rendre
compte qu'on me donnait seize ans. Je pris une serviette
au distributeur et l'enroulai autour de mon cornet.

« Salut, John, merci. »

J'arrivais à la porte quand il m'appela. Je me retournai.

« Je sais ce que tu as voulu dire tout à l'heure. Je connais
bien. »

Je le saluai de la main et m'en allai. En passant devant
la vitrine, je vis que les adolescents, hilares, le tarabus-
taient. Puis je sentis l'aura de l'accident de Mike m'enve-
lopper de nouveau et compris que, d'ici peu, leurs visages
se déferaient et que les taquineries cesseraient quand ils
apprendraient qui j'étais vraiment.

Quand je rentrai chez moi, il était un peu plus de sept
heures et j'aurais encore pu me rendre à l'hôpital. Dès huit
heures, je me préparai à entendre retentir la sonnerie du
téléphone et Mme Mayer me demander, comme si de rien
n'était : « Pourrais-tu passer demain ? » Mais neuf heures
sonnèrent, puis dix, et l'appareil resta muet.

Le lendemain, je n'eus aucun mal à y aller. Je quittai mon travail en milieu d'après-midi et filai directement à l'hôpital où, après quasiment une heure d'attente sans personne alentour, j'obtins de passer la totalité des dix minutes convenues toute seule avec Mike. Il était couché sur le ventre et, là, devant son dos nu et ses épaules constellées de ces taches de rousseur que je connaissais si bien, je me dis que je tenais le choc, que j'allais pouvoir revenir très souvent sans devoir revivre des moments tels que ceux que j'avais connus devant John Junior.

Une fois chez moi, je me fis un jus de canneberge glacé, installai ma machine, préparai une bobine, sortis mon fer à repasser, le remplis d'eau distillée, le branchai, puis déballai le tissu des rideaux pour ma mère, que je posai, soigneusement plié, sur ma table de repassage. Mais je fus incapable de me mettre au travail, le dos de Mike m'en empêchait.

Il ne cessait de m'apparaître. Sa peau blême, ses taches de rousseur, ses poils drus : tout cela m'était aussi familier que certaines parties de mon propre corps. De même que la largeur de ses épaules, l'ampleur de son dos. Et, un peu plus bas, ce point étonnamment sensible : la moindre pression le faisait tressaillir, mais pas de douleur – c'était plutôt comme si on le chatouillait ou qu'on l'asticotait. Je songeai à ce point et me demandai si, sur le plan neurologique, il avait été affecté par l'accident et, tout à coup, je me figeai net à l'idée de ce que Mike avait subi.

C'est difficile à expliquer. Je savais ce qu'il avait subi – c'était quelque chose que je ne perdais jamais vraiment de vue, à la différence de sa mère qui semblait parfois se focaliser sur le traumatisme crânien et oublier la blessure médullaire, comme s'il suffisait qu'il reprenne conscience pour recouvrer toutes ses facultés. Mais évoquer ce point sur son dos m'avait découvert toute la géographie de son corps et je me sentais soudain physiquement dépossédée, comme si mon corps à moi commençait tout juste à rattraper mon esprit et à prendre la mesure de sa perte. Si Mike se réveillait, comment supporterait-il tout cela ? La

déchéance, la dépendance. Comment les encaisserait-il ?
C'était presque plus angoissant d'envisager cette éventualité que son contraire, à savoir qu'il ne se réveille pas ;
redeviendrait-il réactif, comme disaient les médecins ? Et
si c'était le cas, qu'en serait-il de moi ? Redeviendrais-je
réactive aussi ? En serais-je capable ?

Au début de l'été précédent, pour fêter la fin de nos
études, nous avions passé un week-end à Chicago, plus
survoltés parce qu'on allait de l'avant, qu'on franchissait
une étape que parce qu'on avait fini l'université : Mike
devait commencer à la banque dès notre retour et, moi, je
continuais la bibliothèque en attendant de savoir ce qui
pourrait me tenter.

Des miroirs fumés tapissaient l'ascenseur de l'hôtel et,
tout le temps de la montée, nous fixâmes les reflets qu'ils
nous renvoyaient. Le bras de Mike autour de mon épaule,
le mien autour de sa taille, et deux de mes doigts glissés
dans la poche où il mettait sa petite monnaie. La cabine
s'arrêta en cliquetant et, juste avant de descendre, Mike
jeta un dernier coup d'œil à la glace et déclara :

« Voilà un mec qui n'a pas à se biler. »

Je ne le savais pas, mais il m'avait acheté la veille une
bague de fiançailles qu'il avait soigneusement rangée
dans sa valise.

Un panneau nous orienta vers notre chambre. La clé
était attachée à une grosse carte en plastique, Mike l'in-
séra dans la serrure et ouvrit la porte. À l'intérieur, nous
aperçûmes le pied du lit et, derrière, une fenêtre ornée de
fins rideaux blancs à moitié tirés. Nous demeurâmes ainsi
un moment, puis nous tournâmes l'un vers l'autre d'un
même mouvement : je levai les bras et Mike me souleva
de terre pour me faire franchir le seuil de la pièce.

Comment l'amour change-t-il ? Comment expliquer que
je me rappelle ce jour-là avec tant de netteté, le sourire de
Mike quand il me laissa tomber sur le lit, le petit écrin gris
renfermant la bague et même les cacahuètes sur le plateau
au-dessus de la télé que nous grignotâmes sans imaginer
une seconde qu'on nous les facturerait quatre dollars ?

Comment expliquer que, sur huit ans d'affilée, je puisse remonter d'un jour heureux à un autre mais que je ne puisse situer avec la moindre précision tout ce qui m'arriva par la suite ? Une lente érosion de mes sentiments pour lui, un épanchement que je ne remarquai guère au début jusqu'au moment où le niveau se révéla si bas qu'il m'interdit de voir autre chose, jusqu'au moment où il ne resta plus qu'une matière brunâtre et terreuse et où j'eus l'impression que j'allais me retrouver totalement à sec en moins de temps qu'il n'en faut pour le dire. Naturellement, on avait déjà traversé des passes difficiles, mais elles avaient été suivies de récupérations rapides et éclatantes : l'université et la perspective de l'âge adulte ; mon appartement et le fait de dormir vraiment ensemble, de découvrir que c'était quelque chose en soi et, en fin de compte, de très précieux. Or, durant les mois précédant l'accident, il n'y avait pas eu de récupération en vue. Je n'avais pas réussi à savoir si je la désirais vraiment. Les mauvais jours, j'avais eu l'impression de nous regarder à travers une vitre opaque et de régir mon corps et ma voix à l'aide d'une sorte de télécommande. Les bons jours, j'avais fait de mon mieux pour ne pas m'écouter.

Mais Mike savait… je savais qu'il savait. Et, assise là dans mon appartement, face aux rideaux de ma mère auxquels je n'arrivais pas à m'attaquer, je mourais d'envie de réparer une foule de choses : mon détachement ; sa prise de conscience ; la souffrance et la douleur qu'il avait endurées ; ses vains efforts pour me reconquérir. Et surtout, je voulais éradiquer cet ultime effort inutile, l'idée qui, sur le ponton, l'avait poussé à croire qu'une initiative marrante, mi-téméraire mi-courageuse, pourrait enfin ranimer chez moi les sentiments d'avant.

5

Viktor et Ania habitaient de l'autre côté de l'isthme, près du lac Monona, au premier étage d'une grande maison en stuc rose qui avait été divisée en plusieurs appartements. Je me garai sous un sycomore et laissai les vitres ouvertes à cause de la chaleur de la soirée. Chez les voisins, un arroseur oscillant émettait un cliquetis de plus en plus insistant avant de lâcher un arc de fines gouttelettes sur la vaste pelouse. Je décelai une odeur de compost quelque part, ses senteurs vertes, fertiles.

Toute la semaine à la bibliothèque, Viktor avait déliré sur le menu qu'ils allaient me concocter, Ania et lui, sur le chouette moment qu'on allait passer ensemble mais jamais il n'avait mentionné la présence d'autres invités, si bien que je fus très surprise en constatant que la table était dressée pour six. J'en fus même gênée, convaincue qu'un repas était une chose et qu'une soirée avec d'autres convives en était une autre. Comment pouvais-je participer à une soirée comme ça alors que Mike se trouvait à l'hôpital ? Que faisais-je loin de lui ? Pourquoi n'était-ce pas moi, la blessée, et lui, l'invité ? Un sentiment de panique m'envahit que j'eus du mal à réprimer. Je m'obligeai à sourire à Viktor.

« Qui d'autre vient ?

– Carrie, tu ne vas pas y croire, me répondit-il en hochant la tête d'un air lugubre. Tom, notre voisin, habite au rez-de-chaussée et nous l'avons invité aussi. Il nous appelle il y a une heure pour annoncer que son frère arrive ce soir de New York avec un copain, et est-ce qu'on les

74

accepte aussi ? Bien entendu, j'ai été forcé d'accepter.»
Il leva les mains de manière théâtrale.

«Dis-moi maintenant, c'est gonflé, non ? Très gonflé ?

– C'est assez gonflé, c'est vrai. Culotté même.

– Oui, culotté ! Tu n'imagines pas Ania, elle est carrément fâchée.

– Je ne suis pas carrément fâchée», cria Ania du fond de la cuisine.

J'entendis un choc sourd, comme si on coupait un oignon en deux et, deux minutes plus tard, Ania apparut en se frottant furieusement les yeux. Grande et le visage large, elle allait parfaitement avec Viktor.

«Je ne suis pas carrément fâchée et je ne pleure pas – c'est juste des larmes d'oignon. Bonjour, Carrie. Viktor, tu ne lui donnes pas à boire ?

– Si, si, je lui donne à boire.

– Fais-le alors. Et il faudrait qu'elle s'installe dans le fauteuil à bascule, comme ça elle pourrait voir le lac par la fenêtre.»

Il s'avéra que j'avais déjà vu Tom plusieurs fois sur le campus. Il aurait été difficile de ne pas le remarquer : grand, maigre, avec une masse de boucles blondes indisciplinées. Inscrit en physique, il travaillait sur ce qu'il appelait «un diplôme tellement terminal que peu y survivent». Son frère ressemblait à sa version expurgée : pas tout à fait aussi grand, les cheveux tirant sur le châtain, il aurait été difficile de le remarquer.

Derrière Tom et son frère, il y avait le copain new-yorkais, un petit mec noueux vêtu d'un jean et d'un T-shirt gris. Les mains dans les poches arrière de son pantalon, il se tenait un peu en retrait et se garda de faire le moindre commentaire durant les présentations. Il s'appelait Kilroy, mais je ne saisis pas s'il s'agissait de son nom ou de son prénom.

«Alors, tu es quoi, tchèque ?» demanda-t-il à Viktor.

Ania avait regagné la cuisine et les quatre mecs étaient encore debout tandis que je profitais du fauteuil à bascule.

«Je suis polonais», rétorqua Viktor, les dents serrées.

Kilroy parut surpris et Viktor me jeta un coup d'œil perplexe.

« Tu n'aimes pas les Polonais ?

– Je n'ai rien contre les Polonais, répondit Kilroy. C'est juste que j'ai vu ton nom sur la boîte aux lettres en bas et, du coup, je ne comprends pas.

– Pourquoi ? s'écria Viktor, manifestement offensé.

– Parce que ce devrait être Viktor avec un W, non ? En polonais ?

– Un linguiste ! s'exclama Viktor en s'empourprant légèrement.

– Ouiktor ! s'écria Tom, amusé, qui délaissa alors le tableau au-dessus de la cheminée devant lequel il était campé. Ça te va bien, mon pote. Je crois que désormais je vais t'appeler Ouiktor, qu'est-ce que t'en dis ?

– Bon, tu vois pourquoi je l'écris avec un V », lança Viktor à l'adresse de Kilroy.

Je me levai et allai me chercher une autre bière à la cuisine. Si j'avais voulu voir deux mecs en train de se lancer des piques, j'aurais pu traîner avec mes copains habituels. La soirée me parut se déployer devant moi, futile, interminable. Ces derniers temps, il n'y avait qu'un truc qui m'intéressait, c'était la couture, mais jusqu'où pouvais-je m'y consacrer ? Mon placard débordait déjà de vêtements dont je n'avais pas vraiment besoin, dont je n'avais même pas vraiment envie. J'avais passé la majeure partie de ma journée sur les rideaux de ma mère. Qu'est-ce que j'allais pouvoir faire après ?

Ania leva un instant les yeux du fromage qu'elle était occupée à râper.

« Les mecs se reniflent ?

– Dommage qu'ils ne puissent pas aller pisser dans un coin chacun et qu'on ait la paix. »

De retour dans le salon, je les trouvai encore debout ; d'un côté, Tom et son frère consultaient un bouquin tandis que Viktor jetait des regards noirs à Kilroy. Quand il me vit, il marmonna quelque chose entre ses dents, puis disparut vers la cuisine.

Je regardai Kilroy. Il était à peu près de ma taille, avec un visage étroit, des traits anguleux et des cheveux bruns en bataille.

Il sourit.

« J'aime bien ton collier. »

Instinctivement, je portai la main à mon cou.

« Merci. »

Ce n'était qu'une cordelette en soie à laquelle j'avais attaché différentes babioles : une bague trop petite, de vieilles perles de verre, plus un minuscule coquillage que Mike m'avait donné dans le temps. Personne ne m'avait encore jamais fait la moindre remarque dessus, à part Jamie qui avait décrété y voir le fruit de travaux manuels en classe de maternelle.

« C'est toi qui l'as fait ? me demanda-t-il.

– C'est son côté authentique qui te pousse à dire ça ?

– Non, j'aime bien, répondit-il en haussant les épaules. C'est joli. »

Dans la cuisine, Viktor et Ania discutaient en polonais et, au bout d'un moment, Kilroy inclina la tête dans leur direction, puis me regarda d'un air interrogateur.

« Un ami proche ?

– Je travaille avec lui, c'est tout. »

Là-dessus, gênée d'avoir nié mes liens avec Viktor pour me faire bien voir de cet inconnu, je rougis.

« Où ça ?

– À la bibliothèque de l'université du Wisconsin. Et toi, qu'est-ce que tu fais ? À New York, je veux dire ?

– Je joue au billard.

– Non, sans rire.

– Tu n'aimes pas le billard ? s'écria-t-il en hochant la tête. Tu ne sais pas ce que tu rates. Bien sûr, ça aide de jouer dans un endroit correct. Sur la 6e Avenue, à deux pas de chez moi, il y a un bar qui s'appelle le McClanahan et une table de billard où le feutre est un petit peu troué tout près d'une des blouses latérales et je la connais tellement bien que ce défaut joue presque toujours en ma faveur. »

Je me dis que j'avais affaire à quelqu'un qui aimait blaguer, que c'était sa façon de vivre, mais j'insistai quand même :

« Non, qu'est-ce que tu fais comme travail ? »

Il hocha la tête de plus belle.

« Comme tu l'apprendras un jour quand tu seras un petit peu plus vieille, ce n'est pas le boulot qui compte. »

Je rougis de nouveau.

« Je suis plus vieille que j'en ai l'air, m'écriai-je en avalant une grande gorgée de bière avec la bravade d'une gamine de douze ans. Tu vois comme je bois bien mon verre ? »

Il sourit puis, m'ayant observée attentivement, me lança :

« Moi, je dirais que tu as vingt-trois ans, à un an près. Je me trompe ?

– Pardon ? bredouillai-je, déconcertée.

– Tu as vingt-trois ans, tu as toujours vécu à Madison. Attends… tu es fiancée à ton petit ami du lycée qui n'a pas pu venir ce soir parce qu'il est parti pêcher avec son père pour le week-end. »

Il inclina la tête.

« Pas vrai ? C'est bien ça ? »

Mon cœur battait à tout rompre et je ne savais que dire. Mike aurait très bien pu être parti pêcher avec son père pour le week-end – l'été, ils se prenaient un ou deux week-ends de pêche.

« Alors ? insista Kilroy.

– Tu n'es ni totalement dans l'erreur ni totalement dans le vrai. »

Il sourit.

« En plus du billard, je lis dans les pensées. Bon, où est-ce que je me suis planté… tu n'es pas de Madison ?

– Si.

– C'est ton petit ami depuis l'université seulement ?

– Pourquoi t'es tellement sûr que je suis fiancée ? »

Il m'indiqua son propre annulaire.

« Les deux, répondis-je.

– Mais j'étais dans le vrai pour tout le reste ? » insista-t-il.

Là-dessus, Ania entra dans la pièce, portant une grande cocotte fumante entre ses mains gantées, suivie par Viktor, chargé d'un saladier garni. Ils posèrent les plats sur la table, puis se tournèrent vers nous.

«Presque tout le reste, confiai-je à Kilroy. Mais pas tout.»

Les remarques de Kilroy me trottèrent dans la tête toute la soirée. Je portais quelque chose d'assez fade, un pantalon en lin vert pistache et un T-shirt blanc, et je me demandais dans quelle mesure ma tenue l'avait orienté, ainsi que mon collier de bric et de broc, et la façon dont j'avais bu ma bière. Mais quelles informations pouvait-il avoir retirées de tous ces détails? Comment avait-il pu deviner que j'étais originaire de Madison? Est-ce que j'avais l'air de quelqu'un qui n'a jamais quitté sa ville natale? L'air de quelqu'un qui n'a jamais quitté sa ville natale, qui n'a jamais changé de copain et jamais étonné qui ce soit? Juste avant le dessert, j'allai m'étudier dans le miroir de l'armoire à pharmacie de la petite salle de bains de Viktor et d'Ania. Cheveux brun foncé, yeux bleus, le cou plutôt long, ce qui me dérangeait avant mais me plaisait à présent – c'était même un atout, d'après Jamie. Je m'observai attentivement mais ne pus saisir ce que Kilroy avait vu.

Le lendemain matin, je me réveillai avec mal au crâne. J'étais certes restée fidèle à la bière alors que tous les autres avaient tâté de la vodka polonaise de Viktor, mais je m'étais montrée un peu trop fidèle et me sentais vraiment patraque. J'avalai un grand verre d'eau avant ma douche et un autre après, ensuite de quoi ce fut l'heure d'aller chez Jamie.

On avait fait la paix, ce qui était une bonne chose, vu qu'elle organisait un brunch ce matin même en l'honneur de Christine qui partait faire son troisième cycle à Boston. Même si ça nous semblait moche de nous réunir sans Mike, il fallait bien marquer cet événement d'une façon ou d'une autre.

S'installer à Boston. Comme je l'enviais.

En route, j'achetai des fleurs pour Jamie, des gerberas, elle les adorait. Je dis qu'on avait fait la paix mais, en réalité, c'étaient nos répondeurs qui s'en étaient chargés : elle avait appelé et laissé sur mon appareil un message disant *Je voulais juste dire bonjour, on se parle plus tard* ; j'avais rappelé et laissé un message dans le même esprit ; et quand on avait fini par se joindre, on avait réussi à bavarder de tout et de rien pendant dix minutes, le temps nécessaire pour se donner l'impression que tout était normal, ce qui n'était pas faux.

En ce dimanche matin, Miffland était calme, le quartier se remettait du samedi soir. En face de chez Jamie, une vilaine maison grise avait été abondamment décorée de papier hygiénique, de sorte que des banderoles dégoulinaient du toit pointu et décoraient l'érable dans le jardin. Je gravis les marches de la véranda de Jamie et frappai à la porte. La maison jaune à côté me rappela la fête que j'avais fuie, le type auquel Jamie s'était intéressée.

« Des fleurs ! s'écria-t-elle lorsqu'elle ouvrit la porte. Carrie, tu es un ange.

– Elles te plaisent ?

– Bien sûr que oui, je les adore. Allez, entre. »

Elle se coinça une mèche de cheveux rebelle derrière l'oreille, puis m'entraîna vers la salle à manger et la table sur laquelle étaient posés une pile de serviettes en tissu et, au milieu, un compotier en verre rempli de fraises. Ça lui ressemblait tellement d'avoir tout joliment préparé que je ressentis un soupçon de regret. À une certaine époque, je serais venue de bonne heure pour lui prêter main-forte.

« C'est superbe ce que tu as fait, Jamie, déclarai-je une fois dans la cuisine. Ça fera vraiment plaisir à Christine.

– Tu crois ? Ce n'est pas tous les jours que quelqu'un va s'installer à Boston.

– Heureusement, non ?

– Au moins, ce n'est pas toi.

– Pourquoi irais-je m'installer à Boston ? »

Je traversai la pièce et posai la main sur son épaule.

« Je suis désolée pour la semaine dernière », lui glissai-je à mi-voix.

Elle se retourna et me prit dans ses bras.

« C'est pas grave. Moi aussi, je suis désolée. »

Je songeai à ce qu'elle venait de dire, à l'inquiétude dans sa voix. Elle n'avait aucune raison d'être désolée.

« Alors, tu y es allée quand même ?

– À la fête ?

– Voui. »

Un sourire amusé éclaira son visage et, bien que sachant pertinemment ce qu'elle allait me confier, il me fallut lui demander :

« Et ?

– Il s'est endormi comme une masse sur mon lit.

– Drew ?

– À peu près trente secondes après qu'on s'était allongés. Je ne savais pas quoi faire… j'ai failli aller chercher ses copains pour qu'ils le rembarquent. J'ai fini par me retrouver sur le canapé. Qu'est-ce que tu veux ! C'est une chose de dormir à côté de quelqu'un avec qui… tu comprends. C'en est une autre de dormir à côté d'un soûlard que tu ne connais pratiquement pas. »

Je ne lui fis pas remarquer qu'elle ne l'aurait pas connu davantage s'ils avaient fait l'amour. Baisé. Peu importe.

« Et tu n'imagines pas ce qui s'est passé le lendemain matin.

– Quoi ?

– Il m'a tirée du sommeil en dégueulant tripes et boyaux dans la salle de bains. Il avait laissé la porte ouverte et quand il m'a vue, là, devant lui il a essayé de se relever et voilà qu'il s'est collé un tour de reins ! »

On se tordit de rire l'une comme l'autre.

« C'est impayable, Jamie. J'arrive pas à croire que tu aies attendu une semaine pour me raconter ça. »

Elle haussa les épaules. C'était moi qui avais laissé passer tout ce temps.

« Allez viens, poursuivit-elle. J'ai de quoi préparer des Bloody Mary. On s'en prend un avant que les autres arrivent.

– On devrait peut-être se contenter d'un Virgin Mary ? On ne veut pas être pétées quand ils débouleront.

– Pourquoi pas ? »

Elle alla prendre du jus de tomate, du Tabasco et de la sauce Worcestershire dans un placard en contreplaqué, tout poisseux, puis sortit une bouteille de vodka du congélateur.

« Je vais nous en faire des légers. De toute façon, ils ne vont pas tarder. »

Je la regardai préparer les cocktails. Elle était tellement facile à reconquérir que je me faisais l'effet d'être un monstre.

« Dis, m'écriai-je, est-ce que je t'ai raconté la fois où ma mère a essayé de commander un Virgin Mary lors d'un brunch à l'Edgewater ? »

Elle me sourit. Bien sûr que je la lui avais racontée, mais la tradition de notre amitié admettait qu'on se raconte les mêmes histoires encore et encore.

« Elle a commandé un Bloody Virgin », conclus-je.

Et quand elle éclata de rire, je réussis à rire, moi aussi, avec reconnaissance, en forçant juste un peu les muscles de mon visage.

Jamie avait une salle à manger typique de Miffland : passe-plat ouvert sur la cuisine, baie vitrée donnant sur un jardin plus un mur bardé d'éléments, en l'occurrence une batterie de tiroirs surmontés de deux vitrines si souvent peintes et repeintes qu'elles ne fermaient plus. Ses parents lui avaient offert des meubles qu'ils avaient hérités de sa grand-mère et on s'assit sur les chaises massives en bois sombre dès que tout le monde fut là : Jamie à un bout, Rooster à l'autre, et Bill et Christine en face de Stu et de moi.

« Stu, lança Rooster en reprenant des œufs pour la troisième fois. Aujourd'hui, je te bats. »

Stu ricana.

« Tu te fiches le doigt dans l'œil. »

Jamie et moi échangeâmes un regard rapide. Il y avait entre Rooster et Stu une vieille compétition en matière de bouffe qui, selon l'humeur, pouvait être marrante ou agaçante. Pour tout le monde, excepté Rooster, ça avait com-

mencé quand Mike avait fêté son anniversaire en troisième et qu'ils s'étaient affrontés à coups de parts de
pizza, en engloutissant une et demie chacun. Rooster prétendait que ça avait démarré des années avant, avec des
hot-dogs à la cafétéria de leur école primaire.

« Je me fiche le doigt dans l'œil ? Tu n'as même pas fini
ta première part de gâteau au café. Moi, avec aujourd'hui,
je suis à cent quatre-vingt-sept si tu comptes les hot-dogs.

– Faux, répliqua Stu. Primo, on ne compte pas les hot-
dogs et deuzio, c'est moi qui suis à cent quatre-vingt-sept
sans compter aujourd'hui. Tu n'es qu'à cent soixante-
deux, et si tu veux bien considérer le truc logiquement, ça
te ramène à vingt-cinq… »

Il se tourna vers moi.

« Il est toujours en train de gonfler ses stats, ça me fout
vraiment en pétard. »

Je souris. Je songeais à la nuit précédente, à Viktor et à ce
Kilroy… au moins, Rooster et Stu s'aimaient bien, c'était
déjà ça. Ils se taquinaient au lieu de jouer les durs. Celui
que cela embêtait, c'était Mike : « Ces mecs sont loin d'être
aussi marrants qu'ils l'imaginent », répétait-il constamment. Sans doute m'en aurait-il fait la remarque en rentrant
du lac Clausen, s'il m'avait raccompagnée chez moi car
Rooster et Stu s'étaient longuement chicanés pour déterminer combien de chips équivalaient à un burger. Mais
Mike ne m'avait pas raccompagnée : j'étais rentrée, assise
sur la banquette arrière de la voiture de Rooster, la main
serrée sur celle de Jamie, sans qu'aucun d'entre nous dise
un mot et là, dans la salle à manger de Jamie, presque
quatre semaines plus tard, je me rendis compte que je
n'avais jamais pensé à me demander qui était reparti chercher la voiture de Mike. Je savais que la vieille 280Z noire
que M. Mayer avait donnée à Mike était à l'abri dans le
garage des Mayer, mais je la revoyais encore sur le parking du lac, couverte de sable et de poussière.

« Les qualités intrinsèques l'emporteront toujours sur la
pure fanfaronnade, déclara Rooster en reprenant du bacon.
Pas vrai, Carrie ? »

Voyant que tous se tournaient vers moi, j'écartai l'image de la voiture de Mike et affichai un piètre sourire.

« Vous êtes tous les deux très impressionnants, leur assurai-je.

– Ce qui, en d'autres termes, veut dire rondouillards, spécifia Bill. Au cas où vous vous poseriez la question, les mecs. »

Tout le monde éclata de rire et Bill, content de lui, sourit et posa la main sur l'épaule de Christine. Ils s'étaient si souvent séparés et réconciliés qu'eux-mêmes ne savaient plus combien de fois ça leur était arrivé mais, à présent qu'elle s'en allait, Bill paraissait vraiment triste. Quand elle les avait vus remonter l'allée ensemble, Jamie m'avait confié : « Le Castor a l'air triste. » Il était beau, brun, dégingandé avec, à l'oreille – détail sexy –, un clou en argent, mais il avait les dents en avant.

Rooster se recula de la table, allongea les jambes et se tapota l'estomac.

« Les Spartiates au petit pneu, déclara-t-il. Exactement ce que Mike disait. Dès qu'il se réveille, je me colle au régime. »

Seul le silence lui fit écho. Au salon retentit le tic-tac du réveil à coucou de Jamie, un ridicule machin tyrolien pour lequel elle éprouvait une secrète affection pas si secrète que ça. Finalement, Stu lança :

« Alors, Boston, hein ? Tu sais que, là-bas, ils causent bizarre. "Gâare ta vouâture dans la coûr", un genre comme ça. »

On baissa tous les yeux une seconde, à part Rooster qui, me fixant d'un air furieux, me fit comprendre à sa manière ce que je savais déjà, que ne pas parler de Mike c'était le laisser tomber.

« Encore des fraises ? proposa Jamie.

– Moi, je gâarerai ma vouâture dans la coûr du Tufts jusqu'au jour où je serai tellement fôôchée que je la vendrai. »

Il y eut un petit silence, puis Rooster s'adoucit. Il sourit et déclara :

«Fais juste gaffe à pas te coller sur un stationnement interdit… ils pratiquent le sabot à Boston. Si tu dépasses le temps imparti par ton horodateur, ils t'immobilisent, et attention à ton schtroumpf.

– Aïe, s'écria Jamie en se tapotant le derrière.

– En fait, intervint Stu, il y a un siège paramilitaire là-bas. Des tireurs isolés sur les toits, des tanks qui patrouillent les rues. Franchement, ma chérie, tu serais bien plus en sécurité ici dans le Wisconsin.

– Ah, les potes, soupira Christine. Vous allez vraiment me manquer.

– Tu parles, tu vas t'éclater, intervint Rooster.

– C'est bien ce qui m'inquiète», renchérit Bill en battant des paupières.

Il était presque trois heures et demie et on était assis depuis très longtemps. Jamie se leva et commença à débarrasser tandis que je m'étirai et bâillai avant d'aller l'aider. En enlevant les assiettes, je me fis la réflexion que Bill, une fois Christine partie, allait probablement disparaître du tableau : c'était déjà l'élément le plus extérieur du groupe, le dernier à l'avoir intégré via sa relation avec Christine, mais il était aussi assez réservé, observait plus qu'il ne participait. Quand il m'arrivait de le croiser, je me sentais mal à l'aise, sans grand-chose à lui dire en dehors des bavardages de notre petit cercle pour me délier la langue.

«Faisons quelque chose, suggérai-je à Jamie dans la cuisine. Tous ensemble. Allons louer des planches à voile ou bien jouer au volley ou je ne sais quoi.

– Genre pub pour une marque de bière? Ça me dirait.»

On allait rejoindre les autres quand le téléphone sonna.

«Vas-y, me conseilla Jamie. J'arrive. Moi, je vote pour les planches à voile.»

Assis, silencieux, ils paraissaient tous sonnés, sauf Rooster qui avait trouvé un second souffle et se démenait autour des restes du gâteau au café.

«Hé, secouez-vous, m'écriai-je. La journée ne fait que commencer. Que diriez-vous d'aller faire de la planche à voile?

– C'est envisageable », répondit Christine.

Là-dessus, Jamie m'agrippa par le bras.

« C'est pour toi, me lança-t-elle. Le téléphone. Mme Mayer. »

6

Mike s'était réveillé et je pleurais sans retenue. Je pleurais en raccrochant, je pleurais quand je sentis les bras de Jamie se refermer sur moi et je pleurais quand tous accoururent dans la cuisine, Rooster en tête. Quand Mike avait plongé, les cercles sur le lac s'étaient élargis en synchronie parfaite avec le sentiment de plus en plus vif chez moi que quelque chose de terrible venait de se produire. J'éprouvais maintenant un soulagement explosif, comme lorsque quelqu'un remonte brusquement des profondeurs marines dans une débauche de gouttelettes d'eau.

Rooster me conduisit à l'hôpital et, appuyée contre la vitre de la voiture, je continuai à pleurer, les yeux rivés sur la journée paisible.

«Ça va aller», me dit Mme Mayer quand nous arrivâmes dans la salle d'attente du service de réanimation et que je me jetai dans ses bras – elle était tellement heureuse qu'il se soit réveillé, tellement heureuse de me voir heureuse. «Ça va aller.»

Le Dr Spelman se manifesta peu après. C'était le neurochirurgien et son détachement glacé nous doucha tous, même Mme Mayer. Debout dans l'encadrement de la porte, son nom ressortant en noir au-dessus de la poche de poitrine de sa blouse blanche, il nous alerta sur tout ce que nous ignorions encore.

«Il faut l'observer de très près», nous expliqua-t-il.

Assise à côté de Mme Mayer, je l'écoutais aussi attentivement que possible alors que je n'avais qu'une envie : les

UN AMOUR DE JEUNESSE

planter tous là et courir à la chambre de Mike. Je voulais ses yeux dans les miens, rien que ses yeux de nouveau ouverts mais les Mayer venaient de passer près d'une heure à son chevet et maintenant il fallait attendre.

« Ça, c'est le premier point, poursuivit le Dr Spelman. Pour le deuxième, je sais que cela vous paraîtra évident mais vous serez surpris de constater combien il est difficile de ne pas l'oublier. Voilà quatre semaines que vous attendez dans l'inquiétude et, à présent que Mike semble reprendre conscience, vous êtes fous de joie, ce qui se comprend. Or, la dernière chose dont lui se souvienne, c'est qu'il était en train de passer un bon moment avec ses amis. Ne comptez pas le voir heureux ou soulagé d'être encore en vie.

– Même si c'est une bonne chose qu'il se réveille, il va devoir affronter de mauvaises nouvelles, résuma M. Mayer.

– C'est bien formulé », commenta le médecin.

Mme Mayer hocha vigoureusement la tête.

« Merci infiniment, docteur. Nous ne pouvons pas vous dire à quel point nous vous sommes reconnaissants.

– Ne me remerciez pas, répondit le Dr Spelman. Je n'y suis absolument pour rien. »

Lorsqu'il se fut éloigné, Mme Mayer me prit la main et me la caressa.

« Hier soir, après notre départ, j'ai eu un pressentiment, enchaîna-t-elle. Je crois qu'il commençait à émerger. Tu avais remarqué ? Je l'avais trouvé un peu plus présent. »

Je fis signe que non et un nouveau sanglot me déchira la poitrine. J'avais la nausée à force d'avoir pleuré, mais me sentais plus calme aussi, persuadée que j'avais vécu un truc lourd, moi aussi, une phase de léthargie, d'apathie même. Désormais, tout était différent. C'était fini. Il allait s'en sortir. Je cachai mon visage dans mes mains et pleurai.

Lorsqu'il fut de nouveau possible d'aller le voir, les Mayer me proposèrent d'y aller seule ou bien avec Rooster, mais je demandai à Mme Mayer de m'accompagner.

Allongé sur le dos, Mike ne présentait aucun changement apparent par rapport à ma dernière visite. Le respirateur inspirait et soufflait, inspirait et soufflait, et Mike avait les bras et les jambes lourds et exsangues, et ses yeux... ses yeux étaient fermés.

« Il dort, murmura Mme Mayer. Il dort vraiment. C'est normal. »

J'acquiesçai.

« On va lui aménager une chambre dans le bureau, ajouta-t-elle. À cause des marches. »

Les larmes ruisselèrent de plus belle sur ma figure et, sans me regarder, Mme Mayer me prit la main.

« La télé est déjà installée et on lui mettra aussi sa stéréo. Peut-être faudra-t-il lui faire construire une nouvelle salle de bains ? Son père pense qu'on devrait attendre, mais il faudra qu'on soit prêt avant Michael. »

– C'est vrai.

– Mike, murmura-t-elle. Michael. »

Je crus au début que c'était un effet de mon imagination, mais ses paupières clignèrent un peu, puis s'ouvrirent sur ses prunelles grises étonnamment claires qui me fixaient. Me voyait-il ? Voyait-il quoi que ce soit ? Il referma de nouveau les yeux et se rendormit.

Durant les jours qui suivirent, j'allai à l'hôpital chaque fois que possible : avant le travail, après, parfois – et presque sans remords – pendant, expliquant à Mlle Grafton que je revenais tout de suite alors que je disparaissais près d'une heure. Il arrivait qu'il n'ouvre pas une seule fois les yeux pendant ma visite, mais à d'autres moments il paraissait très lucide, semblait me reconnaître et, du coup, je me mis à lui parler : rien que des « Mike, c'est moi », et « Je t'aime », et « Tout va s'arranger ».

Les médecins le soumirent à toute une batterie d'examens. Ils testèrent ses sensations, sa motricité, ses réflexes, mais en dessous du torse il était comme mort.

« Le traumatisme se situe dans la partie basse du rachis cervical, c'est toujours ça, déclara un médecin. Il pourra respirer sans assistance. »

C'était vrai. Même si, à mon sens, il n'y avait logiquement pas de raisons de se réjouir, le terme «tétraplégique» englobait des situations bien pires que celle de Mike.

« Voyez les choses comme je vais vous les expliquer, ajouta un autre médecin. Avec une blessure au niveau C5-C6, Mike est techniquement tétraplégique; or il va pouvoir se débrouiller comme un paraplégique privé de ses mains.»

Je compris ce qu'il voulait dire : Mike pourrait utiliser ses épaules et ses bras et un appareillage fixé à ses avant-bras lui permettrait de manipuler certains objets; je ne pus néanmoins me défaire d'une image révoltante : Mike, les mains tranchées, les moignons noyés dans des flots de sang.

Nous lui expliquâmes : «Tu t'es blessé. Tu te souviens du lac? Tu as plongé et tu t'es cogné la tête.»

Ce fut terrible de voir son visage déformé par l'angoisse, terrible de ne pas savoir ce qu'il comprenait au juste. La canule de trachéotomie l'empêchait de parler, de sorte qu'il ne pouvait poser de questions alors qu'il était redevenu conscient. Une doctoresse lui proposa de pincer la canule une minute afin qu'il puisse s'exprimer mais, au moment donné, il produisit un bruit inintelligible, un murmure malheureux, un appel au secours dénué de paroles.

En fin de compte, les Mayer décidèrent qu'il fallait lui expliquer l'accident et ses conséquences. Nous convînmes que j'attendrais dans la salle d'attente, puis que j'irais le voir après. Les visites n'ayant officiellement pas encore commencé, je me retrouvai donc seule dans la pièce. Dehors, dans le couloir, passaient des infirmières en blanc, des filles de salle en bleu. Puis je vis le Dr Spelman se diriger vers la chambre de Mike et je compris que maintenant Mike savait : les Mayer avaient souhaité annoncer eux-mêmes à Mike ce qu'il avait perdu, mais désiraient que le médecin lui expose la manière de récupérer un peu de ses facultés : la chirurgie pour stabiliser son rachis, suivie de longs mois de rééducation en hôpital.

À l'idée que Mike savait, mes yeux se mouillèrent et je me mis à faire les cent pas en luttant contre les larmes.

J'avais lu un jour un article selon lequel les femmes se répartissaient en deux catégories : celles qui craignaient de finir clochardes et de divaguer dans les rues et celles qui craignaient de se retrouver en clinique psychiatrique à pleurer comme des Madeleine. Je savais désormais à quelle catégorie j'appartenais.

Quelques instants plus tard, le Dr Spelman apparut à la porte de la salle d'attente. Il me regarda d'un air hésitant puis m'invita à m'asseoir.

« Je viens de voir Mike, me confia-t-il. Il est très fort, votre ami. Nous allons procéder à la stabilisation de son rachis. »

Il s'interrompit pendant que je m'interrogeais sur les raisons de sa démarche ; il ne m'avait encore jamais adressé directement la parole et j'étais même étonnée qu'il sache qui j'étais.

« Je suis content de vous voir, poursuivit-il. Il est prématuré d'envisager les choses à moyen terme, mais vous êtes là et je vais donc faire une entorse à mes principes. Vous êtes la personne à laquelle Mike paraît le plus attaché, le plus sensible. Tenez, par exemple, les infirmières ont remarqué qu'il était toujours beaucoup plus tonique après vos visites qu'après celles de ses parents. Ne serait-ce qu'à l'instant, il semblait vouloir savoir où vous étiez.

– Nous sommes fiancés.

– Oui, sinon que tout a changé désormais, même si vous avez parfois du mal à garder ce facteur présent à l'esprit. Je vous conseillerais la plus grande gentillesse au cours des mois qui vont suivre. La rééducation exige d'énormes efforts – et pour aller mieux, il faut avant tout le vouloir. »

Là-dessus, il se releva en s'éclaircissant la voix. De mon côté, je sentis que je m'empourprais et qu'un tremblement me secouait les doigts. Le docteur s'éloigna et je m'imaginai lui crier d'une voix indignée : *Vous ne me connaissez pas. Pas du tout.*

Je me dirigeai alors vers la chambre de Mike. À la porte, je m'arrêtai et jetai un coup d'œil à l'intérieur. Cramoisie mais néanmoins calme, Mme Mayer était debout au pied du lit tandis que M. Mayer, installé sur le seul siège, les lunettes en travers des genoux, pleurait, les mains sur les yeux. J'entrai et tous trois me regardèrent. Mike se mit à battre furieusement des paupières et je me précipitai vers lui.

Je suis désolé, articula-t-il sans qu'un son sorte de sa bouche. Ses grands yeux me scrutaient avec insistance, cherchaient à savoir où j'en étais à présent. Où, compte tenu de ce qu'il lui était arrivé ? Où, compte tenu des mois qui avaient précédé ?

Oublie tout ça, brûlais-je d'envie de lui dire – mais pas devant ses parents. Et comment retirer des paroles que je n'avais jamais formulées ? Le remords me rongeait mais ce n'était pas le moment de m'appesantir là-dessus. Je m'approchai encore, effleurai son bras, puis fis glisser mes doigts sur les endroits où il lui restait quelque sensation.

« Ne t'inquiète pas, chuchotai-je. Je t'aime, ne t'inquiète pas. »

Soulagement et reconnaissance se peignirent sur son visage livide, colorèrent ses joues et soulignèrent le contour de ses lèvres desséchées.

Le jour de l'opération arriva. Films et feuilletons télévisés m'avaient montré des gens vêtus d'une blouse chirurgicale et le visage protégé par un masque, symboles d'un affairement efficace ; M. Mayer pulvérisa tous ces clichés quand il demanda si on allait ouvrir Mike par la voie antérieure ou par la voie postérieure. Le bistouri en train d'inciser Mike, son sang se répandant… c'était insupportable. *Ne le touchez pas*, eus-je envie de hurler. Et puis il y avait l'anesthésie : je savais qu'elle comportait un risque mais au moins apaiserait-elle son angoisse.

Nous vécûmes une ultime veille, à côté de la salle d'opération cette fois-ci. Les Mayer, Rooster et moi. Finalement, au bout de presque trois heures, le Dr Spelman nous annonça :

« C'est terminé. Tout s'est bien passé. Il est en salle de réveil. »

Chacun d'entre nous baissa la tête et pleura.

Seule une personne eut le droit d'aller le voir et sa mère insista. Je dus donc attendre le lendemain matin pour pouvoir l'approcher. On l'avait ramené en réanimation pour le garder une journée en observation et, en empruntant le couloir familier, je me rendis compte que c'était peut-être la dernière fois que je me retrouvais là. Le déploiement des box, la salle de surveillance des infirmières, l'activité feutrée et le sérieux entourant le traitement des cas graves – tout un univers que je n'aurais jamais pensé connaître, du moins pas aussi intimement.

Quand j'entrai dans le box de Mike, il était couché sur le dos, le crâne enserré dans une bande d'acier maintenue par des vis ; des tiges rigides reliaient la bande d'acier à un épais corset rembourré de peau de mouton qu'on lui avait fait revêtir.

« Oh, mon Dieu », murmurai-je, effarée.

M. et Mme Mayer n'étaient pas dans la pièce. Julie et John Junior, en revanche, se tournèrent en entendant mon exclamation juste au moment où les yeux de Mike se posaient sur moi.

« Ça, c'est le fixateur externe, le halo », m'expliqua simplement Julie.

Le halo – l'appareil servant à immobiliser son cou après l'opération. Je ne sais pourquoi, mais j'avais imaginé un truc d'allure moins médiévale : quelque chose ressemblant davantage à un halo.

« Bonjour », dis-je.

Comme je m'approchais, je sentis que quelque chose en moi faiblissait, une sorte de courage ou de résolution. Mike avait l'air morose, des ombres lui mangeaient la figure.

« Comment... balbutiai-je, la bouche pâteuse. Comment te sens-tu ? »

Il se passa la langue sur les lèvres.

« J'ai mal à la tête », me répondit-il d'une voix rauque.

Il me fallut un moment pour me rendre compte qu'il avait parlé. Il n'avait plus la canule de trachéotomie. Le respirateur, arrêté, ne sifflait plus.

« Tu parles ? m'écriai-je. Ils ont débranché le respirateur ? »

Il garda le silence et c'est Julie qui intervint.

« Ils sont en train de l'habituer à s'en passer. Progressivement.

– Mike, t'es un ange, lança John Junior. Le halo ! Tu piges ? »

Mike ne réagit pas et je vis que Julie décochait un petit coup de pied à John.

« J'ai mal à la gorge, reprit Mike. J'ai soif.

– Il a le droit de boire ? » demandai-je à Julie.

Elle haussa les épaules.

« Je vais aller voir si tu as droit à quelque chose. Je reviens tout de suite, d'accord ? »

Les yeux grands ouverts et froids, il m'observait avec attention.

« Non.

– J'y vais, moi », s'empressa de dire Julie.

Dès qu'elle fut partie, il ferma les paupières ; quand il les rouvrit, ses prunelles étaient devenues ternes.

Quelques minutes plus tard, Julie revint, suivie par une infirmière furibonde à laquelle je n'avais jamais vraiment parlé.

« Qu'est-ce que vous fabriquez ? s'écria-t-elle et, l'espace d'une seconde, je ne sus trop à qui elle s'adressait parce qu'elle fixait Mike. Il faut que l'un d'entre vous s'en aille. Tout de suite. »

Nous nous dévisageâmes. Depuis que Mike s'était réveillé, la règle de pas-plus-de-deux-personnes-à-la-fois s'était relâchée de même que celle des dix-minutes-toutes-les-heures. Joan nous avait dit qu'ils préféraient que Mike ait de la compagnie, même si cela les obligeait à nous faire sortir pour les soins.

« Ça ne fait même pas vingt-quatre heures qu'il a été opéré, poursuivit-elle. Laissez-le se reposer. »

Elle se pencha sur Mike.

« Encore dix minutes et je vous remets sous respirateur. »

Puis elle se tourna vers nous.

« Je reviens dans une minute, d'ici là, l'un d'entre vous a intérêt à être parti. »

Là-dessus, elle quitta la pièce, accompagnée par le crissement de ses chaussures blanches.

« Peau de vache », s'exclama Julie.

Pour ma part, j'adressai un sourire à Mike et lui dit :

« Je reviendrai un peu plus tard, d'accord ? D'ici quelques heures ?

– T'en va pas. »

Julie attrapa son sac.

« Nous, on y va, s'écria-t-elle en ajustant sa bandoulière sur son épaule et en lançant un regard éloquent à l'attention de John. Maman et papa ne vont pas tarder à revenir, d'accord, Mike ? »

John lui emboîta le pas mais s'attarda quand même sur le seuil.

« Tu peux manger des glaces ? Si ça te dit, je pourrais t'en rapporter tout à l'heure. »

Je me penchai sur Mike.

« Ça te dit ? lui proposai-je d'une voix faussement enjouée. *Butter pecan* ? »

Il ne répondit pas, se contenta de suivre John des yeux jusqu'à ce que ce dernier ait quitté les lieux.

Je regardai les vis qui s'enfonçaient dans son crâne, puis détournai rapidement la tête. Il fallait absolument lui parler, mais que lui dire ? Les glaces, il n'en avait rien à faire ; ni la température dehors ni rien de rien. *Tout va s'arranger*. Ce n'était pas vrai.

Il produisit un bruit bizarre comme s'il cherchait laborieusement à s'éclaircir la voix.

« Tu pourrais m'embrasser ? » marmonna-t-il.

J'en fus abasourdie.

« J'aimerais que tu m'embrasses, poursuivit-il. Carrie. »

Et c'est seulement à ce moment-là, lorsqu'il prononça mon nom, que j'entendis enfin le vrai timbre de sa voix grave et singulière, sa voix si longtemps réduite au silence. Des flots de larmes ruisselèrent de mes yeux.

Comment se faisait-il que je n'aie pas du tout pensé à sa voix, qu'elle ne m'ait pas manqué ?

Je m'essuyai la figure avec mes doigts, puis les doigts sur mon pantalon, me penchai, puis hésitai, ne sachant trop comment me débrouiller avec le halo. Et si je le touchais, est-ce que je lui ferais mal ? Lentement, prudemment, je pressai ma bouche contre sa joue, puis me reculai.

Les yeux rivés sur moi, il me présenta son visage jusqu'à ce que je me penche de nouveau et pose mes lèvres sur les siennes. J'allais me redresser quand je sentis sa langue dans ma bouche, douce, chaude et infiniment familière.

7

Quatre jours plus tard, Mike démarrait la rééducation et, brusquement, tout changea, même les détails les plus infimes, même le papier peint – semé de fleurs pêche et jaunes partout ailleurs dans l'hôpital, ici, il déployait des rayures bleu canard et framboise, comme si les tons froids pouvaient apaiser la souffrance des patients en lutte contre leur propre corps. Ici, les infirmières, en ensemble pantalon, étaient brusques et affairées, un peu militaires même. « Allez, hop ! » déclaraient-elles et le patient n'avait pas le temps de protester qu'elles l'avaient calé dans son fauteuil roulant, fait rouler sur le côté opposé ou redressé pour lui donner à manger.

La rééducation était exténuante. Le soir, s'il en avait l'énergie, Mike nous décrivait ce qu'il vivait : le verticalisateur sur lequel il devait s'allonger pour apprendre à se redresser ; la gamme d'exercices que ses membres devaient subir : rotations, flexions, extensions ; les changements de position pour éviter la formation d'escarres ; les séances de clapping pendant lesquelles une infirmière lui appuyait sur le torse pendant qu'il exhalait. Ça ressemblait à un emploi à plein temps, et il ne s'était pas encore mis sur les tapis, n'avait même pas démarré l'ergothérapie. Parfois, il paraissait tellement laminé qu'il ne pouvait même pas parler. Il restait simplement allongé pendant qu'on bavardait, les traits tirés par la fatigue.

Je glissai dans le désespoir. C'était plus fort que moi : il ne marcherait plus jamais. Il allait vivre sa vie depuis un

fauteuil roulant – regarder la vie depuis un fauteuil roulant. Je venais le voir, mais j'avais du mal à parler, du mal
à sourire. Je parlais, je souriais… mais je me faisais l'effet
d'être hypocrite. Plus tard, seule chez moi, il m'arrivait de
passer des heures assise sans bouger. Ou bien je m'installais derrière ma machine à coudre.

Le samedi de Paddle'n'Portage arriva, et Jamie s'organisa pour qu'on retrouve Rooster et Stu sur place. Je
n'avais pas envie d'y aller, mais je n'avais pas non plus
envie de ne pas y aller, donc j'acceptai.

Elle vint me chercher et on descendit au parc Madison à
pied. Paddle'n'Portage faisait partie des traditions de Madison, c'était une épreuve de course de canoës et de course à
pied qui, tous les ans, attirait des centaines de concurrents
de tout le Middle West, authentiques athlètes comme amateurs du week-end, tous prêts à traverser la moitié du lac
Mendota à la pagaie et retour ; puis, le canoë sur l'épaule,
à remonter la colline en courant, à faire le tour du capitole
et à redescendre de l'autre côté pour finir par une seconde
course sur le lac Monona cette fois.

Rooster et Stu nous avaient gardé une table de pique-
nique alors que le parc était plus que bondé : il accueillait
en effet tous les concurrents plus les spectateurs auxquels
s'ajoutaient des collections de bicyclettes empilées n'importe comment contre les arbres. Des gamins couraient au
milieu de toute cette bousculade pour proposer des bou-
teilles d'eau aux assoiffés. À côté de nous, deux hommes
s'étiraient sur l'herbe roussie ; juste derrière eux, une
femme offrait un pot d'écran total à son compagnon,
lequel plongeait le doigt dans la crème jaune fluo et se
l'étalait sur le nez. Des dizaines de canoës patientaient sur
la petite plage toute proche.

Jamie, les mains sur les hanches, examinait la foule.

« Regarde celui-là, s'écria-t-elle d'une voix animée.

– Le mec blond ? fit Stu avec un sourire.

– Son canoë, répondit-elle en lui flanquant une taloche.
Il est vraiment cool. »

Un haut-parleur annonça le début de la première

épreuve éliminatoire et Jamie et moi, on grimpa sur la table pour mieux suivre la course. Un coup de feu retentit et une trentaine ou une quarantaine de canoës frappèrent l'eau pour s'élancer en direction d'un voilier ancré à proximité de Picnic Point. Nous les suivîmes du regard un moment, mais il devint vite difficile de voir qui menait, qui tenait bon et qui abandonnait.

« Pourquoi est-ce que j'oublie les jumelles tous les ans ? grommela Stu.

– Et pourquoi est-ce que je viens tous les ans ? » répliqua Jamie en s'asseyant sur la table, les pieds sur le banc.

Au bout d'un moment, je l'imitai tout en m'éventant. Il faisait déjà plus de trente degrés.

« Moi, je m'ennuie, reprit alors Jamie. Si on bidouillait quelque chose, si on allait à Chicago ?

– Quoi, maintenant ? »

J'avais prévu de passer à l'hôpital, dès la course terminée.

Jamie haussa les épaules.

« Pourquoi pas ? »

Les doigts croisés, Stu étira les bras au-dessus de sa tête.

« Ce n'est pas une mauvaise idée, grommela-t-il. Trois heures dans une bagnole climatisée, voilà une perspective sympathique, indépendamment de ce qu'il peut y avoir à la clé ! »

Jamie, carrément enthousiaste à présent, renchérit.

« On pourrait se balader un moment à Water Tower, puis s'offrir une pizza ou je ne sais quoi avant de rentrer.

– Se balader à Water Tower, s'exclama Stu. Moi, je me méfie, ça ressemble beaucoup à du shopping. »

Il se tourna vers Rooster.

« Qu'est-ce t'en dis ? On pourrait se taper un ciné ou quelque chose, puis retrouver les nanas devant une pizza. »

Un pied sur le banc, un coude en appui sur son genou, Rooster m'observait avec attention.

« Je ne pense pas, déclara-t-il en se redressant.

– Pourquoi pas ? s'écria Jamie.

– À cause de Mike ? Tu te souviens de lui ? »

Me fusillant du regard, il ajouta :

« Je ne peux pas croire que tu aies envisagé un truc pareil.

– Je ne l'ai pas envisagé du tout », rétorquai-je.

Et pourtant, si : cela dit, c'était moins à Chicago que j'avais pensé qu'à l'autoroute, aux champs défilant sous mes yeux pendant que quelqu'un cherchait une station sympa à la radio. Quelle mouche m'avait piquée ?

Jamie se mordilla un ongle, pinça les lèvres, puis lança :

« Peut-être qu'on devrait quand même faire quelque chose tous ensemble ce soir ? Se manger une pizza ou un autre truc. Après l'hôpital. Moi, je trouve qu'on devrait. »

Rooster refusa d'un signe de tête.

« Pourquoi ?

– J'ai un rendez-vous.

– Un rendez-vous ? braila Stu. Alerte les médias, c'est un miracle.

– Ta gueule », répliqua Rooster.

Il souriait tout à coup et ses dents paraissaient d'un blanc éclatant au milieu de son visage rose.

« Avec qui ? demanda Jamie en se penchant vers lui.

– Joan. »

Je portai mon regard vers Jamie, puis vers Stu.

« Joan, l'infirmière ? m'exclamai-je. Du service de réanimation ? »

Il acquiesça.

Je n'en croyais pas mes oreilles. Joan n'avait pas loin de trente ans, et puis il y avait son physique : son teint pâle et fragile, ses longs cheveux blonds et sa taille. En général, les copines de Rooster n'étaient pas spécialement jolies, plutôt culottées et avec un sens de la repartie, et c'était normalement à ce niveau-là que ça coinçait avec Rooster. En fait, il n'avait pas de copines.

Là-dessus, les gens autour de nous se précipitèrent vers le rivage avec force hurlements et acclamations, et Jamie et moi, on remonta illico sur la table pour voir ce qu'il se passait. Je repensai au regard mauvais que Rooster m'avait lancé à propos de Chicago ; il m'avait terrorisée, mais je fus bien obligée de me poser la question : aurais-je suivi Jamie et Stu s'il ne m'en avait pas empêchée ?

« Vas-y ! brailla Jamie. Vas-y !

– Pour qui tu cries ? lui demandai-je.

– Pour personne », admit-elle.

Les deux premiers concurrents avaient déjà mis pied à terre alors que je ne les avais même pas vus arrêter de pagayer. Leur embarcation au-dessus de la tête, ils fonçaient, l'un derrière l'autre, en levant bien haut les genoux.

« Mike et moi, on comptait y participer cette année, annonça alors Rooster inopinément. On vous aurait surpris, les mecs. »

Je baissai les yeux vers lui. La sueur ruisselait sur son visage cramoisi et de grosses taches humides marbraient son polo bleu pâle aux endroits où il lui collait au corps.

« Hein ? poursuivit-il. Si si, je vous assure. Vous connaissez Mike – le mec qui prévoit tout. Il nous avait fixé un programme d'entraînement qu'il m'avait imprimé, au début de l'automne dernier, je crois. On devait commencer par la course à pied et puis se taper des poids. Vous le connaissez, il avait tout bidouillé. On comptait acheter un canoë d'occase dès le dégel du lac. »

Je n'avais pas du tout entendu parler de ce projet mais je n'en fus pas étonnée. Rooster avait raison : Mike était l'opiniâtreté incarnée. S'il avait décidé de participer à Paddle'n'Portage, il s'y serait préparé sérieusement. Il ne s'agissait pas seulement d'une affaire de compétition, même si Mike pouvait se montrer férocement compétitif, mais plutôt d'une façon de voir la vie. D'un style de pensée. Aux yeux de Mike, plus on réglait de détails à l'avance, mieux c'était. Pour notre week-end à Chicago, je suis sûre qu'il avait envisagé des tas d'options tout du long.

« Et quel genre de sucreries tu prendras pour le film du dimanche soir ? lui avais-je demandé pendant le trajet.

– Des Raisinets, bien sûr », m'avait-il répondu en souriant.

Mes piques ne le dérangeaient pas. Elles faisaient pendant, mais à l'envers, aux taquineries qu'il me lançait à propos de ma mémoire. Chez lui, tout était focalisé sur l'avenir. Chez moi, sur le passé.

«Et alors, pourquoi vous ne l'avez pas fait ?» s'écria Stu.

Les yeux rivés sur moi, Rooster répliqua :

«Mike a laissé tomber cette idée.»

Il haussa les épaules comme s'il ignorait tout de cette affaire mais, subitement, la crainte me saisit : il avait beau faire l'ignorant, il mitonnait quelque chose.

«Il a juste laissé tomber ? insista Stu. Ça ne lui ressemble pas.

– Euh, continua Rooster, je crois qu'il avait autre chose en tête. Je crois qu'il y avait un truc qui le tourmentait méchamment.»

Je m'empourprai. Ce n'était pas possible. Après quelques secondes, je descendis de la table et m'éloignai. Une fois à l'écart, je m'appuyai contre un arbre à l'écorce rugueuse et portai mon regard vers le lac, Picnic Point en face et le voilier à l'ancre qui servait de balise pour la course.

«Il est désolé, me dit Jamie, venue me rejoindre. Vraiment, Carrie. Regarde-le.»

Assis à la table, Rooster se tenait la tête dans les mains.

«Viens et faisons un truc toutes les deux ce soir, insista-t-elle. Allons voir un film de nanas, puis on s'arrêtera quelque part pour se taper un énorme Sundae dégueulasse. Après que tu auras vu Mike. Qu'est-ce que t'en dis ?»

Je la regardai avec ses cheveux blonds qui encadraient son visage, sa ride soucieuse entre les sourcils. Elle portait une robe bain de soleil, décolletée dans le dos, aguicheuse, et je la trouvai touchante, tellement il m'était facile de lire en elle, Jamie qui voulait se montrer adorable et disponible, m'aider.

«S'il te plaît ? fit-elle.

– Ça ne me tente pas.»

De petits plis apparurent à la commissure de ses lèvres.

«Alors, tu regardes la fin de la course avec moi ? Sans les mecs ?»

Je glissai mes doigts entre les siens.

«Je ne peux pas, Jamie. Je ne peux vraiment pas. Va avec eux et c'est tout, d'accord ? Et je t'appelle demain ?»

Elle se rembrunit et détourna les yeux.

« À la première heure, demain matin, affirmai-je. Promis. »

Dès qu'ils furent partis, je retournai m'asseoir à la table de pique-nique d'où je suivis la fin de la première épreuve éliminatoire, puis le début de la suivante – je les suivis sans les suivre. L'avenir et le passé. Il m'était impossible de penser au premier et le second avait tout d'un champ de mines semé de vieux plaisirs et de regrets. Je revis la nuit qui avait précédé l'accident, Mike, vêtu de son vieux short de gym, allongé sur mon canapé pendant que je préparais le dîner. De ma minuscule cuisine, je le voyais parfaitement bien en train de boire une bière, de se gratter les couilles si le cœur lui en disait, de feuilleter une revue ; d'allumer la télé avec la télécommande. Et, moi, qu'est-ce que je fabriquais ? Je lavais une laitue, pelais un concombre, surveillais la cuisson des pommes de terre, moulais les hamburgers qu'il devait griller sur le barbecue dans l'allée ; et je me détestais parce que désormais rien de tout cela ne me plaisait plus. Pendant longtemps, j'avais considéré Mike comme nécessaire, j'avais vu en lui le ballast qui me protégerait. À présent, ce ballast me maintenait à ras de terre, me retenait : or j'avais envie de légèreté, de liberté. Je fondis en larmes et il bondit du canapé pour me prendre dans ses bras et, je détestais ça aussi, la facilité du geste, ce faux réconfort. Je ne supportais pas de voir les semaines, les années, se déployer avec autant de clarté.

Des retardataires de la deuxième épreuve sortaient leurs canoës de l'eau quand je sautai sur mes pieds et décidai de m'en aller. Je songeai à Mike qui avait envisagé de participer à cette course et, tout à coup, je le revis un été, assis dans un canot sur le lac Supérieur, les rames croisées par-dessus ses jambes hâlées, me décochant son sourire singulier, intime, alors que je descendais du quai pour le rejoindre. Je fermai les paupières et me retrouvai presque sur le grand lac où le soleil se coulait entre les feuilles et pommelait le plancher de l'embarcation et les jambes de

Mike. L'embarcation pencha quand je montai dedans, l'odeur de l'eau tiède et verdâtre sous la chaleur du mois d'août me chatouilla les narines. J'en étais là de cette évocation du passé quand un oiseau lança un trille, puis se tut et je me rendis compte que quelque chose me dérangeait. Peu à peu, empreinte d'une grande résignation, je compris. Un autre souvenir se pressait, celui de la nuit qui avait précédé l'accident : Mike était parti juste après notre dîner silencieux et, plus tard, seule dans mon lit, je l'avais détesté pour cela aussi.

À quelques mètres de là, un type venait droit sur moi en me fixant d'un air sympa mais indécis ; il semblait se demander s'il me connaissait. Il avait des cheveux châtain clair, des lunettes à monture métallique et une chemise rétro en nylon à larges rayures bordeaux et crème.

« Carrie ? Carrie Bell ? »

J'acquiesçai et il m'adressa un grand sourire.

« Simon Rhodes. Du cours de français de Mme Eriksson en terminale. »

Je portai la main à ma bouche.

« Je suis vraiment désolée. Simon, tu as complètement changé. Tu as l'air en grande forme », ajoutai-je.

Je n'eus pas le temps de m'enferrer davantage qu'il éclatait de rire.

« J'ai l'air humain. J'ai décidé de sacrifier mes belles boucles pour faire plus branché. »

À dix-sept ans, il se cachait derrière un rideau de cheveux. Assis à quelques rangs de moi, il passait des cours entiers à griffonner dans un carnet. Un jour que j'allais conjuguer des verbes au tableau, j'entrevis sur son bureau une caricature de Mme Eriksson tellement parlante que je ne la regardai jamais plus avec les mêmes yeux.

« Qu'est-ce que tu deviens ? lui demandai-je. Comment vas-tu ? Tu habites toujours Madison ?

– New York. Je suis venu voir mes parents. »

Il se tourna pour observer deux hommes d'un certain âge qui progressaient laborieusement avec un canoë.

« Et c'est quoi tout ça ? »

J'éclatai de rire.

« Paddle'n'Portage, tu as oublié ?

– Paddle'n' quoi ?

– Portage. »

Puis je répétai avec un accent français :

« Portâââge.

– Ah, portâââge. *Porter* en français et *carry* en anglais, résuma-t-il en pouffant. Comment ça se fait que tu n'y participes pas ?

– Pardon ?

– Au portage. Vu ton nom, Carrie, tu dois porter beaucoup de choses, non ? »

J'éclatai de rire, mais repensai à la collection de noms de Mike et de Rooster, puis à Rooster, la tête entre les mains, à la table de pique-nique.

« Alors, raconte, poursuivit-il. Qu'est-il arrivé à Carrie Bell ? *Dis-moi ce que tu fais maintenant*[1]. Tu vois toujours Jamie Fletcher ? Pour autant que je me souvienne, vous étiez plutôt inséparables.

– Elle était là à l'instant. Il y a vingt minutes.

– Et Mike Mayer ? Le plus beau couple de terminale ? »

Je rougis : déjà à l'époque, ce genre de remarque me donnait envie de rentrer dans un trou de souris. L'équipe de lycéens chargés de réaliser le livre de l'année nous avait fait poser ensemble et c'était la seule photo de nous que je n'avais jamais aimée : main dans la main et l'air ahuri. Mike trouvait qu'on ressemblait à deux neuneu, làdessus.

« On est fiancés, confiai-je à Simon.

– À quand le grand jour ? »

Je regardai le lac. Un dernier couple en canoë approchait du rivage, à l'évidence ils n'étaient là que pour le plaisir de participer. Je les observai qui pagayaient, l'homme derrière, un débardeur en nylon noir sur ses épaules musclées.

« Carrie ? »

---

1. Les expressions ou mots en italique suivis d'un astérisque sont en français dans le texte.

Je me retournai.

«Mike est à l'hôpital. Il a fait un mauvais plongeon il y a six semaines et s'est brisé le cou.

– Oh, merde! Je suis vraiment désolé.

– Merci.»

On resta là silencieux l'espace d'une éternité, me sembla-t-il. Le parc se vidait, les derniers spectateurs remontaient la colline pour voir les derniers concurrents jouer de la pagaie sur le lac Monona. Du bout de son soulier, une sandale de pêcheur noire sympa à semelle en pneu, Simon aplatissait un carré d'herbe. Finalement, tout cela me devint insupportable.

«Il faut que j'y aille.

– Tu es à pied?»

Il hésitait, il était clair qu'il ne voulait pas s'imposer.

«On pourrait faire un bout de chemin ensemble.

– D'accord», répondis-je sans savoir où nous irions, ce que nous dirions et pourquoi j'acceptais.

Je réfléchis un moment, puis indiquai d'un signe de tête Mansion Hill. Nous nous mîmes en route, côte à côte, sans rien dire. À North Pinckney, nous tournâmes pour grimper la colline. Dans l'ensemble, les maisons, d'énormes structures en brique ou en stuc divisées en appartements pour étudiants, étaient assez minables mais au tournant d'après nous tombâmes sur une bâtisse superbement entretenue qui n'était autre que le plus joli petit hôtel de Madison – l'endroit où Mike avait toujours dit que nous passerions notre nuit de noces avant de sauter dans un avion pour les Caraïbes. En passant devant, je repensai au bonheur que j'éprouvais quand je l'entendais affirmer ce genre de chose, puis au fait que, de son lit d'hôpital, il surveillait probablement la pendule en attendant mon arrivée.

Au bout du compte, nous descendîmes Langdon, passâmes devant diverses fraternités – des Delta et des Epsilon, l'allée grecque. À combien de fêtes n'avais-je pas assisté dans ce coin-là? Combien de fois m'étais-je retrouvée dans une de ces soirées étudiantes, une bière à la main, coincée sans pouvoir bouger au milieu de la foule ? Je n'aurais pu le dire.

« Alors, tu as fait quoi comme université ? » lui demandai-je.

Il afficha un air embarrassé.

« Yale.

– Pas mal !

– Au moins, contrairement à certaines personnes de ma connaissance, je n'ai pas dit "dans un petit établissement du Connecticut".

– Au moins. »

Nous échangeâmes un sourire et il inclina la tête en direction du bâtiment que nous étions en train de longer.

« Tu étais ici ?

– Hélas !

– Tu as fait partie d'une sororité ?

– Je t'en prie ! Il aurait fallu que je me fasse teindre en blonde et délester de la moitié de mes neurones. Pour être honnête, Mike a failli intégrer une fraternité, mais s'est ravisé à la dernière minute. Son père l'y encourageait, mais Mike s'est rendu compte qu'il risquait de cohabiter avec une bande de mecs tout droit sortis d'une maison de fous et il a décidé que ce n'était pas son truc. Il a passé les quatre années chez ses parents.

– Je fais toujours des trucs comme ça, avoua Simon. Je m'emballe pour toutes sortes de mecs, puis je reprends mes billes.

– Tu es gay ? »

Il acquiesça.

« Tu es sorti du placard ?

– Tu parles de mes parents ? me demanda-t-il en souriant. Je les ai prévenus l'été dernier, juste après la remise des diplômes. "Merci d'avoir fait ce long voyage, maman et papa. Oh, à propos… je suis gay." Sincèrement, ça n'a pas l'air de trop les déranger. Je suis le benjamin de six frères et sœurs et je pense qu'ils sont contents de ne plus avoir de frais de scolarité à assumer. Ils ont mis beaucoup d'eau dans leur vin à présent. Ce matin, mon père m'a lancé : "Alors, Simon, tu as de bons amis ?" C'est quasi-ment la première fois qu'il réussit à poser une question un peu personnelle à l'un de ses enfants.

– On dirait que tu t'entends bien avec eux, remarquai-je en souriant. As-tu jamais envisagé de revenir t'installer ici ? »

Il s'arrêta.

« Regarde-moi, s'écria-t-il en secouant furieusement les bras. Rien que d'y penser, j'en tremble. »

On dénicha une table à l'ombre sur la terrasse de l'As-sociation et on bavarda, le temps de deux tasses de café chacun, puis d'un sandwich et d'un cornet de glace. Je me surpris à lui raconter bien plus de choses que je n'en avais raconté à quiconque depuis longtemps : comment je m'étais lentement détachée de Mike avant l'accident, l'apathie épouvantable que j'avais ensuite ressentie, le désespoir qui me rongeait aujourd'hui.

« Qu'est-ce que tu vas faire ? me demanda Simon.

– Qu'est-ce que tu veux dire ? »

Cependant, j'avais compris sa question : allais-je me montrer raisonnable et forte et me consacrer à Mike ? Ou non ? Je sentis un poids dans la poitrine à l'idée que ce puisse être un problème. Bien sûr que ce n'en était pas un ! Et pourtant si. Je repensai à Rooster, à ses regards à l'hôpital, chez Jamie et un peu plus tôt. Il savait que c'était un problème. Je me rappelai le jour où les Mayer avaient expliqué son accident à Mike et où j'étais entrée dans sa chambre après. *Ne t'inquiète pas*, lui avais-je dit. Qu'est-ce que j'avais promis ? Me sentant encore plus accablée, je poussai un grand soupir pour essayer de me libérer du poids qui m'étreignait.

« Je ne sais pas », répondis-je à Simon.

Il hocha la tête.

« Je n'arrive même pas à imaginer. Ce doit être telle-ment douloureux. »

J'acquiesçai et les yeux me piquèrent, mais plutôt que de se détourner devant mes larmes, il continua à me fixer, le visage empreint de compassion. Nous avions fréquenté le même lycée pendant quatre ans, mais je ne le connaissais pas. Il y avait tellement de gens que je n'avais pas connus, sur lesquels je ne m'étais pas interrogée. J'avais traversé les années du lycée sans jamais envisager d'autres possibilités, d'autres choix.

«J'espère que tu ne vas pas trouver ça bizarre, ajouta-t-il, mais je suis vraiment content de t'avoir rencontrée aujourd'hui.

– Moi aussi.»

Il y avait des heures qu'on était assis et il était temps de s'en aller, c'était évident. On circula un peu à travers l'Association, puis on se sépara à la sortie. Je me sentais ouverte, exaltée – cela faisait des mois que je n'avais eu le sentiment d'être aussi proche de celle que j'avais envie d'être.

Je le regardai traverser la rue, puis l'appelai.

Il se tourna et sourit ; des reflets de soleil miroitaient sur ses lunettes.

«J'aime bien ta chemise !» criai-je.

Il était plus de trois heures, j'aurais dû être à l'hôpital depuis longtemps déjà. Pour rentrer chez moi, je remontai Langdon, puis redescendis Mansion Hill. Après les débordements de la matinée, le parc James Madison donnait l'impression d'avoir été piétiné.

Le soleil se trouvait maintenant derrière les plus hautes branches du sycomore, derrière la fenêtre de mon salon, et il faisait relativement frais dans mon appartement. Je bus un verre d'eau glacée, ôtai mes chaussures et m'installai sur le canapé. Les lanières de mes sandales m'avaient dessiné des zébrures de crasse sur les pieds mais je n'avais pas envie d'aller me les laver. Sur la table basse, un gros numéro de *Vogue* attendait et je m'en saisis. Je ne l'avais encore jamais vraiment lu, sauf les articles sur les vedettes de cinéma mais, cette fois, je l'ouvris au début et décidai de le lire au lieu de me contenter de regarder les photos. Il y avait un papier sur deux designers de sportswear, deux New-Yorkaises qui bossaient dans un loft, un autre sur une usine de textile en Italie. Je pouvais lire, prendre une douche, manger la pastèque que j'avais achetée la veille. M'asseoir dehors lorsqu'il n'y aurait plus de soleil sur ma véranda. La journée passerait, que j'aille à l'hôpital ou pas.

8

Le lundi, j'étais de service à l'accueil de la bibliothèque. C'était la tâche la plus rébarbative de mon job et je me débrouillais en général pour faire des mots croisés quand personne ne me regardait ou lire une revue que je cachais dans un tiroir à moitié fermé. Ce jour-là, j'avais une revue. Un œil sur la porte du bureau de Mlle Grafton, je lisais en douce quand, peu après midi et demi, Rooster apparut, sa veste de costume sous le bras. Il resta un moment entre les portes du sas puis fonça sur moi dès qu'il m'eut repérée.

«Il faut qu'on parle», déclara-t-il.

Je jetai un coup d'œil alentour et posai un doigt sur mes lèvres.

«Ne me dis pas chut, riposta-t-il sans se laisser démonter. Je suis venu jusqu'ici, j'ai dû me garer au dernier étage du parking et je dispose de vingt-six minutes exactement pour manger et repartir au boulot, alors, je t'en prie, ne me dis pas chut.»

Tous les gens présents dans la salle des livres rares nous observaient.

«Je travaille, m'écriai-je. Je n'ai pas de pause avant trois heures. Désolée.

– Dix minutes, insista-t-il. Cinq, accompagne-moi dans l'entrée et c'est tout.»

Mlle Grafton, qui avait ouvert sa porte en entendant Rooster, traversa la pièce dans un claquement de talons.

« Vous pouvez y aller, me glissa-t-elle à mi-voix. Je me charge de l'accueil jusqu'à votre retour.

– Je suis vraiment désolée. Ça ne se reproduira plus. »

J'attrapai mon sac dans la salle commune et filai vers la porte, me retournant juste à temps pour apercevoir Mlle Grafton qui tirait le tiroir de mon bureau et s'emparait de mon *Harper's Bazaar* – lequel ne comptait pas, hélas ! au nombre des périodiques de la salle des livres rares.

« Génial, lançai-je à Rooster une fois sortis du sas, adieu, mon boulot. »

Il ne répondit pas. Me précédant de plusieurs pas, il descendit au rez-de-chaussée, puis sortit de la bibliothèque sans se retourner une seule fois. Dehors, il s'arrêta et s'adossa contre le bâtiment. Nous étions dans un vaste espace désert et le soleil éclatant se réfléchissait sur le béton. Un peu plus loin, une femme proposait divers objets guatémaltèques exposés sur une couverture, des pantalons, des chapeaux et des bracelets tissés de fils colorés. À part elle, il n'y avait personne alentour.

« Écoute, Carrie, commença-t-il. Ça fait un bail qu'on se connaît et on s'est toujours pas mal entendus, d'accord ? Je veux dire, on n'a pas connu les embrouilles classiques entre la nana et le meilleur pote, d'accord ? »

J'acquiesçai sans voir néanmoins où il voulait en venir.

« Donc, excuse-moi si je te dis qu'il faut que tu fasses un effort.

– De quoi tu parles ? »

Il ouvrit des yeux ronds comme des billes.

« De quoi je parle ? De quoi je parle ? Je parle de Mike, bordel, Carrie, s'écria-t-il, écœuré, en levant les mains au ciel. Là, tu déconnes, tu comprends ça ? Tu fais style "Oh, que je suis malheureuse, mon fiancé est à l'hôpital mais c'est moi qui souffre." On dirait que c'est toi qui morfles, que les autres n'existent pas. Sa mère envisage de se comporter comme si c'était pas dramatique si, des fois, tu déciderais de te barrer. Si si… elle me l'a dit.

– Non.

– Non, quoi ?

– Non, je ne t'excuse pas. »

Je tournai les talons mais il me rattrapa par le bras avec brusquerie, m'enfonça les doigts dans la chair.

« Carrie, merde. Il s'agit de Mike.

– Tu crois que je le sais pas ? Lâche-moi. »

Il obtempéra sans la moindre gentillesse, mais son expression s'adoucit.

« Il a besoin que tu sois là pour lui, Carrie. Je me fous de ce qui s'est passé avant entre vous, il faut juste que tu oublies tout ça et que tu sois là pour lui. »

Je penchai la tête.

« Écoute, je suis désolé pour samedi. Je n'aurais pas dû, surtout devant Stu et Jamie. J'ai lâché le morceau, OK ? Mais…

– Il t'en avait parlé ?

– Bien sûr ! Qu'est-ce que tu imagines ? »

L'accablement me saisit. Penser que ç'avait été suffisamment réel pour que Mike se confie à Rooster, suffisamment réel pour qu'il se sente obligé de… c'était vraiment affreux. Je voyais bien Mike commencer à parler, lentement, en hésitant et en évitant le regard de Rooster. Je me demandai quand il avait abordé cette question pour la première fois, s'ils en avaient discuté souvent.

« Que t'a-t-il dit ?

– Je ne sais pas, il n'est pas entré dans les détails… il m'a juste confié que vous aviez des problèmes. »

Je le regardai attentivement et tout à coup le méprisai parce qu'il savait, que c'était un vrai ami pour Mike, que ça m'insupportait.

« Être là pour lui, m'écriai-je. Je déteste cette expression. »

Rooster se croisa les bras sur la poitrine.

« Quand est-ce que t'es allée à l'hôpital pour la dernière fois ? »

La réponse était vendredi : après avoir sauté le samedi, il n'avait été que trop… quoi ? facile peut-être ou inévitable… de sauter aussi la journée d'hier.

« Je sais quand, poursuivit-il. Pourquoi tu n'y es pas

allée hier ? Pourquoi tu n'y es pas allée samedi… parce que c'était sympa de te tirer à Chicago ?

– Non. Je ne suis pas allée à Chicago.

– Alors, pourquoi ?

– Parce que je n'en avais pas envie.»

Sa bouche se crispa.

«Tu crois que moi, j'en ai envie ? Tu crois que Mme Mayer a envie de voir son fils, la tête coincée dans une putain de cage ? Personne n'en a envie. On y va quand même. C'est ça l'amour.

– Oh, vraiment ! Je croyais que c'était ne jamais avoir à dire qu'on est désolé», lançai-je en citant *Love Story*.

Il se tourna et colla un coup de poing dans le mur.

«Tu ne veux rien entendre ! Rien du tout ! Tu sais, tu m'as plu pendant un petit moment, quand on s'est rencontrés en troisième, tu le savais ? Je me disais que peut-être ce serait toi et moi et Jamie et Mike.»

Il éclata de rire.

«Ha ! Tu es froide, Carrie Bell. Un glaçon. Mike ne se portera pas plus mal sans toi, voilà ce que je pense. Pas plus mal. Simplement, n'attends pas, d'accord ? Ne le fais pas lanterner.»

Appuyée contre le mur de la bibliothèque, je le regardai s'éloigner, ses cheveux roux flamboyant sous le soleil de midi. Tu ne me connais pas, envisageai-je de crier. Puis je me rappelai avoir voulu crier la même chose au Dr Spelman et je me cachai la figure de mes mains : Rooster me connaissait, lui.

«Oh, mon Dieu, m'écriai-je à voix haute. Oh, je t'en prie, je t'en prie, je t'en prie, je t'en prie.»

Après ça, j'allai tout droit à l'hôpital et durant les quatre jours qui suivirent je ne parlai à personne à part Mike et Mme Mayer, laissai mon boulot en plan sans même invoquer un arrêt maladie. En rééducation, les heures de visite étaient beaucoup plus souples et je passais mes journées à traîner là avant l'arrivée des autres visiteurs : j'assistais aux séances de Mike, sortais quand il le fallait, lui tenais compagnie quand il se recouchait. J'apportais des tas de trucs : des livres, des journaux et des revues, tout ce que je pouvais lui lire à voix haute. Il aimait écouter les résultats de base-ball et les commentaires politiques mais préférait encore les critiques de cinéma et lorsque je lui citais une critique de film qui paraissait bonne, il poussait un petit soupir et déclarait qu'il nous faudrait sûrement attendre la vidéo. Il disait « nous » d'une voix hésitante, lourde d'espoir et j'acquiesçai d'un signe de tête, persuadée que ça sonnait juste. J'avais toujours adoré louer des films avec lui, il était tellement bon public, riait à en perdre l'équilibre ou reniflait sans chercher à dissimuler sa tristesse alors que la plupart des mecs auraient affirmé : « *Eh bien, ma puce, je les supporte mal, les oignons crus du chili con carne !* » ou autre chose.

Quand il me demandait ce qu'il se passait, pourquoi je n'étais pas à la bibliothèque, je balayais ses questions. « J'ai travaillé ce matin », lui racontais-je ou « Je me suis arrangée avec Viktor », mais ce qu'il se passait réellement, c'est que Rooster avait raison, qu'il fallait que je sois là pour lui. Le problème n'en était pas un. Mike avait besoin de moi. Mike avait besoin de moi… donc, j'étais là.

À la maison, je laissai mon répondeur se charger de tous mes appels. Jamie téléphona, ma mère, Viktor, Mlle Grafton – même Rooster une fois qui, la voix aiguë et tendue, me présenta des excuses et me supplia de le rappeler. Je ne baissai pas le niveau sonore du haut-parleur afin de pouvoir entendre les messages en cours d'enregistrement, mais je ne décrochai jamais. Installée à la table, à l'autre bout de la pièce, je cousais, je cousais : c'était mon refuge après l'hôpital, mon antidote. Je réalisai deux jupes cette semaine-là et décidai que, pour mon prochain projet, j'allais faire quelque chose en soie. Quoi ? je ne savais pas, mais en soie. J'avais de l'argent de côté et je cousais depuis onze ans, il était temps que je me confectionne quelque chose en soie.

Le vendredi soir, lorsque j'eus terminé les fameuses jupes dont je n'avais pas besoin, je décrochai de ma machine à coudre pour la première fois depuis plus d'une semaine. La table me parut immense. Assise avec un vieux *Elle*, j'étudiai la mode plus attentivement que d'habitude et me dis que j'avais envie d'apprendre à dessiner mes propres modèles, à me libérer des limites que m'imposaient *Simplicity*, *Butterick* et même *Vogue*. Mais comment faire pour créer une silhouette, la décomposer et remonter ses différents éléments sur tissu ? Je réfléchis un moment, puis attrapai un crayon et un bout de papier et me lançai dans une ébauche.

Le téléphone sonna, puis le répondeur se mit en marche avec un cliquetis. Après le bip, une voix masculine s'éleva et il me fallut quelques secondes pour reconnaître Simon Rhodes.

« Salut, Carrie, disait-il. Je m'en vais demain et j'espérais qu'on pourrait peut-être prendre un pot ensemble, si tu étais libre. Euh, c'est Simon. Bon, si tu rentres à temps, passe-moi un coup de fil. »

Il n'eut pas le temps de me donner le numéro que je décrochais le récepteur.

« Tu es là ! Super. On se prend un pot dehors quelque part ? »

Ça me tentait, mais je n'avais pas du tout envie de tomber sur quelqu'un que je connaissais. Je lui racontai ma semaine et m'expliquai de manière plus satisfaisante que je ne l'aurais cru. On discuta dix à quinze minutes et je finis par lui proposer de passer chez moi pour qu'on puisse bavarder autour d'un verre sans que j'aie à braver le monde et ses foudres. Nous n'avions pas plus tôt raccroché que le téléphone sonnait de nouveau.

« Carrie, je sais que tu es là. La ligne est occupée depuis cinq minutes, donc je sais que tu es là. Qu'est-ce qu'il se passe ? Pourquoi tu ne m'as pas rappelée ? J'ai laissé une vingtaine de messages sur cet appareil à la con. Décroche. »

C'était Jamie. J'avais tellement peu envie de lui parler qu'une aversion physique, viscérale, me noua les tripes.

« OK, poursuivit-elle, j'arrive. Je serai là dans dix minutes. »

Je traversai la pièce et m'obligeai à décrocher.

« Salut.

– Qu'est-ce qu'il se passe ? s'exclama-t-elle. On est tous morts d'inquiétude à ton sujet. Je viens de parler à ta mère et elle flippe un max… elle va sûrement débouler chez toi d'une minute à l'autre. Viktor l'a appelée ce soir pour lui dire que tu n'avais pas bossé depuis lundi.

– Eh bien, je n'ai pas bossé. Et alors ?

– Et alors ? Tu es malade ? C'est parce que Rooster s'est pointé à la bibli lundi ? »

J'écartai le combiné de mon oreille. Pourquoi se racontaient-ils tous tellement de trucs sur mon compte ? L'idée qu'ils parlent de moi dans mon dos, qu'ils cherchent à me comprendre m'était odieuse.

« J'ai juste été hors circuit pendant quelques jours, finis-je par déclarer. T'énerve pas.

– T'énerve pas ! Je ne pige pas. Pourquoi tu n'as pas appelé ? Et pourquoi t'es pas allée bosser ?

– J'avais pas envie. Je voulais être à l'hôpital. »

Elle demeura silencieuse. Quand elle reprit la parole, sa voix était posée, contrôlée :

« Tu veux que je vienne ? »

J'eus un mouvement de répulsion.

« Non, merci. »

Devant son soupir, j'ajoutai :

« Je vais bien, Jamie, je vais bien. Mais non, je te remercie.

– Tu vas travailler demain ? Viktor a dit que tu étais toujours prévue.

– Je n'y ai pas vraiment réfléchi.

– Bon, et le soir, qu'est-ce que tu fais ?

– De la couture.

– Tu m'inquiètes, conclut-elle. Sincèrement. »

Après, j'appelai ma mère mais tombai sur son répondeur, de sorte que j'allai l'attendre sur ma véranda, les yeux fixés sur la nuit qui tombait rapidement des arbres. Je ne savais pas qui, de Simon ou de ma mère, allait arriver en premier et me disais que ce n'était pas vraiment important, que, à part être là pour Mike, rien ne comptait beaucoup, à part que je mourais d'envie d'acheter de la soie au plus vite. À mon sens, cela signifiait que je n'irais pas travailler.

Dans la rue, la voiture de ma mère ralentit et je me relevai. Quand elle ouvrit sa portière, la lumière du plafonnier éclaira son visage étroit et ses gestes pressés et, l'espace d'un instant, je me sentis bouleversée et au bord des larmes, bousculée par une tempête de sentiments. Puis la portière se referma et je m'approchai de la balustrade pour lui dire bonsoir.

Elle se figea et leva la tête.

« Ma chérie ?

– Bonsoir.

– Tu vas bien ? Tu es malade ?

– Ça va.

– J'ai… j'ai appris que tu n'étais pas allée travailler, ça m'a inquiétée. »

Je m'agrippai à la balustrade râpeuse et pleine d'échardes. Un lampadaire situé deux maisons plus bas éclairait la silhouette de ma mère, mais elle, en revanche, avait peut-être du mal à me distinguer.

« Tu montes ? »

Elle s'engagea dans l'allée, puis s'engouffra sous le porche du rez-de-chaussée.

Je rentrai chez moi comme ses pas résonnaient dans la cage d'escalier et me précipitai sur mon dessin et mon crayon que je fourrai dans un tiroir.

Elle était encore en tenue de travail, un ensemble en lin beige, et portait une paire d'escarpins en daim brun. Elle battit des paupières devant les lumières vives et afficha un sourire gêné.

« Je t'ai appelée deux fois. Il marche, ton répondeur ?

– Je suis désolée. Je comptais te téléphoner ce soir.

– Pourquoi tu ne travailles pas, ma chérie ? Tu peux m'expliquer ?

– Il n'y a vraiment rien à expliquer. J'étais à l'hôpital. »

Je haussai les épaules.

« J'imagine que j'aurais dû demander un arrêt maladie. »

Comme elle changeait de position, je m'aperçus qu'elle tenait quelque chose à la main, un coffret métallique doté d'une poignée.

« Qu'est-ce que c'est ? »

Elle tourna l'objet en question. Il avait une croix rouge sur le devant.

« Je suis vraiment désolée », m'écriai-je.

Je filai vers la cuisine pour qu'elle ne voie pas mes yeux embués. Le fait de me retrouver seule avec elle et au bord des larmes me mettait au désespoir.

« Tu veux quelque chose à boire ? » lui criai-je.

Elle ne répondit pas, mais je remplis deux verres d'eau avec des glaçons, puis revins à la table.

« J'ai cru comprendre que tu avais eu des mots avec Rooster, poursuivit-elle.

– En fait, c'est lui qui les a eus, les mots. Qui t'en a parlé ?

– Jamie.

– C'était pas dramatique.

– Suffisamment pour te pousser à te cacher pendant plusieurs jours ?

– Je n'aime pas mon boulot. Je n'ai plus envie de bosser là-bas. »

Mon cœur battait à tout rompre : cette idée me venait de nulle part, mais maintenant que je l'avais formulée, je me rendais compte que c'était vrai.

« Changes-en.

– Peut-être. »

Là-dessus, la sonnette retentit et on tourna la tête avec un bel ensemble vers l'escalier.

« Qui est-ce ? demanda-t-elle. Tu attends quelqu'un ? »

Je crus entendre une note d'espoir dans sa voix.

« C'est Simon Rhodes. Un ami du lycée. »

Je descendis l'accueillir mais lorsque je l'aperçus à travers la porte vitrée, un bouquet de roses pâles à la main, je sentis la terrible tempête revenir à bride abattue et les yeux recommencer à me piquer.

« Hé, non, s'écria-t-il lorsque je lui ouvris. Hé, allez.

Elles viennent juste du jardin de ma mère. Allez, je t'en prie.

– La mienne est en haut », déclarai-je en sanglotant.

Il haussa les épaules et me colla les fleurs dans les mains.

« Pas de problème, me répondit-il, c'est très bien. Elle a envie de prendre un verre ? »

Plus tard, on se retrouva, lui et moi, sur ma terrasse à boire une vodka tonic à la lumière d'une bougie à la citronnelle sans grand effet sur les moustiques. J'étais installée dans une chaise de metteur en scène tandis que Simon s'étirait sur la toile effilochée d'un siège en aluminium et nylon que Mike avait remonté du sous-sol des Mayer quand j'avais pris mon appartement. Ma mère était repartie avec sa trousse de premiers soins peu après l'arrivée de Simon.

« Donc, tu rentres à New York demain, dis-je. À quoi ça ressemble là-bas ? En cinq mots ou moins.

– Gigantesque, crado et merveilleux. Ça fait quatre.

– Tu rencontres des gens célèbres partout ?

– Pas du tout. Et si ça m'arrive, en général, ils ne me reconnaissent pas. »

Il avala à grand bruit une gorgée de sa boisson.

« Un jour, je suis allé bruncher avec une amie qui n'a pas cessé de m'adresser de drôles de grimaces, d'écarquiller les yeux et de pencher la tête. J'ai cru qu'elle avait un problème avec ses lentilles de contact mais après, elle m'a presque tué parce que je n'avais pas reconnu Liza DeSoto qui se trouvait à la table voisine.

– Liza DeSoto de ReCharger ?

– Qu'est-ce que je peux dire ? Ça la change d'avoir des cheveux. »

J'éclatai de rire ; c'était tellement relaxant de bavarder avec Simon.

« Alors, New York, c'est vraiment romantique et fascinant ? Est-ce que tu passes ton temps à dîner dans des restaurants sensationnels, toi et ton copain ? Je veux dire, quand vous êtes ensemble ? »

Sur la terrasse de l'Association, il m'avait confié une histoire aussi riche en retrouvailles et en ruptures que celle de Bill et de Christine. Sa «saga», pour reprendre ses termes.

«Quand on est ensemble, me répondit-il d'un ton grandiloquent, tout est sensationnel.»

Une sorte de ricanement souligna sa remarque.

«Pour ne rien te cacher, la norme, quand on est ensemble, c'est plutôt de descendre au chinois à côté de chez lui avant d'aller au ciné. Désolé de te décevoir.»

Même un dîner chinois à New York me paraissait fascinant. J'avais lu un article sur un restaurant asiatique à New York où on vous servait des légumes ou des fruits sculptés en forme de fleurs, d'oiseaux.

«Et Mike et toi? me demanda-t-il alors. À quoi ça ressemblait quand vous étiez ensemble? Je veux dire heureux ensemble.»

Je sentis ma gorge se serrer: heureux ensemble… avant. Mike redoutait-il que je renoue avec l'attitude que j'avais eue avec lui durant les mois qui avaient précédé l'accident? Il m'était insupportable de penser que je pouvais représenter une source de malheurs supplémentaires pour lui.

«À quoi ça ressemblait ou qu'est-ce qu'on faisait?

– L'un ou l'autre. Les deux.»

Je bus une gorgée de mon verre.

«On flemmardait. On jouait au tennis, on faisait du vélo, on allait boire un pot dehors. On assistait à des matchs de hockey, on regardait des films, on louait des vidéos. Parfois, on emportait mon linge à laver chez ses parents.

– Je t'en prie! Ne me dis pas que tu ne te chargeais pas de son linge sale.

– Je ne m'en chargeais pas, affirmai-je alors que je jetais régulièrement un certain nombre de ses affaires parmi les miennes. Et alors?»

Il parut comprendre que je me sentais sur la défensive, sourit gentiment et ajouta:

121

«Et à quoi ça ressemblait ? »

Ce à quoi je songeai alors, ce fut à une fin d'après-midi – une parmi des douzaines ? – où il commençait à faire juste assez sombre pour qu'on ait allumé et où mon linge propre s'entassait sur le lit de Mike. Un livre ouvert devant lui carré dans son siège devant son bureau, il m'observait tandis que j'extirpais chaussettes et sous-vêtements d'entre mes draps, chaque geste déclenchant un crépitement d'électricité statique ; nous ne parlions pas, mais nous étions en osmose totale, de sorte que lorsque l'un de nous prenait la parole, l'autre s'écriait presque immanquablement : *J'étais juste en train d'y penser.*

Simon attendait une réponse. Mais comment lui décrire la chambre éclairée, le crépuscule dehors, le silence harmonieux ?

«J'imagine qu'on était normaux », déclarai-je enfin.

Il éclata de rire, mais sa réaction ne me blessa pas ; j'avais l'impression que lui aussi recherchait cette «normalité ».

«Et maintenant ? insista-t-il. Tu vas continuer à te cacher ? Si je restais plus longtemps ici, je me cacherais avec toi. »

Je souris.

«Merci. »

Je repensai à mon désir d'acheter de la soie et me vis en train d'examiner tous les coupons de chez Fabrications, d'en sélectionner quelques-uns pour ensuite m'arrêter sur mon préféré. Je choisirais un modèle, puis le moment venu je poserais le tissu sur la table de coupe et une vendeuse le couperait. De retour à la maison, je me laverais les mains avant de sortir soigneusement mon trophée du sac, puis je le draperais par-dessus ma table afin de pouvoir l'admirer à loisir. Quelle merveille ! Après, j'aurais du mal pour la suite de mes travaux de couture ! Je regardai Simon qui attendait patiemment ma réponse :

«Je suppose que je vais retourner travailler. »

9

À Madison, les hivers duraient une éternité, d'octobre à mai certaines années, ils se prolongeaient tellement qu'on avait souvent l'impression qu'ils n'en finiraient jamais – que c'était moins des hivers que Madison, que la vie. Le printemps, lui, passait à la vitesse de l'éclair et l'automne apportait une brève fraîcheur surprenante. Indépendamment de la chaleur et de l'humidité, les étés, très chauds, semblaient courts. Mais celui-ci… Juillet arriva avec sa cohorte de journées torrides. L'humidité était intolérable. Quand je sortais de la bibliothèque ou de l'hôpital, l'atmosphère dehors me paraissait malveillante. Je l'aurais bien vue verdâtre, telle l'haleine d'une sorcière ; ou grise comme les gaz d'échappement.

Jamie appelait sans désemparer. Est-ce que j'avais envie de déjeuner ? De prendre un petit-déjeuner avant d'aller bosser ? De dîner ? J'inventai des tas de prétextes jusqu'au moment où elle me téléphona comme je m'apprêtais à aller voir Mike, un vendredi soir, et me demanda si je voulais bien l'emmener ; je fus bien obligée d'accepter.

Elle m'attendait sur sa terrasse.

« Qu'est-ce que je suis contente de t'avoir attrapée au vol ! » me dit-elle en montant dans la voiture.

J'acquiesçai et réussis à bredouiller les mots qu'elle attendait.

« Moi aussi. »

Je démarrai. La veille, Mike n'avait quasiment pas dit un mot et je me demandais dans quel état j'allais le trouver.

À côté de moi, Jamie poussa un soupir puis changea de position.

Je lui jetai un bref coup d'œil.

« Comment ça va ton boulot ? »

Elle me répondit volontiers, comme si elle avait déjà répété sa réponse : la boîte lui cassait les pieds. Les caissiers se plaignaient des opérateurs de photocopieurs et les opérateurs des caissiers. En plus, il y avait un nouveau mec, plutôt mignon mais aussi plutôt bizarre – il avait la manie de coller les gens quand il leur parlait.

« Il faut que tu lui files un billet anonyme lui rappelant qu'il est préférable de ne pas empiéter sur l'espace vital d'autrui, lui suggérai-je. Ou bien tu déniches un article sur la question, tu lui en fais une photocopie et tu la lui glisses dans son casier.

– Oui mais dans ce cas…

– Dans ce cas, il serait capable de ne plus te coller autant ?

– Exactement ! »

On pouffa de rire, puis on retomba dans le silence. Je n'avais pas envie qu'elle me pose de questions, mais on était presque arrivées ; je ne risquais sans doute plus rien.

« Mignon comment ? » demandai-je.

Du coup, elle passa les cinq minutes qui suivirent à me décrire ce nouveau mec, ses yeux bleus, ses belles épaules, la chemise qu'il portait parfois et qu'elle ne supportait vraiment pas.

Je finis par me garer dans le parking et on alla à pied jusqu'à l'entrée de l'hôpital sans rien dire. Elle s'était fait des tresses africaines, ce qui mettait en valeur sa mèche blond clair, lumineuse au milieu de ses frisettes blond foncé. Juste avant d'entrer, elle m'adressa un petit sourire plein d'espoir qui me serra le cœur.

À l'étage de Mike, l'ascenseur s'ouvrait sur un large couloir équipé de mains courantes en acier inoxydable. Tout de suite après une batterie de distributeurs, on passa devant une affiche encadrée représentant un fauteuil roulant vide. Normalement, je n'y faisais pas attention, mais là oui : c'était une photo en noir et blanc prise en plongée de sorte que l'ombre du fauteuil formait un réseau complexe sur le sol en bois brillant. ON SE BOUGE, proclamait la légende.

«Ta robe, remarqua Jamie. C'est pas celle que t'as achetée l'hiver dernier à Luna, non?»

Ma robe avait commencé sa vie sous la forme d'un fourreau noir à manches longues qui me descendait presque jusqu'aux chevilles; en coton et Lycra, il n'était pas vraiment assez chaud pour un hiver dans le Middle West, mais son décolleté profondément échancré et sa ligne près du corps m'avaient plu. Quelques soirées auparavant, je m'y étais attaquée pour lui faire des mancherons et la raccourcir à quelques centimètres au-dessus des genoux. En hiver, je mettais un long cardigan grenat moulant par-dessus mais, là, tout ce qu'il me fallait c'était quelques perles rouge sang.

«Pratiquement.

– C'est ce que je pensais, s'écria-t-elle. Qu'est-ce que t'as fait, tu l'as raccourcie?

– Et j'ai sacrifié ses manches longues.

– Tu as toujours des tas de fers au feu, toi», s'exclama-t-elle.

Je détournai les yeux.

Nous arrivions à la chambre de Mike et je m'aperçus que Rooster occupait la chaise de Mme Mayer; il était assez tard et elle était rentrée chez elle. Compte tenu de la tension qui existait entre Rooster et moi depuis l'épisode de la bibliothèque, il y avait près de trois semaines, j'hésitai mais il se tourna et m'adressa un signe amical. Bill était là aussi; juché sur la commode, il martelait le devant d'un tiroir avec les semelles noires de ses Tevas. C'était la première fois que je le revoyais depuis le brunch de départ de Christine.

«C'est la fête!» s'écria Mike du fond de son lit.

Il était allongé sur le côté, calé par des oreillers, la tête du lit légèrement relevée et son grand corps inerte reposait sur la couverture. Je traversai la pièce et l'embrassai avec précaution afin d'éviter le halo.

« Comment vas-tu ? lui demanda Jamie.

– Complètement lessivé. »

Je jetai un coup d'œil vers Rooster. Ce dernier m'adressa un demi-sourire que j'interprétai comme voulant dire que Mike au moins répondait ; la veille, Rooster avait lui aussi été témoin de son silence.

Jamie fonça droit sur Bill et la commode.

« Miss James, lui dit Bill en guise de salut.

– Monsieur B. »

Il sourit. Il venait de se faire raser le crâne, ce qui lui donnait un look de troufion ou plutôt, vu sa barbe de trois à quatre jours, de déserteur.

Dans l'autre lit, le compagnon de chambre de Mike me regardait ; je croisai son regard et lui souris. Il n'avait que quatorze ans mais, ce soir, avec ses cheveux blonds et raides qui lui descendaient en dessous des oreilles, il paraissait encore plus gamin. Il s'appelait Jeff LeMarcheur, horrible jeu de mots pour un garçon qui avait perdu l'usage de ses deux jambes dans un accident de voiture. Encore un nom pour la collection mais qui aurait le cœur de l'y inclure ?

Rooster consulta sa montre avec ostentation.

« Oh ! Il est plus de huit heures ? » s'écria-t-il.

Je levai les yeux vers la pendule murale : il était huit heures vingt, il ne restait plus que quarante minutes avant la fin officielle des visites, même si personne ne risquait de protester si on s'attardait.

Rooster s'étira laborieusement puis se leva. Il avait tombé le costume mais, à la place de son jean d'après-le-boulot, il arborait une pimpante chemisette en madras sur un pantalon kaki et était rasé de frais. On aurait juré le papa modèle d'une publicité Marshall Field : *Aujourd'hui, je m'offre des moments de qualité avec ma famille, on ira peut-être bruncher quelque part.*

« Où tu vas ? demandai-je.

– Rendez-vous, répondit-il avec un petit sourire.

– Encore Joan ? » fis-je facétieusement.

Il acquiesça.

« Tu plaisantes ? »

N'en croyant pas mes oreilles, je jetai un coup d'œil autour de moi pour essayer de deviner ce que les autres savaient.

« OK, j'ai besoin d'un peu plus d'informations. »

Il haussa les sourcils, afficha un sourire mystérieux, puis effleura le bras de Mike et lui dit :

« Il faut que je file mais je te verrai demain soir, d'accord ?

– Fais gaffe, lui lança Mike. Tu deviens sérieux. »

Rooster sourit mais ne pipa mot.

« À plus, tout le monde. »

Là-dessus, il nous adressa un petit salut et quitta la pièce.

Je regardai Mike avec de grands yeux. Se pouvait-il que Rooster soit tombé amoureux de Joan sans que je le sache ? Se pouvait-il qu'il soit tombé amoureux de Joan tout court ?

« Qu'est-ce qui se passe ? demandai-je. Il y a quelque chose entre eux ? Elle ne frise pas la trentaine ? »

Mike garda le silence.

« Mike.

– Je ne connais pas son âge. »

Je regardai Bill.

« Et toi ?

– Je n'ai jamais vu cette nana.

– Eh bien, il aurait pu t'en parler.

– "Bill ?" fit ce dernier avec un sourire. "Oui, Rooster ?" "La femme avec qui je sors ce soir a trente ans." "Merci de m'en informer, mon grand." »

Jamie éclata de rire.

« C'est vrai, Carrie. Lâche-toi un peu, ça vaut mieux. »

Je croisai les bras sur ma poitrine. Je savais que j'étais ridicule, mais c'était plus fort que moi. Je poussai un gros soupir et m'effondrai sur la chaise de Rooster, la chaise de Mme Mayer, la mienne maintenant. Couché sur le côté à l'autre bout de la pièce, Mike ne pouvait plus vraiment me voir et, au bout d'un moment, je me rapprochai pour apparaître davantage dans son champ de vision. Le halo lui interdisait de tourner la tête et il s'était plaint d'avoir la vue fatiguée. Et moi, je regrettai l'arrogance avec laquelle j'avais cherché à savoir.

Bill nous parla alors de son nouveau job, il bossait pour un prof du département de biochimie qui dirigeait un projet de recherches sur les drosophiles et Bill devait découper les ailes des mouches mortes et les examiner au microscope pour mettre en évidence une certaine évolution des cellules. Mike écoutait mais, au bout d'un moment, il devint évident qu'il avait besoin de dormir. D'un signe de tête, je demandai à Jamie et à Bill d'aller m'attendre dehors, puis je m'assis au bord du lit et caressai un moment l'épaule de Mike. Une aide-soignante n'allait pas tarder à venir le préparer pour la nuit.

«Je t'aime», lui murmurai-je avant de partir.

Il me regarda fixement, puis détourna les yeux.

Dehors, dans le couloir, Jamie patientait, toute seule. À mi-chemin de l'ascenseur, nous arrivâmes au niveau de la sortie incendie et, sur une impulsion, j'ouvris la lourde porte et m'aventurai sur le palier à l'atmosphère moite et aux relents de renfermé.

«Par là ?» fit-elle en m'emboîtant le pas.

Durant quelques secondes, on n'entendit que le bruit de nos talons martelant les marches en béton. L'escalier était pauvrement éclairé par des ampoules enfermées dans des cages métalliques. Sur le mur, une large rayure rouge indiquait l'angle de la descente.

«Je suis désolée, déclara soudain Jamie.

– Pourquoi ?» demandai-je en la regardant par-dessus mon épaule.

Elle s'arrêta, et je l'imitai.

«De t'avoir conseillé de te lâcher un peu. Rooster a été vraiment pénible.

– C'est vrai, hein ? fis-je en hochant la tête. Pourquoi ne pas dire simplement, par exemple : "Oui, on s'est vus plusieurs fois, elle est vraiment chouette."

– C'est plutôt, renchérit Jamie en souriant, "Oui, on

s'est vus plusieurs fois et, ce soir, je pense que je l'emballe."

– Pauvre Rooster.

– Qu'il se débrouille ! ajouta-t-elle en haussant les épaules. Ce petit con, il adore faire des mystères autour de cette histoire, c'est sûr. »

Elle s'interrompit.

« En fait, c'est peut-être ça, le problème. »

On échangea un sourire.

« Qu'est-ce qui ne va pas chez lui ? insistai-je. Je veux dire, au fond. »

Elle haussa les épaules.

« Pareil que pour moi – de la déveine associée à une haleine à faire fuir un régiment. »

Elle me lança un coup d'œil en coulisse : une nuit, elle avait couché avec un connard qui lui avait demandé d'aller se laver les dents avant de baiser. C'était un truc de Jamie : quand elle était de bonne humeur, elle savait se moquer d'elle-même.

Elle descendit une marche, puis s'arrêta de nouveau.

« En fait, je suis désolée aussi pour autre chose. »

Elle hésita.

« De t'avoir dit, en arrivant ici, que tu avais toujours plusieurs fers au feu. »

J'effleurai le décolleté de ma robe qui dessinait un U noir sur ma peau blanche. Raccourcir la robe avait été un jeu d'enfant, mais les mancherons avaient représenté un sacré casse-tête. Elle était parfaite maintenant : c'était une robe d'été débarrassée d'un excédent de stretch noir. Je regardai Jamie.

« C'est pas de ma robe que tu te moquais, c'est de moi.

– Je sais, admit-elle en rougissant. Je n'avais pas réfléchi.

– Qu'est-ce que tu veux dire ? »

Elle fit non de la tête.

« Pas grave », répondit-elle.

Nos regards se croisèrent une minute puis on reprit notre descente.

Je travaillais, j'allais voir Mike et je cousais, je cousais. Je confectionnai de nouveaux rideaux pour mon appartement, puis un couvre-pied pour Mike, rectangle à carreaux rouges et blancs que je rembourrai de coton brut avant de le piquer à la machine. Je me rendis si souvent à la House of Fabrics qu'une des vendeuses se mit à m'appeler chérie. Ma machine à coudre trônait constamment sur ma table ; assise sur mon canapé, j'engloutissais des bols de céréales, des chips, tout ce que je pouvais extraire d'un placard et consommer tel quel. Je faisais mon travail sans y penser, en pilotage automatique si bien que Viktor finit par me lancer des regards soucieux et me coller un coup de coude quand je passais trop de temps au même endroit. Après ma semaine d'escapade, Mlle Grafton avait balayé mes excuses d'un geste mais, apparemment méfiante à présent, elle restait à deux mètres de moi quand elle avait à me parler, comme si elle risquait d'attraper ce qui pouvait me posséder.

Quand j'allais voir Mike dans la journée, il portait un survêtement ; c'était une tenue ample qui ne le serrait pas et qu'il était facile de tirer pour éviter que les plis n'irritent sa peau et ne provoquent des escarres ; par ailleurs, c'était ce qu'il y avait de plus confortable pour la rééducation. La veste avait des manches longues et il y avait des semaines que je n'avais pas vu ses bras quand, arrivant plus tard que d'habitude, je le trouvai en pyjama. En pyjama à manches courtes. Je notai alors que ses avant-bras avaient fondu au point qu'ils dessinaient la ligne délicate de l'os dont ils reflétaient la pâleur.

Je croisai son regard, puis détournai la tête. Ce fut plus fort que moi : je fixai le sol, la fenêtre, Jeff LeMarcheur à moitié endormi dans son lit, la télécommande de la télé à la main. Quand je reportai mon attention sur Mike, il me regardait attentivement, les yeux plissés, la bouche déformée par le chagrin, et durant un moment, je ne sus que dire.

« Salut, réussis-je à bredouiller en m'approchant pour l'embrasser sur la joue. Désolée, j'ai terminé tard. »

Il se rembrunit.

« Tu n'es pas obligée de venir tous les soirs.

– J'en ai envie, tu le sais bien.

– Je ne vois pas pourquoi.

– Je t'aime ? Ça pourrait être une raison ?

– Tu m'aimais. Maintenant, je te fais pitié et c'est tout. »

Il me sembla qu'il avait lancé cette remarque pour voir ce que ça allait donner, avec quelle persuasion j'allais pouvoir nier et j'eus l'impression qu'une moitié de lui avait envie que je m'enferre, afin d'avoir la certitude qu'il avait bel et bien atteint le fond. Pourtant, j'avais le sentiment très net que c'était faux, que je l'aimais encore – que depuis l'affrontement avec Rooster je l'aimais sinon plus, du moins mieux, lucidement, sans le brouillard de mes propres désirs, sans le besoin assommant d'avoir à être aimée de retour, d'avoir à me sentir électrisée. Je l'aimais d'amour, d'amour vrai, d'un cœur ouvert. Cela pouvait suffire, non ?

« Ce n'est pas vrai.

– Un de ces jours, ce le sera. Tu crois qu'on va avoir une vie marrante ensemble ? Toi, moi et mon fauteuil roulant ?

– Mike, dis pas ça, m'écriai-je en posant la main sur son épaule. Sincèrement. Attendons de voir comment ça se passe, d'accord ?

– C'est passé, ça y est. C'est fini. »

La peur me saisit.

« Nous ?

– Non, moi. Moi. C'est évident.

– Oh, Mike. »

Je me levai de mon siège et m'approchai de lui. Sur les draps blancs, sa peau avait un éclat gris perle, tandis que son visage s'était légèrement coloré sous le coup de l'émotion. Son pyjama, son premier vrai pyjama depuis des années, était un truc à la papa, à rayures bleu marine et rouges avec une ganse marine sur le col et aux manches.

Comme je tournai la tête, la télé, accrochée au centre de la pièce, attira mon regard. Avant de glisser dans le sommeil, Jeff avait choisi un vieux western et, sous mes yeux, de tout petits chevaux parcouraient de toutes petites plaines au galop.

Une publicité passa et je sentis Mike se focaliser dessus, lui aussi. Sous une pluie de confetti, un couple en habit de cérémonie sortait d'une église, bras dessus bras dessous. Je sentis que Mike enregistrait tout, la mariée au visage radieux, le marié rayonnant, les gens heureux et attentifs. *Je crois qu'il y avait un truc qui le tourmentait méchamment*, avait déclaré Rooster. Oh oui. Je me retournai vers le lit et le regardai, lui et son visage découpé par l'acier du halo. S'il m'avait crié alors : *Faisons venir un pasteur ici et marions-nous demain*, j'aurais dit oui.

10

Une fois franchie une porte étroite, des marches bordées de métal menaient au Stock Pot, un petit restaurant très fréquenté et célèbre pour ses soupes. On y servait des bisques et d'épaisses soupes de palourdes en hiver et des gaspachos en été. Je m'installai à une table près d'une fenêtre pour observer ce qui se passait sur State Street. Sur le trottoir devant l'Athlete's Foot, un jongleur se démenait avec des oranges. On le voyait partout en ville, pieds nus et barbu, lancer des fruits, des quilles de bowling et même de grosses bougies colorées. À en croire la rumeur, il traînait dans le coin depuis des décennies, tellement défoncé qu'il n'avait pas encore imprimé que les sixties étaient finies.

Ania se présenta à la table, un sourire aux lèvres et le T-shirt tendu sur ses épaules de sportive. Elle m'avait appelée la veille au soir pour mc proposer qu'on déjeune ensemble ; j'étais contente d'avoir de ses nouvelles, mais sûre que Viktor se cachait derrière cette initiative.

« Je n'arrive pas à croire que ton dîner remonte à si longtemps, lui avouai-je après nous être dit bonjour. Ça fait un moment que je veux vous inviter à la maison, mais…

– Je t'en prie, tu as eu énormément à faire, il n'est pas utile que tu me présentes des excuses. Alors, comment cela va-t-il ? Viktor n'est pas un grand communicateur. Il me rapporte que ton fiancé est en rééducation mais pas comment ça va.

– Rien que les faits, madame.

– C'est exact, me répondit-elle avec un sourire. Or, pour moi, les faits représentent un point de départ, pas une conclusion. »

Elle se pencha en avant et me fixa de ses grands yeux d'ambre.

« Ne trouves-tu pas que c'est l'une des différences fondamentales entre hommes et femmes ? Les hommes veulent des faits – elle souligna sa remarque d'un coup de poing sur la table – alors que, nous, nous voulons ce qu'il y a autour, l'atmosphère intéressante qui circule entre les faits.

– La vérité, précisai-je. J'imagine que c'est assez juste. »

Je repensai à la manière dont, deux jours plus tôt, Mike avait mentionné en passant que Rooster emmenait Joan faire de la voile le lendemain.

« Ils sont ensemble, alors ? » avais-je demandé.

Et il avait répondu que oui, comme si c'était évident, comme s'il m'avait toujours tout raconté sur l'évolution de leur relation.

« Peut-être que les hommes s'en tiennent aux faits parce que ça leur fournit un moyen de nous contrôler, confiai-je à Ania. C'est une idée qui me vient à l'instant. Nous, on préfère la vérité et comme ils le savent, ils se refusent à discuter des choses et à les analyser parce que ça leur donne une prise sur nous. »

Elle sourit.

« Tu devrais intégrer mon cercle de femmes, non ? Tu es parfaite, une vraie néo-féministe. On se réunit tous les quinze jours, le mardi soir, chacune reçoit à tour de rôle. Il faut que tu viennes.

– Je ne sais pas, répondis-je, mal à l'aise. Je n'ai jamais appartenu à un cercle.

– Ce n'est pas une condition préalable. C'est très décontracté – juste huit à dix femmes qui discutent. Tu aimes discuter. »

Elle agita son doigt devant mon nez.

« Je le sais. »

Je l'étudiai : son large visage slave, ses yeux de chat jaune clair. Elle avait des sandales mastoc aux semelles épaisses, ne se rasait pas les jambes. Dans ma robe-combinaison fleurie et mes chaussures à plates-formes et brides croisées, je me sentais chichiteuse et trop habillée, tel un oiseau ridiculement éclatant.

« Je suis à l'hôpital tous les soirs, expliquai-je. Je ne peux vraiment pas. Mais merci. »

Elle haussa les épaules et je sentis s'évanouir le peu d'intérêt qu'elle avait pu me porter.

On venait de nous apporter notre commande quand Jamie et sa mère firent irruption dans la salle. Bien qu'elle eût continué à m'appeler, on n'avait toujours pas déjeuné ensemble et voilà qu'elle me trouvait en compagnie de quelqu'un d'autre.

Je me tournai vers la fenêtre, la main levée pour masquer mon visage. En bas sur le trottoir, le jongleur avait disparu, remplacé par deux étudiantes brandissant des canettes de Coca light.

À contrecœur, je me retournai. Jamie et Mme Fletcher étaient assises deux tables plus loin et Jamie attendait l'occasion de croiser mon regard. Elle m'adressa un sourire forcé, puis baissa la tête.

« Une de tes amies ? » s'enquit Ania.

J'acquiesçai.

« À mon avis, elle n'est pas satisfaite de sa journée. »

Lorsque nous eûmes terminé, j'entraînai Ania vers la table des Fletcher. Apparemment trop absorbée par son déjeuner pour se fatiguer à nous manifester une quelconque attention, Jamie mâchait sa salade avec brusquerie.

« Mon mari travaille avec Carrie, déclara Ania en guise d'explication.

– Viktor, marmonna Jamie cavalièrement. Je sais. »

Mme Fletcher m'adressa un sourire gêné. Elle paraissait plus âgée que la dernière fois où je l'avais rencontrée, les traits plus relâchés, plus ridés. Une lueur de crainte se lisait dans ses yeux bruns.

« Vous vous asseyez, les filles ? proposa-t-elle en tapotant la chaise à côté d'elle. Cela fait une éternité que je ne t'ai vue, Carrie. »

Ania consulta sa montre.

« Moi, je me dois de retourner travailler, je vais donc prendre congé de vous. »

Elle se tourna vers moi.

« Je t'en prie, reste si cela te dit. Et merci de m'avoir consacré ce moment. »

J'avais envie de m'en aller avec elle mais Jamie me sondait du regard. Je saluai donc Ania et la regardai s'éloigner, avec sa longue tresse bien droite.

« Elle a l'air gentille, déclara Mme Fletcher. Tellement polie.

– "Je me dois de retourner travailler", s'exclama Jamie en roulant de grands yeux. Qui parle comme ça ?

– Elle est polonaise, expliquai-je. L'anglais n'est pas sa langue maternelle. Tu n'as pas remarqué son accent ? »

Jamie piqua une lamelle de champignon qu'elle porta à sa bouche.

« Soit ! »

Vêtue d'un chemisier blanc à manches courtes et col cranté avec un minuscule papillon en émail accroché à l'une des pointes, Mme Fletcher semblait ailleurs. Elle paraissait déplacée au milieu du vacarme du Stock Pot où, pour autant que je pouvais en juger, c'était la seule personne de plus de quarante ans.

« Polonaise, répéta-t-elle d'un ton pensif en prenant une gorgée de son thé glacé. Je me demande si elle n'aurait pas une bonne recette de goulasch. »

Jamie se frappa le front et hocha la tête.

Le visage de Mme Fletcher rosit légèrement et je m'en voulus de ne pas être partie quand j'en avais eu la possibilité : maintenant, c'était trop tard, je ne pouvais que rester assise sur ma chaise. Elle croisa mon regard et sourit tristement, puis me tapota le bras de sa main douce et constellée de taches de rousseur.

« J'ai tellement pensé à toi, Carrie. Comment vas-tu ?

– Ça va.

– Et Mike ?

– Il fait de gros efforts. Il tient bon. »

Elle hocha la tête d'un air chagriné. Elle était coiffée différemment, plus court, à part sa frange qui, retenue par une barrette de petite fille en simili-écaille, lui dégageait la figure.

«D'après Jamie, tu passes tout ton temps à l'hôpital.»

Je regardai Jamie qui, la mine indéchiffrable, remuait son thé glacé pour faire fondre son sucre.

«Enfin, déclarai-je à l'adresse de Mme Fletcher, vous imaginez bien ce que ça peut être.

– Tu dois lui apporter tant de force», déclara-t-elle.

Je leur tins compagnie jusqu'à la fin de leur repas, puis on descendit ensemble; le soleil tapait sur le trottoir bondé. On tourna le coin de la rue pour retrouver le gros break de Mme Fletcher.

«Ne te fais pas aussi rare, me suggéra-t-elle en ouvrant sa portière. Passe me voir sans Jamie des fois. Dis, tu ne joues pas au bridge par hasard?»

Je jetai un coup d'œil à Jamie qui roula de nouveau des yeux effarés.

«Non.

– Zut! Une petite de mon groupe de bridge a déménagé et on a un mal de chien à lui trouver une remplaçante.»

Elle sourit et monta dans sa voiture, puis sortit lentement du parking, à raison de quelques centimètres à chaque manœuvre, jusqu'à ce que l'avant du véhicule se retrouve en plein milieu de la rue.

«Un as du volant, marmonna Jamie entre ses dents.

– Sois gentille.»

Dans la rue, sa mère se rapprochait du croisement, comme en témoignait le clignotement furieux de ses feux de stop. Quand elle eut tourné le coin, Jamie lâcha un gros soupir.

«Tu crois qu'elle a pris un truc? Tu trouves pas qu'elle parle avec une lenteur incroyable ou c'est juste moi? me demanda-t-elle. Une petite! Quand tu penses qu'elle a quarante-sept balais!»

Je l'examinai des pieds à la tête. Les manches courtes de son T-shirt de chez Cobra Copy remontées au maximum exposaient ses bras maigres et pâles.

« Qu'est-ce qui se passe ? Pourquoi tu déjeunais avec elle ?

– On discutait de Lynn, m'expliqua Jamie, soudain renfrognée. Lynn, la rebelle. »

Lynn était la plus jeune sœur de Jamie : elle avait terminé le lycée en juin et travaillait comme serveuse dans un restaurant, loin à l'ouest de la ville, et n'envisageait pas du tout d'intégrer l'université.

« À propos de quoi ?

– De sa totale imbécillité, me répondit-elle les mains sur les hanches.

– Jamie ! »

Elle écarta les bras.

« On croirait une gamine de treize ans, trop gourde pour gérer son couvre-feu avec finesse ! Toutes les nuits, Mam attend que Lynn ait remonté l'escalier pour fermer l'œil, puis au matin, dès que papa a quitté la maison, elle vient se plaindre auprès de moi. Et maintenant, elle veut que je lui parle.

– Tu vas le faire ?

– Non, non et non. »

On se trouvait devant un petit escalier en béton menant à une boutique de modiste et, sans prévenir, Jamie s'assit sur la marche la plus basse. Du coup, je l'imitai et lui tapotai l'épaule. Sur le trottoir d'en face, un couple vêtu de *tie-dye* assortis émergea d'un magasin de disques d'occasion et s'embrassa sous nos yeux avant de s'éloigner lentement vers State Street, étroitement enlacé. À côté de moi, je sentis Jamie les jauger du regard – la fille avec ses longs cheveux emmêlés et ses pieds nus, le type avec son bracelet en cuir et sa casquette colorée et apparemment crasseuse. Je perçus son dédain mais la sentis arriver néanmoins à la conclusion que ces deux-là étaient amoureux et pas elle.

« Tu l'as appelée ? lâcha-t-elle alors.

– Elle ? » fis-je en désignant du menton la jeune hippie alors que je savais pertinemment qu'elle parlait d'Ania.

Jamie pinça les lèvres. Un golden retriever passa devant nous, un bandana rouge autour du cou.

« Non, c'est elle.

– Oh, répondit-elle en prenant le train en marche. Et vous vous êtes marrées ? De quoi vous avez discuté ?

– Elle m'a invitée à intégrer son cercle de femmes. »

Jamie ouvrit toute grande la bouche et une expression de ravissement se peignit sur son visage.

« Son cercle de femmes ? Tu plaisantes ? »

Je fis non de la tête.

« Quelle bizarrerie, poursuivit-elle en souriant. C'est quoi, un truc des années soixante-dix ?

– Il s'agit peut-être d'un cercle de femmes pour le nouveau millénaire. »

Elle éclata de rire.

« Je t'imagine bien là-dedans, Carrie Bell... Toutes ces bonnes femmes avec du poil sous les bras et des Birkenstock aux pieds, et ta pomme.

– Je ne sais pas. Ça pourrait être intéressant.

– Alors, pourquoi t'y vas pas ? » répliqua-t-elle sèchement.

Les épaules voûtées, les doigts noués, elle examinait la rue d'un air malheureux. Je lui offris ma paume.

« Quoi, tu veux qu'on se tienne la main ? Peut-être que tu devrais intégrer ce cercle, elles sont probablement toutes lesbiennes. »

Je me refermai. J'aurais dû mentir, lui dire que j'avais passé un moment épouvantablement ennuyeux. Ou bien avoir le cran de lui demander d'arrêter son cirque.

« Tu sais ce que je voudrais ? s'écria-t-elle alors. Je voudrais que ce putain d'été soit passé. Je voudrais que tout redevienne normal.

– Tout quoi ? »

Je fixai son visage aux pommettes rosées, à la bouche pincée.

« Quoi donc, Jamie ?

– Toi par exemple !

– Je ne peux pas, lui répondis-je au bout d'un moment. Tu le sais. »

Elle se leva et me tourna le dos, puis s'immobilisa.

Après quelques secondes, je me levai à mon tour. Un homme d'affaires sortit de la boutique de bonbons voisine, un petit sachet rose à la main. Une vive odeur de cacahuètes flottait dans son sillage.

Il ne nous restait plus qu'à repartir vers State Street. On marcha côte à côte sans échanger un mot. Ma journée de travail était terminée et on se dit finalement au revoir avant qu'elle ne reprenne son poste à Cobra Copy. Je fis quelques pas dans la direction opposée, puis m'arrêtai pour la regarder fendre la foule, avec sa petite tête et sa queue-de-cheval qui balançait légèrement à chacun de ses pas. Je l'aimais : pour sa loyauté, pour son humeur délicieuse, pour la manière dont elle relevait ses cheveux et se dégageait la nuque quand elle avait chaud ; pour sa propension à la tristesse et le fait qu'elle croyait sincèrement que le véritable amour l'en guérirait. Quand on était petites, on allait partout ensemble, même au cabinet, l'une d'entre nous s'asseyait sur le bord de la baignoire pendant que l'autre faisait pipi, mais maintenant qu'on avait grandi... maintenant qu'on avait grandi, il allait falloir apprendre à nous séparer un peu. Ma mère m'avait un jour déconseillé de passer tout mon temps avec Jamie – pour ne pas mettre tous mes œufs dans le même panier, m'avait-elle dit – et, à l'époque, sa remarque m'avait fâchée, horripilée. Aujourd'hui, je me disais qu'elle avait vu juste : pas sur moi ni sur Jamie, mais sur l'évolution singulière d'une amitié entamée au début de l'enfance.

Je fis demi-tour et remontai State Street. Les vitrines changeaient très souvent, mais ce jour-là, je voulus voir dans cet état de faits une hypocrisie singulièrement malveillante parce que les magasins, eux, ne changeaient pas. Il y avait le haut lieu des chaussures confortables, celui de l'attirail de l'étudiant de l'université du Wisconsin. Même les boutiques de vêtements étaient prévisibles, il y avait celle avec les pulls et les pantalons larges, celle avec les jupes courtes et les cuirs. State Street n'abritait pas de grosses surprises.

En revanche, il y avait Fabrications. J'entrai directement sans m'attarder devant la devanture, sans me demander s'il y avait quelque chose à portée de ma bourse. À l'intérieur, il faisait bon et frais, compte tenu d'un généreux apport d'air conditionné alors qu'il n'y avait dans le magasin qu'une vendeuse et une seule, assise, un porte-bloc sur les genoux devant un tiroir rempli de patrons.

Je me dirigeai tout droit vers les soieries. La première à attirer mon regard fut la bleue que j'avais remarquée le soir où j'avais craqué devant John Junior dans la boutique de glaces, moment qui me paraissait à présent aussi lointain qu'un rêve. Le tissu, d'un bleu profond, rappelait la couleur du saphir que ma mère gardait constamment enfermé dans son coffre à bijoux. Il accrochait la lumière et semblait briller et, lorsque je le déroulai pour le tâter de nouveau, je retrouvai son apprêt et sa légèreté de papier d'emballage raffiné. Il ferait un joli ensemble – un «petit ensemble», pour reprendre les termes des revues de mode, comme si on en avait six ou sept – et j'imaginai une veste courte et ajustée sur ce que j'avais vu qualifier de jupe tulipe, bouffante sur les hanches et resserrée au-dessus des genoux. Jamais, dans ma vie, je n'étais allée dans un endroit où j'aurais pu porter un truc pareil, mais c'était peut-être tout le problème.

Je me tournai ensuite vers l'imprimé fluide noir, or et rouge que j'avais déjà remarqué. C'était une soie très soyeuse, le genre de chose qui virevoltait autour de vous quand vous marchiez. Je le voyais bien sur un mannequin dans une publicité pour un parfum, un de ces parfums dits épicés – elle serait assise sur un canapé et vêtue d'un pyjama d'intérieur dans ce même tissu, couverte de bijoux en or, une débauche de bougies allumées sur la table à côté d'elle. Je jetai un coup d'œil sur l'étiquette : quarante dollars le mètre. J'allais repartir vers le bleu quand un coupon de soie lavée attira mon regard.

La couleur, un or pâle, chaud, pareil à du miel nimbé de soleil, était superbe. Je laissai le tissu courir sur le dos de ma main et sa texture, douce sans être glissante, un peu comme une sorte de daim magique, et divinement légère, me séduisit. Son charme discret, totalement différent de celui de l'imprimé, me plut : il me procurerait un plaisir secret, subtil, pas évident pour tout le monde. Mais qu'est-ce que j'allais en faire ? Je levai les yeux et m'aperçus que la vendeuse m'observait.

« C'est pour acheter ou pour regarder ?

– Peut-être les deux, mais je n'arrive pas à décider.

– Sur un tissu ou un patron ?

– Je ne sais pas encore. »

Souriante, elle se leva, posa son porte-bloc sur le comptoir, puis vint décrocher les trois coupons que je venais d'examiner. Elle toucha le bleu.

« C'est un plaisir de travailler ce shantung… l'avez-vous déjà utilisé ?

– À dire vrai, je n'ai encore jamais essayé la soie.

– Vous aurez du mal après. La soie lavée est superbe, elle aussi, et la couleur vous irait à merveille. Tenez, essayons quelque chose. »

Elle s'empara du coupon de soie lavée et m'entraîna vers un miroir en pied.

« Regardez, déclara-t-elle en déroulant deux mètres de tissu qu'elle plaça devant moi. Somptueux avec vos cheveux bruns. »

C'était effectivement somptueux, cette cascade d'or pâle ondoyant avec un éclat subtil. Je levai le bras et caressai doucement la soie.

« Pouvez-vous essayer de vous imaginer ? poursuivit la vendeuse. Pour un mariage, l'été, avec de jolies chaussures crème et un grand chapeau de paille piqué de fleurs sur le bord ? »

Le chic de cette description paraissait venir en droite ligne du *Ladies' Home Journal*, mais je n'avais pas envie de me montrer grossière.

« Je ne sais pas, avouai-je. Peut-être, si on fait un truc décontracté à la campagne.

– Pas si c'est vous la mariée ! riposta-t-elle en riant. À moins que ce ne soit votre deuxième mariage ou je ne sais quoi. Vous allez vous marier ? Nous avons une belle charmeuse ivoire.»

Je fis non de la tête. Sans aucune intention particulière, je tournai ma bague de fiançailles et amenai la pierre sur l'intérieur de ma main.

«Je voulais dire, si c'était vous qui étiez invitée à un mariage, reprit-elle en fronçant le tissu pour l'appliquer contre ma taille. Il est superbe sur vous.»

En me contemplant dans le miroir, j'imaginai une robe longue dans cette même matière : pas une jupe ample à porter avec un chapeau de paille mais un vêtement étroit et moulant, quelque chose de voluptueux sur la peau.

«Qu'est-ce que c'est agréable ! m'écriai-je.

– C'est sexy, poursuivit-elle. Je m'en suis servie pour une chemise de nuit destinée à une amie qui se mariait ; son voyage de noces n'était pas terminé qu'elle était enceinte.»

Une chemise de nuit ! Une chemise de nuit à fines bretelles assortie d'un long peignoir gracieux avec de grosses manches bouffantes et un ruban de satin à l'encolure. J'entendis ma mère me demander si j'en aurais souvent l'usage, Jamie me dire que je pouvais m'acheter une jolie chemise de nuit, et là-dessus je m'interrogeai sur la réaction de Mike et voilà qu'il m'apparut, qu'il dénoua le ruban du peignoir et le fit glisser sur mes épaules, qu'il repoussa les bretelles de la chemise jusqu'à ce qu'elle coule sur mes hanches et tombe en tourbillonnant sur le sol ; et je me dis que, même s'il ne pourrait sans doute jamais plus accomplir ces gestes, il fallait que je réalise cette chemise de nuit et ce peignoir : en offrande au souvenir ou bien à l'avenir.

Chargée de mes huit mètres et demi de tissu, plus de deux cents dollars de soie, enveloppés dans un sac en papier, je redescendis State Street pour regagner ma voiture et rentrer chez moi où je dénichai une place à l'ombre.

On était en août maintenant et les cosmos de mes voisins du rez-de-chaussée ressemblaient à de mauvaises herbes ; plantées devant la clôture gris foncé, les fleurs magenta desséchées avaient perdu de leur éclat. Cet été, le propriétaire n'avait pas coupé le gazon qui avait pris une couleur de blé mûr et la terre apparaissait par endroits le long de l'allée.

Il y avait encore du soleil chez moi et je m'assis sur la véranda du rez-de-chaussée, dans un fauteuil en osier oublié par un ancien locataire. Je déposai le sac en papier sur le plancher plein d'échardes, puis me ravisai et le pris sur mes genoux. Pauvre Jamie, me dis-je alors, coincée entre sa mère et sa sœur. Enfin, peut-être pas, mais au prix de quels efforts. En tout cas, coincée à proximité. Jamie s'était toujours sentie déchirée par rapport à Lynn qu'elle avait envie de protéger et en même temps de secouer pour l'inciter à grandir. Lynn était la benjamine des trois filles et elle avait en plus le malheur d'être la moins intelligente et la moins jolie. La beauté de la famille c'était Mixie, la cadette – elle passait l'été en Californie, près de Venice Beach avec des amis de l'université et travaillait dans une boutique de T-shirts. Jamie la soupçonnait de prendre pas mal de drogues.

Tout à coup, une bicyclette freina et, en relevant la tête, j'aperçus Tom, le voisin d'Ania et de Viktor, qui mettait pied à terre. Il déposa son vélo contre la clôture, puis s'engagea dans le jardin. Il portait un short long et ample dans des tons de brun et un T-shirt blanc déchiré et ses cheveux blonds lui faisaient une couronne de frisettes.

«Je parie que tu es surprise de me voir, me lança-t-il. Viktor m'a donné ton adresse.»

Pauvre Viktor, me dis-je tout en me demandant pourquoi Tom avait voulu mes coordonnées.

«Alors, quoi de neuf? poursuivit-il.

– Je viens juste de déjeuner avec Ania.»

Tom leva les bras au ciel.

«Et voilà que j'apparais à ta porte. Il y a toujours des flopées de trucs comme ça dans la vie, tu ne trouves pas?»

Je réprimai un sourire. Mike l'aurait qualifié de frappadingue, mais il me semblait qu'il en rajoutait.

« Et, en plus, je n'ai pas respecté mes engagements, ajouta-t-il en se débarrassant de son sac à dos.

– Qu'est-ce que tu racontes ?

– J'ai un truc pour toi… ça fait des semaines que je compte passer. »

Je ne voyais pas du tout où il voulait en venir.

« Tu as quelque chose pour moi ? C'est quoi ? Pourquoi tu ne l'as pas simplement donné à Viktor ? »

Il hocha la tête.

« J'avais des ordres stricts, je devais remettre mon pli en main propre. »

Il gravit le perron et s'assit sur la dernière marche pour ouvrir son sac à dos qui renfermait un fatras de carnets, de feuilles de papier et, allez comprendre, une moitié de Frisbee.

« Tiens », dit-il en me tendant le Frisbee.

Il fit mine de me le jeter, puis le rangea.

« Je blague. »

Il fourragea encore un moment avant d'extirper une enveloppe blanche cornée. Il essaya de la défroisser, puis renonça et me la remit.

« Oh, bon. Elle s'est fait un peu malmener. Désolé.

– Qu'est-ce que c'est ?

– Kilroy voulait que je te la remette. Tu te souviens de Kilroy ? À la soirée, l'autre fois ? »

J'acquiesçai.

« Eh bien, voilà. Désolé d'avoir tant tardé, mais je travaille comme un chien cet été. Ou comme un cheval peut-être. Qu'est-ce qu'on dit exactement ? »

Je hochai la tête avec impatience. Il n'y avait rien de marqué sur l'enveloppe, ni d'un côté ni de l'autre.

« Et quoi de neuf à propos des Sox, tu sais, l'équipe de base-ball de Chicago ? »

Je le regardai d'un air effaré.

« Je blague. »

Là-dessus, il remit son sac sur les épaules et repartit vers sa bicyclette, la plus grande que j'aie jamais vue : son cadre dépassait de trente bons centimètres celui de mon propre vélo et sa selle culminait à vingt centimètres au-dessus du sien.

«Maintenant, ils vendent ce genre de bécane chez Harry's Big and Tall, m'expliqua-t-il quand il vit mon intérêt et ma stupéfaction. Ça m'a sauvé la vie.»

Il me salua d'un geste, puis s'éloigna en pédalant vigoureusement.

Je me carrai dans le fauteuil en osier et glissai le doigt sous le rabat de l'enveloppe. À l'intérieur, il y avait une feuille de papier rayé jaune. Je la dépliai, commençai par jeter un coup d'œil sur la signature, puis me mis à lire. «Dimanche, quatorze heures», était-il écrit en haut de la page.

Chère Carrie Bell,

Je sais enfin pourquoi tu as le regard triste et pourquoi tu te tais, et j'aimerais égoïstement obtenir ton pardon. Le problème, quand on lit dans les pensées des autres, c'est qu'on peut être horriblement près et passer néanmoins à côté de l'essentiel. J'espère que Mike se réveillera bientôt pour retrouver ta vigilance et ton amour et que vous serez heureux ensemble.

Kilroy

P.-S. Essaie le billard.

Je repensai à cette soirée de juin: Ania en train de préparer le repas dans la cuisine, Viktor, dans le salon, dominant Kilroy de toute sa hauteur et le foudroyant du regard. Kilroy et son corps sec et son visage aux traits accusés qui me dévisageait, me jaugeait.

En plus du billard, je lis dans les pensées. Il y avait quelque chose de feutré chez lui, une sorte de vernis terne, lisse, qui recouvrait une acuité aiguë. L'impression qu'un moteur tournait sans relâche. Et autre chose aussi: il était sûr de lui mais se moquait aussi de son assurance. *Tu n'aimes pas le billard? Tu ne sais pas ce que tu rates. Sur*

146

la 6ᵉ Avenue, juste à côté de mon appartement, il y a un bar qui s'appelle le McClanahan et une table de billard où le feutre est un petit peu troué tout près d'une des blouses latérales et je la connais tellement bien que ce défaut joue presque toujours en ma faveur.

Je relus la lettre, puis la rangeai dans l'enveloppe que je glissai dans mon sac. Tout au long du dîner, j'avais senti son regard posé sur moi. En fait, il m'observait, il s'interrogeait à mon sujet.

Ce soir-là, Mike n'était pas d'humeur bavarde. Son ancien entraîneur de hockey au lycée était passé le voir et, en dépit de la gentillesse de cette démarche, j'avais la certitude que sa visite poussait Mike à repenser au patinage, à ces longues et puissantes enjambées sur la glace qui lui procuraient tant de plaisir. L'entraîneur, en retraite depuis juin, expliquait qu'il avait maintenant d'autres centres d'intérêt, des projets concernant sa maison, que sa femme et lui avaient acheté un Airstream avec lequel ils comptaient sillonner le pays. Il parlait vite et forçait la dose : son message, c'était que Mike pouvait en faire autant et « se recaler » – il avait bel et bien utilisé cette expression. Je supposai que c'était un entraîneur dans l'âme, mais l'envie de le voir déguerpir me démangeait.

« Allez, mon gars », finit-il par déclarer en se levant.

Il avait une crinière de cheveux gris et portait un T-shirt d'un blanc immaculé et un short de gym bleu sur des chaussettes blanches et des Nike flambant neuves. Ses mollets étaient aussi noueux que ses avant-bras musclés. Combien de fois, en regardant Mike à l'entraînement, ne l'avais-je pas entendu beugler : *Allez, les gars… c'est pas en patinant comme ça que vous allez battre vos petites sœurs.* Mike dans sa combinaison rembourrée, le casque sur la tête, la crosse bien calée au creux de son gant. Dans la patinoire, on ne peut différencier les joueurs, mais, même sans son maillot numéroté, je reconnaissais Mike à ses hanches, à la forme de ses fesses et à la manière dont il rentrait la tête entre les épaules.

Les yeux bordés de cernes mauves, les jambes atrophiées et en proie à des contractures, il étudiait son entraîneur.

« Merci d'être venu », lui dit-il du fond de son lit.

Les yeux rivés au sol, l'entraîneur hésita un moment, puis revint tapoter le lit à une trentaine de centimètres des pieds de Mike.

« T'as toujours été un battant, déclara-t-il. Avec l'aide de cette petite, ça va aller. »

Il salua Mike d'un geste puis se dirigea vers la porte, en posant au passage une main sur mon épaule mais en évitant soigneusement mon regard.

« C'était gentil, remarquai-je lorsqu'il fut parti.

– L'entraîneur ? Oui. »

Il ferma les yeux tandis que j'approchais une chaise et m'y installais. *Avec l'aide de cette petite*. J'eus une pensée pour Mme Fletcher et sa petite joueuse de bridge. Et pour Ania, déjà tellement femme. Viktor et elle donnaient l'impression d'avoir franchi un cap que mes amis et moi n'avions même pas encore entrevu et acquis une maturité qui semblait ne rien devoir ni à leur âge ni à leur situation de famille. Peut-être était-ce lié au fait qu'ils étaient loin de leur pays natal, de leur jeunesse ? Nous, on bossait qui dans une banque, qui dans une bibliothèque, qui chez un concessionnaire automobile mais pour nous, d'une certaine façon, les signes extérieurs de l'âge adulte se limitaient à des signes extérieurs, et c'était tout. À vrai dire, on n'avait pas encore lâché les gens qu'on connaissait depuis toujours. Toute notre vie, on se rappellerait les samedis soir où on sillonnait Campus Drive à six ou sept dans une voiture en se tapant du vin acheté sous le manteau et en écoutant le conducteur nous répéter sans se lasser qu'il fallait qu'on fasse vachement gaffe à ne rien renverser parce que ses parents le sentiraient à tous les coups en allant à l'église le lendemain matin.

« À quoi tu penses ? » me demanda Mike.

Il m'observait avec attention et je me rendis compte que je m'étais absentée, qu'il venait de dire quelque chose que je n'avais même pas entendu.

«Au fait que l'entraîneur m'ait traitée de petite.

– C'est tellement méchant? Il te connaît depuis que tu es toute gamine… tu dois sûrement toucher sa fibre paternelle.

– Que veux-tu! On dit bien que la nature a horreur du vide.»

Mike hésita, puis partit d'un rire hésitant: ça ne me ressemblait pas de faire allusion à mon père, et encore moins de manière désinvolte.

«Et toi? enchaînai-je. Tu me vois comme une petite ou comme une femme?

– Je te vois comme Carrie. En fait, je ne te vois même pas vraiment comme Carrie. Pour moi, tu es "elle". Ou sinon je te vois toi, et c'est tout.»

Je tendis la main vers son bras et le caressai, puis pris sa main inerte dans la mienne.

«Comment tu me vois? me demanda-t-il.

– Tu veux dire comme un jeune garçon ou comme un homme, fis-je en souriant. Comme un mec ou un homme?

– Je veux dire comment.

– Comme toi. Parfois, tu es Mike, mais en général quand je pense à toi, c'est une image abstraite qui me vient à l'esprit.»

Il se mordit la lèvre.

«Où est-ce que je suis sur cette image?

– Au premier plan et au centre.

– Regarde-moi, Carrie.»

Je fixai son visage, ses yeux inquiets. La structure du halo projetait une vague ombre grise sur sa joue.

«Est-ce que je suis là? insista-t-il. Est-ce que je suis paralysé?

– Non», mentis-je.

Puis je détournai la tête.

«Enfin, parfois. Je suppose que parfois tu l'es.»

Il ferma les paupières un moment; quand il les rouvrit, il était au bord des larmes.

«Je donnerais n'importe quoi pour que ça ne soit pas arrivé.

– Moi aussi. »

De nouveau, il ferma ses paupières et cette fois deux traînées de larmes lui barrèrent les joues. Je reposai sa main et recommençai à lui caresser le bras. J'aimerais pouvoir dire que je ne songeais pas à moi, que je ne pensais qu'à lui ou même que je ne pensais pas du tout. Et pourtant si, je me disais : *Voilà, je fais ce qu'il faut faire. Je suis forte et courageuse pour Mike.*

11

La soie ne ressemblait à rien de ce que j'avais pu travailler jusqu'alors ; glissante et fluide au point qu'on l'aurait cru vivante, elle coulait vers le sol et fuyait la table de ma machine à coudre si je relâchais mon attention quand l'aiguille était en position haute, si mes mains ne l'obligeaient pas gentiment à rester en place.

Je ne relâchais guère mon attention. En fait, je n'avais jamais été aussi vigilante, même à l'époque de mes débuts, j'épinglais très soigneusement, prenais grand soin des nœuds en démarrant et en stoppant chaque couture. Et cette minutie m'était bénéfique, comme si le tissu lui-même me réapprenait à coudre, dans le respect scrupuleux des règles cette fois.

Consciente de risquer le désastre à chaque coup de ciseau, j'avais vécu la coupe dans la terreur. En revanche, dès que je me mis à la machine, je me calai sur un rythme lent et plaisant et savourai littéralement la sensation que me procurait la soie et ses multiples textures : grenue au bout de mes doigts, satinée sur le dos de mes mains, lourde à l'amorce d'une couture, légère à la fin. Je ne confiai à personne ce que j'avais entrepris et, le soir, en rentrant de l'hôpital, je veillais souvent jusqu'à une heure ou deux heures du matin, noyée dans un océan d'or pâle qui s'assemblait peu à peu.

Je commençai par la chemise de nuit. Il s'agissait à la base de deux panneaux taillés dans le biais, à peine évasés et cousus sur les côtés. C'était simple mais pas facile – en fait, le terme «simplicité» ne m'avait jamais paru aussi lourd de sens, alors qu'il s'agissait pourtant d'un patron de *Butterick*. Coudre à la main le roulotté de l'encolure me demanda une éternité mais les bretelles, d'une finesse telle que je dus utiliser une broche à volaille pour les travailler sur l'envers, faillirent avoir raison de ma santé mentale. La première fois que je m'y risquai, la broche transperça mon tissu et y fit un vilain accroc, de sorte qu'il me fallut tout reprendre mais je protégeai le bout pointu avec un minuscule coton, astuce qui, à ma grande surprise, se révéla payante.

J'eus la tentation de ne pas faire l'ourlet avant d'avoir terminé le peignoir, cependant cela ne me parut pas correct, comme si je trichais – il fallait que je finisse la chemise de nuit pour entreprendre le peignoir, que je respecte un certain ordre. Je connus un moment d'angoisse en essayant la chemise de nuit, car je crus qu'elle allait se révéler trop étroite, or ce ne fut pas le cas ; elle me serrait, mais pas trop, elle me serrait à la manière dont un vêtement taillé dans le biais et bien ajusté serre toujours : le tissu, lisse et près du corps, me collait jusqu'en haut des cuisses puis s'évasait progressivement de sorte que le bas tournoyait avec moi. J'achevai l'ourlet tard une nuit, puis accrochai la chemise de nuit sur un cintre et la rangeai dans mon placard afin de pouvoir la découvrir dès mon réveil le lendemain matin.

Durant ces jours de couture, je me sentis extrêmement absente. Au travail, quand je redescendais sur terre, je me retrouvais, un livre à la main, devant un mur d'étagères et il me fallait littéralement secouer la tête pour penser à autre chose qu'à l'état d'avancement de mes travaux personnels. Viktor me décochait des regards soucieux et je lui retournais des sourires tristes pour lui faire croire que la bibliothèque me pesait vraiment beaucoup trop, avec Mike à l'hôpital… que c'était là mon problème.

Bien sûr que c'était mon problème. Il me poursuivait sans relâche, que je couse ou pas, que je sois à proximité de Mike ou pas. Mike, de son côté, allait de plus en plus mal ; par moments, c'est à peine s'il s'apercevait de ma présence mais, après, il pouvait passer des soirées entières à se plaindre de peccadilles – pourquoi ne lui avait-on pas apporté une nouvelle radio ? Il en avait marre des photos sur sa commode – parce que les trucs graves étaient trop graves pour qu'il s'en plaigne, vraiment trop graves.

Une partie de la rééducation concernait son psychisme et, un soir, ses parents me confièrent qu'il refusait de voir son thérapeute seul ou même en réunion de groupe, le mardi après-midi. Ils s'inquiétaient. Ils étaient même allés consulter le thérapeute qui leur avait expliqué que ce rejet était normal, mais ça ne les avait pas rassurés pour autant.

Les heures de visite étaient terminées et, assis dans le hall principal, on bavardait. M. Mayer en particulier semblait bouleversé. Il avait l'air de considérer le processus de rééducation comme quelque chose d'assez voisin de la chaîne de montage : tonus musculaire, tonus psychique ; kinésithérapie, ergothérapie, psychothérapie ; chaque étape menant au bien-être de Mike ou du moins à son retour à domicile.

« À mon sens, c'est une pierre d'achoppement, déclara-t-il. Il faut qu'il dépasse ça pour aller plus loin.

– Imagine que quelqu'un essaie de te faire parler de ce que tu ressens, remarqua Mme Mayer, les sourcils froncés. Ça ne te plairait pas non plus.

– Je n'en ai pas besoin.

– Et pourquoi crois-tu que Mike en ait besoin ? »

M. Mayer hocha vigoureusement la tête.

« Seigneur ! On croirait qu'il s'est cassé la jambe et rien de plus, quelle façon de voir les choses ! Cela fait partie du traitement. »

Mme Mayer se tourna vers moi.

« À ton avis, il est déprimé, ma chérie ? »

J'acquiesçai d'un signe de tête, puis repensai subitement à une journée avec lui au printemps dernier – une belle journée, sans nuage, presque douce. C'était un samedi et, après un petit-déjeuner tardif chez moi, on était descendus au parc James Madison où on avait traîné autour du terrain de jeux grouillant de gamins. Assis côte à côte sur un banc, on les avait regardés et je m'étais laissée aller à rêver de séparation et de solitude délicieuse, seule et heureuse dans un endroit totalement inconnu. Ça faisait un moment que je nourrissais des rêves de ce genre et je maîtrisais bien l'art de m'absenter sans qu'il s'aperçoive de rien. Mais, là, il devina ma désertion, me lança un ou deux coups d'œil, posa la main sur mon genou et la retira lorsque je le regardai.

«Quoi?» lâchai-je.

Il hocha la tête, fixa les enfants.

«Je pense que je suis un peu déprimé», finit-il par avouer.

Et on resta assis sur ce banc sans rien dire; en fait, je restai assise sans rien dire. Plus tard, ce jour-là, on alla au cinéma et, dans l'obscurité, je dus lutter contre l'envie de lui prendre la main, comme si mon corps n'était pas encore adapté aux nouvelles inclinations de mon esprit.

Mme Mayer attendait ma réaction. Deux médecins passèrent à côté de nous et l'un d'eux, un homme d'un certain âge à l'air gentil et doté d'une masse de cheveux blancs, me dévisagea. Je crus qu'il comprenait ce que nous traversions et en fus touchée, réconfortée même. Puis je compris: pour lui, nous représentions un autre cas, à la périphérie d'une maladie ou d'un accident, mais rien de plus. Sa compréhension allait de soi et constituait même une barrière. On était seuls – seuls ensemble et en nous-mêmes aussi, tous autant qu'on était, comme Mike et moi l'avions été quelques mois auparavant dans le parc James Madison.

Et pourtant, physiquement, Mike allait bien – tous les gens de la rééducation le disaient. Il restait assis pendant des heures d'affilée, avait même réussi à deux reprises à pousser son fauteuil roulant de sa chambre à la salle de kinésithérapie. Un soir, plusieurs jours après la fameuse discussion avec M. et Mme Mayer, je le trouvai installé dans son fauteuil roulant, une première après le dîner, le torse maintenu par une lourde sangle.

«Oh, tu es dans ton fauteuil, c'est drôlement bien », m'écriai-je.

Il me lança un regard sombre.

«Qu'est-ce qu'il y a ?

– C'est pas cocasse ? Tu trouves super que je sois dans mon fauteuil roulant ! »

Depuis une semaine, depuis qu'il avait entendu un des assistants de kiné établir des comparaisons entre «tétra bas» et «tétra haut», Mike avait tendance à lâcher des remarques acides. Compte tenu de l'exaspération que cela avait déclenché chez lui, j'étais contente qu'il n'ait jamais surpris la formule de «bon tétra», oxymoron noté alors qu'on attendait son réveil.

«Journée difficile ? demandai-je en saluant la famille Mayer au grand complet : M. et Mme sur les chaises face au pied du lit de Mike, Julie et John Junior par terre sur le côté.

– Comme d'hab.

– Tu as l'air fatigué.

– Je le suis.»

M. et Mme Mayer échangèrent un regard tandis que je m'approchai de Mike.

«Il y a trop de monde ? murmurai-je. Tu veux que je m'en aille ?

– Si tu veux.

– Et toi, tu veux quoi ?

– Rien que je puisse avoir, ça, c'est sûr.»

Je m'assis à moitié au pied du lit. Calée contre le mur, Julie avait le teint cireux comme si elle avait passé l'été dans une grotte – tout de noir vêtue, la peau ivoire. Elle n'arrêtait pas de faire tourner une grosse bague en argent autour de son doigt. Les dernières fois que je l'avais vue, elle empestait le tabac, je l'avais noté en l'approchant. À côté d'elle, John Junior, en pantalon de survêtement coupé et T-shirt, avait le visage rosi par l'exercice ; il incarnait tellement la bonne santé que je me demandai si ce n'était pas ça qui perturbait Mike en lui rappelant tout ce qu'il avait perdu.

«Je m'entraîne», m'expliqua Mike.

155

Son visage s'était adouci, comme s'il avait décidé de prendre sur lui. Je ressentis un grand élan de compassion à son égard, déjà rien que pour l'épreuve que représentaient ces visites. Pourquoi aurait-il dû se montrer joyeux ? Pourquoi quoi que ce soit ? Les médecins nous avaient demandé de leur rapporter la moindre bizarrerie dans son comportement, séquelle éventuelle de son traumatisme crânien, mais, compte tenu de ce qu'il endurait, comment sa mauvaise humeur aurait-elle pu constituer une séquelle ?

« Tu t'entraînes ? répétai-je.

– À passer davantage de temps dans le fauteuil.

– C'est bien ?

– C'est fatigant. »

Il me lança un sourire coincé.

« Se fatiguer dans un fauteuil, c'est pas tordu, ça ?

– C'est tordu. »

Il était presque huit heures et les Mayer se consultèrent du regard. C'était plus difficile de partir en groupe, de franchir tous la porte en le laissant seul derrière.

Je m'aperçus que John et Julie se chicanaient. Ils discutaient à mi-voix mais, à en juger par la manière dont ils évitaient d'ouvrir la bouche, un problème les divisait.

Mike parut le remarquer aussi. Il attrapa les roues de son fauteuil et le fit tourner lentement jusqu'à ce qu'il les voie.

« Qu'est-ce que vous trafiquez tous les deux ? »

Julie et John échangèrent un coup d'œil et, l'air alarmé, Mme Mayer se leva et posa les mains sur ses hanches.

« Laisse tomber, mam, déclara Julie tout à trac. Moi, je mens pas. »

Elle sauta sur ses pieds.

« On dîne dehors, expliqua-t-elle à Mike, tous les quatre, je suis désolée. Et John veut aller à l'Auberge allemande ; c'est dégueulasse, là-bas, moi, je peux rien avaler. »

Mike sonda John du regard.

« Et ?

– Et, moi, j'aime leurs côtes de porc, répondit John en rougissant légèrement. Ils ont des salades.

– Tu parles ! s'écria Julie, renfrognée. Un cœur de laitue croquant avec une malheureuse tomate cerise. Quel festin !

– Taisez-vous, intervint M. Mayer qui se leva à son tour et croisa les bras sur son torse. On décidera dans la voiture.»

Mme Mayer me regarda, puis se tourna vers Mike.

«Je suis vraiment désolée, mon chéri, dit-elle d'un ton plein de regret. Je sais que ça doit te faire mal au cœur.»

Mike lui lança un coup d'œil agacé.

«Tu crois que j'imagine que vous restez assis à vous gratter le nez quand vous n'êtes pas ici ? Ça m'est égal.

– Je regrette simplement que tu ne puisses pas venir», riposta-t-elle en s'empourprant légèrement.

Mike se rembrunit mais M. Mayer parut réfléchir à cette éventualité.

«Peut-être qu'on pourrait voir si c'est possible la prochaine fois, remarqua-t-il d'un ton pensif. D'ici quelques semaines ou je ne sais quoi.

– Ce serait merveilleux ! s'écria Mme Mayer en battant des mains. Peut-être que tu pourrais obtenir une autorisation d'une journée ou quelque chose.»

Mike partit d'un rire dur.

«Je ne suis pas en prison, mam, en dépit des apparences. De toute façon, je ne voudrais pas.

– Pourquoi pas ? fit Mme Mayer en se mordant la lèvre. J'aurais pensé que cela te ferait plaisir de changer de décor.

– Si je veux changer de décor, je demande à mon pote ici présent de passer sur la chaîne quinze.»

Du coup, on se tourna tous vers Jeff LeMarcheur qui bavardait à voix basse avec son père. Quelques secondes plus tard, Jeff, qui ne semblait pourtant pas nous avoir écoutés, pointa sa télécommande vers la télé et un film apparut à l'écran.

«Comme ça», annonça Mike.

Après le départ des Mayer, une aide-soignante vint le transférer dans son lit. Je m'écartai afin de la laisser baisser le verticalisateur, puis défaire la sangle du fauteuil. Debout face à Mike, elle le prit à bras-le-corps, le souleva lentement puis le fit pivoter jusqu'à ce qu'elle l'ait assis sur le matelas ; après quoi, elle abaissa son torse et, enfin, lui allongea les jambes. Elle était à peu près de ma taille et je me demandai comment elle avait réussi cet exploit, m'interrogeai sur sa force. Qu'allait-il se passer une fois qu'il serait de retour à la maison ? Comment allions-nous gérer, ne serait-ce que la partie physique de la question ?

Lorsqu'elle eut quitté la pièce, j'approchai un siège. J'allais proposer à Mike de boire quelque chose quand un grand brun avec une grosse barbe et des lunettes cerclées d'or apparut dans l'encadrement de la porte, vêtu d'un jean, d'une chemise et d'une cravate. Dès qu'il l'aperçut, Mike, manifestement furieux, tourna la tête.

« Salut, Mike, s'écria le nouveau venu. Comment ça va ? Je m'étais dit qu'il fallait que je passe vous voir, car il était déjà tard. »

Mike ne répondit pas. Le visage cramoisi, il regardait droit devant lui.

« Dave King, déclara le nouveau venu en me serrant la main.

– Je m'appelle Carrie. »

Il hocha la tête d'un air entendu, comme si mon nom ne lui était pas inconnu et qu'il s'attendait un peu à me trouver là. Il se planta juste devant Mike lequel, coincé par le halo, ne pouvait se tourner.

« Je me disais qu'on pourrait peut-être passer un moment ensemble demain, poursuivit Dave King. Vers quatre heures par exemple ? »

Mike pinça les lèvres.

« Hé, ce ne serait pas trop vous demander que d'avoir un simple oui ou non, hein ?

– Pourquoi pas un simple non, alors ? »

Dave King haussa les épaules, jeta encore un coup d'œil vers Mike, puis quitta la pièce en me saluant au passage.

« Tu veux savoir qui c'était ? »

Je me retournai vers Mike. À mon avis, il s'agissait du thérapeute mentionné par les Mayer, mais je me gardai bien de faire le moindre commentaire.

« C'était qui ?

– Le psy. Un vrai gland.

– Comment ça ? m'exclamai-je sans pouvoir réprimer un sourire.

– C'est un gland et c'est tout. Et si t'as envie de te marrer, pourquoi tu ne te barres pas ?

– C'est ce que tu veux ? »

Mike blêmit et hurla :

« Arrête de me demander ce que je veux ! »

Le regard brûlant, il me dévisagea tandis que ses paroles se répercutaient contre les surfaces dures de la pièce et nous enfermaient dans le silence. À la fin, très calmement, il me dit :

« Pourquoi est-ce qu'on n'arrête pas de me demander ce que je veux ? Ce que je veux, c'est sortir de là. Merde. Je veux marcher. »

La lune, tout juste décroissante, brillait dans le ciel indigo quand je sortis par une porte latérale de l'hôpital et me dirigeai vers un banc installé dans un petit renfoncement pavé qui faisait un V à l'endroit où deux des ailes du bâtiment se rejoignaient. Mike avait recouvré son calme mais il était tellement épuisé que je savais qu'il sombrerait vite dans le sommeil. Une fois assise, je humai les odeurs de la nuit où se mélangeaient les vieux gaz d'échappement, le buis et une vague senteur humide en provenance du lac. Comment Mike pouvait-il supporter d'être perpétuellement entouré ? Il y avait le personnel de rééducation mais nous aussi, sa famille, moi. Ce devait être un cauchemar qui s'ajoutait au véritable cauchemar. À cette pensée, l'inquiétude que je me faisais pour lui s'accrut si fort que cette tension me mit à nu, me déchira. *L'inquiétude*. C'est un terme qui paraît très dynamique, mais, en fait, c'était plus comme si la fameuse image à laquelle j'avais fait allusion – l'image abstraite que j'avais de lui quand je pensais à lui – avait dégringolé au fond d'un puits d'un noir d'encre et que j'entrevoyais, à travers l'eau sombre et ondoyante, son visage déformé, très loin et inaccessible.

J'en étais là de mes réflexions quand la porte de sortie s'ouvrit et que j'entendis un frottement de jambes de pantalon, puis une toux grave.

«... et on ne peut pas accepter ça», affirma une voix masculine.

Là-dessus, l'homme qui avait parlé apparut. C'était Dave King, le thérapeute. Je me tassai dans l'obscurité mais il m'avait déjà repérée et s'exclamait :

«Eh bien, vous êtes peut-être la première personne que je vois sur ce banc.»

Je jetai un coup d'œil alentour, mais il n'y avait pas âme qui vive, aucun autre interlocuteur possible.

«C'était une discussion entre moi et moi, m'expliqua-t-il. Je mettais quelques points au clair, et c'est tout.»

Il approcha et posa son attaché-case par terre, puis s'étira : c'était, je le vis, un étirement calculé qui dénotait un désir de m'entraîner dans une conversation apparemment détendue mais en fait sérieuse. M'avait-il suivie ?

«Belle nuit, affirma-t-il.

– Oui, la chaleur est un peu tombée.»

Il se pencha vers son attaché-case et en sortit un petit paquet brillant. Il tira dessus et le léger pop qui suivit m'indiqua qu'il avait dû ouvrir un truc qui se mangeait.

«Ritz Bits ? me proposa-t-il.

– Non, merci.

– Dave ? poursuivit-il. Tiens, merci, Dave, si tu permets, je vais me servir.»

Il secoua le paquet et se saisit d'une poignée de crackers qu'il croqua avec appétit.

«Eh bien, je suis content de tomber sur vous, me confia-t-il. À votre avis, comment ça va, Mike ? Dites, ça ne vous gêne pas si je m'assieds ? J'ai l'impression de vous boucher le clair de lune.»

Il poussa l'attaché-case et s'installa sur le banc.

Que dire ? Était-ce trahir Mike que d'accepter de lui parler ? Je n'en savais trop rien.

«Peut-être que vous préférez ne pas vous en mêler.

– Non, ça va. Il est vraiment triste. Vraiment triste.»

Il hocha lentement la tête.

« Qu'est-ce qui vous fait penser ça ? C'est plus ce qu'il dit ou bien ce qu'il ne dit pas ? »

Il parlait sans me regarder, et je me fis la réflexion qu'il se comportait avec une grande prudence, comme si je représentais une précieuse source d'informations qu'il ne voulait pas saborder.

« Ce qu'il ne dit pas. Enfin, les deux.

– Ses parents vous ont probablement raconté qu'il ne voulait pas me parler. »

Il s'interrompit.

« J'imagine que vous l'avez remarqué vous-même, ce soir. Dites-moi, il parlait beaucoup ? Avant l'accident ?

– Oui. Ce n'était pas un moulin à paroles ni quoi que ce soit, mais il parlait. »

Je repensai à nous deux au lit, après l'amour, à la franchise et à la tendresse qu'il manifestait, comme si, nos affaires terminées, on pouvait enfin discuter. Et là sur le banc, j'eus presque l'impression de sentir sa jambe glisser par-dessus la mienne, sa main sur mon ventre, la vibration de son menton sur mon épaule.

« J'imagine qu'il a décrété que j'étais un crétin fini », enchaîna Dave King.

Je souris en repensant au terme que Mike avait utilisé et Dave King me lança un regard intrigué.

« Quoi ? »

Je fis non de la tête.

Dave King se remit à secouer son paquet et engloutit deux autres crackers, puis se pencha pour ranger le tout dans son attaché-case, comme s'il s'apprêtait à lever le camp.

« Si vous voulez vraiment le savoir, il a dit que vous étiez un vrai gland, lui avouai-je.

– Un vrai gland ?

– Désolée. »

Il garda le silence un moment.

« C'est un choix de mots intéressant.

– Je suppose que c'est un peu grossier, mais je suis sûre qu'il ne pensait à rien de spécial.

161

– Peut-être que oui.»

Je sentis ma bouche devenir toute sèche.

«Comment cela?»

Il se rejeta en arrière et croisa les jambes.

«À votre avis, qu'est-ce qui le tracasse en ce moment? Il est hospitalisé, va devoir supporter le halo pendant sept à huit semaines… qu'est-ce qu'il a en tête?»

Bouleversée par ce que je devinais, je détournai les yeux.

«Je ne veux pas vous embarrasser, continua-t-il à mi-voix. Vous avez probablement pensé à tout ça, à moins que vous ne soyez allée chercher à la bibliothèque ce que vous aviez besoin de savoir.»

Il hésita.

«Il existe des livres expliquant les effets d'une blessure comme celle de Mike sur la fonction sexuelle masculine.»

Je fixai mes mains. À moins qu'il n'ait gardé ses découvertes pour lui, c'était le seul domaine sur lequel M. Mayer n'avait pas fait de recherches. Cela étant, je ne m'étais guère interrogée sur la question. Pas de mobilité. Pas de sensations. À deux reprises, depuis l'accident, j'avais émergé d'un rêve dans un état d'excitation tel qu'il avait suffi que je me tourne ou que je bouge la jambe pour jouir. Je ne pouvais néanmoins me résoudre à me masturber : cela me paraissait tellement définitif que j'y voyais comme une acceptation de la situation.

«Je suis navré, dit Dave King. Je vous mets mal à l'aise.»

Je m'aperçus alors qu'il m'enveloppait d'un regard que je ne pus qualifier que de gentil et, à ma grande surprise, j'éprouvai comme un élan de sympathie à son égard. Il y avait quelque chose de vulnérable chez lui et, l'espace d'un instant, je visualisai sa vie domestique : il vivait seul dans un appartement débordant de chlorophytums et avait un aquarium rempli de minuscules poissons aux couleurs vives. À peine rentré, il allait leur parler alors que la pièce derrière lui était encore plongée dans l'obscurité.

Curieux : Kilroy m'avait vue avec autant de netteté que je venais de voir Dave King. Clairement et avec certitude, comme s'il avait su. *J'espère que Mike se réveillera bien-*

tôt pour retrouver ta vigilance et ton amour et que vous serez heureux ensemble. Sa lettre était rangée dans le tiroir à chaussettes de ma commode. Quand le niveau de chaussettes propres baissait, l'enveloppe m'apparaissait, blanche contre le grain du bois, pareille à une sorte de signal.

«J'aimerais vraiment trouver un moyen d'aider Mike, reprit Dave King. C'est pour ça que je suis venu quand je vous ai vue sur ce banc. Il va affronter de durs moments et ça soulage de parler.»

Il garda le silence un instant, puis m'adressa un bref sourire.

«Bon, il faut que j'y aille.»

Il se penchait vers son attaché-case quand je me rendis compte que je n'avais pas envie qu'il s'éloigne aussi vite.

«Ma mère aussi est thérapeute, lui confiai-je. À l'université.»

Il se redressa, mais sans l'attaché-case.

«Comment s'appelle-t-elle?

— Margaret Bell.

— Ça fait un bout de temps, non?

— Douze ans.»

Il hocha la tête d'un air pensif.

«Et vous, vous avez envisagé de parler à quelqu'un?

— Je ne pense pas vraiment en avoir besoin, répondis-je, interloquée.

— Ça, je ne sais pas, mais, vous aussi, vous allez affronter de durs moments.»

De durs moments, c'était certain, mais pas aussi durs que ceux de Mike. Je songeai à son accès de fureur un peu plus tôt: *Arrête de me demander ce que je veux!* Oui, sans l'ombre d'un doute.

«Eh bien, fit Dave King.

— Il n'est pas seulement triste, il est fâché. Il est furieux.

— Il vous l'a dit?

— Il a hurlé après moi, ce soir. Juste après votre départ.»

Je lui racontai ce qui s'était passé.

«Le truc, c'est qu'il ne hurle pas. Enfin, avant, il ne hurlait pas. Il était facile à vivre. Rooster s'énervait tout de

163

suite si quelqu'un arrivait en retard ou si d'autres se dis-
putaient pour décider de ce qu'on allait faire, mais
Mike… »

Je m'interrompis, gênée de babiller.

« Mais Mike ? »

Je hochai la tête.

« Désolée, je ne sais pas pourquoi je bavasse comme ça.
Vous ne savez probablement même pas qui est Rooster.

– Le meilleur ami de Mike ? »

Sa réaction me surprit. Mike lui avait parlé de Rooster ?
Et que lui avait-il confié sur moi ? Je fixai mes genoux,
regrettant de ne pas savoir ce que Dave King savait. Était-
il venu me dire ce que le Dr Spelman m'avait dit ? *La
rééducation exige d'énormes efforts – et pour aller mieux,
il faut avant tout le vouloir*. Et, à votre avis, je ne le sais
pas ? J'étais au bord des larmes.

« Vous étiez en train de me dire que Mike était très différent de Rooster, insista Dave, qu'il ne s'énervait pas
quand il y avait un conflit. »

Je le regardai. Il attendait. Pas pressé, contrairement au
Dr Spelman. J'acquiesçai.

« Pouvez-vous m'en dire davantage ? »

Je réfléchis une minute.

« Il ne s'énervait pas. Il savait encaisser les trucs. Mais il
savait aussi gérer les sautes d'humeur de Rooster, les
encaisser. »

Je me rappelai un samedi, en hiver, il y avait quelques
années de cela : on allait skier à Badger Pass et Stu s'était
pointé sans son équipement, persuadé qu'on allait louer
sur place alors qu'on avait décidé que non pour ne pas
avoir à poireauter. Rooster s'était vraiment énervé contre
Stu et son humeur nous avait quasiment tous assombris.
Sauf Mike. À un moment, juste comme on allait sortir de
la maison, on s'était retrouvés seuls ensemble et j'avais
jeté un regard dans la direction de Rooster en esquissant
une sorte de grimace et Mike, haussant les épaules,
m'avait glissé : « Il voulait que ça se passe en douceur. »
Juste ça : *Il voulait que ça se passe en douceur*. Et j'avais

eu alors le sentiment – je m'en rappelais maintenant, là, au clair de lune devant l'hôpital – que Mike était profondément gentil.

« Il y a beaucoup d'incertitudes, pas vrai ? avança Dave King. À propos de l'état dans lequel il va se retrouver. »

J'acquiesçai d'un signe de tête.

« Pour lui aussi, vous ne pensez pas ? Dans quel état va-t-il se retrouver, comment va-t-il s'intégrer dans l'image qu'il s'était faite de son avenir ?

– Oui. »

Ma voix était tellement ténue qu'elle ressemblait à un murmure, et je répétai un peu plus fort :

« Oui. »

Il se pencha et récupéra son attaché-case, puis se rassit sans le lâcher.

« Écoutez. Il faut que je m'en aille, mais puis-je vous dire une chose ? Concernant ce que nous avons abordé tout à l'heure ?

– Bien sûr. »

Il se gratta la mâchoire et je sentis la nervosité m'envahir à l'idée de ce qu'il allait me dire, de ce qu'il risquait de m'assener en fin de compte. Tenez le coup. *Tenez le coup !* Pourquoi fallait-il que ça me mette si mal à l'aise puisque je tenais ?

« Les hommes victimes de blessures médullaires recourent à des vibrateurs, à des électrostimulations et même à des médicaments pour éjaculer. Ce qui signifie, entre autres, que vous pourriez éventuellement avoir un enfant ensemble, Mike et vous.

– Oh, mon Dieu ! m'exclamai-je.

– Je suis désolé, bredouilla-t-il. Je ne voulais pas…

– Non, ça va. C'est juste que je viens de penser à un truc très bizarre. »

Il attendit que je m'explique mais j'avais du mal à me livrer. Je n'allais certainement pas lui raconter… et là-dessus, je lui dis :

« Je viens de penser : je ne peux pas avoir un enfant, je suis une enfant. »

Gênée maintenant, je fixai le sol.

«Drôlement idiot, non?

– Ça ne me paraît pas idiot, répondit-il. Si vous étiez une enfant, rien de tout cela ne serait arrivé.

– Qu'est-ce que vous voulez dire? lui demandai-je en relevant les yeux.

– Si vous étiez une enfant, vous n'auriez pas d'amant et il ne serait pas tétraplégique.»

Un amant. Mon visage me brûla. Je songeai à Mike au-dessus de moi dans l'amour, écartant ma cuisse de son genou et s'enfonçant en moi. Puis à Mike dans sa chambre ce soir tandis que l'aide-soignante le transférait dans son lit.

Dave King m'observait.

«Je comprends ce que vous voulez dire», déclarai-je.

Mais, cette fois, je n'arrivai pas à le regarder; les yeux perdus dans l'obscurité, je revis Mike au-dessus de moi. Chez moi, dans mon lit, il s'appuie sur ses avant-bras, ancrés de part et d'autre de mon corps, et s'enfonce en moi, il se cambre, les yeux bien fermés, tout son être se tend; et je me soulève pour mieux le sentir.

Non. Non. Je ne me soulève pas. Je me soulevais.

12

Simon Rhodes me téléphona un soir vers la fin du mois d'août et on discuta pendant près de trois heures ; c'était la première fois depuis plusieurs mois que je passais autant de temps à autre chose qu'à de la couture.

« Alors, quoi de neuf dans la saga de Carrie Bell ? me demanda-t-il. Mais attends déjà d'entendre les dernières nouvelles de la saga de Simon Rhodes. »

Il me parla de sa vie à New York, de ses problèmes avec son copain ; de la grande maison délabrée qu'il partageait avec un groupe d'amis de Yale ; du cabinet juridique où il bossait comme correcteur d'épreuves. La boîte portait le nom invraisemblable – en américain – de Biggs, Lepper, Rush, Creighton et Fenelon, mais il disait que tous les correcteurs l'avaient baptisée *Big Leper Rush*, la ruée vers le grand lépreux. Ce dont il rêvait, c'était d'un job d'illustrateur.

De mon côté, je lui parlais de la tristesse de Mike, lui racontais combien c'était difficile d'en être témoin. Des rares moments où des bribes de son ancien moi resurgissaient : quand il blaguait avec Stu ou Bill, qu'il vannait Rooster à propos de Joan. Nos regards se croisaient, mais je comprenais que, pour l'instant, il n'avait rien à m'offrir de cet ordre-là.

« Ça paraît dur », reconnut Simon.

Je lui sus gré de sa réaction : je pouvais lui confier n'importe quoi sans risque ; mes paroles quittaient Madison dans les secondes qui suivaient.

UN AMOUR DE JEUNESSE

Avant de raccrocher, je lui proposai de payer la moitié de l'appel, mais il ne voulut pas en entendre parler.

«Tu rigoles? s'écria-t-il. Ça faisait un bail que j'avais pas passé un moment aussi chouette.»

J'éclatai de rire, je comprenais ce qu'il voulait dire. Chouette n'avait peut-être rien du terme idoine, il n'empêche que c'était vraiment agréable de discuter avec lui.

Julie, qui repartait faire sa deuxième année à Swarthmore, m'appela pour m'inviter à venir l'embrasser, ce qui me surprit puisqu'on se voyait pratiquement tous les jours à l'hôpital.

Je n'avais pas mis les pieds chez eux depuis ma discussion avec Mme Mayer en juin. Leur rue extrêmement verdoyante comptait les arbres les plus imposants de la ville, une rangée d'érables gigantesques dont les feuilles les plus hautes commençaient à se faner et à se recroqueviller. Quand je descendis de voiture, leurs ombres épaisses et chaudes me rappelèrent douloureusement toutes les fins d'été que j'avais vécues avec Mike, ces moments où on a le sentiment que les choses s'apprêtent à changer.

Nous étions seules à la maison et, du coup, on s'installa dans la cuisine pour boire un Coca light et bavarder de trucs et d'autres: Julie avait besoin d'un nouveau sac à dos; Dana, sa meilleure amie à Madison, s'était montrée vraiment pénible durant l'été. Toutes deux avaient été inséparables – comme Jamie et moi, avais-je toujours pensé. Elles continuaient à nous ressembler.

«Maintenant, je peux te l'avouer, me confessa Julie. Tu te souviens au lac Supérieur? La fois où on avait loué la maison près de Oulten's Cove? C'est Dana qui avait renversé le jus de fruit sur ton pull blanc. Elle m'avait fait jurer de ne rien te dire.

– Tu penses que je ne le savais pas?»

On échangea un sourire et je repensai à cet été-là: Mike et moi avions seize ans, Julie et Dana douze. Je partageais leur chambre et m'endormais, alors qu'elles égrenaient les noms de leurs chouchous. Elles trouvaient ennuyeux que Mike soit mon amoureux, me tannaient pour essayer de

168

savoir quel était le garçon qui me plaisait le plus après lui.

«Vous vous êtes écrit l'an dernier? demandai-je.

– Un peu.

– Peut-être que ça va tourner court cette année?»

Julie alla chercher son sac dans la salle à manger, une pochette en velours noir, de la taille d'un livre, avec une cordelette tressée en guise de bandoulière et farfouilla dedans jusqu'à ce qu'elle ait déniché un paquet de cigarettes qu'elle posa sur la table entre nous en me regardant avec un sourire de défi. Rien n'aurait pu davantage horrifier les Mayer: les deux grands-pères étaient morts d'un cancer du poumon.

«Oui, Carrie, je fume. Et je bois et, si je suis d'humeur, je baise aussi.

– Baiser, c'est chouette, reconnus-je. Du moins, à ce que je me rappelle.»

Elle me fixa avec de grands yeux stupéfaits, puis on partit d'un éclat de rire. On rigola un bon moment, sans se quitter du regard, d'un rire bruyant, convulsif qui finit par me faire mal à l'estomac.

«Merde! s'écria-t-elle. Je suis sciée que tu aies dit un truc pareil.

– Moi aussi.»

Nous nous regardâmes au milieu de la cuisine de Mme Mayer avec sa bonne odeur de nouilles et de pain, ses boîtes en céramique assorties, sa collection d'assiettes ornementales au-dessus de la cuisinière. J'avais le tournis et me sentais bizarre, comme si le fou rire risquait de me reprendre. Sur le réfrigérateur, un papier familier attira mon attention et j'allai le regarder de plus près, contente de me dégourdir les jambes.

C'était le calendrier d'entraînement de hockey de John Junior.

«Il va sûrement commencer cette année, déclara Julie en tapotant sa cigarette avant de l'allumer.

– Catégorie juniors?»

Elle acquiesça d'un signe de tête et je devinai que nous pensions à la même chose: comme Mike. Deux années de suite, il avait joué ailier droit dans l'équipe de première catégorie. Quand, à l'université, il avait décidé de décrocher, tout le monde avait tenté de le faire revenir sur sa décision. Sauf moi. Je comprenais qu'il puisse vouloir passer à autre chose.

« Tu sais ce que je déteste vraiment ? me lança soudain Julie. L'avion. J'ai une peur bleue de monter à bord de ces appareils. J'aimerais pouvoir fermer les yeux et me réveiller là-bas. »

Je la vis téléportée de la cuisine de sa mère à une pelouse d'un vert luxuriant au pied d'une demeure en pierre séculaire. Comme elle m'avait un jour montré une photo dans une brochure, je m'imaginais pouvoir visualiser Swarthmore correctement : arbres imposants, terrains de jeux émeraude, dortoirs vieux comme le monde, salles de classe aux parquets grinçants, réfectoires couverts de lambris sombres. Au début de la terminale, mon conseiller d'orientation m'avait remis une brassée de prospectus sur diverses universités du Vermont jusqu'à la Virginie mais j'avais eu beau les étudier attentivement, fascinée par des photographies d'étudiants au milieu d'une cour ou en train de prendre des notes dans une salle de classe, je n'avais jamais cherché à m'inscrire où que ce soit. Devant mon conseiller d'orientation, j'avais prétexté un problème financier, mais la vérité était qu'il m'aurait fallu quitter Mike.

« Peut-être que je vais changer de boîte, reprit Julie.
– Pour venir ici ? »
Elle tira une bouffée de sa cigarette.
« C'est un bon établissement.
– Parce que tu as peur de l'avion ? »
Elle me jeta un coup d'œil : ce n'était pas ça qui la motivait.
« À mon avis, il serait vraiment mal s'il savait que tu envisages un truc pareil. Vraiment mal.
– Tu crois vraiment ? Ça m'étonnerait qu'il le remarque. Il ne remarque pas grand-chose en ce moment. »
Elle alla se planter devant la fenêtre. Sous son tout petit débardeur noir, ses épaules paraissaient osseuses, sans un

gramme de chair en trop. Elle leva la main sans grande assurance et tira de nouveau sur sa cigarette. Puis elle se tourna et me regarda :

« Tu comptes toujours te marier ? »

Je suffoquai et le rouge me monta au visage. Julie me considérait de ses grands yeux gris tellement semblables à ceux de Mike que, devant ses yeux à lui dans son visage à elle, un frisson me saisit. S'il y avait quelqu'un de qui je n'aurais pas attendu cette question, c'était bien d'elle.

« Je ne sais pas. Tu crois que je devrais ? »

Elle rejeta la fumée de sa cigarette.

« Je ne sais pas, répondit-elle. Tu veux ou tu veux pas ? »

Tu veux ou pas ? Tu veux ou pas ? Tu veux ou pas ? Quand je rentrai à la maison, après l'hôpital, la question avait imprégné toute l'atmosphère qui m'entourait de sorte que je me sentis incapable de coudre et encore moins d'aller me coucher. Je m'asseyais, faisais les cent pas, me rasseyais ; je finis par sortir sur ma terrasse. Debout, pieds nus, je scrutais la nuit tout en frottant distraitement un de mes pieds contre le mollet de mon autre jambe pour me débarrasser des saletés collées dessous, puis recommençais le même manège avec l'autre pied. Au bout d'un moment, je pris conscience de ce que je fabriquais et me remis à faire les cent pas.

Je savais, pour reprendre les termes de Rooster, que je pouvais continuer à être là pour Mike ; je savais que je pouvais attendre que sa tristesse s'atténue, du moins, dans sa phase la plus aiguë. Je savais que je pouvais rester là et applaudir pendant que lentement, lentement, il apprendrait à circuler dans son fauteuil roulant, à utiliser les quelques petites fonctions qu'il pourrait obtenir de ses mains pour manger, passer quelques vêtements, tourner les pages d'un livre peut-être. Et ensuite ? Je serais quoi ? Sa gardienne ? Sa cuisinière, son infirmière, son auxiliaire de vie, son chauffeur, sa domestique ? Et sa femme aussi, d'une certaine façon ? Et moi-même en plus ? Qui cela pouvait-il être ?

Mais je ne voulais pas rompre… je ne voulais pas être quelqu'un qui pouvait rompre. Pas d'avec Mike.

Allongés sur un lit de feuilles à Picnic Point par une chaude journée d'octobre, on avait parlé de la mort. De ce qu'on ferait si l'autre mourait.

« Moi, je voudrais mourir aussi », avait affirmé Mike. Et j'avais senti un étroit fossé s'ouvrir entre nous parce que, moi, je ne l'aurais pas voulu, je n'aurais absolument pas pu penser en ces termes-là. J'avais attrapé une feuille jaunissante que j'avais pliée sur sa nervure centrale et m'étais vue dans une petite maison quelque part à la campagne, toute seule, en train de balayer les marches en attendant de me sentir prête à renouer avec le monde.

Il n'était pas loin de minuit, mais je sautai dans mes chaussures et descendis jusqu'à ma voiture ; le besoin de bouger me poussa à traverser l'isthme et à faire le tour du lac Monona dont la vaste surface ronde scintillait sous les reflets morcelés de la demi-lune. Puis j'attrapai la ceinture en direction de l'ouest et passai devant le concessionnaire Honda de Rooster, devant l'embranchement pour Verona ; je roulai, roulai à travers la nuit ; souvent, la route s'estompait sous mes phares, les panneaux de l'autoroute scintillaient l'espace d'un instant et les phares jumeaux des voitures d'en face me fixaient comme une paire d'yeux. Je dépassai la sortie de West Towne Mall, le dernier des motels dans ce coin-là. J'approchai de Middleton quand je finis par sortir et négociai prudemment les virages de la zone des culs-de-sac et des restaurants géants et sans caractère qu'on fréquentait souvent, la nuit, quand, après avoir traîné longtemps, on avait envie de crêpes ou de grosses platées de frites. Il y avait une éternité que je ne m'étais aventurée aussi loin dans la banlieue ouest et j'avais l'impression d'avoir débarqué en terre étrangère, dans un lieu truffé de parkings, de restaurants et de bars où on ne voyait jamais l'ombre d'un piéton. La Red Barn. Jack Sprat's. Cinq ou six d'entre nous assis dans un box, Rooster de l'autre côté de la table en train de lancer des vannes, Jamie pompette, Mike et moi, serrés l'un contre l'autre, ma jambe par-dessus la sienne, sa main refermée sur l'intérieur de ma cuisse.

J'allais reprendre la ceinture pour rentrer chez moi quand, en jetant un coup d'œil vers un parking pratiquement vide, j'aperçus une femme seule sous les néons de l'entrée de l'Alley, un bar miteux dont j'avais entendu parler mais où je n'avais jamais mis les pieds. Quelque chose dans sa façon de se tenir me parut familier.

Je m'engageai dans une station-service, fis demi-tour pour pouvoir repartir par la même route, pénétrai ensuite dans le parking de l'Alley, contournai les quelques véhicules garés là et, soudain, je la reconnus : c'était Lynn Fletcher, la petite sœur de Jamie. Les cheveux droits sur la tête et bouffants, comme si elle venait de se les crêper et de se les laquer, elle se tenait juste devant l'entrée, une jambe croisée par-dessus l'autre, vêtue d'une minijupe et d'une veste en jean bien trop grande pour elle. Je m'arrêtai à sa hauteur et elle jeta un coup d'œil sur ma voiture, puis tourna la tête.

Je me penchai pour ouvrir la vitre côté passager et l'appelai.

Elle me regarda de nouveau, se pencha cette fois vers la vitre ouverte et porta brutalement la main à sa bouche.

« Carrie !

– Qu'est-ce que tu fabriques ici ?

– Rien. J'attends quelqu'un.

– Viens ici », lui dis-je en lui faisant signe de monter.

Elle hésita, puis approcha. Elle avait la petite bouche de Jamie et ses yeux verts écartés, mais elle était moins grande que sa sœur et un peu ronde.

Je me mis en position parking et laissai le moteur tourner.

« Qui ça ?

– Un ami du boulot », me répondit-elle, apparemment effrayée.

Le restaurant où elle travaillait comme serveuse était tout proche, je m'en souvenais... Chez Spinelli. Je me demandai comment elle allait entrer dans l'Alley. Cela dit, peut-être que personne ne lui réclamerait une pièce d'identité même si, avec sa jupe trop courte et ses grosses créoles en argent, on lui donnait à peine seize ans.

Elle avança d'un pas.

« Tu dis rien, d'accord ?

– Je dis rien à qui ? m'écriai-je en coupant le moteur, puis en me penchant vers elle pour lui ouvrir la portière. Viens t'asseoir une seconde, ça fait une éternité que je ne t'ai pas vue. »

Elle jeta un coup d'œil sur la route, puis haussa les épaules et s'exécuta. Ses quatre ou cinq bracelets s'entre-choquèrent lorsqu'elle s'assit.

« Ben, à Jamie.

– Que je t'ai vue ? »

Les lèvres pincées, elle me regarda attentivement. Elle avait un trait de vert irisé sur chaque paupière et d'incroyables épaisseurs de mascara.

« Qu'est-ce que tu fricotes ?

– Rien, répondit-elle en levant une main potelée pour se coincer une mèche de cheveux derrière l'oreille.

– Lynn !

– J'ai rendez-vous, c'est tout.

– Avec un mec ? »

En guise de réponse, elle se borna à me regarder d'un air torve.

« Qui ?

– Quelqu'un que j'ai rencontré au boulot. »

Sa réponse me plongea dans la perplexité ; avant, j'avais cru qu'elle parlait d'un collègue.

« Tu veux dire un client ? Dis donc, tu crois vraiment que c'est une bonne idée ?

– C'est marrant. »

Un véhicule s'arrêta derrière moi et Lynn se retourna, le cou tendu, les yeux plissés face à la lumière des phares jusqu'au moment où, convaincue que ce n'était pas la personne qu'elle attendait, elle reprit sa position initiale. Dans l'obscurité, son profil paraissait vulnérable, son menton mou et affaissé. Je me demandai ce que je ferais si son rendez-vous arrivait. Est-ce que je la laisserais s'en aller ?

«Il y a beaucoup de clients qui te proposent un rendez-vous?

– Carrie! s'écria-t-elle, l'air blessé, ils sont sympas, c'est tout.

– J'en suis sûre.»

Elle haussa les épaules, tira un peu sur sa jupe.

«Tu les laisses croire que tu as vingt et un ans?»

Elle éclata de rire et je me rendis compte qu'elle avait déjà dû boire un verre ou deux, qu'elle était à moitié pompette. Je me demandai ce qu'il y avait dans son sac, une grande besace qu'elle avait laissée tomber à ses pieds. Un demi-litre d'une boisson quelconque, sans doute bon marché et sucrée, du schnaps à la pêche, par exemple, la boisson préférée de Jamie quand elle avait dix-huit ans.

Lynn se tourna vers moi en gloussant.

«Carrie, tu diras rien, hein, mais des fois je joue ce petit jeu avec eux. Ils me payent un pot, puis je leur annonce qu'il est l'heure que je rentre chez moi, que sinon mes parents vont se fâcher, et ils flippent. "Tes parents? T'as quel âge?" L'autre nuit, j'ai dit à un mec, juste pour voir comment il allait réagir, "J'ai seize ans", et je t'assure, il a failli se taper un infarctus. "Tu as seize ans? Je croyais que tu en avais au moins vingt-deux. J'ai une fille de seize ans." Le mec m'a filé un billet de vingt pour que je dise rien à personne.

– Lynn! Dis donc, tu blagues?

– C'est marrant.

– C'est stupide.»

Elle me regarda avec de grands yeux.

«Tu vas pas le dire à Jamie, d'accord? Elle irait le raconter à ma mère, c'est sûr et certain.»

S'il y avait un truc que Jamie ne ferait pas, c'était bien ça, mais je gardai mes réflexions pour moi.

«Il faut que tu arrêtes. Pour le moment, on te donne des sous pour que tu ne fasses rien, combien de temps faudra-t-il pour qu'on te demande de faire quelque chose?

– Carrie!»

Elle attrapa son sac et posa la main sur la poignée.

«Je t'assure!»

Elle ouvrit et déploya ses jambes qui brillèrent d'un éclat discret dans leur collant en nylon noir. Une fois dehors, elle se pencha vers la portière ouverte.

«Promets que tu lui diras pas? S'il te plaît!»

Je soupirai.

«S'il te plaît?

– OK, je promets. Mais, toi, promets que tu vas arrêter, d'accord?»

Elle ajusta son sac sur son épaule et inclina la tête dans ma direction, l'air soudain grave.

«T'inquiète. Je suis une grande fille.»

D'un mouvement de jambe, elle referma la portière, puis recula de quelques pas pour se poster de nouveau sous les néons de l'Alley.

Je redémarrai en songeant, je ne sais pourquoi, à Jamie qui, dans les deux semaines après que Mike et moi avions fait l'amour pour la première fois, s'était trouvé un mec d'un autre lycée pour baiser avec.

«Je vois pas pourquoi on en fait tout une histoire!» m'avait-elle confié après.

Je regardai Lynn, ses jambes rondes, son visage trop maquillé. Une grande fille, oui, mais une grande gamine surtout. Et je m'éloignai.

13

Le lendemain, je ne travaillais pas à la bibliothèque et décidai, à peine réveillée, d'employer ma journée à coudre et rien qu'à coudre, la musique à fond, sans laisser prise aux questions ou aux réflexions.

Après avoir mis la cafetière en route, je sortis le peignoir presque monté – à l'exception des manches – de la taie d'oreiller où je le rangeais – j'avais renoncé au sac en papier qui me paraissait trop grossier. J'allais m'asseoir à la machine quand, sur un caprice, je décidai d'enfiler le peignoir tel quel par-dessus mon T-shirt et mon short. Il me fit un effet délicieux et je virevoltai de droite et de gauche pour le sentir bouger contre mes jambes nues, après quoi j'allai me regarder dans le miroir de ma chambre.

Le tissu était d'une douceur et d'une légèreté extraordinaires. Et, contrairement à la chemise de nuit qui avait tout d'une seconde peau attrayante, le peignoir avait du volume, matérialisait l'opulence, tel un manteau emblématique de tout ce que j'attendais de la vie. Je me dis que j'allais les porter ensemble jusqu'à ce qu'ils retombent en pièces, effilochés et plus doux que jamais.

En fin de matinée, juste comme je finissais de monter la première manche, on frappa à la porte du rez-de-chaussée et, tout de suite après, la voix de Jamie retentit. Je jetai un coup d'œil alentour. Je n'avais pas envie qu'elle voie mes travaux de couture. Pourquoi ? Je n'en avais pas idée, mais c'était un fait. Reposant précipitamment le peignoir, je courus vers l'escalier où ses pas résonnaient déjà.

« Salut. »

Elle avait déjà gravi la moitié des marches et ne s'arrêta pas en me voyant.

« Je passais dans le coin, alors je me suis dit que j'allais t'embrasser. Je te jure, je meurs si je ne me fais pas couper les cheveux aujourd'hui.

– Vaut mieux les couper alors. »

Désireuse de lui faire comprendre qu'on pouvait aussi bien bavarder un moment sur le palier avant qu'elle ne file chez le coiffeur, je m'adossai contre le mur.

Elle avait revêtu une minirobe chasuble en jean par-dessus un T-shirt blanc à côtes et ses jambes brillaient comme si elle venait de les raser et de les hydrater.

« Oui, le salon à côté de Hilldale fait des promos. »

Arrivée à la dernière marche, elle me tendit la main.

« Tu veux venir ? »

Je me tâtai les cheveux : faute de ne pas les avoir fait couper depuis l'accident, les pointes étaient sèches et fourchues. Mais je refusai.

« Je suis fauchée », expliquai-je.

Ce n'était qu'un demi-mensonge, car je me sentais à sec après tout ce que j'avais dépensé en tissu.

Elle me décocha un regard exaspéré.

« Allez, sors ta carte de crédit, ça va pas te tuer. »

Je n'avais jamais utilisé ma carte de crédit pour vivre au-dessus de mes moyens ; ma mère m'avait souvent alertée sur les intérêts qui s'accumulaient rapidement, sur le fait que je paierais tout deux fois plus cher.

« Quelle citoyenne responsable tu fais ! » lança Jamie.

Sa remarque sonnait comme une insulte, comme lorsqu'on dit de quelqu'un qu'il est vraiment brave, et je tressaillis.

« Désolée. Je ne peux pas. »

Elle se rembrunit un instant, mais se ressaisit.

« Je comptais offrir le coiffeur à Lynn, tu parles, elle dormait encore quand je l'ai appelée, la petite flemmarde. »

Je revis Lynn devant l'Alley, la nuit dernière, ses che-

178

veux tout crêpés. Il était près d'une heure quand j'avais redémarré, sans doute trois ou plus quand elle était rentrée.

Jamie pivota légèrement et, juste au moment où je pensais qu'elle allait repartir, elle me colla une tape sur la main et entra chez moi.

La grande pièce était dans un état inimaginable : des bouts de soie traînaient sur le dossier des sièges ; et sur ma table, il y avait des éléments de patron, des pelotes à épingles, des longueurs de ruban et ma machine avec sa petite ampoule allumée, pareille à la lumière d'une véranda en pleine journée.

« Qu'est-ce qui se passe ? s'écria Jamie.

– Je fais de la couture.

– Je le vois bien, mais quoi ? me demanda-t-elle en s'approchant. C'est de la soie ?

– C'est une chemise de nuit. »

Ma voix me paraissant sépulcrale, je m'efforçai de reformuler les choses :

« C'est un ensemble, chemise de nuit, peignoir.

– Punaise, Carrie, et tu ne m'en as même pas parlé. »

Elle tendit la main vers le peignoir juste à côté de la machine.

« Non. Attends, je vais te le montrer. »

Elle me regarda d'un drôle d'air.

« Tu as peur que je l'abîme, déclara-t-elle gravement. En réalité, tu n'avais pas du tout envie que je le voie. C'est pour ça que tu t'es pointée dans l'escalier. »

Je détournai les yeux.

« C'est pas vrai ? »

J'avais plaqué le peignoir contre ma poitrine, mais m'obligeai à relâcher un peu mon emprise.

« Non. C'est juste… je ne savais pas quel résultat j'allais obtenir.

– Je ne te comprends pas ! » affirma-t-elle en hochant la tête.

Elle parut néanmoins s'apaiser un peu et, de mon côté, je fis un effort pour lui montrer le peignoir et la chemise de nuit terminée. Lorsqu'elle me supplia de les essayer, je m'étais résignée. J'emportai le tout dans ma chambre, me déshabillai et enfilai la chemise, puis le peignoir dont j'épinglai rapidement la seconde manche.

«C'est absolument stupéfiant! s'écria-t-elle sur le seuil de la pièce. Si tu t'installais à ton compte, tu pourrais gagner un paquet de sous, sans blaguer.»

Bien que flattée, je répliquai:

«Bien sûr!

– Je t'assure. Combien t'a coûté le tissu?

– Laisse tomber.

– Cent? Cent cinquante?»

Elle écarquilla les yeux.

«Deux cents? poursuivit-elle en tâtant le peignoir. Même, je parie que tu pourrais demander quatre cents pour les deux pièces. Regarde-toi, on dirait une actrice glamour dans un vieux film des années trente.»

Je me tournai et me contemplai dans le miroir.

«C'est vrai?

– Je te le garantis. Il te manque juste une clope et le fume-cigarette en ivoire.»

Je tendis la jambe.

«Bon, faut virer les tongs. Mais avec des chaussures à talons ouvertes derrière et ornées d'un truc en fourrure... comment ça s'appelle?

– Des mules?

– Des mules, c'est ça. C'est très romantique, tu ne trouves pas?

– Je suppose.

– Pour un voyage de noces.

– Cruelle ironie.»

Nos regards se rencontrèrent dans le miroir.

«On ne sait jamais, dit-elle.

– Tu parles, je sais très bien.»

Elle me dévisagea. Bouleversée d'avoir lâché une telle remarque, je tremblais et, l'espace d'un moment, je restai là, pétrifiée, le visage brûlant, le cœur battant. Puis j'enlevai le peignoir, retirai la chemise de nuit par la tête et remis mon T-shirt et mon short.

«Tu vas rompre ?»

Je pliai impeccablement la chemise en trois, puis le peignoir dans le sens de la longueur et le posai soigneusement sur mon lit. Je n'avais pas envie de revoir son air horrifié mais ne pus faire autrement.

Elle me dévisageait, bouche bée.

«Oh, mon Dieu ! s'exclama-t-elle. Mon Dieu, mon Dieu ! Tu veux en parler ?»

Je refusai d'un signe de tête.

Elle traversa la pièce et se planta derrière la fenêtre d'où on ne voyait que le vieux garage délabré que je partageais avec mes voisins du rez-de-chaussée. Elle resta là un long moment avant de me dire :

«Ça fait un moment que je me demande à quoi tu peux bien penser. Enfin, je me doutais que tu y pensais mais je n'avais pas idée de ce que tu ressentais. Je ne savais pas si tu voulais continuer et… eh bien, te marier quand même. Je veux dire, je sais que ce serait vraiment dur, d'autant que ça n'allait déjà pas si fort que ça avant l'accident, mais… »

Elle se retourna subitement et je m'aperçus qu'elle avait lutté contre les larmes.

«Mon Dieu, c'est tellement dur pour toi !

– Pas autant que pour lui.

– Oui, mais ça rend les choses presque encore plus dures.»

Je haussai les épaules et, soudain, une irritation formidable balaya la compassion qui avait jusque-là marqué son visage.

«Carrie !

– Quoi ?

– J'ai l'impression bizarre de ne plus vraiment te connaître ! Qu'est-ce que j'ai fait ? Tu es fâchée contre moi ? Est-ce que tu es là au moins ?»

Je me détournai. Je comprenais cette dernière question parce que, depuis quelque temps, j'avais souvent la sensation d'être creuse, comme vidée des sentiments que j'aurais dû ressentir et contrainte à sonder mon mental pour tenter de les retrouver.

«Je suis désolée», murmurai-je.

181

Elle s'approcha de moi, puis passa un bras autour de mon épaule et me serra fort contre elle.

«Laisse tomber, s'écria-t-elle. Je suis désolée. J'aurais pas dû te dire ça, j'aimerais juste pouvoir t'aider.»

Elle m'obligea à la regarder et me prit dans ses bras.

«Ça va?»

J'acquiesçai.

«Quand penses-tu le faire?

– Je ne sais pas.

– Mais bientôt, d'accord? Tu crois pas qu'il faut agir maintenant que tu l'as décidé?

– Je suppose.»

Pourtant, je n'avais pas vraiment l'impression d'avoir décidé, d'avoir choisi. C'était plus comme si, après m'être aventurée en pays inconnu, je regardais maintenant autour de moi pour mieux me repérer.

«Mon Dieu, répéta-t-elle à mi-voix. Mon Dieu.»

Elle me regarda droit dans les yeux.

«Tu veux que je reste un peu? Je peux me faire couper les cheveux demain.

– Ça va. Je veux dire, merci, mais j'ai juste envie de coudre.»

Une fois qu'elle fut partie, je me rassis à la machine, mais ne pus me concentrer, me focaliser sur le patron, comme j'étais censée le faire. J'attrapai mes clés, fermai la porte, puis descendis l'escalier et m'engageai sur le trottoir. Je me sentais mal par rapport à Jamie. La manière dont les événements s'étaient succédé ressemblait à une réaction en chaîne : l'accident avait abattu Mike, ce qui, par ricochet, m'avait affranchie et l'avait frappée, elle... Cela dit, je m'étais déjà affranchie bien avant l'accident. De quelle manière – mon cœur volage? –, peu importait, et je l'avais prise pour cible presque autant que lui. Au cours des mois qui avaient précédé le drame, j'avais dû, à certains moments, résister de toutes mes forces pour ne pas lui crier que je me foutais de ce que machin avait dit sur machinchose et de qui avait un cul mignon ou n'importe quoi d'autre. Mais si je songeais qu'elle se torturait en se demandant ce qu'elle avait bien pu faire... Je me sentais affreusement mal.

Quant à Mike, je ne savais ni quand, ni quoi, ni comment lui dire... Il y avait trop de variables. La seule chose dont j'étais sûre et certaine, c'était que, après, je serais une paria. Il suffisait de voir combien elle avait été choquée... et encore c'était Jamie. Il n'y aurait plus de Mayer dans ma vie et assurément plus de Rooster. Et ma mère... que dirait-elle ? Qu'elle eût été d'accord ou pas pour Mike, comment pourrait-elle ne pas être écœurée de me voir faire ce qu'on lui avait fait ?

Et Mike ? Et si Mike disparaissait de ma vie ? Son sourire quand il avait quelque chose en tête, cette bouche fermée et largement étirée. Et si je ne revoyais plus jamais ce sourire ? Et si je ne l'entendais plus jamais répéter «Faux» à sa façon casse-pied et adorable ? Et si je ne le voyais plus jamais s'endormir tard la nuit devant la télé, les paupières de plus en plus lourdes, la bouche entrouverte, la respiration de plus en plus profonde ? Il y avait des choses chez lui que peut-être personne, à part moi, n'avait jamais vues ni remarquées – ces choses-là n'allaient-elles pas disparaître si je n'étais pas là pour en être témoin ? N'étions-nous pas les gardiens mutuels de nos habitudes et de nos expressions, n'incarnions-nous pas ces témoins qui, outre le fait de les voir, leur donnaient une existence ? Notre séparation allait gommer ces petits moments, ces gestes et ces regards sauf dans nos mémoires respectives, jusqu'au jour où, même là, notre histoire commencerait à perdre de son intensité.

J'avais pris la direction du parc James Madison, mais cette fois, je ralentis le pas et regardai autour de moi. Je contemplai le lac bleu pâle qui clapotait sous la brise de ce début d'automne, les gens qui, avant de pique-niquer, se lançaient des Frisbee et couraient avec leurs grands et beaux chiens. Courir, marcher, que c'était simple ! me dis-je.

14

Je savais que j'aurais dû parler à Mike, et pourtant, des jours durant, j'achoppai sur le terme « mais ». J'espère qu'on restera toujours amis, mais... je regrette que ça se passe comme ça, mais... Je t'aime encore, mais... Soir après soir, je m'asseyais à côté de lui et lui prenais la main en tentant de l'intéresser à quelque chose, n'importe quoi, et, tout du long, ma voix qui ne cessait de chercher en silence les mots susceptibles de lui servir me mettait au supplice.

Une fin d'après-midi, John Junior arriva à l'hôpital avec Mme Mayer. Apparemment très énervé, il entreprit de décrire à Mike son nouvel entraîneur de hockey ; presque aussitôt, je sentis, comme souvent depuis quelque temps, que l'attention de Mike se relâchait.

« Mam, déclara-t-il à un moment en interrompant John, je croyais que tu devais m'apporter le nouveau *Sports Illustrated* aujourd'hui. »

Un peu plus tard, il me réclama un verre d'eau et, quelques minutes après, un Kleenex.

Tout à coup, en plein milieu d'une phrase, John quitta la chambre.

« Où il va ? » s'écria Mike.

Adossée au mur, je haussai un peu les épaules devant son air interrogateur.

« Tu as eu tendance à l'ignorer... je pense qu'il est peut-être un peu blessé.

– Pas du tout. Attends... il parlait de l'entraîneur Henry

184

ou je ne sais quoi, son nouvel entraîneur de hockey. Je l'ai entendu.

– Henderson. Tu l'as entendu, mais tu ne l'écoutais peut-être pas vraiment.

– Ben, excusez-moi, répliqua-t-il, l'air exaspéré. C'est qui qui vient voir qui ?

– Qui tout court, intervint Mme Mayer, très raide sur son siège. Qui vient voir qui ?

– Fiche-moi la paix.

– Mike ! s'écria Mme Mayer en fronçant les sourcils. On essaie tous de faire le maximum, mais ces derniers temps on a l'impression que tu ne supportes rien ni personne. Moi, je trouve que tu devrais présenter des excuses à ton frère. Je vais le chercher et puis je crois qu'on rentrera.

– T'es pas obligée de t'en aller, dit-il, puis il se tourna vers moi. Je suis désolé.

– Je vais chercher ton frère.»

Elle sortit de la pièce et je m'approchai de Mike.

«C'est moi qui suis désolée, murmurai-je. C'est moi qui ai démarré ça.

– Non, c'est moi, répondit-il, cramoisi et les yeux pleins de larmes. Je suis un con.

– Non.»

Je tirai le rideau de séparation entre Jeff et lui, puis m'assis sur le bord de son lit et lui pris la main.

«Tu n'es pas un con, répétai-je à mi-voix. C'est juste que tu lui manques. Je crois que John aimerait passer un peu de temps seul avec toi, mais que ça n'est jamais possible.

– Il y a mam.

– Oui, mais il y a moi aussi.

– Toi, c'est différent.»

Il me regarda droit dans les yeux, puis tourna la tête.

«Je ne sais pas, je ne sais absolument pas ce qui ne va pas chez moi, je m'emmerde tellement. C'est pas dingue ? Comme si c'était mon problème majeur. Mais, des fois, je m'emmerde tellement que j'ai envie de hurler.

– Ce n'est pas pour rien qu'on parle de patients.»

Il sourit.

« Tu sais à quoi je pensais l'autre jour ? Tu te souviens de la fête que Jamie nous avait organisée, pour nos cinq ans ? Chez Fabrizio ?

– On devait la rejoindre chez Fabrizio pour le dîner et on ne voyait pas du tout pourquoi elle voulait aller là-bas.

– Puis on s'est tous retrouvés dans ce petit salon privé. »

Il ferma les yeux et soupira.

« Pourquoi tu penses à ça ?

– Je ne sais pas.

– Allez, pourquoi ? »

Il me regarda bien en face.

« Eh bien, je me suis toujours dit qu'il faudrait qu'on y retourne pour marquer les cinq années suivantes. Disons, pas avec tout le monde… juste nous deux. Mais je suppose qu'on n'ira plus maintenant, hein ? »

Il me considérait d'un air serein.

J'hésitai. C'était la brèche, l'ouverture que je cherchais depuis un moment, mais l'idée de m'en servir me parut insupportable.

« Je ne sais pas, murmurai-je. Je ne sais vraiment pas.

– T'inquiète pas. T'as pas à être embêtée.

– On peut pas parler de ça maintenant. Ta mère et John vont revenir d'une minute à l'autre. »

Il se passa la langue sur les lèvres.

« Mais ça y est, tout est dit, non ?

– Non, je t'en prie. »

Il me lança un regard empreint d'une quiétude poignante.

« En fait, c'est un soulagement pour moi, m'expliqua-t-il. J'en avais vraiment marre de m'interroger.

– Mike… »

Il plaqua son bras contre son corps et je me tus.

« On ne revient plus là-dessus, ajouta-t-il. D'accord ? On ne revient plus du tout là-dessus, un point, c'est tout. »

Une fois rentrée, je me fis couler un grand bain chaud. On était en septembre maintenant, c'était la première nuit vraiment fraîche de l'automne tout proche et je passai un long moment dans l'eau, à attendre les larmes, un regret terrible ou le soulagement... quelque chose. Je restai là à attendre indéfiniment, mais tout ce que j'arrivais à penser, à ressentir, c'était que j'étais fatiguée. Une phase de ma vie venait peut-être de s'achever, mais cet événement n'avait de remarquable que le silence qu'il laissait derrière lui, que mon murmure perplexe face à ce qui m'attendait désormais.

Puis je trouvai ma réponse. Je me séchai, enfilai un jean propre et un sweat-shirt et me préparai un grand pot de café. Quand je m'assis à ma table de couture, il était presque dix heures mais cela ne me découragea pas. J'avais tracé l'ourlet du peignoir la veille et, là, je coupai le surplus pour ne garder qu'une bordure bien nette de six centimètres, puis montai à la machine un bâti à un centimètre du bord. Je glissai mon rentré sous le fer chaud et repassai le tissu, puis épinglai soigneusement le haut de l'ourlet en tirant de temps à autre sur le fil de bâti pour éviter les fronces. J'avais quatre mètres d'ourlet à faire mais ne flanchai pas ; j'embarquai le peignoir et allai m'asseoir sous une lumière vive où j'enfilai une aiguille et me mis à l'ouvrage. Quand j'avais mal au cou, je m'arrêtais, m'allongeais par terre ou m'octroyais une série d'étirements, mais je m'y remettais toujours au bout de quelques minutes. Il me fallut réenfiler mon fil plusieurs fois et, par malchance, je me retrouvai à court juste cinq centimètres avant d'avoir fini ; pourtant, je ne ressentis pas l'irritation habituelle, me bornai à couper un nouveau bout de fil que je glissai dans le chas de l'aiguille pour achever mon ouvrage.

J'étais tout endolorie, mais me déshabillai quand même et enfilai la chemise de nuit, puis le peignoir. Le miroir de ma chambre me renvoya bel et bien un reflet glamour, pour reprendre les termes de Jamie, mais seulement à partir du cou : pour ce qui concernait mon visage, ça n'allait pas du tout : il était trop sérieux, trop quelconque, trop jeune. Je savais que je pouvais m'épiler les sourcils, mettre du fond de teint, du blush et du rouge à lèvres, me débrouiller pour donner de la profondeur et du mystère à mes yeux, il n'empêche que cela ne changerait rien à mon physique : je n'avais peut-être pas l'air d'une enfant, mais je n'avais pas l'air d'une femme non plus. Une petite de vingt-trois ans.

Il était près d'une heure du matin à présent et, en enlevant le peignoir et la chemise de nuit, je me fis la réflexion que des dangers m'attendaient peut-être un peu plus loin sur ma route, que je risquais peut-être de rester une petite toute ma vie, comme Mme Fletcher. Je repensai aux paroles de Dave King quand il avait suggéré que je me protégeais en me voyant comme une enfant et fis le vœu d'avoir du courage.

Je m'habillai et retournai au salon où je rangeai tout ce qui traînait : le fer, la planche à repasser, les bouts de tissu, les pièces du patron que je ne m'étais jamais résolue à remettre dans leur enveloppe. Je débranchai la machine à coudre, nettoyai la boîte à canette à l'aide d'une petite brosse, roulai le fil et le fourrai dans son logement, puis remis le couvercle et déposai la machine à côté de la porte. Ensuite de quoi, j'allai récupérer dans ma chambre l'énorme vieille valise que ma mère m'avait prêtée quand j'avais quitté la résidence universitaire pour emménager ici. Je la remplis rapidement et, lorsque j'eus terminé, il n'y avait presque plus de vêtements ni dans mon placard ni dans ma coiffeuse. J'ajoutai en dernier la chemise de nuit et le peignoir, soigneusement pliés et enveloppés dans du papier de soie. Puis je dénichai un fourre-tout pour mes affaires de toilette et quelques autres bricoles et fourrai mes deux bagages dans le coffre de ma voiture. Je remontai jeter un dernier coup d'œil sur les lieux, vidai le restant de lait dans l'évier, sortis les poubelles, repartis chercher ma machine. Et puis, je fermai ma porte à clé.

De combien sommes-nous redevables aux gens que nous aimons ? De combien leur sommes-nous redevables ? Quand j'étais au lycée, il y avait un truc que les gens disaient pour louer les qualités de leurs amis, c'était : « Il mettrait sa main au feu pour moi. » Il me semble que Mike l'a dit de Rooster une fois, et, si ça se trouve, ce dernier l'aurait fait, il aurait peut-être sacrifié sa main pour Mike. Ce que j'avais découvert, c'était que je ne pouvais pas sacrifier ma vie pour Mike... c'est comme ça que j'ai vu les choses à l'époque, c'est le choix que j'ai cru devoir faire. Et comme il m'était impossible de tout sacrifier, j'ai cru que je ne pouvais rien sacrifier.

Il y a une sorte de fatigue qui a son énergie propre. J'étais épuisée quand je pris la route, les yeux me piquaient et j'avais le dos et le cou endoloris, mais une fois au volant je m'aperçus que je ne risquais pas vraiment de m'assoupir.

Je choisis la I-90 qui passait à côté de Chicago et longeai le lac Michigan au lever du soleil. Le temps était dégagé et peu après les États commencèrent à défiler comme autant de villes érigées au bord de l'autoroute. De temps à autre, j'envisageais de m'arrêter, mais j'avais le rythme, je marchais aux frites et au jus de chaussette, alors je continuais. Quelque part dans l'est de la Pennsylvanie, je finis par sortir de l'autoroute, me dégotai un motel et dormis.

Au milieu de la matinée, j'avais repris la route. À une station-service, j'achetai une carte routière et, à une autre, je tombai sur un annuaire de Manhattan où, grâce au fameux surnom toujours présent dans mon esprit, je trouvai l'adresse de Biggs, Lepper, Rush, Creighton et Fenelon. Les nuages de la matinée se dissipaient et le ciel virait au bleu quand je m'engageai sur le pont George Washington et New York m'apparut, s'étendant à perte de vue le long du fleuve.

DEUXIÈME PARTIE

LOIN, TRÈS LOIN

15

Simon habitait à la lisière de Chelsea dans une demeure en grès brun, une *brownstone*, décrépite, aux fenêtres pleines de papier adhésif et à la porte d'entrée masquée par une plaque de contreplaqué couverte de graffiti. La maison appartenait à l'un des partenaires de son cabinet juridique, lequel l'avait héritée d'un oncle et la louait à Simon – pour la somme incroyable de cinq cents dollars par mois – en attendant de savoir s'il allait s'en débarrasser ou remettre une coquette somme dedans et s'y installer. Un peu plus à l'est, tout était verdoyant et bien entretenu avec d'impeccables petites grilles de protection autour du pied des ginkgos ; en revanche, ce quartier qui abritait, outre d'autres maisons de ville délabrées, une station-service, un atelier automobile et un terrain vague pour caravanes derrière une clôture grillagée était marginal. Simon et ses copains de Yale occupaient les quatre chambres disponibles de la brownstone, mais il m'offrit une alcôve vide au deuxième étage et, à nous deux, on hissa un futon libre jusqu'en haut des marches raides qui craquèrent sous nos pas.

Il n'arrêtait pas de se répandre en excuses quant à l'état de la maison, pourtant, son côté tellement pitoyable et accueillant me plaisait. Des taches d'humidité maculaient le plafond, des bouts de plinthe se détachaient des murs qui, balafrés, entaillés et pleins de trous d'où le plâtre dégringolait sur le plancher, semblaient avoir essuyé un pénible assaut eux aussi. Dans les salles de bains, des robinets qui fuyaient brimbalaient sur leurs supports tandis que des baignoires d'époque à pieds griffus arboraient de simili rideaux de douche précairement fixés à des tuyaux bricolés.

«On croirait qu'on se douche dans un imper», déclara Simon.

C'était vrai.

Le salon, obscur, ressemblait à une cave, mais le cœur véritable de la demeure, l'endroit où tout le monde se retrouvait, c'était la cuisine. Basse de plafond et mal éclairée, elle abritait une kyrielle de vieux appareils : un lave-linge abîmé, un lave-vaisselle abîmé, une cuisinière électrique branlante équipée d'une hotte abîmée, un gigantesque micro-ondes antédiluvien, un congélateur non encastré à ouverture par le haut qui faisait office de plan de travail et un réfrigérateur de forme arrondie émettant un bourdonnement capricieux et inquiétant. Sur un vieux bureau métallique poussé contre le mur, il y avait un grand tableau blanc qui, au dire de Simon, constituait l'élément le plus important de la demeure : on y notait les messages.

Deux stéréos au moins diffusaient de la musique en permanence et je me sentais presque revenue en résidence universitaire tant il y avait d'allées et venues à toute heure du jour et de la nuit de sorte qu'il suffisait que je ferme l'œil pour qu'une porte claque. Les amis de Simon étaient très sympas, mais tellement ambitieux que j'avais la sensation d'être hors normes. Simon était correcteur mais voulait devenir illustrateur, un de ses amis serveur voulait devenir comédien, une troisième bossait dans une revue mais voulait devenir auteur dramatique. À en croire Simon, ils avaient tous des jobs temporaires comme si, après les avoir exercés un temps, ils allaient passer à une autre étape de leur vie.

Quant à moi, j'eus l'ambition d'avoir une ambition jusqu'à ce que je retrouve Kilroy. Et là, j'en eus une : rester à New York.

J'avais laissé son mot à Madison, mais emporté notre conversation dans mes bagages, sans oublier l'attention qu'il m'avait montrée chez Viktor et Ania et le nom du bar qu'il fréquentait, celui où il y avait un billard un petit peu troué, défaut qui jouait presque toujours en sa faveur : le McClanahan. Quelques jours après mon arrivée, je m'assis à la table de cuisine pour chercher l'adresse du bar en question dans les pages blanches de Manhattan.

C'était sur la 6e Avenue – The Avenue of the Americas –, une soixantaine de blocks en tout et pour tout, d'après mon plan, mais j'y allai quand même... pour voir. Nouvelle dans la cité, je fus un peu affolée la circulation, le rugissement des bus, la sirène d'une ambulance, les feux et les klaxons d'une douzaine de taxis. La densité de passants dans les rues me sidéra – la densité et la diversité : j'avais toujours pris Madison pour une ville très cosmopolite mais elle était très blanche, j'en avais désormais la preuve. Je croisai des visages de toutes les teintes de brun, de l'olive jusqu'au noir le plus sombre, j'entendis des accents inconnus, des langues que je fus totalement incapable d'identifier. Je vis des restaurants, des pharmacies, des laveries automatiques, des papeteries, des fleuristes, des marchands de vins, des cafés puis brusquement le McClanahan, un bar faisant angle, juste à côté d'un pressing, m'apparut. Quel était donc le sens de ma démarche ? Pourquoi avais-je cherché cet endroit ? Gênée, je pressai le pas en me disant que je ne faisais qu'explorer la ville, que j'aurais aussi bien pu me retrouver ailleurs, mais ne crus qu'à moitié à mon histoire.

Je revins le lendemain. Des néons publicitaires – Miller, Pabst, ainsi que de bonnes bières du Midwest – éclairaient la devanture mais des barres de fer protégeaient les vitres. Je fis le tour du block à petits pas en m'interrogeant sur ce que je ferais une fois revenue à mon point de départ. La section de rue entre la 7e et la 6e Avenue me fit l'effet d'un boyau interminable, obscur et resserré entre les grands immeubles gris. Mais quand je me retrouvai devant le McClanahan, quelqu'un ouvrit la porte et j'aperçus une salle tout en longueur, enfumée, mal éclairée et quasiment vide.

Le troisième jour, je me plantai carrément devant l'entrée. Certains passants me dévisageaient, d'autres pas : j'avais déjà compris que les usages des piétons de Manhattan différaient de ceux de Madison ou même de Chicago. Ici, on pouvait faire tout ce qu'on voulait – ronchonner, déclamer, brailler – sans s'attirer autre chose qu'un coup d'œil pressé.

Des clous en laiton terni ornaient la lourde porte du McClanahan et, plantée là, j'attendis de voir ce qui, de mon envie de lever le pied ou de mon envie d'entrer, allait l'emporter. Cinq minutes s'écoulèrent, dix peut-être ; je n'y prêtai pas attention. Et, tout à coup, comme par magie, Kilroy en personne apparut.

En jean et blouson de cuir, le visage étroit et fermé, il me sembla plus vieux que dans mon souvenir. Il avait les cheveux en broussaille et une barbe de deux ou trois jours. Il me lança un coup d'œil, tourna le coin, puis s'arrêta et revint sur ses pas.

«Je te connais», déclara-t-il.

Ravie, effrayée et me sentant un peu bête, j'affichai un petit sourire.

Il tendit le doigt vers moi.

«Madison, Wisconsin. Le dîner chez le couple de Polonais. Comment ça va ?

– Bien, et toi ?

– Je vais bien, Carrie.»

Cela me parut incroyable qu'il se souvienne de mon nom après… quoi ?… trois mois, mais il se contenta de m'adresser un sourire par en dessous et poursuivit :

«Non, ne me dis pas, je risque le paquet. Carrie… Bell. Là, j'ai trouvé. Tu te souviens de mon nom ?»

Je le lui dis et il sourit de nouveau, cette fois-ci d'un sourire doux qui découvrit ses dents de devant, lesquelles se chevauchaient un peu.

«Tu es drôlement loin de chez toi, Carrie Bell ! Qu'est-ce qui t'amène dans ce fichu New York ?

– Pourquoi fichu ?

– Oh, tu sais… il a des côtés horribles, merveilleux,

dégueulasses, divins. Tout à la fois, en général, et c'est pour ça qu'il me plaît autant.»

Il me décocha un regard ironique, comme pour me laisser entendre que, en réalité, il ne lui plaisait pas tant que ça… ou bien que s'il lui plaisait, ce n'était pas du tout pour des trucs aussi simples, pas pour des trucs à l'égard desquels il afficherait pareille désinvolture. Puis il pointa le menton dans ma direction :

«Mais tu n'as pas répondu à ma question. Carrie Bell se dérobe! Que fabrique donc une chouette nana du Middle West dans le grand méchant Manhattan ?

– Pourquoi crois-tu que je suis une chouette nana ?

– Ça crève les yeux. C'est écrit sur ta figure. Et, en plus, tu es gentille et adorable.»

Je songeai à ma fuite en pleine nuit, au fait que j'avais laissé derrière moi des gens qui comptaient pour moi et soudain je me sentis ébranlée, prête à fondre en larmes. Je n'avais appelé personne à Madison, n'avais pas la moindre idée de ce qui se passait dans la tête de ma mère, dans celle de Jamie. Dans celle de Mike.

«Oh, s'écria-t-il. Je devine une histoire. Puis-je t'offrir une bière ? Ou bien tu veux faire comme si on ne s'était jamais rencontrés ?»

Je regardai la porte du McClanahan. Il était quatre heures et demie de l'après-midi et je me demandai combien de temps il avait passé enfermé là-dedans. Trois ou quatre petits poils blonds pointaient sur sa joue, à côté de son œil gauche, et j'éprouvai une envie folle de les caresser.

«Bien sûr, répondis-je. Je prendrais bien une bière.»

Ce premier jour, on parla pendant quatre heures, ou plutôt je parlai : je lui racontai tout l'été, les semaines de dérapage que j'avais vécues au plan émotionnel. Et comment, depuis mon départ, je pratiquais la fuite en avant, passant de la culpabilité au remords, du soulagement à l'euphorie, avec New York à l'arrière-plan : démesuré, impassible, présent. J'allai même jusqu'à lui raconter la dernière soirée avec Mike, son *Mais ça y est, tout est dit, non ?* et la manière dont je l'avais salué sur le seuil en partant, d'un léger mouvement des doigts de la main droite, totalement artificiel, comme si on avait la moindre idée de ce qu'on attendait, sans parler de ce qui allait se produire.

«Tu as fui la cage, déclara Kilroy. Tu ne pouvais pas faire autrement.»

On était maintenant sur un banc de Washington Square, la nuit noire pesait autour de nous et deux pigeons paradaient à nos pieds. On avait traîné au McClanahan jusqu'à ce que la foule assourdissante nous chasse, puis on avait pris une part de pizza debout dans un truc ouvert sur le raffut de la 8ᵉ Avenue.

«Je trouve que c'était courageux, poursuivit-il. Ç'a dû être vachement dur comme décision.»

Un genou sur le banc, il se tourna vers moi.

«Plus dur que de rester.

– Rester me paraissait impossible.

– Oui, et rester c'était statique. Tu as agi. Moi, j'admire.»

Sa réaction me surprit et, pour la première fois depuis qu'on avait commencé à discuter, je me sentis gênée : dans le bar, au milieu du brouhaha, ç'avait été plus facile.

Il y avait une grande animation dans le parc – ici, une bande de gamins faisait du skate-board, là, un groupe d'adolescents s'était rassemblé autour d'un minuscule feu de bois et un grand type à rollers passait en coup de vent –, mais tout cela me paraissait très loin, tempéré, sans comparaison avec le sentiment d'étrangeté qui s'était brusquement emparé de moi.

Kilroy sourit.

«Cela te paraît incroyable de discuter comme ça avec moi alors que tu ne me connais pas vraiment.

– Je ne te connais pas vraiment ? m'écriai-je en riant. Je ne te connais pas du tout.»

Il haussa une épaule.

«C'est quoi connaître quelqu'un ? Tu ne sais peut-être pas où j'ai grandi ni ce que je fabrique tous les jours de neuf heures du matin à cinq heures de l'après-midi, mais tu sais ce que c'est de passer un long moment avec moi. Ça ne t'en dit pas davantage que de banals détails ?

198

– Je suppose. »

Pourtant, j'étais juste en train de me dire : *Où est-ce que tu as grandi ? Qu'est-ce que tu fabriques tous les jours de neuf heures du matin à cinq heures de l'après-midi – tu bois ?*

Il me regarda et pouffa.

« Vas-y.

– D'accord, une facile pour commencer, décrétai-je. Kilroy, c'est ton nom ou ton prénom ?

– Ni l'un ni l'autre.

– C'est ton deuxième nom ?

– Je m'appelle Paul Eliot Fraser. Il n'y a pas du tout de Kilroy là-dedans, c'est juste un surnom.

– Pourquoi ?

– Parce que je ne m'appelle pas du tout comme ça. »

Kilroy, tu as marqué ton premier point, pensai-je.

« Entendu, où as-tu grandi ? »

Il esquissa une moue suffisante et me fit chut un doigt sur la bouche.

« Je n'ai pas grandi. Mais ne le dis à personne.

– Paul Eliot Fraser se dérobe », ripostai-je.

Il m'adressa un grand sourire qui se prolongea, se prolongea… en un sourire de reconnaissance.

« New York. Né et élevé à New York. Et de neuf heures du matin à cinq heures de l'après-midi, je bosse pour une agence d'intérim. Je dépanne des boîtes qui ont besoin de quelqu'un pour gérer leur traitement de texte durant une ou deux semaines parce qu'un de leurs employés est en vacances ou, sinon, je tiens le standard pendant qu'un autre est en congé maladie. Je suis le routard du travail de bureau, je ne reste jamais très longtemps nulle part – j'abandonne le dictaphone derrière moi et me prépare pour le trajet en métro qui me mènera vers le photoco-pieur sur la ligne d'horizon. »

Je souris mais j'étais surprise : j'avais imaginé qu'il se battait pour arriver à quelque chose, comme Simon et ses amis. Peut-être était-ce le cas sans qu'il veuille l'avouer ?

« Satisfaite ? me demanda-t-il. Tu as le sentiment de me connaître beaucoup mieux ? »

Je haussai les épaules.

« Tes parents vivent toujours à Manhattan ?

– Si on peut dire.

– Comment cela… ils vivent dans un autre quartier ou quelque chose ?

– Ils vivent. »

À voir sa tête, je compris qu'il valait mieux ne pas le questionner davantage. Il avait sorti ses clés de sa poche et les faisait tourner, une à une, autour de son porte-clés. Gênée, je reportai mon attention vers les adolescents derrière nous qui, tous, paraissaient se voiler derrière leurs cheveux ou des vêtements sombres et informes. Exception faite d'une veste en nylon renvoyant un reflet occasionnel, ils se résumaient à de simples silhouettes.

En me retournant, je m'aperçus que Kilroy m'observait.

« Tu es alcoolique ? lançai-je sans savoir où j'avais pêché ce culot.

– Qu'est-ce qui te fait penser ça ?

– Tu étais dans ce bar en plein milieu de l'après-midi.

– J'aime les bars, c'est tout. Et, par les temps qui courent, le McClanahan n'est pas mal du tout, même si des hordes de yuppies y font des incursions, me répondit-il avec un sourire. La prochaine fois, on te donnera ta première leçon.

– Ma première leçon ?

– Ta première leçon de billard américain… si je me souviens bien, tu n'y as jamais joué.

– Tu as une sacrée mémoire.

– On me l'a déjà dit. »

Qui ça ? me demandai-je, mais il avait sauté sur ses pieds et je l'imitai et, tout d'un coup, tout le monde se leva avec moi – Mike, Jamie, Rooster, même ma mère, tous ceux dont je lui avais parlé. Pourquoi y avait-il tant de gens dans mon sillage alors que lui était manifestement très seul ?

« On y va ? » me proposa-t-il.

On était entrés dans le parc par une porte latérale mais on sortit du côté de l'arc de triomphe aux formes massives et néanmoins étonnamment spectrales sur le ciel noir. C'était la première fois que je me promenais dans la partie basse de la 5e Avenue et, du coup, je marchais la tête en arrière pour admirer les toits et les fenêtres éclairées qui bornaient la ligne d'horizon. Très loin, des lumières blanches soulignaient les contours de l'Empire State Building.

« Tu aimes marcher ? »

J'acquiesçai.

« C'est bien. New York est fait pour les balades, c'est la seule façon d'arriver à le connaître. »

On s'engagea dans la 14e Rue et je vis, au passage, des devantures de magasins équipées de grilles et de minuscules épiceries portoricaines où se pressait une foule de mecs. Une froide lumière au néon se déversait sur le trottoir. À Madison, la nuit aurait été empreinte de calme, mais, ici, même les détritus du caniveau qui frissonnaient sous le vent, comme près de décamper, paraissaient s'activer. Une voiture de police coiffée d'un gyrophare bleu et rouge nous doubla bruyamment et tourna au loin.

« J'adore les sirènes, me confia Kilroy. Le bruit qu'elles font, surtout la nuit. »

Je le regardai.

« Je t'assure. Ma chambre est un endroit particulièrement bien pour profiter des sirènes… ma fenêtre donne sur la 7e Avenue. Tu verras. »

Je m'arrêtai net et il m'imita en souriant.

« Je verrai ? m'exclamai-je. Je verrai ta chambre ? »

Il hocha la tête avec gravité.

« Sois pas choquée par la vérité, Carrie. C'est une position intenable, tu ne trouves pas ? »

Ça l'était et une semaine plus tard seulement je vis sa chambre : nous étions debout à côté de son lit et il déboutonnait la rangée de petits boutons sur le devant de mon sweater, méthodiquement, sans me caresser. Mais avant, on avait marché. Au milieu de la foule de l'East Village ; dans les larges avenues embouteillées ; dans les rues crasseuses et odorantes de Chinatown. Je n'arrivais pas à me lasser de tous ces passants, de la détermination qu'ils affichaient. En plein centre de Manhattan, je m'arrêtais, levais le nez et me sentais écrasée, étourdie par les nuages qui filaient entre les gratte-ciel. Les escaliers menant au métro me fascinaient et, à chaque station, je demandais à Kilroy de faire une pause : à la fois consternée et intriguée par la puanteur, il me fallait examiner les lieux de près.

« Mon Dieeeeeuuu, s'écria-t-il, mais c'est qu'on n'a pas tout ça dans le Wisconsin ! »

Il lâchait cette remarque avec gentillesse et je me contentais de rire.

C'était un bon guide. Il me signalait les prostituées et les junkies, les agents de change et les flics en civil comme si chacun d'entre eux portait un uniforme et brandissait un panneau que lui seul pouvait voir. Un bon guide aux opinions néanmoins bien tranchées : en passant devant des restaurants qui m'avaient l'air intéressants, il m'assurait : « Ça, c'est un coin pour frimeurs », « C'est là que viennent manger les gens de la radio et de la télé ». Pas des endroits où il aurait mis les pieds, sous-entendait-il. Nous, on mangeait dans des cafétérias, dans des gargotes qu'on ne remarquait guère de l'extérieur. Des coins honnêtes, disait-il.

Il habitait à côté du McClanahan, dans un immeuble en brique rouge, massif, sur la 18e Rue Ouest. Situé au sixième étage, son appartement se composait de trois pièces aux murs blancs et au début je pensai qu'il venait d'emménager tant les lieux étaient vides. Pourtant, cela faisait des années qu'il vivait là et on n'y voyait pas un seul tableau, pas une seule bricole. Il n'avait pas plus de meubles que nécessaire et chacun d'entre eux était sobre, purement fonctionnel : une étagère en pin brut, un futon avec une housse noire et pas de coussins dessus, une table rectangulaire en bois et quatre chaises pliantes. Les revues spécialisées mettent en scène une forme de sobriété étudiée, élégante, où chaque chose est un objet, tel vase sculptural stratégiquement placé accueille un bouquet de tulipes blanches parfaites. L'appartement de Kilroy ne correspondait pas à ça. On aurait plutôt cru qu'il campait, qu'il était prêt à déménager à tout instant. Quand je l'interrogeai sur le pourquoi de cette austérité, il se contenta de rire.

La chambre. Sommier à ressorts par terre, matelas sur le sommier à ressorts, draps blancs sur le matelas, oreillers blancs sur les draps. Et Kilroy devant moi, qui venait de finir de déboutonner mon sweater. On avait déjà échangé un baiser dans l'après-midi, ou plutôt quatre ou cinq, dehors en se baladant, dans l'ascenseur, sur le seuil de son appartement. Un seul long baiser en réalité, interrompu par la conversation, par le besoin de continuer à bouger avant d'en arriver là où on en était.

Et on y était. Il m'embrassa de nouveau, puis traça une ligne de ma gorge jusqu'à mon jean et dans le dos jusqu'à l'agrafe de mon soutien-gorge. Une fois qu'il eut libéré mes seins, il les prit dans sa main, le pouce sur l'un de mes mamelons, le petit doigt sur l'autre, et décrivit de minuscules cercles, puis caressa leur galbe.

J'essayai de fermer les paupières, mais il m'obligea à le regarder de nouveau, à bien voir que c'était lui, Kilroy, avec ses prunelles bleu-gris, rayées de noir et piquetées de points azur ; ses lèvres minces, le sillon sur le bout de son nez ; ses mains étroites et ses doigts longs sur mes épaules qui repoussaient mon sweater, les bretelles de mon soutien-gorge.

Ses lèvres étaient encore froides de dehors, de cette fin de septembre venteuse comme à Madison mais différente aussi, car le vent œuvrait plus bas, de manière plus subversive, il ne soufflait pas dans les cheveux mais frappait de plein fouet, au centre du corps. Caresse, caresse, glisse et ouvre, sa langue balayant ma lèvre inférieure, sur toute sa surface.

Je dus dégager sa chemise en jean raide d'un coup sec, un pan d'abord, puis l'autre, puis ce fut sa chaleur en dessous, la toison sur son ventre, sur son torse, mes doigts qui s'enfoncent dedans, la peignent de haut en bas, d'un côté, de l'autre, plongent dans son jean serré, très bas jusqu'à ce que chacune de mes mains se referme sur une fesse, que mes doigts suivent la ligne de sueur à la naissance de ses jambes.

Il déboutonna sa chemise ; la jeta vers la commode ; me tint peau contre peau, ses mains vivantes sur mon dos glissèrent sous mes bras, ses pouces sur mes mamelons, bouche, bouche, le lit qui monte en dessous de moi, fermeture Éclair, jean, et brutalement la chambre, l'appartement, le monde et mon visage caché derrière mes paumes.

Et sa main sur ma figure, ses yeux dans mes yeux, me demandant : *Ça va ?*

Ça allait. J'écartai le drap, le côté « On est en train de faire ça », balayai la chose en question. Puis je fermai les paupières et sentis son sexe dur contre ma jambe, sa douceur satinée comme il cherchait à me pénétrer et alors il y eut ce *Oh, oui* : connu et inconnu, ancien et nouveau, moi et pas moi.

16

Je ne voulais plus faire que ça. Le matin, la nuit, le soir quand il rentrait du travail, en début d'après-midi le week-end. Je surgissais derrière lui et nouais les bras autour de sa taille, puis glissais les mains dans sa braguette. Qu'il soit devant l'évier en train de faire la vaisselle ou sur son canapé, j'allais droit vers son sexe et massais le devant de son jean jusqu'à ce qu'il soit tellement tendu qu'il me faille me plaquer contre lui, sans prolonger davantage l'attente.

Il m'embrassait sur les reins, sur les plis emperlés de sueur en dessous de mes seins, suivait une ligne allant de ma jambe à l'intérieur de ma cuisse.

« À quoi tu penses ? » lui demandais-je à moitié endormie et son index descendait si lentement le long de mon ventre que j'étais trempée quand il m'atteignait, trempée et prête à l'accueillir.

Sa bouche là. Sa langue me déchiffrait comme du braille, comme s'il ne voulait pas laisser passer un seul mot. Mike… Mike le faisait à contrecœur. Pour mon anniversaire, éventuellement quand on s'était disputés. Pour une occasion particulière, une collecte annuelle… quand le compte à la banque affichait un solde très positif. Mais pas parce qu'il en avait envie.

Kilroy en avait envie. La première fois, je m'étais montrée crispée, sur la défensive, j'avais pensé : *Non*, j'avais failli lui dire qu'il n'était pas obligé, mais il m'avait caressé la cuisse d'une main rassurante pendant que sa langue batifolait et je m'étais détendue et centrée sur mes sensations ; puis quelque chose, mi-cri mi-gémissement, avait monté dans ma gorge, mais si lentement que cette attente même m'avait arraché un cri, un long cri à peine audible depuis l'horizon lointain d'où il s'élevait, puis de plus en plus fort.

Les choses entre nous prenaient parfois un côté brutal, son visage mal rasé me râpait la figure, je voulais juste qu'il me baise. À d'autres moments, on faisait l'amour si longtemps que je me mettais à hyperventiler, que les joues me picotaient, les avant-bras aussi. *Qu'est-ce qu'on fabrique ?* me demandais-je. *Qui es-tu, que se passe-t-il ?* En guise de réponse, il poussait ma tête vers son ventre et son sexe tendu et je me sentais perdue, parce que j'avais envie de frotter son érection partout sur mon corps, sur mes paupières, entre mes seins, de m'enfouir de plus en plus profondément dans son odeur, que j'avais envie qu'il me force à ouvrir la bouche plus grand qu'elle ne le pouvait... que j'avais envie de tout tout de suite.

Sortis de chez lui, c'est à peine si on s'effleurait. On ne se tenait pas par la main dans la rue, nos jambes ne se touchaient pas sous les tables de restaurant. Si on se fixait rendez-vous au McClanahan, on ne s'embrassait pas quand on se retrouvait, si bien que cette tension imprégnait l'air entre nous, inflammable mais pas enflammé.

À cause de ça, le monde était différent. Le ciel affichait un bleu que je ne lui avais jamais vu, dur et froid, avec des bords coupants. Des odeurs émanant de divers restaurants se rattachaient à des ingrédients particuliers et étonnamment singuliers : beurre fondu, agneau grillé, cumin, basilic, saumon frit. Du juke-box du McClanahan, la ligne mélodique d'une guitare se détachait un instant de la surface d'une chanson, puis se reposait. Je me demandais si c'était le début de la folie. Ensuite, Kilroy lâchait une remarque banale et vaguement cynique qui me renvoyait dinguer dans mes cordes.

On passait beaucoup de temps au McClanahan à boire des bières assis au fond ou au bar quand il y avait moins de monde et Kilroy me confiait : « Il y a bien deux cents ans que ce mec aurait eu besoin d'une cure de désintoxication», ou : «Regarde cette nana, elle va pencher la tête pour qu'on voie mieux le diamant à son oreille», et la nana, qui qu'elle fût, effectuait bel et bien le mouvement anticipé.

«Tu es drôlement observateur, pas vrai ? remarquai-je un soir. Tu devrais être journaliste. Te balader avec un petit magnétophone auquel tu confierais tes impressions. Puis tu pourrais écrire des articles sur la vie à Manhattan, par exemple.»

Il y avait énormément de bruit, ce qui nous obligeait à nous pencher l'un vers l'autre pour nous entendre. Installés au fond de la salle près du billard, on se buvait une bière blonde légère. Kilroy, souriant, hocha la tête et, du doigt, traça une ligne sur sa chope couverte de buée.

«Tu vois, c'est là et bien là !

– Quoi ?

– La pernicieuse petite idée que ta personnalité doit jouer sur un truc aussi insignifiant que ton gagne-pain.

– Aussi insignifiant ?»

Il hocha la tête de plus belle.

«La vie n'est pas comme ça. Elle n'est pas aussi malléable. Elle n'est pas aussi tranchée.»

Il prit une longue gorgée de sa bière, puis s'essuya la bouche sur le poignet de son sweat-shirt.

«Avec ce genre de théorie, toi, tu mériterais d'être un de ces étudiants de troisième cycle qui accumulent les doctorats.»

J'éclatai de rire.

«Ça veut dire quoi, que je suis une idiote ?

– Je faisais référence à ta curiosité.»

Le sang me monta au visage et je tournai la tête. La nuit d'avant, je m'étais laissée aller à lui poser des questions. On était au lit, enlacés après l'amour, et je l'avais interrogé sur sa dernière petite amie : qui, combien de temps, ce qu'il s'était passé. Et il s'était montré… bon, pas fâché, mais froid. Voire plus absent que froid. On aurait dit tout à coup qu'il n'était plus là. On était tellement proches que je percevais les battements de son cœur mais lui avait levé le pied. Ses réponses monosyllabiques évoquaient des réflexions que m'aurait servies une tierce personne, Kilroy 2, une doublure.

Là, au McClanahan, je sentis ses yeux sur moi alors que j'observais un type vêtu d'une jolie chemise à rayures bleues et blanches qui tournait autour du billard américain pour récupérer les billes sous le cadre de la table et les ranger dans un triangle en plastique. Il y avait quelque chose chez lui...

« Hé, fit Kilroy, je ne me plains pas. »

Je le dévisageai ; il soutint mon regard. Bien sûr qu'il se plaignait, mais ce n'était peut-être pas important. Peut-être que ce n'était pas important de ne pas savoir ?

« En tout cas, tu ne râles pas trop. »

Il sourit et reprit une gorgée de bière. Au bout d'un moment, il reporta son attention vers le billard. Le type avait retiré le triangle et s'apprêtait à casser. Son adversaire se tenait en retrait, sa queue de billard droite à côté de lui. Lui aussi portait une chemise habillée, mais il était plus petit, plus de la taille de Kilroy alors que le premier...

Il avait les épaules de Mike, voilà ce qu'il y avait. La même carrure, la même corpulence. Plus vieux, un peu chauve, le visage allongé, le teint olivâtre, il ne ressemblait pas du tout à Mike... mais ses épaules... Mon Dieu, mon Dieu. J'avais le tournis subitement, la conscience rongée de remords.

Kilroy toussa.

« Je crois que c'est ce soir qu'on se lance. »

Je m'aperçus alors qu'il me regardait d'un air intrigué, les yeux plissés, la tête légèrement inclinée. Il avait deviné qu'il se passait quelque chose.

« Je ne sais pas à quoi je pensais pour attendre aussi longtemps, poursuivit-il avec un sourire. Enfin, peut-être que je ne pensais pas. »

Je secouai la tête.

« Je ne vois pas trop de quoi tu parles.

– De ta première leçon de billard, bien sûr. »

Il tendit sa main gauche devant lui, l'index recourbé, ramena son bras droit plié en arrière et fit mine de jouer.

« Qu'en dis-tu – ça te tente ? Je ne t'impose rien. »

Je haussai les épaules. Je me sentais déchirée, partagée entre l'instant présent et la vieille angoisse qui m'était revenue en revoyant les épaules de Mike dans la chemise d'un autre. Les épaules de Mike, si familières. Ce n'était pas bien de bavarder à cet instant précis, mais, bon, j'étais là, dans ce bar, dans cette ville en compagnie d'un autre homme – n'était-ce pas pire encore ?

« Alors ? Tu veux essayer ? me proposa Kilroy.

– Je pense. »

Il passa encore une minute à me regarder, puis se leva, récupéra de la monnaie dans sa poche et s'approcha de la table. Sous le regard des joueurs, il déposa deux pièces de vingt-cinq cents sur le cadre du billard, puis deux autres juste à côté d'eux.

« Pourquoi tout ça ? »

Il reprit son siège.

« Je vais jouer contre le gagnant, et après tu seras mon adversaire.

– Je serai ton adversaire ?

– Le billard a ses règles, comme tout le reste.

– Et si tu ne gagnes pas ? »

Il sourit.

« Je vais gagner. Ces mecs n'ont quasiment pas joué depuis l'université quand ils faisaient les andouilles autour d'une table dans la salle de jeux de leur fraternité. »

Je pouffai.

« Là, tu t'avances beaucoup. Peut-être qu'ils n'ont jamais mis les pieds à l'université et encore moins dans une fraternité.

– Bien entendu, répondit-il en ricanant. Et c'est pour vendre des hot-dogs qu'ils sont habillés comme ça. Allons ! ça fait à peu près cinq ans qu'ils ont terminé leurs études et maintenant ils bossent sur Wall Street ou, sinon, je ne suis pas la… »

Un sourire l'interrompit.

« La moitié d'un truc très précis ?

– Tu brûles. »

Là-dessus, on pivota sur nos chaises pour regarder jouer les deux hommes. Le plus petit se pencha pour viser la bille rouge juste devant une blouse de coin. Une vieille chanson de Propane Cupid passa sur le juke-box et j'attendis le passage que j'aimais : *Riding a Greyhound to LA, passed your picture on a billboard. You're not... ready. You're not... ready for me.* Qu'est-ce qui me chiffonnait comme ça ? Mike, oui, mais pas seulement : au-dessus du billard, une lampe éclairait le tapis vert foncé et j'appréhendais de me retrouver sous sa lumière crue.

« Hé, ne te bile pas », me lança Kilroy.

Il m'observait encore du même air intrigué.

« Tu es inquiète ? »

Je haussai une épaule.

« Tu vas très bien te débrouiller.

– Tu me sembles terriblement sûr de toi.

– Oui.

– Pourquoi ?

– Parce que tu es une séduisante petite provinciale du genre qui vous réserve plus d'une surprise. »

Je ne pus m'empêcher de sourire.

« C'est ce que tu penses de moi ?

– Comme si j'allais te le dire !

– Maintenant, tu es obligé. »

Il haussa brièvement les sourcils, puis m'offrit son profil et son nez pointu. Comme j'avais la bouche sèche, je pris une gorgée de bière, puis jetai un coup d'œil vers la table : les deux hommes avaient presque terminé leur partie, il ne restait plus que deux billes.

« Il y a plus de cent mille habitants à Madison, insistai-je.

– Ce n'est pas la question et il n'empêche que tu es une séduisante petite provinciale. Ta peau laiteuse le confirme. »

Il sourit.

« Oh, et penche-toi une seconde, tu as un brin de paille dans les cheveux. »

Il tendit le bras, fit mine de retirer un truc coincé derrière mon oreille et sa main effleura mon visage soudain électrique.

Les deux hommes avaient fini. Kilroy et moi nous regardâmes un long moment, puis il se leva et glissa ses deux premières pièces de vingt-cinq cents dans un petit tiroir métallique, récupéra les billes dans le triangle en plastique. Après, il discuta avec le grand type, mais il y avait trop de bruit pour que j'entende quoi que ce soit. Nous étions dans un bar ultra-bruyant de Manhattan et je regardais mon amant jouer au billard américain.

La partie se déroula très vite, Kilroy blousant bille sur bille. Lorsqu'il eut gagné, il échangea une poignée de main avec son adversaire.

Je reposai ma bière et me levai. Pourquoi faisais-je semblant de m'intéresser à ce jeu alors que, à Madison, j'avais laissé passer des centaines d'occasions ? Pourtant, j'étais intéressée. J'étais même plus qu'intéressée – je voulais blouser toutes les billes coup sur coup, je voulais l'étonner.

« Tu prends une queue ? me demanda-t-il.

– Oui. »

Je m'approchai du mur et examinai les queues de billard qui se trouvaient là avant d'en prendre une au hasard. La forme de l'objet me déconcertait : il était d'une longueur gênante, mal équilibrée, avec un bout beaucoup plus lourd que l'autre. Je dénichai un morceau de craie pour frotter le procédé, puis revins à la table.

« Bon, déclara-t-il. Je vais casser, puis on fera abstraction des règles et, comme ça, tu te contenteras de t'entraîner. »

Il fit le tour du billard, lima un moment, puis envoya la blanche percuter le triangle de billes de couleur qui s'égaillèrent avec un toctoctoc agréable. Quand la verte tomba dans une blouse de coin, Kilroy me regarda en souriant.

« À toi. »

La jaune rayée se trouvait à mi-chemin entre la blanche et l'une des blouses du milieu. Je me penchai sur la table. La manière dont Kilroy avait recourbé son index afin de pouvoir guider la flèche m'avait plu. Je l'imitai donc et plaçai la mienne, puis, consciente du regard de Kilroy, je répétai mon coup plusieurs fois. À la fin, je pris une grande inspiration et frappai, mais me débrouillai tellement mal que la blanche revint en arrière et finit plus près de moi qu'au départ.

« Merde. »

Kilroy vint se mettre à côté de moi.

« Tu as une idée de ce que ça peut donner, mais tu ne vois pas vraiment. Attends, essayons un truc. »

Il écarta la jaune rayée, puis plaça la blanche de façon à libérer sa route jusqu'à la bande opposée.

« Contente-toi de la frapper, ne cherche pas à la diriger contre une autre bille. Et essaie de voir la queue comme une extension de ton bras. »

Je me rapprochai de la table, me penchai pour me mettre en position et recommencer à limer, mais en me concentrant sur la bille cette fois-ci. Je la pénétrai avec une force qui me parut tout à fait insuffisante et, pourtant, elle alla heurter joliment la bande opposée.

Nous répétâmes ce geste plusieurs fois, puis il m'organisa différents exercices : des trajectoires dénuées d'angles, coups *a priori* faciles mais qui ne l'étaient pas.

Soudain, un type doté d'une petite barbiche posa deux pièces de vingt-cinq cents sur la table.

Je levai les yeux vers Kilroy :

« Euh… Et qu'est-ce qu'on fait maintenant ?

– Vous avez un partenaire ? demanda-t-il alors au nouveau venu.

– Oh, pas grave. »

D'un geste de la tête, Kilroy me désigna.

« Là, je suis en train de donner une leçon à mon amie. Laissez-nous un tout petit peu de temps, histoire qu'elle s'exerce, et le billard est à vous.

– Entendu. »

Le gars s'éloigna et Kilroy se retourna vers moi.

« Continue. »

Mais mon cœur cognait à grands coups.

« Tu as dit que j'étais ton amie. »

Un sourire souleva les commissures de ses lèvres et je sentis ma bouche se tordre en un sourire ou une question, je ne savais pas trop. Dis quelque chose, pensai-je, dis quelque chose.

L'amusement et le plaisir se lisaient sur son visage, mais aussi une sorte de surprise voire d'inquiétude. Qu'y avait-il ? Il n'avait pas envie d'y réfléchir. Ou bien il n'avait pas envie que, moi, j'y réfléchisse. Il détourna les yeux, pinça les lèvres, puis jeta un coup d'œil derrière lui. Le bruit, dans le bar, paraissait beaucoup plus fort à présent, assourdissant. Finalement, Kilroy se passa la main sur le front puis la secoua vigoureusement au-dessus du sol, comme pour se débarrasser de sa sueur.

« Alors ? insistai-je.

– Alors, joue, m'ordonna-t-il avec un sourire. Maintenant, il faut jouer. »

Une grande nervosité me saisit. J'étais incapable de jouer, mais il le fallait pourtant. Je me penchai sur la table. Kilroy avait placé la bille à trente centimètres de la blouse de coin où elle formait un globe parfait, véritable incarnation de la couleur orange. Je me plaçai derrière la blanche, frappai et la cinq roula gentiment vers la blouse.

« Qu'est-ce que je t'avais dit ? s'écria-t-il en affectant un ton canaille. Tu as ça dans le sang. »

Après, on rentra chez lui à pied. Il faisait frisquet et la bruine était si fine qu'on ne pouvait pas vraiment parler de pluie. On passa devant des devantures que des rideaux de fer cadenassés protégeaient sur toute leur surface. Sur le trottoir opposé, dans un appartement haut de plafond au deuxième étage d'un immeuble de la 6e Avenue, une lampe à long col éclairait une table où trônait une plante à larges feuilles. Derrière, accroché sur un mur rouge sombre, je remarquai un tableau dans un cadre doré ouvragé, mais il était trop loin pour qu'on puisse le voir nettement. *Là, je suis en train de donner une leçon à mon amie. Mon amie. Mon amie.* J'avais comme l'impression d'étouffer si j'y repensais. Si je repensais à sa réaction. Il avait voulu effacer ça. Pas le fait, me semblait-il. Juste les mots. Et mon désir de mots, de plus de mots, comme la nuit d'avant. Le fait ne lui posait pas de problème. Le fait illustrait la direction que nous avions prise. Dans laquelle nous avancions, à trente centimètres l'un de l'autre. Il n'avait pas remonté la fermeture Éclair de son blouson dont le bas claquait au rythme de ses pas. Il marchait à longues enjambées, les jambes dures et maigres sous son jean. Ses jambes étaient très minces, comparées à celles de Mike. Ses bras aussi… comparés à ceux de Mike, avant. Je m'étais toujours sentie toute petite à côté de Mike – ensemble, on était comme des poupées russes qui s'emboîtent l'une dans l'autre, avec juste assez de place pour produire un petit bruit – alors que Kilroy et moi étions pratiquement de la même taille. Je pouvais mettre ses pulls. Au lit, nos corps s'ajustaient de bout en bout.

« Pourquoi étais-tu si nerveuse ?

– Quand ?

– Juste avant de commencer à jouer. »

Je songeai à mon désir de bien faire, de l'étonner. Le McClanahan représentait un élément central ; c'était ce qui allait me permettre de rester à New York. À moins que ce ne soit le billard ? Je jetai un coup d'œil en coulisse vers Kilroy, puis haussai les épaules.

« Ça t'a plu ?

– Je vois l'attrait de la chose. »

Il acquiesça.

« C'est une formidable association de concentration et de maîtrise de soi, de mental et de physique.

– J'imagine », répondis-je.

Mais de nouveau je pensais à Mike, à Mike et au hockey. Mike sur la glace, dans son équipement rembourré, prêt à entamer la partie, les lames de ses patins fraîchement affûtées. Quand on l'interceptait, il encaissait le choc, l'absorbait. Le mental allait de pair avec le physique. Il en était là à présent, sauf que le physique était devenu un fardeau, pas une ressource. Dans mon imagination, je le vis traverser la patinoire à toute vitesse, puis je le vis se voyant traverser la patinoire à toute vitesse, depuis le point fixe de son fauteuil roulant.

17

J'en avais assez de penser à lui. Allongé sur son lit d'hôpital et se demandant où je pouvais bien être. Chaque fois
que la porte s'ouvrait, chaque fois que le téléphone sonnait : *C'est Carrie ?* J'imaginais son visage, les barres du
halo encadrant son espoir, puis sa déception lorsqu'il
découvrait l'identité de son visiteur. Pas moi. Jamais moi.
Cela faisait deux semaines que j'étais partie, trois même,
et il n'avait pas idée de ce que j'étais devenue. Personne
n'en avait idée.

Je finis par appeler ma mère. J'aurais juré qu'elle allait
être dans tous ses états, peut-être fâchée, mais quand elle
entendit ma voix, elle me dit «Bonjour», le plus naturellement du monde, comme si on s'était parlé la veille.

«Je suis à New York, lui confiai-je. J'habite chez un ami
du lycée. Tu te souviens de Simon ? Le garçon que tu as
rencontré la nuit où tu es passée. C'est juste… j'avais
besoin de changement, j'avais besoin de sortir de là.

– Je sais », me répondit-elle.

Elle avait essayé de téléphoner, fait un saut jusque chez
moi, récolté des détails sur ma dernière visite à Mike,
mais elle me dit ne s'être jamais vraiment inquiétée : elle
avait supposé que j'avais fait précisément ce que j'avais
fait.

«Comment vas-tu ? poursuivit-elle. Tu as besoin d'argent ?

– Je vais bien, je te remercie.»

J'avais un peu d'économies à Madison, environ quinze

cents dollars, mais je ne me voyais pas trop les gaspiller rien que pour musarder dans New York. Et, en plus, qu'est-ce que je fabriquais là ? Combien de temps allais-je y rester ? La veille au soir, en me baladant dans West Village avec Kilroy, j'avais aperçu un couple de quadragénaires qui gravissait le perron d'une superbe maison de ville en brique – tous deux habillés de manteaux coûteux et de coûteuses chaussures en cuir brillant. J'avais eu l'impression de contempler une scène un peu irréelle, une sorte de preuve par l'exemple : *Voilà où l'on habite quand on roule sur l'or*. Leurs vies m'avaient paru se situer à des années-lumière de la mienne.

À l'autre bout du fil, ma mère se taisait. Persuadée qu'elle hésitait à m'interroger sur mes projets, je rassemblais mes forces. Et, là-dessus, voilà qu'elle me dit :

« Tu as eu un été tellement dur ! »

Aussitôt, les larmes me picotèrent les yeux et roulèrent le long de mes joues. Debout dans la cuisine de chez Simon, je plaquai le téléphone contre mon oreille et bloquai un rouleau d'essuie-tout d'une main pour, de l'autre, m'en déchirer une feuille. J'avais très envie de me moucher mais répugnais à ce qu'elle m'entende. Je me débrouillai donc comme je pus.

« Comment te sens-tu ? reprit-elle.

– Je ne sais même pas.

– Oh, ma chérie. »

Une boîte en polystyrène expansé grosse comme une palourde géante traînait à l'autre bout de la pièce. J'allai voir ce qu'elle contenait : des restes arrosés d'une sauce brune, un quartier d'orange mal en point et un bout de laitue molle.

« Coupable, avouai-je. Je me sens coupable. Qu'est-ce que ça révèle sur moi, que je sois partie ? Quel genre de personne suis-je donc ? »

Durant les quelques secondes qui s'écoulèrent avant qu'elle ne me réponde, je mesurai à loisir la longue distance qui nous séparait, tous ces kilomètres de fil.

« Le genre de personne que tu es, finit-elle par dire.

– Pardon ? m'écriai-je dans un éclat de rire.

– Ça fait de toi le genre de personne que tu es. Les gens sont persuadés que leurs actes changent leur personnalité. Un homme marié se lance dans une liaison et a tendance à penser : "Maintenant, je suis un dégueulasse." Comme si quelque chose avait changé.

– Tu veux dire que c'était un dégueulasse au départ ?

– Le problème n'est pas là. On fait ce qu'on fait, voilà tout. Ce qui ne va pas sans conséquences pour d'autres, bien entendu, des conséquences très graves parfois. Mais à quoi ça sert de voir nos choix comme une succession d'initiatives bonnes ou mauvaises ? Ce ne sont pas eux qui nous déterminent mais l'inverse.

– Je te trouve drôlement mystique, rétorquai-je. Est-ce que tu sous-entends que c'était mon destin de partir ?

– Pas du tout, tu aurais aussi bien pu rester. Mais ce n'est pas pour ça que tu aurais été une meilleure personne, de même que ton départ ne fait pas de toi une dégueulasse. Tu es déjà faite, ma chérie. Voilà ce que je veux dire.

– La faute à qui ? » lançai-je sur le mode de la plaisanterie.

Elle m'avait étonnamment réconfortée.

« J'assume tout sauf tes grands pieds. »

Nous éclatâmes de rire et puis, soudain, je perçus une autre présence, un peu comme si quelqu'un écoutait notre conversation.

« Je me demande ce qu'il dirait, murmurai-je.

– Ton père ? s'écria ma mère, finement. Qu'en penses-tu ? »

Nous bavardâmes encore quelques minutes et ce ne fut qu'un peu plus tard, après qu'on avait raccroché et en montant vers mon alcôve poussiéreuse, que je repensai à mon père et l'associai aux paroles d'une vieille chanson de Paul Simon entendue à la radio quelque part dans l'ouest de la Pennsylvanie. Que dirait mon père ? *Saute dans un ferry, Carrie. Libère-toi, un point c'est tout.* Cette association me parut presque cocasse jusqu'au moment où je me fis la réflexion que sa voix n'avait peut-être pas cessé de me poursuivre depuis le début, depuis que j'avais eu la sensation que quelque chose clochait entre Mike et moi : peut-être sa voix n'avait-elle cessé de me poursuivre, en me soufflant : *Va-t'en. Tu n'as pas besoin de ça ; rien ne t'oblige à rester. Va-t'en et c'est tout.*

Je m'assis sur le futon, dos au mur. Je voyais le garde-fou de la cage d'escalier qui, avec ses deux balustres manquants, avait tout d'un sourire édenté. Au milieu de l'escalier, l'une des marches présentait un énorme trou que Simon avait recouvert d'une planche sur laquelle il avait peint une grande bouche, béante. Au même moment, la porte d'entrée s'ouvrit puis se referma et j'entendis des pas se diriger vers la cuisine. Je t'en prie, pensai-je. Reste en bas. Que je regrettais de ne pas avoir une chambre à moi ou du moins un rideau pour me ménager un semblant d'intimité !

Va-t'en et c'est tout. Va-t'en et c'est tout. Je ne voulais absolument pas ressembler à mon père. Avait-il toujours porté en lui la possibilité de partir ? Était-ce la manière dont ma mère s'était expliqué les choses ? En tout cas, c'était ce que racontaient les quelques photos qu'elle avait gardées : elles dépeignaient un grand brun assez maigre, au nez en trompette, un mec qui prenait conscience de la grave erreur qu'il avait commise. On voyait l'évolution de photo en photo : pour leur mariage, il avait tout du type sérieux en costume, cravate, du type qui n'allait pas sourire pour faire plaisir au photographe ; sur la dernière photo, prise deux années plus tard, il était assis sur la véranda derrière la maison où nous habitions à l'époque, vêtu d'une chemise au col italien, ajustée, le regard perdu dans le vague.

Où était-il à présent ? Il y avait des années que je n'avais pensé à toute cette histoire. Mon père était né dans le Middle West et avait grandi dans une petite ville du Minnesota, puis, à la mort de ses parents, il était allé vivre chez des proches en Iowa, ensuite de quoi il avait intégré l'université de Madison. J'avais toujours eu dans l'idée qu'il vivait quelque part dans le Middle West, mais peut-être avait-il atterri à New York ? Et si je le croisais dans la rue un jour… son visage me paraîtrait-il familier ? Si j'avais une de ces fameuses photographies sous le nez, mon cerveau pourrait-il lui faire subir un test de vieillissement automatique pour déterminer à quoi il ressemblait aujourd'hui ? Aurait-il les cheveux gris ? Serait-il chauve, gros, mince ? Me reconnaîtrait-il ?

Pouvait-on croiser un parent dans la rue et ne rien ressentir ?

En biologie, au lycée, on nous avait donné à préparer un dossier sur la génétique – couleur des yeux et des cheveux, taille, des trucs de ce genre. Mike suivait ce cours, lui aussi. On avait passé un après-midi à travailler ensemble dans la cuisine des Mayer et, quand vint le moment de remplir le côté paternel de la famille, je ne pus que reposer mon crayon. Lorsqu'il se rendit compte de ce qui m'arrivait, Mike se mit en pétard – il râla contre mon père qui m'avait laissée tomber alors que, dix bonnes années après, j'aurais eu besoin de lui poser des questions pour finir mes devoirs. *Pauvre type*, s'était écrié Mike qui n'avait pas d'abandon dans son ADN.

Il s'écoula encore plusieurs jours avant que je l'appelle mais, comme je l'avais présumé, la nouvelle lui était déjà parvenue. Pour un peu, je la voyais, la nouvelle : volant à travers Madison, rongeant les fils du téléphone.

«Hé, c'est Carrie, la grande citadine, s'exclama-t-il quand il reconnut ma voix. Nou Yawk.»

Je l'imaginai sur son lit d'hôpital, la tête droite, le visage blafard.

«Je suis désolée de ne pas avoir appelé. Je suis désolée d'avoir disparu comme ça.

– Ce n'est pas grave, me répondit-il d'un ton guilleret. Ça paraît chouette New York, ce doit être formidable pour toi.»

La gorge me serrait et je me forçai à déglutir.

«C'est drôlement impressionnant.

– Alors, tu traînes avec Simon ?»

J'eus une pensée pour Kilroy aux côtés de qui je m'étais réveillée le matin même, qui m'avait réveillée en pressant son sexe en érection contre ma cuisse nue, la main sur mon flanc.

« Oui, répondis-je à Mike. Simon et ses colocataires.

– Bon, tu me promets juste de ne pas te transformer en une drôle de cocotte ?

– Comment ça en une drôle de cocotte ?

– Oh, tu sais… prétentieuse, blasée.

– D'accord, ripostai-je en riant à moitié. Mais tu ne… euh… je suis désolée de ne pas t'avoir dit au revoir ni rien.

– Te bile pas. Bouge pas, j'ai un nouveau truc pour parler au téléphone et ça glisse. »

L'espace d'un moment, sa voix se fit plus ténue :

« Oh, attends, attends, merci… »

Puis plus claire de nouveau :

« Carrie ?

– Oui ?

– Désolé.

– Ce n'est pas grave. »

Je passai ma langue sur mes lèvres.

« Alors, comment tu te portes ?

– Je suis sur ordi maintenant en ergothérapie. C'est drôlement chouette, vraiment… tu serais soufflée de voir ce qu'un crétin comme moi est capable d'accomplir.

– Mike.

– OK, un déglingué. »

Un fracas retentit en arrière-plan, puis des voix s'élevèrent, un rire.

« Qu'est-ce que c'était ? demandai-je.

– Rooster a fait tomber ma lampe de chevet. »

On bavarda encore un peu, de tout et de rien – il n'était pas question qu'il me demande combien de temps j'allais rester partie ni qu'on évoque ce qu'on représentait peut-être encore l'un pour l'autre. Il paraissait tellement joyeux, beaucoup plus qu'il ne l'avait été depuis une éternité.

« Allez, amuse-toi bien, me dit-il avant de raccrocher. Envoie-moi une carte postale de l'Empire State Building, d'accord ? Et merde... la saison du hockey commence dans deux semaines. Va voir les Rangers pour moi, tu veux ? Enfin, si t'es toujours là-bas. »

On se dit au revoir. Simon était dans sa chambre, mais j'attrapai une veste et filai chez Kilroy en traversant les carrefours les plus sombres au pas de charge. Dans le vestibule de son immeuble, mes doigts coururent sur la rangée de minuscules boutons d'acier jusqu'à ce qu'ils arrivent en face de son nom.

Il m'ouvrit, puis m'attendit à la porte de chez lui, un doigt sur la page où il en était. Il m'attira à l'intérieur, puis me plaqua contre la porte fermée. Son visage était chaud et râpeux. On resta là à s'embrasser un moment, puis je m'écartai et lui racontai mon coup de fil, la manière dont Mike m'avait parlé, comme s'il pensait vraiment ce qu'il m'avait dit dans sa chambre d'hôpital la nuit où j'étais partie : qu'il était heureux de ne plus avoir à s'interroger sur nous.

« Tu aurais aimé qu'il te paraisse plus accablé ? » me demanda Kilroy.

On était au salon à présent, debout à côté de son canapé car on ne savait pas encore très bien comment s'asseoir ensemble. Il avait les pouces dans les passants de sa ceinture et les mains plaquées sur les poches de son pantalon.

« Pas plus accablé. »

Mais, là-dessus, je m'arrêtai de parler.

Kilroy pencha la tête.

« Raconte. »

Je respirai profondément et le regardai avec ses traits accusés et ses cheveux en broussaille. *Raconte.* Ça voulait dire quelque chose, ça voulait dire qu'il souhaitait savoir. Et d'ailleurs, il me considérait d'un air intéressé, attentif.

Je ne savais trop comment expliquer, comment formuler ça, vu que je ne savais pas trop ce que représentait ce *ça*.

« J'espère bien ne pas avoir envie qu'il soit accablé, commençai-je. Tout l'été... »

Je fondis en larmes.

«Je ne voulais pas le blesser. Mais, parfois, assise à côté de lui, j'avais l'impression de m'observer en train d'accomplir une bonne action. Du genre : *Regarde-la, elle fait ce qu'il faut faire*. Je me sentais tellement *distante*.»

Kilroy hocha la tête d'un air pensif.

«Et maintenant je suis partie. Et qu'est-ce que ça représente pour lui ?

– Tu n'as pas envie qu'il soit accablé, répondit-il gravement. Mais tu veux qu'il y pense.»

C'était tout à fait ça. Je voulais qu'il y pense, comme moi j'y pensais. Mais, moi, j'avais un avantage, je pouvais partager ça avec quelqu'un dont j'avais également vite partagé le lit. C'était trop, la manière dont tout s'imbriquait dans cette histoire : les sentiments de Mike, mes sentiments et Kilroy qui prenait ma main et la portait à sa bouche.

18

Simon menait une vie extrêmement active. Après le boulot, c'étaient des pots, des dîners, des cinémas. S'il n'avait rien de prévu, il prolongeait en général sa journée de travail au cabinet juridique, ce qui, outre des heures supplémentaires, lui valait un repas chinois au bureau et un taxi pour rentrer, le tout aux frais de la princesse. Comme son job de correcteur était étonnamment bien payé et son loyer modeste, il disposait donc d'un confortable budget loisirs. Il n'était pas rare qu'il s'offre deux pièces de théâtre en semaine, qu'il assiste à un concert le vendredi et sorte danser le samedi. J'étais toujours la bienvenue, mais je surveillais mes dépenses – et de toute façon j'étais le plus souvent avec Kilroy. Un soir que je n'avais pas vu Simon depuis près d'une semaine, il monta me proposer de l'accompagner à un vernissage.

« Il y aura à manger, gratis, m'annonça-t-il. Pas question de refuser.

– Ce n'est pas que tu aies envie de faire quelque chose avec moi, le taquinai-je, tu veux juste t'assurer que je ne vais pas mourir de faim. »

D'un signe de tête, il balaya catégoriquement mon explication.

« Je veux juste ne pas mourir de faim moi-même, décréta-t-il en m'attrapant la main. Et j'ai vraiment envie de faire quelque chose avec toi, ce qui n'est pas si facile, tu sais. Tu n'es pas souvent là, ma belle. »

Une fois prêts, on descendit dans la rue. C'était le début

de la soirée, le ciel blanchâtre commençait à s'assombrir. On traversa la 9e Avenue, puis on longea un pâté de maisons joliment entretenues jusqu'au moment où on arriva à la hauteur de ma voiture délaissée et sale que j'avais garée sous un ginkgo. Elle ne roulait jamais, sauf quand je la déplaçais, que je sortais comme une fusée de la maison pour me conformer *in extremis* aux impératifs du stationnement new-yorkais.

« Pauvre bagnole, m'écriai-je en lui collant une petite tape au passage.

– C'est vrai qu'elle a l'air tristounette.

– Je suppose que j'aurais dû prendre le train. »

Simon hocha la tête avec véhémence.

« Ça aurait été beaucoup moins satisfaisant, et de loin. »

Il adorait l'histoire de mon départ. Il adorait le fait que j'aie attendu si longtemps pour faire savoir où j'étais.

« C'était parfait, la bagnole, ajouta-t-il. Il fallait que tu voies Madison dans ton rétroviseur.

– Il faisait nuit.

– Métaphoriquement parlant. D'ailleurs, tu devrais peut-être la vendre », ajouta-t-il d'un ton désinvolte – trop désinvolte, pensai-je, comme s'il avait attendu le bon moment.

Mais je ne pouvais pas la vendre – impossible. Elle ne valait pas grand-chose et je n'en avais assurément pas l'utilité pour le moment, mais je ne pouvais pas la vendre sans en parler à Mike. Autant lui dire que j'avais décidé de faire piquer un chien qu'on aurait adopté ensemble.

« C'est une bonne petite voiture, avait-il décrété le jour où je l'avais achetée. Elle va durer, sinon elle aura affaire à moi. »

« C'est une vraie galère, le stationnement alterné, quand il neige », poursuivit Simon.

Il me sourit gentiment, mais je sentis l'inquiétude me saisir à l'idée que les premières neiges allaient venir, que les semaines allaient s'écouler et que je serais peut-être encore là ou peut-être pas.

Parvenus à la 8e Avenue, on piqua vers le sud, passant devant des poubelles qui débordaient et de formidables tas de cartons aplatis. Il y avait une foule de restaurants alentour : italiens, japonais, italiens-japonais ; scandinaves, espagnols, tex-mex. Ici, on pouvait déguster des ragoûts roboratifs, là, des salades raffinées et, un peu plus loin, des poissons tout juste poêlés. Une délicieuse odeur de viande grillée émanait d'une porte ouverte et, comme je me retournai par curiosité, je remarquai une enseigne au néon au nom de Bouche.

« Sur la 9e, il y a une boîte qui s'appelle Femme, me confia Simon, hilare. Non, je blague. »

Sur la 19e Rue, pendant qu'on attendait de traverser au feu, le fracas insistant d'un métro résonna à travers les grilles du trottoir et je me rendis compte que je commençais à m'habituer à New York : au début, ces bruits m'effrayaient.

La galerie disposait d'une devanture sur la 16e Rue. À la porte, un type de notre âge – grand, maigre, pâle et le crâne rasé – contrôlait tous les visiteurs.

« Un videur du milieu artistique, me souffla Simon comme on faisait la queue pour entrer. Fais gaffe à son regard méprisant, il est mortel. »

À l'intérieur, quelques dizaines de personnes se pressaient sous la chaleur des spots lumineux sans prêter grande attention aux photographies encadrées, lesquelles représentaient des sièges : chaises de cuisine, fauteuils, sièges de jardin. Toutes en noir et blanc, toutes composées de telle sorte que le siège trônait seul et vide dans son cadre.

On s'arrêta devant une chaise en bois tourné au fond en rotin, puis devant un fauteuil en velours usé avec une ottomane assortie, élimée aussi.

« C'est chouette, tu ne trouves pas ? me lança Simon. On croirait qu'ils attendent quelque chose. »

Moi aussi, ils me plaisaient – à leur manière, ils invoquaient des pièces, des univers entiers –, mais je pensais aussi – c'était plus fort que moi – au poster du service de rééducation de Madison avec ce fauteuil roulant qui projetait son réseau d'ombres sur le sol en bois ciré. ON SE BOUGE.

Un couple surgit derrière nous et je les observai par-dessus mon épaule. La femme, toute petite avec une masse de cheveux bruns frisés, portait une robe lie-de-vin rappelant le papier froissé. Son compagnon, un grand bonhomme coiffé d'une queue-de-cheval, arborait un pull en cachemire noir et un pantalon en laine noire à plis creux.

« Voilà une décontextualisation intéressante, tu ne trouves pas ? déclara-t-il en dessinant d'un doigt tendu le contour du siège. Elle traite des formes et d'espace négatif… elle a dépossédé le siège de sa fonction siège pour l'objectiver totalement. »

Simon me colla un coup de coude, puis m'attrapa par le bras et m'emmena à l'autre bout de la galerie.

« Tu n'adores pas New York ? me souffla-t-il en se débarrassant de sa veste. On entend des merveilles. Comment tu dépossèdes un siège de sa fonction siège, toi ?

– Tu dois procéder par étapes. D'abord, tu dépossèdes le fond de sa fonction fond et, à partir de là, tu avances. »

On se trouvait dans un espace relativement dégagé où les lumières chauffaient tellement que je tombai la veste à mon tour. Les parois répercutaient voix et éclats de rire et je surprenais des bribes de conversation entre mes voisins. *Un charmant petit Kandinsky… un mélange de Sarah McLachlan et de Philip Glass… Ils vont toujours à Fire Island ?*

Tout près de nous, une grande femme aux cheveux auburn vêtue d'une robe verte à superpositions baissa les yeux sur son collier de perles de métal mélangées, s'aperçut que le pendant était à l'envers et se dépêcha de le remettre à l'endroit en lançant un coup d'œil furtif autour d'elle pour s'assurer que personne n'avait rien remarqué. Tous les gens présents semblaient se croire le point de mire des regards – cela se voyait à leur façon de se tenir.

Simon me poussa vers le bar où on se prit un verre de vin chacun.

« Tu as repéré le plateau des hors-d'œuvre ? me glissa-t-il. Les crevettes ont l'air appétissantes. »

Quelques minutes plus tard, comme on bavardait,

appuyés contre le mur, on remarqua, au milieu de la galerie, une femme de petite taille aux cheveux très courts et teints au henné, le teint pâle et si clair que la veine sur sa tempe m'évoqua une brindille bleue peinte sur porcelaine.

« L'artiste, affirma Simon.

— Comment tu le sais ?

— Tu ne sens pas les vibrations ? »

Je la regardai sourire à un gros bonhomme doté d'une épaisse chevelure blanche, chuchoter quelques mots à l'oreille de quelqu'un, puis effleurer la manche d'une femme spectrale qui passait devant elle.

« Non, répondis-je.

— Je plaisantais, me lança Simon. J'avais vu une photo d'elle dans une autre expo. "Les photographes vus par les photographes". C'était assez marrant, pour la moitié d'entre eux au moins, on voyait clairement que les sujets étaient nettement plus moches en photo que dans la vie. Un genre, *Vu que t'es mon rival, je vais te faire une tête de chien de Cayenne*.

— Une tête de chien de Cayenne ?

— De bâtard. Tu sais, le genre photographe honnête et sans complaisance qui saisit la vie dans toute son authenticité.

— À elle, on lui avait fait une tête de chien de Cayenne ?

— Totalement. Amochée. Salopée. On te lui avait flanqué un éclairage plongeant qui lui faisait un cuir chevelu style jardinet de banlieue fraîchement semé de gazon. »

Je souris.

« Voilà le mec du Wisconsin qui s'exprime à travers toi.

— Je lui avais pourtant recommandé de se la fermer, ce soir ! » s'écria Simon en se bâillonnant la bouche.

En retournant chercher un autre verre de vin au bar, on tomba sur trois serveurs chargés de plateaux de hors-d'œuvre : grosses crevettes, rondelles de pommes de terre coiffées de crème aigre et de caviar, petits feuilletés au chèvre.

« Encore cinq de chaque et j'aurais l'impression d'avoir dîné », affirma Simon.

On s'approcha d'une photo représentant un fauteuil de metteur en scène, deux pieds enfoncés dans deux bons centimètres d'eau savonneuse, deux autres dans un sable noir d'aspect humide. La toile elle-même, un rien avachie, suggérait l'empreinte d'un derrière et d'un dos.

« On dirait que l'occupant vient juste d'aller s'offrir un dernier bain, déclara Simon.

– Mince, moi, je vois un truc complètement différent.

– Quoi?

– Il a été oublié à la fin de l'été. Tu sais, abandonné.

– L'art comme test de Rorschach? s'exclama-t-il en haussant un sourcil.

– J'imagine.»

Au même moment, un grand mec vint se planter juste derrière nous – je devinai sa présence plus que je ne le vis, mais sentis que Simon jetait un coup d'œil par-dessus son épaule et, ensuite, quelque chose changea dans l'ambiance.

« Oh, Dillon, salut. Je suis Simon, l'ami de Kyle. Alors, comment vas-tu?»

Je me tournai et notai que Simon avait pris des couleurs et levait la tête vers un homme extrêmement beau, avec des yeux bleu argent extraordinaires, un homme qui aurait pu figurer dans une production cinématographique ou une publicité pour une eau de toilette – il avait un physique frappant, mais la mine un peu ennuyée, la bouche pincée.

Il acquiesça vaguement mais n'ouvrit absolument pas la bouche.

« Tu n'es pas l'ami de Kyle Donehue? insista Simon. Je travaille avec lui. Excuse-moi, je… je crois qu'on s'est déjà rencontrés.»

Furieusement rouge maintenant, il tripotait le bouton du poignet de sa veste.

Son interlocuteur finit par condescendre à répondre.

« C'est exact.

– Et je te présente Carrie, poursuivit Simon en hochant la tête à son tour. Nous… euh, on regardait. Les photos.»

D'un geste de la main, il me présenta le nouveau venu.

«Dillon.

– Ravi de faire ta connaissance, déclara platement Dillon en m'occultant illico. Tu connais Renata?»

Simon répondit que non. Renata était la photographe – Renata Banion. Son nom s'étalait sur le mur en caractères gris pâle.

«J'ai préféré son exposition précédente, affirma Dillon.

– Oh, celle des vieux?»

Dillon haussa une épaule.

«Ils me parlaient davantage au plan de la composition. C'étaient plus des formes d'ombre et de lumière que des personnages.

– Ça, c'est intéressant», s'écria Simon.

Je détournai mon regard. Quels étaient les termes que Mike avait utilisés? Prétentieuse et blasée? Et voilà que Simon reprenait avec le plus grand sérieux tout ce qu'il avait jugé cocasse avant. En tout cas, il disait amen à ces sottises. Or ce Dillon était manifestement un pauvre type. Superbe, mais pauvre type quand même.

«À propos d'ombres et de lumières, poursuivit Simon, tu as vu *Spectacular Creatures*?»

J'avais entendu Simon et ses amis parler de ce film, *Spectacular Creatures*, quelques jours plus tôt. Ce film à petit budget et indépendant, sur lequel j'avais lu au moins trois articles de journaux, avait décroché plusieurs prix. Apparemment, le réalisateur avait fait ses études à Yale – des années avant Simon et ses copains –, mais tous parlaient de lui avec respect et comme s'ils le connaissaient.

«Les éclairages paraissent très intéressants, ajouta Simon.

– Je l'ai vu hier soir», répliqua Dillon.

La déception se lut un bref instant sur le visage de mon ami.

«Oh, et c'était comment?»

Dillon jeta un coup d'œil sur sa montre puis sur la galerie. Ensuite de quoi, il se tourna de nouveau vers Simon comme si la mémoire lui était revenue.

«Pas mal. Je ne dirais pas que les éclairages sont vraiment intéressants mais les costumes sont très bons.

– Ah, fit Simon.

– Ils soulignent l'absence de sexualité d'une manière extrêmement intéressante. En fait, l'ensemble est très anti-sexuel – de manière allusive, bien entendu. »

Simon hocha gravement la tête.

« Un peu comme dans son dernier film où la drogue a remplacé le sexe.

– Exactement, renchérit Dillon. D'ici vingt ans, il sera devenu le Fellini de l'abstinence. Et Swig Lawlor son Marcello Mastroianni. »

Simon sourit.

« Son Marcello Mastroianni et sa Giulietta Masina. »

Dillon éclata de rire ; du coup, Simon en profita pour suggérer :

« Hé, on pourrait peut-être prendre un pot ensemble un de ces jours. »

Un silence pesant fit écho à cette proposition auda-cieuse.

« Peut-être, répondit Dillon d'un ton dubitatif. Je suis très pris. Enfin, demande mon numéro à Kyle, si ça te chante, et on verra bien si on arrive à organiser quelque chose. »

Il consulta de nouveau sa montre et feignit la surprise cette fois.

« Oh, il faut que j'y aille.

– Au revoir », dit Simon.

Mais Dillon s'éloignait déjà, l'air toujours préoccupé, comme si ce n'était pas la grossièreté qui l'empêchait de prendre congé, mais un souci malencontreux.

« Oy, s'exclama Simon.

– Ça veut dire quoi "Oy" ?

– Quelle goy tu fais ! remarqua-t-il en souriant. Ça cor-respond à "Oh" ou "Ouille" chez les Juifs.

– Tu n'es pas juif !

– À titre honorifique. C'est l'essentiel. »

Il sourit.

« Benjamin est juif. »

Benjamin était son ex – définitivement son ex, m'avait-il affirmé, la nuit de mon arrivée.

«Ne me suis-je pas comporté en crétin patenté? me confia-t-il en m'entraînant dans la direction opposée à celle de Dillon. "Hé, on pourrait peut-être prendre un pot ensemble un de ces jours." Genre "Je ne suis pas sûr de t'avoir déjà montré les profondeurs de mon côté pas cool – essayons pour voir."

– Simon!»

Il s'appuya contre le mur et ferma les paupières. Tout près de nous, le type de la décontextualisation, une main sur l'oreille, se pliait en deux sur son mobile pour tenter de poursuivre sa conversation téléphonique.

«Totalement mortifiant, ajouta Simon. Je suis vraiment le plus grand imbécile qui soit.»

À l'autre bout de la galerie, j'aperçus Dillon au milieu de la foule, qui se penchait vers un blond très bronzé.

«Tu veux t'en aller?

– Impossible, répondit Simon. On croirait que je me barre comme un péteux.»

On reporta notre attention vers les photos et on continua à circuler en piquant dans les hors-d'œuvre chaque fois que l'occasion se présentait. Quinze ou vingt minutes plus tard, on arrivait à la porte. Dillon s'était volatilisé: s'était-il perdu dans la foule ou avait-il quitté la galerie? je n'aurais pu le dire. La mine triste, Simon remit sa veste et je l'imitai. Après un coup d'œil dehors, je constatai qu'il faisait nuit noire.

«Ma théorie, m'expliqua Simon, c'est que tu sais que tu as fait ton chemin à New York quand tu cesses de regarder les autres et que tu commences à supposer qu'ils te regardent.»

J'éclatai de rire. Il portait un pull gris sur un pantalon en twill, notoire uniforme de l'homme invisible. Je ne valais guère mieux: pull noir, pantalon noir, pendants d'oreilles en argent, une tenue du genre je-ne-sais-pas-quoi-mettre.

«Tu pourrais être visible, lui confiai-je. Il faudrait simplement que tu travailles ton look.»

J'attrapai sa veste noire à pleines mains et la lui ajustai de façon plus mode, mais il repoussa ma main.

«Ce n'est pas une histoire de fringues, c'est une attitude.»

Une femme plus âgée entra sur ses entrefaites, elle avait une superbe coupe au carré et un rouge à lèvres rouge foncé, intense. Quand elle retira son manteau, elle m'apparut dans une robe en velours bleu ardoise, nouée sur le côté et largement fendue sur le devant, ce qui révélait un fin jupon assorti dans un tissu rappelant le crêpe. C'était somptueux et parfaitement mis en valeur par un collant bleu-gris et des escarpins à hauts talons, en daim de même couleur.

« C'est aussi les fringues », affirmai-je.

19

Blousons de cuir et pantalons en stretch. Bottes à bouts carrés et feutres mous. Tricots moulants et sacs en plastique transparent. La mode était omniprésente et moi sous le charme. Au cours de mes promenades, les femmes accaparaient tellement mon attention que je percutais des piétons arrêtés au feu.

« Excusez-moi », m'écriais-je en louchant sur leur tenue.

Mes pas me ramenaient sans cesse à SoHo et à ses rues étroites où le ciel affichait un bleu dur entre le faîte des immeubles. Soucieuse de ne pas rater une seule vitrine attrayante, je me faufilais imprudemment parmi le flot des voitures. Tout était présenté aux badauds comme pour faire sens : ici, une coupe en étain remplie de grenades, là, un bracelet en plastique ambre nacré.

« SoHo ? s'écria Kilroy un soir où on se baladait. C'est un Disneyland pour adultes. On y dégaine sa carte AmEx histoire de se déclencher des sensations fortes. »

Mais ses commentaires me laissaient de marbre. Je poussais la porte de tel magasin exclusivement consacré à la mousseline, de tel autre ne conjuguant que le mauve ou le noir sur fond de micro-pulls avec cravates en velours, de jupes longues en tissu mou, de hauts ornés de bouts de dentelle rapportés. J'imaginais bien le dédain de Jamie qui aurait jugé ces tenues tellement saugrenues. Cela étant, elle n'était pas là. Je comptais lui téléphoner mais remettais mon appel de jour en jour. J'eus un coup de cœur pour un pantalon pattes d'éléphant en maille à l'ourlet délicatement volanté qui valait la bagatelle de huit cents dollars, puis pour une robe en soie à douze cents dollars au décolleté compliqué et aux manches plissées et froissées. À mes yeux, ces habits n'avaient rien de saugrenu, ils étaient originaux, ravissants et me faisaient follement envie. Moi qui avais prévu de faire durer mes réserves en logeant gratuitement dans l'alcôve de chez Simon et en mangeant des trucs honnêtes avec Kilroy, voilà que j'éprouvais la tentation bizarre de claquer toutes mes économies dans des vêtements fous. Soudain, je repensai à Mike, une nuit en août. Tu m'aimais, m'avait-il dit. Maintenant, je te fais pitié et c'est tout. En fait, il avait cherché la même chose, il avait voulu savoir ce qu'il ressentirait s'il touchait le fond et, tout à coup, je compris qu'il en était là désormais, indépendamment du ton enjoué qu'il adoptait au téléphone : il ne pouvait aller plus bas.

Un après-midi, je tombai sur une boutique de tissus juste en dessous de l'aile de Carnegie Hall. Dehors, les taxis claironnaient et les bus chuintaient, mais le magasin lui-même était paisible. Version métropolitaine de Fabrications, il était tenu par une phalange de grosses vendeuses en tailleur qui, en faction derrière les tables de coupe, me regardèrent sans broncher pendant que je faisais le tour. Il y avait des centaines de coupons répartis sur des étagères recouvrant les murs du sol au plafond : soies imprimées et jacquard, pannes de velours ornées de volutes or et argent, lainages moelleux aux couleurs tellement subtiles qu'ils m'évoquèrent des lieux inconnus, les hautes terres d'Écosse tapissées de bruyère, la grise campagne irlandaise piquée d'émeraude. Aiguillonnée par une terrible envie d'acheter quelque chose, ne fût-ce qu'une bricole, je frisais le désespoir quand, par bonheur, je repensai à un truc : lorsque je dormais à la brownstone, j'étais toujours réveillée par la lumière de la petite fenêtre de l'escalier qui projetait une large bande de jour dans mon alcôve. Fauchée ou pas, je pouvais tout de même dépenser cinq dollars pour me confectionner un rideau, non ? Je sélectionnai alors un coton blanc cassé tout à fait dans mes prix et m'en achetai un mètre avec le sentiment de m'en tirer à bon compte.

Ce soir-là, j'installai ma machine dans la cuisine de la brownstone et me mis au travail. Pendant que je plaçais mes épingles, Kilroy, qui était venu me tenir compagnie, en profita pour inspecter les lieux et s'intéressa à divers trucs : à un vieil exemplaire du *Times*; à un *New Yorker* dont la page de couverture manquait; au tableau blanc où quelqu'un avait griffonné : *Greg, Steven Spielberg a téléphoné. PAS À TOI.*

« Greg, le mec qui veut devenir acteur ? » demanda Kilroy.

Je levai le nez de ma couture et acquiesçai.

Il décapuchonna le marqueur et écrivit : *Steven Spielberg ? C'est un ARTISTE ?* Puis il vit ma tête et effaça ses commentaires, ce qui laissa une traînée bleue.

« Oh, zut, déclara-t-il. Je suppose que je ne devrais pas heurter les autochtones. »

Je n'avais jamais vraiment réfléchi aux répercussions que sa présence pourrait bien entraîner dans la brown-stone. Il n'avait rencontré que Simon et quand je lui avais demandé ce qu'il pensait de mon copain de lycée, il avait marmonné dans sa barbe puis m'avait avoué avoir l'impression qu'il essayait d'être autre que ce qu'il était en réalité.

« Eh bien, oui, m'étais-je écriée. Il essaie de devenir illustrateur. »

Mais Kilroy avait balayé ma remarque d'un signe de tête.

Focalisé à présent sur la cuisinière et une araignée pié-gée sous le boîtier du minuteur, il tapota à deux reprises sur le plastique crasseux, arrêta, recommença.

Je me penchai de nouveau sur le rideau. J'avais encore le ventre bien plein après une grande platée de raviolis dans un endroit vaguement italien du Village. Un restaurant comme on en voit au cinéma où les serveurs circulent avec des assiettes sur toute la longueur de leurs bras en échangeant des blagues à tue-tête d'un bout à l'autre de l'établissement. J'aurais préféré Little Italy, mais Kilroy avait décrété que ce lieu était moins touristique.

Tout à coup, la porte d'entrée s'ouvrit à la volée et Simon et Greg firent irruption dans la cuisine, tous deux habillés comme s'ils revenaient d'une soirée spéciale, avec une jolie veste et une jolie chemise et, aussi étonnant que cela puisse paraître, une cravate. Celle de Simon, bleu canard piquée de petits losanges jaunes et verts aux reflets légèrement chatoyants, était très belle.

« Tu fais de la couture ? s'écria-t-il en desserrant son nœud de cravate et en ouvrant le premier bouton de sa chemise. Qu'est-ce qui se passe, c'est l'appel du Middle West ?

– C'est l'appel du soleil matinal, répondis-je. Qui envahit l'alcôve et me réveille dix fois trop tôt. Je monte un rideau pour la fenêtre de la cage d'escalier. »

Il sourit.

« Je suppose que ça aurait un sens si tu… »

Il jeta un coup d'œil vers Kilroy.

« Oh, ce n'est pas grave.

– Si elle quoi ? » lança Kilroy.

Simon se tourna vers lui. L'espace d'un moment déplaisant, je revis le jour où j'avais rencontré Kilroy, à Madison – son affrontement avec Viktor.

« Tu connais Kilroy ? » m'empressai-je de demander à Greg.

Aussitôt, Greg approcha, la main tendue vers Kilroy. Avec sa veste et ses cheveux noirs ondulés que le noir du lainage soulignait joliment, il était extrêmement séduisant. Comme il était très grand, Kilroy dut lever la tête pour le regarder dans les yeux.

« Donc, Carrie, poursuivit Simon. On rentre juste de cette fameuse soirée, je te jure, tu aurais été sciée. Tu sais ce type, Jason, ce copain de Yale ? Son père a hérité d'une fortune bâtie sur de grands magasins de la Nouvelle-Angleterre et tous les ans, en octobre, ils organisent une réception pour, je ne sais pas, célébrer leur richesse ou quelque chose dans le genre. Bref, ils font ça dans un duplex sur Park Avenue et…

– Ils ont huit salles de bains », précisa Greg.

Dans ma vision périphérique, je vis Kilroy se cabrer.

«Et ça veut dire quoi au juste? lança-t-il. Moi aussi, je pourrais installer huit salles de bains chez moi et avoir quand même juste assez de place pour mon siège de bureau, mon fauteuil La-Z-Boy.

– Tu n'as pas de La-Z-Boy», répliquai-je d'un ton léger alors que l'inquiétude m'avait saisie.

Il claqua des doigts.

«Zut, il faudrait que je m'en achète un, déclara-t-il en se tournant vers Simon. Un La-Z-Boy ajouterait du peps à mon appart.

– Dans quel sens?

– Oh, tu sais, parquets à chevrons, énormes baies vitrées jamais nettoyées à l'extérieur, intérieur totalement anonyme. Je me dis parfois que ces immeubles ont été construits pour institutionnaliser la laideur... Comment un building d'après-guerre aurait-il le moindre caractère?

– Et pourquoi tu y vis? s'enquit Simon.

– J'aime l'anonymat forcé.

– Ce serait dur d'y renoncer, c'est sûr.»

Kilroy adressa un signe de tête amusé à l'adresse de Simon, mais on devinait une sorte de turbulence intérieure chez lui. Quelle mouche le piquait? Pourquoi cette humeur? Un silence tendu envahit la pièce et un ange passa.

«Bon, reprit Simon. Carrie, cette soirée! Du Perrier-Jouet, des caisses de Perrier-Jouet! Des serveurs avec des plateaux de petits canapés au saumon fumé, de minuscules feuilletés *et cetera*. Des fleurs comme tu n'imagines pas, je te jure, il y avait par exemple une porte doublée d'une sorte de cerceau à l'intérieur duquel se déployait un lilas, un lilas blanc, en octobre! Et M. Kolodny faisait le tour de tous les amis de Jason en disant "Venez nous voir à Aspen", "Venez nous voir à Block Island".

– Il compte parmi les quatre cents de *Forbes*», déclara Greg.

Remarque qui lui attira un regard méprisant de Kilroy.

«Tu veux dire qu'il a beaucoup d'argent?

– Eh bien, oui, répondit Greg en nous prenant à témoin, Simon et moi. C'est évident.

– Des centaines de milliers, par exemple ?

– Des millions et des millions plutôt, s'exclama Greg. Jason venait à l'école en limousine.

– Non ? fit Kilroy. Et ce n'était pas une limousine extra-longue par hasard ? »

Greg rougit, glissa les mains dans ses poches, les ressortit.

« Bon, déclara Simon. Là, je crois que je vais aller m'installer devant la télé. »

Il esquissa une grimace, comme s'il feignait d'avoir les boules alors qu'il les avait vraiment et quitta la cuisine.

Le visage en feu, je me penchai sur ma machine et abaissai l'aiguille dans le tissu. Pauvre Greg – il avait toujours été gentil avec moi et voilà que mon copain le traitait comme un demeuré. Pourquoi cette réaction de la part de Kilroy ? Était-ce Greg ou les gens riches en général ? J'avais déjà noté un truc de cet ordre-là. « Quand on a une Range-Rover, on a le droit de laisser sa voiture en double file sur West Broadway », avait-il un jour déclaré sur le mode narquois ; une autre fois, pour se moquer d'un grincheux dans un magasin, il avait lancé « Comment osez-vous me faire attendre – regardez mes chaussures, vous ne voyez pas que je pourrais claquer dix fois votre salaire sans même m'en apercevoir ? » Pourtant, à mon avis, Kilroy n'enviait absolument pas les gens fortunés. À dire vrai, ils semblaient même lui taper sur le système, l'exaspérer. En ce qui le concernait, il vivait très frugalement, s'enorgueillissait d'acheter la bière la moins chère possible, s'enquiquinait à aller voir un film à la toute première heure de la journée pour économiser deux ou trois dollars, alors que certains détails, un pardessus en cachemire dans son placard par exemple, donnaient à penser qu'il était plus à l'aise qu'il ne voulait bien le laisser paraître ; ainsi, il m'avait un jour emmenée dans un restaurant japonais où il avait lâché cent dollars le plus naturellement du monde pour que je goûte à des sushis. On aurait cru qu'il se montrait frugal non par nécessité mais par principe, conformément au principe d'austérité qui prévalait chez lui. C'était une frugalité qui proclamait : *Je n'ai besoin de rien.*

Du coup, je me demandais où je me situais là-dedans.

Greg s'approcha pour regarder ce que je faisais et posa les doigts sur la table : ils tremblaient légèrement.

«Quel dommage qu'il n'y ait pas une chambre de plus pour toi, me dit-il.

– J'ai déjà beaucoup de chance d'avoir un coin à moi.

– Oui, mais ce doit être frustrant de savoir qu'Alice n'est jamais là.»

Alice disposait de la pièce jouxtant mon alcôve. Je ne l'avais vue que quelques fois, car elle passait la majeure partie de son temps chez son ami dans l'East Village.

«Je crois que je vais monter aussi, ajouta-t-il. La nuit dernière, je ne suis rentré du resto qu'à deux heures du matin.»

Debout près de la fenêtre de la cuisine à scruter le jardin derrière, Kilroy se retourna :

«Tu travailles comme serveur ?

– Cinq soirs par semaine, répondit Greg.

– Ce doit être crevant.

– Ça l'est. L'idée, c'était que je travaille de nuit pour suivre des cours d'art dramatique ou passer des auditions dans la journée, mais je suis tellement lessivé que je dors et rien d'autre.»

Kilroy sourit.

«*A priori*, c'est une vie agréable.»

Greg nous adressa un petit salut et se dirigea vers la porte.

«Content d'avoir fait ta connaissance, lança-t-il à Kilroy qui, en retour, lui adressa un petit geste du menton et un sourire.

– Moi aussi.»

Une fois seule avec lui, je repris mon rideau, intriguée par l'agressivité qu'il avait commencé par manifester à Greg avant de se livrer à un déploiement d'amabilité pour le moins inattendu. J'avais avancé ma couture de plusieurs centimètres quand je sentis qu'il contournait la table et se postait juste derrière moi. Il demeura là un bon moment sans parler. Je dégageai mon tissu de sous le pied presseur pour ôter les épingles sur lesquelles j'avais cousu quand tout à coup – je m'y attendais tellement peu que je sursautai –, sa main se posa sur ma nuque et courut de la racine de mes cheveux jusque dans mon dos, sous ma chemise, une fois, deux fois. J'eus envie – une envie folle – de me tourner et de plaquer mon visage contre sa chemise. C'était un désir phénoménal, on aurait dit qu'un courant électrique me traversait les muscles. Pourquoi Mike ne m'avait-il jamais fait cet effet ? J'avais éprouvé du désir pour lui, mais pas ce besoin intense, parfois empreint de violence, de me plaquer contre lui.

Puis Kilroy lâcha ma nuque, s'éloigna et reprit son journal. Je le regardai par-dessus mon épaule et il releva la tête pour me décocher un sourire affable avant de se replonger dans sa lecture.

Je m'attaquais au repli de la tringle quand j'entendis un pas. C'était Lane, dont la chambre se trouvait également au deuxième, après celle d'Alice. Elle était sympa mais très timide, me semblait-il, et je ne lui avais pas beaucoup parlé. Je n'avais quasiment jamais rencontré quelqu'un d'aussi petit et d'aussi menu, à peine un mètre cinquante et quarante kilos, le teint pâle, des poignets minuscules, et des cheveux blond cendré, fins et coupés très court. La première fois que je l'avais croisée, elle sortait de la salle de bains, en pyjama, et je l'avais prise pour un petit garçon.

« Salut, s'écria-t-elle. Je viens de rentrer et je ne pouvais pas monter sans passer voir d'abord ce que c'était que ce bruit. »

Je souris.

« S'il y avait un truc auquel tu ne t'attendais pas du tout, c'était une machine à coudre, non ?

– Pas faux. J'hésitais entre une roulette de dentiste et un mixer.

– Ou peut-être juste un oiseau-mouche géant ? » suggéra Kilroy.

Lane partit d'un petit rire haut perché.

Je lui présentai Kilroy et, après qu'ils se furent dit bonjour, Lane revint vers moi.

« En réalité, c'est la première fois que je vois quelqu'un coudre. Comment tu fais ? »

Je lui montrai comment guider le tissu sous le pied presseur.

« Il suffit d'épingler et puis tu y vas. »

J'appuyai sur la pédale et lui fis une petite démonstration sur quelques centimètres.

« Au lycée, tu n'as pas fait de couture en travaux manuels ? »

Elle me répondit que non d'un signe de tête.

« Je fréquentais une de ces fameuses écoles *progressives* où on n'avait absolument aucune obligation, même pas celle d'assister au cours. Et je ne suis pas sûre qu'on nous proposait des travaux manuels. »

Kilroy éclata de rire.

« Le lycée comme mode de réalisation perso ?

– Tout à fait. Il y avait par exemple un truc appelé forum où ceux qui le désiraient se réunissaient tous les matins et où tout le monde pouvait aborder n'importe quel sujet. »

Kilroy inclina la tête.

« Et c'était où ?

– Dans le Connecticut. La boîte s'appelle Seward Hall, mais contrairement à ce que son nom peut suggérer, ça n'avait rien d'un vieil établissement ultra-chic. »

Kilroy afficha un drôle d'air.

« En fait, déclara-t-il, les administrateurs ont lancé une grande campagne pour laisser tomber le Hall et rebaptiser l'établissement Seward Country Center, mais les étudiants se sont battus pour conserver Seward Hall.

– Tu y étais, toi aussi ? » demanda Lane en souriant.

Il fit signe que non sans plus de précisions et Lane me lança un coup d'œil interrogateur.

« Quelqu'un que tu connais alors ? insista-t-elle.

– Que je connaissais.

– Qui ça ? Quand ? C'est tellement petit, je… »

241

– Ce devait être avant que tu y ailles.»

Il se replongea dans son journal et Lane se mordit la lèvre en me regardant de nouveau d'un air perplexe.

Je haussai les épaules. Il n'y avait rien à expliquer : Kilroy était comme ça, il jouait les mystérieux, à croire qu'il n'avait besoin de rien ni de personne. Pourtant, ce n'était pas totalement vrai, non? Il avait besoin de moi, n'est-ce pas? Il me désirait, en tout cas! Je songeai à sa langue sur le lobe de mon oreille, au supplice délicieux qu'il m'infligeait quand, lentement, lentement, il m'excitait.

Comme j'avais pratiquement terminé, j'allai chercher dans le petit placard exigu de l'entrée la planche à repasser et le fer ainsi qu'un vieil aspirateur que Simon avait acheté à un marché aux puces parce que, m'avait-il confié, il allait pile poil avec l'équipement de la cuisine. Je bataillais pour extraire la planche à repasser du placard quand je vis Lane se diriger vers l'escalier. Elle s'arrêta une seconde devant moi, puis se ravisa et poursuivit son chemin.

«Bonne nuit», me cria-t-elle par-dessus son épaule.

Une fois dans la cuisine, je commençai à installer mon matériel quand Kilroy me lança :

«Tu sais, je crois que je vais rentrer.»

Sa remarque me stupéfia. J'en avais encore pour une quinzaine de minutes, vingt tout au plus.

«J'ai presque fini, bredouillai-je.

– Oui, mais je suis vraiment crevé. Je vais m'en aller.»

Il hésita un moment, puis hocha la tête, comme pour donner davantage de poids à sa déclaration. Son regard me traversait, de sorte qu'il m'était impossible de savoir s'il s'adressait à moi, s'il voulait que je le suive une fois que j'aurais terminé, que je le suive tout de suite ou autre chose. Peut-être son regard me traversait-il pour que je ne puisse pas lire en lui?

Il attrapa la veste qu'il avait laissée sur un siège, m'adressa un sourire et un petit signe affectueux accompagnés d'un «au revoir», puis s'enfonça dans le couloir obscur, ouvrit la porte et disparut.

Mon cœur battait à tout rompre. Je sentais encore sa caresse sur ma nuque, toutes les possibilités que son geste avait suscitées. *Notre première dispute*, me dis-je, mais loin d'avoir un côté touchant, elle me paraissait incompréhensible. Que s'était-il passé ? Il n'y avait même pas eu de dispute entre nous. Il était fâché, mais pas après moi. Alors que, moi, j'étais fâchée contre lui, parce qu'il m'avait quittée ; et, surtout, j'étais mystifiée. Pourquoi n'avait-il pas donné le nom de la personne qui avait fréquenté l'établissement scolaire de Lane ? Pourquoi déclarer qu'on connaissait quelqu'un puis refuser de dire de qui il s'agissait ? Et son comportement avec Greg ?

Une fois le rideau terminé, je rangeai tout ce qui traînait et remontai ma machine à l'étage. Je comptais installer le rideau le lendemain, lorsque j'aurais rapporté une tringle. Pour l'heure, je m'effondrai sur le futon. À côté de mon oreiller, j'avais accroché une petite aquarelle sur carton représentant une poire. Sur la table du vendeur des rues auquel je l'avais achetée dans SoHo, le vert-jaune du fruit m'avait paru d'une perfection rafraîchissante, j'y avais vu une incarnation de l'été mais, là, elle avait un côté tristounet, accentuait l'aspect minable du mur de l'alcôve dont la surface au sol était à peine plus grande que mon futon. Je vivais dans une petite boîte beige. Affirmation néanmoins pas totalement fondée, puisque cela faisait près d'une semaine que je n'y avais pas dormi. Je songeai à la chambre de Kilroy, à son lit, à la rapidité avec laquelle nous nous étions réparti l'espace, lui à gauche et moi à droite. Il avait fallu que je m'y habitue, à dormir à droite, parce que, avec Mike, j'avais toujours occupé la place de gauche. Quand Mike et moi, on dormait en cuillère, son bras reposait en travers de mon côté droit et tenait mon épaule droite. Et ce, durant nombre de nuits de ma vie… jusqu'à cinq mois auparavant. Je repensai à lui endormi, puis à lui à l'hôpital, pas endormi, dans le coma. Je ne lui avais jamais demandé exactement ce qu'il avait ressenti lorsqu'il en avait émergé. Le retour à la conscience. J'avais vu à quoi ça ressemblait, je connaissais son désarroi, mais ses pensées ? Qu'est-ce que cela avait représenté de découvrir qu'il n'était plus totalement lui-même, qu'il ne pouvait plus marcher ? Ni éprouver de sensations ? Jamais je ne lui avais dit simplement, *Raconte*. Je n'avais pas voulu savoir.

Sur le palier, il y avait un téléphone équipé d'une bonne longueur de câble que je tirai jusqu'à l'alcôve. Il était presque neuf heures, donc presque huit heures à Madison. Ce fut Mme Mayer qui décrocha et elle ne dit pas un mot quand je me présentai. J'attendis un moment, puis un autre et finis par lui demander comment elle allait.

« Très bien, me dit-elle, puis : moi, je vais bien. »

Comme si j'avais pu imaginer qu'elle s'exprimait au nom de Mike.

« Est-ce que je peux lui parler ? »

Il y eut des tas de bruits avant qu'il prenne l'appareil :

« Salut, Carrie, me dit-il d'une voix joyeuse qui me fit mal. Comment ça va ? Et ma carte postale ? »

Sa carte postale de l'Empire State Building. J'avais complètement oublié.

« Mon Dieu, je suis désolée.

– Pas grave. Tu le feras quand tu pourras. Alors, quoi de neuf ? »

Je baissai les yeux vers ma bague dont la pierre semblait terne sous la lumière médiocre de l'alcôve. Pourquoi est-ce que je continuais à la porter ? Je n'arrivais pas à la retirer mais je n'arrivais pas non plus à dire à Mike : *Raconte*. Je cherchai mes mots.

« Je pensais à toi. »

Il garda le silence et j'ajoutai :

« Je pensais beaucoup à toi et je me demandais comment tu allais.

– Pas mal, me répondit-il. Très bien, franchement. Et toi… qu'est-ce que tu fabriques ? »

Désireuse d'éluder la vérité à tout prix, d'éluder Kilroy, je bafouillai :

« Je marche. »

L'angoisse, la honte me saisirent. Je marche ? Pourquoi ne pas lui avoir dit : *Un truc que tu ne peux pas faire ?*

« C'est chouette ? »

J'avalai ma salive.

« Oui. On dirait que tous les jours je découvre de nouveaux coins de la ville dont je n'avais jamais entendu parler. Les quartiers ont tous des noms incroyables, comme Turtle Bay, la baie des tortues.

– Turtle Bay. Dis donc, ce n'est peut-être pas le meilleur endroit pour aller nager.

– Ce n'est pas une vraie baie. »

Il se tut et, au bout d'un moment, j'ajoutai :

« Je suis désolée, Mike. Je voulais juste te dire que j'étais vraiment désolée. »

Là-dessus, de nouveaux bruits s'élevèrent et sa mère reprit l'appareil.

20

Je n'avais pas plus tôt ouvert les yeux, le lendemain matin, que j'eus l'impression d'être paumée, rongée de culpabilité et accablée par le poids de la fatalité. En essayant de m'endormir, je n'avais cessé de balancer de Mike à Kilroy à Mike et là, tout me revenait brutalement. La voix de Mike, métallique à force de vouloir paraître joyeuse. Kilroy qui s'en allait. Mike encore plus malheureux qu'il n'aurait dû l'être, par ma faute. Kilroy s'éloignant dans le couloir, perpétuellement inaccessible.

La grisaille de l'aube régnait dans l'alcôve. Je consultai ma montre et constatai avec surprise qu'il était plus de dix heures. Je me levai et m'approchai de la fenêtre de la cage d'escalier en attente de rideau. Pas étonnant que j'aie dormi aussi tard : le ciel était gris et bouché.

Je récupérai des vêtements dans ma valise en désordre, puis allai me prendre une douche. Après, dans le miroir embué de l'armoire à pharmacie, mon visage me parut bouffi. Armée de ma serviette, j'essuyai un coin de glace... j'étais bel et bien bouffie.

Lane et Alice m'avaient débarrassé un bout d'étagère pour que je puisse y ranger mes affaires de toilette. Je me séchai à moitié les cheveux, puis m'arrêtai, fatiguée par cet effort. Je m'habillai et tentai de défroisser mon pull chiffonné mais c'était sans espoir. Il m'arrivait de vider ma valise pour y mettre de l'ordre, mais hélas ! ça ne durait que quelques jours. Porter des vêtements froissés faisait partie de mon quotidien, un point c'est tout.

Comme si elle m'avait attendue, Lane surgit sur le
de sa chambre au moment où je sortais de la salle de bains.

« Je suis désolée, m'écriai-je. Tu avais besoin de la salle
de bains ? J'y ai passé une éternité.

– Non, je voulais te dire que j'étais désolée, me répondit-elle en souriant. Pour la nuit dernière. Je pense que…
je dois avoir blessé Kilroy. »

Je hochai vigoureusement la tête, mais elle n'eut pas
l'air convaincu.

« Sincèrement, m'écriai-je, je ne sais pas trop ce qui
s'est passé. »

À ma grande consternation, les larmes me picotèrent les
yeux et je baissai le nez en pressant le bout des doigts
contre mes paupières. Lorsque je relevai la tête, un pli
avait apparu entre les pâles sourcils de Lane.

« Ça va ? »

J'acquiesçai.

« Tu veux entrer ? Et t'asseoir ? »

Je jetai un coup d'œil sur sa chambre. C'était la plus
agréable de la maisonnée : Lane avait rebouché les murs et
les avait repeints d'un joli vert pâle que rehaussait un gris
anthracite brillant sur les moulures. Elle n'était jamais là à
cette heure de la journée et je me demandai si elle était
souffrante. Elle avait les cheveux en bataille, mais elle
était déjà habillée d'un pantalon noir moulant et d'un haut
gris qui la rapetissait encore, avec un décolleté tellement
échancré qu'elle avait une épaule dénudée.

« Vas-y, entre. »

Elle s'écarta en m'indiquant un petit fauteuil bleu pâle
dans le coin, puis s'assit sur le lit et m'adressa un sourire
chaleureux. Il émanait d'elle quelque chose de confortable
ou de réconfortant peut-être. C'était quelqu'un qui laissait
toujours sa porte entrouverte, qui me saluait régulièrement
quand elle me voyait aller ou revenir de la salle de bains.
Si sa porte était fermée, c'est que son amie était là.

« Veux-tu… excuse-moi, je ne cherche pas à me montrer indiscrète, mais si tu as envie de parler… »

Les yeux rivés sur mes genoux, je repensai aux premières années de ma relation avec Mike quand je racontais tout à Jamie. On aurait cru que les choses n'avaient pas vraiment eu lieu tant que je ne les lui avais pas décrites. Toutes les deux au téléphone ou allongées par terre dans sa chambre... Pour Kilroy, je ne confiais rien à quiconque. Simon m'avait posé des questions à plusieurs reprises, mais sa curiosité m'avait dérangée.

Je passai ma langue sur mes lèvres sèches.

«Merci.»

Je relevai la tête vers ses petites étagères qui supportaient diverses photographies encadrées ainsi qu'une foule de menus objets, coquillages, paniers, coupes en céramique remplies de boutons et de billes. À côté de moi, une bouteille en verre bleu hébergeait un brin de lavande ; je me penchai pour en humer l'odeur.

«Étonnant ce que son parfum tient, n'est-ce pas ? remarqua Lane avec un sourire gentil.

– C'est vrai... bredouillai-je. Qu'est-ce que ta chambre est charmante ! »

Je m'empourprai légèrement.

«Je veux dire, je ne suis pas sûre d'avoir jamais utilisé le terme charmant, et pourtant il me semble que c'est le mot juste.»

Elle sourit.

«Merci. Je suis désolée de ne pas t'avoir invitée plus tôt.

– Oh, non, je t'en prie... je fais une drôle de voisine, tu ne savais pas combien de temps j'allais rester. Tu ne le sais toujours pas. Et moi non plus d'ailleurs.»

Elle haussa les épaules.

«Quelle différence cela fait-il ? D'après Mlle Wolf, seuls les bourgeois ont des projets bien définis. Ce qui ne l'empêche pas de me faire venir à neuf heures au lieu de neuf heures et demie parce qu'elle a besoin de moi pour régler ses problèmes avec la nouvelle employée de maison.»

Mlle Wolf était son employeur, une vieille dame auteure autrefois connue qui habitait près du Metropolitan Museum dans un appartement donnant sur Central Park. Lane lui servait de demoiselle de compagnie.

« Tu ne travailles pas aujourd'hui ? »

Elle fit non de la tête.

« Sa nièce est de passage à New York.

– Comment as-tu décroché ce boulot ?

– Le réseau des vieilles copines, la filière lesbienne, m'expliqua-t-elle. Ma prof préférée à Yale est la cousine de la meilleure amie de cette fameuse nièce. Mlle Wolf représente l'employeur occasionnel idéal et, moi, j'ai tout à fait le profil de l'emploi : "jeune et fragile poétesse saphique", pour reprendre ses termes. Sa dernière compagne tient une maison de retraite pour artistes lesbiennes dans le nord de l'État de New York, tu vois la carrière prometteuse qui s'offre à moi. »

Je souris.

« Tu es poétesse ? Poète ? »

Lane rosit et acquiesça.

« Je ne le savais pas. »

Je songeai aux autres, à Simon avec ses illustrations, à Greg avec son cinéma. J'avais discuté pratiquement aussi souvent avec Lane qu'avec Greg mais, à part son travail, elle n'avait jamais rien mentionné.

« Ce n'est pas quelque chose dont je parle beaucoup, admit-elle.

– J'aimerais bien lire ce que tu as écrit. Si ça ne t'embête pas trop. »

Elle baissa la tête un moment, encore plus rouge.

« Excuse-moi, bredouilla-t-elle. C'est ridicule. Dans ce domaine, je suis stupide. »

Elle s'essuya les paumes sur sa housse de couette grise, puis récupéra un livre très mince d'un doux bleu pervenche sur l'une des étagères.

« Tiens », me dit-elle en me le tendant.

Parapraxis et Eurydice, proclamait la couverture. *Poèmes de Lane Driscoll*.

« Tu as déjà publié un livre ?

– Ce n'est qu'un opuscule. »

Je m'en emparai, le feuilletai et me penchai sur la table des matières qui ressemblait à un poème en elle-même :

« La porte bleue du jardin », « Tu étais là », « Les vocabu-
laires secrets du corps », je parcourus quelques pages au
hasard, consciente qu'elle m'observait.

Du toi en moi,
L'uomo vero,
L'homme authentique.
Père du souvenir
De tout ce que j'ai vécu.

« Dis donc ! m'exclamai-je. Tu étais encore à Yale quand
tu l'as publié ?
– Oui, mais ce n'est pas une vraie publication, me
répondit-elle, carrément cramoisie cette fois. Ce n'est
qu'un opuscule.
– N'empêche, je suis impressionnée », rétorquai-je en le
lui rendant.
Elle le rangea sur une étagère à côté de huit ou dix autres
exemplaires soigneusement alignés, puis se retourna et me
sourit.
« Simon, fidèle à ses habitudes, en avait commandé une
caisse et s'était installé à l'entrée de notre réfectoire pour
les vendre – il prétendait se charger de ma publicité. Il
avait même fait un panneau. Jamais je ne me suis sentie
aussi humiliée.
– À quoi ressemblait-il à l'époque ?
– Pareil, mais peut-être encore un peu marqué par son
Wisconsin natal ! Et au lycée ? »
Durant le cours de français que nous avions en commun,
il ne parlait pas – il n'était pas désagréable, mais ne se
mêlait pas du tout aux autres. Il souriait quand il me voyait,
cependant, c'était plus un sourire par-devers lui, comme s'il
me jugeait vaguement grotesque. Je devais l'être, toujours
collée à Mike. Subitement, je me revis assise sur les genoux
de Mike à la cafétéria pendant que Simon, tout seul, sans
rien sur son plateau à part une coupe de Jell-O rouge, faisait
la queue à la caisse. Après avoir payé, il s'était dirigé vers
une table vide à l'autre bout du réfectoire.

« Je ne le connaissais pas si bien que cela, finis-je par dire. Il était timide, je suppose.

– Pas sorti du placard ?

– C'est sûr. Et à Yale, c'était difficile d'être gay ?

– Plus difficile de ne pas l'être. On a eu de la chance, pour ce qui était du timing. En fait, on aurait plutôt cru que c'étaient les hétéros qui attendaient de faire leur coming-out. »

Je songeai à Simon, tellement ouvert à présent ; il m'avait confié refuser d'aller voir des gens chez qui il lui aurait fallu feindre d'être hétéro. Aurait-il autant évolué s'il était resté à Madison ? J'en doutais.

« En venant ici, je ne m'attendais pas du tout à tout ce qui m'est tombé dessus, lâchai-je tout à trac.

– Avec Kilroy ? »

J'acquiesçai.

« À cause de…

– Mike. J'imagine que Simon t'en a parlé, non ?

– Je l'adore, mais la discrétion n'est pas son fort.

– Ce n'est pas grave. Ça va », dis-je en me tournant vers une étagère proche pour caresser la surface râpeuse d'une minuscule étoile de mer.

Lane attrapa quelque chose sur sa table de chevet.

« Regarde, s'écria-t-elle en me présentant sa paume tendue. Touche. C'est vraiment doux. »

C'était un oursin plat. Je le pris et gardai dans ma main ce pur disque blanc ciselé de pointes fragiles.

« Je l'ai trouvé sur la plage quand j'étais gamine, me confia Lane. Je ne sais pas comment j'ai fait pour ne pas le perdre depuis. »

Je le lui rendis et elle le reposa précautionneusement sur la table. Je l'imaginai seule sur la plage, seule mais heureuse. Petite fille vêtue d'un maillot de bain à fleurs et coiffée d'un grand chapeau de paille. En train de creuser le sable. Certaine de ne courir aucun danger.

Comme Lane avait des courses à faire, on sortit ensemble et on se sépara à un coin de rue. Le ciel gris se dégageait et les nuages, en se défaisant, exposaient des rubans bleu pâle. Après avoir jeté un coup d'œil sur ma voiture, je me mis en quête d'une quincaillerie. Les trottoirs fourmillaient de gens gesticulant qui passaient à côté de moi, l'air concentré. Où sinon à New York pouvait-on voir une femme en sari rose en compagnie d'un homme aux cheveux verts et au sourcil percé, tous deux manifestement amoureux et se dévorant des yeux ? Par ailleurs, j'aimais la juxtaposition des magasins : Cool Comix après la cordonnerie Manny ; la laverie automatique à côté de *Faïences de Provence*. Pendant un moment, je me bornai à étudier les pieds des piétons en me livrant à de sérieuses supputations sur le nombre d'allées et venues que tous ces trottoirs supportaient au quotidien.

La quincaillerie proposait six tringles à rideaux différentes. Le modèle à ressort dont j'avais besoin ne coûtait que $ 3,99 et je le promenai dans tout le magasin le temps de passer en revue Tupperware, rallonges, poubelles et autres articles pratiques. Bizarrement, j'éprouvais un plaisir singulier devant les objets utiles. C'est ainsi qu'au détour d'une allée, je tombai sur un lot de cartons à monter soit en table de chevet, soit en meuble de rangement, soit en coffre ou même en commode, comme le stipulait le paquet le plus grand, orné de roses centifolia et emballé sous film plastique. Pour vingt dollars, je pourrais vider ma valise.

De retour à la maison, je déchirai l'emballage et me penchai sur les trois pages d'instructions, tout en fentes A et rabats B. Il me suffit de quelques minutes seulement pour me retrouver avec des doigts écarlates, mais je ne me laissai pas abattre. Après une bonne heure passée à tirer et pousser sur mes cartons, je finis par avoir ma commode. Elle rentrait juste entre le mur et le futon, cinq tiroirs dont l'ouverture ne se faisait pas vraiment sans mal, mais ça marchait. Je vidai le contenu de ma valise sur mon lit en un fouillis de vêtements entortillés. Enfin. J'entrepris de plier et de ranger, pulls, chemises, pantalons ainsi que mes robes et mes jupes, parce que je ne voulais pas qu'il reste quoi que ce soit dans la valise, pas même une chaussette. À la fin, je n'eus plus que la chemise de nuit et le peignoir en soie, toujours emballés mais mal en point. Le tiroir inférieur ouvrait à peine, tant la place de la commode était comptée, mais je l'entrebâillai sur quelques centimètres, déballai mes deux tenues en soie que je défroissai du mieux possible et les glissai dedans à l'aveuglette. Après quoi je descendis la valise vide au rez-de-chaussée, la rangeai tant bien que mal sur l'étagère supérieure du placard à côté de la planche à repasser et de l'aspirateur, puis remontai à l'étage et flanquai une petite tape affectueuse à ma commode. C'était bien mieux.

Kilroy appela à cinq heures. Il allait sortir de l'agence de publicité où il avait travaillé toute la semaine et me proposait de le retrouver au McClanahan ou peut-être avant à son appartement, ce qui lui permettrait de se changer…

Je le retrouvai chez lui. J'arrivai un peu avant et l'attendis dans le vestibule en songeant à la soirée précédente dont je ne savais trop que penser. Il finit par se manifester, impeccablement rasé, les cheveux coincés derrière les oreilles et séduisant dans sa tenue de travail qu'il jugeait pourtant inconfortable. Ce jour-là, par exemple, il portait un pantalon kaki et une chemise bleue qui magnifiait les mouchetures pâles de ses prunelles.

« Pardonne-moi de t'avoir fait attendre », me dit-il d'une voix qui me parut un peu essoufflée.

Il nous fit entrer dans le hall, récupéra son courrier puis appela l'ascenseur.

« Ouf !

– Fatigante, la journée ?

– Je n'ai pas arrêté de me dépêcher. »

Il cala ses lettres sous son bras et me prit la main, mais nos doigts s'étaient à peine entrelacés que l'ascenseur arriva et il me relâcha.

« Alors, qu'est-ce que tu as fait aujourd'hui ?

– J'ai acheté une commode. »

Il haussa les sourcils.

« En carton », précisai-je.

Un sourire lui retroussa les lèvres.

« C'est très avant-gardiste, en fait. Frank Gehry a des fauteuils en carton comme ça et les gens branchés en raffolent.

– Il y a des roses centifolia dessus ?

– Ça, j'en doute. Encore que je ne sois peut-être pas au courant des dernières innovations. »

Parvenu à son appartement, il déposa son courrier dans la cuisine et se dirigea vers sa chambre.

« Tu veux aller te chercher une bière ? » me cria-t-il.

Je m'engageai dans le couloir alors qu'il avait déjà jeté son pantalon kaki sur une chaise. Les dernières vingt-quatre heures défilèrent dans mon esprit, le dîner de raviolis dans le restaurant italien bruyant, Kilroy dans la cuisine avec Simon et Greg, l'échange avec Lane à propos de son établissement scolaire, puis la voix de Mike au téléphone, ma nuit solitaire et enfin la discussion avec Lane ce matin. À dire vrai, ce n'était pas d'une bière que j'avais envie. Je fis demi-tour et retirai mon pull que je lançai vers le lit. Une fois devant Kilroy, je glissai les doigts dans la jambe de son caleçon et caressai la texture souple de ses couilles jusqu'au moment où je pus nouer les doigts autour de son sexe durci.

« Tu m'étonnes, murmura-t-il d'une voix sourde, étranglée.

– Encore ?

– Oui. »

Je plaquai la paume de ma main sur sa bouche, puis déboutonnai sa chemise et la fis glisser par terre. Après quoi, j'enlevai mon soutien-gorge et nous guidai vers le lit. Là, je lui retirai son caleçon, puis me glissai sous lui pour le coincer entre mes seins gonflés que je pressai contre son sexe chaud et satiné. Un peu plus tard, je le pris dans ma bouche, le léchai et le suçai longuement, puis m'interrompis brusquement pour ôter mon jean et ma culotte pendant qu'il patientait, le souffle court à côté de moi. Je revins vers lui et le repris dans l'étau de mes seins tandis que son genou se logeait entre mes jambes et on

joua, on joua, quand tout à coup il poussa un gémissement, me retourna sur le dos et s'enfonça en moi pour me
fouailler longuement, puissamment. Son visage était juste
au-dessus du mien, ses cheveux me caressaient le front. Je
jouis en premier, puis ce fut son tour, et on resta là, moites
et haletants, bras et jambes mêlés, sans rien se dire.

21

Ce dimanche-là, Kilroy décida qu'il fallait qu'on se mette aux fourneaux. Trop de plats tout préparés nuisaient à la sérénité de l'âme, m'affirma-t-il. C'était un jour froid d'octobre, un jour qui appelait un ragoût de bœuf. On descendit vers le centre-ville, moi rêvant, je ne sais pour quelle raison, d'une boutique du Village où je m'étais un jour aventurée. L'endroit regorgeait des produits les plus attirants que j'aie jamais vus : fruits et légumes en piles magnifiquement présentées, chapelets de saucisses pendus au plafond, huches de pain, étagères de gâteaux exquis, plateaux d'olives, bocaux de moutardes importées, poissons frais sur lits de glace. Sans parler d'un incroyable choix de viandes. Tout était parfait et totalement inabordable pour moi. À combien ma part s'élèverait-elle ? Pouvais-je invoquer un petit appétit pour réduire la quantité de viande que nous comptions acheter ?

« Chez Balducci ? s'écria Kilroy quand il comprit ce que j'avais en tête. On ne va pas chez Balducci pour un ragoût !

– Tu veux dire que, toi, tu n'y vas pas pour ça ! »

Il hocha la tête.

« Moi, je n'achète rien chez Balducci. Enfin, peut-être un fromage importé divinement puant, un jour d'humeur bizarre. Mais personne n'achèterait de la viande pour ragoût dans un endroit pareil – le truc, pour ce genre de plat, c'est de faire mijoter des morceaux coriaces jusqu'à ce qu'ils fondent délicieusement dans la bouche. »

À la place, on alla chez A & P et, dans notre chariot, on

entassa de la viande, des carottes, des oignons, des champignons, du lard, du concentré de tomate, du bouillon de
bœuf, des feuilles de laurier et une miche de pain français.
Devant la caisse, Kilroy repoussa mon argent.

«C'est mon idée, c'est moi qui régale.

– Mais, mais…»

Il récupéra un sac et poussa l'autre dans ma direction.

«Si tu discutes, tu me castres.

– Mais pas si je porte un des sacs de courses?

– Sincèrement, c'est un cran plus bas sur mon échelle.»

De retour chez lui, on s'installa dans sa cuisine immacu-
lée et je coupai carottes et oignons sur une grosse planche
en bois pendant qu'il saisissait la viande, à raison de trois à
quatre morceaux à chaque fois. L'opération me parut très
familière et, au bout d'un moment, je compris pourquoi : au
lycée, Jamie et moi avions emprunté le bouquin de Julia
Child à la bibliothèque afin de préparer un dîner totalement
français pour Mike et Rooster, de la *soupe à l'oignon* * à la
tarte aux pommes *. (En y repensant, cette initiative me
paraissait pitoyable : Mike avait fièrement apporté une bouteille de vin blanc horriblement sucré qu'il avait chipée
quelque part et, à la fin du repas, Rooster avait demandé
pourquoi il n'y avait pas de glace avec le dessert.) Quant au
plat de résistance, il ressemblait étrangement au ragoût de
bœuf aux champignons sautés et petits oignons braisés que
Kilroy et moi étions en train de mitonner.

«Hé, au fond, m'écriai-je, ce n'est pas un *bœuf bourguignon* * ?

– Ce le serait, si on était en France. Ici, c'est juste un
ragoût.

– Oh, je vois, bredouillai-je en rougissant.

– Allez, ne réagis pas comme ça. Simplement, d'après
ma théorie, il faut se montrer prudent dans le maniement
des noms étrangers et leur prononciation. Il arrive qu'ils
s'imposent, mais parfois ils ont des relents d'affectation.
J'ai connu une bonne femme qui disait : «Je vais à Rome
la semaine prochaine. Ça vous tenterait un peu de *vichy-
souazzze* ? J'avais des envies de l'étrangler !

– Qui c'était ?

– Une bonne femme.

– Tu te répètes. »

Il se tourna vers la cuisinière et rajouta des morceaux de bœuf dans la cocotte.

« À t'entendre, il s'agit d'une femme riche et snob, remarquai-je. C'était une de tes amies ?

– Quelle idée abominable ! s'écria-t-il tout en retournant sa viande à l'aide d'une longue cuillère en bois.

– Alors ?

– C'était une amie de ma mère, d'accord ? Je ne vois pas ce que je pourrais te raconter à son sujet qui la rendrait intéressante. »

Le visage en feu, je fixai mon tas de légumes en dés sur la planche. Il ne voulait pas m'en dire davantage, c'était évident.

« Redis *bœuf bourguignon**, me demanda-t-il comme s'il voulait se faire pardonner.

– Bœuf bourguignon.

– J'avais raison, s'exclama-t-il en souriant. Tu as vraiment un bon accent.

– Six ans de français. Tu en as fait aussi ?

– J'ai vécu là-bas un moment, il y a longtemps. »

Je posai mon couteau et regardai Kilroy avec de grands yeux.

« En France ? »

Son sourire s'accentua et il acquiesça.

« J'ai toujours eu envie d'aller en France, lui avouai-je. J'ai lu un bouquin sur la maison Dior qui, à une époque, m'a donné envie d'être française. Tu y as passé combien de temps ?

– Environ deux ans. »

Bouche bée, j'attrapai un bout de carotte, puis le reposai, les doigts moites.

« Il n'y a pas de quoi être aussi impressionnée, s'écria Kilroy.

– Je ne suis pas impressionnée, je suis époustouflée. Tu habitais à Paris ?

– À Paris en partie, en Provence pendant une période. Et j'ai passé un été en Dordogne.

– Je n'arrive pas à y croire. Tu avais quel âge ?

– Vingt-sept, vingt-huit. »

Brusquement, je me sentis perdue.

« Et c'était quand ?

– Il y a dix ans. Plus en fait. »

J'ouvris de grands yeux.

« J'ai quarante ans, déclara-t-il. Si c'est ce que tu veux savoir. »

Quarante ans. Je lui avais donné une bonne vingtaine d'années, trente ans tout au plus – chez Viktor et Ania, je l'avais pris pour quelqu'un de mon âge. Qu'à quarante ans, il bosse pour une agence d'intérim et vive dans un endroit où les meubles se comptaient sur les doigts de la main, pas le moindre bibelot ni aucun tableau aux murs, voilà qui – sans que je sache pourquoi – me troublait.

« À quoi tu penses ?

– Je ne sais pas.

– Tu veux dire que tu n'as pas envie d'en parler ? »

Je dressai une petite pyramide avec mes épluchures de carottes.

« Soit. Je me demande pourquoi tu ne me l'as jamais dit.

– Que j'ai vécu un moment en France ? s'exclama-t-il en arquant les sourcils.

– Que tu avais quarante ans.

– Ça ne s'est jamais présenté. Qu'est-ce que j'étais censé faire, remplir un formulaire ? "Âge". "Lieu de résidence". »

Il me lança un regard appuyé.

« Fréquentations. »

Il s'approcha de moi, posa la main sur ma nuque et m'attira vers lui jusqu'à ce que nos fronts se touchent.

« Aptitude à apprécier une séduisante petite provinciale du genre qui vous réserve plus d'une surprise. »

Il m'embrassa de ses lèvres chaudes et sa barbe me picota la peau autour de la bouche.

« De toute façon, quelle importance ? poursuivit-il en

retournant au ragoût. Ce n'est pas ma quarantaine qui me détermine, mais l'inverse.

– Peut-être », admis-je.

Mais je repensai à ce que ma mère m'avait dit au téléphone, quelques semaines auparavant, en m'expliquant que ce n'étaient pas nos actes qui régissaient notre personnalité, mais l'inverse et, du coup, je pris conscience d'une chose : Kilroy était plus proche de l'âge de ma mère que du mien.

J'entrai dans une phase d'écoute intense, dans l'espoir d'en apprendre davantage sur lui. Je voulais des faits. Je me voyais dans le rôle de l'éternelle étudiante de troisième cycle que, selon lui, j'aurais dû endosser, sinon que c'était lui mon sujet d'études et moi, le chercheur à sa table qui reportait ses notes sur son ordinateur portable. J'avais quitté une bibliothèque pour une autre.

Or les étagères étaient vides, ou n'abritaient que de vrais livres : ce que je découvris, en fait, ce fut son amour de la lecture. Il venait à bout d'un bouquin – de gros, d'énormes ouvrages sur la géologie du Sud-Ouest américain ou sur l'art et l'iconographie russes ou sur l'histoire du fondamentalisme au Moyen-Orient – en quatre à cinq jours. Le soir, pendant qu'il lisait, je cousais : j'étais retournée au magasin de textiles où j'avais acheté deux sortes de microfibres noires pour me faire deux pantalons avec fermetures Éclair sur le côté, puis j'avais transféré ma Bernina chez lui afin de pouvoir travailler sur place. Certains soirs, il nous arrivait de passer des heures sans parler avec, en fond sonore, le bruit de ma machine qui crachotait allégrement sur une couture et, en écho, celui de la page qu'il tournait. En d'autres occasions, en revanche, il levait le nez au bout d'une demi-heure et déclarait qu'il avait soif, est-ce que j'étais partante pour une bière et une partie de billard au McClanahan ?

Il aimait lire. Il aimait la bière. Il aimait jouer au billard. Il aimait faire l'amour avec moi. Voilà ce que je savais.

Un samedi après-midi, on se retrouva, lui en train de lire

sur le canapé, moi de coudre à la main l'ourlet de mon premier pantalon. À un moment donné, je me surpris à lui exposer en silence des astuces de couture et me rendis compte que je m'efforçais de lui expliquer qui j'étais, de lui narrer des choses banales afin qu'il puisse les situer parmi tout ce qu'il savait sur moi.

Soudain un bruit sourd me fit lever la tête et je m'aperçus qu'il avait refermé son livre et l'avait laissé tomber par terre. Il ferma les yeux, s'étira de tout son long, puis me lança :

« Tu entends ?

– Quoi donc ?

– L'appel de la librairie. Tu entends cette petite voix qui crie : "Kilroy, Kilroy ?"

– Tu as fini celui-ci ? »

Il repoussa la mèche de cheveux qui lui barrait le front.

« Franchement, il faudrait qu'on aille au Strand, que je fasse de la place, mais je pense pas qu'ils aient ce que je cherche.

– Comment ça, faire de la place ? »

D'un geste, il désigna son étagère, haute, étroite et telle- ment remplie de bouquins qu'elle n'aurait vraisemblable- ment pas pu accueillir un ouvrage de plus.

« Il est temps de procéder à un déstockage. Au Strand, ils reprennent les livres.

– Pourquoi ne pas acheter une autre étagère ? »

Je m'étais déjà fait cette réflexion : il avait bien assez de place le long de ses murs.

Il fit non d'un signe de tête.

« C'est strictement défendu.

– Par qui ?

– Par moi, bien sûr. »

Je le regardai d'un air perplexe.

« Je n'ai que cette étagère, m'expliqua-t-il. Quand elle est trop pleine, j'élimine tout ce qui me paraît avoir perdu de son intérêt.

– Pourquoi ?

– Parce que c'est ce que je fais, Carrie. Pourquoi tu dis- poses tes épingles comme ça ? »

Je baissai les yeux vers ma pelote : allez savoir pourquoi, je piquais mes épingles suivant des lignes.

« Je suis organisée.

– Moi aussi.

– Non, toi, tu t'interdis plein de choses.

– C'est une autre forme d'organisation », me répondit-il avec un sourire.

Je jetai un coup d'œil sur son appartement où le soleil de l'après-midi plaquait des blocs d'ombre sur ses murs nus.

« C'est pour ça que tu n'as aucune photo de famille autour de toi ? Aucun objet d'art ? »

Il tourna la tête d'un mouvement brusque.

« Mince, j'ai oublié les objets d'art !

– Arrête de te moquer de moi ! Ce ne serait pas chouette d'avoir un tableau ? Un tableau vraiment beau qui te plairait vraiment ?

– Pense donc au stress que ça impliquerait, rétorqua-t-il avec un sourire crispé. Un tableau vraiment beau et un seul. Je n'aurais jamais le courage de prendre une telle décision. »

Il se redressa sur le canapé et je commençai à ranger mes affaires avec un soupir de frustration. Récemment, j'avais décroché la petite aquarelle au-dessus de mon futon, la poire dont je m'étais lassée, pour la remplacer par une photo représentant une maison au milieu d'un pré, émergeant d'une brume épaisse et bruineuse. Si Kilroy ne pouvait arrêter son choix sur un tableau, pourquoi ne faisait-il pas comme moi et ne se lançait-il pas dans son propre cycle de sélections et de remplacements ? Avait-il déjà basculé du côté des quadragénaires fatigués ? En mal de silence visuel ? Je ne le pensais pas. Le vide de son appartement témoignait, au même titre que le vide de son passé, d'une tendance à éluder quelque chose.

« Dis-donc, elle est sympa cette pelote. »

Il était debout à côté de moi maintenant et je lui montrai la pelote, une petite chose en soie rouge que la mère de Mike m'avait achetée à Chinatown un été où toute la famille Mayer s'était rendue à San Francisco. Un cercle de petits personnages rembourrés, les mains jointes, et de couleurs éclatantes, en ornait le dessus.

« Elle vient de San Francisco, déclarai-je.

– La capitale des moules marinières.

– Quoi ?

– Je n'ai quasiment rien mangé d'autre là-bas. Formidable, cette ville, hein ?

– Je n'y suis jamais allée. C'est la mère de Mike qui me l'a rapportée. »

Nous nous regardâmes un moment, puis il s'éloigna de quelques pas pendant que je glissais la pelote dans mon panier à couture, à côté de mes ciseaux à poignées orange et de mes grands ciseaux à denteler.

« Tu étais proche d'elle ? »

J'hésitai un moment, curieusement sûre qu'il attendait une réponse précise, même si je ne savais pas laquelle.

« Oui, finis-je par répondre. On était comme mère et fille, sinon qu'on se montrait incroyablement polies. Elle m'appelait chérie, je l'aidais dans le jardin parfois.

– Et puis ?

– Tu sais bien.

– Oui, mais Mike et toi, vous étiez déjà en bisbille. Qu'est-ce que ça a déclenché ? Quelles étaient vos relations juste avant l'accident ? »

Les derniers mois d'avant l'accident, le lent dégel au printemps... Je me souvenais d'un moment avec elle devant les premiers crocus mauves qu'elle avait admirés, comblée, les mains sur la gorge. Mais un autre jour, deux semaines avant le mois de mai, alors que j'étais assise à la table de leur cuisine et que Mike cherchait quelque chose à l'étage, elle était venue me demander d'une voix grave, soucieuse : « Tout va bien ? »

« Je crois qu'elle s'efforçait de ne pas voir, confiai-je à Kilroy. Comme tout le monde. »

Nous descendîmes en ville, vers le redoutable SoHo : il y avait une librairie sur MacDougal Street où il pensait pouvoir dénicher ce qu'il cherchait, une traduction d'une biographie de Galilée. Au-dessus de nous, d'énormes nuages ourlés de gris s'amoncelaient. Je me fis la réflexion que, pour avoir grandi à New York, Kilroy devait avoir la cité dans le sang, que la circulation, la foule et les bruits lui paraissaient sûrement aussi naturels que le calme l'était pour moi. Je n'avais pas l'impression que l'agitation de New York me semblerait jamais naturelle, même si j'y passais le reste de mon existence. Je l'espérais en tout cas, car j'aimais ma réceptivité à Manhattan, j'aimais le fait que sortir soit toujours un événement, un risque.

Une fois dans la librairie, on se sépara et je me dirigeai vers un présentoir de beaux livres sur la mode. J'en feuilletai plusieurs en analysant le cheminement de tel créateur, la manière dont le traitement de la couleur avait évolué chez tel autre. Si j'avais eu davantage d'argent, j'aurais essayé de réaliser quelque chose de compliqué après les pantalons – un tailleur peut-être. Ou bien de combiner deux modèles, en gardant la silhouette de l'un mais en éliminant ses vilaines manches et en transformant un col rond en col en V, pour voir si j'en étais capable.

L'argent ! J'étais en train de croquer mes économies à raison de dix dollars par-ci, de vingt ou trente par-là. J'avais demandé à ma mère de sous-louer mon appartement et elle avait déniché un étudiant en droit qui me versait cent dollars de plus que mon loyer, mais à New York, c'était une somme dérisoire qui couvrait tout juste mes déplacements en métro. Dans mon porte-monnaie, ma carte de crédit flamboyait littéralement mais je ne voulais pas dévaler cette pente-là – j'étais encore, pour reprendre la formule aigrelette de Jamie, une citoyenne responsable. Vendre ma voiture s'imposait – c'était une embrouille, un emmerdement royal. Mais c'était ma voiture, le seul endroit dans New York où je pouvais me retrouver, même si ce n'était que durant les dix à quinze minutes qu'il me fallait pour la déplacer.

Je reposai le livre que je venais de consulter et en pris un autre. Sur la couverture s'étalait la photographie en noir et blanc d'une femme debout devant un vieil édifice en pierre – une église peut-être. Elle arborait une immense cape noire à la capuche relevée et tout ce qu'on voyait d'elle, c'était son beau visage, mystérieux et fermé : de grands sourcils arqués et une bouche aux lèvres pleines.

Au même moment, quelqu'un surgit derrière moi, une femme de quarante-cinq à cinquante ans, soigneusement maquillée, avec de l'or aux oreilles et au cou. Elle portait un long manteau tabac sur un pantalon et un pull assortis – un manteau pour chacune de ses tenues, supposai-je.

Elle soutint mon regard, puis se pencha vers la photographie.

« La suffisance de l'extrême beauté », déclara-t-elle en esquissant une petite moue.

J'éclatai de rire.

« Pour moi, elle a l'air compliqué et mystérieux. »

Elle me fit signe que non.

« C'est ce qu'on veut vous amener à penser, mais elle se trouve tellement bien qu'elle voit tout en rose, genre odalisque de Matisse ou je ne sais quoi. »

Elle s'attarda un moment, puis s'éloigna vers les étagères derrière moi où un panneau en bois accroché dans l'allée indiquait Philosophie et Religion.

Déçue qu'elle ne m'en ait pas dit davantage, je reportai mon attention sur mon bouquin. Comme pour l'exposition de photos avec Simon, je venais de vivre un nouvel interlude new-yorkais où une inconnue vous lâche une phrase brillante, insondable – prétentieuse peut-être mais inoubliable – et passe prestement à autre chose. Peut-être était-ce ainsi que New York finirait par m'apparaître, comme une collection de moments de ce type qui, mis bout à bout, formeraient une vie ?

Je me penchai de nouveau sur la photographie et constatai avec stupeur que le point de mire n'était pas la femme mais la cape dont la surface lisse et sombre contrastait avec la pierre pâle et rugueuse et dont la capuche rappelait une cloche. Je ne m'étais encore jamais sérieusement intéressée aux capes, mais je mesurais mon erreur et, tout en admirant ses lignes dansantes et fluides et sa capuche élégante, souple, je la réinventai dans un tweed anthracite, avec une doublure rose, en cachemire ou en mérinos moelleux. Puis, tout à coup, aussi clairement que si elle m'avait adressé la parole, j'entendis Jamie me dire : *Naturellement, si tu veux ressembler à la Maîtresse du lieutenant français*, et je me sentis solidement ramenée en arrière, à Madison, au chagrin de Jamie. Il fallait que je l'appelle, et vite.

Quelques instants plus tard, je retrouvai Kilroy dans la section Voyages, un livre ouvert entre les mains. Il me montra aussitôt une grande photo en couleurs représentant une rue bordée d'immenses marronniers en fleur. «Paris en avril», disait la légende.

«On y va ? me proposa-t-il.

– Tu as trouvé ton ouvrage sur Galilée ?»

Un sourire ourla les coins de sa bouche et il tapota le bouquin.

«En France, insista-t-il. On va en France.»

Il y avait quelque chose de sérieux dans son expression, quelque chose d'insistant.

«D'accord. On y va.

– Très bien, c'est décidé», répondit-il en hochant vigoureusement la tête.

Il acheta le bouquin sur Galilée et, une fois dehors, on se promena dans la partie est de Manhattan. On était fin octobre et les femmes me rappelèrent les couleurs de la saison de la chasse, les bruns et les fauves des terres labourées, le vert sombre et brillant du gibier à plumes. Je vis une dame d'un certain âge portant sur l'épaule un châle à motifs cachemire dont le drapé évoquait un panache somptueusement coloré.

Je rapportai à Kilroy l'épisode de la femme et du livre de photos de mode.

«Elle a lancé cette formule comme une proclamation : "La suffisance de l'extrême beauté", puis elle est partie vers le rayon Philosophie et Religion.»

Il rejeta la tête en arrière et éclata de rire.

«Génial ! Sans doute s'agit-il d'un lieu de rencontres

connu, le dernier endroit où de prétendus intellos viennent répéter avant de placer une petite annonce personnelle dans le *New York Review of Books*. Affichait-elle un air d'avidité sexuelle marquée ? Et puis pourquoi "la suffisance de l'extrême beauté"? Pourquoi pas "la beauté de l'extrême suffisance"? Ou quelque chose de radicalement différent – c'est une chouette formule syntaxique, tu prends deux noms et un adjectif et tu joues avec. "Le manque d'une indiscutable intelligence", par exemple.»

Il me colla un coude de coude.

«Allez, à ton tour.»

Je hochai la tête.

«Je n'en trouve pas.

– "Le charme de l'excessive modestie. La perfection de la totale innocence."

– Tu te moques de moi ?

– Pas du tout, de moi. Le *bouleversement* du brusque bonheur.»

Il m'adressa un sourire tendre et me prit la main, ce qu'il n'avait encore jamais fait dans la rue, et j'éprouvai tout à coup un sentiment bizarre, comme si j'avais pour lui un béguin d'adolescente et qu'on se tournait autour en se demandant ce qui allait se passer.

On n'avait pas déjeuné et, un peu plus tard, sur Lafayette, on s'arrêta dans une minuscule taverne que je n'aurais jamais remarquée si Kilroy ne me l'avait indiquée, un établissement à la façade étroite, haut de plafond et doté de suspensions en verre strié au-dessus de chaque box. On s'installa au comptoir pour manger une soupe aux palourdes accompagnée de petits biscuits salés tandis qu'il dissertait sur les associations culinaires. Il évoqua les alliances solides du genre de ce que nous étions en train de déguster, les erreurs grossières telles que le bacon dans la salade aux pommes de terre chaudes, les unions risquées style bœuf cuit dans la bière, qui fonctionnaient, ou les poires arrosées de sauce au chocolat, qui ne fonctionnaient pas. La sauce au chocolat, affirma-t-il, devait être réservée à la glace à la vanille, et vice versa.

«Enfin il y a la salade de carottes aux raisins secs, déclara-t-il. Le pire truc que j'aie jamais goûté.»

J'avais la bouche pleine et dus lutter contre le fou rire. J'avais ingurgité des dizaines, des centaines peut-être, de salades aux carottes et aux raisins secs : c'était un des grands classiques de Mme Mayer, à égalité avec le bœuf Strogonoff. Pour Memorial Day, Mike en avait apporté un plein Tupperware au lac Clausen, et je revoyais encore mon assiette sur le ponton, garnie d'un croissant de petit pain pour hamburger où s'accrochaient quelques restes de carottes râpées décorées de mayonnaise.

«Quoi? s'écria Kilroy. La salade aux carottes et aux raisins secs est un incontournable des pique-niques du Wisconsin?

– Bien sûr. Et il ne peut pas y avoir de barbecue sans.»
Il hocha la tête.

«Quelle abomination!»

Il attrapa son paquet de biscuits pour en rajouter un peu dans sa soupe.

«Les barbecues aussi. Réfléchis au truc : on prend un bout de chair animale et on le fait cramer. Je suppose que ça devait parler aux sens et à l'imagination des hommes primitifs, cette camaraderie du feu de camp à l'époque où il fallait repousser le monde des ténèbres.»

Il m'adressa un sourire et je le lui rendis : il avait adopté ce que j'appelais sa voix de scène, celle qu'il prenait pour imiter les poseurs et les phraseurs. C'était un intellectuel, lui aussi, mais de ceux qui restaient en dehors du cercle pour critiquer tous les autres. En fait, ce qu'il aimait, c'était échafauder des théories, m'affirmer que toutes les rues de New York étaient animées, majestueuses ou barrées ; que tous les chauffeurs de taxi étaient coincés ou dépravés. Quelques nuits auparavant, au cours d'une promenade tardive, il avait déclaré être parvenu à la conclusion qu'il existait, chez les pigeons de Washington Square, une structure sociale complexe en vertu de laquelle l'oiseau qu'on apercevait à une heure donnée assumait une fonction qui ne devait rien au hasard mais tout à un ordre secret.

« Tu es un snob, lui avais-je dit alors. Un snob des villes.

– Aïe ! Alors, tu as participé à beaucoup de barbecues ?

– Bien sûr. »

Ce n'était pas seulement moi. Nous avions participé à beaucoup de barbecues. Mike et moi. Et, tout d'un coup, je me retrouvai à Madison, la veille de l'accident encore une fois, dans ma chambre pendant que Mike plaçait nos hamburgers sur le gril, puis s'appuyait contre le vieux garage en attendant. Mes yeux me brûlaient encore après la crise de larmes qui m'avait saisie, les sanglots qui m'avaient secouée dans la cuisine quand je l'avais vu sur son canapé, allongé là comme si c'était sa vraie, sa seule place. Dès qu'il m'avait entendue, il s'était précipité pour m'enlacer, mais je m'étais vite dérobée et lui avais tendu le plat de hamburgers pour le mettre entre nous et détourner son attention de ce qui venait de se produire, l'obliger à penser au dîner. Il avait alors descendu l'escalier sans un mot, le plat entre les mains. En l'observant de la fenêtre de ma chambre, quelques minutes plus tard, j'avais eu le sentiment que quelque chose en moi-même rompait ses amarres, que j'étais hors de moi. *Lève la tête*, avais-je pensé. *Lève la tête*. Et il avait fini par le faire et m'avait regardée droit dans les yeux, longuement, simplement. Les bras ballants, la spatule à la main, il m'avait regardée et, juste comme je me disais que je ne pouvais plus supporter ça, juste comme j'allais lui faire un signe de la main, il avait fait passer la spatule dans sa main gauche, porté la main droite à son front et m'avait saluée.

À mes côtés, Kilroy me regardait attentivement.

« Qu'est-ce qu'il y a ? »

Une faiblesse m'avait saisie. Je laissai retomber bruyamment ma cuillère dans mon bol de soupe, plaquai les mains sur mon visage, me masquai la bouche et le nez, mais gardai les yeux ouverts de sorte que je voyais encore le tableau noir de l'autre côté du comptoir avec ses plats du jour, soupe aux palourdes, sandwich à la dinde en sauce ; le serveur, un type de mon âge à la peau brune, en train de lire le *Post* sur un tabouret ; la machine à café

ordinaire, pas celle à expresso, avec son pot pour café normal au bec verseur brunâtre et celui au bec orangé du
décaféiné ; les gens derrière nous reflétés dans un bout de
miroir : deux femmes d'une trentaine d'années, tout en
noir, un vieil homme constellé de taches de peinture, un
jeune type à queue-de-cheval discutant avec une femme
grisonnante en tailleur moutarde. Rien qui dénote New
York ou ne dénote pas Madison, mais c'était évident
quand même. Peut-être cela tenait-il aux suspensions, à la
double hauteur du plafond revêtu de plaques de métal
blanc ? À moi peut-être ?

« Ça va être long, me dit Kilroy en m'effleurant le bras,
en me caressant la nuque. Ça prendra le temps que ça
prendra. »

22

Je savais que Kilroy avait raison, qu'il me faudrait du temps, mais j'avais envie d'avoir tout ça derrière moi et de me retrouver sur mes rails. De même que j'avais envie que Mike se retrouve sur ses rails à lui et qu'il accepte que je ne sois pas à ses côtés, ce qui, je le savais, était impossible.

À Madison, l'automne était une saison glaciale, le vent montait des lacs et s'insinuait partout. J'imaginai les arbres dépouillés de leurs feuilles, squelettiques, sur fond de ciel gris que Mike devait voir à travers les hautes et larges fenêtres de la salle de kinésithérapie. En octobre, on ne manquait jamais d'aller à Picnic Point en passant par la forêt qui changeait de couleurs. On était presque en novembre à présent. Et je pensais à lui de plus en plus, au point qu'un jour l'acte de penser finit par m'habiter à la manière d'une douleur sourde dans la poitrine. Pourtant, je ne le rappelai pas. Que dire d'autre ? Que dire de plus que mon *Je suis désolée* ? Je n'en avais pas idée.

Une pluie fine et froide se mit à tomber qui transforma tout New York en cauchemar. Se promener dans les rues était désagréable mais rester confiné à l'intérieur aussi, d'autant que tout le monde partageait un sentiment analogue. Trop agitée pour lire des livres, je m'achetai une pile de revues de mode que je lus avec le même sérieux que des manuels scolaires.

Un après-midi, je m'installai dans mon alcôve glaciale pour étudier *Vogue* à la lueur médiocre de ma lampe. Mal-

gré les frissons qui me saisissaient devant les robes printa-
nières ultra-légères, je n'en continuais pas moins à par-
courir mon magazine. Pourquoi cet intérêt pour la mode ?
Depuis mon arrivée à New York, je n'avais cessé de nourrir cette fascination tyrannique pour la couture. L'enjeu
était plus de l'ordre de la transformation que de la beauté.
Qui serais-je donc dans une robe-combinaison à motifs
cachemire turquoise et chaussée de sandales rehaussées de
perles ?

À cinq heures, alors qu'il faisait nuit noire dehors – obscurité pesante, prématurée d'un après-midi de novembre qui
préludait à une longue nuit –, des pas résonnèrent dans l'escalier et Lane apparut, équipée d'un parapluie désarticulé et
dégoulinant. Elle dut y regarder à deux fois pour m'apercevoir sous la couverture rêche que Simon m'avait passée.

« Carrie, tu as l'air frigorifié.

– Juste la main qui tourne les pages, affirmai-je avec un
haussement d'épaules.

– Viens dans ma chambre, poursuivit-elle, je t'assure. Je
vais nous préparer un thé ou une infusion – j'ai passé tout
l'après-midi à faire la lecture à Mlle Wolf et j'ai la gorge
irritée. »

Il faisait bon dans sa chambre où des récipients remplis
d'eau sous les radiateurs humidifiaient l'air très sec. Elle
m'offrit son fauteuil, brancha la bouilloire, puis me présenta une boîte en métal remplie d'un assortiment de thés
et d'infusions parmi lesquels je choisis un orange pekoe
et elle une menthe citron ; ensuite de quoi, elle alla chercher des tasses sur une étagère et y disposa les sachets sur
lesquels elle versa l'eau frémissante.

« Tu peux venir dans ma chambre quand je n'y suis pas,
tu sais, me dit-elle. Il fait beaucoup trop froid chez toi.

– Merci. »

Le thé était très parfumé. Je le bus lentement, à petites
gorgées, puis soulevai la tasse pour admirer les fleurs
minuscules sur le pourtour – minuscules choses mauves
rythmées de feuilles vert sombre. Un filet or ornait l'anse
délicate et un autre la base.

«Elle appartenait à ma grand-mère, me confia Lane, assise en tailleur sur son édredon moelleux. À sa mort, j'ai hérité de son service.

– Toi ? Pas ta mère ?»

Le service de ma grand-mère était rangé dans le buffet de la salle à manger de chez ma mère et, lorsqu'on s'en servait, pour un anniversaire ou un jour spécial, celle-ci me rappelait en plaisantant qu'il fallait faire attention à mon héritage et donc le laver et le sécher à la main et ne pas le laisser traîner.

«C'était la mère de mon père, poursuivit Lane. Il est mort quand j'avais sept ans, elle n'avait donc plus que moi comme descendante.»

Je louchai vers son étagère aux opuscules bleu pervenche. Quel était déjà le vers de son poème ? *Père du souvenir*.

«J'ai aussi son piano, ajouta-t-elle. Mais pas la moindre idée de ce que je vais en faire.

– Tu ne joues pas ?

– Un peu, mais je ne me vois pas vraiment l'installer ici.»

Nous échangeâmes un sourire. Au rez-de-chaussée de la brownstone, il n'y avait que des vieilleries – vieux canapés tachés, tables cassées, chaises en mal de cannage. Toutes les jolies choses étaient à part, dans les chambres.

«Un jour, tu auras une maison où le mettre.

– Ou un appartement. Peut-être que Maura et moi, on va s'installer ensemble.»

Maura était son amie – une grande rousse qui bossait à Wall Street.

«Où est-ce qu'elle habite pour le moment ?

– Dans un studio au nord vers la 90e Est. C'est pas pratique, mais elle ne veut pas vivre ici.

– Pourquoi ?

– Elle n'apprécie Simon qu'à dose homéopathique.»

Lane alla chercher une photo à l'autre bout de la pièce et me la tendit. Devant une grande maison en bois, une vieille dame en robe fleurie occupait une chaise en rotin, une jeune enfant sur les genoux. À côté d'elle, un couple coiffé de chapeaux de paille assortis se tenait par la main.

« Ma grand-mère, mes parents et moi », m'expliqua-t-elle.

J'étudiai la photo. Le couple était jeune, la trentaine environ, et l'homme avait les pieds légèrement tournés en dehors, exactement comme Lane de temps à autre. J'entrevis à travers l'enfant la Lane que je connaissais avec son menton pointu et ses sourcils fins et bien dessinés.

« Tu avais quel âge à sa mort ?

– Sept ans. »

Je lui rendis la photo en dodelinant de la tête.

« Qu'est-ce qu'il y a ?

– Pourquoi cette question ?

– Ton expression. Tu as perdu ton père, toi aussi ? »

Sans trop comprendre ce qu'elle avait bien pu voir, je lui confiai néanmoins :

« Il nous a abandonnées. J'avais trois ans.

– Oh, je suis désolée.

– C'est comme ça. »

Elle me tendit un paquet de petits sablés emballés dans de la cellophane à motif écossais. Vaille que vaille, je tirai un biscuit, puis elle en prit un pour elle.

« Il vous a… abandonnées comme ça ? »

Je mordis dans mon sablé et acquiesçai.

« Mais tu sais où il est ? Tu le vois ?

– Je suis infichue de te dire s'il vit en Chine ou à New York. »

Deux plis se creusèrent entre ses sourcils et elle repartit vers son lit, posa son biscuit à côté de son thé, puis me regarda de nouveau d'un air soucieux.

« Tu ne l'as pas revu depuis ? Il est vivant et tu n'as pas idée de l'endroit où il peut être ?

– Je présume.

– Et la pension alimentaire pour son enfant ?

– Tu n'as jamais entendu parler de parent défaillant ?

– C'est pas vrai !

– Au début, ma mère a essayé de le retrouver, et puis

274

elle a fini par se dire que s'il ne voulait plus rien savoir de nous… »

Ma voix se fondit dans un murmure. Cela me faisait bizarre de revenir là-dessus.

Elle prit sa tasse, souffla dessus, puis la reposa sans l'avoir touchée.

« Alors, on a quelque chose en commun, j'imagine, on a grandi sans père.

– J'imagine. »

Je posai mon thé par terre et m'approchai de la fenêtre où, sur la vitre noire, je surpris mon reflet qui me fixait, mes cheveux, un peu frisottés après la pluie, me balayant les épaules.

« Est-ce que parfois tu t'interroges sur la tournure que ta vie aurait prise si ton père était resté ? Ressemblerait-elle un tant soit peu à ton existence actuelle ? »

Sans me retourner, j'acquiesçai. Il m'était arrivé, de temps à autre, de me dire que tout aurait été différent si mon père ne nous avait pas quittées, que je ne serais peut-être même jamais tombée amoureuse de Mike. Et là, je repensai à ma conversation téléphonique avec ma mère, en septembre, au fait qu'après j'avais eu la sensation que mon père avait d'une certaine façon causé ou du moins avivé le désenchantement que j'avais éprouvé à Madison. À présent, j'allais encore plus loin et voyais dans son abandon une force physique qui m'avait détournée du paisible foyer de ma mère pour me pousser vers la bouillonnante demeure des Mayer, puis m'inciter à partir plus loin encore parce que, selon son enseignement, la loyauté, la responsabilité et l'amour ne représentaient rien, sinon des sentiments dénués de valeur, légers comme des bulles de savon et tout aussi éphémères. *Jump on a ferry, Carrie.* Saute dans un ferry, Carrie. *Just set you free.* Libère-toi, un point, c'est tout.

« À quoi tu penses ? me lança Lane.

– Grosso modo, au pouvoir des événements, au fait qu'ils déterminent tant de choses, avouai-je en me retournant.

– C'est toujours ce que je pense des gens.
– De ton père, par exemple ? »
Elle afficha un sourire détaché.
« C'était un drôle de bonhomme. Un moment, il débordait de projets – il allait m'emmener au cirque, on allait en monter un à nous – puis il s'étendait sur le vieux canapé du salon, les pieds nus sur l'accoudoir, les ongles de pied tout racornis et jaunes et c'est à peine s'il remarquait ma présence. Il avait une tumeur au cerveau, tu vois, mais, ça, je ne l'ai su que beaucoup plus tard, j'avais six ou sept ans et les mots "tumeur cérébrale" ne représentaient rien par rapport à son pouvoir à lui. »
Elle sourit de nouveau.
« Au fond, c'est tout autant lui que le fait qu'il soit mort.
– Tu fais référence à quoi ?
– À mon histoire », répondit-elle en haussant les épaules.
Je songeai à l'homme dont je gardais le souvenir. L'homme en peignoir qui hurlait après ma mère, l'homme au poteau dans le jardin enneigé. Quand je pensais à lui, j'éprouvais toujours une émotion sourde, sombre qui, à ce que j'avais toujours cru, résultait de ses actes et non de sa personnalité. Aujourd'hui, je m'interrogeais sur ce que j'avais ressenti durant ces trois années où il avait été là, ce père furieux et malheureux, alors que ma mère avait la charge d'un nourrisson. Combien de fois était-elle restée à me donner des cuillerées de compote pendant qu'il tempêtait ou menaçait, qu'il entrait ou sortait comme un ouragan ? Ma mère, un bébé dans les bras, puis une petite sur la hanche, de sorte qu'elle n'avait même pas eu la liberté de lui tenir tête. Elle avait vingt et un ans lors de leur mariage, vingt-trois à ma naissance… mon âge.
Lane posa sa tasse et roula sur le ventre, les coudes plantés dans l'édredon, le menton en appui sur ses poings menus. Elle avait des mains translucides, des veines sinueuses et bleu pâle qui, vues de loin, s'apparentaient à des rivières et à leurs méandres.
« Mlle Wolf ne cesse de me répéter que l'ennemi de l'ar-

tiste, c'est la famille, m'expliqua-t-elle. Moi, je pense que la famille, c'est l'artiste. Tout comme le ciel, et tous les livres qu'on a lus. »

J'acquiesçai mais je songeai tout à coup à Kilroy et à la manière dont il éludait toute conversation sur les siens et son passé. Que faisait-il de tous ces livres qu'il lisait, sinon se remplir toujours plus – en repoussant encore plus loin ce qui s'était trouvé là avant ?

Quelques jours plus tard, un petit paquet me parvint au courrier du matin, une enveloppe matelassée à mon nom. L'écriture ne m'était pas totalement inconnue, mais je ne réussis pas à l'identifier. Le cachet de la poste indiquait Madison.

À l'intérieur, je trouvai, sans mot d'accompagnement, une K-7 dénuée de toute indication et je compris soudain qu'elle venait de Mike, que c'était sa mère qui avait écrit mon nom et qu'elle n'avait pu se résoudre à indiquer ses nom et adresse dans le coin supérieur gauche.

Il n'y avait personne à la brownstone et, n'osant pas utiliser une des stéréos sans permission, j'embarquai la K-7 jusqu'à ma voiture, garée deux blocks plus au sud. L'intérieur sentait l'humidité et le siège du conducteur me parut glacé sous mon jean. Après avoir démarré facilement, le moteur crachota puis s'étouffa. Il finit néanmoins par repartir et je donnai quelques coups d'accélérateur pour l'aider, puis mis le chauffage en route et glissai la K-7 dans le lecteur.

Après quelques crissements préliminaires, la voix de Mme Mayer murmura : « Vas-y, tout est prêt. » S'ensuivirent des bruits de pas et je la vis s'éloigner à pas pressés. Un léger grincement s'éleva alors : la porte se refermait.

Ce que j'entendis ensuite, ce fut le profond soupir que poussa Mike et je me mordis la lèvre en me demandant comment j'allais supporter cette épreuve.

« Salut, Carrie, on est le 13 octobre. Je suppose qu'il faut que je le précise – si je t'écrivais une lettre, je le noterais. Je voulais essayer d'utiliser l'ordinateur en ergothérapie, mais je n'avais pas trop envie que ça me prenne cent sept ans, alors... À propos, merci de m'avoir téléphoné l'autre jour. Dis donc, tu continues à sillonner New York de long en large ? Fais gaffe, tu sais. Je suis sûr que tu n'as pas besoin de mes conseils, mais ne te balade pas toute seule la nuit ou je ne sais quoi, d'accord ? »

Un grand silence intervint.

« Punaise, ça fait drôle ! Désolé. Tu sais, quand on écrit, on peut s'arrêter et réfléchir à ce qu'on va raconter après, mais si je m'interromps, tu vas te taper des blancs sur la K-7. Ou bien tu vas m'entendre respirer.

« Bon, qu'est-ce que je délire, j'ai une nouvelle stupéfiante. Tu es prête ? Rooster se marie. Avec Joan. Incroyable, non ? Personne n'arrive à imprimer, tout le monde répète sans arrêt que c'est incroyable, ce qui se révèle drôlement blessant pour Rooster, si on y pense. Ils sont allés à Oconomowoc, un samedi, je suppose que c'est là qu'il l'a demandée en mariage. Je n'ai jamais vu ce mec aussi heureux. Et elle est vraiment chouette, je ne sais pas si tu avais eu l'occasion de faire sa connaissance, mais elle est super. Ils ont fixé ça à fin décembre et... au fait, tu vas venir pour Noël ? Je sais qu'il aimerait que tu viennes, je suis sûr que tu vas avoir de ses nouvelles.

« Quoi d'autre ? Tiens, j'ai un nouveau compagnon de chambre, Jeff est rentré chez lui. Un type drôlement cool. Il a l'âge de mon père, mais il ne m'impose rien du tout. Je ne cherche pas à dire du mal de mon père ni quoi que ce soit, mais ce type n'a rien d'un homme d'affaires. En réalité, c'est un pompier. C'était, maintenant, c'est un tétra. Il a eu un accident de voiture et il s'est tapé une blessure de la moelle épinière, plus haute que la mienne, le pauvre vieux. Là, il ne m'entend pas, si des fois tu te demandais. Sa femme lui a apporté un walkman qu'il écoute beaucoup. De l'opéra. Il lui a demandé de me prêter une de ses K-7 et c'était assez joli, sincèrement. La partie musique. Pour le chant, j'ai eu plus de mal.

« La rééducation se passe bien. On va peut-être me retirer le halo la semaine prochaine – j'aurai droit à une radio et puis on verra. Stu et Bill se sont pointés l'autre soir, ça faisait un bail que je ne les avais pas vus. Et Jamie était là. Elle… bon, te fâche pas, mais je crois que tu devrais l'appeler. Enfin, ça ne me regarde pas, mais… oh, c'est pas grave. Biffe ça. Dommage que je ne puisse pas gommer des bouts de la bande. Impossible d'appuyer sur ces boutons à la con, il faut que je me trouve un appareil pour déglingué. Je suppose que je pourrais demander à ma mère de la reprendre pour moi une fois que j'aurais fini, mais j'ai pas vraiment envie qu'elle l'écoute… tu aurais dû m'entendre essayer de lui expliquer que je voulais qu'elle sorte pendant que je te parlais. Je suppose que je dois avoir une mentalité assez puérile pour me montrer aussi secret. D'après King, j'ai peur de perdre mon intimité. Tu sais, une fois que je serai de retour à la maison et patati et patata, même si on ne peut pas dire que j'en ai beaucoup ici. Bon, en tout cas, je m'efforce de réfléchir à ce problème, histoire de lui faire plaisir. »

Rire.

« C'est ce psychologue, tu sais, Dave King. Je l'appelle King Dave, le roi Dave. Il est pas si mal. Il met le doigt sur les choses auxquelles je devrais réfléchir et je l'écoute. C'est drôlement bizarre, sincèrement. Ces histoires de psy. J'arrête pas de penser à ta mère. Tu sais, elle est très calme et réservée des fois et, quand tu parles, elle te regarde et t'as l'impression qu'elle passe tout à la moulinette. Eh bien, ça me mettait toujours mal à l'aise. Aujourd'hui, je peux te le dire. Du coup, je faisais gaffe à ce que je racontais devant elle. Mais, maintenant, je me dis que c'est peut-être à cause de son boulot, tu vois ? Et elle, c'est pas de sa faute. Je ne sais pas. Depuis que je discute avec King, je me suis mis à penser aux lettres qu'on s'écrivait, tu te rappelles ? Des machins un peu neuneu, des fois, qu'on se laissait dans nos casiers respectifs. Tu as gardé les miennes ? Les tiennes sont toutes dans mon placard à la maison, je sais exactement où, et ça m'embête vraiment de penser que, le jour où je voudrai les relire, il faudra que je demande à quelqu'un de me les descendre. Tu vois ? Je ne sais pas pourquoi, mais en un sens c'est bien pire que de savoir que mon père va me tenir la queue tous les jours jusqu'à la fin de ma vie. Ou de la sienne, ça dépendra de qui dure le plus longtemps. »

Un silence suivit et j'en profitai pour attraper mon sac sur le siège passager et en sortir mon portefeuille où je gardais une vieille photo de lui, sa photo de classe de terminale. Il portait la chemise bleue que je l'avais aidé à choisir et souriait de son sourire de photo de classe. Étant donné que je passais juste après lui, je l'avais regardé s'installer sur le tabouret, puis se relever afin que l'assistant du photographe lui règle son siège. Avant de se rasseoir, il m'avait crié : « Hé, viens, ce serait bien qu'on soit ensemble », et, l'espace d'un moment, je m'étais fait la réflexion qu'il n'y avait vraiment pas de raison pour qu'on nous photographie séparément.

« De toute façon, poursuivit-il, il n'y a quasiment rien de changé. D'après Harvey, il faut qu'on se débrouille pour que notre esprit soit aussi actif que notre corps l'était. C'est avec lui que je partage ma chambre, je t'ai dit son prénom ? Il demande à sa femme de lui lire de la philosophie tous les soirs, il jure qu'il va consacrer le reste de sa vie aux études qu'il a eu la connerie de ne pas faire à l'université. Elle lui lisait Platon, hier soir. »

Une pause.

« Il lui a réclamé un enregistrement de Charles Dickens pour nous. *Le Conte des deux cités*. Tu sais, une heure environ tous les soirs – ça dure à peu près dix heures et quelque. Et on commence demain. Un peu différent de l'époque de Jeff, pas vrai ? Pardon ? »

Un bruit s'éleva que je ne pus identifier.

« Attends une seconde, attends. Je suis en train de parler à Carrie. Oui. Dis-lui quelque chose, dis-lui bonjour. »

D'autres bruits.

« Tu entends ça, Carrie ? C'était Harvey qui te saluait. Vas-y, répète mais plus fort, d'accord ? »

Un silence s'abattit, puis une voix à peine audible que je ne connaissais pas marmotta : « Bonjour Carrie. C'est moi qui partage la chambre de Mike. Content de faire ta connaissance.»

«Bon, c'était Harvey, reprit Mike. Il a fini sa K-7. Peut-être qu'il faudrait que je m'arrête, moi aussi. J'ai dit quinze minutes à ma mère, elle va revenir d'une minute à l'autre pour arrêter la bande. Bon, je suppose qu'il vaudrait mieux que je continue jusqu'à ce qu'elle revienne. Euh, quel temps fait-il par chez toi ? Ha ha. Hé, qu'est-ce que tu fabriques pour Thanksgiving ? Peut-être que je serai rentré d'ici là ? Va savoir. Oh, voilà ma mère. Non, non, j'ai terminé, j'ai terminé, c'est bon. Au revoir, Carrie, au revoir.»

J'entendis un dernier déclic, puis un sifflement comme la partie non enregistrée de la bande défilait dans l'appareil. J'appuyai sur rembobinage, puis posai le front contre mon volant. Je me sentais brillante et bizarre, nimbée de lumière et sombre au cœur.

Cet après-midi-là, je devais retrouver Kilroy au McClanahan après son boulot. Il aimait bien arriver là-bas à six heures du soir ou même avant, quand le bar était encore à moitié plein. Moins de yuppies.

Une fois sortie de la brownstone, je boutonnai ma veste et pris la direction de l'est. J'avais passé la journée à penser à la K-7 de Mike, puis à essayer de ne pas y penser. J'avais passé l'aspirateur dans tout le rez-de-chaussée, puis dans l'escalier jusqu'au moment où je m'étais fait l'effet de ressembler à Mme Mayer dans le rôle de la ménagère acharnée. Du coup, j'avais rangé l'aspirateur pour me préparer un thé, puis j'avais changé d'avis parce que ça me la rappelait aussi. Après quoi, j'en avais fait quand même, parce qu'il n'était pas question que je renonce à mon thé à cause de Mme Mayer.

Pendant que j'avançais sur les trottoirs grouillant de monde en direction du McClanahan, je songeai à Rooster et à son mariage. Comment Rooster pouvait-il se marier ? C'était un célibataire endurci, je n'arrivais pas à imaginer qu'il sacrifie tout ce qui représentait sa vie : son minuscule appartement avec le canapé qui sentait le chien, ses repas Kraft accompagnés de deux hot-dogs coupés pour un supplément en protéines. Je ne la voyais pas amateur de ce genre de choses, la belle, la cool Joan : je ne la voyais pas le désirer, lui, et tout ce pour quoi il était doué, régler des trucs, tenir le volant toute la nuit pendant que les autres dormaient et lâcher un rot tonitruant après une bière.

Et puis il y avait eu leur rencontre en réanimation pendant que Mike était dans le coma. Indépendamment de l'amour, du destin et de tout le tralala, je ne cessais de revenir à une question simple : comment pouvaient-ils construire quelque chose sur le malheur de Mike ?

Mais aussi à une autre, tout aussi simple : et, moi, comment le pouvais-je ?

Je trouvai Kilroy au bar, devant une chope à moitié vide. Vêtu d'une chemise marron sous sa veste en cuir, il me décocha un sourire apparemment amusé, comme si je l'amusais, comme si nous deux l'amusions. Mike m'avait toujours accueillie de manière physique, un bras autour de mon épaule, un baiser sur le front, une main autour de ma taille. Et un sourire qui proclamait : *Je suis content de te voir*.

« Quelles nouvelles ? » me demanda-t-il comme je m'asseyais sur le tabouret à côté du sien.

Je haussai les épaules.

Il me considéra d'un air interrogateur, puis se mit à jouer avec une boîte d'allumettes.

« Pas de nouvelles, bonnes nouvelles, j'imagine. Une bière ?

– Volontiers. »

Il fit signe au barman, Joe, un quinquagénaire totalement chauve, qui approcha pour prendre la commande.

« Carrie aimerait une pression, déclara Kilroy.

– Ça devrait pouvoir s'arranger », répliqua Joe en souriant.

Il se dirigea vers les tireuses et me remplit une chope avec la lenteur requise. À l'autre bout du bar, un homme en costume buvait une bière, tout seul.

Quand il posa mon verre devant moi, Joe lança un drôle de regard à Kilroy et je me demandai depuis combien de temps Kilroy fréquentait le McClanahan, si Joe avait vu d'autres femmes à la place que j'occupais. Je pris une gorgée de bière froide et pétillante et sentis des picotements dans mes bras.

« Alors ? me dit Kilroy. Raconte.

– J'ai reçu une K-7 aujourd'hui.

– Une K-7 ?

– De Mike. »

Devant son air interrogateur, je précisai :

« Il ne peut pas écrire.

– Je sais, je sais. »

À son tour, il prit une gorgée de bière, puis s'essuya les doigts sur son jean, le 501 troué dans lequel il sautait tous les soirs en rentrant du travail.

« Tu as l'air bouleversé. »

Je fis non de la tête.

« Quoi, alors ?

– Triste.

– J'avais remarqué. »

Une sorte de fureur folle me saisit et je me cramponnai à mon verre jusqu'à ce que le froid me fasse mal.

« Qu'est-ce qu'il disait ? » reprit Kilroy.

Sans le regarder, je répondis :

« D'abord, Rooster se marie. Avec Joan, l'infirmière de réanimation. Ensuite, il a un nouveau compagnon de chambre, Mike, je veux dire. En rééducation. Il est en rééducation, tu sais, c'est sa mère qui a dû manipuler les boutons du magnétophone pour lui. »

Je m'interrompis et me tournai vers Kilroy. J'avais envie qu'il partage mes sentiments, mon agressivité. Ou plutôt j'avais envie qu'il m'atteigne, pour m'apaiser et canaliser cette agressivité. Il ne dit rien pourtant et, au bout d'un moment, je reportai mon attention vers mon verre.

« Comment se fait-il que tu ne veuilles pas me parler de tes anciennes amies ? lui lançai-je. C'était quand ta dernière histoire ? »

Un certain agacement se peignit sur son visage.

«Ça compte une histoire avec soi-même ? répliqua-t-il en soupirant. Pardon, ça vient d'un film. Je n'ai pas eu de liens comme toi tu en as eu avec ton ami. Entendu ?

– Ils étaient comment, alors, tes liens ?

– Je n'en ai pas eu. Tu te trompes de colère.»

Je vis Joe, appuyé contre l'évier, les bras croisés, repensai à ce que Kilroy m'avait dit lors de notre première soirée ensemble – *C'est juste que je suis un mec qui aime les bars* et me demandai alors s'il avait confié des bribes de sa vie à Joe ou si l'anonymat qu'ils lui garantissaient justifiait son amour des bars. Sur ce, je m'aperçus que Kilroy me regardait d'un air bizarre qui augurait mal de la suite de notre discussion. D'une petite voix tendue, je jetai :

«C'est quoi ma colère ?»

Mais il détourna les yeux et je ne pus m'empêcher d'insister :

«Alors, c'est quoi ?

– Et si tu essayais plutôt de ne pas te mettre en colère ?» rétorqua-t-il sèchement.

Devant l'horrible ricanement qui lui déformait la bouche, je sautai de mon tabouret et me faufilai entre les tables vides pour franchir la porte massive et m'enfoncer dans la nuit.

Je descendis la 6e Avenue d'un pas vif, en évitant badauds et promeneurs. Qu'est-ce qui n'allait pas chez lui ? Qu'est-ce qui n'allait pas chez moi ? Pourquoi avais-je encaissé tout ce que j'avais encaissé jusqu'à présent, son côté gardé, forteresse ? Oh, c'était la gentillesse même, la compassion, la compréhension, mais tout se passait selon les termes qu'il avait définis et on ne pouvait avoir accès à lui.

Un peu avant la 14e Rue, je coupai vers l'est en empruntant de sombres canyons, passai devant de vieux entrepôts où je cédai le passage à des camions. J'aperçus un couple, tous deux grands et vêtus d'un blouson de cuir, plaqués contre un mur ; trois mecs d'à peu près mon âge qui marchaient à pas pressés, sans échanger une parole ; un Noir efflanqué et coiffé d'une casquette à la Sherlock Holmes qui, planté sur le seuil d'un immeuble, répétait : «*J'attends le bon moment, j'attends le bon moment*» ; une énorme vieille bonne femme en peignoir, campée sous un échafaudage assez bas, l'air hébété ; et une jolie fille en pantacourt et bottes à bouts carrés, qui sortait d'un taxi, les cheveux longs et soyeux, le visage serein mais ruisselant de larmes, et s'éloignait sur le trottoir.

Je me dis : «Même si ça ne marche pas avec Kilroy, je peux toujours rester à New York et devenir new-yorkaise.»

Les New-Yorkais étaient différents. Jeunes ou vieux, dingues ou géniaux, moches ou splendides – ils ne se contentaient pas de se balader dans la rue, ils faisaient un défilé de mode, ils s'exhibaient. Ils proclamaient : *Me voici tel qu'en moi-même : aujourd'hui, je suis cette personne qui porte ces bottes, qui affiche cet air car je viens d'avoir une discussion intense et pénible avec mon ami, il est difficile mais je l'adore.*

Je marchai longtemps. Je descendis Broadway, regardai la foule bigarrée sur St Mark's Square, suivis l'Avenue A puis traversai East Houston et m'enfonçai dans les vieilles ruelles de Lower East Side. La ville était tout illuminée, lampadaires, fenêtres d'appartement, rideaux ouverts ou stores relevés de sorte qu'en levant la tête on apercevait le haut d'un tableau, une porte béant sur la pénombre. Comme j'avais oublié mes gants, je tirai sur les manches de mes vêtements et me coinçai les mains sous les aisselles.

Il était presque neuf heures quand je regagnai la brownstone. Autour de la table de cuisine, Simon, Greg, Lane et Alice, qui pour une fois était là, buvaient du vin rouge et mangeaient à la même assiette des tranches de pain de campagne et des légumes marinés, rouges et mauves auxquels l'huile donnait des reflets luisants. Un bref coup d'œil sur le tableau blanc m'indiqua que Kilroy n'avait pas appelé.

«Approche une chaise, s'écria Simon. Un peu de vin ne te fera pas de mal, on dirait.»

Je tirai un siège vers la table, à côté de Lane. Habillée

d'un ample T-shirt en Thermolactyl, elle avait le nez et les joues roses, comme si elle s'était coloré la figure avec un fin pinceau trempé dans le vin.

« Alors, Carrie, me demanda Simon en me servant à boire, à quel point me trouves-tu abjectement lamentable ? »

Un coup d'œil sur le groupe – tous réprimaient un sourire – m'indiqua que j'allais devoir prendre le train en marche.

« Sur une échelle de un à dix, poursuivit-il. Dix correspondant au moutard du cours moyen qui sent mauvais et n'est jamais invité à aucun anniversaire et un à Kevin Spacey.

– Kevin Spacey n'est pas lamentable, brailla Greg. Il est vachement chouette. C'est un dieu.

– Je dis pas le contraire, rétorqua Simon. Voyons !

– Simon… » commença Lane.

Il l'interrompit d'un geste.

« C'est entre Carrie et moi. Où me situes-tu sur l'échelle de l'abjectement lamentable ?

– Trois ? avançai-je. Non, deux. »

Il échangea une œillade avec Alice et tous deux gloussèrent.

« Tu es beaucoup trop gentille pour vivre à New York, décréta-t-il. Greg et Lane iraient sûrement jusqu'à cinq, mais pas plus, et Alice… – il lui jeta un regard malicieux. Je ne sais pas, ma belle, qu'est-ce que tu en penses, huit ? Ou neuf ? »

Elle afficha un sourire narquois et passa la main dans ses cheveux courts et décolorés qu'elle portait de manière élégamment ébouriffée, avec une frange sur le front.

« Mon chéri, s'écria-t-elle. Mince. Moi, je t'avais mis à sept, sans forcer. »

Souriant, il se tourna de nouveau vers moi.

« La question se pose à cause d'un truc que j'ai fait aujourd'hui.

– Quoi ?

– J'ai appelé Dillon. »

Il m'adressa un sourire ironique.

« De la galerie, tu te souviens ? »

Bien sûr : le beau Dillon à la condescendance ennuyée et au discours pseudo-intello.

« Génial ! m'exclamai-je, tu vas prendre un pot avec lui ? »

Lane fronça les sourcils et se pencha en avant tandis que Simon rosissait et pouffait de plus belle.

« Simon, fais gaffe, intervint Alice, tu vas baver. »

Il lui intima le silence, mais continua à rire sans bruit, de manière convulsive.

« Dillon lui a dit, m'expliqua alors Alice, et je crois le citer sans déformer sa pensée : "Tu sais, je suis justement en train de restructurer mes rangements et j'ai vraiment vraiment la sensation d'avoir sursaturé mes capacités." »

Greg rigola carrément et je me tournai vers Simon.

« C'est vrai ? »

Toujours en proie à un fou rire silencieux, il acquiesça vigoureusement.

« En d'autres termes, réussit-il à bredouiller tout en s'essuyant les yeux, "Voudrais-tu bien nous débarrasser de ta répugnante personne ?" »

Alice hocha la tête.

« À mon avis, c'est plus dans le style, "Voudrais-tu bien t'occuper de mon réassort de Prozac ?" Voyons ! Restructurer ses rangements !

– Alice, s'écria Greg, manifestement contrarié. Tu ne piges pas ? Ce qu'il dit, c'est qu'il préfère se consacrer à ses rangements plutôt qu'à Simon. »

L'air impatient, Alice ouvrit la bouche pour faire une remarque, puis se ravisa.

« Merci pour l'exégèse, Greg, déclara Simon.

– Tu as eu une mauvaise journée, me dit soudain Lane avant de se retourner vers Simon. C'est simplement que…

– Que quoi ? Que je me la ferme sur le sujet ?

– Non, répondit-elle à mi-voix. Tu sais que ce n'est pas ce que je veux dire. »

Il soupira.

« Bien sûr. »

Il reprit un bout de pain et le trempa dans l'huile d'olive.

« Bon, lança-t-il à Alice. Et où est Frank ? Ça doit bien faire un siècle qu'on n'a pas passé une soirée tous ensemble.

– Il dîne avec son crétin de cousin, expliqua-t-elle. Je me suis tapé une horrible migraine au dernier moment. Hé, est-ce que je vous ai dit ? Il veut que je m'installe chez lui.

– Que tu t'installes chez lui ? fit Simon. Tu y vis déjà.

– Officiellement, précisa-t-elle.

– Et qu'est-ce que tu vas décider ? s'enquit Lane.

– Je ne sais pas, répondit Alice avec un haussement d'épaules. C'est tellement petit chez lui qu'une cohabitation à plein temps devrait sans doute nous pousser à rompre plus vite. »

Simon et Greg éclatèrent de rire.

« Tu es malade, affirma Simon.

– Et puis pensez à toute la matière géniale que ça me fournirait, poursuivit-elle. Je pourrais écrire une pièce en un acte avec un lit pour lieu de l'action. »

Elle écrivait des pièces, à moins que ce ne fût seulement un vœu pieux : matin et soir, en passant devant sa porte, j'apercevais son ordinateur, protégé par une serviette de plage Barbie, sur son bureau. J'avais confié ce détail un jour à Kilroy qui, du coup, m'avait affirmé que je vivais au milieu d'un groupe de rêveurs en mal de célébrité. Il me revint en mémoire ce qu'il m'avait dit de Simon – *Il essaie d'être autre que ce qu'il est en réalité* – et ma fureur contre lui s'amplifia. Qu'y avait-il de si terrible à vouloir être autre que ce qu'on était ? Comment pouvait-on devenir quoi que ce soit sans l'avoir voulu au départ ? Tout à coup, j'eus honte d'avoir mésestimé Alice. Elle avait peut-être un portable chez son ami ou bien elle écrivait à la main ou elle réfléchissait à ce qu'elle souhaitait écrire ! La ferme, lançai-je mentalement à Kilroy, puis quelque chose s'effondra et je me sentis glisser dans le désespoir. Pourquoi criais-je après lui dans ma tête ? Qu'est-ce que cela signifiait ? Avais-je seulement une place dans la sienne ?

« Ça va ? » s'écria Lane qui m'observait d'un air soucieux.

Je repris une gorgée de vin et acquiesçai.

Ils m'observaient tous à présent ; Simon, les yeux plissés derrière ses lunettes, pencha la tête.

« Je crois que je suis un peu fatiguée, déclarai-je.

– Dis donc, intervint Alice, voilà un temps fou que je regarde ton T-shirt en me disant qu'il me plaît beaucoup, mais, bêtement, je garde mes réflexions pour moi. Il est vraiment super. »

Je portais un T-shirt rouge à manches longues que j'avais un peu modifié l'année précédente, un week-end où je m'ennuyais. J'avais ajouté une soutache rouge et or sur le col et sur le devant où j'avais aussi cousu un bouton en laiton tous les deux centimètres. J'avais même rapporté un bout de soutache à la hauteur de chaque hanche pour suggérer deux petites poches en biais.

« Merci, répondis-je.

– Il me rappelle ma grand-mère, poursuivit-elle.

– Alice ! s'exclama Simon.

– C'est un compliment, rétorqua-t-elle en se coinçant les cheveux derrière les oreilles. Ma grand-mère est très chic. Sans rire, il ressemble à un de ses tailleurs Adolpho, mais avec une note humoristique. C'est très post-moderne et fin de siècle – Adolpho revu et corrigé par Gap. »

Je jetai un coup d'œil alentour pour voir qui trouvait ce commentaire aussi stupide que moi, mais me rendis compte alors que la personne que j'aurais aimé consulter – la personne que je cherchais en réalité – n'était autre que Kilroy.

J'emportai mon verre vers l'évier.

« Où tu vas ? » me lança Simon.

Ils me fixaient tous, Simon, le visage encore un peu rose, Greg, très brun, gentil et toujours un peu en retrait par rapport aux autres, Alice, élégante avec son chemisier en polyester et les épais traits d'eye-liner noir qui soulignaient son regard, Lane, discrète et attentive. Qui étaient ces gens ? Qu'est-ce que je fabriquais avec eux ?

«En haut. J'ai un coup de fil à passer.»

Une fois au deuxième, je me laissai choir sur le futon. J'avais envie de l'appeler en même temps que j'avais envie qu'il m'appelle ou encore qu'il disparaisse. Et, soudain, dans l'alcôve éclairée par une vilaine lampe en imitation laiton coiffée d'un abat-jour jaunâtre, j'eus la sensation que ce petit espace était vide de tout, de moi et de ma vie que j'avais embarquée chez Kilroy pour l'accrocher sur ses murs nus.

De la cuisine me parvenaient de vagues murmures de voix, des éclats de rire. J'allai récupérer le téléphone sur le palier et le rapportai vers le futon. Je composai le numéro de Kilroy, mais m'interrompis avant de l'avoir achevé. Je gardai l'appareil un moment sur mes genoux, puis, sans y avoir vraiment réfléchi, j'appelai Jamie.

Lorsqu'elle entendit ma voix, elle demeura silencieuse un long moment, puis me dit «Comment ça va» sur un ton qui n'avait rien d'une question. Après, elle eut un petit rire glacial.

«Je suis désolée, Jamie, déclarai-je, consciente que je me répétais, que je répétais ce que j'avais dit à Mike: je suis désolée, désolée, désolée. J'aurais dû t'appeler plus tôt. J'aurais dû.»

Elle inspira profondément, puis souffla d'une façon qui ressemblait à un soupir bruyant. Je la devinais dans la cuisine, la vaisselle du jour soigneusement rangée dans l'égouttoir à côté de l'évier, une lumière allumée, la suspension très basse au-dessus de la table à la toile cirée mouchetée.

«Jamie, repris-je.

– Quoi.

– Je t'en prie, essaie de comprendre. Il fallait que je m'en aille.»

Elle laissa passer quelques secondes et je l'imaginai avec ses cheveux blonds qui encadraient son visage, ses yeux vert clair.

«Je comprends. Au début non, maintenant oui. Mais, depuis, il s'est écoulé presque deux mois et tous les jours, je me demande ce que j'ai qui fait que tu me détestes.»

Elle fondit en larmes et je me fis l'effet d'être une géante, monstrueuse et déconnectée d'elle : son chagrin ne me touchait absolument pas. Il me remplissait de pitié, mais d'une pitié glacée, cérébrale – d'une pitié pour moi, pas pour elle.

« Mais non ! Je ne te déteste pas, Jamie, c'est juste que…

– Tu as appelé Mike, sanglota-t-elle. Tu l'as appelé deux fois.

– Je sais. »

Elle changea de place, puis se moucha discrètement.

« Jamie ? »

J'entortillai le fil du téléphone autour de mon doigt, puis le déroulai et constatai que ma peau était cerclée de traces rouges comme une enseigne de coiffeur.

« Quoi ?

– Est-ce que je peux… est-ce que je peux te demander comment tu vas, ce que tu as fait ces derniers temps ? »

Elle recommença à se moucher.

« Eh bien, pour te donner un exemple, samedi soir dernier, j'ai joué aux petits chevaux avec Lynn et mes parents. Oh, et note bien… on a fait une pause pop-corn après la troisième partie. »

Je les vis très nettement tous les quatre dans la pièce commune lambrissée, M. et Mme Fletcher de chaque côté de la table de jeux branlante, Jamie et Lynn à chaque bout. Mme Fletcher, en chemisier et pull-over, la tête dans les nuages au point qu'il fallait constamment la rappeler à la réalité. M. Fletcher, tout juste présent, Jamie rêvant de ne pas être là. Et Lynn… Lynn, aux yeux trop maquillés, consultant l'horloge. Je la revis devant l'Alley dans sa minijupe étriquée et me demandai comment j'avais eu le toupet de lui donner des conseils : moi dont la vie était un vrai gâchis.

« Comment va Lynn ? demandai-je au bout d'un moment.

– Ridicule. Ses disputes avec maman me rendent complètement dingue. Il faut qu'elle quitte la maison.

– Dommage que je ne l'aie pas su plus tôt, elle aurait pu sous-louer mon appart. »

291

Un silence brutal s'abattit, puis Jamie répéta:

«Tu as sous-loué ton appartement?»

Une pointe de peur me saisit. Elle ne le savait pas? Comment se faisait-il qu'elle ne soit pas au courant alors que tout le monde à Madison savait tout sur tous?

«Alors?

– Oui.»

J'entendis un bruit sourd et puis plus rien sinon le silence de tout cet espace qui défilait entre nous.

«Jamie.»

J'attendis, puis répétai encore et encore: «Jamie. Jamie? Jamie?» Et je compris: elle avait lâché l'appareil et s'était éloignée. Je la voyais bien à l'autre bout de la cuisine, les yeux rivés sur le récepteur, furieuse et en larmes.

«Jamie!» hurlai-je.

Mais j'eus beau brailler son nom durant plusieurs minutes, elle ne reprit pas le combiné.

Je raccrochai et rapportai le téléphone sur le palier, puis poussai le rideau de la petite fenêtre de la cage d'escalier et regardai dehors. Les brownstones derrière formaient des plaques de lumière: ici, une fenêtre au rez-de-chaussée, là, une à l'étage, puis le noir total et après quatre étages brillamment éclairés. Quelqu'un d'autre aurait peut-être cherché un message dans ce mode d'illumination mais, moi, je restai là à contempler ce paysage lumineux avec le sentiment de n'occuper qu'une toute petite place dans le monde.

23

Kilroy débarqua à la brownstone le lendemain matin. J'étais en train de boire mon café, toute seule, et sursautai en le voyant dans la lumière vive et froide, frêle silhouette se détachant à l'entrée du vestibule obscur. Les mains sur les hanches, il paraissait bourru, irrité : il s'imposait une démarche qui lui coûtait manifestement beaucoup.

« Tu ne m'invites pas à entrer ?

– Tu en as envie ?

– Oui. »

Dans la cuisine, je lui servis une tasse de café, puis m'assis sur une chaise. Au bout d'un moment, il m'imita. Il avait le visage gris de barbe et portait son jean troué, un sweat-shirt gris déchiré et sa veste en cuir qu'il ne retira pas. Il était dix heures vingt ; il devait avoir décidé de ne pas aller travailler.

« Ce sacré Kilroy, marmonna-t-il en avalant une gorgée de café. Pourquoi il est comme ça ? »

Comprenant qu'il n'allait pas me présenter d'excuses plus élaborées, je fis un effort pour ne pas lui rire au nez.

« Pardon ? m'exclamai-je en hochant la tête.

– Alors, qu'as-tu fait hier soir ? enchaîna-t-il en me regardant par-dessus le bord de sa tasse.

– Après être descendue jusqu'au Lower East Side et retour ? »

Un soupçon de surprise se peignit sur son visage.

« Oui.

– J'ai pris un verre de vin avec Simon et les autres.

Alice a déclaré que mon T-shirt était très post-moderne et *fin de siècle* * – Adolpho revu et corrigé par Gap.

– Oh, faiblesses de la jeunesse !

– C'est censé signifier quoi ?

– On est dans le registre de la femme que tu as rencontrée à la librairie, il y a deux semaines. "La suffisance de l'extrême beauté". Parler pour faire du bruit et non du sens.

– Et tu veux dire quoi exactement ? »

Il soutint mon regard un instant, puis tourna la tête.

J'allai vider ma tasse dans le bac de l'évier où traînaient les tasses ébréchées du café au lait. D'une contenance minimale, ces bacs étaient perpétuellement encombrés si bien qu'on n'avait pas la place de laver grand-chose. À gauche, les verres de la veille sentaient la vinasse. Je décidai de remédier à cet état de faits et me lançai dans un brin de vaisselle.

« Il est comment ce T-shirt ? »

Il s'était posté à côté de moi, les reins calés contre le plan de travail, les jambes croisées, et buvait son café à petites gorgées en me regardant avec attention.

« Quel T-shirt ?

– Le *fin de siècle* *.

– Tu utilises une expression française ? Et tes principes en matière de langues étrangères ?

– Fin de siècle doit rester fin de siècle parce que cela connote les dépravations du Paris des années 1890 et le dégoût », rétorqua-t-il en souriant.

Je continuai à frotter les tasses.

« J'ai fait histoire, ajouta-t-il. À Princeton. Je t'ai dit que j'avais été à Princeton ? Sans me vanter, j'ai décroché la mention très bien. Et, à chaque rentrée j'avais un nouveau compagnon de chambre, mais ils avaient tous un truc en commun : c'étaient invariablement des soûlographes du Sud. Ils dégobillaient ferme et je passais mes week-ends ailleurs. Oh, et des années après, je suis tombé sur l'un d'entre eux devant un cinéma et il a beuglé : "Kilroy, mon salaud, tu es toujours vivant ?" »

Il me regarda droit dans les yeux.

« Qu'est-ce que tu en penses ? »

Mon cœur battait à tout rompre. Puis Kilroy posa sa tasse sur le plan de travail et m'enlaça.

« Tu n'as pas besoin de ce genre de renseignements pour me connaître, me glissa-t-il tout doucement à l'oreille. Tu ne le crois peut-être pas, il n'empêche que c'est vrai. »

Il m'embrassa mais je lui dérobai mon visage : j'étais furieuse et pourtant j'avais aussi envie de l'embrasser, ce qui ne faisait qu'attiser ma fureur. Cependant, je le repoussai et allai m'asseoir à la table.

« Hier soir, j'ai appelé Jamie, lui confiai-je. Pour la première fois. Elle ignorait que j'avais sous-loué mon appartement et, quand je le lui ai dit, elle a eu une drôle de réaction – au lieu de me raccrocher au nez, elle a juste lâché le téléphone et s'est éloignée. »

Je le regardai sans comprendre pourquoi je lui avais raconté ça plutôt que de lui demander : *Qu'est-ce que tu veux ? Qu'est-ce que tu fiches dans ma vie ?*

« Elle a fait un blocage, déclara-t-il.

– Un blocage ? répétai-je, étonnée qu'il m'eût répondu.

– Bien sûr. Elle était coincée, elle ne pouvait rien te dire ni te raccrocher au nez, il ne lui restait que ça.

– Pourquoi ne pouvait-elle pas me raccrocher au nez ?

– Parce qu'elle t'aime. Comme moi, même si c'est de manière un peu différente. »

De fines gouttes de sueur perlèrent sur mon front et ma lèvre supérieure.

« Tu m'aimes ? »

Il acquiesça solennellement.

« Bien sûr que je t'aime. »

Son visage était impassible, sa voix neutre.

« Tu ne le sais pas ? Je suis follement amoureux de toi. Tu m'époustoufles. »

Il m'aimait et, apparemment, c'était tout ce que j'avais voulu savoir, tout ce que j'avais eu besoin d'entendre pour passer à l'étape suivante. Je lui réclamai une clé et pris l'habitude de l'attendre chez lui, une revue à la main, une bière en face de moi, impatiente de faire l'amour. Très impatiente de faire l'amour – plus je le faisais, plus j'en avais envie. C'était notre mode de communication, le sexe nous en apprenait autant l'un sur l'autre que de longues confidences.

Qu'est-ce qui m'importait vraiment ? De connaître des noms, des lieux et des dates ou de savoir qu'il aimait que ma langue lui agace le bout des seins, qu'il lisait son journal en commençant par la dernière page et qu'il avait sur le mollet gauche une zone dénuée de poils, comme si on les lui avait arrachés ?

J'avais la pleine liberté de mes journées, ce qui ne me changeait pas, moi, mais changeait le temps lui-même : le matin, je rentrais à la maison à pied, prenais une longue douche puis réfléchissais à ce que j'allais me mettre. À midi, je petit-déjeunais d'un café que je me préparais dans la cuisine déserte, d'un toast beurré et d'un œuf mollet – avec une pincée de sel – au jaune chaud et liquide et au blanc juste assez cuit pour avoir un peu de consistance en bouche. L'après-midi, c'est à peine si j'avais le temps d'accomplir les menues tâches et projets que je m'assignais : déplacer ma voiture, m'occuper de mon linge, me promener ou même sauter dans le métro pour découvrir un quartier que je ne connaissais pas encore. Pour toute compagnie, j'avais mes pensées et la fascination qui s'attachait à la certitude d'être aimée de manière aussi cryptique et au fait que l'amour pouvait remplacer tant de choses. Après tout, ma relation avec Mike avait été complètement différente : nous avions basculé ensemble, très vite. On était amoureux l'un de l'autre, amoureux de l'amour. On s'attendait à la sortie des classes, on marchait, hanche contre hanche, on s'asseyait le plus près possible l'un de l'autre, son bras autour de mon épaule, son doigt glissé dans la ceinture de mon pantalon. On passait des heures tous les soirs à discuter au téléphone, on s'endormait avec la photo de l'autre sous l'oreiller. On avait quatorze ans, c'est vrai, mais ça n'expliquait pas tout : Mike était totalement ouvert, lisse, alors qu'avec Kilroy, je circulais dans un véritable labyrinthe, dans un lieu truffé d'impasses où il m'arrivait de trébucher et dont je devais m'extraire. Je savais qu'elles existaient. Je savais que, tôt ou tard, j'allais en découvrir une nouvelle.

C'était le matin de Thanksgiving. Habillé d'un peignoir en éponge, Kilroy versa la farine à même le plan de travail de la cuisine, puis y ajouta de petits cubes de beurre froid et se mit à travailler le tout en ouvrant et en refermant les mains avec un bruit sec, comme s'il mimait un personnage bavard. Nous devions emporter un dessert et un légume à la brownstone ; Kilroy avait milité pour des sandwiches à la dinde chez lui, mais j'avais fait valoir que Thanksgiving ne se limitait pas à de la dinde et que la fête devait se célébrer en compagnie et il avait fini par céder.

Debout sur le seuil et encore ensommeillée, je le regardai s'activer et bâillai copieusement. Après avoir avalé une gorgée du café qu'il avait préparé avant de me réveiller, je remarquai :

« Il y a des gens qui utiliseraient un grand récipient. »

Il me jeta un coup d'œil par-dessus son épaule et sourit.

« Ah, mais ils rateraient des trucs. Cette méthode est préférable, et de loin.

– Ça m'a l'air plus sale, et de loin.

– C'est la façon française. Les Français ont le génie de la saleté. »

Du dos de sa main enfarinée, il repoussa une mèche de cheveux qui lui barrait la figure.

« Tu peux me passer de l'eau glacée ? »

Je me débarrassai de ma tasse, m'exécutai, puis lui demandai :

« Et comment connais-tu la façon française ? »

J'arrivais presque à l'imaginer au milieu d'une cuisine campagnarde aux côtés d'une vieille fille aux yeux noirs l'initiant aux spécialités françaises, mais ce tableau ne me satisfaisait pas totalement.

« J'ai suivi des cours. À Paris, au Cordon-bleu. Quand on ira, je t'y emmènerai, c'est vraiment génial. »

Nous échangeâmes un sourire qui, de sa part, signifiait, *Parce qu'on y va, tu sais* ; et, de la mienne, *Oui, d'accord*. Il parlait beaucoup de la France, disait : *Tu adoreras Aix* ou bien *Attends et tu verras combien leur métro est supérieur au nôtre*.

Il rajouta une pointe d'eau dans sa pâte.

« J'ai pensé qu'on pourrait peut-être faire bouillir les carottes et les patates douces pour préparer ensuite un gratin au beurre avec un soupçon de calvados.

– Pas de petits champignons ? » suggérai-je.

Il me sourit.

« À la façon du Wisconsin ?

– À la façon Mayer.

– Tu fêtais Thanksgiving avec les Mayer ?

– Toutes ces huit dernières années. Il y avait une vingtaine de Mayer, cousins et petits cousins compris, plus ma mère et moi. Mais disons que ça faisait vingt et un Mayer, cousins et petits cousins compris, plus ma mère, vu que, moi, j'appartenais à la tribu. »

« On va la laisser reposer une heure, déclara Kilroy qui enveloppa sa pâte et la rangea au réfrigérateur. Et ta mère, ça l'embêtait ? »

Je réfléchis à sa question. Avant le dîner, elle tenait toujours compagnie à Mme Mayer et à sa sœur, Tante Peg, qui se démenaient autour des fourneaux ; celles-ci lui confiaient de menues tâches, sortir le beurre, par exemple, mais c'était plus pour ménager son amour-propre. Quant à Mike et moi, on bavardait avec le cousin Steve ou on flânait au sous-sol avec les plus jeunes enfants, histoire d'organiser un concours de fléchettes et, quand je passais par la cuisine, ma mère me décochait un de ses sourires que je connaissais bien où seule sa bouche souriait. En général, elle s'éclipsait tout de suite après le repas, en laissant à Mike le soin de me raccompagner un peu plus tard. À deux reprises, elle sauta même cette réunion, accepta une autre invitation mais me dit : *Non, non, vas-y – pas de problème*.

« J'imagine qu'elle suivait, confiai-je à Kilroy qui opina gravement du chef.

– La fameuse politique de moindre résistance, un vrai piège.

– Qu'est-ce que tu racontes ?

– On se dit, *Bon, je vais éviter de faire des vagues et suivre le mouvement* – et on en arrive à se retrouver dans un endroit où on n'a jamais eu l'intention de mettre les pieds sans ticket de retour.

– Je ne sais pas, répondis-je. C'était simplement Thanksgiving.

– Simplement Thanksgiving, rétorqua-t-il dans un éclat de rire. On jurerait un oxymoron.»

Un peu plus tard, je pelai les pommes en leur retirant de longues spirales de peau vert-jaune. Je les coupai ensuite en lamelles blanches et croquantes que je saupoudrai de sucre et de cannelle pour les disposer dans le moule où Kilroy avait monté sa pâte.

Une fois la tarte dans le four et les légumes cuits, il alla prendre une douche pendant que je me resservais un café en songeant combien j'aimais son goût pour les tâches ménagères. J'adorais l'observer dans la cuisine où, sans jamais consulter un livre, il exécutait avec assurance toutes les étapes d'une recette, comme si les ingrédients lui étaient tellement familiers qu'il savait exactement quelles quantités lui fourniraient l'association de saveurs désirée.

Mon café terminé, j'entrepris de nettoyer, de jeter les épluchures à la poubelle, de laver les bols et les couteaux, de briquer les plans de travail avec une éponge imbibée de vinaigre, une des astuces que Kilroy m'avait apprises.

Il venait de couper l'eau de sa douche quand le téléphone sonna. C'était tellement rare que j'hésitai une seconde sur la conduite à tenir.

Lorsque la sonnerie retentit une deuxième fois, j'allai décrocher, pensant que Simon souhaitait peut-être qu'on lui achète quelque chose en chemin.

«Allô», dis-je.

Un long silence me fit écho, puis une voix de femme s'éleva et me renvoya un «Allô» très perplexe.

«Est-ce que…? Suis-je chez…? Paul est-il là?»

Je faillis lui répondre qu'elle s'était trompée de numéro quand, brusquement, je compris: Paul, son vrai nom.

«Ne quittez pas», m'écriai-je.

La main plaquée sur le microphone du téléphone sans fil, j'allai frapper à la porte entrebâillée de la salle de bains.

Nu, une noisette de mousse à raser dans la main, il m'ouvrit en m'adressant un léger sourire. L'odeur de son savon au cèdre imprégnait profusément l'atmosphère moite de la pièce pleine de buée.

«Téléphone», lui expliquai-je.

J'envisageai de refermer la porte de la chambre en m'éloignant, mais quelque chose me retint et après ce fut trop tard. Il dit Allô, puis un long silence suivit. Je tournai le robinet de la cuisine, me ravisai. La voix de cette femme m'avait paru – il ne me venait pas d'autre mot à l'esprit – cultivée. Plus âgée. Mais plus âgée que moi ou que Kilroy, je n'aurais su le dire.

«Non», lâcha-t-il et il y eut un nouveau silence. «Parce que», ajouta-t-il et enfin: «Il se trouve que oui.» Là-dessus, je laissai couler l'eau jusqu'au moment où, jetant un coup d'œil vers la chambre, je vis le combiné atterrir au milieu du lit.

Vêtu de son jean habituel et d'une chemise blanche repassée, Kilroy déboula dans la cuisine quelques minutes plus tard, raccrocha le téléphone au mur et vint ouvrir le four.

«Encore dix minutes, déclara-t-il en le refermant avec une brutalité telle que la tarte effectua un petit bond.

– Qui c'était?»

Il se passa la langue sur les lèvres.

«Ma mère.»

Il resta figé un moment, puis se rua sur l'éponge et briqua les plans de travail que j'avais déjà nettoyés avec des gestes saccadés, brusques.

«Je l'ai fait», lui criai-je.

Il s'interrompit alors et, de l'autre bout de la pièce, balança l'éponge vers l'évier.

Il me regarda d'une drôle de façon – fixant ma bouche plutôt que mes yeux –, l'air interdit, puis repartit vers la chambre, ôta ses chaussures d'un coup de pied et s'installa sur le lit, en se calant le dos avec un oreiller. Ensuite de quoi, il attrapa son livre sur sa table de chevet.

« Ça va ? »

Il acquiesça.

J'allai m'asseoir près de ses pieds.

« Qu'est-ce qu'elle fait aujourd'hui ? Ou ils. Qu'est-ce qu'ils font ?

– Ils, me répondit-il sans lâcher son bouquin, vont manger une oie, encore que là, ils vont probablement s'offrir du bœuf en prime. »

J'attendis qu'il relève la tête, qu'il m'adresse un sourire ou, du moins, qu'il accepte le mien. Peine perdue : il resta assis là, un genou croisé par-dessus l'autre, le visage caché par son livre.

Dehors, le froid et le silence régnaient – les commerces étaient fermés, peu de voitures sillonnaient les rues. Le soir gagnait le ciel, répandait la pénombre sur la ville. Serrée dans mon manteau et ma plus chaude écharpe en laine, je charriais la cocotte et Kilroy la tarte… à bout de bras, comme s'il portait un drapeau en berne à un enterrement militaire. Pour la sixième ou la septième fois au cours des dernières heures, je me repassai dans ma tête les bribes de la conversation téléphonique que j'avais surprises. *Non. Parce que. Il se trouve que oui.* Il était facile d'imaginer ce que sa mère lui avait demandé : *Veux-tu venir dîner ? Pourquoi pas ? Tu as prévu quelque chose ?* Ce que je ne comprenais pas, c'était la sécheresse de Kilroy, puis sa contrariété. C'était le mot : contrariété. Le *allô* de sa mère m'avait paru sophistiqué, mondain. J'avais l'impression d'avoir entendu une personne dont une amie dirait « vichysouazzz » ou qui le dirait elle-même. Une personne fréquentant les restaurants que Kilroy dédaignait et placardant ce vernis, que Kilroy abhorrait, des gens sûrs de leurs bons droits. Si Kilroy était un fils de famille, que s'était-il passé ? Quand avait-il déraillé ? Ou plutôt quand avait-il choisi de quitter la voie de ses parents ? Car, à mon avis, il laissait peu de chose au hasard.

Une fois arrivés, on déposa nos préparatifs sur la table de cuisine, puis Kilroy se servit un verre de vin et alla rejoindre Lane et les autres au salon pendant que je bavardais avec Simon qui se démenait au-dessus d'une casserole.

« Tu nous prépares une sauce au jus de viande ?

– Personne d'autre ne sait la faire. Je leur ai expliqué qu'il fallait dégraisser la poêle à frire et ils m'ont tous fait "beurk". »

Muni d'un fouet en métal, il remuait sa sauce d'un geste vif.

« Des fois, ça sert d'être du Middle West, ajouta-t-il.

– Alors, tu as eu tes parents ce matin ? »

Il sourit.

« Pour les grandes fêtes, ma mère ne rigole pas du tout. Tu sais ce qu'elle m'a dit en premier ? "Et n'oublie pas le riz pour ta soupe." Alors que, moi, j'étais dans le registre "Joyeux Thanksgiving." Oh, et il neige là-bas, il est tombé six centimètres la nuit dernière.

– Ta soupe ?

– La soupe à la dinde, ma belle. Forcément. Ce sera délicieux, on en mangera pendant des semaines. Tu verras, ou plutôt tu verrais s'il t'arrivait d'être là de temps en temps. »

Il me lança un regard lourd de sens, puis plongea une cuillère dans la sauce et me la tendit.

« Tiens, goûte-moi ça. »

Rien qu'à l'odeur, je devinai à quel point c'était chaud et commençai donc par souffler dessus prudemment. Je n'en avais pris qu'un tout petit peu mais elle me parut avoir un pur goût de péché, salée et grasse, et j'eus l'impression d'avoir comme un film huileux sur les lèvres si bien que je n'avais pas plus tôt fini ma cuillère que je retournai à la casserole.

« Double ration ? Carrie Bell ? J'ai du mal à en croire mes yeux.

– Tais-toi. »

Je me resservis puis collai la cuillère dans l'évier encombré.

« Et toi, tu as eu ta mère ?

– Hier soir. »

En entendant sa voix, je m'étais rendu compte qu'elle me manquait, et ce, depuis un moment, sans que je m'en sois aperçue.

« Et Mike ? » poursuivit Simon.

Je fis non de la tête. Cela faisait un mois que je ne lui avais pas parlé ni écrit pour le remercier de sa K-7 ni même envoyé la fichue carte postale de l'Empire State Building. Six centimètres de neige. Je me demandai s'il était rentré chez lui. J'imaginai M. Mayer en train de le pousser dans l'allée déblayée vers la porte d'entrée, puis l'image se brisa : je n'avais aucun moyen de le propulser en haut des marches en brique.

J'allai ensuite au salon que nous n'utilisions presque jamais. Ils avaient tous drôlement bossé pour lui donner un air de fête : de minuscules bougies votives, blanches, brillaient un peu partout, se concentraient dans les coins sombres de la pièce, s'alignaient sur le manteau endommagé de la cheminée. Simon avait même commencé une fresque sur l'un des murs, un trompe-l'œil représentant une vraie salle à manger avec une table dressée, ses serviettes, ses couverts et ses verres de vin. Le temps semblait néanmoins lui avoir manqué ; si la totalité de la scène était dessinée, il n'en avait peint qu'une partie.

Kilroy bavardait avec Lane et son amie, Maura. Celle-ci, une grande fille haute en couleur aux épaules larges et à l'épaisse chevelure auburn avait les yeux les plus noirs que j'aie jamais vus chez une rousse. Elle portait une robe vaporeuse dans les tons rouille et témoignait d'une beauté totalement différente de celle de Lane. Quand je les rejoignis, elle m'inclut aussitôt dans la conversation en me confiant :

« J'étais en train de dire à Kilroy que j'avais vraiment l'impression de l'avoir déjà rencontré. »

Ce dernier prit une gorgée de vin, haussa les épaules et répondit :

« C'est ma tête qui veut ça.

– Qu'est-ce qu'elle a ta tête ? rétorqua-t-elle.

– Elle appartient au type dominant. C'est pareil pour toi. Carrie et Lane ont un physique plus récessif.

– Je ne suis pas sûre d'apprécier l'idée d'être récessive, remarqua Lane en souriant.

– Tu devrais. Cela signifie que, chez toi, l'insolite l'emporte sur le banal. Dans ton visage, c'est ton menton et tes sourcils. »

Son menton pointu et ses sourcils fins et arqués. Je repensai à la photographie qu'elle m'avait montrée, assise, toute petite, sur les genoux de sa grand-mère. Déjà à l'époque, on remarquait son menton et ses sourcils.

« Kilroy, c'est ton prénom ou ton nom de famille ? demanda Maura.

– Ni l'un ni l'autre, ce n'est qu'un surnom.

– Quel est ton vrai nom ?

– Paul Fraser.

– Fraser, répéta-t-elle d'un ton pensif. Fraser. »

Il me donna un coup de coude.

« Est-ce que je leur raconte comment j'ai gagné ce surnom ?

– Je ne sais pas comment tu l'as gagné. »

Il me décocha un regard un peu narquois.

« Ah oui ? »

Je songeai à la première soirée qu'on avait passée ensemble à Washington Square :

Kilroy, c'est ton nom ou ton prénom ?

Ni l'un ni l'autre.

C'est ton deuxième nom ?

Je m'appelle Paul Eliot Fraser. Il n'y a pas du tout de Kilroy là-dedans, c'est juste un surnom.

Pourquoi ?

Parce que je ne m'appelle pas du tout comme ça.

Qu'allait-il nous sortir ? Lane me lança un bref coup d'œil intrigué.

«Eh bien, en ce cas, je vais t'en faire profiter aussi. Vous connaissez la formule de la Seconde Guerre mondiale "Kilroy Was Here" que les soldats américains gribouillaient un peu partout pour signifier qu'ils étaient passés par là et à côté de laquelle ils dessinaient une petite tête ? »

Il fit passer son verre de vin dans sa main gauche et traça de son index droit quelque chose en l'air.

«C'était une sorte de graffiti qu'on trouvait partout. Bon, au lycée, j'étais un fana de la Seconde Guerre mondiale, je lisais tout ce que je pouvais lire sur la question et, au bout d'un moment, je me suis mis à griffonner "Kilroy Was Here" sur les carnets et les affaires de mes copains, sur leurs casiers, rien que pour me marrer, Kilroy Was Here, Kilroy Was Here. Ils n'ont pas tardé à me surnommer Kilroy et ça m'est resté.»

Je bus mon vin sans regarder quiconque. J'étais gênée d'avoir appris cette anecdote anodine en même temps que Lane et Maura. Me sentant oppressée, haletante, je respirai un grand coup. Du temps où je vivais à Madison, j'avais voulu quelque chose de différent, une vie et des gens moins prévisibles. Debout à côté de Kilroy et de son verre de vin, je me dis : *Fais attention à ce que tu souhaites*. Puis : *Non. Sois différente, toi aussi. Ne te formalise pas*.

En quittant la brownstone quelques heures plus tard, après le dîner, Kilroy et moi prîmes la direction de l'ouest, sans même nous consulter. Puis, toujours silencieux, on piqua vers le sud jusqu'à l'Hudson où on se retrouva coincés entre de grands entrepôts sombres derrière nous et le puissant courant du fleuve rayé de lumières. Sur la rive opposée, le New Jersey nous paraissait beaucoup plus distant, comme s'il appartenait à un univers autre, mineur. Je songeai aux kilomètres que j'avais parcourus, aux immenses étendues de terres vides de culture, paisibles et plongées dans le noir à l'heure qu'il était. Et à Madison, si loin, avec son modeste semis de lumières en cette nuit de Thanksgiving.

Il m'entraîna vers un banc et on s'assit, épaule contre épaule. Devant nous, un ponton fatigué, affaissé entre ses pieux de fondation, s'avançait dans l'eau, pareil à un ouvrage en carton. La tête rejetée en arrière, Kilroy contempla le ciel.

« Si ça se trouve, ç'aurait été intéressant de devenir astronome, déclara-t-il. De vivre au milieu de nulle part, dans un observatoire sur une colline.

– Pourquoi ne pas essayer ? suggérai-je en étudiant son profil.

– C'est trop tard, je suis déjà celui que je suis », me répondit-il avec un sourire ironique.

Qui était-il ? Un diplômé de Princeton. Un ancien fana de la Seconde Guerre mondiale. Le fils d'une femme qui mangeait de l'oie. Je reportai mon attention vers le fleuve, puis vers le ciel où, un peu au sud, un avion descendait vers Newark.

« Faisons quelque chose, s'écria-t-il. Grimpons au sommet de l'Empire State Building.

– Quoi ? Maintenant ? C'est pas fermé pour Thanksgiving ?

– Je ne crois pas. »

On héla un taxi et on remonta les rues silencieuses de la ville où tant de gens partageaient le repas de Thanksgiving. Au carrefour de la 34ᵉ Rue et de la 6ᵉ Avenue, on s'arrêta pour effectuer le reste du trajet à pied, contre le vent. On descendit ensuite un escalier mécanique afin d'aller acheter les billets, puis il fallut remonter et faire la queue devant les ascenseurs. Une fois là-haut, j'achetai une carte postale pour Mike où le gratte-ciel se détachait, tout en angles, sur un ciel bleu vif. Je me sentais horriblement coupable d'avoir tant tardé, mais, chaque fois que j'en avais eu l'intention, j'avais reculé, faute de savoir ce que j'allais pouvoir écrire et quel ton prendre. Kilroy me regarda ranger la carte dans mon sac.

Le vent se révéla encore plus violent sur la galerie et je me recroquevillai dans mon manteau. Depuis notre panorama privilégié, nous essayâmes de repérer le long de l'Hudson qui formait un ruban de taffetas froissé, noir et rayé de lumières, l'endroit où nous nous étions assis une demi-heure plus tôt. À nos pieds, la cité se multipliait et se divisait, en quartiers, en groupes de bâtiments, en immeubles – mais à l'intérieur de ces immeubles, des pays, des univers entiers foisonnaient. Nous gagnâmes le côté nord de la galerie et découvrîmes Central Park, semblable à un gigantesque lac noir entouré d'une forêt étoilée et bordé sur toute sa longueur par la 5ᵉ Avenue, ruisselante de lumières.

« C'est par là que vivent tes parents, non ? demandai-je. L'Upper East Side ? »

C'est seulement à ce moment-là que je pris conscience de ce que j'avais pensé. L'Upper East Side – le quartier des gens aisés. Kilroy acquiesça.

« Le quartier des yuppies. »

On continua à tourner sur la galerie et il me montra le Queens et Brooklyn, tous deux très étendus. À l'extrémité sud, on finit par s'arrêter. Le vent était plus fort que jamais et je resserrai mon écharpe.

Puis, tout à coup, Kilroy, les mains dans les poches, lança :

« Qu'est-ce qu'elle fait, Maura ?

– Maura ? La Maura de Lane ? m'écriai-je, étonnée par cette question, tellement inattendue. Elle bosse dans une banque d'affaires, pourquoi ? »

Il haussa une épaule.

« Par curiosité », répondit-il d'un ton désinvolte.

Mais il y avait quelque chose d'artificiel dans sa désinvolture, on aurait juré qu'il avait vraiment voulu savoir, que ma réponse ne l'avait pas surpris et qu'il avait simplement cherché à vérifier l'intuition qui l'avait saisi au moment précis où nous regardions dans la direction de Wall Street.

Il s'appuya contre le garde-fou et se frotta les mains pour se réchauffer un peu.

« Je la voyais plutôt dans la peau d'une bohème en mal de devenir quelqu'un, comme eux tous, poursuivit-il. Sculpteur ou je ne sais quoi – elle a les mains pour. »

Je laissai passer plusieurs secondes avant de demander :

« Et pourquoi est-ce tellement épouvantable de vouloir devenir quelqu'un ? »

Un soupçon d'étonnement se peignit sur son visage.

«Pour rien, à moins que ce ne soit une façon d'éviter de se voir tel qu'on est.»

Les bras serrés contre son torse, il se voûtait pour se protéger du vent.

«Et toi? répliquai-je. Tu n'as jamais eu envie de devenir quelqu'un d'autre?

– Bien sûr. J'en ai eu envie et j'en ai toujours envie.»

Mon cœur battit un peu plus vite.

«Quoi?

– Silencieux dans ma tête.»

Mes yeux se remplirent de larmes mais je ne fermai pas les paupières et ne baissai pas la tête. Je le vis en train de lire sur son canapé, d'arpenter les rues. Devant le billard du McClanahan, l'air paisiblement concentré. Silencieux dans sa tête. Il n'était qu'à trente centimètres de moi et, pourtant, j'eus la sensation qu'un énorme fossé nous séparait, un fossé plein de bruits : ceux du monde et les miens. Là, il me l'avait confirmé.

Vêtue d'un manteau rouge, une femme à l'épaisse chevelure blonde nous croisa à cet instant précis ; en voyant mes yeux mouillés de larmes, elle me lança un regard compatissant. *Non*, eus-je envie de lui crier, *ce n'est pas comme ça* – mais je ne savais pas non plus comment c'était.

24

Un dimanche de début décembre, Rooster m'appela juste comme je rentrais me doucher et me changer. Je lui présentai mes félicitations et il me remercia :

« Je parie que tu n'imaginais pas que ça m'arriverait un jour. Moi pas, en tout cas », me confia-t-il.

Sa voix, bien que familière, avait pourtant quelque chose de différent, peut-être parce qu'elle était empreinte d'un soupçon d'incertitude. Il semblait ne pas trop savoir comment me parler, à moi, cette personne qu'il connaissait depuis toujours ou presque. Cette personne qui avait pris la fuite.

« Alors, vous êtes en pleins préparatifs ? »

Il éclata de rire.

« Joan est une organisatrice hors pair. De temps à autre, elle m'entraîne ici ou là pour goûter un gâteau ou autre chose, mais, dans l'ensemble, elle règle tout avec sa mère.

– Mike a dit fin décembre ? »

Il hésita.

« Oui. »

Un silence s'ensuivit, puis, à ma grande surprise, il changea complètement de sujet.

« Alors, tu te prends du bon temps ? New York te plaît ?

– Je n'en reviens pas. »

Ma voix me parut sonner creux et je me repris :

« Je suis vraiment éblouie. »

J'étais déçue qu'il ne soit pas plus loquace sur la question de son mariage.

«Et alors? continua-t-il. Tu habites dans un vieil immeuble ou quelque chose? Gratuitement?»

Je lui décrivis la brownstone.

«En fin de compte, le propriétaire va soit la restaurer soit la vendre, mais à l'heure actuelle c'est en résumé le loyer le moins cher qu'on puisse trouver en ville et, pour moi, c'est gratuit.

– Tu as une sacrée chance.

– Je sais.»

J'avais dit à Simon récemment que j'étais très gênée de ne pas payer de loyer, mais il avait balayé mes soucis. *Oui, ça nous pose à tous un vrai problème que tes affaires – il ne s'agit pas tant de toi que de tes affaires – occupent un coin exigu dont personne n'a rien pu faire.*

«Carrie?» reprit Rooster d'un ton hésitant.

Tout à coup, je compris que j'attendais qu'il m'invite à son mariage. Que ma déception se situait là.

«Oui?

– Je suis furieux contre toi. Je veux dire, je suis bien obligé d'être furieux contre toi, tu le sais? Mais, en même temps, je comprends. Tu as subi une sacrée pression.»

Ma gorge se serra. Je repensai à ce jour devant la bibliothèque, en juillet dernier, quand il avait flanqué un coup de poing dans le mur; au fait que, après, quand on se rencontrait dans la chambre de Mike, on n'arrivait quasiment pas à se regarder.

«Merci, répondis-je.

– Mais je suis furieux.

– Je sais.

– L'autre truc…»

Soudain, il s'interrompit et le silence s'abattit de part et d'autre de la ligne. Je mesurai brusquement combien cette démarche lui coûtait. Il devait en avoir parlé avec Joan. Ils devaient avoir réfléchi à cette conversation téléphonique.

«Bon, poursuivit-il, ce que je vais te dire est sans doute égoïste ou je ne sais quoi, mais j'aimerais savoir que tu es heureuse pour moi.»

Je sentis monter en moi un élan chaleureux. Je songeai à

toutes ces années où nous avions partagé tant de choses, ce sacré Rooster qui faisait fuir ses petites amies avec ses fleurs et son enthousiasme excessif, ce sacré Rooster qui à l'occasion débarquait chez moi un dimanche matin pour nous raconter d'un air penaud, à Mike et à moi, la fille qu'il venait de quitter, la mine qu'elle avait en se réveillant : *comme si elle était furieuse contre moi.* Tout à coup, cela s'imposa à moi : Rooster n'avait encore jamais connu ça. L'amour. Il ne l'avait jamais vécu.

« Je le suis, m'écriai-je. Je suis très heureuse pour toi. Elle a de la chance, Rooster. Vraiment. Et elle m'a toujours paru très chouette.

– Elle l'est, s'exclama-t-il. Elle est vraiment chouette. Et elle, euh, elle m'aime. Je veux dire, c'est évident, mais… »

Il s'interrompit.

« Écoute, reprit-il, c'est maladroit, je ne sais pas quels sont tes projets, mais Joan et moi, on serait vraiment très contents que tu assistes à notre mariage, c'est tout. C'est pour ça que je t'appelle. Il aura lieu le vingt-trois décembre et tu es invitée.

– Rooster. »

Des larmes roulèrent sur mes joues.

« Merci beaucoup. Je serai là, j'accepte. Merci.

– Vraiment ? Tu viendras ?

– Oui. »

Un bref silence suivit.

« Je peux le dire à Mike ? »

J'hésitai. Dire quoi à Mike ? Après, je retournerais à New York – je n'avais pas besoin de réfléchir pour le savoir. J'y retournerais et je me chercherais un boulot. Je ne comptais pas continuer à dériver comme ça éternellement, c'était évident.

« Carrie ?

– Lui dire que je vais assister à ton mariage ?

– Oui.

– Bien sûr. Vas-y.

– Entendu. »

Je me trouverais un job et Kilroy et moi… est-ce qu'on

allait vivre ensemble ? Peut-être vaudrait-il mieux que j'aie mon endroit à moi quelque part, petit, en colocation peut-être. Mais peut-être me proposerait-il de venir vivre avec lui ?

« Bon, reprit Rooster, je vais t'envoyer une invitation, tu verras, le mariage est prévu à seize heures à notre église.

– Votre église ?

– Pardon ? Ah, parce que Joan est d'Oconomowoc ? Normalement, la cérémonie se déroule dans la ville de la mariée, mais, là, ce sera nettement plus facile pour Mike.

– C'est vraiment sympa.

– Impossible de me marier sans Mike à mes côtés.

– Je le sais bien. »

Il inspira, puis soupira. Tout ce qui ne pouvait se dire pesait là, entre nous. Ce qu'il ferait pour Mike. Ce que, moi, je ne ferais pas.

« Oh, j'ai failli oublier, ajouta-t-il. Il y aura aussi un dîner la veille chez mes parents. Enfin, si ça te tente. Ce sera simple – juste nos familles, Mike et les Mayer. Et puis Jamie et Bill. »

Il rigola.

« Ça, c'est la dernière.

– Quoi ? »

Un ange passa brièvement.

« Tu n'es pas au courant ?

– Au courant de quoi ? »

Il éclata de rire.

« Jamie et Bill sortent ensemble.

– Depuis quand ? m'exclamai-je, effarée.

– Ça fait quelques semaines et t'imagines pas comment ils sont ensemble. Si c'est comme ça entre eux, comment ont-ils pu se connaître depuis si longtemps sans virer marteaux ?

– C'est comment entre eux ?

– Tu verrais comment ils s'embrassent en public ! Je ne veux même pas penser à ce qu'il se passe quand ils sont seuls ensemble. Jamie est complètement dingue – je n'en reviens pas qu'elle ne t'ait rien dit. »

Moi, je n'en revenais pas qu'elle ne lui ait pas dit

qu'elle ne me parlait plus depuis un moment. Mais je n'en revenais pas non plus qu'elle soit avec Bill. Qu'est-ce qu'elle avait dit au brunch de départ de Christine ? *Le Castor a l'air triste.* Je revis Bill en face de moi en train de caresser les cheveux de Christine. Christine habitait Boston maintenant, à une journée de voiture de là. Était-elle au courant ? Y attachait-elle de l'importance ?

« Je pensais que tu savais, remarqua Rooster.

– Eh bien, non. »

On discuta encore un peu mais on eut vite épuisé tous les sujets de conversation dont on disposait. Il y avait des limites à ne pas dépasser sans danger, du moins me semblait-il. Après avoir raccroché, j'allai à la porte de la cuisine et regardai dehors la vieille table de pique-nique dans la cour, à côté d'un gril posé en équilibre sur des briques qui s'effritaient. L'été dernier, Simon et ses amis avaient, paraît-il, apporté une rallonge jusque-là et préparé des pina coladas le soir tard alors que la nuit commençait à tomber. Cette idée me rappela les soirs d'été à Madison où on se mangeait une tarte aux griottes sur ma véranda. Mike, moi, Rooster et Jamie. Pour eux, c'en était fini des seconds rôles. La vie suivait son cours. À présent, leur tour était venu de brûler le devant de la scène.

Il me fallait une tenue merveilleuse pour le mariage. J'avais en tête quelque chose de sensationnel et de discret, quelque chose qui me singulariserait comme quelqu'un de différent, de changé. Au cours des nuits suivantes, je restai longtemps éveillée à rêver à diverses toilettes. Allongée à côté de Kilroy endormi, j'imaginais un T-shirt chocolat en dentelle extensible par-dessus une jupe longue en taffetas assorti, une robe de jour en satin bordeaux accompagnée d'un manteau raglan. Je voulais un truc sombre et somptueux pour un mariage à cette époque-là de l'année. Un péplum en lamé par-dessus une jupe en brocart à motif cachemire, une robe enveloppe rouge sombre avec un décolleté en V. Il allait me falloir des chaussures et un sac. Il allait me falloir dix mille dollars au bas mot.

Le mercredi, j'enfilai un des pantalons noirs que je m'étais confectionnés et un joli pull en chenille et descendis vers le centre de Manhattan où, tournant le dos à la foule des promeneurs sur la 5e Avenue, je m'engouffrai chez Bergdorf Goodman. Je voulais juste regarder. Voir ce que le magasin avait à offrir.

J'avais prospecté des tas de grands magasins dans ma vie, à Madison et à Chicago, mais jamais un comme celui-là, véritable musée du produit de luxe à la moquette épaisse et au silence profond. J'explorai les rayons accessoires et parfums, fis le tour du rez-de-chaussée feutré et parfumé en louchant sur les vendeuses habillées avec un goût exquis. Les clients n'étaient guère nombreux : deux douairières tout en tweed se penchaient sur les gants tandis qu'un couple en tenue d'équitation, grands et blonds tous les deux, débattait à mi-voix d'un portefeuille en cuir brillant dans une langue étrangère.

L'escalier mécanique m'emmena sans bruit à l'étage supérieur où je me promenai à loisir devant des vêtements accrochés comme des objets d'art selon des compositions soigneusement éclairées. Je me toquai d'un ensemble pantalon stretch gris, puis d'un pull bleu nuit semé de perles et aux poignets ornés de broderies de soie. Dans un autre rayon, je dénichai un haut violet foncé avec un col en U largement échancré accompagné d'une jupe portefeuille à deux superpositions, l'une violette, l'autre argent. À côté était pendue une somptueuse robe en pur taffetas cuivre sous laquelle on apercevait une séduisante combinaison dans des tons de brun.

Une robe de jour à col rond m'invita à approcher. En velours vert sombre, soyeux, épais et serré comme une forêt très dense, elle prenait des reflets presque noirs sous certains angles. La ligne simple, près du corps, avait un côté sculptural. Une rangée de petits boutons recouverts de satin de même couleur que le velours égayait le dos sur toute sa longueur. Trois boutons fermaient des poignets en satin à larges revers. Une étiquette indiquait un prix de trois mille dollars.

« Voulez-vous l'essayer ? » me proposa une vendeuse, surgie de nulle part.

Je la suivis jusqu'à une gigantesque cabine d'essayage dotée d'un éclairage flatteur pour le teint et meublée d'un fauteuil en chintz et d'un miroir à trois faces. J'ôtai mes vêtements et enfilai la robe dont la doublure me parut fraîche et soyeuse. Je n'eus pas le temps de m'interroger sur la manière dont j'allais la reboutonner que la vendeuse réapparut et m'aida, lissant le velours sur mes épaules par la même occasion. Lorsqu'elle fut partie, je me regardai. Elle m'allait à la perfection, ses coutures incurvées épousaient mes courbes comme il fallait, les manches ajustées mais suffisamment souples ménageaient ma liberté de mouvement et les poignets en satin ressemblaient à des bracelets en soie. Le comble du raffinement.

Je réussis à défaire assez de boutons pour m'extraire de cette tenue que je retournai ensuite, mine de rien, afin de jeter un coup d'œil sur la manière dont elle avait été montée.

« Avez-vous besoin de quelque chose ? » me cria la vendeuse.

Je m'empressai de remettre la robe à l'endroit, me rhabillai et sortis en déclarant avec un sourire chagrin qu'elle était malheureusement trop large au niveau des épaules.

Un velours vert sombre. Voilà ce que je voulais. Ma pauvreté m'oppressait, mais on était début décembre. J'avais encore le temps de trouver une solution.

Au rez-de-chaussée, je continuai à me balader, tâtant des foulards, fendant des nuages de parfum à cent dollars tout juste vaporisés. Au rayon bijoux, j'admirai des rangs de perles noires, de sculpturales boucles d'oreilles compliquées. Dans ce décor, mon petit diamant me parut soudain bien fragile, comme s'il provenait d'une autre époque, d'un autre univers. Je me demandai si Mike y pensait jamais, s'il se doutait qu'il n'avait pas quitté mon doigt. Je me demandai aussi ce qu'il éprouvait, sachant qu'il allait me revoir d'ici quelques semaines.

« Carrie ? »

Je me retournai et découvris Lane. Vêtue d'une salopette

en velours noir et d'un T-shirt à côtes, moulant, elle tenait par le coude une vieille dame qui, malgré de superbes escarpins en daim gris tourterelle dont les talons faisaient bien six centimètres, la dépassait à peine.

« Mademoiselle Wolf, déclara-t-elle, je vous présente Carrie Bell, cette nouvelle amie dont je vous ai parlé. »

Mlle Wolf fit un pas dans ma direction et me regarda de la tête aux pieds. En dépit de son âge – elle devait avoir quatre-vingts ans –, de son visage affaissé, elle m'étudia avec une concentration féroce, la prunelle sombre mais perçante au milieu d'un halo de cheveux gris pâle.

« Oui, marmonna-t-elle, la jeune femme du Middle West, c'est cela ? »

Je lançai un coup d'œil vers Lane, étonnée qu'elle ait parlé de moi à Mlle Wolf, même si j'avais bien conscience qu'il lui fallait constamment de nouveaux sujets de conversation pour lui fournir des nouvelles du monde extérieur.

« C'est cela, confirma Lane. Carrie de Madison.

– L'université là-bas avait, voilà bien longtemps, un département d'anglais tout à fait remarquable, déclara Mlle Wolf, les lèvres pincées. Mais j'imagine qu'eux aussi, comme partout ailleurs, n'ont pas réussi à avoir raison des théoriciens. »

Elle me regarda fixement comme si elle attendait une réponse. J'avais suivi, dans le cadre de mes études de lettres, un certain nombre de cours d'anglais, mais là, sans que je sache pourquoi, je me retrouvai privée de repartie.

« Nous allions prendre le thé, poursuivit-elle. Au Palm Court, imaginez-vous. Voulez-vous nous accompagner ? »

Une fois sorties du Bergdorf, nous nous enfonçâmes à pied dans la lumière déclinante de la fin d'après-midi où des flots de taxis descendaient la 5e Avenue. À l'entrée du Plaza, je fus touchée de voir Lane se placer juste derrière Mlle Wolf quand celle-ci entreprit de gravir les marches recouvertes de tapis rouge qui menaient à la réception.

À l'intérieur, je découvris de gigantesques bouquets de fleurs et d'énormes chandeliers étincelants. Les murs, en marbre blanc crémeux, étaient piquetés de mouchetures or. De petits groupes de gens soigneusement coiffés et l'air grave dans leurs costumes bavardaient ici et là.

Rassemblant des douzaines de tables drapées de blanc derrière un cercle d'énormes palmiers en pots, Le Palm Court se situait en plein cœur de la réception. Mlle Wolf repoussa les menus d'un geste autoritaire et pria le serveur de nous apporter un thé complet.

« Voilà, s'écria-t-elle une fois exaucée. Voulez-vous nous servir, Lane ? »

Nous disposions de pots d'eau chaude et de lait froid, de rondelles de citron fines comme du papier sur une assiette et le serveur avait placé la passoire à thé filigranée sur un petit support.

Je pris la tasse que Lane m'offrait et en bus une gorgée.

« Alors, me lança Mlle Wolf, comment tenez-vous le choc ? »

Je jetai un coup d'œil à Lane qui fronça les sourcils en retour, brièvement, comme pour me présenter des excuses.

« Ça va, répondis-je. Je vais bien.

– Et vous êtes ici depuis longtemps ?

– Presque trois mois. »

À son tour, Mlle Wolf prit une gorgée de thé.

« Plus fumé que d'habitude, remarqua-t-elle. Non que cela me dérange. Vous m'intéressez, poursuivit-elle. Vous me rappelez la jeune fille que j'étais. Je venais de Philadelphie, bien sûr – aucun rapport, comme vous le savez peut-être –, mais l'histoire… »

Sa voix se transforma en un vague murmure et elle ferma les paupières. À la voir ainsi, dans son joli tailleur en lainage, le visage tout poudré et ridé comme un papier chiffonné, elle me parut d'une tristesse presque insoutenable, tant ce qu'il lui restait d'arrogance et de grandeur avait quelque chose de désespéré.

De l'autre côté de la table, Lane effleura du doigt la manche de Mlle Wolf. Celle-ci ouvrit les yeux.

« Je ne suis pas sûre que Carrie ait lu votre livre, remarqua Lane.

– Je n'ai pas dit qu'elle l'avait lu », répliqua Mlle Wolf, les lèvres pincées.

Elle prit une part de gâteau sur le plateau à trois étages que le serveur nous avait apporté, une sorte de quatre-quarts saupoudré de sucre glace, retira le petit papier de présentation et mordit dedans, ce qui lui dessina une fine moustache blanche sur la lèvre supérieure.

« Le premier roman de Mlle Wolf a pour héroïne une femme qui laisse son amie invalide pour s'en aller en Europe », m'expliqua alors Lane.

Le feu me monta au visage et Lane me lança encore un regard d'excuse. Cependant, le livre en question avait piqué ma curiosité et ce sentiment l'emporta sur mon embarras.

« C'est l'intrigue, insista Mlle Wolf d'un ton un peu gêné.

– Comment est le quatre-quarts ? Moi, je crois que je vais essayer un de ceux-là », déclara Lane en s'emparant d'un petit sandwich triangulaire, si mince qu'il semblait impossible qu'il puisse contenir la moindre garniture. « Oh, c'est du concombre. Délicieux. Carrie, goûtes-en un.

– Vous autres, jeunes filles, vous devez bouger, déclara Mlle Wolf. Lane, ça vaut pour vous aussi. Écoutez donc une vieille dame qui a de l'expérience. Allez en Europe, allez en Extrême-Orient, juste assez loin pour que le coût du téléphone devienne dissuasif, mais allez-vous-en. La famille est l'ennemie de l'artiste… de tout jeune soucieux de donner un sens à sa vie. Il faut partir. »

Je me tournai vers Lane qui affichait un air pensif, mais celle-ci évita mon regard, écoutant poliment ce qu'elle avait déjà entendu des dizaines de fois.

« Vous pensez que je parle à la légère », poursuivit Mlle Wolf.

Lane s'essuya la bouche avec sa petite serviette en tissu et, gentiment, demanda :

« Si je partais, qu'est-ce que vous deviendriez ?

– Je mourrais, répliqua Mlle Wolf en balayant la remarque de Lane d'un geste fataliste. Donnez-moi une année ou deux, c'est tout ce que je demande, sincèrement.

– Mademoiselle Wolf ! » fit Lane.

Mais Mlle Wolf se penchait vers moi et me sondait de ses yeux noirs perçants.

« Vous, vous m'écoutez, déclara-t-elle. J'ai l'impression que vous m'entendez. »

Une fois le thé terminé, elles prirent un taxi et, moi, la direction de Central Park South. En passant, je vis des cabs et leurs chevaux ombrageux qui s'ébrouaient, des voitures et des taxis, bloqués dans les embouteillages. Il faisait froid, suffisamment pour que les fourrures aient quitté leurs placards, et lorsque je croisai une femme élancée emmitouflée dans un long vison brun, je tendis furtivement la main et caressai son manteau, frais et soyeux.

La famille est l'ennemie de l'artiste. Je repensai au jour où Lane et moi avions bu un thé dans sa chambre et où elle m'avait confié ne pas être d'accord avec Mlle Wolf, car, pour elle, la famille était l'artiste. *Tout comme le ciel, et tous les livres qu'on a lus.* Son opuscule à la couverture bleu pervenche – par quel processus son contenu avait-il vu le jour ? Quand on écoutait Lane, il était manifeste que la poésie ne lui coûtait aucun effort particulier, alors que Simon et les autres donnaient une impression contraire ; apparemment, il semblait que Lane la portait en elle et qu'il lui fallait l'exprimer. Si j'avais quelque chose de cet ordre-là en moi… eh bien, je serais différente, je serais quelqu'un d'autre.

La robe, pourtant. La robe en velours vert foncé, là-haut chez Bergdorf. D'une certaine façon, j'avais le sentiment, quelque part en moi, d'abriter une version possible de cette robe. Parvenue à la 6e Avenue, je coupai pour gagner la 57e Rue et le magasin de tissus que j'avais découvert au mois d'octobre.

Il était six heures moins le quart, il ne restait plus que quinze minutes avant la fermeture. Assis derrière la caisse, un homme d'un certain âge, un tablier noué par-dessus sa chemise blanche et sa large cravate en polyester, me regarda circuler parmi les rayons. Il y avait trois velours vert foncé, l'un en coton, l'autre en rayonne et le troisième en soie et c'est ce dernier que je choisis pour sa couleur qui me rappelait vraiment les pins. Je dénichai un satin chatoyant pour les poignets, un vert tout à fait dans les mêmes nuances, puis décidai de mettre le paquet en préférant, pour la doublure, la soie de Chine à l'acétate. À six heures moins cinq, je me plongeai dans un ouvrage rassemblant les modèles de *Vogue* et, en l'espace de quelques minutes, repérai ce que je cherchais ou presque, une robe unie, ajustée avec un col rond. Presque, mais pas totalement. À quelques mètres de moi, le vieux vendeur, les bras croisés sur son tablier, s'apprêtait à me jeter dehors en dépit des trois tissus que j'avais déposés sur la table de coupe. Pouvais-je m'écarter du patron, opter pour des boutons à la place de la fermeture Éclair dans le dos, redessiner des poignets à mon goût ? Je filai vers les tiroirs aux patrons, repérai le numéro de celui que je cherchais et fouillai jusqu'à ce que je mette la main sur la bonne taille. J'emportai l'enveloppe vers la table de coupe, ouvris mon portefeuille et sortis ma carte de crédit.

25

Je cousais et le velours produisait une poussière qui recouvrait de fines fibres vertes la table à manger de Kilroy et traçait un véritable cercle par terre autour de ma chaise. N'ayant encore jamais travaillé le velours, je procédais avec lenteur, avec soin, le poids du tissu me rappelant à lui seul qu'il s'agissait d'une entreprise sérieuse. Et captivante aussi, car il fallut que je me réfère à tout ce que j'avais déjà appris à l'occasion de projets antérieurs pour résoudre la question des boutons et que je me livre à des tas d'essais sur papier de soie et mousseline pour pouvoir choisir la forme des poignets. Mes solutions fonctionnaient, mais j'avais une envie folle d'acquérir plus de certitude, l'aisance de Kilroy en cuisine ou dans le métro : une aisance née du savoir et de l'expérience.

L'esprit de Noël envahissait toute la ville et, du coup, Kilroy et moi allâmes admirer l'arbre au centre Rockefeller où nous écoutâmes le *Messie* de Haendel un soir tard. Quand je lui fis remarquer que Noël semblait lui plaire, il me répondit que non, non, je me trompais complètement : ce n'était pas Noël qui lui plaisait, mais les préparatifs, la fièvre des gens. À mon sens, les deux étaient indissociables.

Dans la soirée du 21, nous découvrîmes en sortant d'un restaurant espagnol du West Village qu'il neigeait légèrement, que des flocons gros comme de tout petits pétales voltigeaient dans les faisceaux de lumière des illuminations. Au-dessus des arbres noirs étiolés, le ciel était jaune. On s'arrêta net, émerveillés. Des flocons se prenaient dans nos cils, dans nos cheveux. La tête rejetée en arrière, on happa la neige molle, froide, fondante, puis on remonta lentement vers le nord en contemplant la ville qui blanchissait. Je prenais l'avion pour Madison le lendemain matin.

De retour chez lui, Kilroy me remit mon cadeau de Noël.

« Je peux l'ouvrir maintenant ?

– Bien entendu. »

Pour l'emballer, il avait récupéré une page des bandes dessinées du dimanche et une ficelle de cuisine en guise de ruban. À l'intérieur se trouvait une photo encadrée montrant un immeuble, ou plutôt une partie d'un immeuble – le dernier étage et le toit, pentu et gris – avec, au-dessus, un ciel vibrant piqueté de nuages. À l'arrière-plan, des sous-vêtements blancs, d'homme et de femme, pendaient, accrochés, à une corde à linge.

« C'est Paris, m'expliqua-t-il.

– Et c'est toi qui l'as prise, lançai-je, en le regardant.

– N'oublie pas que j'y ai vécu un moment.

– J'adore. Merci beaucoup. C'est toi qui l'as encadrée ? »

L'encadrement était splendide avec des baguettes qui rappelaient précisément le gris du toit.

« J'ai toujours pensé que les plus beaux cadeaux étaient ceux qu'on faisait soi-même », me confia-t-il en haussant les épaules.

Je réprimai un sourire. J'avais pris sur les heures que je consacrais à ma robe pour lui confectionner une chemise en velours.

« Tu peux attendre le matin de Noël, si tu veux », lui dis-je en allant récupérer dans le placard le sac de courses où j'avais caché son présent.

On échangea un sourire entendu. Après le coup de fil de Thanksgiving, je présumais qu'il allait passer Noël tout seul, à se balader dans les rues désertes, puis à lire, chez lui, un livre tout neuf acheté pour la circonstance. Avait-il des frères et sœurs ? Y avait-il tout un clan Fraser pour fêter Noël ensemble, tout un clan moins un ? Ou ses parents se retrouveraient-ils seuls devant un rosbif ?

« Je crois que je vais regarder maintenant. »

Il ôta le papier, ouvrit la boîte.

« Jolie, s'écria-t-il en sortant la chemise bordeaux en velours milleraies. Et douce. »

Il la posa sur la table et, de la main, lissa le devant. J'avais fait très attention au sens du tissu et un geste vers le bas suffisait pour aplatir le velours et l'assombrir. Saisi d'un brusque soupçon, il rabattit le col.

Ne voyant pas d'étiquette, il me consulta du regard et j'acquiesçai d'un signe.

« Je ne sais pas quoi dire, déclara-t-il, visiblement très bouleversé.

– Un merci fera l'affaire.

– Pas vraiment. »

Sans lâcher la chemise, il alla se poster à la fenêtre et scruta la rue. Comme nous n'avions pas allumé toutes les lumières, c'est à peine si je distinguais son reflet, silhouette fantomatique se détachant sur l'obscurité. Il caressa son cadeau puis se retourna.

« Tu vois, personne n'a jamais rien confectionné pour moi depuis… depuis vraiment longtemps. »

Il avait la voix qui chevrotait, je n'en revenais pas.

« C'est incroyablement gentil. »

Il revint vers moi et repoussa les cheveux qui me mangeaient la figure.

« Tu vas revenir ? »

Dans vingt-quatre heures, je serais là-bas, couchée dans mon vieux lit au premier étage de chez ma mère. Je serais rentrée de l'aéroport avec elle en empruntant des rues dont je savais déjà que je les trouverais dégagées et d'un calme sinistre. J'aurais vu, derrière le cadre de multiples fenêtres, des arbres de Noël, des lumières multicolores courant de pignon en pignon. New York me serait devenu un rêve, à peine tangible face à toutes ces choses que je connaissais si bien. Or, ce que je voulais, c'était que Madison devienne le rêve et cette chambre, cette soirée, la réalité durable.

« Oui, m'écriai-je. Ça va passer vite. Tu verras. »

Cette nuit-là, je rêvai que Mike avait recouvré l'usage de ses membres. Debout au pied de l'escalier de mon appartement de Madison, je le regardais le remonter à rebours, sur les fesses. Il portait un pantalon kaki et une chemise en flanelle unie, et avait le halo, mais je savais que tout allait bien – qu'il pouvait marcher s'il le voulait.

Après on se retrouva sur un chariot d'hôpital, en train de faire l'amour. Il n'y avait pas de draps, on était à même le vinyle. Mike me pesait dessus, ses fesses dans mes mains me semblaient poilues et moites ; j'avais du mal à respirer et me sentais en même temps incroyablement excitée. Et lui allait et venait en moi inlassablement.

Au matin, le ciel était bleu, l'atmosphère, derrière la fenêtre de Kilroy, dégagée après la chute de neige. Profitant que Kilroy dormait encore, je sortis du lit et allai voir ce qui se passait dehors. Il y avait plusieurs centimètres de neige et les trottoirs étaient verglacés ; la large surface de la 7ᵉ Avenue renvoyait des reflets luisants et comme mouillés. Du café en face, un homme et une femme sortirent, chacun avec une tasse à la main, et s'éloignèrent d'un pas lent typique de la première chute de neige.

« Bonjour, toi. »

Je me retournai vers Kilroy qui me regardait, allongé sur le côté et la tête en appui sur une main.

« Elle tient, lui confiai-je en revenant me coucher à côté de lui.

– Qu'est-ce qui tient ?

– La neige.

– Dommage que tu t'en ailles, dit-il en souriant. On aurait pu aller piler du poivre.

– Qu'est-ce que tu racontes ?

– Quand on effectue une marche difficile, on pile du poivre.

– Ah bon ? Et on serait allés où ? »

Il réfléchit un moment.

« À Gramercy Park. »

Mon billet d'avion m'avait coûté plus de trois cents dollars que j'avais encore une fois tirés sur ma carte de crédit. Outre le fait que j'avais répondu à l'invitation de Rooster pour dire que j'assisterais au mariage, j'avais travaillé d'arrache-pied pour me confectionner une tenue extrêmement coûteuse. J'étais attendue le lendemain soir au premier dîner – la mère de Rooster m'avait téléphoné personnellement. Ma mère m'avait demandé de lui réserver au moins un dîner. Et j'avais envoyé à Mike la carte postale de l'Empire State Building au dos de laquelle j'avais écrit *À bientôt* – je la lui avais envoyée chez lui, parce qu'il avait quitté l'hôpital, qu'il était rentré pour entamer le reste de sa vie.

Mais je n'avais pas envie d'y aller. Tout à coup, c'était clair pour moi : je n'avais pas envie d'y aller.

« Peut-être que je vais rester, déclarai-je.

– Ça te dit ? » s'exclama Kilroy, surpris.

Je fis oui de la tête.

« Alors, reste. »

Il referma la main sur mon épaule, me caressa puis laissa ses doigts glisser le long de mon bras. Son contact était délicieux, ferme, sec. Ensuite, il me taquina le cou, la gorge, le sillon entre mes seins. Puis le visage en suivant la ligne de mon front, de ma mâchoire. Il prenait son temps, exaltait chaque partie de mon anatomie. Mike avait été un amant plus pressé, moins démocratique. Mon rêve me revint à l'esprit et j'essayai de repousser l'image du grand corps de Mike me pesant dessus, me plaquant contre le chariot alors que les doigts de Kilroy jouaient entre mes orteils, le long de ma jambe. Sur mon genou et l'intérieur de ma cuisse. Sa paume m'effleura la hanche, remonta vers mes seins. Je posai la main sur sa cuisse, puis m'aventurai vers le doux nid embroussaillé de son sexe. Je fermai les yeux, mais rien n'y fit : Mike était là aussi, debout contre la porte, à nous regarder.

Je dus appeler ma mère à son travail et tombai sur sa messagerie où je laissai un message disant qu'il y avait eu un changement, que je réessaierai plus tard. Puis j'appelai les Mayer. Je pensai entendre Mme Mayer mais ce fut

John Junior qui me répondit, la voix plus triste que la dernière fois où je lui avais parlé. Mike ? Bien sûr, il était là.

« C'est moi, dis-je et je compris aussitôt qu'il avait compris car il garda le silence, tout juste troublé par son souffle. Écoute...

– Non. »

Il s'interrompit une seconde, puis ajouta :

« D'accord ? Attends, discutons... discutons juste un petit peu, tu veux bien ? »

Et, le cœur déchiré, pauvre chose centrée sur elle-même, je hochai la tête, comme s'il pouvait me voir. J'avais pris le téléphone dans la chambre et fermé la porte, mais j'entendais quand même Kilroy, dans la cuisine, qui préparait le café.

« Quel effet ça fait de se retrouver à la maison ? »

Il hésita.

« Bien. Il y a encore des trucs à régler.

– Et où es-tu là maintenant ?

– Dans le salon. »

Le salon. Assis dans son fauteuil roulant. Restait-il longtemps à un endroit donné ou tournait-il comme un ours en cage ? Le salon des Mayer regorgeait de meubles : canapés, tables ainsi que le grand meuble ancien que Mme Mayer appelait l'étagère à bric-à-brac. À Noël, on poussait le tout si bien que la pièce devenait encore un peu plus exiguë.

« Il y a un arbre ? demandai-je.

– De près de deux mètres cinquante. »

C'était toujours Mike qui accrochait les guirlandes lumineuses : que ç'avait dû être dur de voir quelqu'un d'autre s'en charger ! Les décorations dans leur papier de soie, les tasses de cidre chaud, les chants de Noël sur la stéréo participaient d'un rituel qui nous avait toujours rappelé notre premier baiser échangé sous le gui.

« Alors, pourquoi tu ne viens pas ? »

J'avais décidé qu'il fallait sortir un bon gros prétexte mais, là, j'hésitai ; ce n'était pas pour lui mais pour moi que je voulais avancer un prétexte ; je cherchais à me sentir un peu moins mauvaise.

« Je ne peux pas encore, Mike, avouai-je. Je ne veux pas.

– Je le pensais bien.

– Quand tu as entendu ma voix ?

– Non, quand Rooster m'a dit que tu acceptais. Je n'en ai parlé à personne, mais je pensais bien que tu allais changer d'avis. »

Je soupirai, puis soupirai de plus belle pour lui avoir laissé entendre ce premier soupir.

« Ne me déteste pas, tu veux bien ?

– Pourquoi pas ? »

C'était une bonne question, une question à laquelle je n'avais pas de réponse.

« Je ne te déteste pas, poursuivit-il. Mais je ne sais pas pourquoi non plus. »

Un peu plus tard, on sortit se prendre un brunch, Kilroy et moi. Je me sentais heureuse et très mal. Devant les fenêtres du restaurant, les gens avançaient à pas prudents sur les trottoirs verglacés. Les voitures roulaient au pas. Quand on eut terminé, on mit le cap sur la brownstone pour que je puisse prendre une douche et me changer. C'était un samedi mais il n'y avait personne dans la maison – peut-être étaient-ils tous partis faire des courses de Noël. Je ressentis un pincement au cœur en me rappelant que nous avions échangé nos cadeaux la veille. Que ferions-nous le jour de Noël ? On irait peut-être au cinéma. Ou on cuisinerait un truc cher à Kilroy, un truc compliqué et délicieux. Ou les deux.

Le ciel s'était de nouveau assombri et de petites rafales de neige commencèrent à tomber, à s'envoler des trottoirs et à tournoyer autour de nos chevilles alors que nous traversions la ville. Je n'avais encore jamais mis les pieds à Gramercy Park, un rectangle de maisons de ville distribuées autour d'un petit parc clos ponctué d'arbres dépouillés. Sans les Acura et les Lexus garées un peu partout qui, le coffre ouvert, recevaient des largesses destinées à agrémenter des vacances en dehors de la ville, je me serais crue dans un autre siècle.

«Joli, n'est-ce pas?» fit Kilroy.

Ne sachant s'il s'agissait d'un sarcasme, compte tenu des voitures élégantes et des demeures manifestement coûteuses, je le regardai avec étonnement. Mais il paraissait sérieux.

«C'est beau, m'écriai-je. Pour un peu, on se croirait revenu à une époque où les voitures n'existaient pas.

– C'est exactement la réflexion que j'étais en train de me faire... renchérit-il en m'adressant un large sourire. Exactement.»

Nous nous étions arrêtés devant une demeure en brique rouge.

«Parfois, tu sais, j'aimerais être né à une autre époque, poursuivit-il en reprenant notre balade. Les choses auraient été plus difficiles. Pense un peu à tout ce dont nous disposons aujourd'hui! Rien que l'électricité: la lumière, le chauffage, les réfrigérateurs. Sans parler de tous les articles de luxe, style ordinateur.»

Il me regarda d'un air grave.

«Imagine s'il n'y avait pas d'électricité – impossible de lire la nuit sans bougie. Imagine s'il te fallait couper du bois et le rentrer sous peine de te retrouver transie. Pense à la fatigue physique pour obtenir ne serait-ce qu'un minimum de confort.

– Tu pourrais encore vivre comme cela, suggérai-je. Plus ou moins. Si tu le voulais.

– Non, ce serait un simulacre.»

On prit la route de l'East Side, puis une fois arrivés aux Nations unies, on traversa la vaste esplanade bordée de drapeaux pour contempler les flots gris acier de l'East River qui roulaient sous le ciel blafard. J'avais les cheveux mouillés par la neige et ceux de Kilroy étaient humides à la lisière de son bonnet de laine. Il passa le bras autour de mon épaule, m'attira contre lui et m'embrassa sur la joue, puis nicha sa tête au creux de mon cou en appuyant son nez glacé contre ma peau. Debout comme ça, je nous imaginai dans une cabane bloquée par la neige, un bon feu dans la cheminée, les fenêtres gelées au toucher. Dehors, des glaçons accrochés aux avant-toits et, un peu plus loin, un cercle de sapins tout blancs dressés vers le ciel et craquant légèrement sous le vent.

À notre retour, il faisait presque nuit. Kilroy décongela une soupe à l'orge et aux champignons faite maison et on dîna sans parler, mes pieds sur ses genoux. Après, il se chargea de la vaisselle pendant que j'allais dans la chambre téléphoner à ma mère. Elle décrocha dès la première sonnerie, puis me laissa lui expliquer, d'une voix de plus en plus hachée, que j'avais décidé de rester. En bas, Kilroy empilait des assiettes et je me pris à regretter de ne pas lui ressembler davantage et de dire ce que j'avais à dire sans m'embarrasser de quoi que ce soit.

« Bon, lâcha-t-elle quand j'eus terminé.

– Qu'est-ce qu'il y a ?

– Qu'est-ce qu'il y a ? Tu me demandes ce qu'il y a ? Tu sais combien de fois Mike m'a appelée pour savoir à quelle heure tu arrivais aujourd'hui ? Trois fois. Et ce n'est pas facile pour lui de passer un coup de fil !

– Je sais. Simplement, je ne me sentais pas prête.

– Il ne s'agit pas de savoir si tu es prête ou pas, crit-elle. Tu n'as pas de cœur ? Il s'agit de Mike qui t'attend. Il s'agit de cruauté. »

Je fondis en larmes, bruyamment, les yeux brûlants et ruisselants. Je plaquai le téléphone contre mon oreille et il se retrouva trempé, de même que mes mains, mes poignets. Jamais ma mère ne m'avait parlé ainsi, et je sanglotai un long moment dans l'espoir qu'elle finisse par m'apporter des paroles de réconfort. Elle était si équitable d'habitude ! Quand on était petites, Jamie voulait toujours échanger et avoir une maman calme qui ne se fâche pas. Alors que Mme Fletcher s'inquiétait et grondait ses enfants, ma mère disait : *Qu'est-ce que ça t'a fait ?* Aujourd'hui, mon comportement semblait trop atroce pour une telle approche. Une image de Mme Fletcher me revint à l'esprit, les lèvres retroussées en une moue pensive et, un couteau de cuisine dans sa douce main couverte de taches de rousseur, saupoudrant un gâteau de sucre glace. Pendant un moment, moi aussi, j'avais eu envie qu'on échange nos mamans, Jamie et moi, jusqu'au jour où j'avais rencontré Mike et voulu que sa famille devienne mienne, désir qui était devenu réalité. J'imaginai ma mère dans sa cuisine impeccable avec, accrochés aux fenêtres noires, les rideaux que je lui avais confectionnés l'été passé, et me demandai comment elle avait pu me laisser partir. Des sanglots me secouèrent de plus belle.

« Ma chérie, me dit-elle. Je suis désolée.

– Non, tu as raison. Tu as raison.

– Ce sont des moments difficiles pour toi. Je le sais. »

Encore une fois, je fis non de la tête. Je ne voulais pas me la représenter toute seule dans cette cuisine, mais c'était plus fort que moi. Peut-être avait-elle cuisiné quelque chose pour nous deux ? Des lasagnes, qui sait ? En attente sur le plan de travail et qu'elle avait pensé mettre à four doux avant de partir pour l'aéroport ?

« Maman ! Mon Dieu ! Je n'ai même pas pensé à Noël. »

Elle demeura silencieuse et j'imaginai qu'elle songeait, comme moi, au rituel de Noël que nous avions observé depuis aussi loin que je pouvais me rappeler : notre petit déjeuner près du feu pendant que nous regardions nos cadeaux, l'après-midi à travailler ensemble dans la cuisine, puis, la nuit tombée, nous deux dans la salle à manger devant un rosbif cuit à la perfection, parce que nous ne partagions pas le repas de Noël avec les Mayer.

« Mam. Je suis vraiment désolée.

– Ne t'inquiète pas pour ça », me répondit-elle.

Elle garda le silence une minute, puis enchaîna très vite :

« Oh, écoute – je n'y avais pas du tout pensé avant, mais il n'y a pas de problème. J'ai ce gros livre que j'avais envie de lire, je viens de l'acheter, je vais remettre des bûches et il me fera la journée. »

Ce qui signifiait que, par ma faute, elle allait passer Noël exactement comme je l'avais imaginé pour Kilroy : seule, à lire. Je la voyais très bien, un livre à la main, Vivaldi en fond sonore et, dans un coin, un petit arbre de Noël égayé de minuscules lumières blanches, conformément à la tradition.

26

New York abritait des foules d'hommes, des jeunes au nez percé, des vieux arqués sur une canne en aluminium; des Noirs, des Latinos, des Asiatiques; mais aussi des Blancs d'âge moyen, des milliers de Blancs d'âge moyen qui auraient pu être mon père.

Loin de Madison, je pensais de plus en plus à lui – à son absence dans ma vie. Dans la rue, j'observais des hommes auxquels je n'aurais pas prêté attention un an plus tôt. Toutefois, ce n'était pas tant une réalité qu'une idée de lui, une expression faciale, une carrure, que je cherchais. Je me demandais s'il avait d'autres enfants, toute une ribambelle peut-être disséminée un peu partout dans le pays, demi-frères ou sœurs qui me seraient liés par une foule de choses dont nous n'avions pas la moindre notion.

Par un jour glacial du début de janvier, je remontai la 5e Avenue jusqu'à la New York Public Library, la grande bibliothèque municipale. La neige d'avant Noël avait fondu depuis belle lurette, mais des flots d'eau sale encombraient encore les caniveaux et je dus faire de grandes enjambées pour les franchir. Il régnait une douce chaleur dans les bâtiments aux relents de poussière et de sueur. Je savais pouvoir trouver là tous les annuaires du pays sur microfiches et passai ainsi plusieurs heures ingrates à éplucher les petites cartes plastifiées. Mon père s'appelait John Bell et, bien entendu, il habitait partout: à Chicago, à Cheyenne, à Seattle, à St. Louis, à Sioux Falls, à Houston, à Austin, à Arlington, Albuquerque et à Atlanta. Rien qu'à Manhattan, ils étaient une douzaine.

Je finis par lâcher le microlecteur et me lançai sans but précis à travers les salles immenses et les larges couloirs de la célèbre bibliothèque. La tête me tournait. Il ne me restait plus que quelques centaines de dollars. Ma mère m'avait envoyé un chèque pour Noël, mais j'avais tout juste de quoi tenir un à deux mois de plus, d'autant que mes paiements par carte bleue n'allaient pas tarder à tomber, ce qui m'inquiétait. J'envisageais d'aller à l'accueil me renseigner sur les formalités à remplir pour poser ma candidature – j'avais, somme toute, une certaine expérience dans ce domaine – quand j'aperçus, près d'un chariot, une jeune femme d'une petite trentaine d'années qui, la main posée sur le dos d'un lot de bouquins, lisait un mot épinglé sur le tableau d'affichage. Je notai son teint jaunâtre, ses cheveux raides et ternes et me dis *Non*.

Une fois rentrée à la brownstone, je m'occupai de plier le linge lavé un peu plus tôt. Bibliothèque ou pas, il fallait que je dégote un job, et vite. J'avais demandé à Kilroy de me dénicher quelque chose en intérim, mais il m'avait regardée d'un air horrifié et avait décrété que c'était du pur masochisme.

« Tu le fais bien, toi, avais-je riposté.

– Crois-moi. Tu détesterais », avait-il insisté en fronçant les sourcils.

Tout en rangeant mon linge, je me dis que je pourrais bosser dans une boutique de SoHo. Faire partie d'une équipe de vendeuses coiffées et maquillées à la perfection, veillant à bien espacer les vêtements sur leurs tringles. Je bénéficierais d'une remise sur les vêtements et passerais mes pauses déjeuner à admirer les devantures des concurrents alentour. Malheureusement, je n'avais pas ce qu'il fallait pour ce genre de boulot. Ni les tenues, ni même peut-être le petit truc spécial « indispensable ».

J'entendis un pas dans l'escalier et aperçus Simon qui montait du premier, vêtu d'un T-shirt et d'un pantalon de survêtement.

« Qu'est-ce que tu fabriques ? » m'écriai-je.

Il n'était même pas quatre heures de l'après-midi.

« J'ai bossé toute la nuit, m'expliqua-t-il en passant la main dans ses cheveux en bataille. Je suis rentré à sept heures et demie ce matin. Je viens de me réveiller.

– Ça paraît épouvantable.

– En fait, ce n'est pas mal. Je serai payé double pour la nuit dernière et je touche ma journée d'aujourd'hui sans être obligé d'y aller. »

Je hochai la tête.

« Quel veinard !

– Bien payé, le travail ingrat a ses charmes.

– Tu ne pourrais pas me trouver un poste dans ta boîte ? »

Il hésita un moment, puis fit non d'un signe.

« Ça ne te plairait pas.

– Tout le monde m'explique ce qui ne me plaira pas, mais personne ne me dit à quelle porte frapper ! » m'écriai-je en faisant une balle des deux chaussettes que j'avais en main pour la lancer sur ma pile.

Il grimpa sur le futon et se cala, assis en tailleur, le dos au mur.

« Hummm.

– Oui, poursuivis-je en attrapant un T-shirt. Difficile de penser à quelque chose de précis, pas vrai ?

– Tu es pratiquement fauchée ? »

Je le lui confirmai.

« Grande ville, prix terribles.

– Ne m'en parle pas !

– Mais ça se passe bien avec Monsieur K. ? »

Je songeai à la nuit précédente où Kilroy et moi avions détaché la chair d'un poulet rôti avec les doigts jusqu'à en avoir les mains et la bouche luisantes de graisse. Après, il nous avait rapporté des linges chauds et humides et m'avait nettoyée minutieusement.

« Très bien.

– Tu as affaire à un drôle de coco, mais, à mon avis, c'est pas mal en un sens.

– Je suis ravie d'avoir ton aval, rétorquai-je en souriant.

– Hé, c'est moi ton parrain ici – j'ai le droit d'avoir une opinion.

– Mon parrain ? À t'entendre, on me prendrait pour une étudiante étrangère bénéficiant d'un échange universitaire.»

Il m'observa un long moment.

«Tu vas bien ?»

J'acquiesçai, puis entrepris de ranger mes affaires pliées dans ma commode en carton, sous-vêtements et chaussettes dans le tiroir du haut, chemisiers et pulls en dessous. Le meuble manquait de stabilité. J'avais envisagé d'en acheter un autre, en bois et bon marché, mais ça ne paraissait pas trop en valoir la peine, compte tenu de l'ambiance déprimante de l'alcôve. Et le matin même, en changeant les draps du futon pour aller à la laverie, j'avais fait voler des hordes de moutons.

«Tu ne peux pas te servir du tiroir d'en bas, non ?» me demanda Simon d'un air soucieux.

Parfois – en général, quand il y avait d'autres gens alentour –, j'oubliais combien j'avais de l'affection pour lui.

«Il y a pas assez de place pour l'ouvrir.»

Les lèvres pincées, il réfléchit une seconde.

«Il doit bien y avoir un moyen.»

Il se concentra un instant, puis sauta sur ses pieds et fila vers l'escalier.

«Bouge pas, je reviens tout de suite», me cria-t-il par-dessus son épaule.

Arrivé au rez-de-chaussée, il fonça tout droit vers la cuisine.

Je me penchai de nouveau sur mes vêtements. Une partie du problème tenait au fait que mes tiroirs étaient trop remplis. Tandis que je bataillais pour ouvrir le troisième et y caser mon jean par-dessus mes jupes et pantalons, je pris la décision de me débarrasser de certains trucs vraiment trop démodés que je n'avais pas mis depuis mon arrivée à New York.

Puis je songeai à la robe en velours vert que j'avais laissée dans le placard de Kilroy pour éviter qu'elle ne se froisse dans ma commode.

«Quand vas-tu la porter ?» me demandait-il souvent,

mais maintenant que j'avais renoncé à l'occasion qui me l'avait inspirée, je n'en avais pas la moindre idée. Ce n'était pas franchement la tenue adaptée au boui-boui sino-cubain que nous avions essayé quelques soirs auparavant.

Les pas de Simon résonnèrent de nouveau dans l'escalier et, du palier du premier étage, il me cria :

« Tu vas être drôlement contente ! »

Quelques secondes plus tard, il apparut, serrant tant bien que mal deux piles de briques contre lui.

« Elles étaient dans le jardin, m'expliqua-t-il avec un grand sourire. Elles vont aller pile poil. »

Il s'accroupit précautionneusement, puis posa une à une les briques par terre. Il y en avait une douzaine, rouges, effritées, un peu sales par endroits. On les brossa au-dessus de la poubelle de la salle de bains, puis on poussa la commode d'un côté afin de glisser trois tas de deux en dessous. Ensuite de quoi, Simon souleva l'autre côté et je réitérai l'opération en veillant bien à séparer les piles de briques pour mieux répartir le poids.

« Tu es vraiment génial ! m'exclamai-je.

– Si je l'étais, cette idée me serait venue dès le premier jour. »

Après s'être lavé les mains à la salle de bains, il revint s'accroupir devant la commode.

« Voilà », s'écria-t-il en ouvrant le tiroir du bas.

Subitement, son expression changea et il tendit la main vers ma chemise de nuit et le peignoir en soie.

« Oh là là ! C'est quoi ?

– Rien, répondis-je, le visage en feu.

– On ne dirait pas. »

Il s'empara de la chemise de nuit qui se déplia dans une cascade de soie dorée. L'attrapant par les bretelles, il la fit tourner dans tous les sens, puis la posa sur le futon et prit le peignoir qu'il déploya soigneusement.

« Bon sang, Carrie, où tu as déniché ça ?

– Je les ai faits.

– Toi-même ? s'exclama-t-il, stupéfait. Tu te fous de moi.

335

– Je ne me fous pas de toi», lui répondis-je en souriant.

Il disposa le peignoir à côté de la chemise de nuit, puis se releva et contempla les deux tenues dont la soie, sur les plis de la couverture verte et râpeuse qu'il m'avait prêtée, paraissait ondoyer légèrement.

«Bon sang! répéta-t-il. Et tu ne les mets même pas avec ton Apollon.»

Je réprimai un sourire. Je ne me voyais pas les montrer à Kilroy et encore moins les porter en sa compagnie.

«La voilà, ta réponse, tu sais», déclara-t-il.

Je crus un moment qu'il évoquait les problèmes que je pouvais avoir avec Kilroy et mon cœur battit plus fort. Mais je n'avais pas de problèmes avec Kilroy : il me déconcertait parfois avec son lot de mystères, mais il n'avait rien d'un problème.

«Tu ne comprends pas ? insista Simon. Tu vas devenir une célèbre styliste de mode.

– Demain, c'est sûr, ripostai-je en souriant.

– Carrie, allez ! J'ai remarqué que tu t'intéressais aux vêtements. À la mode. Si si. Et regarde ce que tu as fait là, tu as du talent, c'est évident.

– Je sais coudre.

– Alors, fonce, poursuivit-il, exaspéré. Sérieusement. Inscris-toi à un cours.

– Je n'ai pas d'argent.»

Il soupira puis se mit à genoux et plia le peignoir. Il opéra avec grand soin, en le lissant à mesure, puis le rangea dans le tiroir et refit la même chose avec la chemise de nuit.

«Je vais prendre une douche, m'annonça-t-il. Et puis, toi et moi, on va aller se balader.»

En fait de balade, il m'emmena à la Parsons School of Design où je récupérai le programme des cours dans le cadre de la formation permanente. On alla le feuilleter ensemble dans un café et très vite les intitulés des cours et les promesses qu'ils renfermaient suscitèrent chez moi un énorme enthousiasme : couleurs et design, drapé, patronage, modes et tendances, élaboration du design, techniques de couture. À côté de moi, Simon exultait. Il crayonna une robe sur une serviette en papier, puis écrivit «Carrie Bell, Designer».

«Je suis tellement content de moi que c'en est presque insupportable», affirma-t-il.

Les cours commençaient quelques semaines plus tard et coûtaient trois cent quatre-vingts dollars chacun. Je n'avais donc qu'un moyen de les financer : il fallait que je vende ma voiture. C'était subitement aussi simple que cela ! Je renonçais à ce véhicule dont je ne me servais jamais pour quelque chose qui me serait utile. Bien sûr que j'allais vendre ma voiture ! Le fait que Mike ait incarné jusqu'à présent une sorte de gardien protecteur de ce véhicule, qu'il m'ait aidée à l'acheter, qu'il ait placé une trousse à outils dans le coffre et m'ait dépannée à deux reprises, voilà qui ne comptait plus. Ou qui comptait différemment. Avant, cela avait constitué une raison de la garder, un nerf me connectant à tout un corps de vieilles habitudes. Ces considérations représentaient à présent un petit corps étranger, libre, qui voisinait en moi avec la souffrance persistante que me valait ma dérobade à Noël.

Je touchai deux mille cinq cents dollars d'un couple d'une trentaine d'années ; équipés de vestes Patagonia, ils possédaient une résidence secondaire à Long Island et désiraient avoir une autre voiture sur place. Je m'inscrivis au drapé, au patronage et à un cours intitulé de A à Z, nouveau ce printemps-ci et décrit comme «une vaste introduction générale à la mode». En attendant le début du semestre, je réfléchis à ma garde-robe, aux associations souhaitables et à la manière de leur donner du peps. Les soldes de janvier me poussèrent d'un magasin à l'autre et je finis par craquer pour un chemisier en velours noir, puis une paire de bottines noires et enfin un sac fourre-tout en cuir noir orné d'éléments en nickel brossé qui allait pouvoir me servir de cartable.

Cela faisait un drôle d'effet de retourner à l'école. Je retrouvai toute la surexcitation de la rentrée des classes à Madison, à l'époque où, fière de ma robe neuve, j'inté-

337

grais le cours élémentaire ou même la terminale en m'interrogeant sur ce que cette année nouvelle allait m'apporter, à moi et à mon petit ami. Les cours se déroulaient sur le campus de Parsons, en plein Manhattan et à deux pas de Times Square, et rien que le fait de sortir du métro pour émerger dans la rue hérissée de buildings colossaux, de panneaux électroniques gigantesques au milieu des voitures qui klaxonnaient, des bus qui s'arrêtaient dans des crissements de pneus, des odeurs de hot-dogs et des hordes de passants représentait quelque chose de formidablement stimulant. Une fois dans l'immeuble, cette effervescence s'apaisait ou disons plutôt qu'on la retrouvait, sous une autre forme, dans le physique des uns et des autres : c'étaient des cheveux plus noirs que noirs ; des talons qui n'en finissaient pas ou des bottes aux bouts renflés ; d'audacieux effets de couleurs et de motifs. Le centre de Manhattan fourmillait de choses de ce genre, mais c'était bizarre de découvrir pareille enclave du marginal en plein cœur de cet autre New York que formait le New York des touristes et du grand commerce.

Je vis immédiatement le savoir-faire que les classes de drapé et de patronage allaient m'apporter, mais c'était néanmoins le cours de A à Z que j'attendais avec impatience. Le professeur, un petit Italien rondouillard nommé Piero Triolino, arborait à chaque cours un faux col roulé en laine mérinos de couleur différente sur un jean noir. Il nous répétait inlassablement, dans son anglais marqué par un fort accent, que l'inspiration était partout : dans les films, dans les oculaires des microscopes et des télescopes, dans le quotidien d'une foule de cultures différentes. Il nous fit acheter de gros cahiers à dessin sur lesquels il nous demanda de noter les idées que nous pouvions avoir en matière de couleurs, de silhouettes, tout ce qui nous passait par la tête. Au début, je coinçai, convaincue que je n'avais pas l'ombre d'une idée, mais quand un camarade de classe me montra tous les bouts de tissu qu'il avait agrafés, le déclic se fit. Je collai dedans les papiers garnissant les petits gâteaux chinois parce que j'aimais les pastels dans les tons gris; j'achetai des crayons de couleur et des feutres et me lançai dans des associations détonantes du type cerise et jaune pâle ou vert olive et bleu clair. Je repensai à mes ébauches de robe l'été précédent à Madison et tentai même de faire quelques croquis de vêtements.

Un samedi de février anormalement chaud nous poussa, Kilroy et moi, dans la rue et je n'eus pas le temps de réaliser ce qui se passait qu'il nous avait entraînés au musée d'Art moderne où je n'avais encore jamais mis les pieds. *A priori*, ça ne m'emballait pas beaucoup, mais c'était exactement le genre de visite que Piero nous conseillait, *Allez dans de nouveaux endroits, regardez-les d'un œil neuf*. Je jouai donc le jeu, glissai même mon carnet à dessins dans mon sac à dos.

À l'entrée, il nous fallut subir le contrôle de sécurité, puis faire la queue pour les billets. À côté de nous se trouvait une grande fille anguleuse arborant le kilt le plus minimaliste que j'aie jamais vu. Je sortis donc mon carnet et la croquai en remplaçant son shetland long et trop ample par un cardigan moulant et court exposant un bon centimètre de ventre. J'éliminai ses collants en faveur d'une paire de chaussettes montant aux genoux auxquelles j'ajoutai des torsades de style Donnie Doons telles que je me les rappelais de l'école primaire. Enfin, je lui attribuai une paire de sabots, mais j'eus du mal avec les pieds. J'avais du mal avec les dessins: j'avais envie de m'inscrire au cours de dessin de mode après ou peut-être même à celui de dessin sur le vif.

«Bon, que veux-tu voir? me demanda Kilroy lorsque nous eûmes payé.

– Tout, je suppose, répondis-je avec un haussement d'épaules.

– Tu as cru que j'avais l'intention de te traîner d'un bout à l'autre du bâtiment? s'écria-t-il en souriant. N'y compte pas! Autant faire du lèche-vitrine avec quarante kilos de bagage sur le dos. La seule façon d'apprivoiser un lieu pareil c'est de se fixer quatre trucs à voir, maximum, et de sortir au bout d'une heure. Pas étonnant que tu détestes les musées.

– Je ne les déteste pas.

– Bien sûr que si. Ils te collent mal aux pieds et, à la fin, tu te sens toujours stupide.»

C'était tellement vrai que j'éclatai de rire.

«Quand en as-tu visité un pour la dernière fois?»

Je levai le nez vers le haut plafond et réfléchis.

«Cela fait plusieurs étés, avec Jamie. On était allées à l'Art Institute de Chicago. Elle venait de terminer un cours sur l'impressionnisme et elle était insupportable. Il y avait un tableau avec des tas de points – *Un dimanche à la Grande Jatte*? Pendant vingt minutes, j'ai dû subir tout un laïus sur le pointillisme.

– C'est une peinture assez chouette.

– Tu es allé à Chicago?»

Il acquiesça.

«C'est pas mal, hein?»

Je repensai à cette journée avec Jamie. C'était l'été précédant notre dernière année à l'université et on avait été passer le week-end toutes les deux à Chicago, chez sa tante. On avait remonté toute l'avenue du Michigan et choisi des sandales dans un magasin de Water Tower, le même modèle, des blanches pour elle et des marron pour moi. Après le Art Institute, on avait acheté des pots de glace à un vendeur ambulant et, assises sur des marches, côte à côte, on les avait dégustées à la petite cuillère. Jamie émergeait d'un béguin malheureux et, en jetant un coup d'œil vers elle, j'avais remarqué des larmes sur ses joues. J'avais posé ma glace pour passer le bras autour de son épaule et la réconforter, mais elle avait remué la tête vivement.

«Je suis heureuse, m'avait-elle confié. Je pleure de bonheur.»

Kilroy m'observait, m'interrogeait des yeux.

«Appelle-la», me suggéra-t-il.

Je rejetai cette suggestion d'un geste. Ça ne servait à rien. J'avais téléphoné à Mike juste après le nouvel an et il

340

avait une voix si déprimée que j'avais eu l'impression que les mots lui sortaient malgré lui et non qu'il les articulait. En ne rentrant pas pour Noël, j'avais collé Madison et tous les gens qui en faisaient partie sur une plaque de glace à la dérive et poussé le tout au loin. Qu'est-ce que j'allais faire maintenant, me démener pour leur dire adieu ?

Après avoir grimpé l'escalier mécanique, on s'assit un quart d'heure sur un banc face à une gigantesque peinture complètement noire. Des gens allaient et venaient mais, dans l'ensemble, ils ne nous bouchaient pas la vue. Au début, la peinture me parut noire, banalement noire, et sans aller jusqu'à dire que j'aurais pu la peindre moi-même, j'en étais à peu près là de ma réflexion quand les bords se mirent à trembloter. Rien n'avait changé, ni la lumière dans la pièce, ni le volume sonore, ni ma façon de penser – pour autant que je pouvais en juger –, et pourtant lorsque Kilroy me donna un coup de coude pour me demander si j'étais prête à continuer, j'eus du mal à m'arracher à ma contemplation.

La peinture suivante me parut délicieuse, alors que Kilroy n'en pensait manifestement pas beaucoup de bien. Quand je m'arrêtai devant, il jeta un regard de quasi-regret vers la salle d'après, puis m'imita. Ce que j'aimais, c'étaient les couleurs, rose, bleu ciel et vert clair couleur de gazon, le tout sur un fond crème qui, lorsqu'on le regardait, semblait surgir à l'avant-plan puis redisparaître. Dans mon carnet, j'écrivis : *Rose assez framboise mais avec une pointe de gris, Bleu au-dessus du lac Mendota vers la fin juin* et *Vert comme l'herbe au soleil, pas vert de Hooker, plus jaune-vert pomme mais saturé.* Je me pris à regretter mes marqueurs, ne sachant pas trop si ces notes me permettraient jamais de retrouver les couleurs que je voyais.

Puis Kilroy déclara vouloir rallier une autre section du musée et nous gagnâmes une salle où je reconnus des Matisse.

«Ceux-là, ils te plaisent», me lança-t-il.

Et quand je me tournai vers lui, il souriait.

«Oui, pas toi?

– Choisis-en un.»

J'étudiai attentivement toutes les œuvres avant de m'arrêter sur ce qui ressemblait à une vue d'une fenêtre, mais avec un recul suffisant pour que la fenêtre elle-même participe de la composition. Dehors, il y avait un petit port, des bateaux et deux maisons, rien de fracassant ni de capital mais plus je contemplais cette peinture, plus j'étais sous le charme et, à la fin, je me rendis compte que je l'adorais – pour ses couleurs, pour la manière dont le bord du rideau rappelait l'intérieur des lieux, pour le décor gracieux en contrebas mais, surtout, pour le plaisir avec lequel, j'en avais la certitude, elle avait été exécutée.

«Celle-ci, je l'adore.»

Kilroy sourit.

«Elle est exquise.

– Pourquoi ai-je le sentiment que tu essaies de lui porter un coup fatal?

– Pas du tout – qui pourrait ne pas l'aimer? Mais viens, quand tu auras fini, et je vais t'en montrer une autre.»

Et là-dessus il alla se planter au beau milieu de la salle comme si, exquis ou pas, ce tableau n'avait plus rien à lui apporter.

J'avais bien conscience qu'il avait gardé son préféré pour la fin pourtant, quand je le vis, j'eus le sentiment terrible que j'allais devoir le décevoir ou lui mentir.

«Bon, déclara-t-il, là, tu sais de qui il s'agit, pas vrai?

– Picasso?

– Tu y es. C'est la peinture que je préfère à toute autre sur terre. Si j'étais capable de peindre comme ça, je pourrais partir l'âme en paix, peinard au fond de mon urne.

– Tu peins?» m'écriai-je, stupéfaite.

Il fit non de la tête.

J'hésitai.

«Tu peignais?

– Non, Carrie, me répondit-il en grimaçant, je ne peignais pas, je n'écrivais pas, je ne composais pas de musique – je ne jouais pas du piano, je n'étais pas comédien et je ne faisais pas de photos non plus.

– Il y a tellement de choses que tu ne faisais pas.

– Ça n'a pas été facile.»

Debout là, au milieu de la salle et des visiteurs qui circulaient autour de nous, on se regarda longuement. Je sentis de fines gouttelettes de sueur perler sur ma lèvre supérieure.

«Tu as lu tout ce que tu as pu dénicher sur la Seconde Guerre mondiale, ajoutai-je au bout d'un moment.

– C'est vrai. Ça, oui.»

Sur ces entrefaites, un couple entra avec une ravissante poussette bleu marine à la poignée de laquelle pendait une minuscule veste en cuir noir. La femme se pencha pour dire quelque chose à son bambin aux cheveux bouclés et tout de noir vêtu, comme ses parents, sinon qu'il portait de mignonnes chaussures rouge et noir et une casquette de base-ball en cuir noir.

«En voilà un bébé à la mode, remarqua Kilroy, l'air un tantinet sarcastique.

– Qu'est-ce que tu veux dire ?

– Ce pauvre môme est mal barré ! On devrait les coller en taule pour l'habiller comme ça.

– Il est mignon.»

Kilroy hocha la tête avec écœurement. Il faillit poursuivre dans la même veine mais quelque chose le freina et il se borna à dire :

«Enfin, c'est le MOMA un samedi, que peut-on espérer ?»

Il reporta son attention vers le Picasso, mais je me sentais distraite, incapable de me concentrer. Que se passait-il ? Quelque chose se jouait derrière tout ça ; quoi ? je n'en avais pas idée.

«Qu'est-ce que tu voulais dire avant, demandai-je, avec ton histoire d'urne ?»

Ce n'était pas vraiment la question que j'avais voulu lui poser, mais je n'eus pas la possibilité de me reprendre qu'il se tournait vers moi avec un sourire :

«Ce n'était qu'une façon de parler. À ma mort, je souhaiterais être incinéré. Pas toi ?

– Je n'y ai pas vraiment réfléchi.

– Ce doit être la différence d'âge, riposta-t-il avec un sourire.

– Tu sais aussi où tu veux qu'on disperse tes cendres ? »

Il se concentra un moment.

« Peut-être sur une colline en France. Oui, sur une colline dans le Var, à environ une demi-heure de Cannes à l'intérieur des terres. À l'endroit où j'ai découvert le sens de la vie.

– À savoir ?

– Qu'elle n'en a pas, bien sûr. Qu'on peut passer sa vie à faire tout ce qu'on veut sans qu'au bout du compte ça ait la moindre importance. »

Malgré son ton badin, il était subitement assez rouge. Je posai la main sur son bras puis la retirai car il paraissait manifestement ailleurs.

« Bon, en tout cas pour en revenir à nos moutons, mon sentiment, c'est qu'il faut ouvrir les yeux. Tu te mets devant un tableau et tu le regardes, point à la ligne. »

Je suivis ses consignes. Je me plaçai juste devant et me concentrai sur ce sombre petit portrait d'un visage humain réfracté à travers un prisme terrifiant, puis recomposé sans aucun égard pour la nature ou le bonheur. Cubisme. Le terme me parut impropre à décrire le côté sinistre qui, à mes yeux, s'exprimait sur la toile.

« Il est dur, déclarai-je.

– Bien sûr, c'est pour ça qu'il est aussi génial. Tu peux passer la journée devant un Matisse sans être obligé de penser à quoi que ce soit. »

Je souris.

« Je n'ai rien ni contre Matisse ni contre toi, mais ne vois-tu pas que celui-ci est autrement plus frappant. Plus âpre, plus dur ? Attends qu'on soit à Paris… on ira au musée Picasso et, là, tu verras, ça tombera sous le sens.

– Ou pas », rétorquai-je.

Il remua la tête avec impatience.

« Bien sûr que si, il te faudra juste un peu de temps. Il est dur à regarder – mais il est aussi acéré, âpre, sans compromission. »

Il s'interrompit.

«Est-ce que je t'ai déjà infligé mon discours sur l'art mou et l'art dur?»

Je fis non.

«Eh bien, en ce cas, enchaîna-t-il en singeant un discours professoral. Tout art, que ce soit la peinture, la poésie, la musique, la danse ou quoi que ce soit, peut se diviser en deux groupes, dur et mou, et aussi agréable le mou soit-il, le dur le dépasse toujours – ce qui reflète peut-être une loi de la nature.»

Il se tut une seconde mais, lorsqu'il reprit la parole, il abandonna son ton affecté et son débit s'accéléra.

«Matisse et Picasso incarnent deux exemples parmi les plus évidents. Pense à Renoir: totalement mou. À Monet, à Sisley, tu pourrais les déguster à la cuillère. Alors que Vermeer, qui leur fait honte, témoigne d'une rigueur incroyable. Il en va de même en musique, en sculpture, j'adore Beethoven, mais c'est un romantique, il est mou alors qu'en matière de perfection déchirante nul ne dépasse Bach qui, justement, a ce côté dur.»

Il me regarda de ses yeux brillants et j'entrevis chez lui quelque chose que je n'avais encore jamais vu – une forme d'exultation peut-être. Puis elle s'évanouit subitement et Kilroy lâcha un rire étrange.

«Bon sang, ricana-t-il. Je suis désolé. Nom de Dieu.

– Quoi?

– Rien. Tu me rappelais juste quelqu'un d'autre. Ou moi avec quelqu'un d'autre.»

Mon cœur se mit à cogner brutalement dans ma poitrine. Maintenant qu'on y était, je me sentais terriblement nerveuse.

«Qui?» m'écriai-je d'une voix tremblante.

J'étais sûre que sa réponse allait ouvrir un déferlement de jalousie parce qu'il faisait allusion à une femme, bien entendu.

«Qui?» redemandai-je, persuadée que cette fois, cette fois, il allait devoir me répondre.

Mais:

«Personne. Oublie cela. Ce n'est pas important.»

Je soupirai et me détournai, pas tant fâchée que gênée. Et triste.

«On s'en va maintenant?» me proposa-t-il.

Quand je me tournai, il me souriait bizarrement.

«Cela fait une heure, enchaîna-t-il. Si on s'attarde, on va se taper un pied de musée.»

Je le suivis vers l'escalier mécanique et la sortie, en repensant au petit discours qu'il venait de m'assener – art dur, art mou. On aurait cru que je venais d'assister à un phénomène mystique, que j'avais rencontré quelqu'un parlant les langues des hommes et des anges. Il avait sauté d'une idée à l'autre, comme poussé par une force impérieuse. *Tu me rappelais juste quelqu'un d'autre. Ou moi avec quelqu'un d'autre.*

Dehors, le froid avait redoublé. Il boutonna son manteau d'un air absent et, tout à coup, la rue s'effaça et je le vis sur sa fameuse colline, en France – quelque part dans le Var –, tout seul. Je le vis sur une petite colline verdoyante qui n'avait probablement rien de français; en fait, c'était une colline à la sortie de Madison, où j'avais parfois pique-niqué avec Mike, mais peu importait, parce que ce que je vis c'était que, pendant qu'il réfléchissait au sens de la vie, il éprouvait quelque chose qui ne l'avait même pas effleuré, ne serait-ce que de loin, là, dans le musée.

27

La semaine d'après, la brownstone connut une grande effervescence. Alice déménageait. Elle renonçait à sa chambre et s'en allait vivre dans le petit deux-pièces de son copain près de Tompkins Square. Comme Simon le souligna, elle allait payer plus pour moins d'espace, mais c'était le prix de l'amour.

Et pour moi, c'était de la chance, parce que j'allais pouvoir disposer de sa chambre, une jolie pièce haute de plafond avec deux fenêtres, un placard et une porte. À cent vingt-cinq dollars par mois, cela signifiait qu'il me fallait juste ajouter vingt-cinq dollars aux cent que me versait mon sous-locataire de Madison. C'était tellement réel, tellement formidable, tellement facile !

« Qu'est-ce que tu en penses ? demandai-je à Kilroy. Je la prends ? »

On était dans son salon, lui allongé sur le canapé, en train de lire, moi, perchée à côté de lui, encore emmitouflée dans le manteau que j'avais enfilé pour venir. Ce n'était pas vraiment une question, je babillais, mais devant son regard et sa bouche crispée, j'éprouvai une peur soudaine.

« Je veux dire, balbutiai-je. C'est… »

Le doigt sur sa page, il referma son livre, puis l'appuya contre son ventre.

« Quelle importance, ce que je pense ? »

Mon cœur s'emballa et je portai les yeux, à l'autre bout de la pièce, vers notre reflet sur la vitre nue.

« Aucune, répliquai-je. Enfin, ça en a, mais ça ne devrait pas.»

Allez savoir pourquoi, je songeai à ma chemise de nuit et à mon peignoir en soie, cachés dans mon tiroir du bas, puis me retournai et soutins son regard.

« Je ne sais pas, à un moment, je me suis même inquiétée à l'idée que tu ne sois pas d'accord avec le fait que je suive des cours chez Parsons.»

Il soupira et tourna la tête, puis croisa les bras sans lâcher son livre pour autant.

« Tu me prends pour le brigadier Kilroy ?

– Non, bredouillai-je, déconcertée.

– Tant mieux. Je n'ai aucune envie d'être le flic de qui que ce soit et encore moins le tien.

– Pourquoi encore moins le mien ?

– Oh, de ce côté-là rôde la folie.

– Pardon ?

– Ce n'est qu'une expression. Une citation à quelqu'un, comme disent les ignorants.»

Il ouvrit le livre, jeta un coup d'œil dessus, puis le referma derechef.

« Je me sens perdue.

– Ce n'est pas grave, laissons tomber ça. Prends la chambre, bien sûr... je trouve que c'est une bonne idée, déclara-t-il, toujours allongé sur le canapé, jambes pliées et bras croisés par-dessus son bouquin.

– Je n'ai pas envie de laisser tomber.»

Il détourna les yeux.

« Que se passe-t-il ? insistai-je. Tu es tellement distant parfois. On ne peut absolument pas t'approcher.»

Il me regarda alors en haussant brièvement les sourcils, me signifiant qu'il n'était absolument pas dupe, ce qui eut le don de m'exaspérer. Il attendait que j'aie fini.

« Pourquoi est-ce que je ne connais quasiment rien de ton passé ? criai-je. Qui est-ce que je t'ai rappelé au musée ?

– Tu m'as l'air contrariée, déclara-t-il, narquois.

– Va te faire foutre !»

Je bondis du canapé et filai comme un ouragan vers la

cuisine où j'ouvris le réfrigérateur et le refermai à la volée dès que j'eus senti le froid. Une bouteille de bière vide traînait sur le plan de travail et je crus sentir la douceur du verre roulant sur ma paume avant que je ne la lance contre le mur opposé.

Kilroy surgit derrière moi et s'arrêta brusquement, les mains dans les poches de son jean. Au bout d'un moment, il les retira pour les enfoncer dans ses poches arrière.

« Je suis désolé, me dit-il, je sais que ce n'est pas facile pour toi. Je ne suis pas trop communicatif.

– Tu n'es pas trop communicatif ? »

Il ne sourit pas.

« C'est quoi le problème avec tes parents ? Entre eux et toi ? »

Il hocha la tête avec lassitude.

« Je ne cherche pas à me montrer évasif, c'est juste… je ne saurais même pas par où commencer.

– Vas-y et c'est tout. »

Il poussa un profond soupir qui lui souleva les cheveux une seconde.

« Le vas-y-et-c'est-tout représente l'Everest pour certaines personnes, d'accord ? Écoute, il se trouve que… j'ai toujours été quelqu'un de très renfermé et notre relation constitue quelque chose de totalement nouveau pour moi.

– Pourquoi la vis-tu alors ? » lui lançai-je sèchement.

Telle une gigantesque créature volante, une frustration énorme battait frénétiquement des ailes en mon for intérieur.

« Parce que tu étais irrésistible. Tu l'étais et tu l'es toujours. »

Je soupirai.

« C'est vrai.

– Tu n'avais jamais désiré quelqu'un avant ?

– Quelqu'un ou une personne précise ?

– Peu importe.

– Pas vraiment. Le sexe me posait un certain problème, mais je trouvais divers moyens de sublimer. »

On éclata de rire et je me sentis un peu mieux. Quand il

riait, son visage s'éclairait délicieusement. J'envisageai de traverser la pièce, songeai au réconfort de son corps. Au réconfort et puis au silence. On pouvait faire l'amour là tout de suite, peut-être même en plein milieu de la cuisine, debout contre l'évier : plus proches à chaque coup de boutoir, proches à se fondre ou presque ; puis, après, rester soudés l'un contre l'autre tandis que le rythme de nos pouls emballés s'apaisait, que commençait le reflux en nous-mêmes.

Il me regardait avec espoir – c'était à moi de décider. Je repoussai la tentation.

« Pourquoi tu n'as aucun ami ?

– J'ai connu des gens avec qui j'ai discuté, regardé des films, que j'ai retrouvés dans des bars et des restaurants mais, dans l'ensemble, je n'ai pas gardé le contact. Pour x raisons.

– Quelle indifférence ! »

Il haussa les épaules.

« Pour moi, ça n'a aucune importance, ce n'est pas ce que j'ai en tête.

– Qu'est-ce que tu as en tête ?

– Arrête !

– Quoi ? »

Il roula de grands yeux.

« Le *Daily News*, je l'achète ou pas ? Comment aller d'ici à Chinatown sans prendre le métro aérien. La peau de ton aisselle et si, oui ou non, j'aime les tomates séchées.

– Pourquoi la peau de mon aisselle ?

– Tu veux des compliments ? Parce qu'elle est douce, intime et que je décèle une légère odeur corporelle derrière ton déodorant. »

Je partis d'un rire un peu jaune.

« Je suppose que celle-là je l'ai cherchée.

– Tu n'as rien cherché du tout. Ni moi non plus. C'est juste… bon, voilà, on est ensemble, et j'en suis heureux. »

Il avança sur moi et m'offrit sa paume. J'hésitai, puis plaquai ma main contre la sienne tandis qu'il glissait ses doigts entre les miens et les gardait ainsi jusqu'à ce que je lui retourne son geste.

« As-tu le moindre doute là-dessus ? »

Je répondis non d'un signe de tête. C'était ça le plus drôle – le cocasse de l'histoire : je n'avais pas le moindre doute. Il voulait être avec moi et moi avec lui, en dépit de ses secrets et de ses accès de misanthropie. C'était un tout que je repoussais d'ordinaire vers un petit coin sombre de mon cerveau. Je veillais à me tenir à distance respectueuse, me cantonnais de préférence aux couloirs principaux où tout était net et bien éclairé.

« Non, pas du tout. »

Il lâcha ma main et se dirigea vers le plan de travail pour s'asseoir à côté de l'évier, les talons contre le lave-vaisselle.

« Tu voulais savoir s'il fallait que tu prennes cette chambre, ce que j'en pensais. J'imagine que ça m'a mis mal à l'aise parce que, en un sens, c'était me demander pourquoi tu ne vivais pas ici. »

Sentant mon visage s'empourprer, je tournai la tête. Réfrigérateur, cuisinière. Que la cuisine était propre ! Rien ne traînait, ni une salière ni une tasse. On se serait cru dans la cuisine d'un appartement-témoin, toute en potentialités. La conclusion à laquelle il arrivait me remplissait de déception, et pourtant je n'avais pas vraiment envie de vivre dans ce lieu où il me serait impossible d'apporter ne serait-ce qu'une manique colorée sans craindre de le contrarier.

« T'inquiète pas, lui lançai-je en affrontant de nouveau son regard. Je comprends. C'est trop tôt. »

Il sourit.

« Mon horloge interne est réglée sur l'ère glaciaire. »

Je compris ce qu'il sous-entendait, qu'il évoluait avec une lenteur de glacier, avec la progression de la glace avançant peu à peu à travers le temps et l'espace, mais, ce à quoi je songeai, ce fut au froid du phénomène, au froid en lui.

Ce week-end-là, je m'installai dans la chambre d'Alice. On déplaça le futon ensemble, Simon et moi, puis la commode. Avec mes meubles contre les murs, la pièce faisait triste mine. Le lit par terre avait été très bien dans l'alcôve, en raison du manque d'espace, mais, ici, il faisait bizarre, on aurait cru un véhicule en panne au milieu d'un immense désert.

Simon venait de me laisser quand on frappa à la porte. C'était Lane, un vase de tulipes pourpres à la main.

«Voici de quoi réchauffer ton chez-toi», me dit-elle en me tendant les fleurs.

Je la remerciai et me penchai sur la fermeté duveteuse de leurs pétales.

«Tu es adorable.

– Je suis contente que tu aies une vraie chambre maintenant», me répondit-elle en souriant.

Cela faisait plus d'une semaine que je ne l'avais vue, mais en un sens ce n'était pas grave. Notre amitié n'avait rien à voir avec les amitiés que j'avais connues avant, avec Jamie en particulier. Lane et moi ressemblions à des lignes qui se coupent puis se séparent de nouveau, sans schéma défini mais avec une sorte d'intentionnalité. Jamie et moi formions en revanche un ADN, une double hélice. Avant. Aujourd'hui, nous ne formions plus rien, même si je sentais, à certains moments, sa présence, comme si sa moitié d'hélice, devenue invisible, restait néanmoins tangible, toujours en spirale autour de la mienne.

Je posai les tulipes sur ma commode, puis me tournai vers Lane.

«Elles apportent beaucoup… c'était un peu déprimant.»
Elle jeta un coup d'œil sur la pièce.

«Alice n'a jamais trouvé l'énergie de repeindre. Mais un coup de pinceau et un tapis changeraient sûrement beaucoup de choses.»

Une nouvelle couche de peinture. J'imaginai un bleu-vert pâle pour les murs et peut-être un bleu ardoise foncé pour les moulures. J'avais les couleurs précises dans ma boîte de crayons.

«J'adorerais qu'elle dégage une atmosphère voisine de celle de la tienne, au bout du compte. Sereine.»

Elle sourit.

«C'est marrant les humeurs des chambres, non? Celle de Simon est turbulente.»

J'éclatai de rire. Simon avait un couvre-lit à zigzags rouges et roses et une étagère à impressions léopard. Sur le mur, il avait accroché un de ses tableaux représentant trois chiens sur un canapé, pliés de rire.

L'idée des humeurs des chambres me rappela mon cours de A à Z. Lors de notre dernière session, Piero avait remis à chaque élève un carton porteur d'un mot – «Fantasque», «Mélancolique», «Solitaire». Le mien disait «Spirituel». Pour la fois suivante, nous étions censés apporter un vêtement reflétant l'état d'esprit mentionné sur notre carton. J'en parlai à Lane.

«Donc, si tu penses à un vêtement spirituel, n'hésite pas.

– Un soutif qui raconte des blagues, par exemple? Allons, je plaisantais.»

D'un signe, elle désigna ma commode.

«On pourrait passer tes habits en revue.

– Si mes affaires pouvaient parler, tout ce qu'elles diraient, c'est: "Je ne sais pas, timide, prudente. Pas spirituelle, c'est sûr et certain."»

Elle plissa les yeux.

«Tes affaires ou toi?

– Sans doute les deux.

– Je ne comprends pas que tu dises ça.

– Pourquoi?

– Tu es tellement courageuse.

– Moi?

– Pense à la façon dont tu as quitté Madison.»

Je baissai un moment les yeux vers le plancher, puis les relevai.

«Tu ne veux pas dire égoïste?»

Une expression choquée voila son visage.

«Pas du tout. Mon Dieu, c'est pour ça que tu passes tes nuits à te ronger les sangs?

– Non, je passe mes nuits à me demander ce que je fabrique avec Kilroy.»

353

À peine avais-je lâché ces mots que l'énervement me saisit. Qu'est-ce que je racontais ? Qu'est-ce que cela signifiait ? Je ne passais pas mes nuits à me ronger les sangs, je dormais comme un loir, m'éveillais reposée, alerte, consciente. En forme. Soucieuse.

« Merde, m'exclamai-je.

– Ce n'est pas facile, hein ? »

Je hochai la tête, repensai à Simon affirmant que Kilroy était un drôle de coco et me demandai s'ils avaient discuté de Kilroy, Lane et lui. Mon mec bizarre. Mon casse-tête.

« Tu sais, Maura et moi, on a eu des débuts vraiment chaotiques. Par exemple, on passait la nuit ensemble et puis, le lendemain, on se revoyait au réfectoire, et chacune avait l'impression que l'autre était froide et, du coup, on jouait les nanas froides... enfin, pendant un moment, ç'a été assez horrible.

– Qu'est-ce qui vous a aidées ?

– Le temps. Et pas mal de thérapie de mon côté. »

Je repensai à la nuit d'été où Dave King m'avait trouvée – suivie ? – à la sortie de l'hôpital. À la manière dont il m'avait demandé si j'avais envisagé de parler à quelqu'un. Une image me vint à l'esprit, celle de ma mère dans son petit bureau avec ses deux chaises face à face, et je secouai la tête pour l'écarter.

« Je peux te poser une question ? me lança Lane.

– Bien sûr.

– Tu l'aimes ? »

Je songeai au visage de Kilroy. À sa barbe naissante qui m'éraflait quand on s'embrassait. À sa vivacité, à sa drôlerie, à sa gentillesse. À l'effet qu'il me faisait quand il commençait à bander quand on était couchés en cuillère et qu'il n'avait pas encore déplacé ses hanches pour pouvoir se tendre plus librement.

« Oui, répondis-je.

– Alors, c'est sans doute pour ça que vous êtes ensemble. »

On papota encore un peu, puis elle regagna sa chambre et j'entendis le plancher crisser sous ses pas, puis la bouilloire siffler. De mon côté, j'ouvris la porte de mon placard et contemplai la robe en velours vert que j'avais rapportée de chez Kilroy. Elle paraissait déplacée dans ce placard poussiéreux, illustrait une humeur qui n'était pas la mienne en ce moment.

J'allai m'asseoir sur le futon, les jambes dépassant du matelas, comme celles de la sorcière morte du *Magicien d'Oz*, écrasée sous le poids de la maison de Dorothy. Je me rejetai en arrière, puis posai la tête sur l'oreiller. Les yeux rivés sur le plafond, je remarquai tout un réseau de fissures à partir du chandelier. Cette vision appelait une autre image mais il me fallut un moment avant de l'identifier. On aurait juré des routes à la sortie d'une ville. Verona, l'Oregon, Stoughton, Lake Mills – j'avais pensé aux routes qui rayonnaient à partir de Madison.

Cette semaine-là, j'arrivai en avance au cours de Piero, mon vêtement spirituel bien plié au fond de mon sac à bandoulière. Piero se présenta à l'heure juste et, alors qu'il y avait toujours des étudiants pour bavarder jusqu'à ce qu'il se fût éclairci la voix, cette fois-ci le silence fut immédiat. Je me dis que tout le monde devait partager mes sentiments et se tracasser à propos des tenues apportées. Je me demandai si quelqu'un avait reçu un carton marqué «Nerveux».

«Allez accrocher votre travail, s'il vous plaît», lança Piero.

Chacun alla donc pendre son projet sur un cintre lui-même accroché sur une tringle rétractable fixée au mur.

«Comment nous organisons-nous? poursuivit-il. Vous placez votre carton à côté ou pas? Peut-être que non. Comme ça, nous pourrons retrouver le mot à partir de votre travail.»

Il commença par l'autre bout de la pièce où une jeune fille aux cheveux roses avait suspendu une ample veste en lin noir à col mandarin montant.

«Et ça, qu'est-ce que ça nous évoque? s'exclama Piero.

– Funèbre? proposa quelqu'un.

– C'est uniquement parce que c'est noir, ajouta un autre élève.

– On dirait un truc unisexe», intervint une troisième personne.

Piero acquiesça.

«Oui, ça l'est… une vraie veste Mao.»

Il se tourna vers la jeune fille aux cheveux roses.

«Qu'est-ce que vous essayiez d'exprimer ?

– Reclus. Je me disais, vous voyez, que le col montant et le côté ample allaient en quelque sorte dissimuler la personne.»

Piero opina du chef.

«Oui, je vois, mais peut-être vous êtes-vous montrée trop littérale ? Au suivant.»

Venait ensuite une combinaison passée par-dessus un soutien-gorge, les deux cousus ensemble de telle sorte qu'on voyait la dentelle des bonnets. La femme qui avait réalisé cet ensemble affichait déjà une mine gênée.

«Sexy, lança quelqu'un.

– Aguichant ? proposa quelqu'un d'autre.

– J'avais le mot séducteur, déclara la femme en coulant un regard plein d'espoir vers Piero.

– Oui, mais le problème reste le même, non ? Le vêtement n'exprime pas l'envie de séduire et repose au contraire sur une sorte de code télégraphique. Il dit culotte, soutien-gorge, coucou, au lieu de recourir à des moyens plus subtils pour évoquer l'esprit de la chose comme le ferait, par exemple, une petite robe bain de soleil en cotonnade à pois de couleur vive. Le mot séducteur ne réfère pas directement au sexe, mais plutôt, au contraire, au côté sexy, à la promesse. À mon avis, ce qui compte ici, c'est de suggérer, pas de traduire.»

Et nous continuâmes avec fantasque, puis mélancolique, frénétique. Le travail que Piero parut préférer était un T-shirt moulant à rayures horizontales bleu marine et blanches sur un short assorti à rayures verticales. Le garçon qui avait eu cette idée avait également apporté de grandes chaussettes et des sandales pêcheur bleu marine et je me fis la réflexion que c'était le premier truc mettable que nous ayons vu depuis le début.

« Adorable, remarqua Piero. Très espiègle. Quel était votre mot, espiègle ? »

– Oui. Je me suis dit qu'une femme pourrait porter ce genre de tenue pour une journée rigolote, juste parce qu'elle est de bonne humeur.

– Bravo, remarqua Piero. C'est tout à fait bien vu. »

Il consulta tout le monde du regard, puis ajouta :

« Vous voyez la manière dont s'exprime l'esprit du mot ? »

Finalement, on en arriva à moi. Par chance, j'avais réussi à penser à quelque chose. Par chance et grâce au miroir parce que, en arpentant inlassablement l'appartement de Kilroy, la veille, à la recherche d'une solution, j'avais fini par appréhender le reflet que me renvoyait le miroir de la salle de bains dans mon T-shirt Adolpho revu et corrigé par Gap – pour reprendre les termes d'Alice.

D'un rouge pratiquement identique à celui du faux col roulé de Piero, un rouge vaguement tomate, comme si on l'avait additionné d'une pointe d'orange, il était à présent accroché dans la classe de Piero, avec ses soutaches et sa rangée de boutons en laiton frappés d'une ancre.

« Ça, c'est génial, déclara quelqu'un.

– Oui, c'est vraiment intelligent.

– Spirituel, affirma Piero en se tournant vers moi avec un sourire. C'était votre mot, non ? »

J'acquiesçai.

« Ce qu'il y a de chouette dans ce projet, poursuivit-il, c'est la manière dont il juxtapose deux idées – le T-shirt de base avec le tailleur Adolpho assez vieux jeu. C'est là que se situe l'esprit de la chose, sincèrement, l'association inattendue de deux idées opposées. Bien joué, Carrie. Je crois que, aujourd'hui, nous avons appris des tas de choses sur l'humeur en général. »

Le cours était terminé et tout le monde commença à se disperser. J'étais à mi-chemin de la porte quand Piero m'appela.

«Dites-moi, me lança-t-il tout en rangeant des papiers dans son attaché-case. Vous faites aussi drapé?

– Et patronage, précisai-je, étonnée qu'il en sache autant.

– Vous avez déjà une licence?

– De l'université du Wisconsin.»

Il sourit.

«Comment avez-vous trouvé les cours jusqu'à présent, ils vous plaisent? Personnellement, je pense que vous pourriez peut-être envisager un plein temps, non? Et préparer un diplôme?»

Sa remarque me flatta mais, allez savoir pourquoi, me déconcerta aussi, comme s'il ne me laissait pas le loisir de décider moi-même de la poursuite de mes études.

«Je ne sais pas... c'est cher, non?

– Nous octroyons des aides financières, bien entendu, ajouta-t-il d'un ton désinvolte. Dites-moi, le T-shirt, avez-vous envisagé de pousser l'idée un peu plus loin pour réaliser d'autres versions?»

Je me mordis la lèvre.

«Comment cela?

– Eh bien, un T-shirt, en un sens, c'est une page blanche, non? Une table rase. Si vous lui ajoutez un faux collier de perles, vous jouez avec la robe du soir. Je crois qu'on a fait la chemise de smoking il y a quelques années, mais ce n'est pas une raison pour ne pas essayer de nouvelles astuces.»

Je réfléchis. Je m'étais juste amusée avec ce T-shirt rouge; il allait falloir que je songe à d'autres options.

«Laissez mûrir un peu, ajouta-t-il. Ça m'intéresserait de voir ce que vous pouvez concocter. Et réfléchissez un petit peu à ce que nous venons de dire, d'accord? Vous êtes encore jeune... il n'est pas trop tard pour vous orienter vers une nouvelle voie.»

Je le remerciai et pris congé. Une fois dans la rue, j'enroulai mon écharpe autour de ma tête pour me protéger du vent de début mars. Si j'utilisais le métro pour venir aux cours, j'avais pris l'habitude de rentrer à pied à la maison,

tant j'aimais me retrouver au milieu de la foule à la fin de
la journée, me fondre dans le double flux des New-Yorkais qui regagnaient leur domicile.

Une nouvelle voie. Une voie de tissus, de silhouettes, de
couleurs, de styles et d'humeurs. Ce dont Simon avait
rêvé, mais pour de vrai. Était-ce possible ? me demandai-
je tout en marchant.

Je songeai à ce que Kilroy avait dit, plusieurs mois
auparavant, au McClanahan : *La pernicieuse petite idée
que ta personnalité doit jouer sur un truc aussi insignifiant que ton gagne-pain. La vie n'est pas comme ça. Elle
n'est pas aussi malléable. Elle n'est pas aussi tranchée.*

Et si elle l'était ? Et si elle pouvait l'être ? J'adorais me
pencher sur les tissus, les toucher, jouer mentalement avec
les couleurs et les formes. Pourquoi ces choses-là ne pour-
raient-elles pas basculer à l'avant-plan de mon quotidien ?
Pourquoi devrais-je m'interdire ça ? Je descendais la
7e Avenue, froide et sombre en cette fin d'après-midi,
grouillante de voitures et de piétons quand, tout à coup, je
m'arrêtai et éclatai de rire. Au carrefour devant moi, un
type manipulant un immense porte-habits – vision désormais familière – fendait la circulation et je m'émerveillai
de la coïncidence qui me valait de penser ce que je venais
de penser au moment précis où je traversais le quartier de
la confection.

28

La semaine suivante, je sortis du cours de drapé sur les pas de Maté, un grand maigre qui était le bavard du groupe et dont l'accent caribéen résonnait mélodieusement dans la salle de classe brillamment éclairée. Il portait souvent de longs sarongs colorés avec des chemises en oxford nouées à la taille, et là, comme il s'apprêtait à sortir, il avait jeté un grand châle brun tissé lâche par-dessus sa tenue et on ne voyait plus que ses mollets maigrichons et basanés et ses sabots en daim rouge. Lors des premiers cours, il m'avait agacée, mais, là, je me surpris à admirer son style extravagant et, en marchant derrière lui, je me rendis compte, à sa façon de déployer ses jambes interminables, de se serrer dans son châle, à ses gestes qui révélaient son corps anguleux, qu'il m'évoquait un mannequin sur un podium.

Il me tint gentiment la porte et me laissa passer, puis m'attendit dehors.

«Vert citron, me confia-t-il. Cet été, je veux que les femmes arborent des robes vert citron et des broderies blanches. Et du drapé, pas de truc guindé. Un genre Lilly Pulitzer mâtiné de Badgely Mischka. Plus des sandales blanches à très grosses semelles.»

Je souris en me demandant si une idée aussi radicale aurait pu m'effleurer.

«Franchement, reprit-il. Tu n'as pas envie de hurler en voyant tous ces manteaux noirs?»

C'était l'heure du déjeuner et des hordes de piétons tout

de noir vêtus passaient devant nous à pas pressés et tête baissée pour se prémunir contre le froid.

« Les femmes devraient recommencer à porter des chapeaux, poursuivit-il. Est-ce que je te fais penser à Diana Vreeland ? "Le rose, c'est le bleu marine de l'Inde !" »

Sur ce, il me fit au revoir du bout des doigts, pivota sur ses talons et s'éloigna en roulant des hanches.

Je m'arrêtai pour resserrer mon écharpe. Il s'agissait juste d'avoir l'esprit plus ouvert. Peut-être était-ce seulement une affaire d'audace ? J'en étais là de mes réflexions quand, en me tournant, je découvris Kilroy qui me regardait, appuyé contre une petite voiture bleue garée sur un arrêt de bus. Surprise, je traversai.

« C'était qui ? me demanda-t-il en suivant Maté des yeux.

– Un type de ma classe. D'après lui, les femmes devraient se remettre à porter le chapeau.

– Il y a au moins un truc qui l'occupe.

– Ah, ah, fis-je en attrapant mes gants au fond de ma poche. Et qu'est-ce que tu fais là ?

– Veux-tu savoir pourquoi je m'appuie contre ce véhicule avec cet air de propriétaire ? enchaîna-t-il en brandissant un jeu de clés accroché à son index.

– Que se passe-t-il ?

– Je l'ai loué. Pour le week-end. Il faut qu'on s'habitue à voyager ensemble avant la France. »

Il n'avait encore jamais eu une initiative de ce genre et un grand sourire fleurit sur mes lèvres. C'était tellement romantique… tellement impulsif. Lui aussi souriait d'un sourire qui semblait sous-entendre qu'il agissait d'une façon qui ne lui ressemblait pas et qu'il était heureux que ça me plaise.

« Où va-t-on ?

– À Montauk, répondit-il en coinçant une mèche de mes cheveux derrière mon oreille. Un endroit où les femmes doivent porter des vêtements chauds. »

On descendit jusqu'à la brownstone où je préparai un sac à la hâte, puis on démarra. Kilroy se faufila à travers la circulation comme si la petite voiture eût été une bille roulant parmi des briques. On emprunta le Midtown Tunnel pour quitter Manhattan et le Long Island Expressway pour traverser le Queens, entourés par un paysage gris et industriel, puis gris et banlieusard et enfin gris et campagnard.

Kilroy était un enragé du bouton de sélection de stations. J'attendis pour en avoir la certitude mais il n'y avait pas à douter : durant tout le trajet, on n'entendit pas une seule chanson en entier. Je finis par réagir et l'arrêtai comme il tendait encore une fois la main vers le poste radio.

Il me regarda bouche bée.

« Tu aimes Cassiope ?

– Leur second album était mon premier.

– Adieu la France, déclara-t-il en frissonnant. Cassiope est à mettre à l'index. »

Ce devint un jeu. On s'arrêta pour un déjeuner tardif et, devant l'air consterné avec lequel j'accueillis les palourdes qu'il avait commandées, il s'exclama :

« Pas question que j'aille en France avec toi ! »

J'eus du mal à lire le plan indiquant le chemin jusqu'à notre hôtel.

« Je ne vais certainement pas voyager à l'étranger avec quelqu'un qui ne sait pas lire une carte. »

En réalité, on s'entendait bien. Il y avait un je ne sais quoi dans le fait d'être ensemble en voiture, le bourdonnement de la route quand on ne bavardait pas, de nos voix quand on bavardait. J'avais été au lit avec Kilroy, au restaurant, au cinéma, dans des bars… mais ça, c'était nouveau et chouette.

À la tombée du jour, on se gara sur le bord de la route déserte et on descendit jusqu'à la plage. Le vent nous picotait la figure, des algues jonchaient le sable gris et l'eau était sombre. Nous avancions vers le littoral quand des nuages apparurent à l'horizon et s'amoncelèrent. Je regardai Kilroy qui serrait les bras contre son torse pour se protéger du froid, ses cheveux mi-longs emmêlés et son visage blafard mangé par une barbe de plusieurs jours et sentis le bonheur m'envahir, pareil à une forme de calme.

« C'est la première fois que tu vois l'océan ? »

Je fis non de la tête. J'avais quatre ou cinq ans quand ma mère m'avait emmenée voir un de ses cousins sur la côte du New Jersey – le fameux Brian sur les épaules duquel j'avais mangé une glace aux cerises noires et que j'avais confondu, des années après, avec mon père. Je ne me rappelais plus avoir été assise sur les épaules de Brian, je ne pouvais que me rappeler me l'être rappelé à l'âge de neuf ans environ quand j'avais décidé de ressusciter ce que je pouvais de John Bell. Durant près d'un an, je m'étais endormie en essayant d'arracher mon père au néant pour lequel il m'avait quittée. On aurait cru un jeu de oui-ja sans planche où le bout des doigts d'une main s'appuyait sur le bout des doigts de l'autre pour former un coquillage mal fermé : une sorte de prière sans prière. Où es-tu, où es-tu ? À la fin, m'entendant marmonner entre mes dents une nuit, ma mère entra dans ma chambre et me demanda si je l'avais appelée et je décidai d'arrêter. C'est le lendemain que j'avais jeté le fameux taille-crayon dans la poubelle de l'école, avec la vertueuse violence d'une fillette de neuf ans.

Mais où était-il donc ? Où ? Qui avait-il été et qui était-il devenu ?

« Où étais-tu partie ? » s'écria Kilroy en effleurant mon visage.

Je hochai la tête. Je lui avais raconté cette histoire – qu'y avait-il à ajouter ?

« Dans le New Jersey. Là où j'ai vu la mer pour la première fois. »

On fit halte dans un petit motel en bordure de route où Kilroy insista pour payer. Notre chambre était la dernière de toute une série et craquait légèrement sous le vent. Rideaux écossais marron et orange, lit double bosselé. Après une douche, on sortit dîner dans un restaurant qui ressemblait à une grange à courants d'air et on mangea du homard face à la plage noire au-dessus de laquelle une demi-lune pâlotte jouait à cache-cache derrière des nuages sombres.

De retour dans la chambre, on s'allongea sur le lit. Fatiguée par la marche sur la plage, je fermai les yeux, pensant me détendre quelques minutes. Je m'éveillai dans l'obscurité un peu plus tard et me rendis compte que Kilroy me retirait mes chaussures. Au début, je ne pus distinguer ses traits – je sentis juste ses mains sur mes chevilles, en train d'ôter ma chaussette. Une minute plus tard, je perçus une chaleur humide : sa langue courait sur mes doigts de pied, les chatouillait à un point tel que c'en était presque douloureux, et il m'embrassait le cou-de-pied, la plante, le talon. Je savais qu'il savait que j'étais réveillée, et pourtant je gardai le silence. Ensuite, Kilroy déboutonna mon jean, baissa ma fermeture Éclair. Je demeurai amorphe, ne l'aidai pas quand il tira sur mon pantalon. Il glissa la main dans ma culotte et enfonça un doigt dans mon sexe, puis le ressortit et traça un cercle moite autour de mon nombril. Paumes offertes, je restai là, bras écartés, rongée par une réserve tissée d'angoisse. Nos regards se croisèrent mais nous continuâmes sur le même mode. Malgré le froid de la chambre, je demeurai inerte quand il m'enleva mon pull, puis mon soutien-gorge. Il se mit alors à sucer le bout de mes seins et sa tête et son torse m'apportèrent un peu de chaleur. Quand il se releva dans un grincement de ressorts, le froid me donna la chair de poule et j'eus l'impression de geler sur place. Il se déshabilla dans le noir sans me quitter des yeux. Puis il s'allongea à côté de moi et sa main froide se déploya sur mon abdomen. Là, j'eus plus de mal à ne pas bouger. Je sentis son sexe durci contre ma jambe tandis que sa main continuait à me caresser le ventre. J'avais très envie de le toucher, mais tout aussi envie de ne rien faire, d'entretenir cette lubie jusqu'au moment où j'explosai et lui prouvai qu'il n'en était rien.

On s'éveilla tard le lendemain, tout ensommeillés dans la chambre obscure. Une fois habillés, on remonta dans la voiture de location pour faire le tour de la pointe de Long Island et traverser quelques-unes des charmantes petites villes du coin, désertes en mars mais qui, à en croire Kilroy, se métamorphosaient en été quand tout Manhattan débarquait, armé de portables. Dans un café chichement éclairé qui se prolongeait sur une brocante, on finit par petit-déjeuner d'un café noir et fumant accompagné de gigantesques pâtisseries roulées dans un bon centimètre de flocons d'avoine.

Ensuite de quoi, on alla jeter un coup d'œil sur les objets exposés au fond. Vieux édredons tachés, pots en cuivre terni, petites tables en pin brut.

« Je veux un souvenir, déclarai-je en désignant une louche en bois à long manche.

– J'ai vu qu'on vendait des bonbons au caramel un peu plus loin dans la rue, riposta Kilroy avec un sourire.

– Un vrai souvenir. C'est tellement chouette d'être ici. Ça ne te dirait pas de te cacher pour prolonger ce moment ? »

Se cacher. La formule me déplut et, du coup, je fis semblant de m'absorber dans la contemplation d'un coq en céramique ébréché. Pourquoi avais-je parlé de « se cacher » ?

« Je veux dire pour rester plus qu'un week-end », ajoutai-je.

Ce n'était pas plus pertinent : si on ne rentrait pas le lendemain, je raterais le cours de patronage et je savais très bien que je n'en avais pas envie. Qu'est-ce que je voulais ? Vivre en dehors de la réalité avec Kilroy mais vivre dedans toute seule ? J'espérais que non. Je ne voulais pas de ce genre de désir.

Je pris sa main et la posai sur mon dos. Puis j'attrapai son autre main et la posai de l'autre côté. On était à quelques centimètres l'un de l'autre à présent, enlacés dans une brocante déserte de Long Island. Je levai la tête pour l'embrasser et il hésita, jeta d'abord un coup d'œil vers l'entrée de la boutique où notre serveuse, debout à la fenêtre, regardait ce qui se passait sur le trottoir.

« T'es pas cap », lui lançai-je.

Il se tourna et appuya ses lèvres sur les miennes : légèrement la première fois, puis pour de vrai.

En rentrant en ville le lendemain après-midi, on bavarda un peu mais, fatigués par une longue marche sur la plage le matin même, on effectua la majeure partie du trajet en silence. Mes jambes étaient délicieusement endolories et mes pensées naviguaient de l'immensité de l'océan à la présence paisible de Kilroy à mes côtés sans oublier tout ce que j'avais prévu pour la semaine qui s'annonçait.

L'établissement où il avait loué la voiture se trouvait sur la 17e Rue, à l'est de la 3e Avenue. Avant de repartir chez lui à pied, on chercha en vain un taxi et les immeubles nous parurent se déployer à perte de vue après nos balades sur la plage.

«Encore un block», me dit-il avec un sourire chagrin quand on traversa la 6e Avenue.

Après quoi, il garda le silence jusqu'à la porte de son immeuble. Là, il s'écria: «Home, sweet home», puis sourit et m'embrassa sur la joue.

Devant son appartement, il lâcha son sac à bandoulière pour repêcher ses clés au fond de sa poche. Lorsqu'il ouvrit la porte, on aperçut, par terre dans l'entrée, une grosse enveloppe crème.

«Qu'est-ce que c'est?» m'exclamai-je.

Il émit un petit grognement, puis la ramassa. Au dos, une débauche d'initiales que je ne pus décrypter mais, sur l'endroit, le prénom qui y était inscrit se lisait aisément: *Paul*.

«Merde», marmonna-t-il entre ses dents.

Il fourra l'enveloppe dans la poche de son manteau et me tint la porte. Je déposai mon sac dans la chambre tandis qu'il vidait carrément le sien et sa cargaison de linge sale sur le lit.

«Excuse-moi», me dit-il ensuite en s'éclipsant vers la salle de bains.

Paul. Ce devait venir de ses parents, pensai-je en regardant par la fenêtre le jour qui tombait, les passants qui arpentaient l'avenue par groupes de deux ou de trois. Un taxi s'arrêta au carrefour opposé et un homme en pardessus en descendit, s'appuya à la portière pour régler sa course.

Là-dessus, Kilroy, toujours en manteau, émergea à l'autre bout de la pièce.

« Écoute, grommela-t-il. Il faut que, hum, je fasse une course. Tu veux prendre un bain chaud ou, je ne sais pas, retourner à la brownstone ?

– Quelle course ? demandai-je en me mordant la lèvre supérieure, gercée par le week-end venteux. Où vas-tu ?

– Il faut que j'aille au nord pour un truc, dit-il, les mains sur les hanches et les yeux rivés sur ses souliers. Voir mes parents, en fait. »

Les cheveux embroussaillés par le vent et les joues hérissées de barbe, il avait l'air sale et fatigué. Il voulait simplement régler ce qu'il y avait à régler, mais je ne pus me taire :

« Je peux aller avec toi ? »

Il écarquilla les yeux une seconde, puis se ressaisit et s'écria :

« Crois-moi, ça ne t'amusera pas du tout.

– Si. »

J'avais les paumes moites et les essuyai sur mon jean.

« Je t'aime, déclarai-je. Je voudrais rencontrer tes parents même si – je faillis dire même si, toi, tu ne veux pas, mais me retins – même si tu les détestes.

– Je ne les déteste pas. C'est compliqué, c'est tout. »

Il se lécha les lèvres.

« Note, je suis heureux que tu aies dit ça. »

Il faisait allusion à mon « je t'aime ». Je le lui avais dit dans le noir, au lit, mais c'était la première fois que je lui disais en pleine lumière. Cela déclencha une sorte de légère nausée en moi, d'entendre ces mots exprimés comme ça. Non que je ne les pensais pas mais ils me paraissaient soudain si fragiles.

« Tu sais quoi ? me lança-t-il. Viens. En fait, je pense... »

Il s'interrompit, hocha tristement la tête, puis contourna le lit et se planta devant moi, la main tendue.

« Je t'en prie. J'aimerais que tu rencontres mes parents. »

Nous prîmes un *A train* jusqu'à la 42e Rue, puis le R jusqu'à la ligne de Lexington Avenue. Ils habitaient sur la

77e Rue entre Park et Madison dans une gigantesque maison, aussi grande que deux brownstones réunies mais en pierre plus claire, à laquelle on accédait par un escalier en fer à cheval se terminant devant une porte en bois sombre et brillant. Une femme de ménage nous fit entrer.

À la suite de Kilroy, je traversai un salon plein d'antiquités et de somptueux tapis persans et pénétrai dans une pièce qui me sembla être la bibliothèque, un espace aux murs vert sombre, plus petit et plus douillet, qui abritait plusieurs meubles en cuir. Les livres, dorés au fer, semblaient rangés par collections. Sur une table en acajou brillant trônait un énorme bouquet de fleurs exotiques dont l'arrangement avait dû nécessiter des heures de patience. Un feu brûlait dans la cheminée et, posé sur une table, il y avait un plateau proposant diverses carafes. L'ensemble me fit penser au décor de l'émission de TV *Masterpiece Theater*.

«Un verre?» me proposa Kilroy.

La nervosité l'avait saisi dans le métro et il avait maintenant la voix tendue et chevrotante.

«Volontiers.»

Il mit des glaçons dans de lourds verres en cristal, s'empara d'une des carafes et nous servit. Je goûtai, sans trop savoir si le caractère fumé, onctueux et fort de la boisson me plaisait.

«Chouette 'tit' baraque, déclara-t-il sèchement tandis qu'on s'asseyait côte à côte sur un canapé profond. Mais moi, j'aimeré mieux quéque chose un poil plus chicos.»

Sur ces entrefaites, un septuagénaire de petite taille, mince, solide et grisonnant, apparut dans l'encadrement de la porte; il portait une veste sport dans un écossais discret et ressemblait tellement à Kilroy que je vis instantanément comment mon compagnon vieillirait, comment les rides cerneraient sa bouche fine et ses yeux enfiévrés, comment il se tasserait. Sinon qu'il n'aurait sans doute jamais le maintien paisible et lisse de cet homme.

À côté de moi, Kilroy se leva.

«Papa.»

L'homme s'avança et lui tendit la main. Derrière venait une délicieuse femme d'environ soixante-cinq ans, élancée et élégante dans une tenue de week-end composée d'un pantalon à carreaux marron et crème et d'un twin-set en cachemire brun. Elle s'était légèrement maquillée, pour la maison, au cas où son fils – ce fils qu'elle ne voyait jamais – passerait. Elle n'avait pas subi de lifting, et les chairs affaissées sous son menton et ses yeux contribuaient à sa beauté – c'était une femme à la beauté éternelle.

Kilroy contourna la petite table pour embrasser la joue pâle et rose de sa mère.

«Morton Fraser, Barbara Fraser, je vous présente Carrie Bell.»

Je me levai et M. Fraser et moi échangeâmes une poignée de main, puis Mme Fraser m'offrit sa main menue et fraîche.

«Enchantée de faire votre connaissance, me dit-elle en souriant et en rejetant la tête sur le côté de sorte que ses doux cheveux gris doré lui balayèrent l'épaule. Nous n'avons pas souvent l'occasion de faire la connaissance d'un ou d'une… – elle hésita – amie de Paul.

– Eh bien, enchaîna M. Fraser. Ravi que vous ayez pu passer.»

Il jeta un regard vers sa femme qui acquiesça de manière presque imperceptible. Je me demandai ce que le billet disait, s'il s'agissait d'une convocation et nous restâmes plantés là sans trop nous regarder jusqu'au moment où un homme en tenue sombre vint nous offrir à boire ; la bouche de Mme Fraser se crispa légèrement quand elle s'aperçut que nous étions déjà servis.

«Comment vas-tu ? lança M. Fraser à Kilroy. Cela fait un moment.

– Oui. Bien, fit Kilroy, la bouche tordue en un demi-sourire. Toujours pareil, toujours pareil.»

Puis il jeta un coup d'œil dans ma direction et ajouta à mi-voix :

«Enfin, presque.

– Racontez-nous donc ce que vous faites, me dit Mme

Fraser en se penchant vers moi. Vous travaillez ou vous êtes étudiante ?

– Je suis étudiante à mi-temps. Je prends des cours à l'école Parsons.

– Ah oui ? Et qu'est-ce que vous étudiez ?

– Le dessin de mode.

– Juste ton rayon, maman », remarqua Kilroy, non sans gentillesse.

Sa mère sourit.

« Vous travaillez avec de superbes tissus ?

– Nous n'utilisons pratiquement que de la mousseline. Au stade où nous en sommes, nous apprenons surtout à ajuster et à draper.

– Je vois ! Comme c'est intéressant. »

Un nouveau silence s'installa. Kilroy et moi occupions le canapé, ses parents des fauteuils en cuir, en face de nous. Dans le salon, derrière eux, une domestique passa, les bras chargés d'un grand vase en argent rempli de roses à peine défraîchies.

« Eh bien, reprit M. Fraser, comment avez-vous… hum… qu'avez-vous fait ce week-end ? »

Il n'avait pas vraiment terminé sa phrase que Kilroy enchaînait, la voix un demi-cran plus aiguë et plus forte que d'ordinaire, comme s'il cherchait à étouffer les paroles de son père.

« En fait, Carrie et moi sommes allés à Montauk – on a loué une voiture et on est montés là-bas le vendredi après-midi. Elle ne connaissait pas du tout. La circulation n'avait absolument rien de méchant à l'aller, même si ça s'est gâté un peu au retour cet après-midi.

– Et comment avez-vous trouvé Montauk ? me demanda M. Fraser.

– Superbe. »

Il me décocha un grand sourire.

« C'est un des endroits les plus agréables qui soient. Et le temps ?

– Glacé et venteux. Le ciel était tellement spectaculaire que j'espérais presque qu'il pleuve. »

Son visage s'épanouit.

«Une des choses que je préfère, c'est de rentrer trempé après m'être fait prendre par un orage sur la plage.

– Le vrai amateur de grand air», déclara Kilroy.

Et les deux hommes lâchèrent un petit gloussement.

Mme Fraser porta son verre à sa bouche en ouvrant à peine les lèvres, puis dit:

«Jane a appelé hier.»

Elle hésita tandis que je me demandai qui était Jane. Que se passait-il? Je sentais dans l'atmosphère quelque chose dont tous trois avaient conscience, mais était-ce lié au malaise qu'ils éprouvaient à se trouver ensemble ou à autre chose? Je n'aurais pu le dire.

«Comment va-t-elle? s'enquit Kilroy.

– Ils viennent de rentrer des Caïmans où ils étaient partis faire de la plongée. Mac s'est retrouvé nez à nez avec un requin.

– Comme c'est cocasse! remarqua Kilroy et ses parents réprimèrent un sourire.

– Elle a demandé de tes nouvelles, ajouta Mme Fraser.

– J'en suis sûr.»

Kilroy se tourna vers moi.

«Ma sœur aînée», m'expliqua-t-il.

Devant cette remarque, ses parents échangèrent un regard un peu étonné.

«Lucia veut un poney, poursuivit Mme Fraser. Jane nous a raconté qu'elle a laissé sur leur lit un dessin la montrant assise sur un poney. Et elle a écrit "Lucia, à sept ans, voulait devenir écuyère."»

Mme Fraser sourit.

«Écuyère. En tout cas, elle sait ce qu'elle veut.

– Elle est drôlement vive maintenant, Paul, intervint M. Fraser en se penchant en avant. Gentille aussi, même si elle est capable de piquer des colères incroyables. Quand c'est comme ça, elle file dans sa chambre et pas moyen de l'approcher.

– Ce doit être dans les gènes», répliqua Kilroy en ricanant.

371

Ses parents hésitèrent un moment, puis optèrent pour un sourire emprunté.

J'avais à peine touché mon verre, mais celui de Kilroy était presque vide. Il le posa sur la petite table en le plaçant bien au centre du dessous de verre en malachite ou peint couleur malachite – parfaitement assorti au vert des murs –, puis se leva et me dit :

« Nous ferions mieux d'y aller si nous ne voulons pas perdre notre réservation.

– Réservation ? » répéta sa mère.

Elle me regarda, moi, mon jean, mes cheveux décoiffés. « Où allez-vous ?

– Dans un endroit au sud de Manhattan.

– Paul est persuadé que nous ne descendons jamais en dessous de la 50ᵉ Rue, me confia-t-elle, mais un de nos endroits préférés se trouve à SoHo. Vous connaissez le Clos de la violette ? »

Je fis non de la tête.

« C'est ravissant », m'affirma-t-elle.

Nous restâmes immobiles un moment jusqu'à ce que le père de Kilroy se lève à son tour.

« Eh bien, fit-il. Je suis heureux que vous ayez pu passer. Très agréable. »

Kilroy haussa les épaules.

« Je ne peux pas résister à ton scotch.

– Vraiment ? s'écria son père, ravi. Puis-je t'en offrir une bouteille à remporter ? »

Puis se tournant vers Mme Fraser :

« Veux-tu sonner ?

– Je plaisantais », laissa tomber Kilroy.

Dans le hall, une horloge sonna sept coups. Là-dessus, M. Fraser serra de nouveau la main de Kilroy et nous raccompagna à la porte avec Mme Fraser. Le sol de l'entrée était en marbre noir et blanc et, au centre, un escalier en bois teint en noir brillant menait à l'étage. En levant les yeux, j'entrevis un vaste espace aux murs jaunes doté de deux larges portes ouvrant sur les profondeurs de la demeure.

Mme Fraser attendait de nous dire au revoir. Elle me serra la main, puis posa ses doigts minces sur la manche du manteau en tweed de Kilroy.

«Ne te fais pas aussi rare», lui glissa-t-elle d'un ton léger.

Rougissant, il baissa les yeux et tendit la main vers le bouton de porte en laiton.

29

Kilroy se montra énervé et distant ce soir-là, ne voulut pas parler de cette visite, ne voulut pas parler tout court. Je me réveillai dans le milieu de la nuit et m'aperçus que le lit était vide. J'allai au salon sur la pointe des pieds et le trouvai endormi sur le canapé, recroquevillé dans son manteau, la lampe allumée et son livre par terre à côté de lui. Je retournai chercher son oreiller dans la chambre et le glissai entre sa tête et le cadre rigide du futon, puis repartis me coucher. Je demeurai éveillée longtemps, me tournant et me retournant en repensant à ce que j'avais vu et entendu chez ses parents, à ce qui pouvait nourrir leur mésentente. Ils semblaient tellement attentifs, tellement prudents face à lui. Et leur surprise en découvrant qu'il ne m'avait jamais parlé de sa sœur. *Ils viennent de rentrer des Caïmans où ils étaient partis faire de la plongée.* Jane, Mac et Lucia. Je me mis sur le dos. Je détestais me réveiller la nuit, par crainte d'être épuisée le lendemain. *Morton Fraser, Barbara Fraser, je vous présente Carrie Bell.* Cette maison, somptueuse et pleine de domestiques. Sa mère si jolie. Sa main menue et fraîche dans la mienne. Je continuai à m'agiter. À l'aube, quand les formes commencèrent à poindre dans la lumière naissante, je ne dormais toujours pas.

La porte d'entrée se refermant avec un cliquetis me réveilla subitement. Huit heures et demie, si je pouvais me fier aux chiffres rouges du réveil de Kilroy. Il s'en allait travailler.

J'avais l'esprit brouillé par la fatigue, les membres engourdis et je tremblais. J'essayai de me rendormir, mais quelque chose m'en empêcha : il n'était encore jamais parti sans me dire au revoir. Si, d'aventure, je dormais pendant qu'il se douchait, il venait immanquablement s'asseoir sur le lit et me caressait l'épaule en évoquant à mi-voix un projet pour plus tard.

Je le revis sur le canapé dans la nuit, la tête émergeant de son manteau épais. Puis ses parents encore une fois. La manière dont ils s'étaient regardés, dont ils l'avaient regardé. Je rejetai les couvertures d'un coup de pied, mais m'attardai encore un moment sur le lit avant de me redresser.

Pas de mot dans la cuisine, pas de café dans la cafetière. Sans doute s'était-il réveillé en retard, lui aussi. Je me dirigeai vers le salon et poussai son manteau afin de pouvoir m'asseoir sur le canapé. La veille, juste après nous être couchés, j'avais tendu la main vers lui et l'avais senti tressaillir légèrement, puis respirer plus profondément pour me faire croire qu'il dormait. Je repensai au visage de sa mère, à ses doux cheveux blond-gris. Au sourire de son père. Je me saisis de son manteau et tâtai la poche en espérant à moitié qu'il avait enlevé le mot, mais il était toujours là, en attente de mes doigts. Je le sortis et vis cette fois que les initiales gravées au dos disaient BFL. Barbara Quelque chose Fraser. Avec, sur le devant, Paul en caractères enfantins, penchés en arrière.

Je soulevai le rabat et tirai le carton.

Chéri, tu dois penser à cette date autant que nous. Viendras-tu prendre un verre avec nous ? Ton père en serait tellement content. Nous serons à la maison aujourd'hui et demain.

Je rangeai le mot dans l'enveloppe et remis le tout dans la poche de Kilroy, en laissant le manteau au petit bonheur sur le canapé. La date indiquait le 20 mars, soit samedi : il s'était écoulé une bonne journée avant que Kilroy ne le trouve. Je me demandai ce que signifiait ce *tu dois penser à cette date autant que nous* et pourquoi, plutôt que d'utiliser la poste, Mme Fraser s'était déplacée jusqu'à Chelsea en attendant peut-être que quelqu'un entre dans l'immeuble pour pouvoir glisser ce carton sous la porte de son fils.

Pour qu'il ne puisse le rater, voilà tout. Elle avait dû commencer par appeler : vendredi soir, samedi matin, samedi midi.

Après le cours de patronage, j'essayai de téléphoner à Kilroy de la brownstone – à six heures, il était généralement rentré, puis à sept heures et enfin, de plus en plus anxieuse, à huit. Pas de réponse, et je ne pus laisser de message puisqu'il n'avait pas de répondeur, bien entendu. Refusait-il de décrocher ? J'allai au McClanahan alors qu'il faisait nuit noire et qu'il tombait une légère bruine qui me mouilla les cheveux. Il y avait un brouhaha énorme dans le bar, mais pas trace de Kilroy. Je sonnai à l'interphone de son immeuble, en vain, et n'osai utiliser ma clé : je pouvais m'en servir en son absence ; or, je le soupçonnais d'être là. Je regagnai la brownstone à plus de neuf heures et l'appelai une fois de plus, sans succès. À neuf heures et demie, je me glissai dans mon lit. Le calme régnait dans la maison et ma chambre – ma chambre à moi – dispensait une odeur de vieille poussière qui m'était totalement étrangère.

Le lendemain après-midi, je frappai à la porte de Kilroy pour la forme, puis glissai ma clé dans la serrure. Il n'était pas cinq heures, mais je voulais être là à son retour : cela m'éviterait une seconde soirée épouvantable et me permettrait de ne pas savoir combien de jours il était capable de tenir sans répondre à mes appels. Une odeur de toast brûlé me chatouilla immédiatement les narines et je m'apprêtais à mettre le cap sur la cuisine quand Kilroy émergea du salon, débraillé, en pantalon de jogging et T-shirt blanc déchiré.

« Je suis désolée, m'écriai-je. Je ne m'attendais pas à... »
Je m'interrompis une seconde.
« Tu n'as pas travaillé ? »

Il baissa la tête et me fit signe que non sans même lever les yeux.

«Je suis désolée, répétai-je. Je comptais attendre ton retour. Je me suis inquiétée pour toi, hier soir – ça va?»

Il poussa un drôle de soupir, puis m'adressa un sourire pas convaincant.

«Bien sûr.

– Je vois ça.»

Il se rembrunit un peu, puis repartit au salon.

«Viens», me proposa-t-il sans grande conviction.

Il se laissa choir sur le canapé et s'agita jusqu'à ce que sa tête se retrouve au milieu de l'oreiller que je lui avais apporté dans la nuit du dimanche. Je me demandai s'il avait également passé la nuit précédente au salon.

«Qu'est-ce qu'il y a?»

Il plia les genoux et croisa une jambe par-dessus l'autre.

«Kilroy?

– Tu veux dire "Kesski se passe"? reprit-il avec un accent argotique. Ou bien "Qu'est-ce qui ne va pas chez toi?".

– Comme tu veux. Les deux.»

Il ne répondit pas et je soupirai. Il y avait plusieurs piles de bouquins, des édifices de dix à douze livres en équi-libre précaire, devant son étagère, laquelle était en partie vide, de sorte que je compris ce qu'il avait fait. *Quand elle est trop pleine, j'élimine tout ce qui me paraît avoir perdu de son éclat.* Quand elle était trop pleine ou quand il avait besoin d'autre chose pour lui occuper l'esprit.

Il attrapa *Contemporanéité et Conséquences*, le livre qu'il avait commencé avant Montauk, l'ouvrit et se le colla devant le nez.

«Ça sent le toast brûlé», remarquai-je.

Il abaissa son bouquin et me regarda d'un œil noir.

«D'autres observations?»

Mes yeux se posèrent alors sur son manteau, en tas par terre à côté du canapé et la peur me noua l'estomac. Pou-vait-il savoir que j'avais lu le mot? Pourquoi tout cela? Mais, non, c'était impossible.

377

«Tu veux que je m'en aille ?

– À ta guise.»

Je tournai les talons et gagnai la cuisine où trois ou quatre assiettes pleines de miettes de toast s'entassaient sur le plan de travail, à côté d'une soucoupe de beurre fondu. Dans la chambre, les stores étaient baissés, le lit en désordre, les draps froissés, chiffonnés, les oreillers bizarrement aplatis et abandonnés. Une tasse de café à moitié pleine traînait par terre, ainsi qu'une autre assiette avec des miettes de toast. Je contournai le pied du lit pour m'asseoir de mon côté, attrapai ma photo des toits de Paris en appui contre le dossier de la chaise de cuisine que j'utilisais comme table de nuit et admirai dans la pénombre l'association parfaite entre le gris du cadre et le gris du toit de l'immeuble en repensant à la nuit où il me l'avait offerte, à notre bonheur alors.

Ses pas résonnèrent dans le couloir et il apparut sur le seuil de la pièce, marquant d'un doigt la page de son livre.

«Tu veux qu'on aille dîner ? me proposa-t-il. J'aurais rien contre un chinois.»

Je reposai la photo et cachai mon visage derrière mes mains – fallait-il rire ou pleurer ? *J'aurais rien contre un chinois*. On aurait cru qu'il s'agissait d'une nuit comme des tas d'autres entre nous.

«Qu'est-ce qu'il y a ?» fit-il en se plantant devant moi.

Je levai les yeux vers lui et hochai la tête.

«Comment peux-tu te comporter ainsi ? On jurerait qu'il ne s'est rien passé. Tu veux vraiment aller manger chinois ?

– Oh là là – un italien ne me dérangerait pas non plus.»

Je collai un coup de poing dans le matelas.

«Tu es malade ? Sinon, c'est moi qui déraille ! Là, il y a vraiment un truc qui cloche et j'ai comme l'impression qu'on n'est pas sur la même planète.»

Il s'assombrit et se tourna vers la fenêtre masquée par les lamelles du store. Je vis son visage en profil perdu, sa bouche tordue en un rictus. Il sentait la sueur.

«Qu'est-ce qui ne va pas ?» insistai-je.

Il écarta les bras en un geste d'impuissance, puis, sans se retourner, marmonna :

«Rien.

– Kilroy, c'est moi. Tu étais tout chamboulé dimanche soir après avoir vu tes parents et tu l'es encore et, moi, je me sens complètement exclue.

– Je suis désolé, fit-il d'une voix morne. D'accord? Je suis désolé de t'avoir infligé ça.

– C'était très bien. Ils ont été tout à fait charmants – ce n'est pas du tout ce que je veux dire et tu le sais. Je t'ai appelé je ne sais combien de fois hier soir, je suis même passée. Qu'est-ce qui ne va pas?»

Il poussa un grand soupir et détourna les yeux.

«Je ne me sens pas bien quand je les vois, c'est tout. J'ai des problèmes avec eux. On… bon, on est très différents, et voilà.

– Non, ce n'est pas vrai.»

Il me fixa un moment, puis se retourna de nouveau vers la fenêtre pour, après quelques secondes, séparer les lamelles du store et scruter la rue. Des particules de poussière voletaient dans la barre de lumière qui entrait faiblement dans la pièce. En le voyant ainsi, je devinai brusquement ce que ses parents devaient éprouver de le savoir tellement proche d'eux et cependant tellement barricadé en lui-même.

«Kilroy?»

Il se tourna. Avec le store derrière lui, il avait l'air épinglé, piégé – comme s'il endurait une séance d'identification.

«Pourquoi tu restes ici?»

Il s'empourpra.

«Tu veux dire pourquoi, vu l'argent dont manifestement je dispose, je ne m'achète pas un chouette appartement sur Central Park West?

– Pas du tout! Mon Dieu! Je ne te poserais jamais une question pareille. Je sais, je t'ai dit que ta famille devait avoir de la fortune, mais ce que tu fais ou pas avec ne me regarde absolument pas.

– J'essaie de ne pas y toucher, répliqua-t-il d'une voix égale. C'est pour ça. Je suis con, mais pas à ce point-là.

– Tu n'es pas con du tout !
– Bien sûr que si, insista-t-il en souriant.
– Kilroy ! »
Il semblait tellement triste avec son T-shirt minable et son sourire vulnérable.
« Tu ne penses pas ce que tu dis.
– Je ne cherche pas à décrocher l'Oscar du mec sympa », rétorqua-t-il avec amertume.
J'allai vers lui mais il se recula, comme s'il redoutait mon contact. Je m'arrêtai net, submergée par une angoisse brûlante. J'avais envie de le toucher, de le caresser – j'avais envie qu'il en ait envie aussi.
« Un tel mec serait drôlement barbant, déclarai-je.
– Mike était un mec sympa, non ?
– Tout ça n'a rien à voir avec Mike.
– Mais il l'était, non ? Un chouette type ? C'est ce que j'ai toujours pensé, ajouta-t-il, la bouche déformée par l'amertume.
– Un chouette type. C'est ce qu'on dit de quelqu'un qu'on ne connaît pas. Mike était... Mike est une personne. Bien sûr qu'il est chouette – tu connais beaucoup de gens pas chouettes ?
– Laisse tomber, fit-il en se grattant la mâchoire. Changeons de sujet. »
Je soupirai et détournai les yeux. Pour discuter de quoi ? Aucun sujet ne nous allait pour le moment. Peut-être était-ce nous deux qui n'allions pas bien, point. Les inquiétudes qui m'avaient taraudée dans la brocante de Long Island me reprirent. Était-il vrai que nous ne vivions pas vraiment dans la réalité, que nous évoluions dans des niches isolées, protégées ? Avec Mike, nous passions sans problème de notre vie privée à notre vie publique : nous étions autant nous-mêmes au milieu d'une fête que chez moi. Sans aucune raison, je repensai à un gueuleton bien arrosé dans une fraternité entre la fin des examens de dernière année et la remise des diplômes : on avait été séparés un moment et, quand je l'avais revu, j'étais assise sur les marches menant au premier étage et discutai avec une

copine de classe. Un peu soûl, il avait relevé la tête vers moi et m'avait tendu les bras en guise d'invitation à danser. Il était grand, costaud, ses cheveux ondulaient dans l'atmosphère humide de la fête et il avait toute la séduction d'un jeune adulte malicieux. Et j'avais ressenti une grande bouffée de plaisir à l'idée qu'il m'appartenait.

« Qu'est-ce que tu voulais dire tout à l'heure, reprit Kilroy, en cherchant à savoir pourquoi je restais ici ? »

Je levai le nez. Il m'observait avec curiosité et je me demandai ce qu'il voyait en moi : une séduisante petite provinciale qui avait voulu briser le cœur d'un chouette type.

« À New York, lui expliquai-je.

– Oh ! s'exclama-t-il avec un pauvre sourire, ça, c'est facile. J'aime le bruit de la circulation. »

Je poussai un gros soupir et m'éloignai de lui en hochant la tête. En me rasseyant sur le lit, je repérai par terre une chaussette verte que j'avais cru perdue et la ramassai, puis, d'une chiquenaude, expédiai un peu plus loin un mouton qui s'y était accroché.

Les yeux plissés, l'index pressé contre la mâchoire, Kilroy m'observait. Il m'examina tellement longtemps que j'en éprouvai une certaine nervosité, m'interrogeant sur ce qui risquait de se passer s'il continuait son manège. Combien de temps allions-nous tenir ainsi, murés l'un comme l'autre dans le silence ?

Il finit néanmoins par s'éclaircir la voix.

« Tu te rappelles comment tu as sauté dans ta voiture, cette fameuse nuit de septembre ? Tu as juste bouclé ton appartement, sorti tes poubelles et pris la route ? Eh bien, parfois, on ne peut tout simplement pas faire un truc comme ça ou bien on sait que ça ne résoudra rien du tout. Je ne vois pas souvent mes parents et, de ce fait, je ne me sens pas bien quand je les vois. Et, pour prendre les choses à l'envers, comme je ne me sens pas bien quand je les vois, je ne les vois pas souvent. Je suis désolé pour hier soir, j'aurais dû répondre au téléphone. J'aurais dû mais je ne l'ai pas fait et maintenant on en est là et je ne vois pas trop quoi ajouter. Soit on continue, soit non. Je ne peux pas être différent, même si tu en as très envie, même si j'en ai très envie. Donc, ce que j'aimerais, c'est faire un brin de toilette, puis aller manger.»

Là-dessus, il me lança un regard implorant.

«D'accord? S'il te plaît?»

J'acquiesçai. J'étais moins affamée que fatiguée, rompue, mais je comprenais qu'il ne pouvait rien me dire de plus et qu'il fallait qu'on quitte l'appartement un moment. Je fis le lit pendant qu'il se douchait, puis ensemble on se dirigea vers la porte d'entrée, nos bras se frôlant bizarrement.

30

Durant les semaines qui suivirent, Kilroy se montra généralement sardonique et drôle comme il savait l'être, mais, derrière la façade, son comportement s'était assombri. Il se plaignait de trucs qu'il avait lus dans le journal ou râlait à propos de petits riens dont il avait été témoin dans la rue, telles, par exemple, ces deux femmes qui, le sac de courses posé par terre pour mieux bavarder, bloquaient le passage sans se soucier des piétons qui devaient les contourner. Le printemps arriva, accompagné par un vent froid et clair qui cingla le ciel de bleu et laissa derrière lui un air plus doux et plus chaud qu'on n'en avait eu depuis des mois. L'envie d'aller marcher me saisit, mais Kilroy ne voulut rien savoir ; il passait des après-midi entiers, le week-end, à lire enfermé à l'intérieur si bien que d'épais récits historiques et diverses biographies en plusieurs tomes se mirent de nouveau à remplir les planches de son étagère. Il devenait difficile d'obtenir son attention. Un soir qu'il lisait, allongé sur le canapé, un livre sur l'architecture gothique, je l'appelai à quatre reprises sans qu'il m'entende. Je finis par m'asseoir et lui chatouiller la plante des pieds. Il sursauta de manière tellement spectaculaire qu'il en lâcha son bouquin.

« Bon sang, Carrie, qu'est-ce qu'il y a ?

– Je t'ai appelé quatre fois de suite.

– Eh bien, désolé… j'étais absorbé par mon livre. »

On pourrait croire qu'il cherchait à m'asticoter, mais ce n'était pas le cas, pas vraiment : il était distant, flou…

aussi longtemps que je le tolérais. Dès l'instant que j'arrivais au seuil de la frustration véritable, il venait se poster derrière moi, me masser les épaules et me proposer un dîner, un film, une partie de billard au McClanahan. Comment devinait-il mes limites, je ne me l'expliquais pas, on aurait juré qu'il sentait ou entendait vaguement quelque chose que j'aurais émis. Nous dormions plus proches que jamais l'un de l'autre, enlacés, jambes emmêlées, mais, dès le réveil, il se ressaisissait prudemment, se dégageait et roulait sur le dos avant de me dire un mot ou de me toucher de nouveau.

Un matin tôt – très tôt, l'aube était tout juste là –, en revenant des toilettes, je le trouvai, tourné de mon côté, les yeux grands ouverts. Il me tendit les bras et, en me nichant tout contre lui, je m'aperçus qu'il bandait vigoureusement. D'un geste quasiment fluide, il m'attira sur lui et je plaquai ma joue contre la sienne pour chercher, pendant l'amour, le contact de sa barbe râpeuse, mais quelque chose d'autre aussi. Je pressai mon visage très fort contre le sien et il fit de même avec moi jusqu'à ce que nous ayons fini et que j'aie les joues en feu.

Bien plus tard, en me réveillant, je notai que le drap à côté de moi était froid. Pourtant, Kilroy était là, mais si loin de moi que je dus tendre la main pour l'atteindre. Couché sur le dos, il fixait le plafond. Lorsqu'il me sentit lui toucher le bras, il tressaillit, puis croisa les mains derrière sa nuque.

«Bonjour, lui dis-je.

– Bonjour.»

Je le caressai de nouveau, sur le flanc, mais il ne réagit pas, ne me regarda pas, ne se retourna pas vers moi, ni rien.

«À quoi rêvais-tu ce matin à cinq heures? lui demandai-je.

– À rien.

– À rien, parce que tu ne t'en souviens pas? Ou à rien, parce que tu ne veux pas en parler?»

Il haussa les épaules.

«À rien, parce que je ne m'en souviens pas – je ne me souviens jamais de mes rêves.

– Jamais ?

– Juste les plus ennuyeux, les plus banals. Pendant six ans, j'ai fait un rêve récurrent dans lequel je marchais au bord d'une route. Je marchais des heures durant jusqu'au moment où j'arrivais dans un petit magasin où j'achetais un bloc-notes et un crayon. Après quoi, je repartais vers la porte ; puis je me retournais brusquement parce que j'avais besoin d'autre chose et, là, je me réveillais. »

Il me jeta un coup d'œil et me sourit.

« Tu vois, ça te barbe tellement que tu n'y prêtes même pas attention.

– Mais si.

– Non, tu pensais à autre chose, je le vois bien. »

C'était vrai : mon esprit m'avait distraite en me ramenant à l'intimité que nous avions partagée à l'aube et qu'il avait gommée. On aurait juré que nous vivions notre sexualité par l'intermédiaire d'émissaires pressés qui ne se connaissaient pas et dont l'un des deux refusait de rapporter le résultat de sa mission. Cela me renvoya à notre première fois ensemble, à mon hésitation, puis à la culbute extatique dans l'amour. Puis je me surpris à repenser à Mike, à notre première fois à Picnic Point – les grands arbres autour de nous, l'odeur de la terre, les plis de la serviette de plage sous mon corps. Après, Mike m'avait confié que tout avait été très différent de ce qu'il avait imaginé, sans qu'il pût expliquer comment. Et que, maintenant qu'il connaissait l'amour, même si la nouveauté de l'acte était encore très présente, il ressentait le désir autrement. Tout à coup, je me demandais si Mike, au stade où il en était, rêvait encore de faire l'amour avec moi. Pouvait-on avoir des rêves érotiques si sexuellement on n'avait plus de sensations ? Il y avait trois mois que nous ne nous étions pas parlé, mais je n'avais pas ôté sa bague. Je songeai à lui couché, endormi ou pas, dans l'ancien bureau, son corps paralysé déployé autour de lui et, malgré moi, le cours de mes pensées me ramena à cette première nuit à Montauk avec Kilroy quand j'étais restée immobile sur le lit, comme incapable de bouger un seul muscle, et l'avais laissé me prendre. Comme si j'étais devenue Mike.

Un samedi, je convainquis Kilroy d'aller faire une balade. On était en avril maintenant et tout New York était de sortie, les branchés comme les déshérités, mais aussi les gens qui avaient hiberné tout l'hiver, les familles avec de jeunes enfants et les très vieux. C'était bon d'être dehors à se promener au soleil qui nous réchauffait, à croiser tous ces badauds qui marchaient soudain au ralenti et paraissaient grandis et heureux. Kilroy, qui avançait d'ordinaire à longues enjambées rapides et déterminées – qu'il fût déterminé ou pas –, cheminait nonchalamment et offrait même à l'occasion son visage à la chaleur des rayons. Nous descendions vers le sud et je me fis la réflexion que nous allions au-devant de nous-mêmes, vers les êtres que nous formions ensemble, vers ceux que nous pourrions former.

Au croisement de la 6ᵉ Avenue et de Houston, il s'arrêta pour observer un groupe de jeunes qui jouaient au basket dans un petit parc clôturé. L'un des joueurs – pas spécialement grand, mais maigre sous son survêtement et vif – s'empara du ballon et dribbla jusqu'à l'autre bout du terrain d'où il tira une longue balle qui heurta le cerceau avec un bruit métallique, puis tomba dans le panier sans filet.

«Joli, s'exclama Kilroy. Imagine l'effet que ça procure. D'avoir ce pouvoir.

– Tu as pratiqué un sport?

– Le base-ball, me répondit-il en souriant. Petit, je voulais devenir joueur de base-ball, sans rire. J'ai joué deuxième base cinq à six mois par an, de l'âge de sept ans jusqu'à ce que j'entre au lycée. J'avais un bon bras, mais surtout j'étais rapide. Pas à la course, je me débrouillais pas mal, mais au niveau de mes réactions. À peine je voyais venir la balle que j'étais déjà en train de réfléchir à ce que j'allais faire ensuite. Je faisais un solide batteur aussi, rien d'exceptionnel, mais je me défendais pas mal.

– Pourquoi tu as arrêté alors? Que s'est-il passé au lycée?

– Tu sais, lâcha-t-il en haussant les épaules. C'est comme ça. Ça ne m'a plus intéressé.

– Mais tu adorais ! »

De nouveau il haussa les épaules.

Kilroy en joueur de base-ball représentait un élément totalement nouveau dans le tableau. Aussi étonnant que cela puisse paraître, il était facile de visualiser le petit deuxième base opiniâtre, plissant les yeux pour se concentrer, tout maigrichon dans son minuscule pantalon blanc. Huit, neuf ans. L'imaginer au lycée se révélait autrement plus difficile. Je me demandai pourquoi il taisait les raisons qui l'avaient incité à renoncer. Sa décision s'apparentait-elle à celle de Mike, en première année d'université, qui n'avait pas voulu devenir un hockeyeur lambda ? Était-ce ce qu'avait ressenti Kilroy ?

On traversa Houston, puis on tourna une fois, puis deux pour déboucher sur MacDougal et la librairie où cette femme derrière moi avait évoqué *la suffisance de l'extrême beauté*. Tout en essayant de scruter les profondeurs obscures de la boutique, je me demandai qui elle était et où elle pouvait bien être à présent. À New York, les connexions entre inconnus se déployaient à l'image d'une fine grille à travers toute la ville, fragiles comme les fils d'une toile d'araignée.

On gagna l'Hudson et l'on suivit, le long du fleuve, la promenade très fréquentée de Battery Park. Il y avait des gens en Roller qui nous doublaient en coup de vent, d'autres qui baladaient leurs chiens. Du doigt, Kilroy m'indiqua Ellis Island et la statue de la Liberté qui, vue de loin, ne paraissait pas plus grande que les reproductions en vente partout dans la cité. Le ciel perdait de ses couleurs et la chaleur de la journée s'atténuait, mais on continua à avancer à travers les gorges étroites et glaciales de Wall Street. La forme massive du pont de Brooklyn se profilant devant nous me surprit et je m'arrêtai net, émerveillée par son gigantisme.

« On ne l'a jamais traversé, pas vrai ? »

Je fis non de la tête et un grand sourire apparut sur son visage.

«Prête à vibrer ?»

Je consultai ma montre. Cela faisait déjà trois ou quatre heures que nous marchions.

«Allez, insista-t-il. Impossible de remettre ça à plus tard !»

Au-dessus des voies de circulation, une passerelle pour piétons traversait le pont en son milieu. Des couples et des familles flânaient, quelques hommes d'affaires, seuls, regagnaient Brooklyn après un samedi au bureau. Le pont lui-même était stupéfiant avec ses puissants pylônes en pierre, ses quatre énormes câbles porteurs et le lacis de câbles plus petits qui, se déployant par douzaines, semblaient à peine plus gros que des fils.

«Drôlement génial, hein ? poursuivit Kilroy. Je ne comprends pas pourquoi je ne t'ai encore jamais amenée ici.»

On s'était arrêtés et je rejetai la tête en arrière pour contempler l'ouvrage, tout en granit et filigranes, qui se détachait sur le bleu pâle du ciel barré de nuages. Quand je me redressai, Kilroy m'observait, les yeux plissés pour se protéger du soleil couchant. Les joues rondes, la bouche souple, il avait un air de – il n'y a pas d'autre mot – douceur. J'eus l'impression que son émotion était davantage liée à lui qu'à moi, comme s'il s'émerveillait de pouvoir montrer des lieux qui lui étaient chers à une femme. Souriante, je l'effleurai juste en dessous de l'œil et il me prit les doigts et les fit glisser sur sa figure, le long de ses joues, autour de sa bouche et sur ses paupières fermées. Quand il me lâcha, il me regarda un moment, puis m'attrapa par les épaules et m'attira tout contre lui. Et, là, je sentis la distance entre nous s'estomper, la tension des dernières semaines s'amenuiser, puis s'évanouir.

Ensuite, on poussa jusqu'à la promenade de Brooklyn Heights pour admirer derrière nous Manhattan et la ligne des toits éclairés par le soleil couchant. Il faisait froid à présent et, sans gants l'un comme l'autre, on frissonnait dans nos vestes légères. Dans un bar, le Royal Ascot, on but une bière en dessous d'un jeu de fléchettes éraflé avec, en fond sonore, Frank Sinatra sur un vieux juke-box. À côté de nous, deux quadragénaires corpulents brandissaient des pintes de Guinness à faux col, noires comme du café.

Il faisait nuit quand on repartit. On descendit dans le métro et on patienta sur le quai un bon bout de temps. Derrière nous, la station se remplissait de plus en plus. Soudain, une annonce incompréhensible retentit dans les haut-parleurs, à laquelle fit écho un grognement mécontent parmi la cohue. Quinze minutes s'écoulèrent encore, puis vingt. Finalement, le grondement du train, encore loin, résonna et les gens commencèrent à se bousculer. Parfumés et habillés pour passer le samedi soir en ville, ils poussaient. Je tendis la main vers Kilroy une seconde trop tard et la foule nous sépara comme la rame entrait en gare en rugissant. Les portes ne s'étaient pas ouvertes que mes voisins me balayaient, et je faillis perdre ma chaussure dans la bataille. Le wagon était déjà bondé. Allez savoir comment, je me retrouvai coincée entre le bord d'un siège et un grand bonhomme dont l'haleine empestait la saucisse. Je n'avais pas la moindre idée de l'endroit où Kilroy pouvait être. «Attention à la fermeture des portes», déclara le conducteur et le train s'ébranla en cahotant un peu, puis accéléra rapidement. Je voyais une tête par ici, une épaule par là, pas beaucoup plus. Puis il y eut un mouvement parmi les passagers – quelqu'un avait dû profiter d'un espace qui venait de se ménager – et j'aperçus Kilroy, à trois mètres de moi, la main accrochée à une barre de maintien. Il m'apparut de profil, les yeux rivés sur la vitre noire. Je repensai à un jeu auquel je jouais au lycée, au tout début de ma relation avec Mike : je le regardais d'un bout de la pièce où j'étais – la cafétéria, la salle de classe quand on avait cours ensemble ou même le hall d'un cinéma – et j'essayais de m'étonner en l'observant avec des yeux neufs. Alors ? me demandais-je. Comment m'apparaîtrait-il ? Je fermai donc les paupières et agitai légèrement la tête. Je songeais que, avec le bruit du train, les gens et les odeurs, j'allais peut-être pouvoir réagir face à Kilroy comme s'il s'agissait d'un inconnu.

Je songeais que cela me parlerait un peu. Mais quand je rouvris les yeux, il m'avait repérée et, souriant, m'adressa un petit signe de la main.

Il me semble que, dans une relation, on se découvre par étapes : les faits d'abord, le sens après, de même que des explorateurs découvrent des étendues d'eau sans savoir au départ s'ils contemplent un fleuve noyé dans le brouillard ou un vaste océan. Et on va de l'avant jusqu'à ce qu'on sache. Or quelque chose se perd en chemin : le neuf prend de l'âge, puis se transforme en acquis et tombe dans l'oubli. Avec Kilroy, je voulais avancer rapidement mais me cramponner aussi à tous les moments de découverte.

C'est là que les choses avaient capoté avec Mike. J'avais tout appris sur lui mais n'avais pas réussi à préserver le plaisir de la nouveauté. À la place, j'avais absorbé Mike. À force de les avoir parcourus, j'avais fait miens le paysage de son passé et son psychisme. Ils ressemblaient à la ville de Madison elle-même avec ses lacs agréables et familiers, la terrasse de l'Association et les quartiers ombragés où vivaient mes amis. Il en allait de même avec Jamie. Pour moi, Jamie personnifiait mon enfance : le prunier dans le jardin de ses parents, la balade de chez ma mère à chez elle, les samedis après-midi au centre commercial. Elle avait une odeur particulière, mélange de gâteaux et de Tide, qu'on décelait en passant de l'entrée de service des Fletcher à la cuisine si la porte du sous-sol était ouverte et si Mme Fletcher avait fait de la pâtisserie ce jour-là, ce qui était pratiquement toujours le cas.

En terminale, Jamie et moi avions beaucoup débattu pour savoir s'il était souhaitable qu'on partage une chambre à l'université ou pas. Nous en discutions soit dans la cuisine des Fletcher en grignotant un gâteau confetti de sa mère, soit à mi-voix dans la bibliothèque du lycée, soit encore à un match de hockey pendant que Mike et Rooster glissaient sur la glace au milieu des beuglements des spectateurs. Elle voulait qu'on ait une chambre ensemble et je voyais bien le bon côté de la chose – je déplaçais mon existence d'un kilomètre avec Jamie dans ma chambre et Mike tout près –, mais déjà à l'époque j'avais senti que quelque chose clochait un peu dans cet arrangement, qu'il y avait quelque chose de trop facile. J'estimais que nos vies devaient changer, qu'on avait besoin de savoir que des surprises nous attendaient. Finalement, j'avais refusé, convaincue qu'il valait mieux faire comme tout le monde et se lancer avec un filet de protection… voire directement dans le vide.

Elle eut du mal en première année d'université. Ses cours étaient trop durs et elle se plaignait de sa camarade de chambre, une fille originaire du North Shore, un quartier chic de Chicago, une snob – d'après elle – qui venait d'une école privée. Le grand rêve de l'université lui échappait encore, elle était toujours elle-même, toujours Jamie. En rentrant un après-midi de novembre, je la trouvai couchée devant ma chambre, sur la moquette miteuse du couloir de ma résidence, la tête sur son sac à dos. Arrivant de l'ascenseur, je me dis qu'elle cherchait à susciter ma compassion – pourtant, contrairement à ce que l'on pourrait croire, je ne jouais pas les cyniques, mais constatais simplement qu'elle avait besoin de moi et me le faisait savoir comme elle pouvait. Cependant, comme elle ne se releva pas pour me fixer avec des yeux rougis, je m'interrogeai – était-elle blessée ? malade ? – et pressai un peu le pas. Il s'avéra… il s'avéra qu'elle dormait. À quatre heures de l'après-midi en plein milieu d'un couloir extrêmement passant dans une résidence étudiante très fréquentée, elle dormait ! Devant cette vision, je me sentis bizarrement flattée et perturbée. J'avais complètement oublié cet incident jusqu'au moment où elle m'appela à New York pour me demander de revenir à Madison.

C'était quelques jours après ma balade avec Kilroy, je venais de sortir de ma douche et m'habillais quand Greg frappa à ma porte pour me dire qu'on me demandait au téléphone. Elle ne pleura pas au début – elle prononça mon prénom clairement – mais ensuite elle se mit à pleurer à gros sanglots, terribles.

«Quoi? Qu'est-ce qu'il y a?» lui demandai-je.

Mais elle continua à pleurer et je me dis que Bill avait dû la plaquer, que tout était terminé avant même qu'elle ait eu l'occasion de m'en parler.

Mais ça n'avait aucun rapport avec Bill. Sa sœur Lynn avait été agressée – dans le parking d'un bar à la périphérie ouest de la ville, par un type conduisant une Cutlass. Elle avait un œil poché, des meurtrissures autour de la bouche, des marques de doigts autour du cou. L'Alley, c'était le nom du bar en question, un endroit miteux à côté du restaurant où elle travaillait. Et la mère de Jamie... la mère de Jamie avait perdu les pédales. Jamie était hystérique, mais, en gros, toute l'histoire se résumait à ça et je ne savais pas quoi dire, parce que je ne pensais plus qu'à une chose, que c'était justement devant l'Alley que j'avais vu Lynn, les cheveux crêpés et tellement maquillée qu'elle devait sûrement chercher quelque chose: des problèmes, des sensations, de l'aide, quelque chose. Je l'avais compris ce soir-là mais, trop absorbée par mes propres soucis, je m'étais bornée à noter cet état de fait et j'avais passé mon chemin. En écoutant Jamie qui pleurait, je repensai à Lynn assise à côté de moi dans ma voiture, provocante et éméchée, à ses jambes rondes et à ses grosses créoles en argent: *Ne le dis pas à Jamie*, m'avait-elle suppliée, et je n'avais rien dit. Je n'avais rien dit.

«Oh, Jamie, murmurai-je. Oh, mon Dieu.

– J'ai peur, sanglota-t-elle. J'ai vraiment peur.

– J'imagine bien. Je suis désolée... je suis sincèrement désolée.»

Je l'entendis se moucher, puis le Kleenex frôla le téléphone.

«J'ai besoin de toi, poursuivit-elle. Je sais que je ne t'ai pas appelée du tout et qu'on a été plutôt distantes, mais...»

Elle se remit à pleurer de plus belle.

«J'ai besoin de toi. Tu ne pourrais pas revenir? Tu ne pourrais pas revenir à Madison?»

Je récupérai le téléphone à mes pieds et me dirigeai vers

le futon en tirant l'appareil derrière moi comme un toutou récalcitrant.

« Carrie ?

– Tu veux dire maintenant ?

– Je pensais demain. Ou bien ce week-end ? »

Le lendemain, il y avait le cours de Piero – une de ses anciennes étudiantes, créatrice dans le département maille d'une grande maison, allait venir nous parler. *Elle est fabuleuse*, avait déclaré Piero. *Pour moi, c'est un modèle.* Je ne voulais pas la rater et, en plus, je n'avais vraiment pas l'argent – un billet d'avion dans un délai aussi court coûterait une fortune. Ça tombait mal. C'est ce que j'expliquai à Jamie :

« Là, ça tombe mal. Mais je peux parler – est-ce qu'on ne peut pas simplement discuter par téléphone ? »

Un long silence s'abattit. Quand Jamie reprit la parole, je compris que j'avais brisé ce qui pouvait encore rester de notre amitié. Très froidement, sans le moindre sanglot dans la voix, elle lâcha :

« J'aurais dû m'en douter. Je ne sais pas pourquoi j'ai été jusqu'à te demander ça. Quelqu'un qui plaque son copain après qu'il vient de se rompre le cou ? Laisse tomber, c'était évident que tu ne viendrais pas. »

Et, là-dessus, elle me raccrocha au nez.

TROISIÈME PARTIE

KILROY WAS HERE

31

Vu d'avion, l'hiver touchait à sa fin. La neige à la lisière des prés paraissait défraîchie, grise, et, au sud de Madison, les rectangles que les routes de campagne dessinaient dans les terres cultivables étaient noirs d'humidité. J'avais presque l'impression de sentir le sol dont l'odeur s'exhalait de jour en jour avec le dégel.

Je pris un taxi à l'aéroport. Les bâtiments qui défilèrent devant moi me parurent lourds, les rues dégagées, désertes. On était un jeudi après-midi et, après la matinée dans l'avion et la soirée consacrée aux préparatifs de départ, je me sentais hébétée. Le silence du taxi semblait tenir du rêve, juste moi et le chauffeur sillonnant un paysage désolé. Par la fenêtre, j'aperçus l'endroit où je tournais pour aller à mon appartement mais je n'éprouvai rien, pas la moindre envie de revoir mon ancien domicile.

La maison de ma mère contemplait la rue d'un air vide. Je lâchai mon sac dans l'entrée et me dirigeai vers la cuisine. Le sel et le poivre étaient bien au centre de la table, les chaises impeccablement rangées autour. Sur le réfrigérateur, il y avait sa liste de courses retenue par un aimant : riz, purée de tomates, ampoules de soixante-quinze watts.

J'ouvris le frigo et attrapai une brique de jus d'orange. J'en bus un verre plein que je déposai dans l'évier, puis me ravisai, le lavai correctement et le mis à sécher sur l'égouttoir. Ma mère avait un lave-vaisselle, mais ne s'en servait que lorsqu'elle recevait.

J'allai au téléphone et composai le numéro des parents

de Jamie. Je n'avais pas grand espoir qu'elle me parle et en effet, comme elle l'avait déjà fait à six reprises, quatre hier et deux aujourd'hui, elle raccrocha dès qu'elle m'entendit. J'appelai Kilroy.

« Je pensais justement à toi, me dit-il.

– Quelle coïncidence !

– Pas vraiment. »

On éclata de rire et je songeai à la façon dont il m'avait embrassée le matin même sur la 7ᵉ Avenue, embrassée, puis dit : *Bon, vas-y maintenant.*

« Alors ? Tu es arrivée ?

– Oui. Jamie vient juste de me raccrocher au nez encore une fois.

– Avant ou après que tu lui as dit que tu étais revenue ?

– Avant.

– Donc, quel est le plan B ?

– Aller là-bas, j'imagine.

– Tiens-moi au courant.

– Bien sûr. »

Je raccrochai et me plantai devant la fenêtre de l'entrée. Je n'avais pas envie de sortir. J'allais me geler durant le trajet à pied jusque chez les Fletcher. Bon, me dis-je, dix minutes, cinq, et je gravis l'escalier pour inspecter le premier étage. Le soleil de l'après-midi baignait la chambre de ma mère et un rai de lumière pâlotte barrait son lit soigneusement fait. Je m'assis sur le bord. Il faisait froid dans la maison et je cachais mes mains dans mon pull, mais les ressortis aussitôt, glacée par mon propre contact. Je m'allongeai. Il n'y avait même pas vingt-quatre heures que j'étais partie, mais mon corps se sentait déjà en manque de Kilroy, privé de caresses. J'avais envie de ses mains sur moi, de son visage râpeux contre mon épaule nue. Il n'avait pas compris que je retourne à Madison.

« Pourquoi ne pas lui écrire une longue lettre ? » s'était-il exclamé.

Le ciel commençait à s'assombrir quand je sortis de chez ma mère, il cédait à la pénombre d'un début de soirée en début de printemps, à une pénombre haute et fraîche qui coulait des arbres. Il régnait un silence sinistre. La demeure des Fletcher était dix pâtés de maisons plus loin, mais je ne croisai pas âme qui vive. À un moment donné, les phares d'une voiture qui passait m'éclairèrent un bref instant ; après, accablée par l'absence de bruits, par l'immensité de la soirée, je m'immobilisai et fermai les yeux.

La maison était plongée dans l'obscurité la plus totale ; il n'y avait même pas de lumière sur le perron. Je frappai avec le heurtoir, un ananas en laiton, puis appuyai sur la sonnette pour faire bonne mesure. Il n'y avait personne. Je tirai un petit bloc de papier de mon sac et griffonnai un mot à l'attention de Jamie. *Je suis revenue. Appelle-moi chez ma mère, s'il te plaît.*

Quand je rentrai, ma mère n'était toujours pas là. J'allai à la cuisine et mis de l'eau à bouillir. Lorsqu'on n'avait plus rien à manger ou presque, un des trucs préférés de Kilroy, c'était de préparer des spaghetti à l'huile d'olive et à l'ail. J'en dénichai un paquet dans la resserre ainsi que du persil dans le bac à légumes. Une fois l'eau en ébullition, je baissai le feu en attendant qu'elle arrive.

Au bout d'un moment, je me dis qu'elle dînait avec un(e) ami(e) et me mitonnai une petite assiettée de spaghetti que je mangeai en parcourant le journal du matin. À New York, Kilroy lisait dans son salon ou peut-être dans son lit. À moins qu'il ne soit allé au McClanahan. Je n'aimais pas l'imaginer là-bas, seul au bar, au milieu d'un vacarme croissant.

Ma mère rentra peu avant dix heures et porta la main à sa gorge dans la fraction de seconde qui s'écoula entre le moment où elle me vit et celui où elle me reconnut.

« Oh, mon Dieu ! fit-elle. Qu'est-ce que tu m'as fait peur !
– Désolée. »

On s'embrassa et je retrouvai l'odeur de la crème hydratante qu'elle mettait depuis mon enfance. Son trench London Fog lui faisait une taille toute fine.

« C'est à cause de Jamie ? demanda-t-elle en se débarrassant de son attaché-case.

– Tu es au courant ?

– Depuis six heures du soir, je suis à l'hôpital », m'expliqua-t-elle avec un sourire fatigué.

En fait, Jamie l'avait appelée la veille, avant même de me téléphoner pour lui demander des conseils, de l'aide. Une fois dans la cuisine, ma mère me raconta ce qu'elle savait de l'histoire : Jamie l'avait contactée à l'hôpital et ma mère avait annulé tous ses rendez-vous pour aller la voir.

« Je crois que ça fait longtemps que les Fletcher vivent une situation difficile, poursuivit ma mère. Apparemment, Mme Fletcher prend du Valium depuis un bon moment et quand Lynn a commencé à travailler comme serveuse l'été dernier et à rentrer si tard, elle s'est mise à boire un verre ou deux pour se calmer pendant qu'elle l'attendait.

– Et alors ?

– C'est un mélange dangereux. C'est… c'est assez connu. Il me semble qu'il y a des mises en garde sur l'étiquette du Valium. »

Je m'interrogeai sur le rapport entre ces détails et l'agression dont Lynn avait été victime et, rongée de culpabilité, repensai à Jamie se plaignant des disputes entre Lynn et sa mère ; à ce fameux jour l'été dernier quand j'étais tombée sur Jamie et Mme Fletcher ; à l'air distrait de Mme Fletcher ; à Jamie qui, en la regardant s'éloigner au volant de sa voiture, m'avait demandé si je pensais qu'elle prenait quelque chose. Et moi qui avais cru à une blague de sa part !

« Bref, continua ma mère, quand Mme Fletcher a vu rentrer Lynn, avant-hier, elle a craqué. Lynn avait… bon, elle avait un œil poché, entre autres choses, et elle était hystérique, bien sûr. M. Fletcher était en déplacement et Mme Fletcher a avalé du Valium, plus quelques verres, trop de chaque. Lynn a attendu hier matin pour prévenir Jamie qui a trouvé sa mère dans le coma. Jamie a montré une grande présence d'esprit : elle a appelé une ambulance, ramassé les médicaments – je ne sais pas trop si j'aurais parié que Jamie avait cette force-là, mais elle a fait exactement ce qu'il fallait faire. Elle a ensuite téléphoné à la police et ils lui ont conseillé d'embarquer Lynn à l'hôpital, si bien qu'elles ont suivi, toutes les deux, à peu près cinq minutes derrière l'ambulance. Quand je suis arrivée, Mme Fletcher subissait un lavage d'estomac dans une chambre pendant qu'un médecin examinait Lynn dans une autre et que Jamie faisait la navette entre les deux.»

Je regardai ma mère, bouche bée. Durant ma conversation avec Jamie, je n'avais pas mesuré la gravité de l'état de Mme Fletcher.

«Tu es en train de me dire que Mme Fletcher a essayé de se suicider?

– Va savoir ses intentions! Quoi qu'il en soit, Jamie lui a sauvé la vie. Le médecin à qui j'ai parlé m'a dit qu'à une ou deux heures près il aurait pu être trop tard.

– Oh, mon Dieu! m'écriai-je. Mon Dieu.»

J'étais horrifiée. Comment avais-je pu me montrer aussi froide au téléphone avec Jamie? Je n'en revenais pas. *Ça tombe mal.* Jamie avait eu raison de me raccrocher au nez, de refuser de m'écouter quand je l'avais rappelée.

«Comment va-t-elle maintenant?

– Mme Fletcher?

– Jamie.

– Aussi bien que possible, répondit ma mère en haussant les épaules. Bill était auprès d'elle ce soir.»

Je détournai les yeux et ma mère, de l'autre côté de la table, posa sa main sur la mienne.

«Cela te fait bizarre que la vie ait continué sans toi?»

J'acquiesçai. Bizarre mais inévitable. Ma vie avait continué, elle aussi. L'espace d'un moment, je regrettai que Kilroy ne fût pas là à côté de moi afin de ne pas avoir à lui expliquer tout ça, afin qu'il sache ce qu'il en était, un point c'est tout. Comment lui décrire ce que je ressentais, là, face à ma mère, en sachant qu'elle connaissait désormais Jamie mieux que moi?

«Comment va Mme Fletcher?

– Elle est en observation. Je n'ai pas idée de ce qu'il va se passer maintenant.»

Elle se mordit la lèvre et soupira. Elle avait l'air fatigué :

ses cheveux avaient poussé et lui mangeaient le visage, de sorte qu'elle paraissait plus ridée que je ne l'aurais imaginée.

« Et Lynn ? Tu sais comment elle va ?

– Il faut beaucoup de temps pour se remettre d'un truc pareil. Je suppose que, physiquement, ça va. »

J'acquiesçai tout en me sentant presque incapable de poser la question suivante.

« Elle a été violée ?

– Apparemment, non. Cela étant, je crois que c'est Jamie qui devrait t'en parler. »

Ma mère me lança un regard perçant et je me demandai si elle savait que Jamie m'avait demandé de revenir. Et que j'avais refusé. Elle se passa la langue sur les lèvres, puis alla se chercher un verre dans un placard et se servit de l'eau à l'évier.

« J'ai tout gâché quand elle m'a appelée, avouai-je alors qu'elle me tournait le dos. Elle m'a demandé de venir et j'ai dit que je ne pouvais pas. »

Ma mère se retourna, le visage empreint de compassion. Elle savait.

« Depuis, j'ai essayé de l'appeler je ne sais combien de fois. Elle refuse de me parler. Qu'est-ce que je peux faire ? »

Ma mère reposa son verre d'eau sur la table et vint me tapoter l'épaule.

« Je crois que tu le sais. »

Le lendemain matin, j'enfilai un des pantalons noirs que je m'étais confectionnés à l'automne et le chemisier en velours acheté en janvier et me rendis chez les Fletcher.

À l'exception du break de Mme Fletcher au bout de l'allée, il n'y avait pas de voiture devant la maison. Je frappai à la porte principale, puis fis le tour et essayai la porte de derrière. Personne ne répondit mais, la porte n'étant pas fermée, je décidai d'entrer quand même. Je repérai le manteau de Jamie accroché à une patère et, galvanisée par sa vue, gravis les marches menant à la cuisine où flottait encore légèrement une odeur de – qu'est-ce que c'était ? – de pain de maïs.

Il était plus de onze heures – plus de midi à New York. Kilroy travaillait en plein centre de Manhattan cette semaine, sans doute était-il en train de s'acheter un hot-dog dans la rue. Je lui avais parlé brièvement avant de sortir, sans pouvoir lui donner d'autres nouvelles que ce que je savais de l'état de Mme Fletcher ; d'après ses petits silences, j'avais compris qu'il était déçu, qu'en fait il aurait souhaité savoir quand j'allais revenir.

Je montai discrètement l'escalier du fond, puis gagnai l'ancienne chambre de Jamie à pas de loup. Là, je tambourinai doucement à la porte entrouverte, puis la poussai.

Jamie était couchée, elle dormait. Recroquevillée en position fœtale, genoux pliés, bras collés au corps, poignets fléchis – au point que la jointure de ses doigts lui touchait le torse – et menton en appui sur le dos des mains. Et son oreiller lui faisait un chapeau bizarrement rembourré.

J'entrai. La chambre d'enfant de Jamie m'était aussi familière que la mienne. On avait à peu près dix ans quand on la lui avait refaite et j'en avais été malade d'envie : pour son papier peint orné de lierres entrelacés, crème et vert sombre, qu'égayaient des grappes de cerises violacées ; pour ses meubles blancs à filets dorés et pour son lit à baldaquin.

Alertée par un bruit au rez-de-chaussée, j'allai à la fenêtre et découvris la voiture de Jamie garée devant la maison alors qu'elle n'y était pas cinq minutes plus tôt. Je quittai la chambre et descendis à la salle à manger où je trouvai Mixie, la sœur cadette, assise à la table avec une tasse en carton remplie de café. Mon apparition ne modifia pas d'un iota l'air vaguement ennuyé qu'elle affichait.

« Je me suis permis d'entrer », déclarai-je.

Elle haussa les épaules. Elle avait toujours été jolie, mais elle était belle à présent, dans un style boudeur, et le savait. Arborant un impeccable bronzage de cabine, elle repoussa une mèche de cheveux soyeux qui lui barrait la figure.

«Elle t'a parlé? me demanda-t-elle comme on se dévisageait.

– Elle dort encore.»

Je tirai la chaise en face d'elle et m'installai. Elle avait passé l'été précédent en Californie, ce qui signifiait que ça faisait presque un an que je ne l'avais pas vue.

«Comment vas-tu?

– À ton avis?»

Elle prit une gorgée de son café et me fit regretter de ne pas en avoir un, moi aussi, histoire de ne pas rester les mains vides.

«J'ai été vraiment bête l'autre jour, mais je suis là maintenant. Tu crois qu'elle va me parler?

– Je ne sais pas, me répondit-elle en haussant les épaules. Il ne s'agit pas seulement de l'autre jour.

– Comment ça?

– Lynn nous a raconté que tu étais tombée sur elle devant ce même bar l'été dernier. Elle était persuadée que tu en avais parlé à Jamie et elle s'est sentie blessée que Jamie n'ait pas réagi.»

Je poussai un gros soupir.

«Elle m'avait fait promettre de me taire, déclarai-je sans conviction.

– Jamie estime que tu n'aurais pas dû en tenir compte.»

Je me tournai vers la fenêtre. Une corneille sautillait sur le trottoir, puis elle s'arrêta et picora quelque chose. Juste après, une Oldsmobile bleu clair passa, pareille à celle de Mme Mayer. Est-ce que j'allais appeler Mike pendant que j'étais là? Comment pouvais-je le faire? Comment pouvais-je ne pas le faire?

Mixie attrapa un paquet de cigarettes dans son sac, en prit une et l'alluma calmement, puis souffla sa fumée vers le plafond.

«Alors, c'est comment New York?

– Génial.

– Je dois dire que ton look… je n'en reviens pas! Ton chemisier… je ne pensais pas que tu pouvais avoir une allure pareille.

– Moi non plus.»

Nous nous observâmes un moment, Mixie me fixait avec de grands yeux curieux, indéchiffrables. Ce fut elle qui décrocha en premier. Enroulant une mèche de cheveux autour de son doigt, elle tendit le bras vers le journal à l'autre bout de la table.

«Alors, que s'est-il passé?

– Passé?

– Pour Lynn.»

Elle lâcha le quotidien et fit non de la tête.

«Mixie.»

Elle fixa un point au-dessus de mon épaule gauche et tira une longue bouffée de sa cigarette.

«S'il te plaît?

– Pourquoi est-ce que je devrais te le dire?»

Je baissai les yeux. Oui, pourquoi!

«Il y avait un client au restaurant qui n'arrêtait pas de la draguer. Il était seul à sa table et elle s'est dit: *Le pauvre, il doit se sentir isolé, je vais lui passer un peu de pommade avec son dîner*. Elle a un peu flirté. Après, il lui a proposé d'aller prendre un pot ailleurs et, là, il lui a fait des avances, elle a flippé et il...»

Mixie s'interrompit brutalement.

«Il a quoi?

– Il l'a tabassée! Il lui a collé un œil au beurre noir, l'a frappée au visage, et ses bras, tu devrais voir ses bras, aux endroits où il l'a serrée. Puis il l'a forcée à monter dans sa bagnole et à lui tailler une pipe.»

Je plaquai mes mains sur mon nez et ma bouche.

«Personne n'est au courant de ce dernier détail, à part Jamie et moi, donc, la ferme, OK? me lança Mixie avec un regard féroce. Même pas à ta mère.

– Je ne dirai rien, bredouillai-je en hochant la tête. Je te promets. C'est affreux.

– Oui.»

On se tourna presque le dos. *Ma faute*. Voilà ce que je pensais: c'était ma faute.

«Je suis vraiment désolée», ajoutai-je.

À l'étage, un bruit strident et insistant retentit alors : le réveil de Jamie.

« Tu devrais t'en aller, déclara Mixie. Bon, tu peux rester, mais elle s'est couchée vraiment très tard hier soir et je ne pense pas… »

Sa voix se perdit dans un murmure et je me levai. Je la regardai un instant, en train de fumer sa cigarette, ses bras bronzés en appui sur la table. Elle n'avait pas les bras de quelqu'un qui vit une histoire pareille. Elle n'avait pas les cheveux de quelqu'un qui vit une histoire pareille. L'aura du traumatisme : elle ne l'avait pas alors que Jamie, oui, même endormie. En un sens, tout ce poids énorme, terrible, reposait sur Jamie.

Je rentrai à pied dans un silence que seul troublait le claquement de mes bottines new-yorkaises contre le trottoir. La dernière fois que j'avais vu Jamie remontait à un jour ou deux avant mon départ pour New York : on avait pris un café glacé qu'on était allées boire sur un banc devant le lac Mendota. Ce qui allait se produire entre Mike et moi s'interposait alors entre nous, formidable et indicible. Elle ne supportait pas que je me taise et je ne supportais pas qu'elle veuille me pousser à parler.

« Il faut que j'y aille », avais-je déclaré après seulement quatre à cinq minutes.

Et si elle avait plaqué – à contrecœur – sa main sur la paume que je lui présentais, elle n'avait cependant pas voulu soutenir mon regard.

Une fois chez ma mère, j'appelai Kilroy.

« Mixie ? s'écria-t-il. C'est quoi comme nom, ça ? »

32

Dans l'après-midi, j'allai à State Street à pied. C'était un long trajet, un chemin que j'avais généralement effectué en voiture et, malgré mes grandes balades à travers New York, je me sentis complètement claquée après avoir passé toute une série d'allées vides puis remonté Campus Drive qui me parut morne et totalement dénué d'intérêt.

Je me rendis d'abord chez Cobra Copy. À l'intérieur, une poignée d'étudiants patientaient, appuyés contre le comptoir, tandis que, dans leur dos, de gigantesques machines crachaient feuille sur feuille en rugissant. Comme je m'y attendais, Jamie n'était pas là, mais un caissier me communiqua son emploi du temps et j'appris ainsi qu'elle devait reprendre son travail le lendemain après plusieurs jours d'absence.

Dans la rue, tout le monde me parut éteint. La température avait un peu remonté et les manteaux ouverts révélaient des jeans fatigués, de vilains sweat-shirts et des chemises écossaises bien sombres. Quant aux coiffures, elles semblaient donner dans le style nature : les filles portaient les cheveux longs ou mi-longs, les mecs des franges rétives et des boucles vagabondes. Par quelle bizarrerie m'étais-je retrouvée avec le seul New-Yorkais dont le look aurait pu être celui d'un habitant de Madison ? Il fallait néanmoins que je module ma remarque, car si c'était vrai des cheveux et de la tenue vestimentaire de Kilroy, il avait cependant un visage pointu et décidé, purement new-yorkais. Et sa façon de marcher, tête baissée, en évitant le regard des autres pour avancer inexorablement, était new-yorkaise.

Ici, les gens se promenaient. Je les dépassai en remontant la rue d'où je jetai des coups d'œil vers les vitrines, qui, après SoHo, n'avaient à mon sens rien d'engageant.

Au carrefour de Johnson, j'achetai un bouquet de jonquilles à un marchand ambulant et revins chez les Fletcher où j'avais vu la voiture de Jamie garée dans l'allée, juste derrière le break de sa mère.

Cette fois-ci, je contournai d'emblée la maison et frappai à la porte de derrière tout en essayant de voir par la fenêtre ce qu'il se passait dans la cuisine où résonnaient les sonorités éclatantes d'une chanson pop à la radio.

Jamie apparut. Elle s'immobilisa en me voyant, mais vint m'ouvrir.

« Jamie », balbutiai-je.

Elle resta là à me dévisager, les cheveux sévèrement coincés derrière les oreilles, le visage blême et les traits tirés. Son pull noir décolleté en U lui faisait des clavicules osseuses et fragiles.

« Jamie », répétai-je.

Je lui tendis les fleurs dont le jaune vif flamboya entre nous, mais, devant son manque de réaction, je laissai retomber mon bras.

« Je suis vraiment désolée. Pour tout. J'ai été horrible de ne pas te dire que j'allais venir aussitôt. »

Son visage se scinda en deux, la moitié supérieure rougit et céda aux larmes tandis que sa bouche se nouait et que sa mâchoire se crispait. Je me sentis très coupable en la voyant ainsi, pas seulement pour ce qu'il se produisait maintenant, mais pour tous ces mois où je m'étais dérobée.

« Je peux entrer ? On peut parler ?

– Non », répondit-elle.

Et elle referma la porte.

Je repartis chez ma mère. Il y avait un élastique autour des jonquilles mais je les dégageai en marchant et les jetai une à une dans le caniveau. Je me faisais l'effet de jouer à Hansel et Gretel en train de marquer leur route, de tracer la longue ligne droite allant de l'endroit où j'aurais dû me trouver à celui où je me trouvais.

Ce soir-là, ma mère m'emmena dîner dehors. Sans que j'aie rien dit, elle parut deviner ce qui s'était passé avec Jamie et, à la place, nous discutâmes de New York et de Parsons, du monde de possibilités que j'entrevoyais aujourd'hui dans le monde de la couture.

«Les vêtements reflètent tellement l'idée que nous nous faisons de nous-mêmes», me dit-elle.

Et là-dessus elle me raconta comment, adolescente, elle avait nourri à la fin des années soixante une secrète obsession pour les pantalons taille basse lacés sur le devant – d'abord pour ceux qu'elle avait pu découvrir dans les revues de mode, puis pour un modèle remarqué lors d'une excursion à Madison, un samedi.

«Je suppose que j'imaginais qu'ils allaient me métamorphoser, me confia-t-elle avec un sourire. Pourtant, je n'en ai jamais acheté.

– Pourquoi ?

– D'une part, j'habitais à Baraboo, ma chérie. Et d'autre part, mon père aurait fait un infarctus.»

Elle se tut, ouvrit de grands yeux et partit d'un petit éclat de rire, car son père avait succombé à une crise cardiaque, un an avant ma naissance. Ma grand-mère avait vécu encore cinq ans mais je ne me souvenais pas tellement d'elle.

Nous dînions au Good Evening – La Bonne Soirée –, un nom idiot, mais en général c'était là qu'on allait quand on était ensemble. Situé dans un quartier résidentiel, au sud de la ceinture, l'endroit ressemblait à son nom – rideaux vichy et tabliers vichy à volants, assortis, pour les serveuses –, mais proposait une cuisine vraiment délicieuse.

«Naturellement, là-dessus, j'ai rencontré ton père, poursuivit-elle en prenant une gorgée de vin. Il aimait… comment formuler cela ? le genre pudique.

– Pas de ventre à l'air ?

– Pas de ventre à l'air, pas trop de jambes, pas d'épaules

dénudées. Et moi, je ne demandais qu'à me soumettre à ses exigences.»

Devant le sourire triste qu'elle me décocha, je faillis lui raconter mon après-midi à la New York Public Library et tous les John Bell que j'avais vu défiler, pourtant je me retins.

«Il était prude ?

– Il contrôlait surtout. Ce qui lui importait, c'était d'imposer sa volonté. Quand tu es née… »

Elle s'interrompit et fronça les sourcils.

«Oh là là, je dois avoir un verre dans le nez pour ressortir toutes ces vieilles histoires.

– Pardon ? »

Elle haussa les épaules.

«Eh bien, quand tu es née, il a essayé de me convaincre de ne pas t'allaiter. D'après lui, ça n'allait pas être commode en public, et il avait raison, et en plus cela allait créer – comment a-t-il formulé les choses ? – un lien anormal entre nous.

– Entre toi et moi ?

– Quelles sottises ! Si j'avais voulu te donner le biberon, il aurait avancé dix théories irréfutables sur la manière dont ça risquait de nuire à ton développement.

– Alors, tu l'as fait ? insistai-je avant de m'attaquer à une bouchée de tourte au poulet.

– De t'allaiter ? J'ai essayé un moment, mais ça ne marchait pas trop bien – tu ne poussais pas assez vite et le Dr Carlson m'a vivement conseillée de passer au lait maternisé, m'expliqua-t-elle en laissant courir son doigt sur le motif fleuri du manche de son couteau. Ça m'a vraiment démolie.»

Soudain cramoisie, elle s'exprimait d'une voix tellement vibrante que, gênée, je détournai les yeux.

«Enfin, c'est de l'histoire ancienne », conclut-elle.

En guise de dessert, on se partagea une assiette de petits gâteaux au gingembre pour accompagner le café. Tout près de nous, une grande famille se faisait de plus en plus bruyante. Grands-parents, parents, grands enfants, bébés : quatre générations semblaient réunies.

Nous finîmes par lever le camp. Dehors, un calme infini auréolait une nuit impressionnante, rutilante d'étoiles. Tellement différente de New York. Seul le gravier crissait sous nos pieds. Un bosquet d'érables marquait la limite du parking, mais, du côté opposé, les champs s'étendaient à perte de vue et un croissant de lune brillait à mi-hauteur sur la voûte du ciel.

Au retour, dans la voiture, nous gardâmes le silence. Je sentais la présence de mon père planer au-dessus de nous ; et celle de Mike, que nous avions à peine évoqué ; et même celle de Kilroy. Puis ma mère s'engagea dans son allée et activa un projecteur monté sur le garage. Une brise printanière s'était levée pendant que nous dînions et mes cheveux voltigèrent autour de mon visage quand je descendis du véhicule. Ma mère agita la main en direction de la cuisine des voisins puis se tourna brusquement vers moi.

« Tu es au courant au moins ? me demanda-t-elle.

– De quoi ?

– Rooster et Joan habitent là – ils louent la maison des Nilsson. Les Nilsson sont allés s'installer en Arizona. »

Je pivotai sur mes talons. Trop tard, la personne à qui elle avait fait signe avait disparu.

« Rooster Rooster ? Mon Rooster ?

– Lui-même. »

Nous rentrâmes mais la nervosité m'avait saisie et je n'arrivais plus à tenir en place : j'évitais les fenêtres donnant sur la maison des Nilsson, puis passais de longs moments à les surveiller. En fin de compte, j'attrapai mon manteau et allai frapper à la porte voisine, mal à l'aise pour tout un tas de raisons : parce que j'étais à Madison et que je n'avais pas appelé Mike ; parce que j'allais revoir Rooster ; qu'il était marié et habitait là.

Lorsqu'il ouvrit, je compris qu'il ne m'avait pas vue quand il avait salué ma mère. Il tombait des nues. Je repensai au télégramme que je lui avais envoyé en décembre – IMPOSSIBLE VENIR STOP DÉSOLÉE STOP FÉLICITATIONS STOP – et des nausées me secouèrent tant j'éprouvais de remords.

Sous la lumière de l'entrée, ses cheveux roux brillaient comme du cuivre rutilant.

« C'est tellement bizarre que j'en perds les pédales.

– Moi aussi. »

Du seuil, je regardai le salon derrière lui. Du temps des Nilsson, il professait un décor typiquement scandinave avec des tas de meubles en pin blanc ornés de peintures au pochoir représentant des cœurs et des flocons de neige et, sur le manteau de la cheminée, des sabots peints. À présent, c'était une ambiance Laura Ashley : canapé fleuri, fauteuil fleuri, nappe fleurie habillant une table ronde surmontée d'une lampe à abat-jour fleuri.

Il suivit mon regard.

« Les trucs à Joan, m'expliqua-t-il en souriant. Tu te souviens de mon fauteuil ? »

Il s'agissait d'un fauteuil La-Z-Boy écossais bleu et marron qui tremblotait quand on le dépliait.

« Il n'a pas survécu à la transition ?

– Il en était loin. Tu n'as pas idée. »

Je le suivis à la cuisine, pimpante et gaie, avec des tas de notes rouges. Je remarquai avec amusement le poster d'un Matisse encadré sur la table. Tiens, s'agissait-il d'une œuvre « dure » ?

Rooster avala une gorgée d'une canette de Coca qui traînait sur le plan de travail, puis m'en sortit une du réfrigérateur.

« À la tienne. »

Je n'avais pas bu de Coca Light depuis mon départ. J'en pris quelques gorgées et me rendis compte que j'avais presque oublié ce goût sucré et bizarre.

« Je ne sais pas comment ça se fait, mais tu as l'air changé », remarquai-je.

C'était vrai : d'abord il était plus soigné, mais il y avait aussi quelque chose qui tenait à la façon dont il se comportait, dont il m'observait. On aurait cru que j'étais tombée sur son double, sur un homme – contrairement au gamin d'avant – indépendant alors que mon Rooster – voilà qui ne m'avait encore jamais effleurée – alors que mon Rooster vous étouffait avec ses jérémiades et ses jugements.

Il sourit et acquiesça sans pour autant prononcer un mot.

« Alors, tu es revenue.

– Juste pour quelques jours.

– Qu'est-ce qui t'amène ? »

J'hésitai. Était-il au courant ? Pouvais-je le mettre dans la confidence ?

« Les Fletcher ont des problèmes.

– Jamie va bien ?

– Je ne lui ai pas vraiment parlé.

– Oh, tu arrives à l'instant ?

– Hier après-midi, en fait.

– Ah bon ! » fit-il en insistant sur chacun des mots.

Il passa devant moi et alla s'asseoir à la table où il posa sa canette avec un bruit sec. Il portait une veste polaire sur un pantalon de survêtement coupé et, tout à coup, mon regard s'arrêta sur ses genoux couverts de poils roux, touffus, de taches de rousseur, sur leur articulation.

« Mike ne le sait pas », dit-il en m'enveloppant d'un regard neutre.

Je fis non de la tête, mais il ne m'avait pas posé de question, s'était borné à constater. Il baissa le nez vers son Coca, en reprit une gorgée.

« Comment va-t-il ? demandai-je au bout d'un moment.

– Il se maintient.

– Il se maintient ?

– Il y a de bons et de mauvais jours – tu imagines bien. Je l'ai emmené déjeuner aujourd'hui et il avait l'air d'assez bonne humeur.

– Tu l'as emmené déjeuner ? »

Je ne sais pas pourquoi, cela me paraissait curieux, comme si Rooster m'avait annoncé qu'ils avaient eu un rendez-vous. Mais bien entendu Mike ne pouvait pas conduire.

« Où êtes-vous allés ?

– Chez Brenda. On y va tous les vendredis. »

Debout comme ça, je me sentis brusquement mal à l'aise, trop exposée. Je contournai le billot afin de mettre quelque chose entre Rooster et moi. Sur le plan de travail à côté de l'évier se dressait une grande coupe blanche remplie de pommes Delicious, manifestement à des fins de décoration.

Un silence s'installa. Non que chacun attendît que l'autre sorte du bois, mais tout de même…

Au bout d'un moment, je craquai et demandai :

« Et Joan, où est-elle ?

– Au boulot.

– Comment va-t-elle ?

– Super-bien.

– Bon. »

Je revis Joan dans son uniforme blanc penchée sur le lit de Mike et m'encourageant du regard. J'avais du mal à la sortir de l'hôpital, à lui défaire les cheveux et à l'habiller d'un jean pour l'installer dans cette cuisine où elle avait joliment disposé tout un filet de pommes dans une coupe.

Je relevai la tête.

« Alors, c'est bien le mariage, hein ? »

Rooster m'adressa un grand sourire, ce genre de sourire épanoui qu'on essaie vainement de dominer.

« Je ne peux me prononcer sur l'institution dans son ensemble, mais, en ce qui me concerne, ça me plaît.

– J'en suis heureuse pour toi. »

J'étais sincère. Désireuse qu'il le sache, je faillis ajouter « Je suis sincère ». Mais pourquoi ne l'aurais-je pas été ?

« Ne parlons pas de Mike ? ajouta-t-il ensuite. D'accord ? Tu voulais le faire ? Parce que, franchement, je n'en ai pas envie.

– D'accord, répondis-je. Très bien. Entendu. »

On bavarda cinq à dix minutes, puis je repartis. Il n'y avait pas le moindre bruit chez ma mère. Dans la cuisine, je dénichai un bout de papier au fond d'un tiroir et écrivis à Jamie. Je lui redis que j'étais désolée, qu'elle m'avait manqué et que je voulais simplement qu'elle me donne l'occasion de lui parler. Je dénichai un jeu de clés de la voiture de ma mère et, malgré l'heure tardive, me rendis chez les Fletcher. Il était près de minuit mais toutes les

414

lumières étaient allumées, à l'étage comme au rez-de-chaussée, et je me demandai si Mixie et Jamie étaient ensemble ou si chacune se trouvait dans sa chambre et M. Fletcher seul dans son bureau. Ma mère m'avait annoncé que Mme Fletcher devait être transférée dans une clinique psychiatrique le lendemain ou le surlendemain.

Je frappai à la porte principale. Au bout d'un moment, M. Fletcher vint ouvrir. Depuis la dernière fois que je l'avais vu, ses cheveux étaient un peu plus gris, un peu plus clairsemés, et il portait un cardigan brun en bouclette par-dessus sa chemise blanche habillée.

« Carrie, déclara-t-il. Quelle surprise ! »

J'avais toujours eu du mal à cerner sa personnalité, et je n'aurais pu dire s'il était froid ou simplement fidèle à lui-même. On se dévisagea un long moment, lui dans l'entrée, moi sur le seuil jusqu'à ce que, presque simultanément, on échange une embrassade guindée.

« Jamie est là ?

– Eh bien, elle… elle, euh… »

Il glissa la main dans sa poche, puis la ressortit.

« Je crois qu'elle est couchée. Elle est assez fatiguée. On l'est tous. »

Je baissai la tête, navrée de l'avoir obligé à mentir.

« Je sais, murmurai-je. Je suis vraiment désolée. »

Il acquiesça et je lui tendis mon billet, plié en deux, avec le nom de Jamie marqué dessus.

« Vous pourriez lui remettre ça ?

– Bien sûr, dit-il en s'animant un peu, heureux de pouvoir me rendre service. C'est comme si c'était fait. »

Jamie prenait son travail à midi le lendemain. J'attendis jusqu'à une heure, puis empruntai la voiture de ma mère pour me rendre chez Cobra Copy et la laissai à l'endroit où je me garai toujours quand j'allais bosser. Du coup, je me demandai si Viktor travaillait toujours à la bibliothèque, comment ils allaient, Ania et lui. Il me paraissait extraordinaire qu'ils aient rencontré Kilroy, que quelqu'un de Madison l'ait rencontré. À mes yeux, le dîner dans cette maison, le soir où on s'était rencontré, Kilroy et moi, étaient des événements inscrits dans un passé lointain et qui ne nous appartenaient plus.

Je fermai la voiture et mis le cap sur State Street, en me repassant ma conversation avec Kilroy, ce matin même. Assez impatient, il avait déclaré qu'il ne comprenait pas pourquoi je restais si Jamie refusait de me voir. Lorsque j'avais répliqué que je ne pouvais pas renoncer aussi facilement, il avait pris un ton cassant et raccroché en prétextant un truc sur le feu, ce qui, je le savais, n'était pas vrai.

La boutique de photocopies était calme, il n'y avait pas tellement de monde pour un samedi après-midi à cheval entre le milieu et la fin du trimestre. Jamie, derrière la caisse, discutait avec un des opérateurs, un grand gars dégingandé qui bossait là depuis des années. Son visage ne changea pratiquement pas en me voyant. J'attendis qu'ils aient terminé, mais je n'eus pas le temps de dire quoi que ce soit qu'elle avait disparu dans la réserve. Là, elle attrapa le téléphone mural et composa un numéro. Je me dis que je pouvais patienter jusqu'à ce qu'elle ait fini et revienne dans la boutique, mais quelque chose dans sa façon de se tenir – la main droite à la taille, tout son poids porté sur une jambe et l'autre fléchie, telle une danseuse – eut raison de mes résolutions. Elle m'était tellement familière, cette attitude, tellement Jamie. L'affection et le regret m'envahirent comme un brusque accès de fièvre et je poussai la demi-porte séparant la boutique de la pièce réservée aux employés.

Elle me tournait le dos, mais il ne lui fallut qu'une seconde pour pivoter sur ses talons. Toujours au téléphone, elle se rembrunit, puis décida de me faire face – comme si elle se rendait compte qu'il valait mieux m'avoir à l'œil.

« Qu'est-ce que tu fabriques ? s'écria-t-elle lorsqu'elle eut raccroché.

– Rien. Je voulais te parler. Je... tu as lu mon mot ? »

– Oui, s'écria-t-elle en tapant du pied. Et je m'en moque. Ici, je travaille... sors de là ou j'appelle la sécurité.

– Jamie. Mon Dieu ! »

Elle passa devant moi et alerta le grand gars. Après quelques minutes, ce dernier vint se poster dans l'encadrement de la porte.

« Écoute », me dit-il.

Incapable de prononcer une parole, le visage ruisselant de larmes, je hochai la tête, passai devant lui et devant Jamie qui tourna la tête de l'autre côté. Une fois dans la rue, je m'appuyai contre un kiosque recouvert d'annonces et d'affiches et m'abandonnai à de gros sanglots déchirants, suffocants, qui me secouèrent les épaules. Des passants me dévisagèrent en chuchotant. Je finis toutefois par me dominer, retrouvai quelques Kleenex au fond de mon sac, me mouchai et me tamponnai la figure. Avant de m'éloigner, je jetai un dernier coup d'œil vers la boutique de photocopies et vis Jamie qui me fixait d'un air absent.

33

Il flottait une odeur de carton dans le placard de ma chambre où s'entassaient des boîtes et des boîtes remplies de papiers, ceux de ma mère et les miens. Certaines, parmi les plus récentes, contenaient les affaires que j'avais demandé à ma mère de récupérer dans mon appartement avant de le sous-louer. À leur poids, je reconnus celles aux bouquins que je repoussai afin de dégager celle aux vêtements.

Je rentrais tout juste de chez Cobra Copy et me sentais vannée, triste et trop énervée pour rester tranquille. Je dénichai un couteau et ouvris pour voir ce que j'avais laissé derrière moi. Après, je cédai au cafard. Mais qu'avais-je donc espéré ? Une veste en cuir qui m'aurait échappé ? Un cardigan en maille à fines côtes ? Tout ça, c'étaient des trucs que je n'avais pas emportés, et je n'avais pas envie d'être la personne qui les avait achetés et encore moins celle qui ne s'en était pas débarrassée. Un sweat-shirt Badgers, un pantalon à plis en velours câblé, une pile de cols roulés en coton. Consternée, je refermai le carton et le remis dans le placard à côté de ma vieille Kenmore, la machine que ma Bernina avait remplacée. C'était sur la Kenmore que j'avais appris à coudre. Passer à la Bernina m'avait fait l'effet d'abandonner une vieille camionnette pour me glisser au volant d'une BMW.

La Kenmore pesait bien cinq kilos de plus que la Bernina. Je la traînai jusqu'à mon bureau où je l'installai à grand fracas. Ma mère, qui mettait ses papiers au net de l'autre côté du mur, surgit aussitôt sur le seuil de la porte, l'air intrigué. Un sourire fleurit sur son visage lorsqu'elle vit la Kenmore.

« Regarde-moi ce vieux rossignol.

– Drôlement pathétique, hein ?

– Pourquoi l'a-t-on gardée ?

– Hypoglycémie », répondis-je.

C'était la formule de Kilroy pour justifier les trucs qu'on laissait en souffrance et, les joues un peu rouges, je détournai les yeux.

« Tu vas bien ?

– Fatiguée, c'est tout.

– Jamie est très fâchée ? »

J'acquiesçai.

Elle s'approcha alors et regarda la machine par-dessus mon épaule. Elle portait un collier de perles blanc cassé par-dessus son chemisier et je me fis la réflexion que c'était un détail qui la distinguait des célibataires de ma connaissance : elle, elle mettait un collier alors qu'elle n'allait vraisemblablement pas sortir de toute la journée.

« Est-ce que ça t'aiderait de savoir qu'elle reporte une grande partie de sa colère sur toi parce que ce serait trop dur de la déverser sur Lynn ou sur sa mère ?

– Pas vraiment, avouai-je avec un sourire pas convaincu.

– C'est bien ce que je pensais », répondit-elle en me tapotant l'épaule.

J'hésitai un moment, puis lui confiai :

« J'ai le sentiment que si je réussissais à trouver les mots justes, on arriverait à dépasser ça et je pourrais rentrer à New York.

– C'est ce que tu veux vraiment ?

– Oui. »

Elle s'était acheté un pantalon kaki qu'elle comptait donner à raccourcir. Je décidai de me charger de cette tâche, puis m'aperçus qu'elle avait encore besoin d'autres petits travaux et passai deux heures de plus à reprendre la taille d'une jupe et à réparer la doublure déchirée d'une veste. Quand la nuit tomba, j'allumai la lampe de mon bureau et travaillai dans le faisceau de lumière qu'elle dispensait jusqu'à ce qu'il ne me reste plus rien à faire.

Le dimanche matin, j'allai chez les Fletcher à pied. Ce jour-là, Mme Fletcher devait être transférée à Wellhaven, une clinique psychiatrique à mi-chemin de Janesville et je fixai la maison vide en me demandant si on l'avait emmenée, attachée à une civière ou le regard perdu dans le vague à l'arrière de la Lincoln Continental de M. Fletcher.

Érables aux troncs lisses. Sycomores à l'écorce bigarrée, chênes tendant leurs multiples bras vers le ciel. Si New York était la ville du bruit, Madison était la ville des arbres. Le printemps était si peu avancé qu'ils n'avaient toujours pas de feuilles. Cependant, ils dispensaient quand même une sensation de renouveau vert, la sensation qu'il allait apparaître par minuscules touches d'ici une semaine ou dix jours.

Je descendis l'allée et passai par-derrière. Le nez levé vers la maison beige, je repensai à une nuit où, à l'insu de ses parents, Jamie était venue me retrouver sur la pelouse où je l'attendais avec deux bières achetées en douce. Dix ans plus tard, je revoyais la scène avec netteté : le contact de l'herbe humide sur laquelle nous étions assises, appuyées contre la clôture du fond ; la manière dont la bâtisse se découpait sur la pénombre. Et l'audace, la témérité dont nous nous sentions habitées.

Je revins devant l'entrée, réfléchis un moment, puis repartis. J'avançai de quatre à cinq pâtés de maisons, puis m'arrêtai devant une bâtisse en brique avec un panneau À Vendre piqué dans le gazon. À côté il y avait la maison du bébé, comme je disais depuis des années, alors que le bébé en question devait être au cours élémentaire désormais et, tout de suite après, celle des Mayer.

De ma place, je la voyais de profil avec, dans l'allée, l'arrière d'une camionnette blanche que je ne connaissais pas. Il était presque midi et j'essayai d'imaginer ce qu'il se passait à l'intérieur. Certes, M. et Mme Mayer étaient peut-être à l'église, mais ils n'y allaient pas toutes les semaines. Quant aux enfants, ils n'y mettaient quasiment jamais les pieds. Mme Mayer dans la cuisine, voilà qui était facile. M. Mayer en train de jouer au golf ou peut-être même dans le garage à réparer quelque chose. Julie à Swarthmore. John Junior… probablement encore endormi. Et Mike…

Où Mike pouvait-il être ? Que pouvait-il bien faire ? Que faisait-il toute la sainte journée ? Toute la semaine ? Avait-il réintégré la banque ? Justement, le président lui avait souvent rendu visite à l'hôpital, surtout au moment de la rééducation et avait fait tout un plat pour lui assurer qu'un job l'attendait à la banque quand il serait prêt. Mike était-il prêt à présent ? Je ne le pensais pas, ne voyais pas comment il aurait pu reprendre le boulot sans que je l'apprenne. Quelqu'un ne m'aurait-il pas prévenue, moi ou ma mère ? Encore une fois, peut-être que non.

Je restai longtemps figée sur ce bout de trottoir d'un quartier résidentiel de Madison, Wisconsin, si longtemps qu'un vieux monsieur, très soigné et vêtu d'un coupe-vent rouge, finit par émerger de la maison d'en face. Il charriait une bêche et, après un regard curieux dans ma direction, se mit à retourner les plates-bandes bordant sa pelouse. Le Colonel, voilà le surnom que Mike lui avait donné ! Il avait toujours eu une allure martiale, et l'avait encore.

Je revins sur mes pas. L'air était humide et frais, mais les gens commençaient à sortir ; je vis des gens rondouillards et mal fagotés dans leurs habits du dimanche, de jeunes couples avec un bébé dans une poussette. Tous me saluèrent au passage.

Chez ma mère, je bus une tasse de café dans la cuisine, puis allai chercher le cahier à dessins dont je me servais pour le cours de Piero et passai en revue les choses que j'y avais agrafées et celles que j'avais croquées sans réussir à retrouver mon élan initial. Je pris mes crayons de couleur et m'efforçai de dessiner quelque chose, en vain.

J'appelai Kilroy. Quand il me répondit, je lui racontai Jamie dans la boutique de photocopies, la veille, la façon dont elle avait exigé que je vide les lieux.

« Là maintenant, avouai-je, je ne vois pas pourquoi je suis encore ici.

– Moi si.

– Pourquoi ?

– Parce que tu es toi. »

Il semblait tendu, ce qui m'angoissa.

« Qu'est-ce que tu veux dire ?

– Ce n'est pas évident ? Tu ne peux pas t'en aller parce que tu es comme tu es et je ne peux pas vouloir que tu t'en ailles parce que ce serait vouloir que tu sois différente de ce que tu es alors que je veux que tu sois toi-même. »

Je veux que tu sois toi-même. Je fermai les yeux et l'imaginai dans la pièce avec moi – son visage, ses pieds sur mes genoux. J'avais envie qu'il pose ses pieds sur mes genoux ou moi mes pieds sur les siens, que sa main caresse la peau entre le haut de ma chaussette et l'ourlet de mon jean, que ses doigts remontent le long de ma jambe jusqu'à ce que le denim leur fasse barrage.

« Parle-moi de Madison, poursuivit-il. À quoi est-ce que ça ressemble ? Quel effet ça fait d'être rentrée ?

– Ennuyeux. Mort.

– C'est l'effet que ça te fait ou ce que tu ressens ?

– Les deux. »

Je songeai à mon retour à la maison depuis la rue des Mayer. Sans lui dire que j'avais été jusque là-bas, j'évoquai cette balade, la chaleur des passants, leurs saluts.

« Ça paraît surréel après New York, s'exclama-t-il. On dirait que tu n'as pas eu de débriefing et que, du coup, tu te tapes toutes ces dissonances cognitives. Il faut que tu passes à la décontamination. »

On discuta un peu de ce que je pouvais peut-être faire après, écrire une longue lettre à Jamie, retourner à Cobra Copy.

« Je t'aime », lui dis-je avant de raccrocher.

Il y eut un silence avant qu'il ne réagisse.

« Comme moi je t'aime. Mais je veux peut-être dire comme moi je t'aime aussi toi. »

Il s'interrompit une fois de plus.

«Est-ce assez entortillé?»

Le lendemain, j'accompagnai ma mère à son travail afin de pouvoir me servir de sa voiture, puis rentrai sans trop savoir ce que j'allais fabriquer. J'errai à travers la maison en me posant un bref instant dans chaque pièce. Je n'avais pas envie d'aller faire des courses, ni de retourner à State Street ni de quoi que ce soit et, pourtant, je me sentais électrique. Comment atteindre Jamie? Finalement, je sortis, me mis au volant, démarrai, coupai le moteur, puis le relançai et pris le chemin de chez Mike.

Il n'y avait pas un seul véhicule dans l'allée et je pressai nerveusement sur la sonnette en me demandant ce que je ferais si personne ne me répondait – reviendrais-je encore une fois ou pas? Avais-je vraiment envie de le voir ou est-ce que je cherchais à jouer un rôle et accomplir un devoir? Après avoir attendu ce qui me parut être une éternité, j'entendis un vague bruit, puis une voix qui répétait inlassablement le même mot que je ne parvenais pas à comprendre. À la fin, j'entrai et il était là.

Assis dans son fauteuil roulant, les genoux osseux sous son ample pantalon kaki, les bras sur les accoudoirs. Son visage était légèrement coloré et je compris soudain qu'il m'avait crié «Entrez, entrez». Son visage avait fondu, il était blafard et une drôle de moustache lui hérissait la lèvre supérieure.

En me voyant, il écarquilla les yeux, puis les plissa et ses lèvres se tordirent en une ligne toute fine. Il ouvrit la bouche, la referma. Une vive rougeur lui envahit le cou, monta jusqu'à son front et il bredouilla :

«J'imagine que c'est ce qu'on appelle rester sans voix.»

J'avançai d'un pas, hésitai gauchement, puis me penchai pour l'embrasser sur la joue sans manquer vraiment la pointe de la moustache.

«J'aurais pu appeler, mais...»

Je m'interrompis.

«C'est trop bizarre?»

Il me regarda droit dans les yeux.

«C'est juste que j'ai imaginé ça tant de fois… Ce n'est pas grave, je me suis comporté de manière stupide. Écoute, entre ou je ne sais pas, ne restons pas là plantés à la porte.»

Il me décocha un demi-sourire.

«Ou assieds-toi.»

Il actionna la commande de son fauteuil – électrique, contrairement à celui qu'il avait eu en rééducation, ou du moins celui que je lui avais vu – et recula tandis que je refermais la porte, puis le suivis au salon où le mobilier avait été réagencé afin de dégager l'espace.

Dans la cuisine, il s'arrêta.

«Tu m'as surpris en plein pendant mon temps mort du matin. Le petit déjeuner est passé, ma pause thé tiède aura lieu à onze heures et, aujourd'hui, je ne toucherai pas à l'ordinateur.»

Il avança encore de quelque cinquante centimètres et s'installa à la table autour de laquelle il n'y avait plus que quatre chaises au lieu de cinq.

Je tirai un siège et m'assis en face de lui.

«L'ordinateur?

– Je suis connecté au système du bureau de mon père. Le monde excitant de l'assurance. On a monté une chouette petite combine si bien que je tape sur le clavier dix à douze heures par semaine et qu'on me paye quinze dollars de l'heure pour que je ne me sente pas totalement inutile.

– Mike.

– Quoi?

– Rien. Je suis désolée.

– Tu l'as déjà dit.»

J'avais le visage en feu. Le réfrigérateur se mit à bourdonner et cet infime changement dans l'atmosphère de la pièce m'apaisa.

«Laisse tomber, reprit-il. Mon reproche était inutile. Comment vas-tu – qu'est-ce qui t'amène à Madison, l'Athènes du Middle West?

– Je croyais que c'était la Berkeley du Middle West.

– On a été disqualifié depuis qu'un mec d'Ann Harbor a commencé à se balader à poil.»

On éclata de rire, plus fort que la remarque ne le méritait.

« Je te proposerais bien à boire, enchaîna-t-il, mais il faudra que tu ailles te servir toi-même.

– Ça ne me gêne pas. Je t'apporte quelque chose ? »

Il m'orienta vers un verre spécial avec paille incorporée et déclara qu'il prendrait de l'eau. Je fis de même et me rassis.

« Alors ? poursuivit-il.

– Pourquoi je suis ici ? »

Il sourit.

« Dis-moi déjà ce qui t'amène à Madison. »

Je pris une profonde inspiration.

« Jamie. Lynn a été blessée et c'est pour ça que je suis revenue.

– Blessée ? répéta-t-il en se penchant vers son verre.

– Agressée », répondis-je.

Il lâcha la paille et releva la tête.

« Lynn Fletcher a été agressée ? »

J'acquiesçai.

« Elle va bien ?

– Aussi bien que possible.

– Bon sang, c'est horrible ! »

Ses bras glissèrent un peu en avant et j'essayai de ne pas les regarder, de ne pas voir ses mains osseuses et plates comme des pagaies.

« Quand est-ce que c'est arrivé ?

– La semaine dernière. Mme Fletcher est très secouée.

– J'imagine ! »

Il se pencha pour reprendre une autre gorgée.

« Alors, pour combien de temps tu es là ?

– Je ne sais pas trop. »

Il se passa la langue sur les lèvres et je ne sus que faire, où porter mes yeux. Au bout d'un moment, je m'approchai de la fenêtre. Dehors, un écureuil qui grimpait à un arbre s'était arrêté à mi-tronc et je le fixai jusqu'à ce qu'il reprenne sa course.

« Tu as faim ? lui lançai-je en me retournant. Je suis affamée, je n'ai pas vraiment pris de petit déjeuner.

– Sers-toi, moi, ça va. Ma mère est allée faire des courses, mais il devrait y avoir une bricole ou deux aux endroits habituels.»

Je me demandai depuis combien de temps Mme Mayer était partie et quand elle rentrerait. Je m'emparai d'une pomme dans le frigo, puis me dirigeai vers la resserre. À l'intérieur se trouvaient des rangées de conserves, des paquets de pâtes et de riz, des boîtes de céréales, familiales. Tout en bas, de très grosses pinces en plastique fermaient plusieurs paquets de chips. J'attrapai quelques Fritos tout en croquant ma pomme.

«Des chips au maïs? lui proposai-je.

– Le sel est mauvais pour moi.»

J'en mangeai deux ou trois et rangeai le paquet. La dernière fois que j'étais venue, Julie m'avait demandé, entre deux bouffées de sa cigarette, si je comptais toujours me marier avec Mike. *Tu veux ou tu veux pas?*

Je le regardai et m'aperçus qu'il m'observait, moins sévèrement certes mais de manière moins opaque aussi. Les chocs émotionnels avaient marqué son visage, l'arrondi de ses joues et son menton disaient la perte. Tout à coup, j'eus très peur.

Il remarqua mon attention et se crispa.

«Viens, lança-t-il après une seconde. Je vais te montrer ma chambre.»

Je finis ma pomme, jetai le trognon, puis suivis Mike au salon. Ma peur s'apaisa, remplacée par le soulagement écœurant que me valait le fait de bouger.

On arriva au bureau. Cette pièce autrefois petite, obscure et tapissée d'un papier peint écossais était désormais claire, aérée et paraissait bizarrement plus grande avec ses murs blancs décorés de différentes photos encadrées représentant des voiliers sur le lac Mendota; du poster d'un tableau, qu'à mon avis j'aurais dû reconnaître – je n'y arrivai pas –, dépeignant un paysage rocailleux avec une montagne en arrière-fond.

«Cézanne, m'expliqua Mike, voyant mon intérêt. C'est ma mère qui l'a acheté.

– Il est chouette. »

Il l'était, en plus, et reflétait une certaine tension malgré ses couleurs douces. Cézanne était-il sur la liste chère à Kilroy ?

« Alors, qu'est-ce que tu penses de mon nouveau chez-moi ? »

Dans sa chambre à l'étage, il y avait des posters de hockey aux murs, et même une affiche géante de Wayne Gretzky. Il y avait des étagères remplies de trophées de hockey. Ici, en revanche, le hockey n'existait pas. Je retrouvai sa vieille couverture rayée, déployée sur le verticalisateur. Son ordinateur. Et enfin, cette photo de moi qui trônait avant sur sa table de chevet et qu'il avait maintenant posée sur un bras articulé afin de la voir de son lit. Je regardai mon visage souriant, puis détournai les yeux.

« Super, m'écriai-je.

– Vachement différent de mon ancienne chambre, pas vrai ? me dit-il avec un sourire. Il fallait bien que je sorte de là, d'une façon ou d'une autre. »

Un silence s'abattit : on savait très bien, lui comme moi, comment, normalement, il aurait dû en sortir.

« Hé, regarde ça », s'exclama-t-il.

Et il s'engagea dans un passage obscur que je n'avais pas remarqué. Du tranchant de la main, il appuya sur un panneau et la lumière éclaira une énorme salle de bains d'un blanc brillant au carrelage étincelant spécialement aménagée pour handicapés.

« Ça a bouffé un sacré bout de la salle à manger, dit-il, mais la belle affaire !

– La belle affaire », m'écriai-je à mon tour.

Ne voyant pas ce que je pouvais ajouter, je répétai :

« La belle affaire. »

34

Je fonçai à Cobra Copy le mardi matin à la première heure, puis j'y retournai le mardi après-midi, le mercredi, le jeudi. Jamie était là, mais ne voulait pas me voir. Au début, elle désertait la boutique dès que j'apparaissais ; ensuite elle me traversa du regard, comme si je n'existais pas. Je me sentais manipulée, déchirée aussi. Lorsque je m'approchai et l'appelai, elle tressaillait mais ses réactions se limitaient à ça. Elle affichait un masque marmoréen avec un art consommé, sur commande et à des moments tellement bien choisis que je finis par penser que son attitude n'était qu'une façade, que son refus de me parler ne reflétait pas ses sentiments véritables, mais une décision sur laquelle elle refusait de revenir. De temps à autre, cependant, à deux reprises peut-être cette semaine-là, je remarquai une lueur de désarroi dans son regard et compris qu'elle souffrait.

Je décidai de rentrer à New York. J'allai chez les Fletcher déposer une longue lettre pour Jamie. Dedans, je lui présentais encore une fois mes excuses pour la semaine passée, pour les six derniers mois, pour l'an dernier, pour tous les moments écoulés depuis que j'avais commencé à changer. J'allai même jusqu'à lui dire : *Je sais que tu dois avoir l'impression que j'avais déjà beaucoup changé avant l'accident de Mike. J'aimerais pouvoir en parler avec toi.*

Mais ce n'était pas possible. Tel était le message qu'elle m'adressait tous les jours, la lettre qu'elle ne m'écrivait pas en retour.

J'avais pris un billet ouvert, ce qui m'avait amenée à la limite du plafond autorisé par ma carte de crédit. Le jeudi soir tard, j'appelai pour savoir si je pouvais avoir un vol le lendemain, mais il n'y avait pas de place avant le samedi à six heures du matin. Je réservai mon siège.

Je rangeai la Kenmore dans ma chambre, puis sautai dans la voiture de ma mère pour aller acheter du poulet à l'épicerie. Pendant le dîner, on discuta de la possibilité qu'elle vienne faire un tour à New York durant l'été, quand elle aurait moins de patients. Au téléphone, environ un mois auparavant, je lui avais annoncé que j'avais enfin une chambre à la brownstone et elle m'avoua qu'elle aimerait bien la voir, ainsi que New York et la manière dont j'y vivais. Et rencontrer Kilroy ? me demandai-je. J'étais sûre qu'elle voudrait faire sa connaissance, mais lui *plairait-il* ? Je ne lui avais pas parlé de lui, peut-être parce que je ne savais pas comment le lui décrire au-delà des éléments excentriques. Ni ces détails ni ses mystères ne le dépeignaient vraiment. Assise là en face d'elle, loin, très loin de New York, j'avais la sensation de le connaître, de le connaître en profondeur dans tous les domaines importants. Je connaissais le sourire qu'il allait me lancer quand il me reverrait ; la douceur de ses lèvres sur mes paupières, mes joues, ma bouche ; le chatouillement des poils de son torse, piquants et néanmoins agréables, contre mes seins. Kilroy. Je me languissais de lui et il me paraissait insupportable d'avoir à attendre deux jours pour le revoir.

Ma mère et moi faisions la vaisselle quand le téléphone sonna. C'était Rooster qui me proposait d'aller déjeuner avec Mike et lui le lendemain.

Au matin, je le vis sortir de l'allée des Nilsson au volant de sa vieille Honda rouge mais quand il revint me chercher à midi, il en conduisait une bleue, toute neuve.

« Qu'est-ce qui se passe ? m'écriai-je. Où est ta voiture ?

– Ils l'ont reprise contre celle-ci. On va avoir besoin d'une quatre portes avec le bébé.

– Le bébé ? répétai-je, stupéfaite.

– Hé, il y a plein de choses que tu ne sais pas », me lança-t-il en souriant.

Chez les Mayer, Mike nous attendait déjà, en haut de la nouvelle rampe d'accès, à côté de la porte de derrière. Le lundi, j'étais partie avant le retour de Mme Mayer mais, là, je jetai un coup d'œil vers la cuisine en me demandant si elle nous voyait. Je savais qu'elle était là, la camionnette blanche en témoignait. Elle avait échangé son Oldsmobile, m'avait expliqué Rooster, pour ce véhicule suffisamment spacieux pour loger un fauteuil roulant.

Mike descendit la rampe et Rooster, qui disposait de son propre jeu de clés, abaissa le hayon élévateur pour lui permettre de monter. Ensuite de quoi, il sangla le fauteuil et on démarra.

C'était chez Brenda, une gargote enfumée qui ne m'avait jamais vraiment plu, que Mike retrouvait ses copains. Brenda, une femme au visage rond, vêtue d'un haut fleuri à smocks et d'un pantalon stretch, retournait les burgers elle-même. Quand nous arrivâmes, elle nous salua de la main et colla d'autorité quatre hamburgers sur le gril.

« Mets-en cinq aujourd'hui, Brenda, lui cria Rooster tout en dégageant un passage afin que Mike puisse accéder à une table propre à côté de la fenêtre.

– Comment tu sais que Carrie n'en veut pas deux ? lui demanda Mike.

– Un seul m'ira très bien, déclarai-je. Peut-être que j'aurai envie de mettre un maillot de bain au cours de la prochaine décennie !

– Très bien, répliqua-t-il en ricanant un peu. Comme si c'était ton problème. »

Il y eut un moment délicat durant lequel personne n'osa se regarder, puis on s'assit. Disons plutôt que Rooster et moi nous assîmes alors que Mike approcha son fauteuil. Je me demandai ce que je fabriquais là et qui avait eu l'idée de m'inviter.

Rooster alla chercher la viande lorsqu'elle fut prête et Mike mangea plus facilement que je ne l'avais pensé, à l'aide d'une sorte de pince que Rooster lui avait fixée après l'avant-bras. Quand un peu de Ketchup lui tomba sur les genoux, Rooster choisit d'ignorer cet incident. Ils avaient leurs habitudes.

On discuta de la grossesse de Joan : les nausées du matin étaient un mythe, Joan était barbouillée du matin au soir ; rien que la veille, Rooster avait entendu le cœur du bébé et il n'en revenait pas. Au bout d'un moment, la conversation s'orienta sur New York et je leur parlai de Parsons, du fait que j'envisageais une éventuelle carrière dans le stylisme de mode.

« Et c'est un truc qui te plaît, remarqua Mike.

– Oui, renchérit Rooster, ça fait une sacrée différence. »

Un petit silence morose s'ensuivit et je les regardai tour à tour :

« Qu'est-ce qu'il y a ?

– Rien », fit Mike en se renfrognant.

J'avisai Rooster qui haussa les épaules.

« Tu parles que c'est rien ! m'exclamai-je.

– C'est le boulot dont je t'ai parlé, m'expliqua finalement Mike en prenant une gorgée de Coca. Ce boulot à l'ordinateur. Je déteste. »

Je me tournai vers Rooster dans l'espoir d'obtenir quelques éclaircissements mais je n'eus pas le temps d'ouvrir la bouche que Mike, le visage violacé, hurlait après moi.

« Où est le problème ? Pourquoi tu le regardes, lui ? C'est moi qui parle, non ?

– Je suis vraiment désolée », balbutiai-je, horrifiée.

Il me regarda longuement, puis poussa un énorme soupir.

« Non, c'est moi, dit-il. C'est moi. »

Tendue et honteuse, je reportai mon attention sur les photographies accrochées aux murs du restaurant qui montraient des générations de jeunes joueurs du Wisconsin en tenue rouge et blanc de football américain ou de hockey. J'avais entendu dire que Brenda avait pu envoyer cinq fils à l'université grâce à une aide substantielle du département sportif.

« C'est emmerdant », ajouta-t-il.

Je tournai vers lui et notai la tristesse de ses yeux – ils reflétaient le gris d'un ciel d'hiver au crépuscule.

« Emmerdant ? répétai-je.

– Incroyablement. Et ça me colle mal à la tête. En plus, ça ne sert absolument à rien. On raconte des tas de choses sur le fait d'être productif et de mener une vie indépendante. Tétraplégique comme je le suis, je suis baisé. »

Rooster colla une tape sur l'épaule de Mike.

« Tu n'es pas baisé », lui glissa-t-il à mi-voix.

Mike roula des yeux et esquissa un petit sourire.

« Oui, il y a ça en prime. »

Après avoir déposé Mike, Rooster me raccompagna. Arrivé devant chez ma mère, il gara la voiture mais laissa tourner le moteur. Moi, les yeux rivés sur une racine géante qui avait soulevé le trottoir devant la maison, je repensais à ces parties de patins où, seule ou avec Jamie, je sautais par-dessus cette bosse, et à la peur indissociable de l'exaltation que j'éprouvais une fois en l'air.

À côté de moi, Rooster gigotait. Les mains crispées sur le volant, il fixait un point fantôme dans la rue. Au bout d'un moment, il coupa le moteur.

« Je croyais que tu n'avais pas envie de parler de lui.

– Je n'en ai pas envie.

– Allons-y quand même. »

Il remit le contact pour qu'on puisse avoir la radio. Ils passaient un truc infâme et Rooster pressa une demi-douzaine de fois sur le bouton de sélection des stations, mais finit par tout arrêter.

« Tu as vu ce que ça donne, reprit-il. Tu ne me croiras peut-être pas, c'était bien pire… Écoute, Carrie, je ne veux pas…

– S'il te plaît. »

Il ôta les clés de contact et les balança dans le casier à monnaie à côté du frein à main.

« OK, je me lance. Ma théorie, c'est qu'il s'est passé beaucoup de choses à l'automne. Il y a eu la rééducation, le halo qu'on lui a retiré, la sortie de l'hôpital, le mariage…

– Et moi qui étais censée revenir.

– Et toi qui étais censée revenir et qui n'es pas revenue, puis janvier est arrivé, il faisait un froid de chien, et Mikey… »

Rooster s'interrompit, hocha la tête, puis appuya le front un moment contre le volant, les épaules voûtées, les biceps tendus sous le tissu de son costume. Mais il se ressaisit.

« Mike se sentait terriblement désespéré, Carrie. Terriblement dans la mouise. Du genre, *Eh bien, voilà. Bienvenu dans le monde des tétras.* Harvey – tu as entendu parler de lui, le compagnon de chambre de Mike en rééducation ? – a craqué à ce moment-là et, question soutien, Mike s'est retrouvé très démuni. Combien de temps peut-on consacrer à jouer aux échecs, à regarder la télé, à lire ? Et puis tous ces petits détails auxquels on ne pense pas ; par exemple, les gens au restaurant, dans les magasins ou ailleurs, s'adressent à la personne qui l'accompagne et pas à lui. "Et qu'est-ce qu'il aimerait boire ?" Tu imagines ? C'est pour ça qu'il t'a balancé ça aujourd'hui, quand tu me regardais alors que c'était lui qui parlait. On devient susceptible.

– C'était tellement idiot. Ça me met très mal à l'aise. »

Rooster me lança un drôle de regard et je partis d'un rire âpre : si c'était ce qui me mettait très mal à l'aise…

« En plus, Stu s'est pratiquement volatilisé, poursuivit-il. Même l'été dernier, je ne sais pas si tu l'avais remarqué, il ne venait presque pas le voir et, quand il se pointait, il n'était jamais seul. Et il discutait plus avec la personne qui l'accompagnait qu'avec Mike. »

Je réfléchis. C'est à peine si je me rappelais avoir vu Stu à l'hôpital, ce qui, j'imagine, confirmait les dires de Rooster.

« Après le retour à domicile de Mike, Stu nous a accompagnés quelques fois chez Brenda, mais il était incroyablement tendu. Puis, un jour où on était tous les deux chez les Mayer, Mike a eu un petit accident avec sa poche à urine et, depuis, on ne l'a plus jamais revu. »

Je soupirai et hochai la tête.

433

« Toujours est-il que Mike a commencé à dire qu'il voulait mourir.

– Quoi ? m'écriai-je, bouleversée. Tu veux dire qu'il...

– Je veux dire qu'il voulait mourir », répéta Rooster.

Je sentis alors un grand chagrin m'envahir comme un puissant médicament, se répandre en moi jusqu'au bout de mes doigts, de mes orteils. Je me couvris la figure de mes mains. Je ne cessais de repenser à la manière dont Mike m'était apparu l'espace d'un moment, lundi, quand on s'était retrouvés l'un en face de l'autre – à son visage blafard avec sa moustache hérissée et à son brusque désarroi.

« Il nous a demandé de l'aider, poursuivit Rooster. Il m'a demandé à moi, à ses parents et même à Joan une fois. De l'aider à se suicider. »

Je levai les yeux vers lui. Je ne pleurais pas, j'étais au-delà des larmes : j'en étais malade, déchirée. Il soutint mon regard un moment, puis reporta son attention ailleurs. Moi, je sentais l'odeur de la voiture, de la garniture et des tapis tout neufs. Au bout de quelques minutes, incapable de supporter davantage le contact de mes propres mains, je fis courir mes doigts sur la courbe du tableau de bord, frais et squameux sous la peau.

« Je suppose que je n'aurais pas dû t'en parler, reprit Rooster.

– Non, il le fallait. Je suis contente que tu l'aies fait. Enfin, pas contente, mais... enfin, tu me comprends. »

Il me fixa longuement dans les yeux, puis posa la main sur ma cuisse. En observant ses gros doigts gercés par le vent et couverts de fins poils roux doré, j'éprouvai une formidable envie de plaquer ma main sur la sienne. J'avais envie de nouer mes doigts autour des siens, de les presser. Je dus faire un effort terrible pour m'en empêcher.

« Et ça continue ? demandai-je. C'est ce qu'il ressent quand ça ne va pas ?

– Non, il a l'air d'avoir dépassé ça. Enfin, qui sait à quoi il pense la nuit, seul dans son lit, mais il a cessé d'en parler et tu sais quoi ? Je m'en contente presque. C'est pas affreux ?

– Non.

– Moi, je trouve que c'est affreux, mais c'est plus fort que moi.»

Il soupira et jeta un coup d'œil par la fenêtre.

«Je vais te dire autre chose. Dave King l'a énormément aidé. Énormément.»

Je repensai à la K-7 que Mike m'avait envoyée. *Je l'appelle King Dave. Il met le doigt sur les choses auxquelles je devrais réfléchir et je l'écoute.* Je me rappelai la nuit où j'avais discuté avec Dave King à la sortie de l'hôpital quand il avait voulu me parler des tétras et de leur sexualité. Aujourd'hui, j'avais vraiment la sensation d'avoir commis une grave erreur en ne l'écoutant pas jusqu'au bout.

Rooster redémarra.

«Bon, il faut que j'y aille. Je suis désolé de t'avoir déballé tout ça. Et ne dis pas à Mike que je t'ai parlé.

– Pourquoi ?»

Une peur soudaine se lut sur son visage et il hocha vigoureusement la tête.

«C'est impossible. Il ne veut pas que tu sois au courant. C'est sérieux, Carrie, tu ne pourras jamais rien dire.

– Entendu. Mais pourquoi ?

– "Comme ça, si elle revient un jour, je saurai que ce n'est pas seulement par pitié."»

Il me regarda droit dans les yeux.

«Tu piges ?»

Je ne répondis pas.

«Il n'attend plus rien, Carrie. Plus rien. Mais il a de l'espoir. C'est un type qui a pas mal d'espoirs en réserve et tu n'es pas loin du sommet de la liste.»

35

J'annulai mon vol. Je ne pouvais pas m'en aller tout de suite, pas après ce que Rooster m'avait confié. Kilroy en fut mécontent, et son mécontentement me rendit malheureuse ; quand j'annonçai à ma mère que j'allais rester un peu plus longtemps, elle m'étudia longuement, comme si elle cherchait une explication sur mon visage.

« C'est vraiment ce que tu veux ? me demanda-t-elle finalement.

– Oui. »

Elle avait reporté tous ses rendez-vous de l'après-midi pour accompagner Jamie à Wellhaven. Mme Fletcher, m'expliqua-t-elle, logeait dans une chambre particulière dominant un paisible terre-plein planté de crocus blancs et roses tout autour. Elles l'avaient trouvée installée dans un fauteuil à côté de la fenêtre, immobile. Ma mère n'avait passé que quelques minutes auprès d'elle, mais Jamie lui avait ensuite révélé que Mme Fletcher lui avait parlé d'un rôti de veau qu'elle avait décongelé et qu'elle l'avait priée de jeter. Elle s'inquiétait, avait-elle ajouté, de ne pas leur avoir appris, à Jamie et ses sœurs, tout ce qui leur serait nécessaire pour tenir une maison. Trois jours de poulet, quatre de bœuf. Veille bien à ce que personne ne fasse cuire ce rôti, avait-elle recommandé à Jamie. (« Comme s'il y avait le moindre risque, s'était exclamée Jamie. En général, on fait réchauffer des surgelés au micro-ondes. »)

Ma mère me raconta cette anecdote devant un verre de vin blanc. À ses yeux, on pouvait voir dans cette conversation un signe positif, la preuve que Mme Fletcher se sentait encore des liens avec son quotidien.

«Jamie partage ton point de vue?»

Ma mère prit une gorgée de vin, puis s'amusa à faire tourner le pied de son verre entre son pouce et son index.

«Jamie se focalise sur l'hospitalisation et croit que le séjour en hôpital engendre des problèmes au lieu de se dire que l'hospitalisation soigne les problèmes qui rongent sa mère depuis longtemps.

– Ça me rappelle ce que tu m'avais dit.»

Elle releva la tête.

«Quand?

– Quand je t'ai appelée de New York, la première fois. Je t'avais dit que partir faisait de moi une dégueulasse et tu m'avais rétorqué que ce ne sont pas nos actes qui nous déterminent mais nous. C'est pareil.»

Je tripotai la salière. Ça allait dans le même sens que la déclaration de Kilroy : *Ce n'est pas ma quarantaine qui me détermine, mais l'inverse.* Et je songeai : *et la solitude aussi.* Puis je secouai vigoureusement la tête afin de chasser cette idée.

Ma mère me regardait. Ou plutôt «m'observait», le terme qui me vint soudain à l'esprit.

«Tu te souviens de beaucoup de choses, remarqua-t-elle en se levant. Tu as toujours eu une bonne mémoire.»

Je repensai à ma petite enfance, à l'époque où j'essayais inlassablement de retrouver le souvenir de mon père. Peut-être après m'étais-je efforcée de ne plus jamais rien oublier?

«Je crois», admis-je en la regardant vider le restant de son vin dans l'évier, puis faire couler l'eau et rincer son verre.

J'appelai Mike le lendemain matin et ce fut Mme Mayer qui décrocha. Je lui dis que je supposais qu'elle avait appris que j'étais de retour et elle répondit que oui, elle supposait l'avoir appris. Quand Mike se saisit de l'appareil, je lui annonçai que j'allais essayer de passer quelques jours de plus et que j'aimerais le voir, si possible.

Ils étaient tous là à mon arrivée – M. Mayer, Mme Mayer, John Junior. On aurait juré qu'ils cherchaient à m'apercevoir, John au moins, qui entra et sortit de la cuisine quatre ou cinq fois sans aucune raison.

Mme Mayer se montra glaciale. C'est elle qui m'ouvrit la porte et elle s'y cramponna solidement, comme si je risquais de l'embrasser de force. Près d'un an après la tragédie qui avait frappé Mike, elle avait pris un coup de vieux et ressemblait à une mémé avec sa vilaine permanente et son visage encore plus ridé. Dans son survêtement en nylon vert jade, d'une bonne dizaine d'années, elle avait un teint verdâtre. Elle ne fit pas le moindre effort de gentillesse.

Je passai environ une heure chez les Mayer. Avec Mike, on discuta de Rooster qui paraissait radieux et allait bientôt se transformer en papa gâteau, il allait se faire mener par le bout du nez, ce serait un vrai cornichon. Il me parla d'Harvey qui avait subi une intervention de chirurgie fonctionnelle pour récupérer une fonction motrice du bras gauche et avait réintégré l'hôpital pour un suivi thérapeutique.

« C'est un type formidable, me confia Mike. J'ai beaucoup appris avec lui.

– Sur quoi ?

– La vie. »

Là-dessus, il afficha un grand sourire, le premier grand sourire depuis que je l'avais revu : familier et en même temps nouveau du fait de la moustache qui l'assombrissait.

« Si si, reprit-il. La vie. Oui, et c'est vraiment un homme de cœur. Allez, il faudra que tu le rencontres un jour, à mon avis, vous devriez vous entendre.

– J'aimerais bien », répondis-je.

M. Mayer apparut sur le seuil, grand, les épaules larges et la tonsure brillante. Il me regarda, puis fit le tour de la table, se posta juste derrière moi et posa les mains sur mes épaules.

« Comme elle fait plaisir à voir, cette jeune personne, pas vrai ? » dit-il à Mike.

Puis il m'ébouriffa les cheveux et appuya sa joue contre la mienne.

La soie que je préférais était une soie jacquard vert sauge sur laquelle se déployaient de petites feuilles ombrées. Elle existait aussi en mauve, mais le vert, fumé et tendre, me paraissait plus intéressant. Peut-être n'était-ce pas sauge mais céladon ? Ou olive clair ? J'adorais ces noms de couleurs, les infimes distinctions qu'ils suggéraient. Cantaloup, crevette, saumon.

C'était le lundi matin et j'étais allée jeter un coup d'œil chez Fabrications, m'attendant à moitié à être déçue après New York, mais la boutique n'avait rien perdu de son emprise sur moi avec ses tissus toujours aussi somptueux dont la disposition, si séduisante, faisait voisiner de délicieux brun pâle avec des blancs et des ivoire pour mieux célébrer l'arrivée du printemps.

La sonnette au-dessus de la porte tinta et une très grande femme entra, un sac Marshall Field à la main. Elle me salua et j'éprouvai une seconde de confusion, ne sachant trop si je la connaissais. Mais non, ce n'était que Madison une fois encore, la gentillesse de Madison. Je souffrais toujours de dissonance cognitive. Je consultai ma montre. À New York, mon cours de patronage commençai et j'allai le rater de nouveau. Pour la deuxième fois à présent.

«Pourriez-vous m'aider ? lança la cliente à l'adresse de la vendeuse, une blonde au corps avachi habillée d'une robe chasuble en sergé bleu avec des tas de coutures apparentes, tenue qu'elle avait manifestement confectionnée elle-même. J'ai acheté cette toilette et je ne sais pas trop quoi faire pour qu'elle m'aille.»

La vendeuse la conduisit vers une cabine d'où la femme émergea quelques minutes plus tard dans une robe en soie rouge qui, sans même parler de la couleur qui lui brouillait le teint, ne lui allait absolument pas. Puis toutes deux tentèrent de réfléchir aux retouches nécessaires.

«À mon avis, vous devriez défaire les manches, décréta la vendeuse. Comme ça, vous pourriez éliminer les plis, la rétrécir à ce niveau-là et vous débarrasser de cette ampleur excessive.

– Sinon, je pourrais la rendre.

– Sinon, vous pourriez la rendre.»

La cliente soupira. Elle se regarda dans le miroir, le fameux miroir en pied qui, l'été dernier, m'avait convaincue d'acheter la soie lavée pour ma chemise de nuit et le peignoir.

«Je suppose que vous ne faites pas de retouches, risqua-t-elle.

– Désolée, répondit la vendeuse. J'ai un petit de deux ans à la maison.»

La cliente jeta un dernier coup d'œil sur son reflet. Elle avait un visage allongé et ses cheveux bruns, qu'un serre-tête rejetait en arrière, lui balayaient les épaules. Elle allait regagner la cabine d'essayage quand je me surpris à lui confier que j'étais précisément retoucheuse.

«C'est vrai? s'écria-t-elle. J'ai absolument besoin de cette robe pour vendredi et je n'ai pas trop confiance dans le tailleur de mon pressing.»

La vendeuse me proposa d'épingler sur place, si bien que nous nous installâmes dans un coin et je me mis au travail. Je me sentais un peu bête, mais ravie aussi, car je savais exactement quoi faire.

Le problème ne se limitait pas aux manches. Cette femme avait des épaules étroites et des hanches larges, de sorte que la robe bâillait à l'encolure et plissait sur le ventre. Je rentrai donc le corsage, ajustai les manches pour leur ôter du bouffant et leur donner un peu de tonus et raccourcis la jupe de près de deux centimètres.

«Regardez, lui dis-je en la conduisant vers le miroir. Ce n'est pas mieux? Si vous réussissez à oublier les épingles et à plisser un peu les yeux, vous aurez une idée de ce que ça va donner. En revanche, je ne peux rien faire pour les hanches.

– Inutile d'y regarder à deux fois, rétorqua-t-elle. C'est très bien, vous êtes géniale. Et ne soyez pas gênée pour les hanches, j'ai essayé des tas et des tas de fois, sans pouvoir rien faire, moi non plus.»

Je n'eus aucun mal à terminer pour le vendredi, et la

Kenmore soutint l'allure, même si je connus quelques moments difficiles quand le fil de la canette s'emmêla et se retrouva enduit de graisse. Je lui réclamai soixante dollars, tarif sur lequel nous étions tombées d'accord. En repartant vers sa voiture, elle se tourna pour me demander :

« Est-ce que vous pourriez me faire une robe ? »

Debout sur le perron de chez ma mère, je la visualisai immédiatement avec son décolleté, sa découpe, le bleu et le vert cendré qui feraient ressortir les yeux de cette dame et mettraient ses cheveux en valeur. Elle m'apparut juste comme ça, cette tenue. C'était très tentant mais je refusai, à regret.

« Désolée, lui dis-je. Je suis juste de passage. »

Kilroy prit ses distances, passa d'un état de compréhension plutôt mécontent à un état plus irritable où il voulut savoir pourquoi il me fallait tout résoudre tout de suite dans le cadre d'un voyage qui, décidé sur une impulsion, se prolongeait plus que prévu.

« Tu es en train de te refaire happer là-dedans, me dit-il. Il faut que tu comprennes que tu as fait ce que tu pouvais. Il a fallu beaucoup de temps à Jamie pour en arriver là, il lui faudra beaucoup de temps pour en revenir. »

Je répondis que je le savais très bien, mais ne lui racontai pas que j'avais renoncé à la voir. Je ne lui racontai pas Mike.

J'allais le voir tous les jours. Rien qu'un petit moment, une demi-heure, quarante-cinq minutes. Il aimait aller faire un tour dans le quartier l'après-midi en semaine quand les trottoirs étaient déserts. Il faisait treize à quinze degrés dehors et les tulipes s'ouvraient en grandes pousses jaunes et rouges.

Mme Mayer me supportait à peine. Les bras croisés sur la poitrine, elle me décochait de furieux regards en coulisse. Quand je frappai à la porte, elle ouvrait puis s'éloignait en criant : « Mike, la porte. » C'était une punition, une juste punition, et j'y voyais une forme de mortification, comme lorsque l'on mortifiait la chair pour purifier l'âme, sinon que je mortifiais l'âme pour purifier l'âme. Je serrais les dents et m'efforçais d'endurer chaque instant.

Le samedi, en arrivant aux alentours de treize heures, je trouvai M. et Mme Mayer en tenue de golf et armés de leurs clubs. Elle me fit signe de venir la rejoindre un peu à l'écart.

« Combien de temps penses-tu rester aujourd'hui ?

– Je ne sais pas, pourquoi ? »

Elle lissa sa jupe cloche, bleu-gris, sur l'ourlet de laquelle une coccinelle s'accrochait.

« John Junior a une partie de soft-ball et je déteste laisser Mike seul à la maison trop longtemps. C'est notre première sortie ce printemps-ci, mais on va se contenter d'un neuf trous. »

Elle leva la tête vers moi et, pour la première fois depuis mon retour, nos regards se rencontrèrent vraiment. Elle m'adressa un vague sourire neutre : elle ne me forçait pas la main.

« Bien sûr, répondis-je. Pas de problème.

– Oh, merci. Merci », déclara-t-elle avec un gros soupir.

Je rejoignis Mike dans la cuisine. Lorsque tous furent partis, j'allai nous chercher un verre d'eau fraîche et on s'installa sur la véranda. Le jardin était très fleuri pour le printemps, peut-être plus que l'année précédente, et même des alignements de muscaris bordaient soigneusement une partie de la clôture. Mme Mayer avait dû passer bien des jours d'automne à s'esquinter les genoux pendant que Mike bataillait en rééducation.

« Alors, tu fais du baby-sitting ?

– Mike !

– Mam est un peu trop protectrice. J'ai du mal à obtenir qu'elle aille à l'épicerie. »

Quelques maisons plus loin, une tondeuse démarra. Je la visualisais presque, cette machine qu'un homme de l'âge de M. Mayer devait avoir sortie du garage et vérifiée rapidement avant de remplir son réservoir d'essence et de formuler un petit vœu en tirant sur la corde du démarreur pour la première fois depuis l'automne.

« Je suppose que, à New York, tu n'en entends pas trop.

– Pas trop », reconnus-je en souriant.

À côté de nous, un cardinal vint coller des coups de bec dans la balustrade, puis s'envola.

« Mike ? fis-je au bout d'un moment.

– Carrie ?

– On peut être amis ? »

Il se pencha vers la table en séquoia pour prendre une gorgée d'eau, puis se redressa et porta son regard à mi-distance.

« Je ne peux pas m'empêcher de t'aimer, me confia-t-il tandis que son visage se colorait lentement. Bon sang, elle n'est pas tirée d'une horrible chanson, cette phrase ?

– Je crois que oui.

– Les chansons d'amour sont tellement bêtes ! J'y pensais justement l'autre jour pendant que mam, dans la cuisine, écoutait une radio qui passe ces abominables vieux succès. Franchement, qui a jamais pris son pied à se balader sous la pluie ? C'est pas si agréable que ça. »

On se regarda. Je me rappelai avoir regagné l'association des étudiants ou ma résidence universitaire en courant sous une bonne averse, sa main nouée autour de la mienne comme s'il avait le pouvoir de me faire accélérer. Et ses cheveux mouillés plaqués sur son crâne et ses grandes mèches sur son front !

Il s'écarta de la table, dirigea son fauteuil vers la balustrade, puis se retourna.

« Pour répondre à ta question, franchement, je ne sais pas.

– Je le voudrais.

– Tu ne vis même plus ici, Carrie. »

Je regardai mes mains. Comment pouvais-je concilier les deux : vivre à New York et être amie avec Mike ? *Mike était un mec sympa, non ? Un chouette type. C'est ce que j'ai toujours pensé.* Comme ça m'avait fait drôle de découvrir la jalousie de Kilroy ! Comment réagirait-il si je me mettais à appeler Mike et à lui écrire ? S'il l'apprenait alors que je ne lui en avais jamais parlé ?

Mike se trouvait juste en face de moi, dans son fauteuil, grosse machine noire qui le libérait et l'emprisonnait tout à la fois. Il portait un sweat-shirt gris à zip sur un pantalon de survêtement bleu marine et le tissu soulignait son corps de telle façon que je distinguais aisément les contours de ses membres osseux que secouaient des contractures. Il souffrait, je l'avais appris, ce qui s'apparentait à une ironie particulièrement cruelle : bien qu'il fût privé de mouvements et de sensations, ses nerfs continuaient à lui transmettre des messages de douleur. Il était là, dans ce fauteuil auquel on ne pourrait jamais retirer sa fonction siège.

36

Le lundi matin, je m'installai dans la salle à manger de ma mère. Cette pièce avec ses murs blancs, son dressoir foncé et son gros tapis bleu m'avait toujours plu. C'était là, sur la longue table en bois ciré, que j'avais déployé mes métrages de tissus et accompli mes premiers travaux de couture. J'avais toujours placé ma machine à un bout, juste devant la fenêtre qui bénéficiait de la lumière matinale.

J'étais en train de lire le journal, l'épaule droite barrée par le soleil tombant à l'oblique, quand je ressentis une drôle de gêne. Comment se fait-il que notre corps perçoive une présence derrière nous ? Je n'avais pas entendu le moindre bruit ni remarqué une quelconque altération des ombres ou de la lumière, mais un je-ne-sais-quoi dans le milieu de mon dos m'alerta. Je résistai un instant à cette sensation, puis me tournai et découvris Jamie qui, du trottoir, scrutait l'intérieur de la pièce.

Une main sur la bouche, je me levai. Pourtant, lorsque j'arrivai sur le perron, elle avait disparu et j'eus beau me précipiter pour inspecter la rue, je n'aperçus nulle trace d'elle.

J'essayai de reprendre mon journal, mais je n'avais plus la tête à lire. Je sautai donc dans la voiture et me rendis chez les Fletcher, mais il n'y avait personne. J'allai à Miffland pour la première fois depuis mon retour et frappai aussi à sa porte : rien. Abandonnant la voiture de ma mère, je marchai jusqu'à State Street et poussai jusqu'à Cobra Copy. Pas de Jamie.

Pourtant, elle était venue me voir. Peut-être juste pour me voir, n'empêche, elle était venue. Un peu plus tard, je tentai de lui téléphoner chez ses parents, chez elle, à Cobra Copy, chez Bill, mais ce fut inutile et je me rendis compte alors qu'il était vraiment absurde de croire que je pouvais la retrouver, que je pouvais encore savoir où chercher.

J'avais toujours le téléphone à la main quand je songeai brusquement à Wellhaven. Elle avait dû filer embrasser sa maman à Wellhaven. D'après la mienne, Mme Fletcher appréciait les visites. Jamie devait être allée passer l'après-midi avec elle. Peut-être avait-elle pris la route juste après ce détour par ma rue ? Peut-être le moteur de sa voiture tournait-il encore pendant qu'elle jetait un coup d'œil sur la maison ? Je l'imaginai toute seule dans sa petite Geo, sur l'autoroute sud en direction de Janesville. Installée au volant, la radio à fond, les cheveux aux épaules. Et l'estomac noué en songeant à sa mère, enfermée en clinique psychiatrique.

Elle avait peur du monde, Mme Fletcher. C'était quelque chose que j'avais toujours su sans l'avoir jamais formulé. Elle refusait de prendre l'autoroute ; détestait que ses filles dorment chez des amies quand elles étaient gamines – c'était pour cela que leur domicile avait toujours fait office de dortoir central. Au temps du lycée, elle s'opposait à ce que Jamie rentre après minuit, mais réagissait pour la forme et dans l'affliction, puisqu'elle savait pertinemment que Jamie allait l'emporter. Pauvre Mme Fletcher, qui avait passé tout l'été dernier à veiller, bien après minuit, en attendant le retour de Lynn. Je songeai au jour où j'étais tombée sur elle et Jamie alors que je déjeunais avec Ania. *Ne te fais pas aussi rare*, m'avait-elle glissé ensuite.

Mme Fraser avait dit la même chose à Kilroy avant que nous ne quittions leur maison. Je revoyais sa main menue sur son manteau, la façon dont il avait baissé les yeux avant de tendre la main vers le bouton de la porte. Avait-il seulement adressé la parole à quelqu'un durant les deux semaines et demie qui s'étaient écoulées depuis mon départ ?

Ce soir-là, j'écrivis un mot à Jamie pour lui dire que je l'avais vue devant chez moi, que j'espérais qu'elle accepterait bientôt de me parler et que je comptais rendre visite à sa mère à moins qu'elle ne s'y oppose.

J'attendis jusqu'au jeudi, puis descendis à Wellhaven par un de ces après-midi écrasés sous de gros nuages gris où on attend désespérément la pluie. Les bâtiments, modernes et de plain-pied, se situaient au fond d'un parc bien entretenu. La pelouse somptueuse avait tout d'une moquette.

À la réception, on me pria de limiter ma visite à une demi-heure. Je m'assis sur un banc et attendis, les narines chatouillées par une âcre odeur de détergents chimiques. J'avais mis la plus jolie tenue dont je disposais à Madison, mon pantalon noir et mon chemisier en velours. Encore une fois. Dans un accès de désespoir, j'avais acheté quelques sous-vêtements et avais même passé, un jour, une jupe à fleurs démodée que j'avais sortie du carton de mon placard, mais, dans l'ensemble, je tournais avec les quelques bricoles que j'avais apportées et dont j'étais de plus en plus lasse.

Mme Fletcher émergea d'un long couloir. Ses cheveux fins étaient toujours aussi courts et elle était impeccable, habillée comme à son habitude d'une jupe et d'un corsage ainsi que d'une paire d'escarpins confortables. Elle pencha la joue et je l'embrassai.

« Allons nous promener, me proposa-t-elle. Je vais te montrer le jardin. »

Nous traversâmes le bâtiment, puis empruntâmes une porte de service donnant sur une cour. De là, un sentier semé de gravier nous conduisit vers une roseraie extrêmement soignée.

« Ne sont-elles pas ravissantes ? » me lança Mme Fletcher.

Comme Mme Mayer, elle s'était toujours très bien occupée de son jardin.

« Superbes.

– À la maison, ce sont les filles qui soignent les roses. »

Nous poussâmes jusqu'à deux chaises en fer forgé placées à angle droit sous un arbre. Tout près, une aide-soignante en uniforme nous observait.

« Comment vous sentez-vous ? demandai-je comme nous prenions place.

– Oh, Carrie, me répondit-elle, les mains cachées dans les plis de sa jupe. On ne connaît pas ses enfants tant que la famille n'est pas confrontée à ce genre d'épreuve. Franchement, maintenant que je sais que mes filles prennent soin de leur père et lui d'elles, je peux dormir sur mes deux oreilles. »

Je scrutai le visage de Mme Fletcher. Qu'entendait-elle par « épreuve », comment définissait-elle ce terme-là ?

« L'autre jour, Jamie avait mis son nouveau chemisier jaune, tu vois celui dont je veux parler, ma chérie ? »

Je répondis que non.

« Je ne lui ai rien dit sur le coup, poursuivit-elle en faisant la moue, mais voudrais-tu lui demander de ne pas le laver avec des couleurs sombres ? C'est vraiment important de bien s'occuper des jaunes à part. Des rouges aussi. Je suppose que j'aurais dû la prévenir moi-même. »

Un accès de toux la secoua et, quand elle dégagea sa main d'entre les plis de sa jupe pour la porter à sa bouche, je m'aperçus qu'elle était rouge et à vif, que ses ongles étaient rongés au sang.

« Bien sûr. Je le lui dirai. »

Les nuages, de plus en plus sombres, s'étaient amoncelés depuis mon arrivée et la pluie se mit à tomber dru. Sans un regard dans ma direction, Mme Fletcher sauta sur ses pieds et repartit vers le bâtiment en coupant l'épaisse pelouse sans se presser. Je réglai mon pas sur le sien et la suivis. En l'espace de quelques minutes, j'étais trempée comme une soupe.

Dans la cour, elle s'arrêta brièvement pour lever le nez vers le ciel avant de continuer. Après m'avoir attendue à la porte, elle se déchaussa et se dirigea vers la réception, ses escarpins à la main.

Là, elle me tendit sa main libre.

«Tu es un amour d'être venue, déclara-t-elle. Je suis vraiment heureuse que Jamie ait une amie aussi gentille que toi.»

Là-dessus, elle tourna les talons et s'éloigna, les cheveux trempés, le collant piqueté de boue, les souliers tout mouillés, les doigts à vif. Je la suivis du regard jusqu'à ce qu'elle ait disparu.

Une fois dehors, je fonçai sous la pluie battante jusqu'à la voiture de ma mère. Après, j'écoutai les gouttes tambouriner contre le toit et les vitres et demeurai assise, parfaitement immobile, comme si je cherchais à surprendre un bruit que le moindre mouvement de ma part aurait étouffé. Des véhicules traversèrent des flaques d'eau en chuintant, le tonnerre claqua dans le lointain, puis je me surpris à repenser à une remarque du Dr Spelman durant le coma de Mike : les victimes d'un traumatisme crânien donnaient parfois l'impression d'avoir subi une altération de leur personnalité.

C'était le cas de Mme Fletcher. Si on ne l'avait pas connue avant, on aurait pu croire que c'était la même dame gentille et maternelle. Seuls sa famille et quelques proches, peut-être même pas ma mère, pouvaient partager ma façon de penser. Personnellement, j'avais en effet le sentiment d'avoir rendu visite à quelqu'un d'autre, à une dame gentille et maternelle, double imparfait d'une femme qui semblait avoir disparu.

Le lendemain était le 1er mai et, avant de filer chez les Mayer, je préparai le chèque du loyer pour Simon. Il me restait à peine un peu plus de trois cents dollars et j'allais devoir me dénicher un job dès mon retour à New York : intérim, bibliothèque, n'importe quoi. Et je préférais ne pas penser à tout l'argent que j'avais perdu en ratant mes cours à l'école Parsons, onze à ce jour, ça me rendait malade.

L'orage avait nettoyé le ciel et la plupart des arbres étaient maintenant couverts de feuilles, pas encore déplissées, d'un vert pâle si tendre et d'une douceur si exquise que j'en avais le cœur serré. Lorsque je m'arrêtai pour poster le chèque de Simon, je retirai mon pull et remontai les manches de mon chemisier, ravie de sentir l'air frais sur mes bras nus.

Mme Mayer m'attendait devant la maison, l'anse de son sac autour du poignet. Je l'avais appelée pour lui demander si elle voulait bien m'apprendre à manœuvrer le hayon élévateur afin que je puisse faire un tour avec Mike de temps à autre. Mais elle me tendit les clés de la camionnette et déclara qu'elle souhaitait d'abord voir comment je conduisais.

C'était la première fois que je prenais le volant d'un véhicule aussi surélevé et je sortis de l'allée en cahotant un peu rudement avant d'arriver à la rue. À côté de moi, Mme Mayer contemplait en silence un environnement qu'elle connaissait comme sa poche. Nous circulâmes en ville un moment, puis elle m'orienta vers la ceinture.

« Dans quel but comptes-tu utiliser la camionnette ? »

Je jetai un coup d'œil vers elle. Sa permanente était défraîchie et ses cheveux faisaient des crans autour de son visage. Les deux mains crispées sur son sac, elle regardait droit devant elle.

« Pour aller déjeuner. Ou juste se promener. »

Elle ouvrit son sac, puis le referma sèchement.

« Combien de temps vas-tu rester ici ? »

Je songeai à Jamie devant chez ma mère lundi. À Mike.

« Je ne suis pas sûre. Peut-être une semaine encore. »

J'imaginai Kilroy sur son canapé, les bras croisés sur le torse, et poussai un soupir.

Mme Mayer rouvrit son sac et en tira un rouge à lèvres. Puis elle abaissa le pare-soleil, dégagea le miroir et s'appliqua un rouge corail pâle. Ensuite de quoi, elle referma son tube avec un cliquetis sec.

« M. Mayer et moi sommes parents depuis longtemps et, aussi bizarre que cela puisse paraître, il y a des choses qui vous tracassent et d'autres qui ne vous font ni chaud ni froid. Je vais te dire une chose et je n'y reviendrai pas. Nous avons l'un comme l'autre le sentiment qu'on ne peut pas te faire confiance. Nous sommes l'un comme l'autre peu emballés à la perspective de te voir revenir dans la vie de Michael.»

Le visage en feu, je gardai les yeux fixés sur la route et la voiture devant moi qui roulait à une allure régulière.

«Et si on faisait demi-tour ici? me proposa-t-elle. Tu te débrouilles très bien – je ne savais pas que tu conduisais aussi prudemment.»

Je mis mon clignotant pour indiquer que je quittais la ceinture, m'arrêtai à un feu, puis retraversai la ville.

«Bien, me dit-elle une fois dans son allée. Maintenant, je vais te montrer le hayon.»

37

«Tu ne reviendras pas, n'est-ce pas? me lança Kilroy.
– Si.
– Non. Tu ne le sais pas encore, et c'est tout.»
C'était le lendemain de ma leçon avec la camionnette et on bavardait au téléphone. Debout dans la cuisine de chez ma mère, je regardais, de l'autre côté de la vitre, la terrasse de chez Rooster et Joan où se déployait toute une rangée de pots en argile plantés d'iris aux pousses vertes et drues. Ma mère déjeunait avec une amie.

Kilroy toussa et je me détournai de la fenêtre. J'avais envie de repartir, mais pas tout de suite. J'avais envie de le retrouver, mais je voulais aussi faire la paix avec Mike, *être là pour lui*.

Si Kilroy avait été à mes côtés, la question ne serait pas posée, je le savais. Il m'aurait regardée et son visage m'aurait dit qu'il me comprenait, point. Il m'aurait tendu sa main aux veines boursouflées et sinueuses, point. *Kilroy*. Bien sûr que j'allais revenir.

«Très bien, quand? Je veux une date.»
Une sensation de pesanteur m'envahit. Le silence s'installa sur la ligne.

«Désolé, dit-il.
– Non, c'est moi.»
Un rire méchant lui échappa.
«Qu'est-ce qu'il y a?
– C'est ton grand truc, pas vrai?»
Il prit une voix aiguë pour m'imiter.

« Je suis désolée. »

Mon cœur se mit à cogner sourdement et je repensai au bruit de mes pas l'autre fois dans une paisible rue de Madison avec mes bottines new-yorkaises. Tac, tac, tac. Désolée, désolée, désolée. Vrai, vrai, vrai.

« Écoute, répliquai-je, le fil du téléphone entortillé autour de mon doigt. Bon, je ne dis pas que je vais le faire, mais si je voulais rester ici ? Il y a des agences d'intérim, tu pourrais venir.

– Non.

– Pourquoi pas ?

– Parce que je vis à New York, répondit-il d'une voix tendue, contrôlée. Je veux vivre à New York.

– Plus que vivre avec moi ?

– C'est un ultimatum ?

– Tu ne viens pas de m'en lancer un ? »

On parla encore un peu, sans arriver à quoi que ce soit. Ensuite, je grimpai l'escalier et m'allongeai sur mon lit. La tête me tournait. Je songeai à ses mains sur mes bras qui avaient juste la bonne taille pour les enserrer, les masser. À l'effet qu'elles produisaient sur mon ventre, surtout quand elles étaient froides, au frisson délicieux qui me prenait alors. À ses mains sur mes jambes ; sur mes seins. Je posai les mains sur mes seins, et ils me parurent doux et mous, inconsistants. Des poches de chair. C'était extraordinaire, me dis-je, comment le contact de l'autre pouvait vous métamorphoser.

J'emmenais Mike déjeuner. Manger un sandwich tel jour, une pizza tel autre. Dans la camionnette, il se taisait, mais une fois qu'on était installés, il s'animait. C'était agréable de quitter la maison des Mayer, leur quartier. Assis en face de moi dans un restaurant de Monroe Street, un midi, il leva le nez de la côte de porc qu'il m'avait demandé de lui découper et m'annonça :

« Mike Mayer déjeune avec plaisir.

– Ah oui, Mike Mayer ?

– Oui. »

UN AMOUR DE JEUNESSE

On continua à bavarder et l'endroit se vida peu à peu jusqu'au moment où il ne resta plus que nous deux et deux femmes en tenue de tennis. La lumière dentelée qui coulait à travers les branches d'un arbre juste devant la fenêtre nous enveloppait. De la cuisine nous parvenaient des bruits de voix et un fracas de vaisselle. Dans un box au fond de la pièce, notre serveuse mangeait un sandwich.

Je racontai à Mike ce qu'il s'était passé entre Jamie et moi, lui rapportai même ma rencontre avec Lynn devant l'Alley au cours de cette fameuse nuit du mois d'août et mon silence.

« Ça alors ! s'exclama-t-il lorsque j'eus fini. Eh bien, dis donc !

– Je sais.

– Je n'aurais pas imaginé un truc pareil et, en plus, Jamie n'en a pas soufflé mot. On aurait pu penser qu'elle y aurait fait allusion au moins, non ? Bill et elle sont passés l'autre soir et quand j'ai évoqué ta visite, elle a réagi comme s'il n'y avait pas l'ombre d'un problème entre vous. »

Ma visite.

« J'imagine qu'elle estime que c'est personnel, répliquai-je.

– Ça l'est, mais tout de même ! s'écria-t-il en se penchant pour prendre une gorgée d'eau. Et maintenant, vous en êtes où ?

– Nulle part. Au début, j'allais me planter devant Cobra Copy et elle se comportait comme si je n'existais pas. C'est arrivé cinq ou six fois. Une partie de moi avait envie de brailler quelque chose du genre : "Est-ce que je dois faire la roue, maintenant ? Si tu y tiens, je le ferai."

– Et l'autre partie ? » s'enquit Mike en souriant.

Je baissai les yeux vers mon set de table en papier et en suivit les contours du doigt.

« L'autre estimait qu'elle avait raison.

– Mais maintenant tu sais que c'est idiot, non ? Je veux dire, c'est vrai, tu aurais peut-être dû l'avertir au sujet de Lynn, il n'empêche que tu n'y es pour rien.

– Si, dans une certaine mesure. »

Je le regardai un moment, puis craquai et détournai les yeux.

« Carrie, s'écria-t-il. Nom de Dieu. C'est la vie.

– Je suppose. »

On se tut. Il portait sa jolie chemise écossaise que sa mère lui avait repassée, j'en étais sûre. Il semblait y avoir des tensions entre eux. Lorsqu'on avait quitté la maison, un peu plus tôt, elle lui avait crié :

« Quand penses-tu rentrer ? »

Et j'avais entendu Mike grommeler entre ses dents.

On se partagea un biscuit, puis on repartit vers la camionnette. Le soleil de l'après-midi avait quelque chose de pur, comme l'air, et me chauffait agréablement le visage. Les trottoirs étaient déserts et j'en profitai pour faire du lèche-vitrine. Une robe-combinaison en lin pendue à un cintre m'arrêta. À côté de moi, Mike fit de même. Elle était d'un joli gris-mauve, les bretelles bordées de fins galons au crochet.

« Ça t'irait bien, ça », déclara-t-il.

Là-dessus, nos regards se croisèrent et une expression anxieuse se peignit sur le visage de Mike.

« Je n'aurais pas dû dire ça ?

– Non, pas du tout.

– Tu es sûre ? »

Je le lui confirmai d'un signe.

Le bruit d'un avion à réaction résonna très haut au-dessus de nos têtes et je suivis des yeux la traînée blanche qui s'effilocha lentement avant de se dissiper, absorbée par le bleu intense du ciel.

Mike appuya sur la manette de son fauteuil roulant et on poursuivit notre route.

« Allez, on y va, claironna-t-il. Mike Mayer prend Monroe Street. »

On parlait, Kilroy et moi. Deux fois par jour, une fois tous les deux jours, peu importait. Pour être ensemble, il fallait être ensemble et nos conversations étaient devenues sérieuses, lugubres. Le concept «Je t'aime» exigeait une proximité physique. À l'automne passé, je lui avais raconté ma vie à Madison comme si je confiais à sa garde tous mes trésors, les uns après les autres. À présent, je lui racontais mes rencontres avec Mike et c'était comme si je les lui reprenais, un à un.

Il n'avait pas grand-chose à me dire. Un jour, il évoqua un chien galeux qu'il avait vu errer sur un chantier de construction tout près de West Street, à onze heures du soir. Le chien n'avait que trois pattes. Il se traînait. Et, tout à coup, il était tombé raide mort.

Je lui demandai s'il allait au McClanahan et il me répondit : «Bien sûr !»

Je me sentais complètement partagée. Quand j'étais avec Mike, je pensais à Kilroy. Quand j'étais au téléphone avec Kilroy, je pensais à Mike.

Mike ! C'était les fins d'après-midi qui lui pesaient le plus. Vers ces heures-là, il ressentait la fatigue, son cou le faisait souffrir et il devait passer du temps au lit, couché sur le côté afin d'éviter les escarres que risquait de lui causer la position assise prolongée dans le fauteuil roulant. Il réussissait ses transferts tout seul avec une planche – les épaules tendues, il progressait avec une lenteur incroyable, centimètre par centimètre – mais, les jours difficiles, il laissait sa mère s'en charger. En ce cas, Mme Mayer, le visage marqué par l'effort, prenait solidement appui sur ses jambes et bandait ses muscles. Toute à sa concentration, elle ne pipait mot.

Tard un après-midi, on se retrouva Mike et moi dans sa chambre, à l'heure où il avait justement l'habitude de s'allonger. Je savais qu'il était épuisé : je l'avais emmené déjeuner, puis on était allés acheter des chemises neuves au centre commercial. Il avait pris un peu de soleil sur les pommettes, mais, sous son hâle, il était blafard.

«Fatigué ? demandai-je.

– Qu'est-ce qui te fait croire ça ?»

Il sourit et je me fis la réflexion qu'il avait un sourire adorable, détendu, large, débordant de bonne humeur.

Lors du déjeuner, il n'avait cessé de sourire en me racontant une longue histoire concernant un tour qu'ils avaient joué, Harvey et lui, à un des garçons de salle, un type qui avait fini par se gagner le surnom de Ballot.

« Je peux faire ton transfert ? » avançai-je.

Il y avait un moment que j'envisageais de le lui proposer, mais, là, ça m'était venu spontanément.

« Je pense que je saurai me débrouiller, ajoutai-je.

– Il ne s'agit pas de penser. Crois-moi.

– De quoi s'agit-il alors ? »

En me retournant, je découvris Mme Mayer qui passait par là. Elle glissait souvent la tête dans la chambre pour demander si Mike avait besoin de quelque chose, s'il avait bien bu son verre d'eau. On se serait crus revenus au temps où elle avançait n'importe quel prétexte pour s'assurer que nous n'étions pas en train de faire l'amour.

« D'assurer mon transfert, expliqua Mike. Carrie offre de s'en charger.

– Impossible ! s'exclama Mme Mayer. C'est hors de question. »

La bouche réduite à une ligne toute fine, elle me prit à partie.

« C'est très compliqué. Si tu le lâchais une seconde…

– Elle ne me lâchera pas, intervint Mike. Il est évident qu'elle fera attention.

– Les gens doivent être formés, insista-t-elle. C'est une affaire de formation.

– Eh bien, forme-la, riposta-t-il sèchement. Ou mieux, pourquoi ne sortez-vous pas toutes les deux que je m'en occupe tout seul ? »

Mme Mayer joignit les mains devant sa poitrine et son chemisier fleuri comme si elle tenait un minuscule animal blessé.

« Oh, Mike, murmura-t-elle, les yeux écarquillés. Oh, mon chéri. »

Je crus qu'elle allait fondre en larmes. Quant à Mike, bloc de fureur accumulée dans son corps inutile, je sentais qu'il était de mon côté.

Puis l'orage passa. Mme Mayer entra carrément dans la pièce et déclara :

« Entendu. Formons-la. Carrie, tu vas voir, comme exercice physique, il n'y a pas mieux. »

C'était plus dur qu'il n'y paraissait et requérait plus de force que je ne l'aurais imaginé. J'eus du mal à comprendre comment elle y arrivait. Debout face au fauteuil, je glissai les mains sous les bras de Mike, puis les nouai autour de son dos. Ainsi penchée sur lui, je sentis son oreille contre ma figure, notai l'odeur de son savon et de sa mousse à raser de même que les senteurs musquées, intimes de son corps. Peu à peu, j'arrivai à le redresser de sorte que nous nous retrouvâmes pratiquement debout. Il n'empêche qu'il était extrêmement lourd et que, sachant que je devais le faire pivoter, je tremblais à l'idée qu'il me renverse. Comme dans une danse de poids morts, je réussis enfin à le placer juste devant le lit, puis à l'asseoir. Dans mon dos, Mme Mayer poussa un soupir exagéré pendant que j'abaissais le haut de son corps en haletant, que je posai sa tête sur l'oreiller. Après quoi, je soulevai ses jambes et déplissai le tissu de son pantalon.

« Bien, déclara Mme Mayer derrière moi en frappant dans ses mains comme pour se débarrasser d'un peu de poussière. Bien. Veille à ce que sa tête soit bien soutenue. »

Mike et moi nous regardâmes et partîmes d'un grand éclat de rire après ce moment de tension.

« Merci, me dit-il.

– Je t'en prie. »

Il allait à l'hôpital trois fois par semaine pour ses séances de kinésithérapie. Je l'emmenai un jour et, assise sur un siège près de la fenêtre, l'observai pendant qu'une femme plus âgée au corps trapu et musclé soumettait ses membres à toute une série de mouvements. Il était allongé sur un tapis, et ses bras et ses jambes décrivaient des cercles, se pliaient, se dépliaient, devant, sur le côté, devant, sur le côté. Derrière la vitre, le lac Mendota formait une mosaïque de bleus au-delà d'un bosquet d'arbres au loin. Je ne l'avais pratiquement pas vu depuis mon retour, pas de près en tout cas ou juste en passant en voiture. Là, en le voyant de loin et de manière fractionnée, je ressentis une irrésistible envie de m'approcher suffisamment de ses rives pour humer le vent et regarder le ciel se briser sur la surface de l'eau, ridée et bleu nuit. Je songeai aussi à Picnic Point, dérobé à ma vue mais tout proche, à la longue marche qu'il fallait effectuer pour y arriver et à la présence tangible du lac tandis qu'on s'enfonçait à travers les arbres derrière lesquels l'eau clapotait.

Lorsque Mike eut terminé, nous allâmes saluer Harvey, hospitalisé à deux pas de l'ancienne chambre de Mike. En empruntant le couloir familier, je restai un peu en retrait derrière Mike afin qu'il ne puisse voir mon visage car j'y allais à contrecœur et me sentais intimidée.

Les cheveux bruns et doté d'une grosse barbe gris acier, en broussaille comme celle d'un montagnard, Harvey occupait le lit le plus éloigné. Il avait les yeux brillants et le sourire facile et me salua par mon nom avant même que Mike ait pu nous présenter.

« Alors, tu as fini par l'amener, hein ?

– C'est elle qui l'a exigé, rétorqua Mike en blaguant. Moi, que vous vous rencontriez ou pas, je m'en balance. »

Je m'assis le long du mur sur une chaise recouverte de vinyle et les écoutai bavarder. De temps à autre, je jetai un coup d'œil vers l'occupant du lit voisin, ventilé par un gros tube fixé à sa gorge. Il avait un halo et n'aurait pu se tourner pour me regarder, quand bien même il l'aurait voulu.

Soudain, une femme de l'âge de ma mère fit son apparition. Grande et d'allure athlétique, elle portait un jean et de vieilles chaussures de sport et ses cheveux étaient retenus en une queue-de-cheval peu soignée. Elle me regarda d'un air méfiant, puis se pencha pour embrasser Harvey sur la joue, puis Mike.

« Bonjour à toi, s'écria-t-elle. Et à toi aussi. Et c'est Carrie ?

– C'est Carrie », confirma Mike.

Il y eut un petit silence embarrassé, puis il ajouta :
« Carrie, je te présente Maggie, la femme d'Harvey. »
Maggie me décocha un bref sourire froid.
« Eh bien, fit-elle. Bonjour. »
Elle tira une chaise libre et s'installa près d'Harvey en poussant un soupir bruyant comme pour bien montrer qu'elle se sentait parfaitement à l'aise dans cette chambre.
« La bouffe arrive, chéri, déclara-t-elle. Tu veux que je ferme la porte ?
– Sois plus radicale. Pourquoi tu balances pas une mini-bombe nucléaire sur la cuisine ? »
Elle sourit et sortit du sac qu'elle avait apporté un plat en Pyrex recouvert de papier d'aluminium.
« Des légumes sautés avec du riz, ça te dit ? »
Harvey la regarda d'un air faussement choqué.
« Pas de milk-shake ?
– C'est ça la gratitude ? riposta Maggie en prenant Mike à témoin. Est-ce que ce mec ne pourrait pas me témoigner un peu de gratitude ? »
Mike me lança un regard embarrassé. Je voyais bien qu'il aurait préféré ne pas la voir, qu'il avait de l'affection pour elle mais ne lui faisait pas confiance. Je me demandai en quels termes il lui avait parlé de moi, s'il ne s'était pas plaint devant cette femme décidée.
« Oui, Harvey, reprit Mike. Tu ne sais donc pas profiter des bonnes occasions quand elles se présentent ? »
Harvey éclata de rire.
« Des légumes sautés et du riz, voilà qui me paraît appétissant. Tout à fait appétissant. »
Maggie retira le papier d'aluminium et posa le plat sur le plateau au bras articulé. Puis, armée d'une fourchette, elle piqua un morceau de courgette qu'elle approcha de la bouche d'Harvey.
« En ce moment, nous mangeons beaucoup de produits laitiers et des agrumes, confia-t-elle à Mike. Pour prévenir l'infection urinaire. »
Mike me regarda comme pour s'excuser et m'expliqua :
« C'est un problème fréquent.

– Oh, désolée, s'écria Maggie. Je pensais que vous étiez au courant.»

Elle offrit un peu de riz à Harvey. Sa blessure était plus haute que celle de Mike, je m'en souvenais. Pas de biceps, il ne pouvait donc pas s'alimenter tout seul.

Nous partîmes une demi-heure plus tard. Dehors, je m'arrêtai devant l'entrée pour chercher les clés de la camionnette au fond de mon sac. Le parking était bondé, mais on était garé juste devant, sur une place réservée aux handicapés.

«Ce n'était pas seulement toi», me confia Mike.

Il avait beau plisser les yeux pour se protéger du soleil, son regard était plongé dans le mien.

«J'avais tendance à espérer que ça l'était.

– Les gens se sentent plus à l'aise quand les autres se conforment aux normes qui sont les leurs. Cela justifie leur façon de vivre, en quelque sorte.»

L'air penaud, il ajouta:

«Merci, Dave King.»

Je l'aidai à monter dans la camionnette et m'installai au volant, mais ne démarrai pas. J'étais en train de me dire que j'aurais eu plaisir à pincer le nez de Maggie entre mes doigts et à tourner bien fort; que j'aurais aimé prier Mme Mayer de se lâcher. *Me voici*, avais-je envie de proclamer. *Je suis là maintenant, d'accord?* Dehors, il y avait une multitude de véhicules, puis une université, un lac, une ville, une vaste étendue de terres fertiles se déployant à l'infini. Et si plus jamais je ne traversais la 14e Rue avec ses odeurs d'épiceries portoricaines et ses foules d'hommes alentour? Et si plus jamais je ne me réveillais aux sons d'une demi-douzaine de sirènes descendant la 7e Avenue? Et si plus jamais je ne me baladais dans SoHo en m'imaginant vêtue de telle jupe, de telle veste ou de telles chaussures susceptibles de me métamorphoser en une femme extraordinaire?

Et si plus jamais je ne revoyais Kilroy?

Je me tournai vers Mike. Fatigué par la kinésithérapie, par le fait de se demander constamment ce que j'allais décider, quand j'allais revenir, il avait le regard perdu dans le vide. Sous son polo, il avait les épaules noueuses, osseuses. Trop sollicités, les muscles dont il avait encore l'usage s'étiraient démesurément.

« Qu'est-ce qu'il y a ? s'écria-t-il en relevant la tête. À quoi pensais-tu ?

– Que, maintenant, je pourrais faire l'impossible, ça ne suffirait jamais. »

Je m'empourprai et baissai les yeux. Une rangée d'oiseaux occupait la potence d'un lampadaire, masses noires irrégulières pareilles à des boutons sur l'épaulette d'une robe.

« C'est comme ça », déclara-t-il.

Je me tournai pour voir s'il était en colère ou agacé ou je ne sais quoi, mais il paraissait lisse : lisse comme la crème, lisse comme le lait, lisse comme le Wisconsin.

38

L'eau aspergea le plat que j'étais en train de briquer, un poêlon dans lequel j'avais fait revenir des courgettes et des oignons pour accompagner mes grillades d'agneau. J'ajoutai un filet de détergent et passai un tampon à récurer rouge et jaune sur la surface exposée au feu. Ma mère, qui avait déjà rangé nos assiettes dans le lave-vaisselle – j'avais enfin réussi à la convaincre de s'en servir –, débarrassait les sets et nettoyait la table. Qu'on bavarde ou non, il y avait, dans nos soirées dans la cuisine, comme une hésitation, un embarras.

Le téléphone sonna et elle alla décrocher.

« Carrie », fit-elle en me tendant le récepteur mural.

Devant son air interrogateur, mon pouls s'emballa. Se pouvait-il que ce soit Kilroy ? C'était moi qui l'appelais, pas le contraire. J'utilisais ma carte pour ne pas grever la note de ma mère. Un peu honteuse de mes cachotteries, je me séchai les mains. Pourquoi m'étais-je interdit de lui parler de Kilroy ?

Je lui pris l'appareil, bredouillai un « Allô ».

« Dites donc, mam'zelle, il y a un siècle que vous jouez la fille de l'air – j'exige des explications. »

C'était Simon et je me détendis. Je me tournai pour dire « C'est Simon » à ma mère, mais, avec beaucoup de tact, elle avait déjà quitté la pièce.

« Alors ? poursuivit-il. Je suis tout ouïe. Qu'est-ce que tu fricotes ? »

Je lui racontai ce que je vivais, que Jamie ne voulait pas

463

me pardonner, que j'avais commencé à passer du temps avec Mike et que je ne pouvais pas m'en aller.

« Pas encore. Tu as oublié de préciser pas encore.

– Je ne suis pas trop sûre. »

Après un long silence, il balbutia :

« Carrie, tu parles sérieusement ?

– Je ne sais pas.

– Oh là là. »

Je tirai le fil du téléphone jusqu'à la table et m'assis. Simon, la brownstone et la chambre qui avait fini par me revenir, que je voulais toujours repeindre. Je voulais acheter un tapis, une lampe. Je voulais vivre à New York. Je voulais être avec Kilroy.

« J'imagine le truc, enchaîna Simon. Je te verrai une fois par an en passant par Madison. Tu commenceras par te faire des mèches et, un beau jour, je découvrirai que tu as adopté le style super-mémé.

– Que tu es méchant !

– Alors, promets-moi de revenir. »

À court de mots, j'effleurai ma joue et constatai que le bout de mes doigts était étonnamment froid.

« Carrie, qui doit porter beaucoup de choses ! J'avais malheureusement raison au James Madison Park, sinon que ce n'est pas un canot que tu vas porter, j'imagine.

– Simon. Ce n'est pas ça.

– Alors, c'est quoi ? »

Je me levai et allai me poster devant la fenêtre de la cuisine. Le soir tombait et le ciel était d'un violet intense. Au premier étage de chez Rooster et Joan, une lumière brillait. Quand je la rencontrais, Joan avait toujours une parole gentille. *Il me reste des graines de capucine. J'aimerais ton avis sur cette robe de grossesse. Veux-tu venir prendre un verre de citronnade ?* Nous pouvions devenir amies, si je le souhaitais.

« Changeons de sujet, dis-je à Simon. Raconte-moi quelque chose de drôle.

– Tu pousses un peu.

– On n'a rien sans rien. »

Il lui fallut un moment pour céder à mes prières.

« Bon, voilà. Tu te souviens de Benjamin, mon ex ? Il est follement amoureux d'un danseur.

– Oh, Simon ! Ça, c'est dur.

– Un danseur blond. Un danseur blond du Danemark. Du coup, je me dis, si c'est ce qu'il voulait depuis le début, qu'est-ce qu'il foutait avec moi, bordel ?

– Ce n'est pas forcément ce qu'il voulait depuis le début. Peut-être qu'il n'en a pas l'ombre d'une idée et qu'il essaie les extrêmes ?

– Tu es gentille. »

Il s'interrompit, puis ajouta :

« Tu me manques vraiment. »

Je ne répondis pas et il cria :

« Tu crois que je te raconte des craques ? Tu me manques vraiment. Tu tiens une grande place dans ma vie. »

Moi qui avais à peine pensé à lui depuis mon départ, je me sentis très mal. Il y avait quelque chose qui clochait chez moi, mais quoi ? Quel genre d'amie étais-je ?

« Je suis désolée », déclarai-je.

Puis je repensai, *désolée, désolée, désolée*, et mon malaise redoubla.

Un silence gêné suivit, puis Simon poursuivit :

« Ce n'est pas seulement moi, tu sais ; rien qu'hier, Lane m'a dit qu'elle aimerait tellement que tu reviennes.

– Comment va-t-elle ?

– Pas trop bien. Depuis la mort de Mlle Wolf, elle…

– Mlle Wolf est morte ? Oh, mon Dieu, quand cela ?

– Tu ne savais pas ? Ça a dû se passer juste après ton départ, parce que ça fait un moment, un mois peut-être… Elle s'est tapé une crise cardiaque. Trois jours à l'hôpital et terminé.

– Quelle horreur ! Lane doit être vraiment mal. Elle était auprès d'elle quand c'est arrivé ?

– Elle venait de partir. En rentrant, elle a trouvé un message d'une infirmière sur le répondeur. »

Je hochai la tête. Je me rappelais l'inquiétude de Lane quand Mlle Wolf avait pris froid. La manière dont elle avait gravi les marches du Plaza juste derrière la vieille dame, les mains levées et prête à intervenir au cas où celle-ci aurait trébuché.

« Elle est là ? demandai-je. Je peux lui parler ?

– Promets-moi d'abord de revenir.

– Simon !

– D'accord, mais on en reparlera. Ne quitte pas. »

Pendant que j'attendais, j'entendis ma mère à l'étage. Ses pas dans la chambre, le léger grincement de la porte des toilettes. D'ici une minute, l'eau coulerait dans sa salle de bains. Je réalisai avec saisissement qu'elle répétait ces mêmes bruits, qu'il y ait quelqu'un pour les entendre ou pas.

Enfin, Lane répondit au téléphone. D'une voix lointaine et un peu sourde, elle me raconta la mort de Mlle Wolf, les trois jours passés à espérer qu'elle s'en sortirait. Je sais, faillis-je lui dire, mais je gardai mes réflexions pour moi, bien entendu. Moi aussi, j'avais attendu que Mike s'en sorte, mais je ne pouvais imaginer ce que Lane avait pu ressentir en se projetant, solitaire, dans un rôle de fille ou de petite-fille.

Elle ne savait pas trop quoi faire et s'efforçait de réfléchir à son avenir.

« Viens me voir », lui proposai-je.

Et, à ma surprise, elle accepta de venir la semaine suivante.

Le lendemain après-midi, j'appris que Mike avait lâché son boulot à l'ordinateur. Il en avait assez de prétendre que ça lui apportait plus que la vague impression d'être utile.

« Je ne sers à rien, déclara-t-il, et ce n'est pas parce que je rassemblerai des données sur les taux d'espérance de vie que ça changera quelque chose à ce fait-là et à ce que je peux ressentir, bordel. »

On était allés voir Harvey et on rentrait seuls dans la camionnette. Juste à ce moment-là, on passa devant une station de lavage automatique où Mike avait bossé un été au temps du lycée. Au-dessus, des tas de fanions bleu et jaune flottaient au vent. Le soir, quand j'avais fini mon boulot – j'avais un job à deux pas de là, dans un drugstore qui avait fermé depuis –, j'allais l'attendre pendant qu'il sortait les véhicules des glissières et les séchait, un chiffon bleu dans chaque main.

Je le regardai en coulisse, sanglé derrière, dans son fauteuil. Il avait les yeux tombants et même sa moustache tombait, ce qui soulignait l'arc triste de sa bouche.

« Comment ton père a réagi ?

– Il a été déçu. Enfin, peut-être pas déçu. Il veut juste…

– Que tu sois heureux ?

– Je pense qu'il se contenterait d'un peu moins. »

On poursuivit notre route sans rien dire. C'était un jour lumineux, vert, les frondaisons des arbres s'entrelaçaient en prévision de l'été tout proche. Les lilas, en fleur, déployaient un mauve somptueux et un vert satiné, exhalant un parfum entêtant, tenace, omniprésent.

« Ma mère, en revanche, était tout à fait d'accord. "Pourquoi faudrait-il que tu passes ton temps à faire un truc que tu détestes alors que tu n'as pas besoin de cet argent, mon chéri ?" Elle se satisferait très bien de m'avoir dans le même état que Tom.

– Mike, non ! »

Tom était le compagnon de chambre d'Harvey, un C3 qui ne pourrait jamais respirer sans ventilateur.

« Tu sais ce que je veux dire. »

Je le savais : Mme Mayer désirait que Mike s'appuie totalement sur elle. Elle ne voyait pas toujours combien il souffrait de devoir le faire.

« C'est une tête sur un oreiller, lâcha Mike. Moi, à sa place, je préférerais être mort.

– Mike ! m'écriai-je en donnant un grand coup de frein.

– C'est comme ça. »

Il me défiait du regard et ma première impulsion fut de détourner les yeux, de repousser ses paroles, de les refouler. *Tu n'as pas dit ça.* Mais il l'avait dit.

« Veux-tu… – j'hésitai –, veux-tu… Allez, raconte. »

Je sentis le rouge me monter au visage. Raconte : la formule de Kilroy. Qu'est-ce que Mike allait me dire ? Comment allais-je réagir ? Malgré ma nervosité, je me forçai à patienter, à ne pas combler le silence par des mots. Au bout d'un moment, il soupira et se mit à parler.

« J'ai lu quelque part que, après un événement de ce genre, on passait sa vie à chercher soit un sens soit un remède. Mais tu sais quoi ? Il n'y a ni sens ni remède. Il n'y a rien et c'est tout. J'ai assisté à plusieurs réunions religieuses, c'était dingue, on aurait cru que tous ces gens mouraient d'envie que j'arrive à la conclusion qu'il y avait la volonté de Dieu derrière tout ça. Quelle différence ? Il me semble que j'ai cessé de croire en Dieu à peu près à l'époque où j'ai cessé de croire au Père Noël et je ne vois pas en quoi me briser la nuque pour retrouver la foi devrait me réconforter. Même à moitié demeuré, c'est le genre de truc qui te fout les boules, au contraire. »

Il hocha la tête.

« D'après Dave King, le challenge le plus dur, c'est peut-être de devoir vivre avec des idées suicidaires, d'avoir à les accepter comme un élément indissociable du lot. Dis, tu me ramènes à la maison ou pas ? »

Je lâchai le frein et repris le chemin de la maison des Mayer. Dans l'allée, je ralentis pour négocier la bosse, puis m'arrêtai devant le garage.

Là, le cœur battant, je lui demandai :

« Tu as beaucoup d'idées suicidaires ? »

Il me regarda, puis détourna les yeux.

« J'en ai eu. Enfin, j'en ai toujours, mais pas autant.

– Ce doit être – je cherchai mes mots – ce doit être dur. »

Il soupira.

« C'est éreintant. Tu vois, tu as ces images en tête et elles t'attirent et en même temps tu essaies désespérément de garder tes distances.

– Mike, murmurai-je. Mon Dieu. »

Il évita mon regard puis, au bout d'un moment, me dit :

« Je suis prêt à rentrer maintenant. »

Je sautai de voiture, fis le tour et attendis que le hayon

s'abaisse. Je remontai la rampe derrière son fauteuil qui bourdonnait.

« Tu veux rester un moment dehors ? lui proposai-je une fois en haut. Aimerais-tu boire quelque chose ?

– Non, merci. »

On se tut. Je m'appuyai contre la balustrade. À travers les fenêtres de la cuisine, on apercevait la silhouette de Mme Mayer.

« Mike Mayer a un accès de morosité, déclara-t-il avec un petit sourire. Assis dans son fauteuil roulant, il contemple la pelouse de derrière. »

39

La veille de l'arrivée de Lane, je passai un moment au téléphone à lui faire fouiller ma commode et mon placard en lui indiquant ce que je voulais – tel chemisier, telle jupe, tel pantalon. Quand elle me demanda si Kilroy savait qu'elle allait m'apporter autant d'affaires, je lui répondis que non. Il n'était même pas au courant de sa venue. Cela faisait une semaine que je ne lui avais pas parlé, rien à dire tant que je n'avais pas une idée claire de ce que j'allais décider. Le lendemain à l'aéroport, en voyant Lane avec un petit sac à bandoulière pour ses vêtements et un gigantesque sac marin pour les miens, la réponse me parut soudain évidente et je me dis : *Bon, si c'est ça*. Huit mois plus tôt, j'avais quitté Madison brutalement, sur un coup de tête – qui m'avait néanmoins demandé des mois de réflexion –, mais, durant les semaines qui venaient de s'écouler, j'avais balancé entre rester et repartir, balancé sans même y réfléchir parce que, pour choisir, j'avais surtout besoin de voir mes vêtements, ici. Ma vie, ici. En étais-je arrivée là ?

L'espace d'une seconde embarrassée, on échangea un sourire, Lane et moi, puis on s'embrassa très fort. Avec son treillis et son T-shirt blanc, on aurait juré un petit garçon partant en colonie de vacances.

« Que c'est bon de te voir ! »

J'attrapai le sac marin et le collai sur mon épaule pour me diriger vers le parking, mais elle ne me suivit pas.

« Carrie. »

Je me retournai.

« Il faut que je te dise un truc.

– Quoi ? »

Elle plaqua deux doigts sur sa bouche, souffla.

« Mlle Wolf m'a laissé ses lettres. Je n'en ai encore parlé à personne à New York.

– Comment ça elle t'a laissé ses lettres ? m'écriai-je en reposant le sac marin par terre.

– Pour les publier. Les lettres qu'elle a reçues ainsi que les copies des siennes. »

Cette fois, je compris et mesurai l'énormité de la chose. Simon m'avait expliqué un jour que Mlle Wolf avait été un personnage central de la vie mondaine de Manhattan – entre autres. Comment avait-il formulé cela ? Elle connaissait tout le monde, de Lionel Trilling à Grace Kelly.

« Tu vas le faire ? demandai-je à Lane.

– Je n'ai pas pris de décision. C'est tentant et, en plus, si je refuse, elles sont censées être brûlées. Mais ce n'est pas juste de me confier cette tâche ! cria-t-elle. Décider de la manière dont on va la considérer à partir de maintenant, quelle responsabilité ! Si je renonce à m'en charger, elle restera Monique Wolf, un vague auteur des années… des années je ne sais quoi. En revanche, si je relève ce défi, elle pourrait devenir la coqueluche du mois ou de l'année et le public la verrait sous un angle totalement différent. Elle pourrait vraiment faire un tabac.

– Je vois ce que tu veux dire ! Et, par la même occasion, tu pourrais bénéficier aussi des retombées. »

Le pâle visage de Lane se colora et elle baissa les yeux.

« J'en ai bien conscience ! Et tu sais quoi ? poursuivit-elle en relevant la tête. Je ne suis pas sûre d'avoir envie de creuser sa vie en profondeur. Je ne suis pas sûre d'avoir envie de la connaître aussi bien.

– Tu la connaissais déjà bien.

– Je savais ce que je savais. Est-ce que je désire que ça change ? »

Soudain, un flot de larmes se mit à ruisseler sur ses joues et y laissa de fines traînées humides. Attrapant le col de son T-shirt, Lane se tamponna la figure.

«Qu'est-ce que je suis stupide! s'écria-t-elle en sanglo-tant. Je n'arrête pas de pleurer.

– Tu n'es pas stupide, c'est normal.

– Je suis une loque. Ta mère va me prendre pour une vraie timbrée.

– Non, répondis-je en passant un bras autour de son épaule osseuse. Et sinon, tu lui rappelleras sûrement quelqu'un.»

En fait, ma mère adopta Lane immédiatement. Nous passâmes près de deux heures à table ce soir-là, quatre fois le temps que nous y consacrions d'habitude. Ma mère semblait intéressée par Lane, comme si elle cherchait à comprendre quelque chose, moi peut-être.

Lane la trouva merveilleuse:

«Elle est tellement discrète qu'on ne se rend pas trop compte, au début, de ce qui se joue et puis, boum, elle réagit aux trucs avec une finesse incroyable.»

Elle faisait allusion à une remarque de ma mère à pro-pos de la mort de Mlle Wolf. Elle avait en effet déclaré que l'écrivain en Lane devait pleurer l'écrivain en Mlle Wolf, tout comme la demoiselle de compagnie devait pleurer l'employeur.

«Et la lesbienne la lesbienne», avait ajouté Lane, ce qui m'avait valu un regard perplexe de la part de ma mère.

Après le repas, elle monta dans sa chambre tandis que Lane et moi nous faisions un thé dans la cuisine. Lane m'interrogea sur Kilroy et je lui confiais combien nos conversations téléphoniques étaient devenues insuppor-tables, combien je me sentais déchirée. Et puis aussi com-bien la rencontre avec ses parents en mars l'avait assombri.

«Ce n'est même pas qu'il ne les aime pas, continuai-je. On dirait qu'il ne peut pas.

– Tu sais, je n'ai pas voulu t'en parler avant, mais tu te rappelles que Maura avait l'impression de l'avoir déjà vu quelque part?»

Je repensai à Thanksgiving, aux regards intrigués de Maura, et hochai la tête.

«Elle a compris pourquoi. Il s'appelle Fraser, n'est-ce

pas ? Un des grands pontes de Wall Street – un super-
ponte – s'appelle Morton Fraser. C'est son père ? »

Bien sûr que ça l'était. Je me rappelai notre balade jusqu'à l'Empire State Building, le soir de Thanksgiving, la
façon dont il s'était tourné vers Wall Street pour me
demander, sans que ce soit vraiment fortuit, *Qu'est-ce
qu'elle fait Maura ?* Comme si, au fond, il craignait
qu'elle n'ait fait – ou ne fasse – le rapprochement. Mais
pourquoi cela le tracassait-il ?

Je racontai à Lane le mot que j'avais lu, «*Tu dois penser
à cette date autant que nous.*»

«De quoi peut-il bien s'agir ? m'exclamai-je. Un anniversaire pénible, j'imagine.

– Pourquoi ne pas le lui demander ? » me suggéra-t-elle,
l'air étonné.

Je me mis à jouer avec ma bague de fiançailles.
Quelques jours plus tôt, j'avais d'ailleurs surpris le regard
de Mike posé dessus. Puis, voyant que je m'en étais aperçue, il avait vite tourné la tête.

«Je ne peux pas.

– En vertu de quelles règles ?

– Les siennes.

– Pourquoi tu te conformes à ses règles à lui ? »

Je repensai à la soirée au McClanahan où j'avais cherché à en savoir plus sur ses relations avec d'autres
femmes. Au jour du MOMA quand je lui avais demandé
qui je lui rappelais. À tant d'autres incidents.

«Tu sais, repris-je. Pas toujours. On croirait plutôt que
j'ai enfreint des règles qui existaient bel et bien, mais que
ça n'a rien changé.

– Tu parles au passé », remarqua Lane en me regardant
attentivement.

Je repensai au moment, à l'aéroport, où j'avais vu le sac
marin avec mes affaires. Puis je songeai à Kilroy, seul à
New York, à sa silhouette mince disparaissant au détour
d'une rue, invisible à tous, et je sentis mon estomac se
nouer. Je continuais à balancer, même si j'imaginais
volontiers qu'un jour viendrait où le balancement se

modifierait : ce ne serait plus un va-et-vient entre deux
êtres, mais un va-et-vient entre souvenir et regret dont je
finirais par me dégager.

On dormit tard, le lendemain, Lane par terre dans un sac
de couchage qui n'avait pas servi depuis dix bonnes
années. Après ma douche, je fonçai sur le contenu du sac
marin que j'avais réparti en piles sur mon bureau et attrapai un pantalon et un chemisier, ravie d'avoir quelque
chose de nouveau à porter.

À midi, je l'emmenai faire la connaissance de Mike. Ne
sachant pas trop lequel des deux allait impressionner
l'autre, je me sentais mal à l'aise, mais le problème ne se
situait pas là : je me sentais mal parce que je n'étais pas
sûre de réussir à être une seule et même personne face à
eux deux.

On emprunta la camionnette pour aller à James Madison Park. Le lac Mendota scintillait au soleil, vaguelettes
aigue-marine aux crêtes frangées de picots blancs. Des
voiliers couraient sous une brise légère. Et enfin, la vaste
étendue bleue. Je pris une profonde inspiration, comme si
je pouvais inhaler le lac et le ciel bleu tout entier.

Assis à une table de pique-nique, on mangea les sandwiches que j'avais préparés, à l'endroit même où j'avais
suivi Paddle'n' Portage avec Jamie près d'un an auparavant.

« Qu'est-ce que c'est beau ! s'exclama Lane.

– Madison dans toute sa beauté, dit Mike. À ce moment
précis du mois de mai. »

Lane sourit.

« La vie, Londres, à ce moment précis du mois de juin.

– Oui ? fit-il avec un sourire.

– Virginia Woolf. Mlle Wolf l'adorait. »

Elle lui avait un peu parlé de Mlle Wolf avant et il hocha
la tête.

« Eh bien, remarqua-t-il, ça paraît logique. Woolf et Wolf. »

J'eus peur qu'elle ne se moque de lui – au pire, qu'elle
reste de marbre –, mais elle sourit et répliqua :

« C'est toujours ce que je me dis. »

J'avais apporté une Thermos de thé glacé et la tasse de Mike ; de sa place au bout de la table, il se pencha pour boire. Au même moment, un type blond aux cheveux bouclés qui passait par là nous adressa le signe de la paix et Mike et Lane échangèrent un regard amusé.

« Alors, tu as grandi dans le Connecticut ? lui demanda-t-il. Tu étais du genre à naviguer, à traîner tout l'été à la marina et tout et tout ?

– Non. Je viens d'un coin assez loin à l'intérieur des terres. En plus, j'ai toujours détesté ces trucs absurdes. J'avais dix ans quand ma mère a décrété qu'il fallait que j'essaie de sortir de ma coquille et m'a envoyée faire de la voile dans le Maine où j'ai passé mes deux semaines planquée sur ma couchette à lire la série policière des Hardy Boys. »

Mike sourit.

« Pas les aventures de Nancy Drew ?

– Nancy me rendait malade. Enfin, c'était peut-être son bolide. »

On pouffa de rire. Je mordis dans un bout de carotte et le mâchai avec bonheur ; le soleil me chauffait le dos, le lac s'étendait devant moi et je me sentais en paix.

« Pourquoi t'enfermais-tu dans une coquille ? s'enquit Mike.

– Sans doute parce que j'avais perdu mon père quelques années auparavant.

– Oh, je suis désolé. »

Il hésita un peu, puis me regarda.

« Tu sais, j'ai toujours espéré que ton père reviendrait, je voulais pouvoir te défendre et l'engueuler.

– Ah oui ? m'écriai-je, étonnée.

– Désolé », m'avoua-t-il avec un sourire embarrassé.

Lane se pencha en avant.

« Pourquoi pensais-tu que Carrie ne pourrait pas se défendre toute seule ? »

Il commença par ne pas répondre et je crus qu'elle l'avait vexé. Puis il haussa les épaules et déclara :

« Le problème n'était pas là. J'avais le sentiment que j'étais né pour la défendre. »

J'eus du mal à encaisser et pris une longue gorgée de thé glacé. Je l'avais toujours su, mais pendant longtemps ça m'avait dérangée. Pourquoi ? Et pourquoi cela me paraissait-il si différent aujourd'hui, si bon ? J'avais envie de le défendre, moi aussi, d'être là pour lui – tous les clichés, je les voulais. Pour cela, il n'y avait cependant qu'un moyen : être là.

Lane s'en alla deux jours plus tard, le sac marin bien plié dans son sac à bandoulière. Nous eûmes toutes les deux la larme à l'œil en nous embrassant et je regardai son avion reculer sans pouvoir imaginer quand nous allions nous revoir.

N'ayant rangé que la moitié des vêtements qu'elle m'avait apportés, je continuai en rentrant de l'aéroport, me saisissant de chaque tenue comme si je retrouvais un très vieil ami que je n'avais pas vu depuis des années.

Il y avait une chose que je n'avais pas réclamée, c'était la robe en velours vert. Elle était pendue dans mon placard à la brownstone et, alors que je savais que Lane ou Simon me l'enverrait n'importe quand, je me surpris à me demander si j'en voulais encore. Je repensai à ce fameux jour de décembre où j'avais poussé la porte de chez Bergdorf, au calme surnaturel qui régnait dans les lieux tandis que j'allais d'une robe luxueuse à une autre, d'un rêve à l'autre, en m'imaginant dans la peau d'une femme pareillement habillée. Peut-être m'étais-je confectionné une robe pour une vie qui ne me correspondait pas ? Tout en rangeant mes affaires, je me fis la réflexion que je pouvais tout aussi bien la laisser dans son placard afin qu'elle serve de talisman à une future occupante qui se taillerait à New York une existence à sa mesure.

Je l'avais en revanche priée de m'apporter la chemise de nuit et le peignoir en soie, et ils étaient là. Après tous ces mois au fond du tiroir de ma commode et le voyage dans le sac marin de Lane, ils étaient chiffonnés et faisaient peine à voir mais je sortis la planche et les repassai soigneusement, enveloppée d'une odeur sèche et brûlante qui me renvoya tout droit à mon ancien appartement. Je me rappelais avec netteté combien je me sentais piégée à l'époque, mais me souvenais de tout ça de l'extérieur, cernais le sentiment et non ce que je ressentais, en tout cas pas précisément. Était-ce quelque chose que je pourrais comprendre ? La question m'effraya, pourtant, je me dis que oui, que je devais pouvoir y parvenir.

Mon repassage terminé, j'accrochai la chemise de nuit sur un cintre et le peignoir sur un autre, puis glissai le bras entre eux et le balançai de l'un à l'autre en goûtant la texture du tissu aussi merveilleuse que dans mon souvenir. Un jour viendrait où je les porterais, j'en étais sûre, un jour où je me moquerais complètement des réactions que je pourrais déclencher. Je les porterais avec bonheur, avec fierté. À cet instant futur, me rappellerais-je ce que je vivais à présent ? Regarderais-je en arrière en me disant : *C'est là que j'ai compris que j'étais arrivée* ?

Mon plus vieux jean était rangé tout en dessous de la pile. Bien plié, il me fit un effet bizarre, me parut un peu raide et quand je le secouai, un petit truc bleu tomba par terre. Je le ramassai. *Parapraxis et Eurydice. Poèmes de Lane Driscoll.* C'était le livre de Lane – son opuscule. Elle ne m'avait pas dit qu'elle l'avait apporté. Elle avait acheté du vin pour ma mère et des fleurs à un étal un après-midi, mais, ça, elle l'avait laissé pour que je le trouve après son départ. En l'ouvrant, je m'aperçus qu'il y avait quelque chose sur la page de titre, une inscription. *Pour Carrie*, était-il écrit. *Mon amie toujours.*

40

Avant de m'engager dans l'escalier menant au sous-sol des Mayer, j'hésitai, attentive aux battements du tambour du séchoir, aux odeurs de détergent et de coton chaud qui flottaient alentour. Je voulais profiter que Mike se reposait dans sa chambre pour accomplir cette démarche. Mais il me fallait pénétrer dans le domaine de Mme Mayer.

Un énorme panier de linge à ses pieds, elle travaillait à une longue table sur laquelle se dressaient d'irréprochables piles de chaussettes, de chemises parfaitement pliées. Il faisait chaud et humide.

«Excusez-moi», dis-je.

Elle leva la tête et fronça légèrement les sourcils.

«Oh, bonjour.

– Puis-je vous parler? proposai-je en finissant de descendre les marches. À propos du week-end prochain?»

Elle fit la moue. On était presque à Memorial Day – le jour marquant le premier anniversaire de l'accident de Mike, mais aussi le week-end que M. et Mme Mayer passaient traditionnellement dans le comté de Door où ils assistaient à un congrès que la boîte de M. Mayer organisait tous les ans. C'était là que l'hôpital les avait appelés de toute urgence l'an passé et arrachés au terrain de golf. Ils étaient descendus à bord d'un bimoteur appartenant à un autre vice-président. J'étais dans la salle d'attente des urgences à leur arrivée. M. Mayer courait devant sa femme, retenant ses lunettes d'une main.

«Et alors? me lança-t-elle en sortant de son panier un

478

caleçon écossais qu'elle plia en un carré impeccable. C'est déjà décidé, je n'y vais pas.

– Je le sais. Mais Mike aimerait vraiment que vous y alliez.

– Tu n'as pas à me dire ce que Mike veut, rétorqua-t-elle d'un ton ronchon. Bien sûr, John Junior sera là, mais ça ne suffit pas. Il peut arriver n'importe quoi.

– Comme quoi ?»

Lorsque j'avais demandé à Mike ce qui la retenait, il m'avait répondu : «Je risque de perdre mon hochet, ha ha ha.»

«Eh bien, une hyperréflectivité autonome, dit-elle d'un ton sec. Tu ne sais sans doute pas de quoi il s'agit, mais il y a des tas de choses, ne serait-ce que sa vessie ou ses intestins trop pleins, qui pourraient déclencher une brusque augmentation de sa tension. S'ils ne sont pas traités dans les plus brefs délais, les patients risquent la mort.»

Elle replongea la main dans son panier et en retira cette fois-ci une chemise rayée appartenant à M. Mayer qu'elle vaporisa, roula en boule, puis laissa en attente.

«Y a-t-il des symptômes ? insistai-je. D'une poussée de tension ?»

Elle soupira et lâcha le caleçon qu'elle avait à la main.

«Où tu veux en venir, Carrie ?

– J'aimerais passer le week-end ici, comme ça vous pourriez partir. Je viendrai vendredi et je resterai jusqu'à votre retour le mardi matin. Expliquez-moi tout ce que j'ai besoin de savoir. Vous pouvez compter sur moi.»

Elle pinça les lèvres.

«J'y tiens, poursuivis-je. Libre à vous de me détester pour le restant de votre vie, mais je suis là à présent, je suis revenue et j'ai l'intention de faire partie de la vie de Mike. Et je vais le faire.

– Carrie Bell ! Bien, bien, s'écria-t-elle en esquissant un petit sourire. M. Mayer aimerait vraiment que je l'accompagne.

– Alors, allez-y. Ça ne vous tente pas ? De passer un week-end en dehors de la maison, de chiner ? De vous boire un martini, samedi soir? Vous avez toujours adoré partir.»

Elle se caressa les cheveux et, la main sur le menton, contempla le sol un moment.

«John Junior peut s'occuper du cathéter», conclut-elle.

Je me rendis chez eux le vendredi après-midi. Je fis cuire un pain de viande que Mme Mayer avait préparé et sortis une salade déjà lavée qui n'attendait qu'une vinaigrette. John avait également invité un ami et on dîna dans la cuisine, tous les quatre, devant un match de base-ball. John, déjà bien avancé dans son entraînement au hockey, reprit trois fois du pain de viande et avala au moins un quart de litre de lait. Quand il tapa copieusement dans un pot de cottage cheese qu'il avait déniché dans le réfrigérateur, le copain réagit en disant:

«Ça, c'est malpoli.

– Il est en pleine croissance», dit Mike en m'adressant un grand sourire.

Après le dîner, les deux garçons sortirent tandis que je rangeai avant d'aller rejoindre Mike au salon.

«Qu'est-ce qu'on va faire? me demanda-t-il. On se loue une vidéo? Je suis vanné mais tu pourrais aller en chercher une.»

Je n'eus pas le loisir de protester que je ne voulais pas le laisser.

«Vas-y, et c'est tout», décréta-t-il avec un regard sévère.

Je fonçai donc au magasin où j'attrapai la première vidéo qui me tomba sous la main et revins ventre à terre. Je ne me calmai qu'une fois garée. Pourtant, je n'avais pas envie de ressembler à Mme Mayer.

Le samedi matin, après le déjeuner, nous attendîmes dans la cuisine l'auxiliaire de vie qui arrivait à neuf heures pour aider Mike à prendre sa douche et à aller aux toilettes – l'ES, comme disait Mme Mayer, l'exonération des selles. Mike refusait que quiconque dans sa famille se charge de cette opération qui impliquait des gants en latex et un gel lubrifiant.

Je passai le temps sur la terrasse, puis il vint me rejoindre, les cheveux encore mouillés et le sourire un peu gêné.

«Tu te souviens de l'époque où ES voulait dire extrêmement sexy ? me lança-t-il. Les temps ont bien changé.»

On prit ensuite la camionnette pour aller au marché à côté du capitole. C'était la fin du mois de mai et les commerçants proposaient de petites laitues tendres, des pieds de rhubarbe, des carottes et des pommes de terre nouvelles. On se joignit à la foule qui circulait autour des étals. J'achetai des herbes en pot et un kilo de miel pour ma mère, puis une fermière aux doigts abîmés nous vendit une énorme patte-d'ours dont je cassai quelques petits bouts pour les offrir à Mike. Quant à moi, je me contentai de lécher les miettes au goût d'amande. Il y avait des pommes vertes et de gros bulbes d'ail, mauves, mais, pour les griottes, il était encore trop tôt.

Lorsque nous rentrâmes, Mike était épuisé. Il suffisait parfois d'une sortie pour l'anéantir. Il fit un somme pendant que je m'occupais de préparer un poulet en sauce accompagné de boulettes de pâte d'après une recette de Mme Mayer. On dîna de bonne heure, puis on alla faire une balade. Le ciel était voilé, blanc et des tas de gens travaillaient dans leurs jardins. Même s'ils ne se connaissaient pas personnellement, ils savaient toujours qui était qui. Sur le chemin du retour, nous tombâmes sur un homme et une petite fille en train de jouer au ballon, lui portant, dans un sac à dos, un bébé qui, à chaque passe, riait à pleines gencives.

À notre retour, John, sous la douche, braillait les notes aiguës d'un jingle télévisé de *Sears*. Quand il descendit un peu plus tard, il s'était même séché les cheveux.

«Il est important, ce rendez-vous ?» lançai-je.

Grand, élancé et large d'épaules, il ressemblait énormément à Mike au même âge, avait le même visage fin.

«Oui, où vas-tu ?» s'écria Mike.

Pour toute réponse, John sourit.

«John pourrait bien être un tombeur, non ? me dit Mike. – Tout est dans la Z», répliqua ce dernier.

Il parlait de la 280Z de M. Mayer que Mike avait

conduite jusqu'à l'accident et dont il se servait à présent.

«Ne te sous-estime pas, reprit Mike. Ton eau de Cologne a aussi son importance.»

Je réprimai un sourire. John était tellement parfumé qu'on aurait cru un drugstore ambulant.

«Hé, c'est mon musc perso! s'exclama John.

– Ne m'en parle pas!» répliqua Mike en reculant un peu.

Le dimanche, on alla voir Rooster et Joan. Elle l'appelait Doug, alors que jamais personne ne l'avait appelé ainsi depuis que je le connaissais.

«Doug chéri, tu veux bien mettre des Doritos dans un petit bol et nous les apporter?»

Ça lui plaisait à Rooster de se faire appeler Doug chéri et de mettre des Doritos dans un petit bol. Avant notre départ, il nous montra, dans la seconde chambre, le petit berceau en bois qu'il avait fabriqué, puis peint en blanc avant de le décorer d'une décalcomanie de lapin.

Memorial Day tombait le lundi. Nous n'avions rien prévu et je me réveillai de bonne heure, persuadée qu'il fallait absolument que je suggère une activité, des courses, un parc, un cinéma, un truc pour nous faire passer le milieu de la journée.

Mike avait autre chose en tête. Après le départ de l'auxiliaire de vie, il surgit dans la cuisine où j'étais occupée à nettoyer et déclara, du ton le plus décontracté qui soit, qu'il avait envie de monter au lac Clausen.

Malgré son air nonchalant, il guettait ma réaction. Mon cœur se mit à battre sourdement. Comment pouvait-il retourner là-bas et ne pas en revenir un peu plus démoli? Et, moi pareil! Pourtant, en le voyant dans son fauteuil, le visage encore rougi par la douche, la moustache coupée de frais, je compris qu'il avait attendu ce moment. Depuis longtemps.

Il y avait beaucoup de circulation et, en route, on vit des fermes, des hameaux, des échangeurs où des routes étroites aboutissaient à des bourgades campagnardes. Sur les ondes, on diffusait un hit-parade spécial Memorial

Day, sauf qu'ils avaient lancé un nouveau truc qui s'appelait «Dans le désordre» et, du coup… les chansons passaient au petit bonheur.

«Quelle bêtise, non ?» marmonna Mike.

Le parking était encombré d'une foule de jeeps et de motos – les pétoires à crétins, pour reprendre les termes de Mike et de Rooster – mais je me garai sur une place réservée aux handicapés et coupai le moteur. Par la vitre, je regardai la colline qui masquait le lac, verte et hérissée de plants de carottes sauvages.

«Qu'est-ce que tu veux faire ?» demandai-je.

Étroit et caillouteux, le sentier pour grimper à flanc de colline nous était interdit.

«Sortir, déjà.»

Je descendis pour l'aider. Tout autour de nous, il y avait des gamins qui circulaient sur des planches, des familles entières d'amateurs de rollers, des mecs exhibant leurs corps musclés et huilés devant des filles affublées de bikinis qui auraient tenu dans une boîte de pansements adhésifs.

«Tu te souviens de M. Fenrow ?» lui dis-je.

M. Fenrow assurait un cours intitulé *La vie familiale*, le seul qu'on avait suivi ensemble en terminale.

«Oh oui !»

J'allai chercher son chapeau dans la camionnette car il ne fallait pas qu'il attrape de coups de soleil.

«Tu te souviens de ce qu'il a balancé à Mimi Baldwin une fois ?

– Je n'en suis pas sûr, répondit-il en plissant le nez.

– Il organisait une sortie camping avec les terminales, d'ailleurs, en y repensant, je ne crois pas qu'il ait fait quelque chose avec notre promo. Mais, en classe, un jour où il essayait de convaincre les élèves de s'inscrire, elle a demandé si on était censé apporter des maillots de bain et il a répondu : "Ça devrait pas être dur : deux pansements adhésifs et un bouchon."

– Pas étonnant qu'on l'ait pas faite, la sortie, ricana Mike en démarrant son fauteuil. On va se prendre une boisson gazeuse et puis on pourra repartir.»

La buvette se trouvait à l'autre bout du parking. Le temps d'y parvenir, Mike, en nage, paraissait en petite forme. Il y avait, tout près, plusieurs tables de pique-nique protégées par des auvents en plastique ondulé où je lui demandai de m'attendre pendant que je faisais la queue. Comme je me retournai pour voir comment il allait, je vis ses jambes d'une rigidité spastique pointer bizarrement de son short ample et je me fis la réflexion qu'il paraissait incroyablement vulnérable.

Deux femmes vinrent se placer derrière moi et je compris, peu après, qu'elles parlaient de lui.

« Qu'est-ce qu'il a l'air d'avoir chaud ! remarqua l'une d'elles.

– Le pauvre, fit la seconde.

– Il serait sûrement mieux chez lui. »

Je pivotai vers ces quasi-quadragénaires en maillot de bain à larges bretelles qui dissimulaient leurs jambes sous des sarongs.

« Vous voulez dire que vous seriez sûrement mieux s'il était resté chez lui ? »

Elles échangèrent des regards horrifiés.

« Je suis vraiment désolée, balbutia la première.

– Il est avec vous ? demanda la seconde.

– Non, je suis avec lui. »

En sueur et irritable, je rapportai nos boissons à la table où nous les bûmes sans trop bavarder. Lorsque nous eûmes terminé, Mike me pria alors de lui rapporter un hot-dog et je refis la queue, en me faisant la réflexion qu'il n'était pas encore prêt à quitter le lac Clausen, qu'il avait besoin de temps.

Nous finîmes cependant par repartir vers la camionnette. En arrivant au sentier qui grimpait vers la colline, Mike s'arrêta et tourna son fauteuil vers moi.

« L'hélicoptère s'est posé juste là, lui expliquai-je en lui indiquant l'espace dégagé où la route aboutissait au parking. Toi, tu étais encore sur le ponton, là où Rooster t'avait remonté. »

Je contemplai l'endroit en question en me repassant la

scène dans mon esprit. Vingt-huit minutes après que la dame du snack-bar avait appelé, l'hélicoptère était descendu du ciel dans le fracas terrible de ses pales qui ne cessaient de tourner. Debout à côté de Mike, je le revis se poser comme avec un rebond. Je revis Rooster courir vers les auxiliaires médicaux, je revis la main de Jamie dans la mienne.

« À quoi pensais-tu ? me demanda Mike.

– Que c'était ma faute. Que si je n'avais pas été fâchée contre toi, tu n'aurais pas eu à plonger.

– Oh, Carrie !

– Oh, Mike. Oh, tout le monde. »

Ce soir-là, on regarda la télé, moi, assise sur le canapé du salon, Mike juste à ma droite. À l'exception d'une petite lampe posée à côté de nous, l'obscurité régnait dans la maison. John était encore sorti et les Mayer ne devaient pas revenir avant le lendemain matin. Mike piqua du nez dans son fauteuil peu après neuf heures. Il se montra gêné un peu plus tard quand il se réveilla.

Une chose qu'il ne pouvait faire, c'était s'habiller et se déshabiller tout seul – il pouvait s'occuper du haut, mais pas du bas – « L'habillement des extrémités inférieures », pour reprendre une formule utilisée en ergothérapie –, sauf s'il y consacrait environ une heure.

« Paré ? » lui lançai-je lorsqu'on eut terminé.

Il dormait en sous-vêtements, le cathéter courant le long de sa jambe jusqu'à la poche à urine.

« Oui, ça va. Mais je me demandais… – il hésita – tu ne voudrais pas te mettre en pyjama et t'asseoir à côté de moi ? Comme… du temps où on dormait chez les copains ou les copines ? Pour notre dernière nuit ? »

Je remontai à la chambre de Julie et revêtis une culotte et la chemise de nuit à fleurs – un T-shirt géant pour être plus précise – que j'avais apportées.

En redescendant, je m'installai dans le fauteuil à côté de son lit. Dehors, une voiture passa en trombe, une radio retentit puis plus rien. Des adolescents, peut-être même John.

« Tu te souviens de nos virées en bagnole ? me dit-il. Dans quel but, tout ça ? C'était pour boire ?

– C'était juste un but en soi. »

Dans l'entrée, l'horloge de parquet de Mme Mayer sonna dix heures. Je regardai Mike étendu sur son verticalisateur, les bras à moitié repliés. Il tourna la tête vers moi.

« Si je te demandais un truc, tu le ferais ?

– Quoi ? »

Assez gêné, il m'expliqua :

« J'aimerais que tu retires ton T-shirt. Je voudrais voir quelque chose. »

Un peu désarçonnée, je sentis le sang me monter au visage, cherchai à éviter le regard de Mike, mais il ne me quittait pas des yeux.

« Il n'y a rien que tu n'aies déjà vu », bredouillai-je.

Mais il ne sourit pas.

« Je t'en prie. »

Je me levai. Le front légèrement plissé, il m'observait calmement. J'attrapai l'ourlet de mon T-shirt. Il ne faisait pas froid, mais j'avais la chair de poule, j'hésitai. Ce geste me coûtait, mais, à la fin, je capitulai.

Une fois en culotte, je croisai les bras sur ma poitrine, puis les laissai retomber. Je ne savais pas quoi faire de mes mains, je les gardai jointes devant moi, puis les essuyai sur mes cuisses. Mike me fixait, il me fixait sans que je puisse rien noter sur son visage sinon que sa mâchoire était très légèrement crispée.

« Ça me fait un peu bizarre, avouai-je au bout d'un moment.

– C'est bon, répondit-il en soupirant. Je suis désolé, tu peux te rhabiller. Je n'ai rien ressenti. C'est ce que je voulais savoir. Je n'ai rien ressenti. »

Je remis mon T-shirt. Rien. Il me semblait presque plus facile de m'imaginer paralysée que privée de ma sexualité. Le désir était tellement involontaire. On ne pouvait le forcer, il se manifestait, progressivement ou soudainement, et c'est tout. Et puis un jour il n'apparaissait pas. Je songeai à certaines nuits chez moi, à Mike en train d'aller et venir entre mes cuisses, à son petit gémissement lorsqu'il jouissait.

Il fixait le mur. Au bout d'un moment, il abaissa la tête de son lit à l'horizontale.

« Voilà », dit-il lorsque ce fut terminé.

Je m'approchai. Il soutint mon regard une minute, puis détourna les yeux. Le lit était étroit, peut-être un tantinet plus large qu'un lit jumeau standard.

« Je peux m'asseoir ici une minute ?

– Oui. »

La couverture me grattait l'arrière des jambes et je changeai de position en tirant bien mon T-shirt sous mes fesses. L'éclairage était aveuglant. Je pivotai un peu pour que ma jambe repose parallèlement à son corps et que je puisse voir son visage. À l'autre bout de la pièce, le poster du lac Mendota dans son cadre argent me regardait. La photo avait été prise d'un endroit proche de l'Association et, sur la gauche, Picnic Point s'incurvait. Je fermai les paupières et essayai d'imaginer notre coin là-bas, la chambre que les arbres nous avaient ménagée lorsque nous avions fait l'amour pour la première fois.

Il toussa.

« Tu es bien ? demandai-je. Tu veux que je monte maintenant ?

– Non, reste. Reste encore un peu. »

J'acquiesçai. La nuit était si paisible que j'entendais le bruit discret d'un papillon qui pianotait contre la moustiquaire de la fenêtre.

« Voilà », fit Mike.

Et on demeura ainsi, lui allongé et moi assise à côté de lui.

41

Divisée en zones d'ombre et de lumière par le soleil de l'après-midi, la maison de ma mère baignait dans le silence. Mme Mayer m'avait proposé de me raccompagner, mais j'avais préféré rentrer à pied et, du coup, je transpirais légèrement et me sentais l'épaule un peu endolorie par la bandoulière de mon sac.

Un gros paquet attendait sous le bureau en chêne où ma mère rangeait son courrier et diverses affaires. Je lançai mon sac vers le bas de l'escalier, puis m'agenouillai à côté du colis sur lequel mon nom s'inscrivait en grosses lettres tracées au feutre. L'adresse de l'expéditeur se résumait à un gribouillis au stylo à bille, 188W18NYNY10019. Le tout sur une seule ligne, tel un code. Kilroy.

J'allai chercher un couteau dans la cuisine, dégageai le paquet de dessous le bureau, l'ouvris et trouvai... ma Bernina.

Ma Bernina, expédiée par Kilroy.

Il l'avait soigneusement empaquetée, avec des blocs de polystyrène aux coins pour bien la maintenir, sans qu'il y ait le moindre jeu qui lui permette de bouger, de s'abîmer. Il n'y avait pas de mot d'accompagnement, juste la machine et, enveloppée dans un plastique à bulles, ma photographie des toits de Paris.

Je m'assis à côté de ma Bernina et cachai mon visage entre mes mains. C'était terrible de l'imaginer en train de se préparer à cette tâche, d'y penser, de chasser cette idée, puis d'y revenir en espérant tout du long que je rentrerais avant qu'il ait pu aller jusqu'au bout ; d'imaginer son expression en achetant le carton, en le rapportant chez lui, et après en découpant le polystyrène aux mesures. Je me vis tendre la main vers lui et lui se détourner, totalement accaparé par sa tâche.

Je montai la machine à l'étage et l'installai sur mon bureau. Munie d'un chiffon, je dépoussiérai le dessus, puis retirai le boîtier du bras libre et nettoyai les griffes d'entraînement et le dessous de la plaque à aiguilles. Je nettoyai également le crochet de la navette que je huilai, puis je m'assis, pris un bout de tissu et effectuai une ligne de piqûres avec le fil bordeaux dont je m'étais servie pour la chemise en velours de Kilroy, toujours en place dans la boîte à canette, comme je l'avais laissé. Ma Bernina marchait impeccablement.

J'avais la gorge serrée et envie de pleurer mais ne voulais pas avoir la voix nouée par les pleurs pour cette discussion qui n'avait que trop tardé. Qu'est-ce que j'allais dire ?

À cinq heures, je m'emparai du téléphone dans la chambre de ma mère. Il était six heures à New York et il répondit à la première sonnerie.

Je dis :

« Je pensais, j'allais, j'aurais…

– J'ai supposé que c'était ce que tu souhaitais. »

Ensuite, on n'échangea plus un mot, ni lui ni moi, l'espace d'une éternité.

« Je me sens très mal, avouai-je enfin.

– Pour qui ?

– Kilroy… »

J'hésitai un moment, puis ajoutai :

« Pour moi, pour toi. Pour nous.

– Donc, tu me détruis.

– Non.

– Peut-être que oui. »

Il s'exprimait d'une voix neutre – neutre pour le *Donc, tu me détruis* et neutre pour le *Peut-être que oui*. J'avais mal dans la poitrine, comme si j'avais inspiré profondément sans plus pouvoir exhaler.

« Le truc, c'est que tu n'as vraiment pas idée. Et que tu ne sauras jamais.

– Kilroy, je t'en prie. Ne fais pas ça.

– Faire quoi ? »

Je gardai le silence. Je savais que c'était une façade, qu'il souffrait terriblement. Mais mieux valait me taire sous peine de le blesser davantage encore.

« Tu sais, j'étais sincère quand je t'ai dit que tu pouvais venir ici.

– Et, moi, j'étais sincère quand je t'ai dit que je ne pouvais pas. »

Il y eut un autre silence et les larmes approchèrent. Je me retins. Il ne me paraissait pas correct, pas juste, de pleurer, c'était feindre d'avoir plus de sentiments que lui alors que ce n'était pas le cas, je le savais.

« Ça me rappelle un peu les lemmings.

– Quoi ?

– L'idée de me faire aller à Madison. »

Je songeai aux lemmings, ces petits rongeurs qui, en Norvège ou ailleurs, se livraient à des suicides collectifs en se précipitant du haut d'une falaise pour suivre l'exemple de tous leurs congénères ; à Madison qui, sous prétexte qu'il aimait le bruit de la circulation à New York, lui semblait se situer aux confins du monde. Pourtant, je savais bien pourquoi il ne pouvait pas s'en aller : les avenues de New York représentaient ses artères, les rues ses veines.

« En réalité, les lemmings ne cherchent pas à mourir, poursuivit-il. Tu l'as lu ? Ils sont aveugles ou je ne sais quoi et n'ont pas idée de ce qui les attend, c'est tout. »

J'éprouvai une certaine impatience – seul Kilroy pouvait transformer une rupture en une dissertation sur des rongeurs suicidaires.

« J'ai connu quelqu'un qui prenait les lemmings pour des humains, ajouta-t-il. On aurait juré qu'il n'avait pas intégré le fait qu'ils mesuraient cinq centimètres de long et qu'ils étaient totalement polarisés sur le saut de la mort. "C'est terrible ! répétait-il. Pourquoi personne n'essaie de les sauver ?" »

Il se mit à rire et je l'imitai sans grande conviction.

«C'était qui? demandai-je machinalement sans m'attendre à recevoir une réponse qui d'ailleurs m'indifférait.

– Mon frère.

– Quoi? m'écriai-je, le cœur au bord des lèvres, je ne savais pas que tu avais un frère.»

La peur se massa à la lisière de mon corps, prête à envahir.

«Je ne l'ai plus, me répondit-il. Mon frère – lui mort. C'est tiré d'*Au Cœur des ténèbres*, tu sais: "Môssieu Kurtz – lui mort." Tu as lu *Au Cœur des ténèbres*, non?»

Malade de confusion, d'incrédulité et de fureur, je m'assis sur le lit de ma mère, je tremblais.

«Kilroy.»

Il me semblait que le sommier bougeait et je tendis la main pour garder mon équilibre.

«C'est maintenant que tu me dis ça?

– Quelle coïncidence!

– Kilroy, mon Dieu! Quand? Quel âge avait-il? Quel âge avais-tu?

– Il avait vingt et un ans, moi vingt-six. Ça s'est passé il y a quatorze ans.»

Un 20 mars. Lors du fameux week-end de la visite à ses parents, c'était à cause de cet anniversaire qu'ils avaient voulu le voir! Était-ce pour cette raison qu'il m'avait emmenée à Montauk? Pour éviter le bristol crème et sa triste et sourde supplique? *Viendras-tu prendre un verre avec nous? Ton père en serait tellement content.*

«Il avait une leucémie, m'expliqua Kilroy. Depuis l'âge de dix ans, avec des périodes de rémission.»

Je secouai la tête, comme s'il pouvait me voir, comme si je pouvais le voir. Avec quel soin n'avait-il pas veillé à se dérober à ma vue!

«Tes parents, avançai-je. Le jour où…»

Il m'interrompit sèchement.

«Je n'ai pas envie de discuter de mes parents.»

Mouchée, il me fallut un moment pour poursuivre:

«Kilroy, je suis désolée d'apprendre ça – je regrette que tu ne m'en aies pas parlé plus tôt.»

Il ricana.

«Comment s'appelait-il?

– Quelle différence cela fait-il?» rétorqua-t-il d'une voix coupante.

Puis il se radoucit.

«De toute façon, tu ne me croirais pas.

– Qu'est-ce que tu veux dire?

– Il s'appelait Mike, lâcha-t-il dans un éclat de rire. Je ne blague pas. Tout cela n'est-il pas clair comme de l'eau de roche à présent? N'est-ce pas trop parfait? Deux personnes, fuyant chacune une tragédie nommée Mike. Tu pleures ou tu gerbes, tu choisis.»

Je pleurais, à gros gros sanglots, tandis que, lui, à l'autre bout de la ligne, restait silencieux. Je n'arrivais pas à y croire, je n'y arrivais pas. Et pourtant je l'avais su, non? Qu'il manquait quelque chose. Que, tout en le connaissant, je ne le connaissais pas vraiment. Il y avait eu des indices d'une vérité autrement plus importante, d'un terrible conflit. Et des indices renvoyant à un disparu. Lors de notre visite au MOMA, il faisait sans doute allusion à son frère. Ce devait être lui qui avait fréquenté l'école de Lane, lui qu'il avait failli mentionner dans la cuisine de la brownstone, la nuit de notre dispute. Il voulait dire et ne le voulait pas. Ne le voulait pas. Oh, que c'était insupportable tout ce qu'il m'avait caché, tout ce qu'il m'avait montré et que je n'avais pas su voir!

«Carrie? Je vais raccrocher.

– Non. Attends, il faut qu'on parle davantage, je…

– Je raccroche, répéta-t-il. Vis bien, d'accord?»

Et là-dessus, la tonalité retentit.

Je m'effondrai sur le lit de ma mère et pleurai de plus belle, les épaules secouées par les sanglots. Je repensai à ce jour de décembre à Gramercy Park où il m'avait confié son désir de vivre dans un autre siècle. Et à la nuit de Thanksgiving: *Si ça se trouve, ç'aurait été intéressant de devenir astronome. De vivre au milieu de nulle part, dans un observatoire sur une colline.* Aux rêves d'épreuves qu'il nourrissait. De solitude. Je le ramenai des années en arrière, à l'époque du petit garçon prénommé Paul. Avec une sœur prénommée Jane. Et un frère prénommé Mike. Paul, le puits de science de la famille, le cerveau. J'avais vu tout cela sur le visage de ses parents. Il était seul à présent, ce soir, de nouveau, après avoir pensé un moment que peut-être, peut-être... *Toujours pareil, toujours pareil*, avait-il dit à son père en évoquant son quotidien. Puis, avec un coup d'œil dans ma direction, *Enfin, presque.*

J'avais été heureuse auprès de Kilroy. Je l'avais aimé, je l'aimais encore. Ma vie avec lui défila dans mon esprit, je me revis dans sa cuisine pendant qu'il s'affairait aux fourneaux. La plage à Montauk. Nos balades à travers la ville. Maintenant que je savais pour son frère, les choses pouvaient être différentes, mieux, plus intimes. Non ?

Je pouvais sauter dans un avion ce soir même et retrouver New York, l'animation et le punch de la cité, ses bruits, ses odeurs. Et Kilroy. Avec la clé que j'avais gardée, je pouvais entrer et, s'il dormait déjà, me déshabiller sans bruit et me glisser à côté de lui. Sa chaleur, sa peau agréablement sèche, ses épaules osseuses. Il me devinerait, sentirait mon odeur, puis s'éveillerait lentement à mon retour. J'imaginai notre jouissance muette, nos corps établissant, aux avant-postes, la première connexion.

Mais Mike. Mike dans son fauteuil samedi matin lorsqu'il avait paru sur la terrasse après sa douche en disant : *Les temps ont bien changé.* Il était triste désormais, comme les temps, il avait changé. *Mike Mayer a un accès de morosité.* Outre sa tristesse, il creusait plus profondément en lui-même, regardait en lui comme au-dehors. Une personne représentait-elle une accumulation d'anciens moi ou se renouvelait-elle constamment ? Je voulais continuer à le connaître, à le voir cheminer. Je voulais continuer à le voir ; lui et son sourire quand il me voyait ; à sentir le mien quand je le voyais. Je repensai à cette nuit de septembre où j'avais quitté Madison et roulé à travers les ténèbres jusqu'à ce que le soleil se lève sur le lac Michigan, poussée par l'adrénaline ; l'adrénaline, le café et le désespoir. *Tout cela n'est-il pas clair comme de l'eau de roche à présent ? N'est-ce pas trop parfait ? Deux personnes, fuyant chacune une tragédie nommée Mike.* C'était vrai : j'avais transformé Mike en une tragédie nommée Mike. Et j'avais pris mes jambes à mon cou pour fuir cette tragédie, pour le fuir, lui. Je repensai à la journée d'hier au lac Clausen où j'avais deviné ce qu'il voulait entendre. Sur l'hélicoptère. L'attente. J'avais encore tellement de choses à lui confier, et lui à me confier.

Et puis encore une phrase de Kilroy. Kilroy qui écoutait, qui questionnait. Et toute cette part de lui-même qu'il ne pouvait dire. *Je n'ai pas envie de discuter de mes parents.* Pourquoi ? Parce qu'ils avaient fait leur deuil et étaient passés à autre chose alors que lui, non ? Je n'en avais pas idée. Sans doute n'était-ce pas aussi simple que cela, il s'en fallait sûrement de beaucoup, mais je n'aurais jamais pu deviner ce qu'il en était et maintenant je ne le saurais pas, du moins, s'il ne voulait pas me le dire. *Je savais ce que je savais*, avait dit Lane de Mlle Wolf. Ce que je savais de Kilroy, je l'avais toujours su, depuis le début. Qu'il ne voulait pas dire, qu'il ne pouvait pas dire. Qu'il ne pouvait pas prendre ce risque.

Je sortis me dégourdir les jambes. La lumière du jour s'attardait dans le ciel de l'après-midi et je marchai d'un pas vif pour sentir mes muscles me tirer, mes poumons me brûler un peu, mon corps bouger. À une odeur d'essence, de briquettes qui se consumaient – senteurs nostalgiques et toniques –, je devinai que quelqu'un préparait un barbecue du côté de chez les Fletcher. Je m'arrêtai et fermai les paupières, car il me paraissait tout à coup extrêmement important de susciter la suite comme par magie afin que l'odeur m'évoque, d'ici quelques minutes, le poulet, par exemple, ou bien l'agneau ou le bœuf.

En passant devant l'allée des Fletcher, je compris que c'étaient eux qui faisaient un barbecue – M. Fletcher et ses filles ; lesquelles ? L'histoire ne le disait pas. Jamie, je le savais par ma mère, avait plus ou moins réintégré le domicile parental. Comme moi.

Du coup, je m'orientai vers la maison et fis halte devant le petit portail du jardin. Le gazon était impeccablement coupé, les bordures bien nettes, le prunier couvert de feuilles bleutées. Des parterres de roses auxquels Mme Fletcher n'aurait rien trouvé à redire ornaient la clôture latérale. Posé sur le sol en brique du patio, un gril noir projetait de la fumée vers le ciel.

À ce moment précis, la moustiquaire de la porte de service s'ouvrit et Bill apparut, un plat de viande à la main. Arrivé au barbecue, il posa son plat sur la table de pique-nique, chercha quelque chose des yeux, puis repéra, accrochée à la poignée du gril, une fourchette à long manche avec laquelle il tisonna les braises. Là-dessus, il jeta un brusque regard par-dessus son épaule.

« Nom de Dieu ! Se pointer en douce derrière quelqu'un, on n'a pas idée ! »

Il n'hésita pas longtemps et, une minute plus tard, on s'embrassait maladroitement, de part et d'autre du portail, tandis que je me demandai si j'avais encore la figure bouffie par les pleurs. Kilroy se trouvait loin, très loin, seul. Était-il chez lui, allongé sur le canapé avec un bouquin ? Ou bien au McClanahan en train de boire une bière, totalement replié sur lui-même. Comment avais-je jamais pu imaginer qu'il puisse se confier à Joe ?

« Je ne pensais pas te voir ici, remarqua Bill.

– Ça s'appelle vivre dangereusement. Grillades pour deux ?

– À peu près. »

La dernière fois que j'avais vu Bill, c'était à l'hôpital, une semaine avant mon départ. Bill avec ses shorts longs et ses chaussures de marche ! Avait-il réussi à convaincre Jamie de l'accompagner en randonnée ? Difficile de le savoir. À quoi ressemblaient-ils ensemble, Jamie avec sa queue-de-cheval blonde et ses bras maigrelets, Bill avec ses yeux sombres et ses dents de lapin ? Et son petit clou en argent à l'oreille ? J'essayai de me rappeler du temps où il était avec Christine et me dit qu'il était beau gosse. C'est ça, beau gosse.

«Bon, je ferais mieux d'y aller», déclarai-je.

Je portai mon regard au loin une minute, me mordis la lèvre, puis lui dis :

«Comment va-t-elle ?

– Ça peut aller. En fait, elle va beaucoup mieux.

– Que ?

– Avant.»

Je levai la main en signe d'adieu.

«Je suis contente de t'avoir vu. À un de ces jours peut-être ?»

Je m'éloignai de quelques pas, puis me retournai en souriant.

«J'ai tellement de mal à te voir comme le copain de Jamie.

– Ça m'a fait le même effet au début. On s'habitue.»

J'avais dépassé le break de Mme Fletcher quand il me rappela.

«Essaie encore, me glissa-t-il à l'oreille. OK ? Je peux comprendre que tu n'en aies pas envie, mais… bon, tu lui manques, je le vois bien.

– Comment ça ?

– C'est des trucs qu'on remarque chez les gens qu'on connaît bien. Une petite tristesse qui pointe quand quelqu'un parle de toi.»

Je pris une profonde inspiration, le saluai et m'éloignai pour de bon. Le soir était tombé et, en rentrant, j'allai directement à mon bureau. Je me rappelai vaguement qu'il y avait du papier à lettres dans le tiroir du bas et ne pus retenir un sourire en découvrant qu'il s'agissait d'une boîte de papier Snoopy que Jamie m'avait offerte pour un de mes anniversaires à l'époque du cours élémentaire. Je pris une feuille et m'aperçus alors qu'il n'en restait plus qu'une sur laquelle il y avait quelque chose d'écrit.

Bon anniversaire
Bon anniversaire
Tu ressembles à une guenon
Et en plus tu sens pas bon.

Je blague. Bon anniversaire, Carrie chérie, tu es ma meilleure amie. Je t'embrasse fort,

Jamie

Je posai la feuille sur mon bureau et m'emparai d'un stylo. Je réfléchis un bon moment, puis, juste en dessous de la signature un peu dingue de la Jamie du cours élémentaire, voici ce que j'écrivis :

C'est vrai, je ne sens pas bon – même moi, je m'en rends compte. Puis-je te dire une dernière fois combien je regrette ? Je te présente des excuses, mais, pour être plus précise, je regrette surtout que tu aies pu vivre ce que tu as vécu. Dans le temps, je nous imaginais vieillir ensemble, ou disons plutôt vieilles ensemble, assises sur le perron d'une maison de retraite dans des fauteuils à bascule identiques où on aurait évoqué notre jeunesse. Même lorsque j'ai été avec Mike, je n'ai jamais imaginé que nous deux. On n'était même pas malades, juste ridées, les cheveux blancs, hilares en repensant à l'époque où on faisait nos devoirs de maths en cassant des chips pour les poser en fractions et en équations sur le plancher de ta chambre.
Je suis revenue pour de bon et ce que je sais, c'est ça : Carrie – Jamie = trop de chagrin.

Je pliai la feuille, la glissai dans une enveloppe Snoopy et retournai à pied chez les Fletcher. L'odeur du barbecue s'était dissipée et je jetai la lettre dans la boîte, puis rentrai chez moi dans la nuit.

À mon retour, je trouvai ma mère dans la cuisine. Je lui racontai un peu le week-end chez les Mayer, la fatigue de Mike que le simple fait de vivre épuisait tellement. Comme ni elle ni moi n'avions mangé, nous nous préparâmes une grosse salade que nous emportâmes sur le perron de derrière.

«Tu as vu le carton? me demanda-t-elle.

– C'était ma machine à coudre.

– Lane te l'a envoyée?»

Je piquai une rondelle de concombre que je portai à ma bouche. Elle était suffisamment fine pour que je la plie du bout de la langue, ce que je fis avant de m'occuper de déloger les graines.

«Quelqu'un d'autre, répondis-je.

– Je ne te pose pas de questions.

– Tu peux.»

Elle me regarda.

«Est-ce que tu en as envie?»

Je l'étudiai, elle, son visage attentif et serein.

«Je suppose que j'ai envie que tu aies envie... envie de savoir.

– Bien sûr que j'ai envie de savoir.»

Elle but une petite gorgée de vin et le pied de son verre renvoya un éclat de lumière.

«J'avais un copain là-bas.

– J'avais envisagé cette possibilité.»

Elle prit quelques feuilles de laitue. Nous avions fait une salade somptueuse avec un peu de tout, des asperges, de petites pommes de terre cuites à la vapeur, des haricots verts, de minuscules carottes, des feuilles de basilic hachées prélevées sur le plant que je lui avais rapporté samedi du marché.

Je changeai de position. Un moustique se lamenta à mon oreille, puis s'évanouit dans la nature. En dehors du cercle de lumière que projetait la faible installation électrique du perron, il faisait nuit noire.

«Est-ce que tu sentais qu'il allait partir? demandai-je. Mon père? Il y avait des indices ou ça t'est tombé dessus comme une bombe?»

Elle posa son assiette par terre, reprit son verre de vin, mais se contenta d'en appuyer le bord contre sa lèvre inférieure.

«Je croyais qu'il allait exploser, finit-elle par m'avouer.

– Se livrer à des violences?

– Non, il me revenait régulièrement une image où je voyais sa tête littéralement en train d'exploser. Je devais avoir envie de le tuer et ce devait être l'expression de ce désir. Donc, pour répondre à ta question, je ne pense pas avoir senti qu'il allait partir, mais ça ne m'est pas tombé dessus comme une bombe non plus. Il était perpétuellement occupé ailleurs.»

Elle inclina son verre, prit une gorgée, puis se tourna vers moi en souriant.

«Pour citer un de mes patients d'aujourd'hui, il ne respirait pas le bonheur.»

Elle se pencha et, l'espace d'un instant, je crus qu'elle allait récupérer son assiette et rentrer. À la place, elle se débarrassa de son verre et se carra plus profondément au fond de son siège et je sentis que quelque chose en moi y voyait subitement plus clair.

«Tu t'es retrouvée horriblement seule? poursuivis-je en posant mon verre à mon tour.

– Pas vraiment. Soulagée plutôt. Immensément soulagée, en fait et, bien sûr, vraiment furieuse aussi. Mais je t'avais, et c'était l'essentiel.»

Je contemplai mes mains. Elle m'avait eue jusqu'au moment où elle ne m'avait plus eue. Je repensai à tous les dîners que j'avais pris chez les Mayer, à tous ces après-midi, les week-ends. À ces Thanksgivings où je l'emmenais avec moi. À ces Noëls où je voulais aller, vainement. Je regardai son menton tendu, les contours encore jeunes de son visage. Sept ans de plus que Kilroy. Elle avait quelque chose en commun avec lui, elle était capable de passer Noël seule sans autre compagnie qu'un gros bouquin. Et quelque chose en plus: une sorte de sérénité face à l'abandon. Elle avait des amis, un emploi, mais, fondamentalement, elle avait déjà vécu les trucs importants. Certes, j'étais revenue, mais, ça – cette impression que plus rien de neuf ne m'attendait –, je ne voulais jamais avoir à le ressentir.

«Et maintenant tu te sens seule?»

Elle leva les yeux vers moi, ma mère dans sa tenue de

travail en lin bordeaux, avec ses lunettes autour du cou, retenues par une cordelette.

«La solitude est une drôle de chose, me répondit-elle sans se presser. C'est presque une autre personne. Au bout d'un moment, si tu la laisses faire, elle te tient compagnie.»

42

J'étais à la table de la salle à manger et le soleil brillait sur ma machine à coudre. Il s'était écoulé une semaine depuis ma conversation avec Kilroy. J'avais rappelé la femme dont j'avais retouché la robe Marshall Field et on s'était retrouvées chez Fabrications où je l'avais orientée vers une ravissante soie bleuet. Je l'avais détournée du style démodé qu'elle voulait et lui avais préconisé la vision que j'avais eue quelques semaines plus tôt lors des retouches sur sa robe en soie rouge. Un haut à col bateau sur une jupe évasée, ensemble parfaitement adapté à ses épaules étroites et ses hanches généreuses. Je l'avais poussée à acheter deux patrons qui me servaient principalement comme base de départ. Mon expérience à la Parsons m'aidait, même si j'avais le sentiment de l'avoir laissée derrière moi, ce brillant fanion qui s'estompait dans le lointain. Je me rappelai l'exaltation éprouvée durant ces cours, les encouragements de Piero, le jour où, sur le trottoir encombré, Maté avait pontifié *Cet été, je veux que les femmes portent des robes vert-citron avec des broderies blanches* et j'avais bien conscience d'avoir tout juste effleuré la surface des choses. C'était quelque chose que finalement je n'aurais pas.

J'avais en revanche cette jupe à six panneaux avec de généreux godets dans le bas, laquelle représentait la tenue idéale pour une femme du Middle West. Totalement absorbée par la forme que j'avais en tête, je réfléchissais à ma coupe, quand la sonnette retentit, peu après onze heures.

Jamie se tenait sur le pas de la porte. Le visage encadré par ses cheveux blonds, les épaules pâles sous un débardeur rose. Sans doute l'histoire sonnerait-elle mieux si je disais qu'on fondit en larmes, qu'on tomba dans les bras l'une de l'autre, mais ce fut en réalité un moment de grande gêne où on demeura de longues minutes debout sur le perron, les bras croisés sur la poitrine, puis debout dans la cuisine avant de s'asseoir en serrant un verre de thé glacé d'une main tremblante. On discuta comme deux personnes confrontées à un sujet terriblement tabou. On discuta de films, du temps, d'un nouveau CD dont elle se demandait si je l'avais écouté. Peu à peu, je me détendis. Je me rendis compte qu'on n'était pas obligées de tout se dire ce matin-là. Ni bientôt. Ni jamais.

Elle passa une demi-heure avec moi. Exactement, comme si elle l'avait décidé à l'avance. En partant, elle me proposa de venir dîner chez elle un de ces soirs. Si ça me tentait.

« On fait la cuisine à tour de rôle, m'expliqua-t-elle. Tu peux venir un soir où je suis aux fourneaux, il n'y a que moi qui prépare des légumes verts. »

Je lui répondis que ça me ferait plaisir. En regagnant la porte d'entrée, nous passâmes devant la salle à manger et elle aperçut mon travail. Je lui expliquai donc ce que j'étais en train de faire.

« Je t'avais bien dit que tu pourrais gagner des tonnes d'argent avec ta couture, non ? me lança-t-elle en souriant. Peut-être que je t'embaucherai après.

– Qu'est-ce qui te fait croire que tu aurais les moyens ?

– Hé, je suis riche, je ne paye plus de loyer. »

Je regardai ses yeux verts et limpides, tendis la main et lui effleurai le bras, mais elle tourna la tête.

« Tu vas rester un moment chez tes parents ? »

Elle acquiesça d'un signe.

« Comment va-t-elle ?

– Elle est venue le week-end dernier. Mixie, Lynn et moi, on a eu l'impression d'avoir affaire à une invitée d'une extrême politesse.

– Et ton père ?

– Il ne dit pas grand-chose », répondit-elle en haussant les épaules.

Elle me regarda, puis reporta son attention ailleurs et croisa les bras en s'attrapant par les épaules.

« Je n'aurais pas dû te faire ces reproches, murmura-t-elle.

– C'est… dis-je en faisant non de la tête.

– Je n'aurais pas dû. »

On était devant la porte d'entrée. J'ouvris et on resta là à se dévisager alors qu'on aurait dû échanger une tape de la main.

J'avais les doigts crispés sur la poignée. Elle avait les doigts crispés sur ses épaules. Sur le trottoir, un chat gris s'arrêta, leva le museau vers nous, puis fila en toute hâte.

« Ton père ? Il fait la cuisine, lui aussi ? »

Elle afficha un sourire.

« Tu plaisantes ? Tu penses qu'on le laisserait s'en tirer à si bon compte ? »

Son sourire s'élargit.

« C'est le roi du taco. Il nous prépare des tacos tous les dimanches soir. »

Après le départ de Jamie, j'appelai Mike pour lui proposer de déjeuner, puis rangeai la salle à manger et filai le chercher. Il m'attendait sur la terrasse, vêtu d'une chemisette en madras bleu et rouge et coiffé d'un bob.

Ces derniers temps, nous mangions beaucoup de spécialités exotiques ou, du moins, aussi exotiques que Madison le permettait : enchiladas et pad thai. Là, il suggéra la terrasse de l'Association. Je dénichai sans problème une place juste sur Langdon – la remise des diplômes était derrière nous et l'université d'été n'avait pas encore commencé ; Mike m'attendit à une table à l'ombre pendant que j'allais chercher des sandwiches à l'intérieur en me faisant la réflexion qu'on avait dû en dévorer des centaines à présent. En revenant, je m'installai à côté de lui, face au lac.

Nous n'étions guère loquaces. C'était un de ces midis où tout Madison semblait rassemblé sur le front de Mendota ; étudiants, profs, secrétaires et excentriques, assis sur une chaise ou se baladant au soleil. L'eau était d'un bleu intense, lisse sous un ciel sans vent.

Je glissai une paille dans le thé glacé de Mike et plaçai son verre au bord de la table afin de lui faciliter les choses. Pour son sandwich à la dinde et au gruyère, j'avais en revanche oublié de préciser sans laitue de sorte qu'il batailla un moment pour essayer de manger la salade coupée mais dut m'appeler à la rescousse.

« Dirk Nan m'a appelé hier, me confia-t-il quand il fut un peu rassasié. Pour me dire qu'il allait avoir besoin d'un coup de main. Selon lui, je pourrais commencer à raison de vingt heures par semaine, ça nous permettrait déjà de voir. »

Dirk Nan était son ancien patron à la banque et j'essayai de réfréner mon enthousiasme. Mike avait beau disserter à loisir sur l'inutilité d'essayer de se rendre utile, il me semblait que cet emploi à la banque serait pour lui la meilleure des solutions.

« Tu vas accepter ? »

Il esquissa une grimace.

« Je croyais que je n'y retournerais jamais. Je serais tellement exposé là-bas. Rencontrer les clients. Mais je me suis rendu compte que le truc que je ne pourrais pas faire, ce serait de serrer la main des gens.

– Ce qui n'est pas important. »

Il leva la tête vers moi ; en profondeur, une émotion troublait son regard.

« Si, c'est important. Mais ce n'est pas la fin du monde. »

Il me fit signe et je lui tendis son sandwich afin qu'il puisse en reprendre une bouchée. Il avait les avant-bras en appui sur les accoudoirs du fauteuil et on apercevait des taches de rousseur entre ses poils. Je reposai le sandwich et plaçai la main sur sa jambe nue, juste au-dessus de son genou.

« Et là, tu sens quelque chose ? »

Il hésita.

«Non, mais je pense que, les yeux fermés, je saurais que ta main est là, murmura-t-il en fermant les paupières. Ne dis rien.»

Je laissai donc ma main sur sa jambe. Mon diamant étincelait à la lumière. À côté de nous, deux jeunes d'une fraternité passèrent, l'air suffisant, puis une fille pieds nus qui promenait un golden retriever; sur un banc, une femme âgée, un foulard mauve noué autour du cou, prenait le soleil. Je songeai au poids de leurs existences, à la longue histoire que chacun d'entre eux coltinaient secrètement. Ces jeunes appartenant à une fraternité étaient aussi des fils, des frères peut-être. Si ça se trouve, cette fille venait d'un autre continent. Pour des raisons que nous ne pouvions imaginer, cette femme pensait à des gens que personne alentour n'avait jamais vus. Je portai mon regard de l'autre côté du lac, vers Picnic Point, ce doigt de terre qui avançait dans l'eau. Je repensai à l'histoire de Stu quand, avec Mike et Rooster, ils avaient traversé la glace et imaginai Mike, emmitouflé dans une doudoune et chaussé de grosses bottes, progressant lentement, dangereusement, à travers les vagues de froid d'une nuit de décembre.

«Je ne suis pas sûr, déclara-t-il enfin en ouvrant les yeux. Cela te paraîtra morbide, mais des fois je me demande: Tu ne préférerais pas être aveugle? Tu ne préférerais pas être sourd?

– Et tu réponds quoi?

– L'un ou l'autre, mais pas les deux à la fois.»

Je retirai ma main quand je le sentis prendre une profonde inspiration puis soupirer.

«Je peux te demander quelque chose?

– Bien sûr.»

Il baissa le nez, s'empourpra légèrement, puis releva la tête et me regarda droit dans les yeux.

«Tu es là pour de bon?

– Oui», répondis-je.

Mais ma gorge m'avait joué un drôle de tour et je lui

avais répondu d'une voix rauque et éraillée un oui qui en était à peine un. Je le répétai donc :

« Oui. »

Il sourit d'un sourire compliqué, intériorisé où se devinaient des émotions contradictoires, bridées, ne fût-ce que dans l'instant présent.

« Alors, tu vas faire quoi ? Reprendre un avion pour aller chercher ta voiture ? »

Je reportai mon attention sur une mouette juchée sur un muret. Elle fixait l'eau, le cou tordu en un S blanc.

« Je l'ai vendue », avouai-je.

Il inspira l'intérieur de sa joue, puis hocha la tête.

« Oh. C'est logique. Ce devait être dur de se garer à New York.

– J'avais besoin d'argent. Tu n'imagines pas ce que ça coûte de vivre là-bas.

– Si, si », me répondit-il d'un air légèrement renfrogné.

Cinq barbus à la mine grave, des enseignants apparemment qui, tous, léchaient un cornet de glace au parfum pastel de l'été, s'installèrent à la table voisine. À côté, la mouette sautilla deux petites fois, puis s'envola, les ailes largement déployées.

Je sentais les yeux de Mike posés sur moi et me demandai s'il voyait quelque chose, si je portais le Kilroy Was Here écrit en lettres griffonnées et minuscules. Oui, sans aucun doute. Tout comme Kilroy portait le Carrie Was Here, lequel lui resterait, qu'il essaie de l'effacer ou pas. Kilroy représentait une carte tissée de messages que nul ne lisait. Je les avais perçus sous mes doigts, mais n'avais pu déchiffrer ces hiéroglyphes obscurs. Regrettait-il de m'avoir parlé de son frère ? J'espérais bien que non. Submergée par le désir de lui, je sentis ma gorge me serrer. Je me penchai alors vers mon sandwich et savourai le goût piquant de la moutarde. Je mâchai longuement, puis me rejetai en arrière sur mon siège, la main gauche posée sur le bord de la table. Mike, baissant les yeux au même moment, s'arrêta sur ma bague, sa bague, notre bague. Nos regards se croisèrent.

«Mets-la au clou si tu veux, me proposa-t-il.

– Jamais.»

Je la fis tourner autour de mon doigt, puis la retirai et la glissai à ma main droite.

«Tu as vu ? C'est un gage d'amitié maintenant.

– Comment tu as fait ça ?

– Je l'ai fait, et c'est tout. Abracadabra ! lançai-je en souriant. La bague est différente.

– Si tu veux.

– Oui, je le veux.»

J'entendis alors ce que je venais de dire – oui, je le veux – et nos regards se croisèrent de nouveau et on éclata de rire : avec gêne d'abord, puis avec joie, gloussant de concert devant une plaisanterie que nous seuls pouvions apprécier à sa juste valeur.

Lorsque nous eûmes regagné la camionnette, au lieu de retourner chez les Mayer, je pris la direction opposée, passai devant l'observatoire, descendis vers l'hôpital, le dépassai. Quand, enfin, je me garai, Mike devait avoir compris ce que j'avais en tête, mais il resta muet. Je coupai le moteur et l'aidai à sortir.

Le sentier était large et plat et nous franchîmes côte à côte des zones d'ombres et d'autres inondées de lumière. Il n'y avait personne alentour, ni joggeurs ni pique-niqueurs ni gamins faisant l'école buissonnière à la veille des vacances. Les arbres immenses métamorphosaient notre balade en une expédition à travers un tunnel verdoyant bordé de part et d'autre par des eaux invisibles.

Pendant un moment, Kilroy nous suivit à un ou deux pas derrière nous. Je voulais préserver l'angoisse qui m'habitait, j'étais très triste de savoir qu'elle allait me quitter et ne cessais de regarder par-dessus mon épaule. Pourtant, le sentier qui serpentait entre les arbres était désert. Six semaines plus tard, j'allais recevoir une carte postale sans rien d'écrit dessus à part mon nom et mon adresse dont, par déduction, je devinerais qu'elle venait de lui. La photographie représentait un champ de lavande ensoleillé devant une rangée d'arbres argentés. «Une colline en Provence», disait en trois langues la légende au dos. Et, sur le cachet à l'encre qui oblitérait le timbre français, on lisait le mot «Var».

Mais cela n'était pas pour tout de suite. Pour l'heure, Mike et moi avancions dans le sentier. Nous passâmes sans rien dire la petite clairière, sur la gauche, où nous nous étions allongés sur ma serviette de plage. Elle était là bien avant que nous ne l'ayons découverte, cette clairière.

Très haut dans un arbre, un oiseau chanteur lâcha un trille. Un peu plus tard, Mike leva les yeux vers moi.

«On ne se serait jamais mariés, non?»

J'arrachai à un buisson une feuille brillante que je caressai du doigt, puis laissai tomber.

«Je ne sais pas. Peut-être que ce projet commençait à ne plus ressembler à l'option idéale?

– Je crois que je sais pourquoi, intervint Mike. On aurait dit qu'on était déjà mariés, on était allés trop loin.»

J'acquiesçai. Nous en parlerions plus longuement par la suite, tous les deux. Là, je jetai un coup d'œil alentour, vers les arbres, vers le ciel dégagé au-dessus de nos têtes. J'inspirai l'odeur pure des pins. Le sentier, plus ombragé, tournait sur la droite, puis de nouveau sur la gauche. Nous gravîmes une légère montée et un merle se posa sur une branche en battant des ailes.

«Nous y voici», déclara-t-il comme on entrait dans la dernière clairière noyée de soleil où, entre les branches des arbres, se devinait l'eau bleu pâle tout autour de nous.

Il s'arrêta et me sourit.

«Eh bien, devinez quoi! s'exclama-t-il. Mike Mayer revient à Picnic Point.»

Pour son soutien durant la rédaction de ce livre, j'aime-rais remercier le National Endowment for the Arts, and Literary Arts, Inc. Je remercie également le Dr Edward James pour la clarté de ses explications médicales ; pour leur aide dans divers domaines techniques, j'adresse mes remerciements à Kerstin Hilton, au Dr Mark Krasnow, au Dr Nancy Marks, à Patty Schmidt, à RN et au Dr Patti Yanklowitz.

De grands mercis à mon agent, Geri Thoma, et à mon éditeur, Jordan Pavlin, pour leur gentillesse, leurs encou-ragements et leur perspicacité.

Nombre de membres de ma famille et d'amis ont lu le manuscrit à divers stades de sa rédaction et je leur dois beaucoup à tous. Ma gratitude va tout spécialement aux personnes suivantes qui se sont penchées sur chaque mou-ture avec une grande attention : Hallie Aaron, Jane Aaron, Amy Bokser, Scott Davidson, Ruth Goldstone, Jon James, Veronica Kornberg, Laurie Mason, Tony Pierce, Heidi Wohlwend et Diana Young.

Merci.

RÉALISATION: PAO ÉDITIONS DU SEUIL
IMPRESSION: NOVOPRINT, À BARCELONE
DÉPÔT LÉGAL: JUIN 2005. N° 81348-4
IMPRIMÉ EN ESPAGNE